JÜRGEN SEIDLER
SCHMUTZIGES LICHT

ROMAN

KAMPA

Für den Blick hinter die Verlagskulissen:
www.kampaverlag.ch/newsletter

Alle Rechte vorbehalten
Copyright © 2023 by Kampa Verlag AG, Zürich
Lektorat: René Stein
Satz: Tristan Walkhoefer, Leipzig
Gesetzt aus der Stempel Garamond LT /230125
Druck und Bindung: Friedrich Pustet, Regensburg
Auch als E-Book erhältlich
ISBN 978 3 311 12051 3

www.kampaverlag.ch

Er möchte seinen Kopf mehrmals gegen die Wand schlagen. Wie der Vogel mit den roten Federn auf dem Kopf, der auf dem alten Baum vor seinem Fenster herumklettert. Der Vogel horcht, dann hackt er seinen Schnabel wieder in die Rinde. Heftig donnert der Kopf gegen den Baum, sein Mundwerkzeug ein scharfes, spitzes Messer. Erstaunlich, wie viele harte Schläge so ein Vogelkopf aushalten kann. Der Schädel eines Menschen, den man immer wieder gegen einen Baum hämmern würde, ist ziemlich schnell blutüberströmt. So ein Menschenkopf auf Holz klingt dumpf, anders als das helle Klopfen des Vogels. Peter Ebuk kennt den trockenen Klang eines Schädels. Er hat schon oft gesehen, wie schnell die Haut aufplatzt und sich das Blut über Augen, Nase und Mund ergießt.

Mit der linken Hand fährt er sich über seinen runden Kopf voller Stoppeln, mit der rechten Hand hält er sein Telefon ans Ohr. Sie geht noch immer nicht ran. Er streicht sich erneut über die kurzen schwarzen Haare, um die Bilder von den Köpfen wegzuwischen. Fünfmal hat er versucht, Viktoria zu erreichen, ihr auf die Mailbox gesprochen, ihr aufgetragen, einkaufen zu gehen, weil morgen Ostern ist und die Geschäfte geschlossen sind. Sie ist ein zuverlässiges Mädchen, aber heute geht sie nicht ran und ruft auch nicht zurück. In eine Alditüte stopft er ein Handtuch und Seife. Vielleicht noch eine frische Unterhose, für hinterher, falls er während des Spiels zu sehr schwitzt. Er muss jetzt los, sonst ist der Bus weg. Seit dem Anruf von Kevin Rettling heute Morgen überkommt ihn immer wieder ein Grinsen, eine Vorfreude, als ob er sich mit einer schönen Frau treffen würde. Seit drei Jahren, seit er mit seiner dreizehnjährigen Tochter Viktoria in diesem Dorf lebt und auf den Asylbescheid wartet, hat ihn kein Anruf so gefreut. »Der Norbert ist von der Leiter gefallen. Stell dir vor! Wie bescheuert, dass gerade ihm das passiert«, erzählte ihm Kevin. Da hat der Trainer, ihr gemeinsamer Chef, vorgeschlagen, ihn zu fragen, den Ebuk, ob er nicht Zeit und Lust hätte mitzuspielen, als linker Verteidiger. Zunächst konnte Ebuk gar nicht antworten, so überrascht war er. Ziemlich kurzfristig und vor Ostern, aber das ist ein wichtiges Spiel, hat Kevin ihm klargemacht. »Du kannst doch Fußball spielen, Ebuk, das könnt ihr Schwarzen doch alle. Oder? Also, das ist deine Chance. Fünfte Kreisliga.« Dann lachte er heftig. Ebuk weiß, wie wichtig für seine Kollegen von der Straßen- und Bauverwaltung der Fußballverein ist. Montags, wenn sie sich zur Arbeitseinteilung treffen, sprechen sie manchmal über das letzte Spiel. Ein paarmal schon stand er an der hölzernen Absperrung neben dem einfachen Rasen, war Zuschauer bei einem ihrer Samstagsspiele. Er hatte sich hingetraut, und sie begrüßten ihn wie einen Fremden, doch jetzt gehört er dazu.

Er wollte nicht Arzt werden wie sein Vater. Seine Eltern hätten es gerne gesehen, wenn er die Makerere University in Kampala besucht hätte. Doch für ein Studium konnte er nicht lange genug sitzen, als Jugendlicher musste er sich bewegen, rennen. Sein Vater sagte es nicht offen, aber seinen Wunsch, Fußballspieler zu werden, hat er immer verachtet. Fußballspieler wurden Männer aus den armen Vierteln, die sich auf staubigen Plätzen mit einem Ball aus Lumpen durchsetzen konnten. Aber nicht er, der aus einer gebildeten Familie kam, dessen Großvater ein Chief war, dessen Vater bald ein Krankenhaus leiten würde, der eine schöne Mutter hatte, die Fremdsprachen unterrichtete. Aus Trotz hatte er sich zum Militär gemeldet und war dann auf die Polizeischule gegangen. Wenigstens konnte er da Sport machen, er spielte jede Woche Fußball, zusammen mit ein paar Jungs, die, so wie er, den britischen Kolonialsport Kricket verachteten. Auch als er schon Polizeichef war, spielte er immer wieder mal Fußball, nicht als Verteidiger, sondern auf dem rechten Flügel.

Das Trikot von Norbert wird ihm bestimmt passen, vermutlich ist die Hose zu weit. In seiner Zeit als Polizeichef ist er nie wirklich fett geworden, aber seit sie in Deutschland leben, hat er schon etwas zugelegt. Er freut sich darauf, sich wieder sportlich zu betätigen.

Die körperliche Arbeit beim Straßen- und Bauamt ist nicht besonders herausfordernd. Sie füllen Schlaglöcher mit Teer aus, leeren Mülltonnen, transportieren Sitzbänke in Grünanlagen, fahren mit den Kehrmaschinen durch den Ort, nichts wirklich Anstrengendes.

Mit seinen dreiundvierzig Jahren freut er sich über die Frage des deutschen Kollegen, ob er mit ihnen Fußball spielen möchte, wie er sich nur bei seiner Heirat mit Prudence und der Geburt von Viktoria gefreut hat. Sie dulden ihn, den Mann aus Uganda, den einzigen Schwarzen im Ort, weil er immer pünktlich seine Arbeit macht, ohne zu murren, aber vor allem, weil er inzwischen fließend Deutsch spricht. Das verdankt er seiner Tochter Viktoria, die ihm diese Sprache beharrlich eingeimpft hat, bis sich seine Zunge daran gewöhnte. Fast alle kennen sie. Wenn sie miteinander einkaufen gehen, freuen sich die Deutschen, ihn zusammen mit seinem klugen, schönen Mädchen zu sehen. Ganz aufgeregt rief er sie an und sprach ihr voller Freude auf ihr Telefon: Er wird heute Fußball spielen, in einer deutschen Mannschaft. Es ist wirklich sehr eigenartig, dass sie sich nicht meldet. Als Ebuk die Haustür hinter sich abschließt, kriecht ihm ein Schauer über den Rücken. Wie eine kalte Hand, die sich unter sein T-Shirt schiebt und die Wirbelsäule entlangstreicht. Er hört, ob die Stimme, die zu der Hand gehören könnte, etwas zu ihm sagt. Niemand spricht zu ihm, aber der Gedanke ist da: Vielleicht ist ihr etwas passiert, vielleicht ruft sie deswegen nicht an. Sie ist das einzig Wichtige in seinem Leben, das ihm geblieben ist. Es kann gar nicht sein, dass ihr etwas Schlimmes geschehen ist. Sie sind hier, damit sie in Sicherheit ist. Er dreht sich um, will losgehen, aber auf einmal fühlt es sich an, als ob er sich nicht mehr bewegen kann. Er sollte seinen Kopf gegen einen Baum schlagen, gegen die Lähmung. Für einen Moment weiß er nicht, wo er ist, warum es kalt und still ist und der Himmel grau. Was macht er hier? Wer hat ihn in diesem Land ausgesetzt? Er hört wieder das Klopfen des Vogels, sein aggressives Hacken. Er fährt sich erneut mit der linken Hand über den Kopf. Nein, sie ist bei ihrer Freundin Angela, um zu lernen. Das hat sie ihm heute Morgen gesagt, als sie losging. Er läuft los. Spielerisch trabt er zur Bushaltestelle, sein Atem bleibt ruhig. Das wird sein Spiel werden, er lächelt. Yes, Sir! Er wird es den Kartoffeln zeigen. Endlich werden sie verstehen, was sie an ihm haben.

Er wird auf gut Glück als linker Verteidiger aufgestellt, niemand hat ihn bisher spielen sehen, keiner weiß, ob er diese Position überhaupt ausfüllen kann. Ihm ist es egal, was er spielt, Hauptsache, er darf dabei sein. Seine Kollegen hat er Lasten anheben sehen, er weiß, wann sie müde werden, was sie gerne essen und trinken. Wie sie als Mannschaft denken und sich bewegen, erfährt er jetzt. Zwei, manchmal drei Männer spielen tatsächlich zusammen, sie passen sich die Bälle zu und laufen in Richtung gegnerisches Tor. Alle anderen stehen herum und schwitzen, so wie während der Arbeit.

Ebuk ist der Fremde und der Gast in dieser Mannschaft. Als Fremder darf er nicht sehr viel besser sein als diejenigen, die ihn eingeladen haben. Es würde sie beschämen. Wenn der

Fremde den besseren Wein mitbringt, als ihn der Gastgeber selbst in seinem Regal hat, wenn er charmanter ist als die anderen, wenn die Frauen lieber ihm zuhören als dem Mann im Haus, wenn er klügere Kommentare zum Gang der Welt gibt, wird er vielleicht nicht wieder eingeladen. Der Gast, der bescheiden ist, dem Gastgeber Stichworte gibt, damit dieser in der Unterhaltung glänzen kann, wenn er gleichzeitig mit den anderen Anwesenden über deren Witze lacht, der wird zum Freund. Dieses Wissen versucht Ebuk zu beherzigen, aber es gelingt ihm nicht, denn seine Eitelkeit treibt ihn an. Wenn er den Ball bekommt, verlässt er immer wieder seine Position vor dem eigenen Tor, umspielt mühelos die Gegner und treibt seine Leute mit nach vorn. Zweimal legt er dem Stürmer seiner Mannschaft den Ball direkt vor die Füße, damit er ein Tor erzielen kann. Doch zwei weitere Male schiebt er den Ball selbst in den Kasten. Er muss es einfach machen, es tut gut, alles zu vergessen und nur zu spielen. Die Muskeln, die wissen, was sie zu tun haben, aber schon lange nicht mehr gefordert wurden, machen sich bemerkbar.

Es steht schon in der ersten Halbzeit 4:0 für ihn und seine Männer, als dieser lange dünne Typ mit seinem komischen Schnauzbart erneut auf ihn zurennt, ihn wütend anschnaubt, versucht, an ihm vorbeizudribbeln, aber er ist viel zu langsam für ihn, für Ebuk, den überlegenen Verteidiger, der sich erneut den Ball holt, der alle Angriffe abblockt und nach vorne zieht. Doch das Bein des anderen bleibt stehen und Ebuk fällt hin. Der Dünne lässt sich ebenfalls fallen und verzieht das Gesicht. Der Schiedsrichter, noch auf der anderen Seite des Spielfelds, hat nichts gesehen, aber bläst schrill in seine Pfeife. Dem Mann im schwarzen Trikot, schon etwas älter, tropft der Schweiß von der Stirn, als er zu Ebuk kommt, der wieder aufgestanden ist. Der jammernde Spieler mit dem Schnauzbart bleibt noch liegen. Ebuk beugt sich zu ihm, gibt ihm die Hand, will ihm aufhelfen, aber der Mann am

Boden brüllt: »Fass mich bloß nicht an!« Ein heftiger Disput, großes Geschrei setzt ein, dem Ebuk verwirrt zuschaut. Spieler beider Mannschaften umringen den Schiedsrichter. Der Chef, sein Trainer, kommt auf den Platz gerannt, beschwert sich lauthals, Kevin, der Kapitän seiner Mannschaft, bekommt einen roten Kopf. Ebuk sieht in die verzerrten Gesichter seiner Mitspieler, bis die Pfeife ertönt. Der überforderte Schiedsrichter zieht eine Gelbe Karte und hält sie Ebuk vor die Nase. Die andere Mannschaft bekommt einen Freistoß. Der lange Spieler mit dem Schnauzbart nimmt Anlauf und zielt genau auf Ebuk, der in der Mauer vor dem Tor steht. Er dreht sich etwas zur Seite, damit der Ball an ihm vorbeifliegen und ins Tor gehen kann. Er hat den anderen ein Tor geschenkt. Sie jubeln, klopfen dem Torschützen auf die Schulter, weil er es dem gefährlichen Fremden gezeigt, den Schwarzen bezwungen hat.

In der Pause wird Ebuk gelobt, aber der Trainer hat ihn durchschaut und ermahnt ihn, der anderen Mannschaft kein Tor mehr zu schenken. In der zweiten Halbzeit machen sich seine Defizite in der Kondition bemerkbar, und er lässt sich auswechseln. Als er über die Seitenauslinie geht, gibt es Zuschauer, die klatschen, aber andere buhen, weil sie es nicht fair finden, dass ein »Profi« wie Ebuk bei einer Amateurmannschaft mitspielt. Seine Mitspieler aber retten den Torvorsprung bis zum Abpfiff. Er geht nicht mit in die Kneipe, er muss nach seiner Tochter schauen, aber er bedankt sich, eingeladen worden zu sein. Auf der Heimfahrt im Bus schmerzen seine Lunge und die Beine wohltuend. Er nimmt sich vor, sich das nächste Mal als Gast zu verhalten, als Fremder, der seinen angestammten Platz kennt.

Er hat erwartet, dass sie zu Hause ist und er mit ihr über das Spiel und das Geschehen auf dem Feld reden könnte. Aber Viktoria ist nicht da. In dem ehemaligen Urlauberheim sind sie die letzten Flüchtlinge, die hier noch wohnen. Der

Specht hämmert nicht mehr nach Insekten. In Ebuk steigt Panik auf.

Wieder tippt er ihre Nummer. Keine Reaktion. Auch die Nummer von Angela Köhler ruft er an. Er spricht mit ihr, auch mit der Mutter. Sie sagen ihm, Viktoria sei irgendwann nachmittags weggegangen, so um zwei Uhr herum. Sie hätten keine Ahnung, wohin sie ist. Angela, die Freundin, klingt gleichgültig, so als ob es ihr egal wäre, was mit Viktoria geschehen ist. Er hört ihr zu, aber kann nicht begreifen, was sie sagt und wie sie es sagt. Er legt auf und ruft nach ein paar Minuten noch mal an, spricht eindringlicher, wird laut. Sie muss doch wissen, wo Viktoria ist. Der Himmel wird trüb, es wird langsam dunkel, er schaut auf die Uhr, er muss den nächsten Bus in die Stadt bekommen, er muss nach Rheinsberg fahren und dort zur Polizei gehen, um eine Vermisstenanzeige aufzugeben.

Als er im Bus sitzt und auf die vielen Bäume schaut, die an ihm vorbeiziehen, sieht er die Gesichter von Müttern vor sich, die zu ihm, dem ehemaligen Polizisten, kamen und ihm eindringlich erklärten, ihre Tochter sei entführt worden. »Sonst kommt sie immer nach Hause, pünktlich, aber heute nicht«, hatten sie ihm gesagt. »Bestimmt ist sie entführt worden.« Manchmal war er genervt von der arroganten Beharrlichkeit der Väter oder der Mütter, die ihn versuchten anzutreiben, die ihm unterstellten, zu faul oder zu dumm zu sein, um ein Verbrechen zu sehen und aufzuklären. Aber wenn jemand vermisst wird, weiß man als Polizist nicht, ob es sich um ein Verbrechen handelt oder ob das fehlende Kind nur bei einem Verwandten ist, ob das Mädchen bei einem Jungen im Bett eingeschlafen ist oder von einem Onkel vergewaltigt wurde. Auch wenn er die Ängste und Sorgen der Eltern teilte, er konnte nur die Fakten sammeln und versuchen zu verstehen, was das für Menschen waren, die sich um ihre Kinder sorgten. Erst wenn die gesuchte Person wiederauftauchte oder gefunden wurde, wusste man, ob es eine Entführung oder nur ein Versehen war. Das war eigentümlich bei Vermisstenfällen, man wusste erst hinterher Bescheid. Meistens kamen die Verschwundenen wieder zurück, aber eben nicht immer.

In seiner Heimat suchte er nach vermissten Kindern, die entführt oder von ihren Eltern verkauft wurden; er fand sie und brachte diejenigen, die viel Geld mit den Entführungen verdienten, ins Gefängnis. Zur Strafe ist er hier und muss durch den brandenburgischen Wald fahren, der immer schwärzer wird.

Die Osterdekoration bei Edeka hat Jana mit ihrem Einkaufswagen innehalten lassen. In dem riesigen grauen Gefährt liegen bereits ein Sixpack Bier und zwei Flaschen Wein, weißer Rioja, den sie gern trinkt und den es nur hier gibt. Sie steht vor den Schokoladenhasen in Goldfolie, vor den bunten Ostereiern aus Marzipan, die Fred so gerne mochte, und den dünnen Schokoladenblättchen. Sie hat, wie in den beiden vergangenen Jahren, ihrem Sohn einen Brief mit einer Postkarte geschickt und einen Hunderteuroschein beigelegt. Doch er kommt auch in diesem Jahr an ihrem Geburtstag nicht zu ihr. Sie nimmt einen der golden glänzenden Hasen in die Hand, der ein braunes Stoffhalsband mit einer Glocke trägt, und stellt ihn wieder zurück. Dann greift sie einen Schokohasen in Klarsichtfolie, der sie nett anlächelt, und legt ihn zu den Flaschen. Sie hält inne, schaut auf ihre Einkäufe, hält sich an der runden, glatten Stange des Einkaufswagens fest. Die schillernde Folie scheint sich zu bewegen. Ihr ist schlecht. Wie immer ist es bei Edeka kalt, viel zu kalt. Festgefroren steht sie da und starrt. Wie ein magischer Gegenstand ruft sie der lächelnde Hase aus Schokolade in eine andere Welt. Sie sieht ihren Sohn als kleinen Jungen in dem Garten hinter dem Haus, in München, wo sie einst lebten, nach den bunten Eiern suchen, die sie tags zuvor zusammen angemalt hatten. Er trägt ein kleines Körbchen mit sich herum, in das er jeden seiner Schätze legt. Jedes Mal entfährt ihm ein kleiner Jauchzer, wenn er wieder etwas gefunden hat. Der Vater von Fred schaut ebenfalls zu, findet aber das Ostereierverstecken und -sammeln reichlich blöd. Er hält seine Kaffeetasse in der Hand und will frühstücken. Warum muss ausgerechnet sie, Jana Kugelmann, die Wissenschaftlerin aus dem Osten, so einen Zirkus veranstalten? Es flattert, ein leises Huschen ist zu hören, als sie eine Elster sieht, die ihre Krallen um die glänzende Folie des Hasen legt, den sie in einem Gebüsch versteckt hat. Fred hört das knisternde Geräusch, muss zusehen, wie der Vogel sich sein Geschenk greift und entschwindet. Er streckt seinen Finger aus, zeigt zu dem Vogel, dreht sich zu ihr um und fängt an zu weinen. »Der hat das gestohlen!«, schreit er, »er hat den Osterhasen gestohlen.« Jana kniet sich hin und umarmt den Kleinen, während sein Vater laut lacht. Der Körper des Jungen wird von Schluchzern erschüttert.

Sie erinnert sich, wie sie dachte, er sollte ein Geschwisterchen haben, damit er teilen lernt. Schon damals wusste sie aber auch, mit dem Mann, der das alles so lustig fand, wollte sie kein Kind mehr haben.

Eine Verkäuferin tippt sie an und fragt, ob es ihr gut geht. Jana schreckt auf, taucht aus ihrer Betäubung auf, schaut in das Gesicht einer blassen jungen Frau mit kleinen grauen Augen, über die sie mit dunklen Strichen Augenbrauen wie Balken gemalt hat, und schüttelt langsam den Kopf. Sie nimmt den Hasen in der durchsichtigen Folie aus dem Wagen und drückt ihn der Edekafrau in die Hand. »Alles gut«, sagt sie. Als sie wieder zurück in das Dorf fährt, wird es langsam dunkel. Nur ein Bus kommt ihr entgegen.

Seine langen braunen Haare sind unter einer Baseballkappe verborgen. Seit fünf Jahren hat er sie nicht mehr geschnitten, und noch immer muss er sich an sein Aussehen gewöhnen. Als er noch in Berlin lebte, war alles raspelkurz auf seinem Kopf, er spürte den Wind auf der Haut und an den Ohren. Auch trägt er jetzt einen Bart, der im Winter wärmt und ihn älter macht. Doch zu viele Haare im Gesicht und auf dem Kopf sind ziemlich hinderlich für die Arbeit auf einem Bauernhof, manchmal muss er selbst mit der Schere ran, denn einen Friseur haben sie in ihrem Dorf nicht. Seine Cordhose ist schon etwas abgetragen, sein Flanellhemd verwaschen und kariert, aber es ist bequem. Er hat es hochgekrempelt, seine Arme sind bis zu den Händen mit Tattoos verziert. Sie nennt ihn manchmal »Axtmann«, weil er diesen verwegenen Holzfällern aus ihren alten amerikanischen Filmen ähnlich sieht; Männer, die Bären schießen und Pumas als Freunde haben. Solche Kerle findet sie gut, richtige Männer, nennt Wala sie. Doch er mag diese Vergleiche mit Amerikanern nicht. Er betrachtet sich im Außenspiegel des Transporters und macht ein entschlossenes Gesicht. Sie verändern Deutschland und kehren zu den wahren Wurzeln ihres Volkes zurück. Seit er Wala kennt, macht sein Leben wieder Sinn, er weiß, wo er hingehört und auf wen er sich verlassen kann. Was er macht, macht er für sie, den einzigen Menschen, der wirklich weiß, um was es geht. Mit dieser faszinierenden Frau darf er einmal in der Woche das Bett teilen. Er wird ihr dieses schwarze Mädchen schenken.

Anselm Molder streicht sich mit der Hand über den Bart, eine Geste, die er sich angewöhnt hat, und lehnt sich entspannt an die Autotür des Transporters. Er sieht das Mädchen auf sich zukommen, und als sie vor ihm steht, nickt er ihr leicht zu, lächelt. Sie schaut ihn etwas verwundert an, vermutlich hat sie einen anderen Typen erwartet, nicht so einen Mann mit langen Haaren und Bart. Er spürt, wie aufgeregt sie ist, und blickt auf den Boden, um sie nicht weiter zu verunsichern. Die Sonne scheint zwischen den noch kargen Ästen hindurch und schickt einen Strahl auf den Außenspiegel. Ein seltsames Flirren liegt zwischen ihnen, ein Luftholen vor dem nächsten Schritt.

»Bist du der mit den Papieren?«, fragt sie ihn vorsichtig.

»Ja, das bin ich.« Er hebt den Blick, schaut sie sich an. Sie ist ein hübsches junges Mädchen mit dunkler Hautfarbe.

»Dann mal rein mit dir«, sagt er.

Sie zögert.

»Wir wollen das doch nicht hier auf der Straße erledigen«, bekräftigt er und bedeutet ihr, auf der Beifahrerseite einzusteigen. Sie geht um das Auto herum, steigt ein und setzt sich. Auch er steigt ein, beugt sich etwas über sie und öffnet das Handschuhfach. Sofort steigt ihm der scharfe Geruch des Betäubungsmittels in die Nase, das er auf den Stofflappen gekippt hat. Er nimmt den Lappen und presst ihn dem schwarzen Mädchen auf Nase und Mund. Sie versucht ihn von sich zu schieben, wegzurutschen, aber er ist gleich über ihr und drückt sie auf den Sitz. Er greift in ihr Haar, in das Holzperlen geflochten sind, hält ihren Kopf fest. Die Wirkung tritt schnell ein, er hat nicht gespart mit dem Zeug. Als sie ausgeknockt im Sitz hängt, steigt er aus und geht auf die andere Seite. Er öffnet zunächst die seitliche Schiebetür des Lieferwagens, dann die Beifahrertür, zu dem kleinen Wäldchen hin, zieht das Mädchen raus, lädt sie sich auf die Schulter und trägt sie nach hinten, in den Laderaum. Dort hat er ein paar Wolldecken und Schnüre bereitgelegt. Er findet es sicherer, sie zu fesseln, vielleicht wacht sie ja auf, bevor sie ankommen. Die Lappen mit dem Chloroform legt er ebenfalls nach hinten, zu ätzend ist der Gestank. Er öffnet die Fenster rechts und links und fährt los.

Jana hat sich die gefütterte Jeansjacke angezogen, über den schwarzen engen Pullover, dazu die praktische beige Hose, die schon oft gewaschen wurde, und die Schnürstiefel, die sie immer trägt, wenn sie über die Waldwege geht. Sie ist eine derjenigen, die den Leuten hier verständlich gemacht haben, wie gut es ist, an einem der dunkelsten Orte des ganzen Landes zu leben. Wenn der Mond sich hinter der Erde verbirgt, ist die Nacht hier schwarz, nicht grau. Jetzt sind sie stolz darauf, denn das macht sie besonders, sie fühlen sich besser als die Bewohner der anderen Dörfer, reiner, sauberer. Nachts werden nur wenige Straßenlaternen angeschaltet, um die große schwarze Nacht zu bewahren, auf Anweisung von ihr und den anderen Wissenschaftlern. Die Dunkelheit schützt ihren See, der besonders tief und klar ist. Nachts ist er ein schwarzer kalter Block, den Fische mit ihren immer geöffneten Augen durchstreifen, während ihre Mäuler auf und zu klappen. Rings um den See steht der Wald, in dem die Wildschweine die Erde umgraben und sich in der Dunkelheit paaren. Der alte Kasten des Atomkraftwerks rottet vor sich hin, nicht weit davon entfernt stehen noch die Grundmauern des Jagdhauses, das Hitler einem Generalfeldmarschall schenkte, von Ranken überzogen. Dichte, unzugängliche Moorwälder atmen feuchten Nebel aus. Ein Labyrinth aus Nacht hat sich um diesen See und diesen Ort gelegt. Hier verfielen die großen Vorhaben mächtiger Männer, die tiefe Dunkelheit zog sie in ihren tiefen Schlaf.

Als Jana aus dem Wald tritt, sieht sie schon von Weitem das warme gelbe Licht durch die schwarzen Bäume scheinen. Sie haben das jährliche Osterfeuer schon entzündet. Für diese Nacht vor Ostern treffen sich die Bewohner der umliegenden Dörfer auf einer Wiese. Sie weiß, dass ihre Kleidung nach dem Holzfeuer riechen wird, wenn sie wieder zurückkommt, vermutlich würde sie sie waschen müssen. Aber das ist egal, hier, bei den Dorfleuten, muss sie ja nicht schick sein, besser einfach gekleidet. Diesmal ist das Feuer nicht verboten, in den letzten Jahren gab es wegen Corona kein Feuer und keine Gottesdienste. Obwohl es ziemlich trocken ist und schon wieder zu wenig geregnet hat, wollten sie die besondere Nacht vor dem Osterfest dieses Mal auf jeden Fall feiern. Mehrere Dorfgemeinschaften haben sich zusammengetan und die Wiese bestimmt, wo das Osterfeuer gefahrlos abgebrannt werden kann. Ein Feuerwehrwagen steht bereit, und einige Männer und Frauen der freiwilligen Feuerwehr haben ihre Uniformen angezogen. Das Feuer brennt in einer riesigen Eisenschale, die auf drei Füßen steht. Sie wurde von Bewohnern eines Dorfes gebracht, von jungen Leuten, die sich dort neu angesiedelt haben. Eine seltsame Landgemeinschaft, die sich Siedler nennen, angeleitet von einer Frau namens Wala von Anschütz, die vor ein paar Jahren das Gut ihres Großvaters zurückgekauft hat.

Von überall wurde altes Holz aus Scheunen und Kellern geholt, das sich über den Winter angesammelt hat und jetzt neben der Schale liegt. Das Aufschichten des Feuerholzes übernahm der Mann, der sich auskennt, der das immer macht, der weiß, was unten liegen muss und was oben, wie die Luft zwischen den Ästen und Balken strömen soll, um ein gleichmäßiges Abbrennen des Holzes zu ermöglichen. Der jährliche Holzstoß und das Feuer sind sein persönlicher Stolz, seine Kunst, die er pflegt. Er ist wirklich froh, dass er dieses Jahr wieder zeigen darf, wie gut er das kann. Sie haben dem Mann schon am Nachmittag eine große Klappleiter aufgestellt, damit er einen möglichst hohen Turm aus Feuerholz errichten kann. Sie sind auch stolz darauf, wie mächtig ihr Osterfeuer ist. Sie setzen der dunklen Nacht einmal im Jahr ihr eigenes Licht entgegen. Es brennt hoch und heiß, Funken stieben durch die Luft, wie kleine flirrende Leuchtkäfer, die es hier nicht gibt.

Ihre Haut im Gesicht spannt sich, wird heiß. Jana genießt es, die brutale Hitze zu spüren, sie in sich aufzusaugen. Sie sehnt sich nach der Energie, die in sie einströmt, ihr gefällt das Flackern, die Wildheit, die Gefahr, die tausend Grad, die im Inneren des Feuers wüten. Ein paar Jungs rennen mit ihren Würsten und Teigklumpen an krummen Stöcken in die Nähe der Flammen, müssen sich aber gleich wieder zurückziehen. Mütter ermahnen sie, auf die Glut zu warten. Mit andächtiger Stille betrachten die Dorfbewohner den Gott des Feuers, der ihnen seine Macht demonstriert. Die Männer stehen in kleinen Gruppen, mit Bierflaschen in den Händen, sprechen noch weniger als sonst. Es braucht ein paar Flaschen und einige Würste mehr, die auf dem Grill verteilt schmoren, bevor sie laut lachen, sich erzählen, was sie im Fernsehen gesehen haben, wen sie beobachtet haben, wo es schon wieder teurer geworden ist.

Jana fasst sich mit den Händen in das heiße Gesicht, um es zu kühlen, streicht ihre hellen Haare zurück, einzelne Strähnen haben sich gelöst. Sie kennt die Menschen aus ihrem Dorf, die sie grüßen. Sie und die anderen Wissenschaftler, die hier leben und den klaren See erforschen, sind geduldete Einwohner, die seit Jahren kommen und gehen. Jana lebt seit vier Jahren wieder hier, sie wissen, wer sie ist. Sie ist die Schwester von Paul Kugelmann, dem Polizisten, ihrem verschwundenen Bruder. Sie wird in zwei Tagen ihren achtundvierzigsten Geburtstag feiern, der diesmal auf den Ostermontag fällt, vermutlich allein, wie meistens. Das Alter ist ihr egal, ihr Körper hat sich in den letzten Jahren kaum verändert, wie sie findet. Ihre Figur ist, wie sie ist, ihre Brüste sind noch immer fest und schwer, ihre Beine noch immer zu kurz und zu kräftig, wie ihre Arme. Als Schönheit hat sie noch kein Mann bezeichnet, eher als kluge Frau, als charmante Frau, als Frau, die strahlend lächelt. Einer mochte ihre weiche Haut. Keine Komplimente zu ihren Haaren, die schon immer zu dünn und farblos waren. Es gibt schon länger keinen Mann mehr, der ihr zum Geburtstag gratulieren würde. Auch ihr Sohn wird sich nicht melden, es schmerzt und ist anwesend, dieses Gefühl, verlassen worden zu sein.

»Auch ein Bier?«

Walter Glasen stellt sich neben sie, hält ihr eine Flasche vors Gesicht. Sie schaut zu ihm hin, lächelt ein wenig, nickt, nimmt die Flasche, schaut aufs Etikett, sieht den lächelnden Preußenkönig, trinkt.

»Danke«, sagt sie.

Jetzt müsste sie eigentlich etwas zum Feuer sagen, von ihrem Holzklotz aufstehen und sich neben ihn stellen und reden. Aber sie will weder über die letzten Sedimentproben sprechen, noch über die Leute aus dem Dorf, auch nicht über sich oder über ihn. Vermutlich ist er zehn Jahre älter. Walter gehört hierher, schon immer. Soweit sie weiß, ging er nie von hier weg. Er arbeitet schon sein ganzes Leben lang für das Labor, prüft, wie viel Methan sich in den Bodenschichten des Sees verbirgt. Er ist ein guter Taucher, hat man ihr berichtet. Wenn er sich mal freinimmt, fliegt er nach Ägypten, ans Rote Meer, um dort zu tauchen. Vor zwei Jahren ist seine Frau gestorben, an Corona, erzählt man sich, seitdem lebt Walter allein in seinem schönen Häuschen. Es wäre ein Leichtes, sich mit ihm einzulassen. Er würde sie vermutlich so nehmen, wie sie ist, und ihr jedes Jahr zum Geburtstag gratulieren. Mit Blumenstrauß und Kuchen. Nein, keinen Kuchen, er ist kein Mann für Kuchen, eher für eine gute Flasche Wein. Auch an den Sex könnte sie sich gewöhnen, regelmäßig, freundlich, sonntags, wenn sie nicht arbeiten. Warum eigentlich nicht? Besser als gar keinen Sex. Aber die Vorstellung, mit ihm zusammen morgens aufzubrechen und zur Arbeit zu gehen, seine Nähe und seine Aufmerksamkeit zu ertragen, erzeugt so etwas wie Brechreiz in ihr. Sie spürt es im Hals. Das Bier tut gut, es kühlt, eigentlich ist sie viel zu nah am Feuer, sie steht auf, stellt sich neben Walter. Sie stößt mit ihm an, er nickt.

»Da haben sie sich ja richtig Mühe gegeben«, sagt Walter und deutet auf die riesige Eisenschale, in der der Holzhaufen brennt. Sie schaut ihn an, versteht nicht gleich, wen er meint. Um einen der Biertische sitzt die Gruppe, die sich unterscheidet, meistens junge Leute. Die Männer tragen Cordhosen, einige haben lange Haare und Bärte, andere rasierte Köpfe und Tattoos, die Frauen meist Zöpfe und lange Röcke. In deren Mitte thront die Frau, die ein Kopftuch umgebunden hat, unter dem ihre strahlend blonden Haare hervorschauen. Es sieht aus, als ob die jungen Leute sich alle um ihre Mutter versammelt hätten, eine strenge Mutter und folgsame Kinder. Vielleicht sind sie auch einfach nur Schafe.

»Sieht aus wie eine Opferschale«, kommentiert Jana. Walter nickt.

Am Rand des Lichtscheins der um das Feuer versammelten Leute taucht ein dunkelhäutiger Mann auf. Er bleibt in den flackernden Schatten des Feuers stehen, hält sich von den Dorfbewohnern fern. Er schaut intensiv, sucht jeden einzelnen der Anwesenden ab. Er hält sich in der Dunkelheit, auf die hier alle so stolz sind, um sie zu beobachten. Jetzt hat Walter den Mann entdeckt. »Da ist Ebuk«, sagt er zu Jana. Er hebt eine Hand und winkt dem Mann am Rand des Lichtscheins, der ebenfalls eine kleine Bewegung mit der Hand macht. Er nickt Walter zur Begrüßung zu, kommt aber nicht näher. Jana dreht sich zu ihm hin, dem einzigen dunkelhäutigen Mann weit und breit. Da löst er sich aus seiner Dunkelheit. Als Erstes geht er zu einem Tisch, wo einige Männer sitzen, die ihn gut kennen.

Einer steht auf und umarmt Ebuk, lacht, klopft ihm auf die Schulter. »Du hast sie zusammengefaltet«, sagt der Mann. Sie wollen, dass sich Ebuk zu ihnen setzt, »Vier zu eins, Mann, du warst klasse.« Über das Gesicht des schwarzhäutigen Mannes zieht sich für einen Moment ein Strahlen, der Abglanz von etwas Glück, aber gleich ist er wieder ernst. Er fragt, ob einer von ihnen seine Tochter gesehen hat. Ist sie schon aufgetaucht? War sie hier? Keiner hat sie gesehen? Erstaunt blicken ihn die Männer an, mit denen er noch am Nachmittag auf einem holprigen Rasen herumgerannt ist, die ihm zugejubelt haben, als er die Stürmer der anderen gestoppt hat. Wie kann er über die Abwesenheit eines jungen Mädchens so besorgt sein, wo es doch einen Sieg über die andere Mannschaft zu feiern gilt? Das Feuer brennt, es ist heiß. »Ebuk, setz dich zu uns!« Doch er kann nicht, er schaut sich weiter um.

Auch die Frau mit dem Kopftuch sieht ihn, flüstert etwas zu dem Mann neben ihr; die Ärmel seines karierten Flanellhemds sind hochgekrempelt, die langen Haare hat er nach hinten zusammengebunden. Der Blick des Mannes ist wach, aufmerksam, sein Gesicht lächelt, seine Haltung strahlt Selbstsicherheit und Stolz aus. Die Frau legt ihm ihre Hand, an der mehrere goldene Ringe glänzen, auf den Arm mit den dunklen Tattoos.

Walter winkt noch mal zu Ebuk, jetzt kräftiger, und da kommt er zu ihnen ans Feuer. Er spürt, wie die Blicke der Bewohner aus den Dörfern beiläufig auf ihn gerichtet sind. Er ist der Schwarze, den sie kennen, der von ihnen geduldete Exot, der inzwischen ihre Sprache spricht.

»Du kennst Herrn Ebuk aus Uganda?«, erkundigt sich Walter, als er langsam zu ihnen tritt.

»Hallo«, sagt Jana, »wir haben uns schon ein paarmal gesehen. Sie arbeiten für die Gemeinde?« Sie macht eine Geste zu den Männern am Tisch, bei denen er zuerst war.

»Ja, Frau Doktor«, antwortet Ebuk.

»Jana«, sagt sie und streckt ihm die Hand hin. Seine Hand schließt sich um ihre, eine warme Hand, nicht zu fest, nicht zu weich.

»Walter«, schließt dieser sich an, hält Ebuk ebenfalls seine Hand hin.

»Peter Ebuk.« Sein Lächeln ist angespannt.

»Willst du auch ein Bier?«, fragt Walter.

»Nein, Sir, ich suche meine Tochter. Ich dachte, sie ist hier.«

»Die kommt schon noch«, meint Walter. Aber die Spannung bei Ebuk legt sich nicht, er ist besorgt und wachsam. Walter geht los, um ein Bier zu besorgen.

»Wie alt ist sie?«, will Jana wissen. Sie schaut in sein ovales Gesicht, in seine aufmerksamen dunklen Augen, sie sieht seine gerade, lange Nase, die kräftig ist, blickt kurz auf seine vollen, angespannten Lippen.

»Dreizehn«, antwortet Ebuk, »Viktoria ist dreizehn.«

»Sie leben allein mit ihr?«, fragt Jana.

»Ja, sie müsste schon längst zurück sein. Sie kommt nie zu spät. Aber heute ist sie nicht nach Hause gekommen.«

»Waren Sie schon bei der Polizei?«, fragt sie nach. Er nickt.

»Erst wenn sie vierundzwanzig Stunden weg ist, kann sie etwas machen.«

»Sagt wer?«

»Die Frau von der Polizei«, antwortet Ebuk.

»Sandra? Waren Sie in Rheinsberg auf der Wache?«, hakt sie nach.

Ebuk bestätigt, ja, das war er, aber sie haben ihn wieder weggeschickt. Die Polizistin war freundlich, Kinder in dem Alter könnten sich schon mal verspäten, bei einer Freundin bleiben, hatte sie versucht, ihn zu beschwichtigen. Doch nicht Viktoria, sie weiß, er macht sich Sorgen, wenn sie nach der Schule nicht nach Hause kommt oder versäumt, ihn anzurufen, wenn sie länger bei Freunden bleibt. Walter bringt ein Bier und reicht es Ebuk. Er nimmt es, bedankt sich, aber er trinkt nicht. Seine dunkle Haut glänzt im Licht des Feuers, er sieht Jana an. Sein klarer, offener Blick verwirrt sie.

»Haben Sie eine Tochter?«, fragt er sie.

»Nein, einen Sohn«, sagt sie ihm, während sie sich anschauen.

»Ich hab 'ne Tochter«, kommt von Walter, »in Berlin. Die war immer unterwegs. Wenn sie Hunger hatte, kam sie nach Hause.«

Ebuk dreht sich zu Walter, schaut aufmerksam in sein Gesicht, versucht zu verstehen, was der weiße Mann ihm damit sagen will. Walter lächelt Ebuk an, er will ihn beruhigen.

»Hat sie eine beste Freundin?«, möchte Walter wissen.

»Angela«, antwortet Peter Ebuk, »Angela Köhler. Ich habe angerufen. Zweimal. Sie weiß nicht, wo sie steckt. Die Mutter weiß auch nichts.«

Jana würde gerne eine Bemerkung machen. Über die Menschen hier, die eigentlich über alles Bescheid wissen, die sehr neugierig sind, aber behaupten, sie würden nichts wissen, die sich dumm stellen, um den Fragenden zum Sprechen zu provozieren oder um ihn einfach loszuwerden. Aber sie schaut Peter nur an. Sie hat sich vorgenommen, ihn »Pieter« zu nennen, englisch ausgesprochen, nicht »Ebuk«, wie Walter.

»Wenn sie morgen noch nicht da ist, dann gehst du noch mal zur Polizei«, meint Walter jetzt. Was denn sonst, denkt sich Jana. Sie findet es seltsam, wie vertraut Walter mit dem Mann spricht, als ob sie alte Kollegen wären. So eine Kumpelhaftigkeit von Chef zu Angestelltem, von Wissendem zu Unwissendem, von Weiß zu Schwarz oder von Einheimischem zu Fremdem. Peter Ebuk nickt, stellt das Bier auf dem Boden ab, bedankt und verabschiedet sich. Er dreht sich um und geht los. Ein kräftiger Mann, nicht zu groß, sein Körper kompakt, er geht leicht gebeugt, angespannt. Eine Hand geht auf und zu, ballt sich zur Faust und öffnet sich wieder, wie um sich zu lockern. Jana schaut ihm nach, würde gerne all die schlichten Fragen stellen, die ihr durch den Kopf gehen, woher kommen Sie, wie alt sind Sie, sind Sie verheiratet, warum sind Sie hier, wie lange sind Sie schon hier, wie lange wollen Sie noch bleiben, was hat Sie ausgerechnet hierher gebracht, an diesen dunklen Ort.

»Pieter«, ruft sie ihm nach. Sie geht ein paar leichte Schritte hinter ihm her, schnell dreht er sich um, sein Körper gespannt, auf dem Sprung.

»Ich kann Sie … ich kann morgen mit Ihnen mitkommen. Zur Polizei, ich kenn die gut«, erklärt sie ihm. Wieder schaut er sie an, klar und direkt, seine Miene bewegt sich nicht, keine Zustimmung, keine Ablehnung.

»Ich hab ein Auto«, ergänzt sie, wie zur Entschuldigung.

»Um drei, am Institut. Ich werde da sein«, antwortet er. Es klingt hart, wie er das sagt, nicht dankbar, eher wie der Befehl eines Kommandierenden, dann dreht er sich wieder um und verschwindet, lässt sich verschlucken von der Nacht.

Der Glanz des Feuers reicht weit, Ebuks Augen stellen sich darauf ein, die Schatten zu sehen, die Tiere zu ahnen, die sich vor den Menschen verstecken. Sein Körper ist angespannt, kräftig. Das Gerenne und der Kampf auf dem Fußballplatz heute Nachmittag haben ihm gutgetan. Er fühlt die kalte Nacht, versucht zu verstehen, wie die Nacht atmet. Sein Großvater hatte ihm beigebracht, keine Angst in der Nacht zu haben, die Dunkelheit zu seinem Verbündeten zu machen. In dem großen Wald neben dem Dorf, in dem der Großvater ein Chief war, sah es nachts anders aus als am Tag. Die tiefen Schatten verwandelten alles. Doch der Chief erklärte ihm, dass die Bäume an ihrem Ort bleiben und auch der Boden sich nicht verändert. Es war nur dunkel. Allerdings hatten die eigentlichen, die tierischen Bewohner des Waldes einen großen Vorteil: Sie hatten die besseren Augen und die besseren Nasen und waren schneller. Nachts lebten andere Geister im Wald, hatte ihm sein Großvater erklärt, doch auch mit denen konnte man sich verständigen. Man musste ihnen einfach sagen, dass man unterwegs war, nach Hause wollte oder in das nächste Dorf, nicht vorhatte, sie zu jagen oder ihr geselliges Beisammensein zu stören. Ebuk hatte den Großvater nach den nächtlichen Tänzern gefragt, den Geistern, die nackt über den dunklen Waldboden schweben. Hatte man das Unglück, ihnen zu begegnen, würde man von ihnen geschlachtet und aufgefressen. Konnte man mit denen auch einfach reden und verhandeln? Auf jeden Fall, versicherte ihm der Großvater. Man konnte immer mit allen reden, er sollte sich niemals davor fürchten, mit jemandem zu sprechen, egal ob groß oder klein, reich oder arm, ob Geist oder Mensch. Ebuk durfte in seinem Leben erfahren, dass das stimmte, aber nicht immer gut ausging. So wie bei seinem Großvater, den nicht die Geister, aber Idi Amins Männer geholt hatten, weil er verdächtigt wurde, mit den jungen Rebellen um Yoweri Museveni zu paktieren, dem noch immer amtierenden und inzwischen zum Autokraten mutierten Präsidenten. Die Leiche des Großvaters wurde nie gefunden, aber als Museveni an die Macht kam, hat man sich der Familie erinnert und Ebuks Vater unterstützt. Sie hätten es gerne gesehen, wenn er Chief geworden wäre, doch er gab die Ehre an einen seiner Brüder weiter. Sein Vater wollte studieren und Arzt werden, nicht für die Regierung und die Politiker arbeiten. Als sein Sohn, Peter Ebuk, sich entschied, zum Militär zu gehen, und später Polizist wurde, hat man ihn gern gefördert, obwohl er nicht aus dem Stamm des Präsidenten kommt wie alle anderen Polizeichefs im Land.

Die Geister, die in diesem Land im Wald leben, kennt Ebuk nicht und will sie auch nicht kennenlernen. Die eigenen Geister, die in vielen Nächten seinen Kopf bevölkern, reichen ihm völlig aus. Manchmal sind es die Stimmen von Schauspielerinnen aus Filmen, die seine Frau Prudence sich angeschaut hat. Diese Vorliebe für seltsame Filme. Sie liebte Science-Fiction-Filme, denn dort im Weltraum wäre für schwarze Menschen die eigentliche Zukunft, behauptete sie. Er stritt sich mit ihr, weil er fand, sie müssten ein besseres Leben in ihrem eigenen Land, auf der Erde schaffen und nicht im Weltall. Es ist ihm klar, Prudence spricht zu ihm und nicht die Pilotin eines Raumschiffs. Aber es scheint ihr Spaß zu machen, sich als Ellen Louise Ripley auszugeben, die sich mit ihrer Tochter unterhält, nachdem ihr Raumschiff Nostromo durch Aliens zerstört wurde.

Weil sie fliehen mussten, konnten Viktoria und er nicht auf Prudences Beerdigung sein, was ihn noch immer schmerzt. Er weiß nicht, ob sie würdig beerdigt wurde und wo genau ihr Grab ist. Viktoria hat ihm seine Unkenntnis vorgehalten, es kam schon mehrmals deswegen zum Streit. Sie sagt es ihm nicht ausdrücklich, aber er spürt es, sie gibt ihm die Schuld am Tod ihrer Mutter. Hinter ihren Fragen nach dem Grab steht eine andere, viel größere Frage: Warum konntest du nicht verhindern, dass sie erschossen wurde? Warum musste sie sterben und nicht du? Du bist doch der große Polizist, warum ist sie tot? Es fällt ihm schwer, mit ihr darüber zu sprechen, denn er hat keine Antworten für sie.

Der Geist seiner Frau irrt weiter umher, weil er noch keine Ruhe gefunden hat, weil er, ihr Mann, sich schuldig gemacht hat, weil er geflohen ist und ihr Tod noch nicht gesühnt wurde. Seither ist diese Stimme in seinem Kopf. Er fühlt sich genauso verloren wie diese Ripley, die ganz auf sich gestellt gegen furchtbare Monster kämpft. Sie rettet ein Mädchen, aber sie wird selbst zur Mutter neuer Ungeheuer, die in ihrem Bauch heranwachsen. Das ist die Tragik der Kämpfer gegen das Unrecht: Sie schaffen neues Unrecht, das dann möglicherweise noch tragischere Folgen hat.

Ebuk ist ein Mensch, der gelernt hat, sinnvolle, logische Zusammenhänge herzustellen. Er weiß, wie man aus Spuren Schlussfolgerungen zieht und in Gesprächen heraushört, was ein Verdächtiger wirklich zu sagen hat, was hinter der Fassade des Gesprochenen verborgen ist, auch wenn man manchen Aussagen nachhelfen muss, indem man den Kopf eines Verdächtigen gegen einen Baum schlägt. Dong! Er war immer ein guter Polizist. Weil er ein guter Polizist war, musste er fliehen, um sein Leben, aber vor allem um das

Leben seiner Tochter zu retten. Er hat sein geliebtes Uganda verlassen und Asyl in Deutschland beantragt.

Manchmal gibt Ripley ihm Anweisungen, sie fordert ihn heraus und ärgert ihn. Sie nennt ihn einen Dummkopf, der alle anderen in Gefahr bringen werde. Er soll sich anstrengen, sich beeilen, sich zusammenreißen, sagt sie dann.

Auch jetzt hört und spricht er in die Dunkelheit neben den Straßenlaternen, die die Straßen in unscharfe Flächen orangefarbenen Lichts tauchen.

»I will find her, I'm still a good cop«, ruft er. Er schaut in die Dunkelheit, die Frau macht ihm Vorwürfe, weil er bis zum nächsten Tag warten will; warum geht er nicht sofort in den Wald und sucht nach Viktoria? Bis er seine Tochter findet, ist sie vielleicht längst tot, sagt sie ihm.

»Shut up!«, schreit er in den Wald. Er ist sich bewusst, dass er wie ein Verrückter wirkt, sollte ihn jemand sehen oder hören, wie er da mit niemandem redet. Manche haben ein kaputtes Knie oder eine schmerzende Narbe, er hört eben manchmal Ellen Ripley, andere sprechen mit der toten Miriam Makeba, mit ihrem Großvater oder einem Baumgeist. So what? Er möchte Prudence dazu bringen, ihm sinnvolle Hinweise zu geben. Anstatt ihm Vorwürfe zu machen, soll sie ihm doch bitte sagen, wie er Viktoria findet. »And? Tell me!«, fordert er sie auf. Er hört, geht einige Schritte in das Waldstück, aber jetzt hat sie nichts mehr zu sagen. »Tell me!«, ruft er erneut. Aber was soll sie ihm schon sagen? Weil Ripley so eine Art Geist ist, kann sie nicht einfach selbst aktiv werden, Ebuk an die Hand nehmen und zu Viktoria führen. So etwas machen Geister nicht, das weiß Ebuk. Sie beschützen Menschen, fordern sie heraus, konfrontieren sie mit ihren Schwächen, aber sie sind keine Götter, sie haben keine eigene Macht. Leider. Es ist ganz allein seine Aufgabe, seine Tochter zu finden, sie zu befreien und etwas aus seinem neuen Leben zu machen, hier, in diesem fremden Land.

Weit entfernt fährt ein Auto auf der Landstraße, aus einem geöffneten Fenster dringt die lärmende Kulisse eines Fußballspiels. Doch der Wald ist still. Das ist der große Unterschied zu seiner Heimat, wo es auch nachts nicht ruhig ist, weder im Dorf noch draußen im Wald. Vor allem der Wald ist in der Nacht voller Gezirpe und Knacken, Affen rufen sich etwas zu, durch das Unterholz scharren kleine und größere Tiere, es riecht anders, es ist lebendiger als am Tag. Er geht unter den trüben Straßenlaternen entlang, er muss sich zusammenreißen, an sich halten, immer wieder stehen bleiben, zu Atem kommen, er muss horchen und klar denken. Je besser er Deutsch spricht, um so besser gelingt es ihm, das Denken der Deutschen zu verstehen, die Klarheit und ihre Direktheit nicht als Unfreundlichkeit, sondern als Lebenshaltung zu begreifen. Er geht weiter, sein Körper ist schwerfällig, angespannt.

Die Frau am Feuer hat ihm angeboten, morgen mit ihm zur Polizei zu gehen. Jana. Sie sind sich ein paarmal begegnet, zufällig, als er mit Arbeiten im Dorf beschäftigt war. Einmal reparierte er zusammen mit dem Kollegen Kevin eine Schranke an einer Zufahrt zu einem Waldweg. Anstatt des durchgebrochenen Holzbalkens sollte eine Metallstange angebracht werden. Als sie die schwere Stange von ihrem kleinen Lastwagen abluden, kam die Frau auf ihrem Fahrrad vorbei. Der Kollege gab ihm laufend Anweisungen, wie er die Stange halten soll und wie er sie zu tragen habe. Dabei ging es weniger um die Tätigkeit selbst, als darum, dem Schwarzen Anweisungen zu geben, als diese Frau mit dem Fahrrad vorbeifuhr. Er hatte sich daran gewöhnt, dass die Deutschen ihn als ungeschickt ansahen. Der Deutsche rief immer wieder: »Was machst du denn da!«, und: »So doch nicht!« Die Frau stoppte, stieg vom Fahrrad ab, schaute ihnen zu und kam näher. Sie fragte, ob sie vielleicht helfen könne, wobei sie die Stirn runzelte und lächelte, es war vermutlich als Witz gemeint. Da lachte der Kollege und sagte: »Tag, Frau Doktor, wir schaffen das.« Sie nickte, blickte den Mann eindringlich an, wie um ihn zu ermahnen, drehte sich um, zwinkerte Ebuk unmerklich zu und fuhr wieder weiter. Es war, als ob sie ihm zu verstehen geben wollte, der andere ist der Dumme und nicht er. Als sie weg war, befand der Kollege, dass die »Frau Doktor« eine »Gute« sei. Merkwürdig. Eine Frau, die in seinem alten Dorf Zeugin einer solchen Szene geworden wäre, hätte sie deutlicher kommentiert oder gelacht, wäre stehen geblieben, um sich auszuruhen und Fragen zu ihrer Tätigkeit zu stellen. Am Abend hätte das ganze Dorf über die unfähigen zwei Männer gesprochen, die mit einer »langen Stange« nicht zurechtgekommen sind. Es wären zweideutige Witze gemacht worden, zu denen die Frauen und Männer laut gelacht und sich abgeklatscht hätten. Ihm fehlte das laute, herzliche Lachen seiner Leute. Bestimmt hätten die Älteren die Weisheit der Väter zitiert wie: »Schnelles Laufen ist keine Garantie, ans Ziel zu kommen« oder: »Wer auf den Baum klettern will, fängt unten an, nicht oben.« Viktoria lachte ihn oft aus, wenn er ihr mit diesen Sprüchen kam, sie wollte sie nicht hören, nicht an ihre Heimat erinnert werden. Sie lebte jetzt in Deutschland und wollte sich möglichst wenig von den anderen unterscheiden. Allerdings gab es da diesen wichtigen Unterschied: Ihre Haut war dunkel, nicht weiß oder rosa. Er spürt es, er weiß, etwas ist passiert. Es muss ein Unfall sein, vielleicht liegt sie irgendwo im Wald und kann sich nicht selbst helfen. Er muss sie finden, er zittert. Selbst als ihm seine Leute geflüstert hatten, dass er noch höchstens einen Tag hätte, bevor es aus mit ihm wäre, bevor die Schweine ihn erschießen würden, vermutlich von einem Motorrad aus, wusste er, was zu tun war, dass er sich, seine Frau und sein Kind so schnell wie möglich außer Landes bringen musste. Er hat es geschafft, er und Viktoria haben überlebt, aber Prudence ist tot. Doch jetzt ist er hilflos, läuft durch ein dunkles

Land mit einem dunklen See in einer dunklen Nacht, in der ein riesiger Haufen Holz in einer Opferschale brennt. An einem Baum hält er an, stützt sich ab, berührt die Rinde mit der Hand. Da ist sie wieder, diese schmerzliche Kälte im Rücken. Vielleicht hat ihr Verschwinden ja nur mit ihm zu tun? Man hat sie ihm weggenommen, um sich an ihm zu rächen. Er zuckt von dem Baum weg, als ob der unter Strom steht. Die Männer, die er verhaften ließ, deren schmutzige, blutige Geschäfte er aufdeckte, sie sind ihm nach Deutschland gefolgt und haben sich seine Tochter gegriffen. Der Geist des Mannes, den er erschossen hat, als er fliehen wollte, sucht ihn und möchte ihn zur Rechenschaft ziehen. Ohne seine Ermittlungen würde Prudence noch leben. Dabei war sie es, die ihm davon erzählte. Nachbarinnen hatten ihr berichtet, was mit den Kindern geschah. »Jetzt kannst du mal zeigen, ob du ein guter Polizist bist oder auch nur ein fetter Bonze, der sich schmieren lässt, säuft und irgendwelche Mädchen fickt«, hatte sie ihn angeschrien. Und er wollte ihr beweisen, wie anders er ist. Er verfolgte diese Verbrecher, er brachte sie zur Strecke, er erschoss dieses Schwein. Sie sollte ihn wieder achten, ihn wieder lieben. Er hörte mit dem Saufen auf und mit den Mädchen. Er hätte auch Prudences Mörder finden, sie festnehmen und vor Gericht bringen müssen. Es war Feigheit, das Land zu verlassen. Am Verschwinden von Viktoria ist nur er allein schuld.

Was für ein Unsinn, weist er sich gleich selbst zurecht. Ihn verfolgen keine Geister; nicht nach Deutschland. Und schon gar nicht diese Männer. Sie würden niemals solche Mühen auf sich nehmen, niemals so viel Geld ausgeben, um ihn aufzutreiben. Er lebt in Deutschland, in Sicherheit. »Wir müssen bei den Fakten bleiben«, hatte er seinen Männern immer wieder eingeschärft. Auch er muss bei den Fakten bleiben und die richtigen Schlussfolgerungen ziehen. So geht Ebuk weiter, öffnet seine kleine Zweizimmerwohnung im Erdgeschoss, schaut ins Zimmer seiner Tochter, das leer ist und verlassen. Ob er noch einmal die Freundin von Viktoria anrufen soll? Aber für Deutschland ist es zu spät, da darf man um diese Uhrzeit nicht mehr anrufen, ohne den Groll der Leute auf sich zu ziehen.

Vielleicht sollte er Jonathan anrufen, seinen alten Freund in Jinja, der jetzt District Police Commander geworden ist. Aber was sollte er ihn fragen? Sag mal, wie geht es dir auf meinem alten Posten, hast du schon zugenommen? Bist du fett, wie alle Polizeichefs? Ich bin hier in Deutschland, meine Tochter ist nicht nach Hause gekommen. Weißt du, ob irgendjemand Leute auf mich angesetzt hat? Er setzt sich auf das Bett von Viktoria, das noch genauso aussieht wie heute Morgen, als sie es verlassen hat. Sie schüttelt weder das Kissen noch die Decke auf, wie sie es zu Hause machen musste, um die Flöhe oder nächtliches Ungeziefer aus der Wäsche zu vertreiben. Aber das gibt es hier in Deutschland ja alles nicht, keine Skorpione, keine Flöhe; in den Sommermonaten kamen Stechmücken, die schlug man tot, es juckte, aber man bekam keine Malaria. Sie hatte sich ein großes Poster von Kayne West aufgehängt. Sie hat ihm die Augen ausgekratzt, weil er zu einem Trump-Unterstützer geworden war. Seine Musik mochte sie immer noch. Ihr hatte einmal gefallen, dass er mit seiner Ex-Frau Kim Kardashian Uganda besuchte, um dem Präsidenten ein Paar seiner Turnschuhe zu schenken. Warum sie das Plakat nicht abhängte, wusste sie vermutlich selbst nicht. Er nimmt ihre Lehrbücher für Deutsch in die Hand. Wie schnell sie die Sprache gelernt und wie sehr sie ihn immer wieder herausgefordert hat, Deutsch zu lernen. Sie fragte ihn Vokabeln ab, hörte mit ihm die Sprachkurse. Was für ein tolles, kluges Mädchen seine Viktoria ist. Warum ist sie nicht hier und tippt auf ihrem Smartphone herum? Er geht an ihren kleinen Kleiderschrank, in dem ein Teil der Wäsche geordnet und gestapelt ist, aber Hosen und Pullis verstreut auf dem Boden des Schranks liegen. Vielleicht wird sie einmal so ordentlich, wie ihre Mutter es war. Sie sieht Prudence so sehr ähnlich, hat ihre leuchtenden Augen. Auf ihrem Schreibtisch hat sie neben den Schulbüchern ein kleines gerahmtes Foto ihrer lachenden Mutter aufgestellt. Es ist das einzige Foto, das sie von ihr mitgenommen hat. Er geht in das andere Zimmer, wo er schläft, auf dem Sofa, das immer aufgeklappt ist; daneben gibt es ein Fernsehgerät, einen Schrank. In der Küche stehen ein einfacher Tisch und vier Stühle. Er macht den Kühlschrank auf, nimmt sich eine Flasche Bier, öffnet die Flasche und trinkt. Ob sie jemals aus dieser armseligen kleinen Wohnung wieder herauskommen? Die Gemeinde hatte ihnen diese Ferienwohnung im Erdgeschoss zugewiesen, und er war dankbar dafür. Aber wie viel ärmer ist ihr Leben hier. Er hat keinen Fahrer mehr, kein großes Haus, keinen Garten, selten Sonne; es ist meistens kalt und feucht. Aber er und Viktoria leben noch. Nur noch sie beide. Eines Tages würde auch der alte, korrupte Präsident Museveni weg sein. Der verrückte Rapper Bobby Wine hat auch die letzte Präsidentschaftswahl verloren. Irgendwann werden Bobby und seine Leute mit den roten Mützen gewinnen, dann wird das Land sich verändern. Aber vermutlich bringen sie Bobby vorher um oder schlagen ihn zusammen, sperren ihn ein, foltern ihn, so wie sie es während des letzten Wahlkampfs mehrfach gemacht haben. Die Wahlen wurden erneut gefälscht und manipuliert. Es nützt nichts, sich falsche Hoffnungen zu machen, sagt er sich, sie leben jetzt hier. Seit drei Jahren. Wenn sein Asylantrag durchgeht, könnte er vielleicht auch in Deutschland etwas Sinnvolles machen. Er würde sehr gerne von der deutschen Polizei lernen, wieder als Polizist arbeiten. Doch das ist zu egoistisch gedacht, mahnt er sich. Seine Aufgabe ist es, für Viktoria zu sorgen, sich um ihre Ausbildung zu kümmern. Wenn sie in Deutschland studieren kann, wird sie ein gutes Leben haben, ein eigenes Leben. Er wird schon zurechtkommen.

Er ruft seine Mutter an.

»Osiibyotya nnyabo – wie war dein Tag, Madam?«, fragt er in Soga, der Sprache ihres Volkes, der Busoga. Er nennt sie immer Madam, so wie ein hochstehender Mann als »Sir« angesprochen wird. Es ist ein kleines Spiel mit seinen Eltern, damit zeigt er ihnen seine Wertschätzung. Sein Vater, obwohl er ein Krankenhaus geleitet hat, wollte nicht »Sir« genannt werden, weil das einen kolonialen Beiklang hat, den er nicht mochte. Seine Mutter lacht, als er sich meldet. Sie lebt als Witwe und pensionierte Lehrerin seit ein paar Jahren allein in einem kleinen Apartmenthaus am Rande von Kampala. Wenn man auf die Terrasse tritt, kam man den Viktoriasee und die Insel Bulinguge sehen. Aber sie geht nie auf die Terrasse, es steht dort nur Gerümpel herum. Sie weiß, wie der See aussieht, warum sollte sie ihn sich immer wieder ansehen? Nachts kommen die Mücken, da bleibt sie in der Wohnung, schaltet die Aircondition an und setzt sich nicht der Gefahr aus, Malaria zu bekommen. Sie berichtet, wie sie heute zum Einkaufen in der Stadt war, weil sie ein paar Sachen besorgen musste, Medikamente, Stoffe, außerdem hat sie eine Freundin in einem Musungu-Café getroffen – so nennt sie ein schickes Café mit Klimaanlage, in dem es Kuchen und guten Kaffee gibt, ein Ort, wo sich auch die Musungus gerne treffen, die Weißen, die in Kampala leben. »Es war wie immer furchtbar«, berichtet sie, und er weiß, sie meint den Verkehr. Es dauert ziemlich lange, mit dem Auto ins Zentrum von Kampala zu kommen, weil Dauerstau auf der Ggangu Road herrscht. Es gibt im Prinzip nur zwei Fahrstreifen, rechts und links der Fahrbahn liegt der nicht asphaltierte Teil, den die Fußgänger, die Radfahrer und die Boda-Bodas, die Mopedtaxis, nutzen, wenn auf der Straße kein Platz mehr für sie ist. Ebuk stellt sich vor, wie seine elegante Mutter im Fonds eines Taxis sitzt, denn sie fährt nie allein nach Central Kampala, und über den Stau und den Verkehr stöhnt und schimpft. Aber auf einem Boda-Boda, das wesentlich schneller vorwärtskommt, fährt sie nicht mehr. Es ist nervenaufreibend und gefährlich. Inzwischen gibt es auch Motorradtaxis, auf denen die Fahrer selbst Helme tragen und einen zweiten Helm für die Gäste bereithalten. Diese Helme sehen aber oft schmutzig aus, man weiß nicht, wer den Helm zuletzt aufhatte und welche Sorte Läuse der Fahrgast mit sich herumgetragen hat. Es gibt, was das Tragen von Helmen auf Boda-Bodas betrifft, immer zwei Sorten Kundschaft. Die einen steigen nur dann auf ein Motorrad-taxi, wenn der Fahrer selbst einen Helm trägt, weil er damit zeigt, dass ihm sein eigenes Leben etwas wert ist. Die andere Gruppe Fahrgäste glaubt, dass diejenigen ohne Helm weniger wie Geistesgestörte rasen würden, weil sie mehr auf sich und ihre Fahrgäste aufpassen würden. Siebzig Prozent der Unfallopfer, die in Kampala in ein Krankenhaus einge-liefert werden, stammen von Boda-Boda-Unfällen, meist sind es Frauen, die vom Sitz rutschen, weil sie sich nicht am Fahrer festhalten wollen oder quer sitzen, weil ihr Rock zu eng ist. Ein fremder Helm kommt für die Frauen, die ein Boda-Boda nutzen, nicht infrage, denn die aufwändige Fri-sur könnte beschädigt oder die Perücke verschoben werden. Boda-Boda-Fahrer sind eine Art eigenes Volk in Uganda, stolze junge Männer, die es geschafft haben, sich aus ärm-lichsten Verhältnissen zu befreien, sich ein Motorrad zu kau-fen oder abzubezahlen, denn meistens gehört es ihnen nicht selbst. Die Bezeichnung »Boda-Boda« stammt von dem in den sechziger Jahren entstandenen Begriff »Border to Bor-der«, als Schmuggler das einen Kilometer breite, zwischen Uganda und Kenia gelegene Niemandsland mit ihren indi-schen Mopeds passierten.

Seine Mutter erkundigt sich, wie es dem Mädchen geht, Viktoria, ob sie gut lernt und in die Kirche geht. Ebuk kichert, in die Kirche geht hier niemand, nur alte Leute; dass Viktoria seit heute Nachmittag verschwunden ist, traut er sich nicht seiner Mutter zu sagen. Sie schläft schon, sagt er ihr. Es ist für sie sowieso unbegreiflich, wie ihr Sohn und seine Enkelin in dem Land der Weißen leben können. Sie nimmt an, dass es ihnen dort materiell gut geht, weil Deutschland ja ein gelobtes Land ist. Dass er einfachste Arbeiten ausführen muss, in einem kleinen Dorf, in einer kleinen Wohnung lebt, um seinen Aufenthaltsstatus als Asylbewerber nicht zu gefährden, ist für sie unbegreiflich. Ihr Sohn, der es zu einem der wichtigsten Polizeichefs des Landes gebracht hatte, mit vielen bunten Kordeln an seiner Uniform, der, so glaubt sie noch immer von ihm, niemals fett in seinem Büro saß und sich Freundinnen hielt. Aber sein Fehler war, nicht zum Volk des Präsidenten zu gehören, den Ankole oder den Hima, aus dem alle wichtigen Polizisten rekrutiert werden. Er war der einzige Busoga unter den ranghohen Polizisten. Seine Mutter spricht voller Achtung von Deutschland, das lange von einer starken Frau regiert wurde, ein Land, das ohne fremde Hilfe die Coronakrise bewältigt hat und immer noch reich ist. Im Gegensatz zu Uganda, dessen Felder von Heuschrecken kahl gefressen wurden und in dem immer mehr Menschen an dieser seltsamen Lungenkrankheit starben.

»Die Heiler haben wieder Hochkonjunktur, es ist schrecklich«, erzählt sie. »Und sie machen nichts dagegen. Nichts.«

»Mit wem hast du gesprochen?«

»Na, mit Frau Muloki, die ich im Café getroffen habe. Ihre Tochter studiert in New York. Sie hat sich übrigens nach dir erkundigt. Ich soll dich schön grüßen.«

»Muloki? Hat sie dich angerufen und um ein Treffen gebeten?«

»Ja, wir telefonieren immer mal wieder, jetzt haben wir uns mal getroffen, das ist doch netter.«

Bei dem Namen gehen alle Alarmglocken bei ihm an. Muloki, die Frau eines Obersts im Geheimdienst, einem der treuesten Gefolgsmänner des Präsidentensohns, des Geheimdienstchefs, ein schmieriger, korrupter Typ, der immer freundlich zu ihm war, ihn aber, wie er erfahren musste, bekämpfte hatte.

»Hast du ihr gesagt, wo ich bin?«

»Aber alle wissen doch, dass du in Deutschland bist. Das muss ich ihr nicht sagen.«

»Ich meine den Ort.«

»Ha, wie soll ich ihr einen Ort sagen, den noch nicht einmal ich kenne? Mein Sohn. Ich weiß nicht, wo du bist, und ich vermisse dich.«

»Ich dich auch. Ich danke dir, ich muss …«, er kann nicht weiter mit ihr sprechen, es ist zu schmerzlich, vor allem, weil sich sein Verdacht zu bestätigen scheint.

»Deine Tochter soll gut lernen. Nur ein gebildetes Mädchen ist ein gutes Mädchen. Sie soll sich einen reichen Musungu suchen und zurückkommen. Hörst du!«

»Ja, Mama, ich richte es ihr aus.«

Was wollen sie von ihm, wie kann er ihnen hier in Deutschland gefährlich werden, was wollen sie von seiner Tochter? Hat der ugandische Geheimdienst seine Männer nach Deutschland geschickt, um ihn zu finden? Die meisten von ihnen sind Dilettanten, aber ein paar von ihnen sind in England ausgebildet worden, beim MI6, dem befreundeten britischen Geheimdienst, der durch diese »Entwicklungszusammenarbeit« immer genau weiß, was sich politisch in Uganda tut. Aber lange halten es die gut ausgebildeten Männer und die wenigen Frauen, die nach London geschickt werden und wieder zurückkommen, nicht in Uganda aus. Sie lassen sich in Auslandsvertretungen versetzen oder bewerben sich beim CIA, gehen in die USA oder klopfen bei den Chinesen an, die gut ausgebildete schwarze Polizisten ebenfalls brauchen können. Ebuk hat einige der schlimmsten »Heiler« hinter Gitter gebracht. Sie hatten Kinder entführt, ihnen Arme oder Beine abgehackt, die Zungen rausgeschnitten, ihnen die Schädel aufgesägt und die warmen Hirne entnommen. Alles für finstere Rituale, die helfen sollten, andere Männer zum Schweigen zu bringen, Frauen fruchtbar zu machen oder Männer intelligenter und reicher. Der Geheimdienst und einflussreiche Männer wussten von den Praktiken, aber sie taten nichts dagegen, weil sie selbst auch daran verdienten. Kein Verbrechen, bei dem nicht Geld an die Polizei floss, um es zu vertuschen. Die meisten Polizisten in den kleinen Orten sind arme Schlucker, die eine Uniform haben und ein Büro; manchmal gibt es ein Polizeiauto, aber kein Geld für das Benzin. Wer eine Anzeige aufgibt, muss Gebühren für das Formular und die Polizisten für ihre Arbeit bezahlen, wenn sie einen Unfall, einen Diebstahl oder ein Verbrechen aufklären sollen. Nur reiche Leute können sich in Uganda die Polizei leisten. Obwohl auch er manchmal Geld angenommen hat, war er nie einer von denen geworden.

Nachdem er den ersten kleinen Jungen mit abgehackten Händen gefunden hatte, als er ihn ins Krankenhaus nach Kampala bringen ließ, kam er verstört nach Hause und erzählte am Abend Prudence, was er erlebt hatte. Sie war genauso erschüttert wie er und forderte ihn auf zu zeigen, was für ein Polizist er ist. Also jagte er sie, einen nach dem anderen sperrte er sie ein. Die Beweise, die er sammelte, waren eindeutig, der Staatsanwalt musste Anklage erheben. Einige wurden vor Gericht gebracht, verurteilt und ins Luzira Upper Prison gesteckt, einem Gefängnis mit Hochsicherheitsbereich, in der Nähe von Kampala.

Während seiner Ermittlungen nach den Hintermännern stellte er einen Mann, der Frauen umbrachte, weil sie ihre Kinder nicht hergaben. Als er diesen Killer festnehmen wollte, floh der Mann, er rannte hinter ihm her, schrie ihm nach, er solle sich ergeben. Doch der hörte nicht auf ihn, sondern versuchte in der Nacht zu entkommen. Später erinnerte er sich nicht mehr genau, wie alles kam, sein Puls raste, aber irgendwann schoss er mehrmals auf den Schatten, den der fliehende Mann warf. Er traf ihn in den Rücken. Aus den Häusern kamen die Bewohner, die das Schreien und die Schüsse gehört hatten. Ein großes Entsetzen brach aus, denn der Tote war der Sohn eines bekannten Heilers, der ihn verdammte, ihn einen Mörder nannte. Er schaffte es, auch diesen sogenannten Heiler vor Gericht zu bringen, aber seine mächtigen Freunde schworen Rache.

Weil er diese Leute gefasst und ihre Banden, einschließlich der korrupten Politiker, aufgespürt hat, muss er hier leben, bei diesem dunklen See, in diesem kalten Land. Sie haben ihm vor allem nicht verziehen, dass er mit einem deutschen Journalisten gesprochen hat. Dessen Artikel, die in deutschen Zeitungen erschienen, mobilisierten empörte junge weiße Männer und Frauen aus Europa, die in die ugandischen Dörfer reisten und sich um die Familien der geopferten Kinder kümmerten. Die Verbrechen in Uganda waren Angelegenheiten von Uganda, in die sich Weiße nicht einzumischen hatten, ereiferten sie sich. Sie wollten doch nur wieder sensationshungrig auf das Leid und die Armut Afrikas zeigen. Ebuk war schuld daran, dass man schlecht von ihnen schrieb und redete, er hatte die Heimat beschmutzt.

Für manche schien das schlimmer zu sein als die Verbrechen selbst.

2

Am nächsten Tag steht Jana in ihrem Labor, schaut auf das Mikroskop auf der Werkbank, aber sie schaltet es nicht an, nimmt auch keine Proben aus dem Kühlschrank, lässt den Computer aus. Ihr Blick geht über die unterschiedlichsten Glasgefäße, die auf Regalen stehen. Schläuche, Lappen, Handschuhe sind daneben aufgehängt, um zu trocknen. Ihr tägliches Handwerkszeug. Doch sie hat keinen Impuls, mit der Arbeit zu beginnen, sie will heute nicht wissen, wie dicht und wie häufig sich das Zooplankton in den vergangenen Nächten in den verschiedenen Wassertiefen gesammelt hat. Sie dreht sich zum Fenster, vor dem der See liegt. Auf dem Wasser sind dünne Nebelschwaden zu sehen, die langsam aufsteigen, wie Rauchfahnen von einem verloschenen Feuer. Am Steg sind zwei Aluminiumboote angeleint. Bestimmt war Walter schon unterwegs und hat seine Messungen vorgenommen; auch er wollte Ostern arbeiten. Er ist meistens der Erste, der rausfährt, zu seinen besonderen Stellen im See, wo er kleine Bojen ausgelegt hat.

Hat sie ihn gestern Abend wirklich geküsst? Ja, das hat sie wohl. Und dann? Sie erinnert sich dunkel, dass noch mehr geschehen ist. Aber sie hat nicht mit ihm geschlafen, da ist sie sich sicher. Nachdem Peter Ebuk gegangen war, haben sie beim Osterfeuer noch weiter Bier getrunken und geredet. Sie hat zu viel getrunken, auch in ihrem Kopf sind Nebel. Einige haben deutsche Lieder gesungen, es klang eigentlich ganz schön, aber als das Deutschlandlied angestimmt wurde, ist sie aufgestanden. Es wurde auf einmal so feierlich, gespenstisch. Was hat das mit Ostern und Osterfeuer zu tun?

Walter begleitete sie. Sie gingen zu Fuß durch die Nacht, der Feuerschein und der Gesang hallten noch lange nach. Sie musste dringend pinkeln, das viele Bier drückte, sie wollte schnell nach Hause, nicht hinter einen Busch in der Dunkelheit. Er sprach über seine Tochter, wie stolz er auf sie sei und wie gut sie sich auch nach dem Tod seiner Frau verstanden. Sie gab immer nur zustimmende Laute von sich, hoffte, nur schnell anzukommen. Als sie dann vor ihrer Haustür standen, umarmte er sie und bedankte sich, dass sie ihm zugehört hatte. Er finde sie sehr schön. Sie bat um Entschuldigung. Sie wollte ihm keine Abfuhr erteilen, sie sagte, er solle warten, sie müsse ganz dringend. Sie eilte hinein, erleichterte sich, hörte, wie Walter ihr nachkam und die Haustür hinter sich zudrückte. Er machte kein Licht, wartete vor der Badezimmertür, das hörte sie, weil sie sie nicht geschlossen hatte. Sie wusch ihre Hände, aber der Schwindel in ihrem Kopf wurde nicht weniger. Als sie dann aus dem Bad kam, stand da Walter im Dunkeln. Er zog sie an sich, küsste sie auf den Mund, und sie küsste ihn zurück. Es war eigentlich ganz lustig. Ein Mann stand im Dunkeln in ihrer Wohnung rum, und sie küssten sich. Walter begann sie zu streicheln, er fasste ihre Brüste an, das fühlte sich gut an. Sie merkte, wie er eine Erektion bekam, und griff danach, sie fand das eher komisch als erotisch, nahm aber die Hand wieder weg, weil sie spürte, wie etwas Saures in ihrem Magen aufstieg. Sie hoffte, sich nicht übergeben zu müssen, sie wollte sich setzen, ging auf die Knie, der Mann, dessen Geschlecht sie angefasst hatte, lehnte sich gegen die Wand und stöhnte. Sie kniete auf dem Boden, stützte sich mit der anderen Hand an der Wand ab, dann eilte sie ins Bad und ein Schwall von Bier und Bratwurst ergoss sich in die Toilette.

Jana schaut auf den See, die Erinnerung kommt zurück, und sie will sie nur ganz schnell vergessen. Sie braucht einen klaren Kopf. Muss sie sich bei ihm entschuldigen? Sie wird ihm sagen, dass sie betrunken war. Sie fährt fast nie auf dem See umher, um ihre Versuche zu machen. Ihre Welt sind die vierundzwanzig Zylinder, die etwas weiter draußen nebeneinander in einem Kreis verbunden sind. Jeder Zylinder mit einem Durchmesser von neun Metern ist mit speziellen Folien eingefasst, die bis auf den zwanzig Meter tiefen Seegrund reichen. Die Messgeräte, die in den Zylindern angebracht sind, senden ständig Daten. Zuletzt haben sie und ihre Kollegen die Auswirkungen von Licht und Dunkelheit auf die Seebewohner getestet. Die Ergebnisse waren nicht überraschend, sie konnten genau zeigen, dass die Änderung des Rhythmus von Tag und Nacht große Konsequenzen für das Leben im Wasser hat. Die Verschmutzung des Sees durch zu viel Licht macht den Wasserbewohnern ziemlich zu schaffen. Sie untersuchte monatelang Wasserflöhe, und noch immer stehen viele Proben dieser kleinen Wasserbewohner in ihren Kühlschränken. Tagsüber verstecken sie sich in der Tiefe des Wassers vor den Fischen, ihren Fressfeinden, nachts kommen sie nach oben. Sie simulierten auf einigen der Zylinder die Lichter einer Kleinstadt, auf anderen Zylindern das nächtliche Leuchten einer Großstadt und zur Kontrolle die große Dunkelheit ihres kleinen Dorfes. Je mehr sie die Fische, Wasserflöhe und Algen vom Schlafen abgehalten hatten, desto mehr kam das Gleichgewicht durcheinander. Die kleinen Lebewesen, das Zooplankton, kamen nicht mehr nach oben, weil es ihnen immer viel zu hell war. Zu viel Helligkeit ist Lichtverschmutzung. Was macht das mit den Fischen, mit den Barschen? Werden sie einfach auch in die Tiefen tauchen, um zu fressen, oder wissen sie nicht mehr, wo sie hinsollen? Verwirrung und Stress bei zu viel Licht im Wasser. Da, wo das Wasser am schwärzesten und kältesten ist, ganz unten am Grund, schützt die Dunkelheit. Sie ist überlebensnotwendig, ohne sie kommt alles Leben durcheinander. Wenn die Nacht nicht mehr schwarz sein darf, hört das Leben auf.

So oder ähnlich wird sie es in ihren Bericht schreiben. Und was wäre die Konsequenz aus dieser Erkenntnis? Es würden vielleicht ein paar mehr orange leuchtende Straßenlaternen in den Städten aufgestellt. Aber was war mit der Dunkelheit in den Menschen?

Wie es wohl dem Afrikaner geht, der seine Tochter vermisst? Bestimmt ist das Mädchen wieder zurückgekommen, vielleicht hat sie einen Jungen kennengelernt, und sie haben sich geküsst. Als ihr Sohn Fred in dem Alter war, gab es auch so eine Situation. Als er um elf Uhr nachts nach Hause kam, hatte er rote Augen, er entschuldigte sich, erzählte, sie hätten gezockt, sein Freund und er. *Walking Dead.* Sie glaubte ihm nicht, er stank nach Zigarettenrauch, sie beschuldigte ihn, gekifft zu haben, dafür sei er noch zu jung, er müsse ihr sagen, wo er ist, sie sei ganz verrückt vor Sorge. Da kicherte er, sagte immer wieder »verrückt«, und sie ohrfeigte ihn. Er rannte auf sein Zimmer, schlug die Tür hinter sich zu, sie ging hinterher, redete auf ihn ein, er lag weinend auf seinem Bett. Sie liebe ihn nicht, sagte er, er sei nur eine Last für sie, er behindere sie in ihrer Karriere. Sie war völlig schockiert, wusste nicht, was sie sagen sollte, setzte sich neben ihn, wollte ihn streicheln, aber er stieß sie von sich weg. Vielleicht fing es damals an: der Verlust, die Dunkelheit. Ein dünner Riss, wie in einem Teller, der nach und nach immer deutlicher sichtbar wird, und irgendwann bricht das Porzellan in zwei Teile. Nicht mehr zu kitten. Sie hat Fred seit zwei Jahren weder gesehen noch gesprochen.

Walter kommt herein, lächelt leicht, unsicher, stellt sich neben sie. Legt eine Hand auf ihre Schulter.

»Ich glaube, ich hab ein wenig zu viel getrunken gestern«, sagt sie.

»Es war schön«, antwortet er und grinst vor sich hin. Sie weiß jetzt, sie hat mit ihm eine Grenze überschritten, es wird nicht leicht sein, das ungeschehen zu machen.

»Frohe Ostern, übrigens. Danke, dass du mich nach Hause gebracht hast. Ich erinnere mich gar nicht mehr genau, ich hoffe, ich habe nichts Falsches gesagt oder gemacht«, meint sie etwas lahm.

»Nein, absolut nicht. Frohe Ostern.« Walter setzt ein breites Grinsen auf und stellt sich enger neben sie. »Wir sind heute die Einzigen hier.« Er sagt das anzüglich, hält sie mit einem Arm, schaut mit ihr auf den See hinaus, der sie beide ernährt, weil er so klar und durchsichtig ist. Jana entzieht sich ihm.

»Gestern, also ich war betrunken, versteh mich nicht falsch, aber … Ich muss mal loslegen«, sie dreht sich vom Fenster weg, geht zu ihrem Computer, schaltet ihn an. Komische, peinliche Situation, wie nach einem One-Night-Stand, nachdem man gemerkt hat, man war mit dem falschen Mann im Bett. Eine Erfahrung, die sie schon zwei Mal gemacht hat, und jetzt schon wieder. Es ist offenbar ihre Art, Beziehungen mit Männern zu verhindern. Sie macht sich keine Vorwürfe, aber sie muss Distanz zu Walter schaffen.

»Wir hatten ein gutes Gespräch und danach bei dir, es war ungewöhnlich, vielleicht sollten wir noch mal mit klarem Kopf …«, kommt von ihm.

»Nein, Walter. Das geht nicht. Wir sind Kollegen. Das gestern Nacht, das war nichts. Tut mir leid«, stammelt sie.

»Also ich fand's einen schönen Anfang. Vielleicht sollten wir einfach …«, stochert er weiter nach Worten und Nähe. »Du gehst nachher mit Ebuk in die Stadt? Soll ich mitkommen?«

»Wenn er überhaupt kommt, bestimmt ist seine Tochter wiederaufgetaucht«, sagt sie bestimmt.

»Also, falls du … falls ich«, versucht er es noch einmal.

»Dann weiß ich, wo ich dich finde.« Sie lächelt, aber sie ist kalt, nicht nahbar. Sie ist eine Wissenschaftlerin, die das Passwort eingibt, vor der der Bildschirm aufleuchtet und sie mit blaumem Licht anstrahlt. Er zögert, ob er noch etwas sagen soll, dreht dann aber ab. Sie atmet tief durch, schaut sich die Zahlen an, die vor ihr erscheinen. Walter ist ein netter Kerl, aber sie wird keine Affäre oder mehr hier anfangen, nicht mit einem Kollegen, nicht mit einem Mann, der dringend eine Frau sucht. Sie braucht niemanden, sagt sie sich und weiß, dass das nicht stimmt. Sie hat gelernt, mit ihren Lügen zu leben. »Ich bin eine gute Wissenschaftlerin, das habe ich geschafft«, ist so ein Satz, an dem sie sich festhält.

Es ist ein alter Stauraum in einem Keller, in dem sie gefangen gehalten wird. Die Wände sind unverputzt, aber trocken, es gibt einen Lüftungsschacht nach draußen, durch den das spärliche Tageslicht zu sehen ist. In der Ecke steht eine Campingtoilette, es gibt ein Bett mit Kissen und Decke, einen Tisch, auf dem ein Notizbuch und ein Stift liegen, daneben eine Bibel. Eine Schreibtischlampe, die einzige Lichtquelle in dem Raum. Eine Plastikflasche mit Wasser und ein Stück Brot auf einem Teller stehen auf dem Boden. Viktoria geht ein paar Schritte, atmet tief ein und aus, springt hoch und runter, zappelt, schreit laut, wütend. Sie ist ein schlankes Mädchen mit langen Beinen, ihr dreizehnjähriger Körper ist noch nicht richtig proportioniert, sie hat bereits kleine Brüste, aber sie trägt noch keinen BH. Es ist der zweite Tag, an dem sie hier gefangen gehalten wird, festgehalten von Leuten, die sie nicht kennt, die sich aber auch nicht hinter Masken oder Tüchern verstecken, wenn sie ihr etwas zu essen bringen. Sie stellt sich viele Fragen, die sie nicht beantworten kann, sie denkt an ihren Vater, den Polizisten, der bestimmt heftige Bauchschmerzen hat, wie immer, wenn er gestresst ist. In der Nacht hat Viktoria zum ersten Mal seit Jahren von ihrer Mutter Prudence geträumt. Sie hat sie gesehen in einem Zimmer, in dem Tücher von der Decke hingen, sie ging zwischen den Tüchern durch, Viktoria folgte ihr, aber bekam sie nicht zu fassen, sie rannte ihrer Mutter nach. Dann saß sie vor ihrer Mutter auf einer Barke, auf einem großen See. Die Mutter hinter ihr steuerte das Boot, das von einer starken Strömung angetrieben wurde. Ängstlich blickte Viktoria sich zu ihrer Mutter um, die sie anlächelte. Viktoria wachte auf und weinte, fühlte sich aber auch gestärkt, weil sie ihre Mutter gesehen hatte. Als sie zusammen aus Uganda geflohen sind, mussten sie an der Grenze nach Kenia auf Boda-Bodas umsteigen, sie setzte sich hinter ihren Vater, ihre Mutter fuhr auf einem anderen Moped hinter ihnen her. Der Wagen, der sie gebracht hatte, ein Polizeiwagen, musste an der Grenze umkehren. Sie glaubten sich schon in Sicherheit, als sie in Busia ankamen, einem Ort auf der kenianischen Seite. Viktoria hatte sich umgedreht, zu dem Boda-Boda, auf dem ihre Mutter saß, um ihr zu winken. Die Mutter beugte sich an ihrem Fahrer vorbei zur Seite, Viktoria sah ihr Gesicht, sie lachte. Dieses Gesicht ist das letzte Bild ihrer Mutter, an das sie sich erinnert und das in dieser Nacht wieder hochkam. Im Mulembe Hotel wollten sie für eine Nacht bleiben, und dann sollte es weitergehen nach Nairobi. Kurz bevor sie das Hotel erreichten, kam ein Motorrad von hinten angebraust. Die beiden Männer hatten schwarze Helme auf, der Mann, der hinten saß, trug ein kleines Maschinengewehr, mit dem er auf Viktorias Mutter und ihren Boda-Boda-Fahrer anlegte und abdrückte. Mehrere dumpfe Einschläge übertönten das blecherne Knattern der Mopeds. Als ihr Vater die Schüsse hörte, griff er reflexartig nach vorne, an den Armen des Fahrers vorbei, packte den Lenker des Mopeds und steuerte nach links, mitten in den Gegenverkehr. Sie krachten in einen Verkaufsstand und fielen um. Ihr Vater sprang auf, befahl Viktoria zurückzubleiben, rannte auf die Straße. Das Motorrad mit den Attentätern war weitergefahren, in einer Seitenstraße verschwunden. Ebuk eilte zu seiner Frau, die blutend auf dem schwarzen Asphalt lag, Leute kamen angerannt, ein Polizeiwagen war zu hören. Viktoria wusste, ihr Vater, der Polizeichef, hatte sich mit mächtigen Männern angelegt. Seinetwegen saßen die rituellen Schlächter von Kindern hinter Gitter, was einigen Politikern und Bossen, die damit Geld verdienten und ihre Macht sicherten, gar nicht gefiel. Damals verstand Viktoria nicht, warum ihr Vater so oft weg war und ständig davon sprach, sie müsse aufpassen. Sie konnte nicht mehr allein zur Schule gehen, ständig war ein Polizist in ihrer Nähe, was sie wirklich nervte. Zwischen ihren Eltern wurde es immer wieder laut, sie stritten sich. Manchmal hörte sie ihn spät nach Hause kommen. Morgens sah sie ihn selten, und wenn, dann hatte er Falten auf der Stirn, sein Gesicht war grau und müde. Ihr Vater, der schöne stolze Mann, der immer für sie da war, schien verschwunden, und auch ihre Mutter lachte nur noch selten. An jenem Tag kam er eilig nach Hause und stieß harte, kurze Befehle aus. Sie sollten schnell packen, sie würden wegfahren, noch heute, sie mussten sich beeilen. Er schwitzte, wischte sich immer wieder die Stirn und stopfte Dinge in eine Tasche, trieb die weinende Mutter an. Viktoria verstand nicht, was das alles bedeuten sollte, sie hatte eine Verabredung mit einer Freundin, um für die Mathematikarbeit am nächsten Tag zu lernen. Aber zusammen mit ihren Eltern zwängte sie sich in ein Polizeifahrzeug, mit dem sie schnell zur Grenze fuhren. Da verstand sie, dass sie auf der Flucht waren und das Land verlassen würden.

Der Mann, der ihr das Essen bringt und zweimal am Tag nach ihr sieht, hat lange dunkelblonde Haare, die zusammengebunden sind, und einen kräftigen Bart. Er war es, der ihr das chemische Zeug an die Nase presste, von dem sie ohnmächtig wurde. Er trägt ein graues Leinenhemd, dessen Ärmel hochgekrempelt sind, auf den Armen sieht man seine Tattoos, alle ziemlich hässlich. Seine Arbeitshose ist dunkel, mit einigen erdigen Flecken. Bisher hat er nicht mehr mit ihr gesprochen, auch jetzt stellt er ihr nur einen Teller hin, mit etwas, das wie Hackfleisch und Bohnen aussieht. Sie hat keine Angst vor diesem Mann, stemmt ihre Hände in die schmalen Hüften, schreit ihn an, was sie von ihr wollen, sie sollen sie sofort gehen lassen. Doch er steht nur da, schaut sie an, unbewegt, als ob sie ein seltenes Insekt wäre, das gerade die Flügel aufrichtet. Er zieht eine Augenbraue hoch, nickt ihr zu, dreht sich um und zieht die Tür auf. Viktoria springt zu ihm hin, will sich mit ihm durch die Tür drängen, doch er stößt sie einfach weg, sie fällt hin. Er schließt die Tür von außen ab. Sie schreit »Arschloch!«, aber die Schritte entfernen sich, und sie ist wieder allein.

Sie waren schon vier Monate in dem Flüchtlingsheim in Deutschland, konnten nicht vor den Zaun, mussten mit den anderen Flüchtlingen zusammenleben, die meisten aus Syrien, die sie nicht verstand. Es war nicht klar, wie lange sie noch warten mussten, bis sie rauskommen würden, immer wieder fragte sie ihren Vater, aber er hatte keine Antworten. Da begann sie zum ersten Mal wütend auf ihn zu werden, schließlich war es seine Schuld, dass sie in diesem Heim hockten und ihre Mutter erschossen worden war. Sie schrie ihn an, sie weinte, beschuldigte ihn, weil er es nicht geschafft hatte, weder sie noch ihre Mutter zu beschützen, dabei war er doch ein Polizist, sogar ein Polizeichef. Er blieb immer ruhig, er hörte ihr zu, wartete, bis sie sich erschöpft hatte, dann erzählte er ihr etwas, an das er sich erinnerte, meist eine kleine Geschichte. Einmal sang er ihr sogar etwas vor, dann kuschelte sie sich an ihn.

Seit sie in Brandenburg auf dem Land lebten, sie zur Schule gehen konnte, Deutsch sprach und Freunde gefunden hatte, ging es ihr besser. Die Wut auf ihn kam nur noch manchmal hoch, immer dann, wenn sie nicht verstand, warum er sie kontrollierte, er sie nicht einfach in Ruhe lassen konnte. Sie wollte kein Flüchtling mehr sein, nicht ständig seine Angst vor Verfolgungen ertragen müssen. Es war nicht ihr Problem, dass sie in Deutschland lebten und er kein Polizist mehr sein konnte.

Sie riecht das Essen, das der Typ ihr hingestellt hat, probiert, es schmeckt nicht schlecht. Inzwischen hat sie sich an das deutsche Essen gewöhnt, es ist abwechslungsreicher als früher in Uganda, zumindest hat ihr Vater das behauptet. Als sie ein Kind war, hat sie sich nie Gedanken über Essen gemacht. Seit ihrer Flucht nach Deutschland ist sie kein Kind mehr. In diesem Land bekam sie zum ersten Mal ihre Tage, und nette Frauen in dem ersten Lager, in Eisenhüttenstadt, erklärten ihr, was sie machen muss, wie das geht mit dem Blut, das aus ihr herausfließt, und gaben ihr Tampons und Binden.

Viktoria konzentriert sich auf die Bibel neben sich, vielleicht kann sie ihre Gedankenkraft trainieren und das Buch schweben lassen. So wie das starke Mädchen in den Serien machen, Mädchen mit Superkräften. Doch die Bibel bewegt sich nicht, sie nimmt sie in die Hand, aber sie fällt auf den Boden, als sie die Hand wegzieht. Sie liest ein paar Sätze, irgendetwas vom »heiligen Geist« steht da, womit sie aber nicht viel anfangen kann. Sie denkt an ihre Großmutter, die elegante Lehrerin, die in Kampala lebt. Von ihr hat sie das Lesen gelernt, schon bevor sie in die Schule kam, konnte sie ganze Sätze in Englisch lesen und schreiben. Aber vor allem brachte die Großmutter ihr das Schwimmen bei, im Viktoriasee. Wenn sie schon wie der See heißt, muss sie auch dort schwimmen können, erklärte die Großmutter, und sie lernte schnell. Ein Geist aus dem großen See sei in ihr, behauptete die Großmutter und freute sich, dass sie eine so talentierte Enkelin hat. Die Großmutter sprach dann auch einige Sätze in Soga, sie segnete Viktoria in der Sprache ihres Clans, sie nannte sie »Nambaga«. Eines Tages würde sie mit ihr den Budhagali besuchen, den spirituellen Chef aller dreihundertfünfzig Geister der Busoga, den Dhaadha Nabamba Budhagali, einen jungen Mann Anfang dreißig. Er war noch nicht lange als Nachfolger des letzten Jaja Budhagali inthronisiert worden. Die Nambaga war ein mächtiger Wassergeist, die Frau von Kiyira, dem Geist der Quelle, dem Geist des Flusses, den die Musungus »Nil« nennen und der durch die Wüste fließt.

»Nambaga« spricht Viktoria vor sich hin, »ich bin Nambaga, Nambaga, Nambaga …« Sie nimmt sich das Notizbuch, das sie ihr hingelegt haben, und schreibt den Namen des Geistes hinein. Sie weiß nicht, was der Geist alles kann, das ist das Erste, was sie ihre Großmutter fragen wird, wenn sie sie in Uganda besucht.

Sie macht sich selbst schwere Vorwürfe, denn es ist ihre eigene Schuld, dass sie hier sitzt. Wie blöd kann man sein!

Es war während der Pandemie, sie konnten endlich wieder zur Schule, als Benni sie anlachte. Er gefiel ihr schon länger, aber sie wusste nicht, wie das ging, sich mit einem Jungen zu verabreden. Als er sie fragte, ob sie sich mal treffen könnten, sagte sie sofort Ja. Doch dann durfte sie nicht weg, weil ihr Vater es verbot, weil sie abends nicht in die Stadt fahren sollte, um sich mit einem Jungen zu treffen. Wer war das überhaupt? Warum kam er nicht zu ihnen ins Dorf? Warum holte er sie nicht ab? Sie beschimpfte ihren Vater, warf ihm vor, sie hierhergeschleppt zu haben, sie einzusperren. Ihre Mutter hätte sie gehen lassen und bestimmt mehr von ihren Gefühlen und von ihr als junger Frau verstanden. Sie wollte zu ihrer Mutter, mit ihr sprechen, sehen, wo sie beerdigt ist. Das konnte er ihr nicht verbieten. An diesem Tag schwor sie sich, nach Uganda zu fliegen, um das Grab ihrer Mutter und den Budhagali zu besuchen, zusammen mit der Großmutter. Sobald sie einen deutschen Pass hätte, könnte sie den Flug buchen. Jetzt, vor Ostern, sollte es so weit sein, sie würde einen Typen treffen, von dem würde sie den Pass bekommen.

Doch Ralf, der idiotische Bruder von Benni, hat sie verarscht. Sie hat diesem Nazi ein Passfoto gegeben und dreitausend Euro überwiesen, das Konto ihres Vaters überzogen. Wahrscheinlich hat er es noch gar nicht bemerkt, weil er sich nie um Geldangelegenheiten und sein Konto kümmert. Das überließ er ihr, weil sie sich besser auskannte, mit solchen Dingen, mit »Administration«, wie er das nennt. Damals in Uganda hat sich ihre Mutter um die Finanzen gekümmert, jetzt macht es die Tochter.

Wie konnte sie so dumm sein und ihnen glauben. Sie haben ihr Geld genommen und sie eingesperrt. Vermutlich als Drohung: Wenn du irgendwas erzählst, sperren wir dich wieder ein. Sie hätte mit ihrem Vater darüber sprechen müssen. Aber wie soll man mit einem Polizisten darüber reden, sich illegal einen Pass zu besorgen? Jetzt muss er sie hier rausholen! Das schafft er bestimmt. Er muss. Auch wenn er nicht immer ein toller Vater ist, ein guter Polizist ist er auf jeden Fall.

Pünktlich um drei Uhr steht Ebuk am Weg vor dem Institutsgebäude, etwas verdeckt am Waldrand, da, wo die Autos parken. Sein Gesicht ist ernst und grau, voller dunkler Schatten. Er trägt eine dunkelblaue Windjacke, eine verwaschene Jeans, die nicht gut sitzt, kräftige Schuhe. Jana tritt aus der Eingangstür, schaut sich um, sieht ihn, hebt eine Hand zum Gruß, ruft ihm zu, dass sie gleich kommt, verschwindet wieder, holt ihre Jacke. Walter steht an einem Fenster, sieht, wie sie zu dem Mann tritt und mit ihm redet.

»Sie ist nicht wieder aufgetaucht?«, fragt sie. Ebuk schüttelt nur den Kopf.

»Kommen Sie«, fordert sie ihn auf, schließt ihren grünen Golf auf, sie steigen ein. Sie fährt los, er schaut geradeaus, redet nicht, voller Anspannung, sie blickt kurz zu ihm.

»Danke«, sagt er nur. Sie fahren auf der langen Straße durch den Wald, der erst langsam grün wird. Es gibt auf dieser Strecke in die Stadt nur wenige Kurven, einige kleine Hügel. Es kommt ihnen nur einmal ein Auto entgegen.

»Haben Sie noch mal die Freundin angerufen?«, fragt sie ihn. Er nickt, dreht sich langsam zu ihr. »Angela. Können wir sie zusammen besuchen?«

»Ja, warum nicht, aber sollte das nicht die Polizei machen?« Er schaut wieder geradeaus auf die Straße, atmet tief ein. Dann sagt er: »Ich bin auch Polizist. Es fällt mir schwer zu warten, wissen Sie?«

»Das wusste ich nicht. Wo waren Sie Polizist?«

»Uganda. Polizeichef für einen Bezirk, so groß wie halb Brandenburg.«

»Ach. Und …« Sie fahren einige Kilometer, bevor er wieder spricht.

»Politische Gründe. Ich hab hier Asyl beantragt. Mit meiner Tochter.«

Sie nickt, will mehr erfahren.

Er blickt weiter verbissen auf die Straße. Dann presst er heraus: »Meine Frau haben sie in Kenia erschossen, hinter der Grenze, nachdem wir geflohen sind. Ein deutscher Journalist hat mir und Viktoria geholfen hierherzukommen.«

Sie konzentriert sich auf die Fahrt. Sie befinden sich in Rheinsberg auf der Menzer Straße. Sie biegt in die Paulshorster Straße ein, eine kleine Einbahnstraße, dann auf die Berliner Straße. Sie fahren auf den Parkplatz der Rhinpassage, eines öden Einkaufskomplexes, nach der Wende mitten in der Stadt erbaut. Hier ist einer der vier Supermärkte der Kleinstadt, der billigste Kleiderladen, ein Italiener, ein Großmarkt für Töpferware und auch das Polizeirevier. Jana ist voller Fragen, die sie Ebuk im Moment nicht stellen kann. Gemeinsam betreten sie die kleine Wache der Polizei, wo sie vor einigen Jahren viele Stunden verbracht hat.

Sandra Mechtigkeit, die Revierleiterin, ist eine Frau Mitte dreißig, mit rundem Hintern, seltsam kurzen Armen, die neben ihrer großen Brust herausragen. Die langen dunklen Haare sind streng am Kopf zurückgekämmt und in einem Zopf zusammengebunden. Die hellblaue Polizeibluse sieht unförmig aus, ebenso die dunkle Diensthose, die vermutlich spannt.

»Ihr habt neu gestrichen«, sagt Jana, als sie Sandra die Hand drückt. »Herr Ebuk vermisst noch immer seine Tochter Viktoria«, ergänzt sie. Ohne Umschweife kommt sie zur Sache, blickt die Polizistin gerade an, die aufsteht und auf die beiden zukommt.

»Aha, sie ist immer noch weg?«

Aus dem Nebenraum kommt ein älterer Polizist, Edgar Schmidt, genannt »Schmidti«, sehr hager, kurze Haare, viele Falten. Auch ihm passt das hellblaue Polizistenhemd nicht, ihm ist es zu weit. Auf seiner Schulterklappe ist ein Stern weniger als auf dem Hemd der Revierleiterin. Er sieht krumm aus, seine Schultern stehen nach vorn, auf der Nasenspitze balanciert seine Lesebrille. »Hallo Jana, frohe Ostern«, sagt er, gibt ihr die Hand. »Tag«, nickt er Ebuk zu. Ebuk nimmt aus einer Leinentasche ein hellblaues T-Shirt und legt es auf den Tresen.

»T-Shirt von Viktoria, für die Hunde«, informiert er die Polizisten. Er zückt sein Mobiltelefon und zeigt ihnen ein Foto seiner Tochter. »Soll ich Ihnen das mailen oder WhatsApp?« Seine Stimme klingt angespannt.

Langsam beugen sich Sandra und Schmidti über das Bild. Es ist, als wüssten sie nicht genau, was von ihnen verlangt wird. Sie schauen in das offene Gesicht eines dunkelhäutigen lachenden Mädchens.

»Wie lang ist sie denn jetzt schon verschwunden?«, fragt Sandra.

»Vierundzwanzig Stunden«, informiert sie Ebuk, »Sie können anfangen!«

Sandra nickt, geht zu ihrem Schreibtisch und sucht nach

einem Formular. »Hast du noch 'ne Vermisstenanzeige?«, wendet sie sich an ihren Kollegen Schmidt.

»Nur noch online«, sagt er. Er tritt zu ihr an den Computer, beugt sich neben sie, tippt ein paar Befehle ein. »Hier.«

»Dann wollen wir mal. Name, Geburtsdatum, Anschrift ...« Erwartungsvoll schaut Sandra zu Ebuk.

»Ich kann auch bezahlen«, meint er und zieht sein Portemonnaie aus der Jacke. Irritiert schauen ihn die drei Deutschen an.

»Sie müssen doch nichts bezahlen. Das ist die Polizei«, erklärt ihm Jana. »Wenn Sie einem Polizisten Geld geben, wäre das Bestechung. Das ist hier strafbar«.

Ebuk schaut sie unsicher an, merkt, dass er etwas falsch gemacht hat, nickt, steckt seinen Geldbeutel wieder ein.

»Viktoria Nala Kadhumbula Ebuk, geboren am 2. April 2009 in Jinja, Uganda. Wir wohnen ...«

»Moment«, unterbricht ihn Sandra, »Viktoria Nala habe ich, Kadhumbula, wie man es spricht? Wie schreibt man Dschindscha?«

»J, I, N, J, A«, buchstabiert Ebuk. Die Polizisten und Jana schauen ihn interessiert an, in der Hoffnung, er könne ihnen noch erläutern, wo dieser Ort liegt und wie viele Menschen dort leben.

»Das ist eine Stadt an der Quelle des Nils, am Lake Victoria«, erläutert Ebuk trocken, er versucht freundlich zu bleiben.

»Entebbe, das ist doch auch Uganda«, sagt Schmidt, »da war doch mal diese Terrorsache auf dem Flugplatz.«

Aber Ebuk bläht nur seine Nasenflügel, geht nicht auf ihn ein, beherrscht sich, er ist hier nicht der Polizeichef, er gibt die Anschrift von sich und seiner Tochter an, erklärt, dass er eine Aufenthaltserlaubnis besitzt. Er legt seinen deutschen Ersatzpass vor, den sich Schmidt anschaut und an Sandra weiterreicht, die ihn genauestens durchblättert und ihn ihm zurückgibt. Diese Polizisten sind nicht anders als seine

Leute auf jenen Revieren, die ihm unterstellt waren; nur sind sie besser gekleidet, haben Computer, ihre Polizeiautos sind vollgetankt, wenn sie losfahren wollen, aber schneller oder klüger sind sie auch nicht. Vermutlich sind sie nicht bestechlich, weil der Staat sie ordentlich bezahlt. Aber sie sollen sich beeilen und seine Tochter suchen. Er ballt die Fäuste, will auf die Theke schlagen und sie antreiben.

Sandra Mechtigkeit blickt kurz zu ihm auf. »Geht gleich los, Herr Ebuk. Wir finden das Mädchen schon.«

»Sie ging Samstagvormittag aus dem Haus, um etwa elf Uhr, sie hat den Bus nach Rheinsberg genommen. Sie hatte ein dunkelrotes T-Shirt an, darüber einen schwarzen Hoodie, auf den Ärmeln jeweils drei weiße Streifen …«

»Adidas«, sagt Herr Schmidt, nickt Ebuk zu. Er soll weiterreden.

»Darüber eine Regenjacke«, fährt Ebuk fort, »eine Jeans, blau, verwaschen, Schuhe schwarz, dicke Sohlen. Fingernägel waren … nein, gestern kein Nagellack. Haare: Braids. Also Zöpfe und dann kleine Zöpfe mit Perlen. Ja.«

»Sehr gut, sehr genau, Sie haben sich das gut gemerkt, Herr Ebuk. Nicht viele Väter schauen sich ihre Töchter so genau an«, lobt ihn Sandra Mechtigkeit.

»Er ist Polizist«, wirft Jana ein, »also er war Polizeichef …«

»Echt jetzt? In Uganda?«, fragt Schmidt und macht große Augen, auch die Revierleiterin nickt anerkennend.

»Warum sind Sie dann hier?«, kann sich Schmidt nicht verkneifen.

»Politische Gründe«, bescheidet ihm Ebuk kurz. Er wird immer nervöser. »Sie wollte zu ihrer Freundin, zu Angela Köhler. Ich habe dort angerufen. Mehrmals. Aber das Mädchen spricht nicht. Nicht mit mir«, drängt er.

»Dann fahren wir da mal hin«, entscheidet die Polizistin, »kommen Sie, wenn Sie schon Polizist sind. Haben Sie die Adresse?«

»Aber er ist Angehöriger«, meldet sich ihr Kollege, »das geht nicht.«

»Das geht, wenn es der Ermittlung hilft. Und jetzt hilft es. Bleibst du hier? Oder musst du zurück?«, fragt sie Jana.

»Ich, ähm, geh einen Kaffee trinken und komm dann zurück. Du kannst mich ja anrufen, wenn es länger dauert. Du hast meine Nummer noch?«

»Hab ich immer noch. Also, Abmarsch.«

Der verdutzte Schmidt bleibt zurück, als die Polizistin, Ebuk und Jana das Polizeirevier verlassen. Sandra klickt auf ihren Autoschlüssel, steigt ein, Ebuk setzt sich neben sie. Jana sieht unwohl dem blau-weißen Auto nach, wie es vom Hof fährt. Hoffentlich geht es diesmal besser aus als vor fünf Jahren, als ihr Bruder, der letzte Revierchef, ein verschwundenes Mädchen suchte und nicht fand. Und dann nicht wiederauftauchte.

Ebuk nimmt die Technik in dem deutschen Polizeiauto zwar wahr, aber sieht sie sich nicht genauer an, kann auch die fachlichen Fragen nicht stellen, die er eigentlich hat. Er sitzt neben der Frau wie neben einer Taxifahrerin, schaut stumm und aufmerksam geradeaus. Sie fahren nur wenige Straßen, halten vor einem der kleinen Wohnblocks, die nur drei Stockwerke hoch sind. Die Polizistin geht auf die Haustür zu, die hier nicht zentral verriegelt ist, Ebuk folgt ihr. Ein Geruch von Putzmitteln und aufgewärmter Pizza kommt ihnen entgegen. Vor den beiden Wohnungstüren im Erdgeschoss stehen Schuhe von Kindern und Sportschuhe von Erwachsenen. Auch das nimmt Ebuk auf, ohne es zu befragen, aber der Gedanke, dass nur in einem reichen Land Schuhe einfach vor der Wohnung abgestellt werden, weil jeder genug Schuhe hat, bleibt in seinem Kopf haften. Die Frau vor ihm geht die Steinstufen hoch. Ihre sauberen schwarzen Lederschuhe quietschen leicht. Im ersten Stockwerk steht rechts der Name Köhler an der Klingel, an der Tür ist ein Kranz aus frischen Zweigen aufgehängt. Sandra Mechtigkeit drückt auf den weißen Knopf, schnell geht die Tür auf, Frau Köhler hat sie schon erwartet.

»Ich hab ihm schon gesagt, dass sie gestern nach dem Essen gegangen ist«, sagt sie ohne Ansatz, ohne Ebuk anzusehen.

»Ist Angela da? Können wir kurz reinkommen?«

Die Frau, die eine Brille mit Metallrand trägt, ist Mitte vierzig und hat ihre dunklen Haare, die von weißen Strähnen durchzogen sind, hochgesteckt. Sie überlegt kurz, wie sie mit der Situation umgehen soll, dreht sich um, lässt die Wohnungstür offen, ruft laut: »Angela!« Ebuk, der als Letzter eintritt, schließt die Wohnungstür hinter sich, bleibt im Flur stehen, wartet mit der Polizistin. Frau Köhler öffnet die Tür zu Angelas Zimmer. »Jetzt kommt halt mal, die Polizei ist da«, ruft sie ins Zimmer. Angela, die jetzt im Trainingsanzug erscheint, hat lange schwarze Haare, ist nicht besonders groß, blass.

»Hallo«, sagt sie nur, lächelt unsicher.

»Bist du Viktorias beste Freundin?«, will die Polizistin wissen.

Angela zuckt mit den Schultern. »Na ja, weiß nicht. Vielleicht …«, antwortet sie.

»Was habt ihr denn zusammen gemacht, gestern?«

»Musik gehört, ein bisschen Insta, TikTok, gequatscht. So was halt.«

»Wann genau ist Viktoria gegangen?«, mischt sich jetzt Ebuk ein.

»So um zwei rum?«, sagt Angela, zuckt wieder mit den Schultern.

»Waren Sie gestern auch da?«, wendet sich Sandra an Frau Köhler.

»Mein Mann und ich waren gestern im Garten«, informiert die Frau, »die Mädchen waren alleine. Sie sollten sich die Nudeln aufwärmen.«

»Haben wir gemacht, und dann ist sie los.« Angela schaut Ebuk an, als ob er schuld an ihrem Verschwinden ist, weil er seine Tochter erwartet hat.

»Gut, dann vielen Dank. Kannst du dir vorstellen, wo sie sonst noch hingegangen sein könnte?«, fragt Frau Mechtigkeit.

»Hm, normalerweise nimmt sie den Bus. Aber vielleicht zu Benni?«

»Benni?«, fragt Ebuk. Angela zuckt mit den Schultern, nickt.

»Hast du eine Telefonnummer?« Angela geht in ihr Zimmer, kommt zurück mit ihrem Mobiltelefon, tippt ein wenig herum, zeigt das Gerät der Polizistin. Die nimmt ihr eigenes Telefon aus der Hosentasche und tippt die Nummer des Jungen ein. Es klingelt, aber es geht niemand ran.

»Schicken Sie ihm eine WhatsApp, dann meldet er sich«, schlägt Angela vor.

»Ist Benni ihr Freund?«, will die Polizistin wissen.

»Vielleicht, weiß nicht«, kommt es von Angela.

»Du bist ihre beste Freundin und weißt nicht, ob er ihr Freund ist?«, fragt Sandra nach.

»Hm, kann sein. Ist ihre Sache«, antwortet das Mädchen und schaut dabei Ebuk an.

»Wie heißt denn dieser Benni weiter?«

»Kosinski.«

»Weißt du, wo er wohnt?«

Angela schüttelt den Kopf, schaut auf ihr Mobiltelefon, auf dem es »Pling« macht.

»Bitte ruf uns an, wenn sie sich meldet. Okay?« Sandra Mechtigkeit spricht zu Angela, aber gibt Frau Köhler ihre Visitenkarte. Angela dreht ab in ihr Zimmer.

Als sie wieder im Auto sitzen, fährt die Polizistin nicht sofort los, sondern wendet sich an Ebuk.

»Ich glaube, Angela sollte nicht sagen, dass Ihre Tochter einen Freund hat. Haben Sie von Benni schon mal gehört?«

Ebuk schaut aus dem Autofenster auf das Wohnhaus. Es ist alles so unwirklich; er hat das so ähnlich schon einmal erlebt, als sie nach Kovu suchten. Damals sprach er mit dem Freund des Jungen, der nicht genau wusste, wann und wohin er gegangen war. Sie hatten dann alle Freunde und möglichen Freundinnen von Kovu abgeklappert. Aber keine Spur gefunden. Dann, als sie ihn endlich entdeckten, hatte er keine Hände mehr, sie waren ihm abgehackt worden.

»Nicht wirklich«, antwortet er, »ich weiß, dass es da einen Jungen gibt. Aber er hat sich noch nicht vorgestellt.«

»Nicht vorgestellt ... In dem Alter ist das normal. Oder?«

Er schaut sie aufmerksam an, nickt. »Ja, kann sein. Aber sie weiß, dass ich mir große Sorgen mache, wenn sie sich nicht meldet. Es ist etwas passiert. Diese Angela hat nicht alles gesagt.«

Die Polizistin stimmt zu, startet das Polizeiauto, packt ihr Telefon in eine Halterung am Armaturenbrett, tippt darauf, und kurz danach meldet sich ihr Kollege. Sie bittet ihn, ihr die Adresse von Kosinski durchzugeben. Dann fahren sie zurück zur Polizeiwache, wo sie Ebuk aussteigen lässt. Es sei besser, wenn sie alleine diesen Benni Kosinski befrage, erklärt sie, er soll Vertrauen haben, sie würden seine Tochter schon finden. Jana sitzt in ihrem Auto und wartet auf Ebuk. Sie winkt ihm, als er aus dem Polizeiwagen steigt.

»Wo fährt sie denn hin?«, erkundigt sich Jana bei Ebuk.

»Zu Benni Kosinski. Zu ihm könnte sie gegangen sein. Er ist vielleicht ihr Freund.«

Jana nimmt ihr Smartphone und tippt den Namen Kosinski ein, findet die Adresse und startet den Wagen. Sie fahren durch die kleine Stadt, hinter Autos her, deren Nummernschilder aus ganz Deutschland kommen. Die Touristen zeigen sich wieder gerne. Während der Coronakrise hatte der Landrat den Landkreis Ostprigniz-Ruppin wochenlang für jeden Ortsfremden gesperrt. Das Selbstbewusstsein der Bewohner wurde gestärkt, endlich hat sich mal jemand für sie eingesetzt, hat sie geschützt; aber viele Geschäfte gingen einfach pleite, weil das schöne Geld der Besucher aus dem Westen und aus Berlin ausblieb. Autos mit Berliner Kennzeichen, die damals mit Steinen beworfen wurden, weil sie das gefährliche Virus einschleppten, sind wieder willkommen.

Sie fahren durch die kleine Stadt, über die Parkstraße, am Schlosspark vorbei, links der große Parkplatz, wo die Busse stehen für die Besucher von Schloss Rheinsberg. Das Kopfsteinpflaster geht über in glatten Straßenbelag, sie verlassen den Ort in Richtung Dorf Zechlin. Die erste Abzweigung nach rechts geht nach Warenthin, einem Dorf am Rheinsberger See. Links geht ein Feldweg ab, der Riedluch heißt. Hier ist eine Siedlung von Häusern, wie in einer Ferienkolonie, meist flache Hüttchen, manche sind stabiler gebaut. Etwas weiter den staubigen Weg runter liegt ein einzelnes graues Einfamilienhaus. Dort stehen das Polizeifahrzeug und Sandra Mechtigkeit an der Haustür. Ein Junge, schmal, mit Brille und langen Haaren, steht vor ihr und schüttelt den Kopf. Ebuk steigt aus, schaut, geht aber nicht näher zu den beiden hin. Der Junge sieht ihn, versteht, wer er ist, auch die Polizistin schaut zu ihm hin. Dann bedankt sie sich bei dem Jungen, dreht sich und kommt zu Ebuk und Jana.

»Sie wollte vorbeischauen, aber sie ist nicht gekommen«, berichtet die Polizistin. »Er hat immer wieder versucht, sie zu erreichen, aber sie ging nicht ran.«

»Dann ist sie zwischen Angela und ihm verschwunden«, überlegt Ebuk, »sie ist entführt worden.« Er spricht diese Erkenntnis sachlich aus, aber er spürt seinen Magen, in dem Säure aufsteigt.

»Das wissen wir noch nicht«, beruhigt die Polizistin.

»Was machst du jetzt?«, fragt Jana.

»Na, wir suchen alles ab!«, erklärt Sandra bestimmt.

»Du und Schmidti?«

»Na ja, ich verständige die Polizeidirektion in Neuruppin. Vielleicht schicken sie zusätzliche Kräfte. Wir müssen das erst mal eingrenzen«, sagt sie vorsichtig.

»Ihr müsst sofort etwas unternehmen. Sofort!«, fährt Jana sie aufgebracht an.

»Ja, selbstverständlich. Mhm, Herr Ebuk. Was denken Sie? Warum glauben Sie, dass sie entführt wurde? Von wem?«

Die beiden Frauen und der Ugander stehen bei Janas Golf. Sie blicken auf das Haus, in dem Benni lebt. Hat er die Wahrheit gesagt? Ebuk schaut die deutsche Polizistin an, will herausfinden, ob sie die Fragen, die sie ihm gestellt hat, wirklich ernst meint. Er sieht in ein besorgtes Gesicht, auch Jana blickt ernst. Es ist für ihn noch immer nicht ganz leicht, die Gesichter von Weißen zu lesen, vor allem von weißen Frauen. Er sieht, den Frauen ist es nicht egal, wo das schwarze Mädchen steckt, das in diesem Land gestrandet ist, ohne dass er das wollte, das sich aber damit abgefunden hat und Freundschaft mit einem Mädchen und einem weißen Jungen geschlossen hat. Ebuk verspürt das Bedürfnis, diesen Benni kennenzulernen. Er kann den Frauen wenig über seine Vermutungen sagen. Möglicherweise sind seine Gegner aus Uganda hierhergekommen, haben seine Tochter entführt, um ihn zu erpressen? Noch ist keine Forderung bei ihm eingegangen. Bisher hat niemand Geld oder seine Rückkehr nach Uganda verlangt. Diese Leute wissen, was die schmerzvollste Art wäre, sich an ihm zu rächen. Sie würden ihm seine Tochter wegnehmen, sie vergewaltigen und anschließend zerhacken, irgendwo in den weiten Wäldern Brandenburgs. Er will nicht ausbreiten, warum er hier ist, es würde nicht helfen, seine Viktoria zu finden. Er muss selbst Informationen einholen. Die Magenschmerzen werden schlimmer.

»Lassen Sie uns die Strecke abfahren, von Angela zu diesem Jungen«, schlägt er vor. »Sagt er die Wahrheit?«

»Ja, ich glaube schon«, meint Sandra.

Ebuk schaut sie aufmerksam an und nickt. Dann steigt er in Janas Auto. Sie warten, bis die Polizistin gedreht hat. Sie fahren die kleine Siedlung ab, die an einem ehemaligen Bahndamm liegt und in der jeder Weg Riedluch heißt. Der Übergang zu den Wiesen und den Wäldern ringsum ist fließend.

»Man muss die gesamte Gegend absuchen, wir müssen fragen, ob sie jemand gesehen hat. Wer zuletzt …«, sagt Ebuk und hält sich die Hand auf den Bauch.

»Haben Sie heute schon etwas gegessen?«, fragt ihn Jana. Sie hat sich noch nicht daran gewöhnt, ihn zu duzen. Sie will ihm erzählen, was damals geschehen ist, als ihr Bruder verschwand, er sollte es wissen. Sie bleibt an der langsam fahrenden Sandra dran, Ebuk schaut nach links und rechts, aufmerksam. Sie erreichen den Wohnblock von Angela Köhler, das Polizeiauto dreht und fährt wieder langsam zurück, diesmal eine andere Strecke, bis sie wieder in der Riedluch-Siedlung sind. Sandra steigt aus, geht zu Janas Auto, zur Beifahrertür, informiert Ebuk, dass sie jetzt zurück zur Wache fährt und mit der Polizeidirektion in Neuruppin sprechen wird. Ebuk nickt nur. Jana schaut ihn an, würde ihm gerne vorschlagen, etwas gemeinsam zu essen. Doch Ebuk bittet darum, noch mal zurückzufahren.

Anselm, der Mann, der Viktoria Essen gebracht hat, betritt die Kartoffelgewölbe und schaut ihr zu. Sie dreht sich zu ihm. Wala von Anschütz ist Anfang vierzig, athletisch, ihre Haut hat einen hellen Braunton, weil sie sich viel im Freien aufhält. Eine klassische Schönheit, neben deren Nase sich Furchen in das glatte Gesicht einzugraben beginnen. Ihre Lippen, leicht geschminkt, waren einmal weicher und voller, jetzt unterstreichen sie die harten und stolzen Gesichtszüge. Sie hat, wie fast immer, ein Kopftuch umgebunden, unter dem ihre strahlend blonden Haare hervorschauen. Sie trägt eine Bluse aus dunkler Baumwolle, die eng anliegt und ihre Brüste betont, die, wie immer, seltsam spitz von ihr abstehen. Dynamisch geht sie durch die Gewölbe, die unter dem Scheunenhaus liegen. Auf zahlreichen Regalen, auch auf dem Boden, liegen Pappkartons voller Kartoffelknollen, die kleine grüne Augen ausgetrieben haben. Sie überprüft die Temperatur, dann schließt sie einige der Lüftungsschächte.

»Und?«, fragt sie. Ihre Stimme klingt streng, sie ist es gewohnt, Anweisungen zu geben.

»Sie ist noch ein wenig wild, aber das gibt sich schon«, sagt er. Der Blick von ihm ist aufmerksam, er kennt ihre Untertöne.

»Du hast sie zu früh gebracht.« Sie geht auf ihn zu, dreht den Lichtschalter aus, hinter ihr versinken die Saatkartoffeln in feuchter, kalter Dunkelheit. Sie steht vor ihm, sie schauen sich an, es ist wie ein Kräftemessen. »Jetzt musst du sehen, wie du sie über die Zeit bringst.« »Wie, zu früh? Ich dachte, wir brauchen sie. Jetzt ist sie da. Das wolltest du doch.« Sie antwortet ihm nicht, geht an ihm vorbei, die Treppe hoch, er schaut ihrem Rock nach, der schwere Stoff verbirgt ihre schönen Beine, die er gut kennt. Er folgt ihr, schließt die Kellertür, er will sich erklären.

Vor den Scheunen stehen zwei Pferde, deren Zaumzeug von Erika, einer dünnen, etwa fünfundvierzigjährigen Frau mit scharfen Gesichtszügen, gehalten werden. Die Pferde sind an einen Wagen geschirrt, der von zwei Männern mit einem Pflug beladen wird. Wala von Anschütz und Anselm Molder kommen dazu, Anselm hilft den Männern. Wala geht zu den Pferden und tätschelt ihnen die Blesse.

»Ihr müsst tief in den Boden rein«, sagt sie und schaut Erika an.

»Es ist wieder viel zu trocken«, antwortet Erika, schaut missmutig, hält die Zügel der Pferde straff, die unruhig sind. Staub steigt auf.

»Wir können nächste Woche die Kartoffeln legen, es sieht gut aus«, informiert Wala.

Aber Erika bleibt schlecht gelaunt, schnaubt, ähnlich wie das Pferd vor ihr. »Drei trockene Sommer und Corona. Noch so ein Jahr halten wir nicht durch. Das weißt du.«

»Die Götter werden uns helfen. Wir werden ihnen ein großes Opfer bringen.« Sie blickt Erika streng und eindringlich an.

Erikas Gesicht verändert sich, ihre Spannung lässt nach, so etwas wie Furcht zeigt sich, Staunen. »Die Götter …«, sagt sie leise, »wann?«

»Wenn es Zeit ist«, antwortet Wala ihr klar und ebenfalls leise.

Erika nickt. Auch sie hat sich in die Hände dieser Frau gegeben, die über ihre Zeitläufte bestimmt, wie die Jahreszeiten. Als sie das Kissen auf das Gesicht ihrer Tochter drückte, Heinrich die Arme des Mädchens festhielt und Wala Gebete in der alten germanischen Sprache sang, ist ihre Seele in den Besitz dieser Frau übergegangen. Sie will sie nicht mehr zurückhaben, solange die Dinge ihren von alters her richtigen Weg gehen, wenn alles so wird, wie es sein soll.

»Wir brauchen bald Regen«, sagt Erika, als von den Männern hinter dem Wagen ein Pfiff kommt. Die Pferde ziehen an, Erika hält die Zügel straffer, geht los, Wala von Anschütz tritt zur Seite. Das Gespann, geführt von Erika, begleitet von zwei Männern, verlässt den Hof nach links, wo die Kartoffeläcker liegen. Anselm schaut Erika nach, mit diesem Gefühl tragischer Verbundenheit, das sich immer einstellt, wenn sie sich auf dem Hof begegnen. Erika und Heinrich, die ein großes Opfer für ihre Gemeinschaft gebracht haben, und Anselm werden immer verbunden sein. Die Nähe zu dieser bitteren Frau ist kalt, modrig, wie der Keller, in dem die Kartoffeln keimen.

Wala und er bleiben allein zwischen dem lang gestreckten

Gutshaus und den Scheunengebäuden auf dem Hof zurück. Er genießt es, neben ihr zu stehen und den Pferden nachzusehen, es ist, als ob sie Mann und Frau wären. Der Hof öffnet sich auf der anderen Seite zu den Wiesen. Daneben stehen drei kleine Häuser, alte Gesindehäuser. In einem davon leben Erika und ihr Mann Heinrich. Sie gehörten zu den Ersten, die hier siedelten, nachdem Wala von Anschütz den Hof, die Scheunen, die Häuser, die Wiese und die Äcker zurückgekauft hat; ein großer Besitz, der bis zum Krieg ihrem Großvater, einem Großgrundbesitzer, gehört hatte, bevor die Sowjets ihn enteigneten. Etwas abseits steht eine kleine Kapelle, deren Tür nur sehr selten und nur von ihr geöffnet werden darf.

Das Gut liegt ziemlich einsam, zum Dorf sind es fünf, nach Rheinsberg fünfzehn Kilometer. Niemand wollte in der Vergangenheit lange hier leben und arbeiten, auch in der DDR nicht. Nach der Wende hatte es ein Bauer noch mal versucht, aber weil die Eigentumsfrage ungeklärt blieb und er nicht kaufen konnte, engagierte er sich nicht wirklich, der ehemalige Familienbesitz verfiel langsam. Bis vor dreizehn Jahren Wala von Anschütz kam. Die Leute zerrissen sich das Maul darüber, woher sie so viel Geld hatte. Sie glaubten, ihr Mann sei ein reicher Spekulant, dabei war es viel einfacher. Nach sieben Jahren Ehe ließen sie sich scheiden, und sie machte ihren Anteil an den Aktien der gemeinsamen Unternehmensberatung zu Geld. So hat sie es Anselm erzählt. Auf seine Frage nach dem Mann gab sie ihm keine Antwort, der Mann sei nicht mehr da. Und Schluss. Es gibt Gerüchte, er habe Schlaftabletten genommen, weil sie ihn verlassen hatte, aber auch, er sei mit einer jüngeren Frau abgehauen. Es ist ihm egal, sie steht neben ihm.

Die etwa dreißig Leute, die sie auf ihrem Hof versammelt hat, die meisten sind noch jung, haben das alte Dorf wiederbelebt. In den letzten beiden Jahren, während der Pandemie, kamen fünf weitere Familien auf Probe dazu. Es sollen noch mehr Kinder werden, Kinder, die sie irgendwann in ihrer eigenen Schule unterrichten werden. Der Dorfgasthof, der lange geschlossen war, wurde renoviert und ist jetzt bewohnt. Morgens bringt ein kleiner Bus ihre Leute vom Dorf auf den Hof und abends wieder zurück. Jeder, der zu ihnen kommt, muss sich ein Jahr lang bewähren, muss arbeiten und zeigen, ob er mit der »vedischen Sicht« auf die Welt etwas anfangen kann. Von dem christlichen Dogma der Ehe halten sie nichts, das ist nicht die vedische Sicht. Hauptsache, der Boden wird bestellt und die Siedlung wächst. In der Coronazeit haben sie eine strikte Ausgangssperre verhängt, und niemand hat sich infiziert. Manche im Dorf nennen sie eine Sekte, aber das ist ihnen egal.

Wala hat ihm eines Nachts erzählt, wie sie ein russischer Geschäftsfreund, dessen Firma sie erfolgreich beraten hatte, auf eine Reise in den Ural einlud, um ihr zu zeigen, was er mit dem vielen Geld machte, das er mit ihrer Hilfe verdient hatte. Sie lag neben Anselm und spielte mit seinen Haaren; es war einer der seltenen Momente, wo sie nicht sofort aufstand, um etwas zu erledigen, wo sie und ihr Duft neben ihm liegen blieben.

Sie besuchten ein kleines Dorf mit lauter jungen Menschen und Kindern, erzählte sie. Jede Familie hatte ihr eigenes Haus, ihr eigenes Vieh und ein Stück Land. Diese Gemeinde wurde von Sergej, einem charismatischen, gut aussehenden Mann geleitet. Er führte genau Buch über alles, was in dem Dorf vor sich ging, was gepflanzt wurde, welchen Tieren es gut ging, wann sie starben, welche Ehepaare glücklich waren und welche nicht. Er ging immer wieder allein in die alten Wälder und notierte, was ihm dort in den Sinn kam. Der reiche Russe, der das alles finanzierte, ließ die Schriften von Sergej drucken, um die Lehren für eine neue, bessere Gesellschaft in der ganzen Welt zu verbreiten. Wala ließ sich von dieser besonderen Welt und von Sergej anstecken, endlich hatte sie gefunden, wonach sie lange suchte. Sie blieb ein Jahr in dem seltsamen kleinen Dorf, zog in das Haus von ihm, hörte ihm zu, wie er über die kaputte Welt schimpfte, über die Herrschaft der Bonzen redete, die Macht der Bösen und wie sie, die reinen russischen Menschen, eine neue Welt aufbauten. Sergej nannte sie »Ostara«, seine Göttin, seine germanische Ahnin.

Dann machte sie eine Pause, setzte sich auf und sagte: »Aber ich konnte Sergej keine Kinder schenken.« Sie schaute in die Dämmerung neben dem Bett, vielleicht, dachte Anselm, lag sie mit diesem Mann genau wie mit ihm jetzt im Bett, hatte ihn geliebt und ihm dann gestanden, dass die Göttin unfruchtbar ist. »Du bist unsere Anführerin, aber keine Mutter, die die Hintern von Säuglingen abwischt«, kommentiere er, und dafür küsste sie ihn. Die Zukunft in Sergejs Siedlungen, weit weg, ganz auf sich gestellt, auf eigenem Boden, brauchte allerdings Kinder, die aus dem Samen seines Volkes gezeugt werden mussten. Zu dieser Zukunft hatte er schon mit zahlreichen Kindern beigetragen. Junge Mädchen, gerade geschlechtsreif geworden, wurden von den Vätern zu ihm gebracht, damit sie ihr erstes Mal mit Sergej erleben konnten. Doch solange Wala bei ihm lebte, schickte er die jungen Mädchen weg. Zweimal im Jahr wurden Opfer gebracht, es wurden Rinder geschlachtet, große Feuer angezündet, es wurde gesungen, getanzt und ein heiliger Trank gebraut, den sie »Soma« nannten. Sergej berief sich auf die vedischen Schriften, hinduistische, vorchristliche Texte und mystische Geheimlehren aus den Wäldern. In dem russischen Dorf bei Sergej wurde Wala klar, dass sie genauso leben wollte, aber auf ihrem eigenen Gutshof. Den gab es noch in Brandenburg, dort lag das Erbe ihrer adligen Familie, für das sie sich bisher nie interessiert hatte. Sie erzählte Anselm, wie leicht und natürlich es für sie gewesen war, Priesterin zu werden. Sie breitete die Arme aus, segnete die Tiere, die geopfert werden sollten, bevor sie ihnen mit einem scharfen Messer die Kehle durchtrennte. Sie wusste: Dafür war sie nach Russland gerufen worden. Anselm hatte schon einige Male in ihr Gesicht gesehen, wenn das warme Blut der Tiere über ihre Hände lief. Sie genoss es jedes Mal.

Am Tod berührt sie nichts, sie steht über den Dingen. Dafür liebt und fürchtet er sie. Es ist keine Liebe im romantischen Sinn, die Anselm für sie empfindet, aber er betrachtet sie als seine Frau und sich als ihren gleichberechtigten Partner, ihren Mann, auf den sie sich verlassen kann, auch wenn er keine Kinder mit ihr haben wird. Sein Traum ist es, sie zu heiraten, in einem großen germanischen Ritual, mit Feuern, über denen Rinder gebraten werden. Das hat er ihr gestanden, aber sie hat nur gelächelt.

Inzwischen gehören ihr sieben Häuser im Dorf wie auch große Wiesen und Felder. Irgendwann wird sie alle Häuser im Dorf besitzen, da ist sich Anselm ziemlich sicher. Er würde gerne den Arm um sie legen, stolz sein, doch ihr Gesicht zeigt keine Regung. So nickt er ihr nur zu, dreht ab zu den Scheunen, wo viel Arbeit auf ihn wartet.

Ebuk geht zum zweiten Mal allein den Weg durch die kleine Stadt, den Viktoria vermutlich genommen hat, vom Haus, wo Angelika wohnt, bis zu dem Haus des Jungen. Wenn sie auf der Parkstraße, vorbei am Parkplatz beim Schloss, den Ort verlassen hat und am alten Bahndamm links Richtung Riedluch eingebogen ist, muss sie durch ein kleines Stückchen Wald gekommen sein. Hier ist eine gute Stelle, um sich zu verstecken, um in einem Auto zu warten. Nur hier konnten ihre Entführer sie sich schnappen, glaubt er. Ein anderes Geschehen ist kaum vorstellbar. Er geht den kleinen Weg zwischen der Hauptstraße, die aus der Stadt hinausführt, und der kleinen Siedlung entlang. Ebuk schaut sich den

Wegesrand genau an, ob es Reifenspuren gibt, ob ein Auto gewartet haben könnte; aber alle Stellen, die sich für ein Versteck eignen würden, sind staubig. Eine klare Spur ist nicht zu erkennen. Ein älterer Mann auf einem Fahrrad kommt vorbei und bemerkt, wie Ebuk etwas sucht.

»Haben Sie etwas verloren?«, fragt der Mann, nachdem er angehalten hat. Ebuk geht auf ihn zu.

»Ja, ich suche meine Tochter«, antwortet er ihm.

Der Mann kratzt an seinen grauen Haaren, schaut Ebuk skeptisch an. Er will schon wieder auf sein Rad aufsteigen und weiterfahren.

»Sie wird seit gestern vermisst«, ergänzt Ebuk.

»Was sagt die Polizei?«, fragt der Mann.

»Die sucht auch«, antwortet Ebuk.

»Hier ist sie sicher nicht«, erklärt der grauhaarige Mann und radelt weiter.

Ebuk schaut ihm nach. Warum sind die Menschen hier so hart, wundert er sich. Machten die langen Winter die Leute so, oder lag es an seiner Hautfarbe, dass sie nicht mit ihm sprechen wollten? Er konnte sich doch verständlich machen, er hatte ihre Sprache gelernt, zusammen mit seiner Viktoria, die ihm Deutsch beibrachte, weil sie klüger und schneller im Kopf ist. Wie immer. Das kluge, schöne Mädchen. Er sucht seine Tochter, warum hilft ihm der Mann nicht, warum ruft er nicht seine Kinder, seine Frau, die ganze Siedlung, um ihm zu helfen. So war es in seinem Land, als er die Kinder suchte. Das ganze Dorf half mit oder tat zumindest so, nutzte die Suche, um in die Häuser der Nachbarn zu gehen und dort neugierig herumzuschnüffeln. Er schaut in die Bäume, das Grün sprießt, kleine Blätter zeigen sich, bald wird es nicht mehr kahl und grau sein, sondern grün und hell, er wird wieder atmen und die dicken Jacken ausziehen können. Da hört er ein Singen, Viktoria imitiert einen Song von Kayne West: »*I'm coming home again. Do you think about me now and then? Do you think about me now and then? 'Cause I'm coming home again.«* Ebuk erschrickt, er rennt auf dem Weg vor und wieder zurück. Tränen schießen ihm in die Augen, ein Schmerz kommt in ihm hoch, wie er ihn lange nicht mehr gespürt hat, es schüttelt ihn. Er weint, er kniet nieder, er fasst sich mit den Händen ins Gesicht, er schluchzt, tief atmet er durch. Stützt sich mit beiden Händen auf dem Boden auf. Da liegt eine kleine Holzperle, deren Farbe und Form er kennt; Viktoria hatte sie in ihre Haarzöpfe geflochten. Er schaut diese kleine Perle an, wie ein sehr seltenes Insekt, beugt sich über das kleine Holzding. Bevor er es aufhebt, zieht er sein Mobiltelefon aus der Tasche und macht ein paar Fotos. Er steht auf. Jetzt bräuchte er Plastikhandschuhe. Soll er die Perle, die Viktoria hier verloren hat, liegen lassen und die Polizistin anrufen? Würde dann die Spurensicherung in den weißen Schutzanzügen kommen, wie es in deutschen Kriminalfilmen geschieht, wenn ein Tatort entdeckt und Spuren sowie DNA-Proben genommen werden? Er liebt es, deutsche Kriminalfilme zu sehen. Jeden Abend gibt es einen anderen Film, andere Ermittler, das ganze Land ist voller Morde und Polizisten. In seinem Land haben die Polizisten keine weißen Plastikhandschuhe in der Hosentasche, um einen verdächtigen Gegenstand in eine frische Plastiktüte zu stecken. Die Taschen sind leer oder vielleicht mit ein paar schmutzigen Geldscheinen gefüllt. Ebuk pflückt ein paar der jungen Blätter, hebt mit einem Blatt vorsichtig die Perle auf, umwickelt sie damit und steckt sie in die Hosentasche. Warum warteten die Entführer hier auf sie? Wer hat ihnen gesagt, wo und wann sie hier entlanggehen würde? Er atmet erneut tief ein, der Weinkrampf zittert in ihm nach.

Er geht aus dem kleinen Waldstück, biegt in Riedluch ein, bis zu dem Haus, wo Benni wohnt. Er klingelt, und ein junger Mann im Trainingsanzug öffnet. Er hat Tattoos auf den Armen und dem Hals, seine Haare sind sehr kurz geschnitten, er kaut auf etwas herum, kneift das Gesicht zusammen, als er Ebuk sieht. Er dreht sich einfach um und brüllt »Bernhard« ins Haus. Es poltert, dann steht der Junge mit den langen Haaren und der Brille vor ihm und mustert ihn.

»Tag. Sie ist nicht hier …«, sagt Benni.

»Ich bin Viktorias Vater, Peter Ebuk«, erklärt er Benni, der nur nickt, weil er das schon weiß. Ebuk streckt ihm die Hand entgegen, Benni nimmt die Hand und drückt sie, etwas schwach, aber er erwidert den freundlichen Druck von Ebuks Hand. Ebuk blickt den Jungen an, versucht es mit einem Lächeln, will im Moment gar nicht verstehen, warum sich seine Tochter für diesen Jungen interessiert, er will nur ein wenig Vertrauen herstellen. »Ich wollte von dir wissen, wie ihr euch verabredet habt«, erklärt Ebuk.

»Sie wollte so um zwei kommen«, meint Benni.

»Hat sie vorher angerufen? Und gesagt, ich geh jetzt los?«

»Nö, das hatten wir schon am Tag vorher klargemacht«, sagt ihm Benni.

»Da habt ihr telefoniert?«

»WhatsApp.«

»Wusstest du, dass sie bei ihrer Freundin war?«

»Ja, sie wollte erst zu Angela und dann zu mir.«

»Hat Angela dich angerufen und dir gesagt, dass Viktoria losgeht?«, fragt Ebuk nach.

Benni schüttelt den Kopf, er zuckt die Schultern. »Wo kann sie denn sein?«

»Ich werde sie finden«, sagt Ebuk. »War sie eigentlich schon öfter hier?«

Benni schaut ihn an, will seine Geheimnisse mit Viktoria eigentlich nicht preisgeben, schaut auf den Boden. »Ein paarmal«, sagt er.

Ebuk nickt, legt dem Jungen eine Hand auf die Schulter, wie um ihm zu sagen, das ist schon okay, in deinem Alter habe ich meinem Vater auch nicht erzählt, bei welchem Mädchen ich war. »Ich will nur wissen, ob sie den Weg kannte«, erklärt er Benni.

»Ja, klar.«

»Du hast ihn ihr erklärt?«, fragt Ebuk nach.

»Ich hab ihr einen Ausschnitt aus Google Maps geschickt.«

Ebuk nickt. »Ja, klar«, sagt er, »Google Maps. Und Angela, wusste sie auch, dass Viktoria zu dir geht?«

»Ja, schon, ist ja ihre Freundin«, antwortet ihm Benni.

»Genau, ihre Freundin ... Danke, Benni. Rufst du mich bitte an, wenn du etwas von ihr hörst?«

»Geben Sie mir ...«

Ebuk zieht sein Mobiltelefon und zeigt Benni seine Nummer. Der tippt sie ab und schickt Ebuk gleich eine WhatsApp-Nachricht mit seinem Kontakt.

»Danke«, sagt Ebuk, »danke.« Er dreht sich um und geht wieder zurück durch das Wäldchen, wo seine Tochter verschwunden ist. Er steht an der Straße, die aus dem Ort hinausgeht. Sie könnte in alle möglichen Richtungen gebracht worden sein.

3

Jana fährt ihren Computer herunter. Viel hat sie heute nicht geschafft, aber das ist auch nicht so wichtig, ihre Arbeit besteht im Moment eher aus Routineaufgaben. Sie hätte, wie viele ihrer Kolleginnen und Kollegen, Osterferien beantragen und irgendwo hinfliegen können, jetzt, nachdem man geimpft war und wieder reisen durfte. Aber sie hat keine Lust dazu, sie interessiert sich nicht für andere Länder, will nirgendwo in der Sonne liegen und ein Buch lesen, abends in einer Bar sitzen, an einem Drink nippen und mit einem Mann ins Bett gehen, den sie nicht kennt. Sie ist mit ihren Gedanken bei Ebuk, der in Rheinsberg nach seiner Tochter sucht. Ob er schon zurück ist, ob er sie gefunden hat? Sie schreibt ihm eine Nachricht, aber er antwortet nicht. Als sie aus dem Laborgebäude geht, ruft ihr Walter nach. Sie wartet auf ihn, er kommt zu ihr heraus. Seine Haare stehen irgendwie seltsam vom Kopf ab, er sollte mal wieder zum Friseur gehen.

»Habt ihr das Mädchen gefunden?«, will Walter wissen.

»Nein, er ist noch in Rheinsberg, sucht nach ihr.«

»Was sagt die Polizei?«, fragt er nach.

»Wir sind zu ihrer Freundin gefahren und zu einem Jungen, aber die wussten auch nichts«, beantwortet Jana seine Fragen.

»Au, das hört sich nicht so gut an. Was glaubst du?«

»Diesmal müssen sie mehr machen, um das Mädchen zu finden. Das glaub ich.«

»Ja. Ja, klar, das werden sie … Soll ich dich … Magst du frischen Fisch?« Er grinst sie an, angespannt, ein wenig wirr. Jana lächelt. Walter ist vermutlich so ein Mann, der gerne wandern geht oder lieber nach Skandinavien anstatt ans Mittelmeer fährt. Vielleicht hat er sogar ein Campingauto, in dem man schlafen kann, zu zweit, einer oben, der andere unten. Wenn man Sex hat, unten, dann geht der andere danach nach oben und macht das Licht aus. Nein, sie will keinen frischen Fisch mit Walter essen; nicht nach dem, was geschehen ist. Sie wird ihm keine falschen Hoffnungen machen.

»Ich glaub nicht, aber es ist nett, dass du fragst«, sagt sie ihm.

Er macht so eine Handbewegung, wie Schwamm drüber. »Ach, war nur so 'ne Idee, weil ich hab grad was … Dann einen schönen Abend!« Er geht wieder zurück ins Institut, vielleicht zwei Zentimeter kleiner.

Sie kann nicht genau feststellen, was ihm wichtig ist, ob er es einfach noch mal versucht, sie doch noch rumzukriegen, oder ob er jetzt einen auf Kumpel macht, der sie auf ein Bier und einen Fisch einladen will. Vielleicht sollte sie nicht so schlecht von ihm denken, sie könnte mit ihm doch einfach so eine Freundschaftsbeziehung haben. Allerdings, sie hat seinen erigierten Schwanz angefasst. Doch sie hat es nicht zu Ende gebracht, weil sie zu betrunken war. Sie mussten beide lachen, als sie einfach umkippte.

Aber er will bestimmt mehr, als nur mit ihr über die Arbeit und über die politischen Verhältnisse nach Corona zu reden. Jana steigt in ihr Auto. Als sie losfährt, kommt eine Nachricht von Ebuk. Er sitzt im Bus, schreibt er. Also haben sie das Mädchen noch nicht gefunden. Wieder ist ein Mädchen verschwunden. Das wird alles verändern.

Der Bus hält etwas außerhalb. Jana ist mit ihrem Auto in die Nähe der Bushaltestelle gefahren, um ihn abzuholen. Das hat sie noch nie gemacht, einen Mann vom Bus, vom Zug oder vom Flughafen abzuholen. Als sie mit dem Vater von Fred in München lebte, ist sie nicht viel geflogen, manchmal nach

Berlin, zweimal in die USA. Er musste auch nicht fliegen, er arbeitete als Techniker in der Zentrale eines Fernsehsenders, in Unterföhring, zehn Stationen mit der Bahn. Eine Woche vormittags ab fünf Uhr morgens, eine Woche nachmittags ab zwei Uhr. Sie hat an ihrer Doktorarbeit geschrieben, war in der Uni oder an Seen und hat Proben genommen. Und als dann Fred kam, musste sie das Kind irgendwie wegorganisieren.

Der Bus hält, nur Ebuk steigt aus. Sie sieht die kräftige Gestalt des Mannes auf sich zukommen. Bei ihm denkt sie nicht, wie es wäre, mit ihm Sex zu haben, ob er kochen kann, wie sie abends zusammen fernsehen. Bei ihm stellen sich keine Bilder ein, sie hat keine Erwartungen und sie muss auch keine Ahnungen abwehren; sie schaut, wie er ganz selbstverständlich auf sie zugeht, als ob er gewusst hätte, dass sie hier steht. Vielleicht ist er ein Mann, der oft abgeholt wurde, einer, auf den eine Frau gewartet hat. Ein Polizist hat vermutlich ungewöhnliche Arbeitszeiten, vielleicht wartet da eine Frau auf den Mann. Wie lebte ein Polizeichef in Uganda? Sie war noch nie in einem afrikanischen Land.

Sie steigt aus, als er an ihrem Auto ankommt. Er nickt nur leicht.

»Ich wollte Sie ... dich ... abholen«, sagt sie, obwohl es offensichtlich ist.

»Danke«, antwortet er und geht um das Auto herum zur Beifahrertür. Er steigt ein, sie steigt ein und fährt los.

»Nichts«, sagt er.

»Hast du noch mal mit Sandra, der Polizistin, gesprochen?«

Er nickt. »Ich hab ihr gezeigt, wo sie entführt wurde.«

Sie schaut zu ihm rüber. »Das hast du herausgefunden?« Sie ist erstaunt.

»Sie wollen ein Team schicken, morgen kommen die Hunde«, teilt er ihr mit. Er sagt es einfach, leise, müde.

»Ich hab nicht viel da, weil ja Ostern ist. Aber noch etwas Brot und ein Bier. Wenn du magst?«

Jetzt schaut er zu ihr, als ob er erst jetzt begreift, dass sie ihn abgeholt hat, ihn fährt und zu sich einlädt. »Vielen Dank. Gerne«, sagt er höflich.

Sie hält vor dem kleinen Häuschen mit Garten, in dem sie lebt. Nichts Besonderes, mit einer kleinen Hecke drumherum. Unten sind zwei Zimmer und die Küche, oben ist das Schlafzimmer mit einem kleinen Fenster, von dem aus man den See sehen kann. Im Winter ist es meistens zu kalt und im Sommer viel zu warm in dem Haus, Holzfassade, schlechte Dämmung, wackelige Fenster, Elektroheizung. Er steht etwas unschlüssig im Zimmer, und sie bittet ihn, sich zu setzen. Sie bringt ihm eine Flasche Bier, öffnet sie und schenkt in ein Glas ein, das sie vor ihm abstellt. In der Küche schneidet sie Brot, legt Käse und etwas Salami auf ein Holzbrett, trägt, was sie hat, zu dem Mann, der auf ihrem Sofa sitzt und irgendwo hinstarrt. Ebuk trinkt von dem Bier, in großen Schlucken. Sie setzt sich in den Sessel und schaut ihn an. Von dem Essen, das sie vor ihn hingestellt hat, nimmt er nichts. Vielleicht mag er ja kein Brot, vielleicht isst er keine Salami, weil da Schweinefleisch enthalten ist. Er könnte Muslim sein, sie hätte ihn fragen sollen und ihn nicht gleich hierherbringen, nach so einem stressigen Tag.

»Was ist Viktoria für ein Mädchen«, beginnt sie, »ich meine, ist sie ruhig oder lebhaft? Es war bestimmt nicht leicht für sie hier in Deutschland, neu anfangen zu müssen? Ohne ihre Freundinnen und Freunde?«

Sie kommt sich idiotisch vor, wie eine Sozialarbeiterin, die Verständnis heuchelt. Aber vielleicht ist es ja einfacher für ihn, über seine Tochter zu sprechen. Vielleicht. Es sind ganz viele Möglichkeiten im Raum, schlimme Möglichkeiten. Ein entführtes Mädchen, das getötet oder missbraucht wurde. Wie soll sie darüber mit einem fremden Mann sprechen, der vermutlich ganz wahnsinnig ist vor Leid? Sie kann sich gar nicht vorstellen, was sie gemacht hätte, wäre ihr Fred entführt worden. Aber gibt es genauso viele Fälle von entführten Jungs wie von Mädchen? Schon allein für diese Frage könnte sie sich ohrfeigen. Denn es fing ja damals mit einem verschwundenen Mädchen an und ging weiter mit ihrem Bruder.

»Warum hat sie mich nicht angerufen und mir gesagt, dass sie noch zu diesem Jungen geht?«, sagt er und schüttelt den Kopf. »I mean she is a smart girl, she knows … Sie weiß, was mit Kindern passieren kann. Mit Mädchen.« Er steht auf und setzt sich wieder. »Damn it! Jemand muss gewusst haben, wohin sie geht. Und wann.«

Bei Jana kommt an, was Ebuk da sagt, aber sie ist sich nicht gleich klar darüber, was das für Konsequenzen hat. Hat er die Familien von Angela Köhler und Benni Kosinski gerade verdächtigt, seine Tochter entführt zu haben? Ist das nicht etwas weit hergeholt? Soll sie sich auf die Seite der Familien stellen? Ebuk fixiert sie mit diesem Blick, dem man nicht ausweichen kann. Ist das so eine afrikanische oder ugandische Polizeitaktik? Jemanden anstarren, bis er spricht? Ihr ist das unangenehm.

»Die Entführer haben am Riedluch gewartet. Auf Viktoria gewartet. Als sie kam, haben sie sie gepackt und in ihr Auto gezerrt. Sie hat sich gewehrt. Vermutlich haben sie sie betäubt. Dann sind sie weggefahren. Die Frage ist, wohin? Sie sind mit ihrem Opfer nicht durch Rheinsberg gefahren. Wäre zu auffällig … Sie sind nach links …«, redet er auf Jana ein. Sie würde gerne dazwischengehen, aber bestimmt ist es gut, wenn er einfach seinen Gedanken freien Lauf lassen kann. Das ist für ihn jetzt das Beste, auch wenn nicht alles logisch ist, was er sagt.

Es klopft an der Tür, und erschrocken schauen sich beide an, Jana steht auf und öffnet. Walter steht da und lächelt. In der Hand hält er einen bunten Blumenstrauß.

»Ich dachte, na ja, du hast doch morgen Geburtstag und weil heute Ostern ist.« Es soll herzlich klingen, aber seine Stimme ist bemüht und um einige Töne zu hoch.

»Das ist ja nett«, zwingt sich Jana zu sagen, »Komm rein, Herr Ebuk ist auch da …«

Walter betritt das Zimmer, unsicher, staunend sieht er den schwarzen Mann auf dem Sofa, auf das er sich selbst vielleicht noch vor wenigen Minuten geträumt hatte.

»Ich wollte nicht stören«, sagt Walter. Doch er bleibt stehen, schaut Jana nach, die in der Küche verschwindet, um eine Vase zu holen.

»Nimm doch Platz«, ruft sie ihm zu.

Walter tritt zu der kleinen Polstergruppe und setzt sich auf einen der beiden Sessel.

»Und? Gibt es was Neues von Ihrer Tochter?«, erkundigt er sich, bemüht um einen verständnisvollen Ton. Ebuk schaut ihn nur an, schüttelt den Kopf.

»Willst du auch ein Bier?«, ruft Jana aus der Küche.

»Ja, gerne«, antwortet Walter. Die beiden Männer sitzen voreinander, ohne miteinander zu sprechen, sie warten, bis die Frau, die sie in ihr Haus gebeten hat, wieder da ist. Jana stellt Walter ein Glas und eine Flasche Bier auf den Tisch und setzt sich in den anderen Sessel.

»Er glaubt, Viktoria ist entführt worden«, verkündet sie Walter.

»In Rheinsberg?«

»Kennst du Riedluch?«, fragt Jana.

»Mhm. Da gab es doch Probleme mit kontaminiertem Wasser, da war früher 'ne Mülldeponie«, erinnert sich Walter.

»Dort wohnt ein Freund aus ihrer Klasse, den wollte sie besuchen. Sie ging von ihrer Freundin weg, kam aber nie bei dem Freund an«, erzählt Jana.

»Kam nicht im Riedluch an, bei dem Freund?«, fragt Walter nach, schaut Jana an und dann Ebuk.

»Hast du ihm von Paul erzählt und dem Mädchen?«, will Walter wissen.

Jana blickt auf den bunten Teppich unter ihrem niedrigen Couchtisch, schüttelt den Kopf. Vorsichtig schaut sie Ebuk an, ja, es ist gut, darüber zu sprechen, vielleicht hängen die Dinge von früher mit heute zusammen. Aber nicht unbedingt. Es hängt nicht immer alles mit allem zusammen, man muss erst genauer hinschauen, evaluieren, dann kann man Schlüsse ziehen. Sie ist Wissenschaftlerin und versucht, über Fakten Vorgänge zu verstehen, die man nicht sieht. Vorgänge im Wasser eines Sees: Fische und kleine Algen, Primärproduzenten, Zooplankton, Sekundärproduzenten. Dass das Verschwinden ihres Bruders mit dem Verschwinden eines Mädchens aus Uganda zusammenhängt, ist sehr unwahrscheinlich. Das müsste auch Walter wissen, schließlich ist er ebenfalls Wissenschaftler. Eine ähnlich seltsame Korrelation von Fakten ist allerdings, dass gleich zwei Männer am Vorabend ihres Geburtstags in ihrer Wohnung sitzen. Der eine Mann, der sich um ihre Zuneigung bemüht, schon ewig hier lebt und nichts anderes macht, als den Seegrund zu erforschen. Der andere kommt aus einem fremden Land, hat schwarze Haut und eine tragische Aura um sich, der sie sich kaum entziehen kann. Die empirischen Fakten, die die beiden Männer verbinden, sind der Verlust von deren Frauen. Beide Männer sind Witwer, und sie ist eine alleinstehende Frau. Was folgt daraus? Dass sie mit beiden Männern schläft, mit einem von ihnen oder mit gar keinem? Dass sie Witwer anzieht? Vermutlich sind die Antworten auf diese Art von Fragen nicht wissenschaftlich zu beantworten.

»Mein Bruder war der Leiter der Polizeiwache in Rheinsberg; damals war Sandra Mechtigkeit ihm unterstellt. Im Winter vor fast fünfeinhalb Jahren ist mein Bruder verschwunden. Zuvor hatte er erneut Ermittlungen nach einem Mädchen aufgenommen, das ein Jahr zuvor ebenfalls verschwunden ist.«

»Ihr Bruder war Polizist?«, fragt Ebuk nach und konzentriert sich auf ihre Worte und ihr Gesicht.

»Ein guter Polizist«, ergänzt Walter.

»Niemand weiß genau, warum Paul ausgerechnet Ende November, als die Seen schon Eis hatten, mit einem alten Faltboot über den Grienericksee in den Rheinsberger See aufbrechen musste. Er ist sonst nie mit dem Boot im Winter rausgefahren – zumindest nicht, dass ich davon wusste. Aber ich wohnte zu der Zeit ja noch in München.«

»Du kamst ein Jahr später wieder zurück«, erinnert sich Walter.

»Das Faltboot war ein altes Ostboot, sehr stabil eigentlich«, setzt Jana wieder an.

»Ein Poucher Boot, aus Pouch, bei Bitterfeld. Ein Reisezweier RZ 85«, erklärt Walter, »hatte ich auch mal.«

Jana schaut ihn tadelnd an. Was kann Ebuk mit dieser Information anfangen? Nichts!

»Jedenfalls waren das Boote, deren Außenhaut aus PVC bestand«, fährt sie fort.

»Polyvinylchlorid, ein Kunststoff …«, fügt Walter an.

»Möchtest du das lieber erzählen?« Sie schaut ihn an, sie lächelt angesäuert. Er verhält sich wie ein Ehemann. Was soll das? Walter hebt die Hände, lehnt sich zurück.

»Also. Er ist mit so einem leichten Boot unterwegs gewesen. Gepaddelt über die Seen. Das Boot hat man dann gefunden, die Außenhaut war an zwei Stellen aufgeschlitzt, jeweils einen Meter lang. Man hat angenommen, dass das Eis die Schlitze in der Bordwand verursacht hat. Es muss dann vermutlich recht schnell gegangen sein, denn er hatte ja nicht viel dabei. Man fand später einen kleinen Rucksack.«

»Er ist ertrunken? Das Eis hat das Boot aufgeschlitzt, und der Mann ist ertrunken?«, fragt Ebuk nach, um sicherzugehen, dass er alles verstanden hat.

»In so kaltem Wasser, wo sich Eis gebildet hat, kannst du

nicht lange schwimmen«, erklärt Walter. Er blickt schuldbewusst zu Jana, weil er schon wieder geredet hat, und nimmt einen Schluck Bier.

Ebuk überlegt, nickt. Ja, die Seen sind sehr kalt im Winter. Er stand mit Viktoria zweimal auf zugefrorenen Stellen, als auch andere Bewohner des Orts auf dem See waren. Viktoria ist mehrmals ausgerutscht und hat jedes Mal laut geschrien vor Freude. Ein mit Eis überzogener See war unglaublich, eine Sensation. Durch das Eis konnte man Fische sehen, die nicht einfroren, sondern weiterschwammen, die von unten durch das Eis die Menschen betrachteten, die auf der Wasseroberfläche umhergingen. Ihr Atem war voller kalter Wolken, doch die Fische fanden das normal.

»Seine Leiche wurde nicht gefunden. Nur das kaputte Boot, das wurde ans Ufer gespült. In der Nähe von einem Campingplatz, dem Campingplatz Steinablage. Vermutlich weiß Walter, warum das dort so heißt … und sein Rucksack. Der war auch ziemlich leer, nur sein Polizeiausweis, seine Kreditkarten und ein wenig Geld waren noch drin. Doch von ihm keine Spur«, berichtet Jana. »Warum er sich ausgerechnet an diesem Tag, mit diesem unsicheren Boot aufgemacht hat? Keine Ahnung.«

»Es war kein Raub. Wenn Kreditkarten und Geld gefunden wurden, dann war es kein Raub«, überlegt Ebuk. »Er war Polizist. Hatte er eine Waffe dabei? Er hätte bestimmt geschossen.«

»Nichts, keine Waffe«, bestätigt Jana.

Ebuk schaut Walter an, ob er vielleicht mehr weiß und zu berichten hat. Walter räuspert sich, fühlt sich ermutigt.

»Ich war auch im See. Wir sind getaucht. Aber es ist ziemlich tief dort, fünfunddreißig Meter, und trüb, nicht wie bei uns hier, wo es immer klar ist. Sie haben wirklich alles gemacht, mit Hubschraubern. Boote mit Echolot. Er war ein Polizist, ein Kollege, da geben sie sich besonders viel Mühe.

Aber wenn so ein See dich verschluckt, kann er dich verbergen. Jahrelang, für immer. Manchmal gibt ein See einen Toten wieder frei. Je kälter das Wasser, desto länger dauert die Verwesung, es ist, als ob die Leiche in einem Kühlschrank liegt. Im Sacrower See tauchte ein Mädchen nach dreizehn Jahren wieder auf, wie konserviert. Also, ich mein …«, stottert Walter. Er wird etwas rot, merkt, dass er etwas gesagt hat, was vermutlich unpassend ist. Aber er hat es sich ja nicht ausgedacht. Wenn sie schon über Leichen und Seen reden, dann gehört das eben auch dazu. Das Gruselige, die Frauen- und Männerleichen, die irgendwann mal wieder auftauchen. Aber Ebuk nickt nur. Er ist Polizist, hört sich Fakten an, genau wie Wissenschaftler sich Fakten anschauen und ihre Schlüsse ziehen.

»Mein Bruder ist seither verschwunden. Er liegt vermutlich irgendwo da auf dem Boden des Rheinsberger Sees. Das Seltsame ist, dass er zwei Tage, bevor er los ist, Sandra gesagt hat, er habe eine neue Spur zu dem Mädchen. Was er herausgefunden hat, hat er Sandra nicht gesagt. Auch in seinen Unterlagen, in der Akte zu dem Fall, steht nichts«, ergänzt Jana.

»Das Mädchen?«, fragt Ebuk nach und schaut sie an.

»Das Mädchen … stammte aus einer einfachen Familie. Das einzige Kind. Eines Tages kam sie nicht mehr zur Schule. Da hat die Lehrerin versucht, die Eltern anzurufen, aber die haben nicht mal Telefon auf ihrem Hof. Also ist sie rausgefahren, weit hinter Dorf Zechlin, und hat mit den Eltern gesprochen. Aber die haben das Mädchen nicht vermisst. Sie hatten auch keine Anzeige erstattet. Da hat die Lehrerin die Polizei eingeschaltet, meinen Bruder. Der fand das natürlich auch äußerst merkwürdig. Hat die Eltern vorgeladen. Die haben dann erklärt, ihre Tochter sei zu Verwandten in die USA gereist, damit sie dort ein besseres Leben habe, auf ihrem Hof gäbe es schließlich keine Zukunft. Paul begann zu ermitteln. Es existierte keine Flugbuchung auf den Namen des Mädchens. Auch die Adresse, die die Eltern angaben, ergab keinen Sinn. Die Polizei in den USA konnte nicht weiterhelfen. Das Mädchen war einfach verschwunden, doch die Eltern machten sich offenbar keine Sorgen. Was kann die Polizei da machen?«

»Bei uns ... Ich kenne solche Fälle. Die Eltern verkaufen ihre Kinder und erzählen *stories*«, kommentiert Ebuk.

»Aber hier bei uns? Hier verkauft doch keiner seine Kinder!«, meint Walter.

Ebuk schaut ihn an, stimmt ihm aber nicht zu.

»Das weißt du nicht! Das Mädchen ist ja immer noch verschwunden«, meint Jana. Sie merkt, ihre Stimme ist angespannt, sie reagiert allergisch auf das, was Walter sagt. »Paul hätte die Eltern anzeigen können, weil ihre Tochter nicht mehr der Schulpflicht nachkam. Aber das bringt das Mädchen ja auch nicht zurück, es bleibt verschwunden und Paul auch. Ob das irgendetwas mit Viktoria zu tun hat, weiß ich natürlich auch nicht.«

»So was wie Schicksal«, meint Walter, »also ich glaub da ja nicht dran. Es kommt, wie es kommt, und man muss das Leben nehmen, wie es ist. Du kannst dich anstrengen und es dir schön machen und dann: Zack, bekommst du einen Genickschlag.«

»Man kann es auch Zufall nennen«, findet Jana. »Jeder ist für sich selbst verantwortlich. So wie du, der du hier an diesem See forschst, ein Leben lang.«

»Du meinst, schön blöd, dass ich es hier schon so lange aushalte?«, fragt Walter nach.

»Nein, so meine ich es nicht«, beschwichtigt Jana, »aber es war ja schon deine Entscheidung.«

»So ein bisschen Glück. Ich empfand das so, dass ich hierbleiben konnte und forschen in dem See. Ich musste nicht an die Ostsee oder an ein Gewässer irgendwo in Thüringen«, erinnert sich Walter. Er hat jetzt eine leicht trotzige Haltung angenommen, was er immer tut, wenn er das Gefühl hat, sein Leben verteidigen zu müssen. Aber er hatte auch Schicksalsschläge zu meistern, wie den Tod seiner Frau Inge, die an Krebs gestorben ist. Das steckt man nicht einfach so weg, egal, ob man in der DDR aufgewachsen oder nach München gezogen ist oder aus Uganda kommt, sagt er. Jana nickt, sie will ihn gar nicht kritisieren. Walter, das Urgestein ihres Instituts, ein Felsen. Seine Messungen und sein Archiv aus handschriftlichen Aufzeichnungen erlauben es ihnen, lange Zyklen zu verstehen. Seen sind sehr alte Lebewesen, sie geben ihre Geheimnisse nicht in wenigen Monaten oder Jahren preis, auch wenn sie darin hochmoderne Zylinder hinabgleiten lassen. Walter ist wie eine Pflanze, die der See ernährt und füttert, der seine Nähe erlaubt, sein immerwährendes Stochern und Wühlen in seinen Sedimenten. Doch das alles sagt sie nicht. Sie nickt nur, weil sie versteht, was er mit »ein bisschen Glück« meint, sie will jetzt kein Gespräch darüber, warum Walter nach der Wende nicht weggegangen ist, oder darüber, was das Kühlwasser eines Atomkraftwerks mit einem nährstoffarmen Großsee macht. Sie kennt das zur Genüge, sie findet das nur langweilig.

»Bist du religiös, Ebuk?«, wendet sich Walter an den afrikanischen Gast in Janas Haus.

Ebuk steht auf und schaut aus dem Fenster, wo es langsam dunkel wird. Er staunt jedes Jahr, wie lange es hier dauern kann, bis es dunkel wird und wie es ab dem Frühjahr immer länger dauert; wie spät die Nacht kommt und wie früh der Tag. In seinem Land, in der Nähe des Äquators, wird es fast immer zur gleichen Zeit hell und dunkel. Die Menschen gehen ins Bett, wenn es dunkel wird, und stehen auf, wenn es hell wird. Hier ist es anders. Hier gibt es Uhren, die einem sagen, wann man schlafen oder aufstehen soll.

»Ja, glaub schon, mein Vater war Pentecostal. Das habt ihr hier nicht. Er glaubte an die Erlösung durch den heiligen Geist und durch Jesus. Der Heilige Geist kann über einen kommen und aus einem heraussprechen. Speaking in tongues …«, erklärt Ebuk. Auf seltsame Weise wird ihm gerade jetzt zum ersten Mal klar, dass es mit seinem Vater und seinen Pentecostals zu tun haben könnte, dass er manchmal Stimmen hört. Warum wird ihm das erst jetzt hier bewusst? »Meine Mutter ist mal dies, mal das. Meistens geht sie mit einigen Freundinnen in die Kirche, in der am schönsten gesungen wird. Ich weiß nicht genau, ob ich zu den Katholischen oder zu den anderen gehen soll, den Evangelisten. Viktoria ist es auch nicht so wichtig. Sie glaubt an die Kraft. Ihre eigene Kraft und daran, dass es etwas gibt, was stärker ist als wir Menschen. Ich glaube an meine Tochter …« Ebuk dreht sich um und schaut wieder aus dem Fenster, als ob er sie dort irgendwo sehen könnte, als ob die Schatten dieser kleinen Siedlung sie freigeben könnten.

Jana ist neben ihn getreten, legt ihm ganz leicht eine Hand auf seinen Arm. Es ist schön, wenn ein Mann an seine Tochter glaubt, wenn das seine Religion ist. Sie würde auch gerne an ihr Kind glauben, aber Fred ist weit weg. In ihrem Rücken hört sie, wie Walter aufsteht. Sie dreht sich um, lächelt ihm zu. Sie sind jetzt wieder Kollegen, die freundlich miteinander umgehen. Auch Ebuk entspannt sich, streckt ihr die Hand entgegen, die sie gerne drückt. Er geht auf Walter zu und gibt auch ihm die Hand. Es ist ein kurzes Nicken, fast militärisch, mit dem er sich verabschiedet. Er wartet nicht auf Walter, der auch im Aufbruch begriffen ist. Peter Ebuk geht und zieht die Haustür langsam hinter sich zu.

Jana hört das Türschloss klicken; Ebuks Schritte vor der Tür sind nicht zu hören, als ob ihn die helle Nacht verschluckt hätte. Jetzt muss sie sich zu Walter umdrehen und etwas zu ihm sagen. Vielleicht ist er aber auch sensibel genug und tut es Ebuk gleich. Sie lächelt ihn an, nimmt das Glas und die leere Bierflasche von Ebuk und trägt sie in die Küche. »Schon beeindruckend, der Mann«, meint Walter. »Das muss man erst mal schaffen aus Afrika hierher, mit der Tochter.«

Sie kommt aus der Küche zurück und schaut Walter an, nickt. Er hätte das nicht gemacht, denkt sie, so eine weite Reise angetreten, mit seiner Tochter. Walter ist hiergeblieben an seinem See. Aber vielleicht ist das auch ungerecht, sie kennt ihn ja gar nicht wirklich. Möglicherweise ist sie ihm sehr ähnlich, deswegen sucht sie die Distanz, weil sie nicht so sein will wie er.

»Keiner lässt freiwillig einfach so sein Leben hinter sich, um irgendwo anders ganz neu anzufangen«, sagt sie.

»Hier gingen viele weg, einfach so.«

»Weil es leicht war und der Westen nicht weit«, meint Jana.

»Hierzubleiben war schwierig.«

»Du meinst, es war mutiger hierzubleiben, als in den Westen zu gehen?«, fragt sie nach.

»Na ja, keiner interessierte sich mehr für Wasserforschung, wenn man auf einmal viel Geld verdienen konnte.«

»Du hast den Betrieb am Laufen gehalten, meinst du.«

»Das brauchst du gar nicht so sarkastisch zu sagen«, erwidert Walter, »ohne Leute wie mich gäbe es das Labor heute nicht mehr.«

»Man sollte dir dankbar sein«, setzt Jana nach, jetzt schon ziemlich belustigt.

»Dein Bruder ist auch hiergeblieben.«

»Er hat an das System geglaubt. Er war Polizist.«

»Es war gut, dass es Leute gab, die die Ordnung aufrechterhalten haben«, sagt Walter nachdrücklich.

»Kann sein. Ich fand es gut, dass ich weggehen konnte. Nach München, in die USA.«

»Aber du bist wiedergekommen. Das ist doch schön. Das ist deine Heimat.«

»Ich hab keine Heimat, Walter. Was soll das denn sein? Ich

beobachte Zooplankton, wie es sich bewegt in der dunklen und der hellen Nacht. Mehr mache ich nicht.«

»Aber das alles hier, der See, die Menschen. Das ist doch, was uns ausmacht«, ereifert sich Walter.

»Mich macht das nicht aus. Ich bin hier hängen geblieben, als Paul verschwand. Es fühlt sich so an, als wäre ich auf ein altes Kaugummi getreten. Und jetzt bin ich hier hängen geblieben. Es klebt an meinen Schuhen und ist zäh.«

»Das ist schade, Jana, ich dachte, du bist gerne hier.« Walter ist ehrlich erstaunt, offenbar hat er sie bisher völlig anders gesehen.

»Darüber denke ich nicht nach. Das ist auch völlig egal. Ich bin einfach müde.«

»Na gut. Dann. Bist du morgen auch … Gehst du ins Labor?«

»Weiß ich noch nicht.«

»Gute Nacht, Jana.«

Walter tritt zwei Schritte näher zu ihr, umarmt sie mit einem Arm, als müsse er sie trösten. Ihr Körper wird steif, sie hält für eine Sekunde die Luft an, bis er wieder loslässt. Sie geht an ihm vorbei, öffnet die Haustür, tritt vor das Haus, atmet ein, er schiebt sich an ihr vorbei, hebt die Hand, ohne sich umzudrehen, und verschwindet. Es fühlt sich an wie ein langer Abschied.

Ebuk hat viel erfahren in diesem Haus bei der Frau, die ihm nah geworden ist, die ihn nach nur einem Tag zu sich in ihr Haus eingeladen hat. Und ihr Arbeitskollege, der alte Mann, der jung bleiben möchte und sich abstrampelt, um bei der Frau zu landen. Er mag Janas Hand und die kleinen Falten auf ihrer Stirn. Das ist eine Frau, die warten kann. Das gefällt ihm.

Ebuk beschließt, mit dem Mann zu telefonieren, dessen Telefonnummer er sorgfältig aufbewahrt hat. Der Mann vom deutschen Geheimdienst, der sich einfach als »Erich«

vorgestellt hat. Erich hatte Fragen an Ebuk, den ranghohen Polizisten aus Uganda, der ihm einfach so in sein Netz gelaufen war. Den er ausfragen durfte. Erich unterhielt ein eigenes Büro in der Asylunterkunft und schöpfte Informationen von Flüchtlingen ab. Er benutzte diese Phrase: »Informationen abschöpfen«. Später dann schaute Ebuk es mit Viktoria nach, sie stießen allerdings nur auf »Rahm abschöpfen«. Ebuk aus Uganda, von dem man bestimmte militärische Geheimnisse erhalten wollte. Aber er hatte ihnen nichts erzählen können, was sie interessierte.

Ebuk geht den kurzen Weg durch das Waldstück Richtung See. Hier gibt es keine Straßenlaternen wie im Dorf, es ist schon ziemlich dunkel, nur unten am See glänzt es noch etwas heller. Der Himmel hat noch immer diese blaue Farbe. Die Dunkelheit scheint müde zu sein, sie hat noch keine Kraft, um ihre ganze Schwärze aufzufahren und das Restlicht zu verdrängen. Dafür ist der See sehr finster, es geht ein leichter kühler Wind, auf dem Wasser treiben letzte Blätter. Bald werden die Bäume wieder grün werden und die braunen Reste des vergangenen Jahres versinken. Er schaut über das Wasser und in den Himmel, wo nur wenige Sterne sichtbar sind, Wolken wandern langsam, schieben sich träge gegenseitig herum. Er würde so gerne mit Prudence reden. Sie hätte bestimmt gespürt, ob es dem Mädchen gut geht, wie es mit der Situation zurechtkommt. Prudence hatte dieses kluge Gefühl, sie konnte eine ganz einfache Aussage machen, etwas feststellen, und dann war es genauso, wie sie es gesagt hatte. Er begriff nie, woher sie die Sicherheit nahm für ihre Feststellungen. Es musste etwas mit ihr als Frau zu tun haben, kluge Frauen wie Prudence wussten bestimmte Dinge einfach. Manchmal hatte es zu Streit geführt, weil er sie fragte, wie sie denn darauf kam. Wie kannst du so etwas sagen? Woher willst du das denn wissen? Das müsste doch erst einmal nachgeprüft werden, es müssten doch Fakten her.

Wie konnte sie sagen: Das geht gut, ich weiß das. Oder: nein, das sollten wir nicht machen, das geht schief. Es ging immer so aus, wie sie es sagte. Sie bildete sich darauf nichts ein, sah sich auch nicht als Prophetin oder so ähnlich. Für sie waren Dinge so, wie sie waren, und entwickelten sich so, wie sie es spürte. Sie verstand nicht, warum er das hinterfragte, warum er engstirnig auf Überprüfbarkeit bestand. Meistens lächelte sie nur, küsste ihn und sagte, vertrau mir einfach, du wirst schon sehen. Und das machte er dann, er vertraute ihr. Als er die Ermittlungen zu den Entführungen der Kinder aufnahm, als er den Jungen ohne Hände fand und sich schwor, diese Leute zur Strecke zu bringen, sagte sie, dass das nicht gut ausgehen werde. Aber sie teilte mit ihm die Abscheu vor diesen Verbrechen, sie fand ihn mutig; sie fürchtete sich. Wenn er nachts zurückkam und zu ihr ins Bett kroch, dann hielt sie ihn besonders fest. Ich kann deine Angst riechen, sagte sie dann, wir müssen auf unsere kleine Vicki aufpassen, dass sie ihr nichts tun. Am nächsten Tag hatte er einen Polizisten eingeteilt, auf seine Tochter aufzupassen, immer in ihrer Nähe zu sein. Nur wenn er selbst wieder zurück war, dann durfte der Mann schlafen gehen. Er drückte dem Polizisten ein paar Scheine in die Hand, nicht zu wenig, aber auch nicht zu viel, damit er nicht auf Idee kam, das Geld zu versaufen. Der Mann hatte seine Arbeit gut gemacht, Viktoria war manchmal genervt über ihren Personenschutz, aber sie gewöhnte sich daran, ihre Freundinnen kamen zu ihr nach Hause, und in der Schule kümmerten sich die Kinder nicht um den Polizisten, der auf dem Schulhof herumsaß.

Doch Prudence hatte recht behalten, es war nicht gut ausgegangen. Diese wunderbare Frau war tot, erschossen von diesen Monstern. »Wie geht es dir, Vicki?«, fragte er den See, »ich werde dich finden, ich verspreche es dir und deiner Mutter. Ich verspreche es.«

Jetzt ist da wieder dieses Radiorauschen, Ebuk dreht sich

um, als ob das Geräusch aus der Dunkelheit des Waldes kommt. Er hört wieder die Stimme dieser Amerikanerin Ellen Ripley: »this little girl survived long with no weapons and no training.« Ebuk geht einige Schritte vom See weg, damit er ihre Stimme besser hören kann, sie sagt noch etwas: »I've got access to MOTHER now, and I'll get my own answers, thank you«, sagt die fremde Frau. Obwohl das sehr seltsam klingt und er nicht genau weiß, was das bedeutet, fühlt sich Ebuk getröstet. »Access to mother« ist etwas Gutes. Vielleicht ist es wirklich Prudence, die durch diese Frau spricht. Es könnte ja sein, dass sie dieses Medium wählt. Er wird niemals mit irgendjemand über diese Stimme sprechen, sie würden ihn vermutlich als verrückt ansehen. Aber er ist nicht »insane«, er will seine Tochter finden und er spricht mit seiner verstorbenen Frau. Das ist doch normal!

Als er wieder zurück ist, nimmt er das dicke schwarze Notizbuch in die Hand, mit den vielen Zetteln, blättert darin, bis er den gelben Post-it findet, auf dem Erichs Telefonnummer steht. Er geht mit dem Buch in der linken und dem Zettel in der rechten Hand durch die beiden Zimmer. Aber es ist nur er, der hier umhergeht, niemand sonst. Sie ist nicht da. Er betritt die Küche, setzt sich an den Tisch und legt sein Telefon vor sich hin. Es ist schon nach zehn Uhr. Ob er einen Mann vom Geheimdienst jetzt noch anrufen kann? Die haben bestimmt ihre Geschäftszeiten, von neun bis fünf, wie alle Angestellten in Deutschland. In Uganda hätte er einen Secret-Service-Typen auch nachts erreicht, vermutlich in einer Bar mit einem jungen Mädchen im Arm, von der er wichtige Geheimnisse »abschöpfte«. Er wählt und lässt es klingeln, doch es hebt niemand ab. Es sagt auch keiner, dass er eine Nachricht hinterlassen solle nach dem Piep. Vielleicht sollte er doch versuchen, den DPC Jonathan zu erreichen, ihn fragen, wie es ihm so geht. Dann klingelt das Telefon, wer anruft, ist nicht sichtbar, die Nummer ist unterdrückt.

Er nimmt den Anruf an: »Hallo?«

»Peter Ebuk«, sagt Erich am anderen Ende, »schön, von Ihnen zu hören.«

»Mr. Erich, ja, ich …«

»Sind Sie noch dort oben, bei Rheinsberg?«, fragt Erich nach. Seine Stimme ist tief, verbindlich.

»Ja, da bin ich noch …«

»Ist Ihr Asylantrag inzwischen durch?«

»Nein, das Verfahren läuft noch.«

»Ah, ja, die sind da sehr gründlich.«

»Ich wollte Sie fragen«, versucht es Ebuk, »meine Tochter Viktoria, sie ist seit zwei Tagen verschwunden. Ich glaube, sie ist entführt worden. Es deutet alles darauf hin.«

»Ihre Tochter ist entführt worden?«, wundert sich Erich, »sind Sie sicher?«

»Für mich ist es eindeutig. Die Polizei ermittelt noch. Ich dachte … Sie kennen ja meinen Fall. Ich hatte mit ziemlich üblen Leuten zu tun, die Kinder entführten …«

»Ja, klar, Ebuk, ich erinnere mich. Sie haben großartige Arbeit in Uganda geleistet.«

»Gibt es … hm, könnte es sein, dass diese Leute nach Deutschland gekommen sind?«

»Um Ihre Tochter zu entführen, meinen Sie?«

»Hm, ja …«

»Steile These. Da müsste ich mal ein wenig herumfragen, Mr. Ebuk.«

»Ja, wenn Sie das bitte machen könnten«, antwortet er ihm etwas matt. Er beginnt zu schwitzen, es ist vermutlich eine ziemlich blöde Idee, einen deutschen Geheimdienstmann anzurufen.

Doch der Mann nutzt die Chance: »Wissen Sie, Ebuk, vielleicht können Sie ja auch etwas für mich tun? Was denken Sie?«, erkundigt sich Erich ganz jovial.

»Ja, schon …«

»Sie haben bestimmt noch gute Kontakte zu einigen Freunden in der ugandischen Polizei, zu einigen Militärs ...«

»Eigentlich sind die Kontakte abgebrochen.«

»Vielleicht können Sie die wiederaufleben lassen.«

»Hm, ja.«

»Ich brauche ein paar Namen, wissen Sie. Den Rest machen wir dann schon«, schmeichelt der Mann am Telefon.

»Ich möchte meine Tochter finden, Herr Erich.«

»Auf jeden Fall. Sie bekommen meine volle Unterstützung. Ich rede gleich morgen mit dem Polizeichef in Rheinsberg. Versprochen. Und Sie denken nach?«

»Ja, vielen Dank. Das werde ich!«

»Zusammen finden wir Ihre Tochter, was, Ebuk?«

»Herr Erich? Weil ich in Deutschland lebe ... man wird mich um Geld bitten.«

»Klar wird man das. Wir sind nicht kleinlich. Der deutsche Botschafter in Uganda hat in den vergangenen Jahren Motorräder an die Polizeichefs verschenkt«, erzählt Erich, »wir könnten auch Sie unterstützen. Was brauchen Sie, Ebuk?«

»Ich will kein Geld.«

»Ja, Sie wollen Ihre Tochter wieder. Aber wenn sie dann wieder da ist?«

»Ich will als Polizist arbeiten.«

»Hier?«

»Ja, hier.«

»Hm, Ebuk, lassen Sie uns anfangen.«

Ebuk beendet das Telefonat.

4

Sandra steht schon früh am Morgen, zusammen mit Schmidti, neben dem unbefestigten Weg zu der kleinen Siedlung, wo sie gestern ein paar rot-weiße Streifen mit Polizeiaufklebern angebracht haben. Es sieht einigermaßen offiziell aus, muss es auch, denn gleich würden die Kollegen von der Polizeidirektion aus Neuruppin auftauchen. Sie haben jetzt einen Tatort hier, mit Spuren, den gilt es zu sichern. Auch die Fotos, die Ebuk gemacht und ihr geschickt hat, hält sie bereit. Dass eine Kommission aus Neuruppin kommen wird, macht den Fall besonders. Vielleicht hat es mit dem unaufgeklärten Fall des verschwundenen Kollegen Paul und dem unauffindbaren Mädchen von vor fünf Jahren zu tun. Oder mit einer neuen Sensibilität für Kinder von Flüchtlingen, die unbegleitet durch das Land ziehen oder verschleppt worden sind. Sandra und Schmidti haben schon alle Bewohner der Riedluch-Siedlung angerufen und sie gefragt, ob ihnen irgendwas aufgefallen sei, ob sie das Mädchen gesehen hätten oder ein Auto, das sie nicht kannten. Aber keiner dieser Leute, die hier wohnen, konnte irgendwelche Angaben machen. Schmidti sagt, die sind verstockt, die sagen nichts wegen des kontaminierten Wassers. Das stand damals sogar in der Zeitung, aber was sollte die Polizei da machen, wenn die Gemeinde die Mülldeponie nicht saniert. Nach der Wende hatte sich niemand um die Altlasten der riesigen Müllhalde gekümmert, man hatte einfach den Dreck weiter vor sich hin rotten lassen. Jetzt sind die Leute sauer, die hier leben, weil sie nicht mal mehr das Wasser trinken sollen.

Die beiden Polizeiautos aus Neuruppin beweisen ihre

Wichtigkeit schon damit, wie sie angerauscht kommen. Es ist nicht nur ein legendärer Ermittler der Polizeidirektion Nord mit von der Partie, sie haben auch zwei Spürhunde dabei, was die Bedeutung des Falls unterstreicht. Harald Razorn sieht aus wie immer, als ob er schlechte Laune hat, weil er schon sein Leben lang die schweren Verbrechen in diesem Teil des Landes aufklären muss, die allerdings meistens nicht besonders schwer sind. Er ist ein großer dünner Mann, leicht gebeugt, der Wert auf gute Schuhe legt. Man hat ihn im Dienst noch nie in Sneakers oder bunten Laufschuhen gesehen. Bis zu seiner Pensionierung sind es noch drei Jahre, dann wird er segeln gehen, im Mittelmeer oder in der Nordsee, jedenfalls nicht mehr auf den Gewässern Brandenburgs oder Mecklenburg-Vorpommerns, auch nicht auf der Ostsee. Das hat er alles schon durch. Seine spannendste Zeit als Polizeichef hatte er ein paar Jahre nach der Wende, als sich in Neuruppin eine Gruppe von Gangstern festgebissen hatte, die von polnischen Prostituierten und Autoschiebereien lebten. Sie betrieben einige Bars, wo nackte Mädchen tanzten, was sie als neue Freiheit des Westens ansahen, als Freuden des Kapitalismus. Diese Freiheit ließen sie sich von einer politischen Partei verteidigen, die tagsüber im Gemeindeparlament saß und nachts im Bordell. Es hatte ihm Spaß gemacht, die schweren Autos von den Jungs mit ihren dicken Ringen zu beschlagnahmen, wenn sie auf den Landstraßen Rennen fuhren; oder die Bankkonten zu sperren, weil sie »vergessen« hatten, Steuern zu zahlen. Sandra Mechtigkeit und er kennen sich schon lange. Er hat sie befördert, nachdem Paul damals unauffindbar verschwunden blieb. Eine unbegreifliche Sache, die ihm noch immer nachhängt. Paul und er hatten die Polizeischule in Potsdam besucht, sie waren keine Freunde, aber gute Kollegen. Wie verschwindet ein Polizist einfach vom Erdboden? So etwas gibt es nicht, das ist nicht vorgesehen.

Razorn gibt Sandra und Schmidti die Hand, lässt sich

noch mal schildern, was nach Meinung der Dienststellenleiterin hier geschehen ist, schaut sich die Fotos an, die der Vater des verschwundenen Mädchens gemacht hat. Er fragt, wo der Mann ist, bittet darum, ihn hierher kommen zu lassen. »Spricht er deutsch?«, will er wissen. Schmidti nickt, ja, obwohl er aus Uganda kommt, aus Afrika. Razorn hat Ebuk fast sofort am Telefon, der verspricht, gleich da zu sein.

Inzwischen sind drei Bewohner der Siedlung in Sichtweite aufgetaucht, mit ihren Fahrrädern, die sie wie Spieße vor sich halten. Razorn geht auf sie zu, schaut sie eindringlich an, stemmt die Hände in die Hüften. Er ist ein Mann, der keinen Small Talk macht.

»Also, Leute, was ist hier los?«, spricht er einen dünnen Mann im karierten Hemd an. »Wie kann hier ein schwarzes Mädchen verschwinden?«, blafft Razorn den Mann an. »Wohnen Sie hier?« Der Mann nickt. Razorn geht noch etwas näher auf ihn zu, er kann den Schweiß in dem Hemd des Mannes riechen. Razorn kennt die Menschen hier. Man muss sie nur ein wenig anblaffen und den Bullen raushängen lassen, dann reden sie. Anders als die Zugezogenen aus dem Westen, denen man freundlich kommen muss, die ständig davon reden, dass sie ihre Rechte kennen. Bei Rheinsberg wurde eigens eine ganze Siedlung für sie gebaut, wo sie mit ihren dicken Autos vor der Tür parken und hinter dem Haus, am Wasser, ihr kleines Motorboot anbinden können. Die Häuser haben so einen skandinavischen Touch, sind blau, rot oder gelb gestrichen. Er versteht nicht, warum sie Hunderte Kilometer fahren, nur um auf ein eigenes Boot zu schauen und auf einem See zu dümpeln, der nicht besonders groß ist, der nicht mal einen freien Horizont hat. Ein Haus neben dem anderen, eine Feriensiedlung, wo man neben wildfremden Leuten hockt und jeden Abend den Gestank von deren Grillgut erdulden muss.

Riedluch ist anders, hier gibt es keinen See, nur verseuchtes Wasser.

»Also?«, setzt Razorn nach.

»Weiß nicht«, antwortet der Mann und schaut auf den Lenker seines Fahrrads.

»Und Sie?«, fragt der Polizist die kleine Frau, die empört die Augenbrauen hochzieht.

»Die kleine Schwarze? Die geht zum Benni«, piepst die Frau.

Sandra ist neben Razorn getreten.

»Benni Kosinksi, ein Klassenkamerad des Mädchens. Sie sind befreundet«, erläutert sie.

»Und du?«, fragt Razorn einen vielleicht fünfzehn Jahre alten Jungen. Er zuckt die Schulter.

»War so ein Lieferwagen«, sagt er mit einer erstaunlich tiefen Stimme.

»Farbe? Fabrikat?«, fragt Razorn nach.

»So grau, Ford Transit, schätze Baujahr 2002 …«

Razorn legt ihm eine Hand auf die Schulter. »Solche Leute brauchen wir! Guter Mann. Sag der Kollegin deinen Namen. Weißt du schon, was du werden willst?«

»Mechaniker.«

»Komm zu uns, die Polizei hat Zukunft«, legt ihm Razorn nahe. Dann dreht er sich um. Er sieht, wie ein Golf hält und ein Frau Mitte vierzig und ein schwarzer Mann aussteigen. Wie alt der Mann ist, kann Razorn nicht einschätzen, weil er zu wenige Afrikaner kennt, um ihn mit anderen Afrikanern vergleichen zu können.

»Razorn, Polizeidirektion Nord«, sagt er, als er vor Ebuk steht. »Erzählen Sie mir, was war hier los?«

Ebuk schaut ihn scharf an, fixiert ihn. Es ist ihm sofort klar, dass er hier einen Mann vor sich hat, der denkt wie er, zumindest verhält er sich, wie sich ein Polizeichef verhalten sollte: klar und direkt.

»Meine Tochter ist seit genau vierzig Stunden verschwunden. Sie ist von ihrer Freundin Angela zu Fuß durch Rheinsberg gelaufen. Sie wollte zu ihrem Schulfreund Benni Kosinski, der da hinten wohnt«, berichtet Ebuk. »Ich habe hier eine Perle gefunden, die sie sich ins Haar geflochten hat.« Ebuk geht in die Nähe der Absperrbänder und zeigt auf die Stelle.

»Wo ist diese Perle?«, bellt Razorn und schaut sich um. Schmidti kommt, zieht ein Plastiktütchen aus seiner Jacke und zeigt sie dem Chef aus Neuruppin. Razorn betrachtet die Perle genau, nickt dann und gibt sie Schmidti zurück.

»Wie haben Sie das hier gefunden? Ist ja nicht gerade riesig, das Dingelchen«, wendet sich Razorn an Ebuk.

»Man muss genau hinschauen, Sir. Wer nicht hinschaut, findet nichts«, antwortet Ebuk.

»Das könnte von mir sein. Wie ist Ihr Name?«

»Peter Ebuk.«

»Aha. Und Sie kommen aus Uganda?«

»Ja, Sir.«

»Lassen Sie das mal mit dem Sir. Was machen Sie hier mit Ihrer Tochter? Geflüchtet?«

»Ich habe Asyl beantragt …«, sagt Ebuk, diesmal ohne »Sir«, er weiß schon, dass die Deutschen das nicht gerne hören. Es ist eine Angewohnheit, die ihn anspringt, wenn er aufgeregt ist.

»Asyl also«, meint Razorn. Sandra ist erneut neben ihn getreten. Wenn Razorn in Rheinsberg ist, fühlt sie sich als seine natürliche Assistentin. »Seine Papiere sind in Ordnung. Irgendwas Politisches … Herr Ebuk war Polizist«, rapportiert sie.

»Ein Kollege, der gelernt hat, genau hinzuschauen. Sehr gut. Lassen Sie uns die Spuren anschauen, Peter. Ich bin übrigens Harald.« Auch Razorn begreift, dass er es bei Ebuk mit einem Menschen zu tun hat, den er ernst nehmen kann.

Ebuk nickt, geht zu der abgesperrten Stelle und weist auf die wenigen noch sichtbaren Spuren hin.

»Es war ein schwerer Wagen, kann man dort sehen. Tiefe Spuren. Und hier die gleiche Spur. Die Räder stehen weit auseinander.«

»Breiter Radstand, ein Transporter«, kommentiert Razorn.

»Hier sind ein paar Fußspuren, vermutlich nur ein Mann, und das hier könnte ein Schuh von Viktoria sein. Die Perle lag da. Ich denke, sie hat sich gewehrt …« Ebuk beschreibt minutiös, was er gesehen hat, zeigt auch die Fotos auf seinem Mobiltelefon, die er vergrößert hat.

»Guter Mann! So, und jetzt. Du, komm mal her!« Razorn zeigt auf den pickeligen Jungen und winkt ihn zu sich.

»Hast du gesehen, wohin der Transporter fuhr? Wo warst du genau, als du das Auto beobachtet hast?« Der Junge zeigt weit nach hinten.

»Ist er nach links weg oder nach rechts?«, will Razorn wissen.

»Ich bin noch mit dem Rad hinterher.«

»Und?«

»Er ist, glaub ich, nach rechts«, erzählt der Junge.

»Er hat sich ja nicht in Luft aufgelöst, oder ist er so schnell gefahren?«

»Er könnte nach Warenthin sein«, überlegt der Junge.

»Nummernschild?«, fragt Razorn.

»OPR, aber der Rest …«, stottert der Junge.

»Kein Problem! Sandra? Was ist mit Warenthin? Wo geht es da hin?«

»Das ist nicht groß, da geht's nicht weiter. Aber es führt eine Straße durch den Wald, da kommst du nach Kagar.«

»Das sind doch mal Ortsnamen! Haben wir was für die Hunde?«

»Herr Ebuk hat uns schon gestern ein T-Shirt des Mädchens dagelassen«, bringt Schmidti hervor und zieht eine weitere Plastiktüte wie eine Beute hervor. Razorn schaut auf Ebuk. Spontan würde er ihm gerne eine Hand auf die Schulter legen, aber er merkt, dass das hier nicht passt. Er ist möglicherweise ein Opfer, vielleicht aber auch ein Täter. Sie stehen am Anfang der Ermittlungen, und er hat gelernt, nicht zu schnell Vertrauen herzustellen.

Ebuk hat wieder die Nähe zu Jana gesucht, die abseits an ihrem Auto wartet. Er ist ihr dankbar, dass sie sich heute früh bei ihm gemeldet hat und fragte, ob sie ihn nach Rheinsberg begleiten soll. Immerhin hat er ein paar Stunden geschlafen, sich gewaschen und seinen Kaffee getrunken. Morgens löslichen Kaffee zu trinken, empfindet er als zivilisatorischen Fortschritt, mit dem er aufgewachsen ist. Schon seine Mutter nutzte löslichen Pulverkaffee, seit er denken kann. Viele Deutsche ticken anders und brühen sich umständlich ihren Kaffee auf, manche mahlen sogar die Kaffeebohnen selbst, hat er gehört, achten darauf, dass die Bohnen fair gehandelt werden. Er glaubt nicht, dass die Kaffeebauern in seinem Land etwas von den guten Menschen in Deutschland haben, solange im eigenen Land alle Nescafé trinken. Es ist billiger und es geht schneller. Wer hat schon Kaffeemühlen und Kaffeefilter in Uganda? Wer will sich den gemahlenen Kaffee in die Tasse schütten und dann die Krümel im Mund haben?

Als sie im Auto saßen, fragte er Jana, ob sie morgens Kaffee trinkt. Sie schaute ihn erstaunt an und verneinte. Zu Hause trinkt sie grünen Tee, aber im Labor, da trinkt sie Kaffee. Da gibt es eine tolle Kaffeemaschine. Sie war etwas verwundert, warum er das wissen wollte. Er berichtete ihr, dass er noch immer versucht zu verstehen, wie die Deutschen leben. Dann erzählte er ihr von den Unterschieden des morgendlichen Kaffeetrinkens. Sie lächelte, ihr Mund gefiel ihm. Auch er musste lächeln und für einen Moment nicht an seine verschwundene Tochter denken. Er gestand ihr, dass er grünen

Tee langweilig findet, schwarzen Tee mit Milch aber mag, so wie die Engländer ihn trinken. Einmal hatten sie bei einem englischen Ingenieur ermittelt, weil in sein Haus eingebrochen worden war. Der Mann glaubte nicht an elektronische Überwachung, und sein Wachmann schlief tief und fest, also sind die bösen Jungs bei ihm rein und haben seinen Flatscreen und ein paar Flaschen schottischen Whiskey mitgehen lassen, was ihn am meisten schmerzte. Der Fernseher war ihm egal, was ihn und seine Kollegen erstaunte, denn sie hatten genau entgegengesetzte Prioritäten. Jedenfalls gab es, als der Engländer ihnen schilderte, was passiert war, schwarzen Tee mit Milch. Den mochte Ebuk. Jana interessierte sich dafür, ob sie die Diebe schnappen konnten. Ebuk schaute sie erstaunt an, schüttelte den Kopf. Nein, der Engländer war zwar nett, aber lebte noch nicht lange in Uganda. Er weigerte sich, für die Anzeige bei der Polizei die vorgeschriebene Gebühr zu bezahlen. Das kannte er nicht aus England, dort wird die Polizei mit Steuergeldern bezahlt, so wie in Deutschland. Also passierte auch nichts, sie haben nicht weiter ermittelt. Aber immerhin, er hatte schwarzen Tee mit Milch kennengelernt.

Jana schaut ihn an, versucht in seinem Gesicht zu lesen, ob er einverstanden ist, wie die hiesige Polizei die Sache angeht. Doch er kann nicht zeigen, was er denkt und empfindet. Zusammen schauen sie zu, wie die beiden Hunde aus dem Käfig im Auto gelassen werden. Ein Mann und eine Frau, beide in blauer Uniform, auf deren Rücken »Polizei« steht, halten eine Hundeleine fest. Die beiden Tiere hecheln, schnüffeln an Viktorias T-Shirt, riechen an der Stelle, wo der Transporter gestanden hat. Dann ziehen sie an den Hundeleinen, ein Hund bellt. Sie scheinen Witterung aufgenommen zu haben. Die Hundeführer nicken Razorn zu, und er nickt zurück. Es ist klar, dass die beiden Hunde jetzt die Führung übernehmen. Razorn kommt zu Ebuk und Jana.

»Razorn«, sagt er und gibt Jana die Hand.

»Kugelmann«, sagt sie.

Razorn stutzt, schluckt. »Pauls Schwester?«, fragt er nach, und Jana nickt. Razorn schaut sie aufmerksam an, sie verunsichert ihn. »Ja, hm. Also. Es könnte sein, dass der Transporter da drüben Richtung Warenthin ist. Wir lassen mal die beiden mit ihren Hunden vorausgehen. Wenn die mit ihrem Transporter aber durch den Wald sind, können die Hunde auch nichts machen.«

»Verstehe«, antwortet Ebuk.

»Wir fahren mal ein Stück in die Richtung und warten, ob die Hunde etwas wittern«, erklärt Razorn weiter. »Sandra und die Kollegen hier suchen nach dem Transporter. So viele von der Sorte wird es hier auch nicht geben. Leben ja nicht viele Leute hier«, brummelt Razorn. »Wo lebst du, Peter, also ich meine in Afrika? Uganda? Ja?«

»Jinja und Kampala«, antwortet Ebuk.

»Große Städte?«

»Jinja etwa achtzigtausend, liegt am Viktoriasee, Kampala eineinhalb Millionen.«

»Viktoriasee, hab' ich schon mal gehört. Ist der groß?«

»Riesig, größter See Afrikas, siebzigtausend Quadratkilometer, achtzig Meter tief.« Ebuk sagt das leise, er findet das nicht interessant, versteht aber, dass der deutsche Polizist sich offenbar wirklich interessiert, obwohl das nichts mit dem Fall zu tun hat.

»So groß? Ganz Brandenburg ist nur halb so groß«, staunt Razorn und wechselt das Thema. »Ihr könnt da irgendwo warten. Sandra?«

Sie kommt zu ihm, erneut aufmerksam.

»Gibt es Richtung Warenthin einen Parkplatz, wo wir auf die Hunde warten können?«

»Die Straße rein, etwa einen Kilometer, da steht so ein Obelisk.«

»Also, du bleibst an dem Transporter dran, wir schlagen beim Obelisken unsere Zelte auf.«

Die kleine Karawane setzt sich in Gang, die drei Zuschauer mit den Fahrrädern bleiben zurück. Jana und Ebuk setzen sich in den Golf und fahren den beiden Polizeiautos hinterher.

Diese Nacht hat sie schlecht geschlafen, hat sich hin und her geworfen, geschwitzt und gefroren. Sie wacht auf mit Bauchschmerzen, krümmt sich. Sie schaut durch den Schacht, sieht Tageslicht einfallen, hüllt sich in die Decke ein, sie friert. Dann kommt der Typ rein, mit Essen und Tee. Heißem Tee. Stellt das Essen auf den Boden, schaut zu ihr hin, aber sie wird nicht mit ihm reden, zieht die Decke über sich, wendet sich von ihm ab. Soll er doch abhauen, das Arschloch.

»Ist wie Corona. So eine Art Quarantäne«, hört sie den Mann sagen. Sie dreht sich nicht zu ihm um, schreit ihn nicht an, beschimpft ihn nicht, die Bauchschmerzen sind da, und sie will ihm nicht sagen, wie schlecht sie sich fühlt. Keine Schwäche zeigen, sie kriegen sie nicht klein. Sie ist eine Göttin und sie wird sich befreien. Oder ihr Vater befreit sie.

Der Mann tritt an den Schreibtisch und fasst das Notizbuch an, sie hört es. Viktoria springt auf, schnappt sich das Buch und wickelt sich wieder in die Decke ein. Geht ihn einen Dreck an, was sie aufschreibt. Sie hat begonnen, an Benni zu schreiben, was sie für ihn empfindet oder nicht empfindet. Als sie unterwegs zu ihm war, als man sie von der staubigen Straße weggeschnappt hatte, wollte sie sich mit ihm wieder versöhnen. Ein paar Tage zuvor hatten sie Streit, keinen richtigen Streit, nicht so laut, wie sie mit ihrem Vater streiten kann. Sie hält sich dann die Ohren zu und schreit zurück, bis er sie verwundert anschaut und meistens lacht, weil er es irgendwie putzig findet, wenn seine kleine Tochter wütend ist. Sie kann sich nicht vorstellen, dass Benni jemals schreien würde. Dieser Junge ist wie ein Lamm, ein hübsches Lamm, sanft und höflich, aber er kann trotzdem sauer werden, wenn er nicht bekommt, was er will. Sie hatten, wie so oft, Minecraft gespielt, also er hat gespielt und sie zugeschaut. Bauklotzfiguren, Bauklotzmonster, Bauklotzlandschaften findet sie öde, auch wenn noch so viele Leute miteinander herumbauen können und Bauklotzsachen machen. Anfangs hat sie interessiert zugeschaut, weil sie das irgendwie lustig fand. Aber sie will doch nicht mit einem Jungen befreundet sein, dem sie beim Computerspielen zuschaut. Sie hat ihm dann vorgeschlagen, doch mal was anderes zu machen; und dann setzten sie sich auf sein Bett und knutschten rum. Er fing an, sie zu berühren, fuhr mit seinen Händen unter ihr Shirt und streichelte ihre Brüste. Was sie eigentlich ganz schön fand, aber wenn sie das bei ihm machte, fühlte sich das eher seltsam an. So eine glatte Brust von einem Jungen, der noch keine Haare hat. Sie hat ihre Hand auf die Schwellung in seiner Hose gelegt, aber weiter wollte sie nicht gehen. Das Ding rausholen, das wollte sie nicht. Seine Hand wanderte dann zwischen ihre Beine und er strich hoch und runter, aber das war nicht gerade aufregend. Also ist sie zurückgewichen, hat sich von ihm weggesetzt. Das frustrierte ihn, und ohne viel zu sagen, hockte er sich wieder an seinen Computer und spielte Bauklötzchen. Sie hat ihn angesprochen, versuchte, ihm zu erklären, dass das nicht so schnell geht, sie sich doch Zeit nehmen könnten, sie sich nicht auskennt. Doch er war eingeschnappt, zockte weiter. Sie versuchte, ein Gespräch mit ihm in Gang zu bringen, hat ihn umarmt, sein Gesicht zu sich hingedreht. Er pampte sie an, dass sie es mit anderen machen würde, aber nicht mit ihm. Da wurde sie auch sauer. Wie er denn auf so einen Scheiß kommt? Sie hat mit keinem anderen Jungen rumgemacht. Das sind alles beschissene Gerüchte, die man über sie in die Welt setzt, weil ihre Haut dunkel ist, weil sie keine »Kartoffel« ist. Das sind Nazis, die so was erzählen, Nazis wie dein Bruder, warf sie ihm an den Kopf. Woher sie denn wissen will, dass sein Bruder Nazi ist, schnauzte er sie an. Da reichte es ihr, denn es war Benni, der genau das über seinen Bruder Ralf erzählte, dem es gar nicht passe, dass »so eine« in sein Haus kommt und seinen Bruder fickt. Genauso hat er es gesagt und seinen Bruder als Nazi bezeichnet. Und auf einmal verteidigt er ihn. Was war nur in seinem Kopf los? Hatte er auf einmal Corona oder was? Das soll ja das Hirn schädigen. Sie hatte angefangen zu heulen und war gegangen. An dem Tag vor Ostern wollte sie sich mit ihm wieder versöhnen; er hatte ihr geschrieben, vorgeschlagen, sich zu treffen, zum Osterfeuer zu gehen, und sie stimmte zu. Doch dann kam dieses Arschloch, das sie in den Transporter gezerrt hat und ewig mit ihr herumfuhr. Was wollen die denn? Sie haben doch überhaupt kein Geld? Von ihrem Vater können sie nichts erpressen. Wollen die sie verkaufen, sie in ein Bordell verschleppen? Aber warum zieht der Typ mit den langen Haaren keine Maske auf? Sie weiß jetzt genau, wie er aussieht, würde ihn jedem Polizisten beschreiben können. Ist das hier irgendwann wieder vorbei, und sie lassen sie gehen? Einfach so? Das kann nicht sein. Wollen sie sie umbringen, weil sie Leute mit schwarzer Haut hassen? Sind das Nazis? Gibt es auch solche Nazis? Was sind überhaupt Nazis? Was wollen die? Sie hat in der Schule gelernt, dass Nazis die Juden umgebracht haben, sie in Konzentrationslager steckten und vergasten. Nazis glauben, die Weißen wären die besseren Menschen, den Schwarzen überlegen, sie sind gegen Ausländer in Deutschland, wollen nur »Kartoffeln« in ihrem Land. Kein anderes Gemüse, keine Leute wie sie und ihren Vater. Vielleicht sind die Leute, die sie hier festhalten, einfach krank im Kopf. Verrückt. Krankes Corona-Hirn. Sie trinkt von dem Tee, der annehmbar ist, und setzt sich auf.

Lieber Benni, beginnt sie erneut. Aber so genau weiß sie

auch nicht, was sie ihm schreiben soll. Sie beginnt, Bauklötz-chenmännchen zu zeichnen, probiert herum. Sie ist eigentlich keine Zeichnerin, lange still zu sitzen, ist nicht ihr Ding. Als die Pandemie herrschte, hat sie es nicht gut ausgehalten. Sie ist mit ihrem Papa durch den Wald gerannt, bis sie nicht mehr konnte, aber sie hat ihn immer abgehängt. Er ist es nicht mehr gewohnt zu rennen, aber er war tapfer, hat lange durchgehalten und ein wenig abgenommen.

Sie malt ein schwarzes Männchen mit dickem Bauch und ein Mädchen, ebenfalls schwarz. Sie stehen an einem Fluss, einem großen Fluss. Das ist ihr Nil. Aus dem Nil kommt eine große Schlange. Bauklötzchenschlange.

Lieber Benni, du bist der erste Junge, mit dem ich was an-gefangen habe. Das musst du mir glauben. Ich mag deine Augen und deine helle Haut. Du bist anders als die anderen Jungs. Du bist nicht so laut und du bist schlau. In Deutsch sagst du immer gute Sachen. Mathe ist nicht so dein Ding. Meins auch nicht.

Sie streicht den Satz mit den Augen und der hellen Haut wieder durch und fängt noch mal von vorn an.

Für mich ist die Hautfarbe eigentlich nicht wichtig. Die Leute hier sind alle weiß, nur ich und mein Papa sind schwarz. Das ist schon komisch. In dem Land, wo wir her-kommen, ist es genau umgekehrt. Alle schwarz und nur ganz wenige weiß.

Sie überlegt, auch diese Sätze wieder zu streichen. Was soll sie ihm schreiben? Sie kann ihm ja nicht das Notizbuch in die Hand drücken, das die Arschlöcher hier ihr sowieso wieder wegnehmen werden. Warum haben sie ihr das überhaupt gegeben? Dass sie nicht durchdreht, vermutlich. Also brauchen sie sie noch? Nur für was? Was wollen die? Ihr gefällt die Schlange im Fluss, die jetzt ein eigenes Bild bekommt. Kleine Fische und eine riesige Schlange mit langer Zunge. Wenn sie doch nur Buntstifte hätte, wäre es einfacher. Sie ruft: »Hey! Hey! Ich brauche Buntstifte.« Sie wird immer lauter, schreit, hämmert gegen die Tür, aber es kommt niemand. Viktoria legt sich auf das Bett, zieht die Decke über sich.

Lieber Benni, wie sehr wünsche ich mir, du wärst jetzt hier bei mir. Ich stell mir vor, wie wir beide in einem Bett liegen, die Decke über uns drübergezogen. Es ist dunkel unter der Bettdecke und egal, dass du weiß bist und ich schwarz bin. Weil das im Dunkeln völlig egal ist. Wir halten uns einfach nur fest und ich höre deinen Atem. Das wünsche ich mir. Deine Vicki.

Auf dem Parkplatz bei dem Obelisken bleiben sie nicht lange. Jana und Ebuk schauen an dem Monument vorbei auf das malerische Schloss von Rheinsberg, das am anderen Ufer zu sehen ist, aber Ebuk kann nicht ruhig stehen und die Schönheit dieses Orts genießen, er geht nervös auf und ab. Jana erinnert sich an den ersten Kuss, den sie hier von einem Jungen aus Rheinsberg bekommen hat. Sie waren mit ihren Fahrrädern hierhergekommen und versuchten, die französischen Inschriften auf dem Heldendenkmal zu übersetzen, aber es gelang ihnen nicht, sie hatten erst zwei Jahre Französisch. Der Junge hieß Heinrich, wie der Prinz, der den Obelisken bauen ließ.

Harald Razorn ist mit Sandra und Schmidti in die Dienststelle nach Rheinsberg gefahren, von wo aus sie ihre Ermittlungsarbeit koordinieren. Sie haben versprochen, eine Drohne und einen Drohnenpiloten zu schicken.

Die Hunde eilten auf dem Weg nach Warenthin voraus, die

Polizisten hinterher. Dann kam die Ansage, sie sollten weiterfahren nach Warenthin, sie sind den beiden Polizeiautos aus Neuruppin gefolgt und haben sich hinter das alte Gasthaus gestellt.

Ebuk ist nervös ausgestiegen, er hätte gerne die Hundeführer begleitet, aber er musste zurückbleiben. Die Hunde sind im Wald unterwegs, hecheln Spuren nach. Je weiter entfernt die Hunde sind, umso schwieriger wird es für Ebuk zurückzubleiben. Ebuk geht ein paar Schritte auf der schmalen Straße, die am Wasser entlangführt, wo kleine Holzhütten auf Pfählen stehen; Einfamilienhäuser mit Gärten bilden ein kleines idyllisches Dorf, direkt am Wasser gelegen. Das Gast- und Logierhaus behauptet sich wie die brandenburgische Variante einer italienischen Villa, mit einem Erkertürmchen an der linken Seite des Hauses. Aus den Gästezimmern hat man vermutlich einen schönen Rundblick über den See und die angrenzenden Wälder.

Jana steht auf einem Holzsteg, der in den See hineinragt, begrenzt von metallenen Pollern für die Fahrgastschiffe, die hier manchmal anlanden. Ebuk stellt sich neben sie, und gemeinsam schauen sie auf den ruhigen See, auf den grauen Himmel. Bald könnte es regnen. Wie sie warten Himmel und See auf eine Berührung. Mitten im See liegt eine Insel, wo ein kleines Motorboot in einer Bucht festgemacht hat. Ebuk balanciert nervös sein Mobiltelefon in einer Hand, aber kein Klingeln, keine Vibration geben ihm Hoffnung.

»Dort«, Jana zeigt auf das Ufer weit links, wo nur Bäume zu sehen sind, »dort hat man das Boot meines Bruders gefunden. Da ist dieser Campingplatz.«

»Ist er von hier los?«, fragt er.

»Nein, von Rheinsberg.«

»Was ist das für eine Insel?«

»Remusinsel«, informiert ihn Jana, »Paul hat sich für die Geschichte von hier interessiert. Ich eher nicht …«

»Er könnte auf der Insel gewesen sein und dann ist er dort hin«, überlegt Ebuk.

»Vielleicht. Sie haben den ganzen See abgesucht. Nichts.«

Sie schauen zusammen auf den See, auf die Insel, auf die Ufer. Ebuk hört auf die Vögel und ob da vielleicht eine Stimme ist, die ihm etwas über Viktoria sagt, aber die Stille spricht nicht zu ihm.

»Seltsames Ostern«, sagt sie und schaut zu Ebuk. »Es gab mal eine Zeit, da habe ich bemalte Ostereier versteckt. Für meinen Sohn. Hast du das auch gemacht?«

»Nein. Wir haben keine Eier versteckt. Nicht in Uganda, als Vicki klein war. Hier habe ich bemalte Eier beim Bäcker gekauft, so glänzende, in allen möglichen Farben. Aber ich hab sie nicht versteckt. Und zwei Osterhasen aus Schokolade. Viktoria hat darauf bestanden.«

»Ja, die Kinder lieben das.«

»Wo ist dein Sohn?«, will Ebuk wissen. Er fragt es sanft, schaut sie an.

»Bei seinem Vater, in Süddeutschland«, antwortet ihm Jana und dreht sich um, geht auf dem Steg zum Land zurück. Er soll ihre Gefühle nicht sehen. Ebuk folgt ihr mit etwas Abstand. Sie setzt sich auf eine Holzbank, die am Ufer steht, neben einem runden steinernen Monument für die gefallenen Soldaten des Ersten Weltkriegs. Ebuk steht davor und betrachtet die Figuren, liest die Namen, die im Stein verewigt sind. Erstaunlich, wo in Deutschland überall Denkmäler stehen. Er setzt sich neben Jana, schaut auf sein Telefon. Keine Nachricht.

»Er hat mir nicht zum Geburtstag gratuliert«, sagt sie. »Ich hab heute Geburtstag. Auch im letzten Jahr. Nichts.«

Ebuk lässt diese schmerzhafte Nachricht auf sich wirken. Sie hat ihr Kind verloren, obwohl es noch lebt, er schaut auf den See, überlegt, ob er sie umarmen soll, aber er lässt es dann doch.

»Herzlichen Glückwunsch zum Geburtstag, Jana«, sagt er.

Sie lächelt. »Danke, Peter, immerhin, ein Gratulant.«

»Dein Kollege Walter …«

»Walter hat mir gestern Blumen mitgebracht. Stimmt. Morgen im Labor trinken wir zusammen Kaffee und essen Kuchen. Ich muss heute noch einen Kuchen backen«, erzählt sie ihm.

»Ich dachte, die anderen backen einen Kuchen für den, der Geburtstag hat?«

»Nur in der Familie. Für die Kollegen muss man etwas mitbringen«, erläutert sie ihm diesen Brauch.

»Bei uns bringt keiner Kuchen mit. Einmal haben wir zusammen Bier getrunken, als ein Kollege Geburtstag hatte.«

»Mein Sohn hat den Kontakt komplett abgebrochen. Ich hab ihm geschrieben, ich habe versucht ihn anzurufen«, erzählt sie weiter.

»Aber du weißt, wo er ist und dass er lebt«, sagt Ebuk.

Das ist der wesentliche Unterschied zwischen ihnen. Sie nickt, ja, das ist der Unterschied, aber es tut trotzdem verdammt weh. Es fühlt sich so an, als ob Fred tot ist, obwohl er lebt. Warum hasst er sie so sehr? Was war so schlimm, dass er nicht mehr mit ihr spricht? Soll er bei seinem Vater leben, das ist ihr eigentlich egal, aber sie will den Kontakt, will wissen, was er macht, wie es ihm geht, ob er eine Freundin hat.

»Wie ist es für Viktoria, ohne Mutter zu leben?«, lenkt sie von sich ab.

»Sie kommt zurecht. Die ersten Monate hier in Deutschland hat sie immer wieder gefragt, wann Mama kommt. Obwohl sie wusste, sie kommt nicht. Sie war dabei, als Prudence erschossen wurde. Sie hat es nicht direkt gesehen, aber sie hat ihren Schrei und die Schüsse gehört. Ich hab ihr gesagt, dass sie nicht mehr kommen wird, aber sie immer bei uns ist. Seit zwei Jahren hat sie sie nicht mehr erwähnt.«

»Kinder können gut verdrängen, glaube ich. Irgendwann

wird sie nach ihr fragen.« Sie versucht ein Gefühl zu ihm herzustellen, sie beide zu verlorenen oder verlassenen Eltern zu machen. Ein großer dunkler Graben umgibt sie beide. Sie muss an die Fische denken, die in den Zylindern, die sie im See eingebracht haben, auf- und niedersteigen, still und einsam.

»Sie hat sich fest vorgenommen, hier zu leben. Sie hat mir gesagt, sie würde nie mehr nach Uganda zurückgehen. Sie will eine Deutsche sein. Immer wieder fragt sie, wann wir einen deutschen Pass bekommen.«

Sein Telefon klingelt, und er geht sofort ran. Erich, der Mann vom Geheimdienst, meldet sich.

»Herr Ebuk. Frohe Ostern kann ich Ihnen ja nicht wünschen … Also, ich habe mit Razorn gesprochen. Der ist, glaube ich, ein fähiger Mann. Böse Sache mit Ihrer Tochter. Die werden sich kümmern. Okay? Wenn Sie etwas für mich herausbekommen könnten … Sie wissen schon, eine Hand wäscht die andere.« Ebuk fragt schnell nach, ob er schon etwas über eine Operation des ISO herausbekommen hat, der Internal Service Organisation, wie sich der ugandische Geheimdienst nennt. Erich meint, er sei dran, er hat befreundete Dienste gefragt, aber jetzt muss Ebuk liefern; dann legt er auf, ohne dass Ebuk ihn weiter befragen kann.

Ebuk ist aufgestanden und auf die kleine Straße vor das Gasthaus getreten, er blickt auf den See. Nachdenklich wendet er sich wieder Jana zu. Gerne würde er mit ihr über das Telefonat sprechen, aber sie ist nicht seine Vertraute, obwohl es sich so anfühlt. Er hatte, seit er in Deutschland lebt, noch keine engere Beziehung zu einer deutschen Frau, auch zu keiner schwarzen Frau, es gibt auch keine männlichen deutschen Freunde. Seit er sein Land verlassen musste, hat er alles mit sich selbst ausgemacht und entschieden. Bei wichtigen Dingen spricht er mit Viktoria. Sie ist die Einzige, mit der er sich austauschen kann, obwohl sie noch ein Kind ist. Ein großes Kind. Wo ist sie? Er muss wissen, was die Hundeführer entdeckt haben. Was machen die Leute im Wald? Er kann nicht hier mit dieser Frau sitzen und sich ihren und seinen Gefühlen über die verlorenen Kinder hingeben, ohne etwas zu tun. Er fühlt sich schmutzig, wenn er nicht gleich losgeht.

Ein weiteres Polizeifahrzeug erscheint und parkt neben den anderen. Jana und Ebuk begrüßen den Mann, der den Kofferraum öffnet und eine Drohne herausnimmt. Sie schauen ihm zu, wie er sie auf den Boden setzt, sich ein Steuerpult um den Hals legt und das Gerät vom Boden aufsteigen lässt. Auf einem Monitor kann er die Kamerabilder der Drohne sehen, mit einem Telefon hält er Kontakt zu den Hundeleuten. Ebuk schaut zu dem Gerät, das in den Himmel aufsteigt und langsam über den Wald zu fliegen beginnt. Spontan entschließt er sich, der Drohne zu folgen. Er läuft los. »Hey«, ruft der Mann an der Drohnensteuerung ihm zu und schüttelt den Kopf. Jana schaut ihm nach. Sie versteht, dass Ebuk das machen muss, auch wenn sie gerne hinter ihm herlaufen würde, bleibt sie bei dem Mann an dem Steuerpult, nickt ihm nur zu. Er soll Ebuk einfach machen lassen.

Er stolpert über trockenes Geäst, schaut immer wieder nach oben, das metallische Surren leitet ihn. Manchmal ist der Boden sehr weich, dann tritt er auf harte Äste, er ist in einen leichten Trab gefallen, stößt sich an Bäumen ab, deren Rinde rau ist. Ein braunes Papier mit roter Schrift liegt da und verrottet nicht. Vor ihm ragt das Wurzelwerk eines umgefallenen Baums auf, eine riesige dunkle Scheibe, aus der abgerissene schwarze Wurzeln ragen und nach ihm greifen. Er läuft links daran vorbei, jetzt lichtet sich der Wald, hohe glatte Bäume bilden eine Kathedrale. Die glatten grauen Stämme gehören zu Buchen, die anderen Baumnamen kennt er nicht. Mit seinen Kollegen von der Gemeinde ist er viel im Wald unterwegs, säubert Wege, leert Mülleimer, richtet Verkehrsschilder auf, bessert Straßen und Wege aus. Aber durch den Wald ist er noch nie alleine gegangen, zu unbekannt ist ihm dieses Gelände. Sein Atem wird schneller, er riecht den Boden, die Fäulnis unter den braunen Blättern, über die er schlittert und springt. Wilde Tiere, die ihm begegnen und herausfordern könnten, gibt es nicht in diesem Land. Sie tauchen nur nachts auf, durchwühlen den Boden nach Wurzeln und Pilzen und verstecken sich am Tag vor den Menschen und ihren Gewehren. Durch den Wald, der das Dorf des Großvaters umgibt, könnte er nicht so schnell eilen, er würde an wuchernden Lianen hängen bleiben, er würde in feuchten Pfützen versinken, die sich unter dichtem Blattwerk verstecken, Schwärme von Mücken würden ihm ins Gesicht und in den Mund fliegen. Affen in den Bäumen nähmen die Herausforderung einer Durchquerung des Waldes an und würden mit ihm durch die Äste jagen, ihn anfeuern oder verhöhnen. Schlangen würden sich verstecken und Spinnen sich auf ihn fallen lassen, wenn sie seinen Schweiß riechen. Die Bilder aus dem Wald seiner Kindheit und dem deutschen Wald mischen sich. Sein Leben setzt sich zusammen wie ein schlecht geschnittener Film, in dem keine Szene zur nächsten passt und trotzdem alles zusammengehört. Er versuchte immer, das Richtige zu machen, etwas Sinnvolles, für sein Land, für sich, für seine Frau, für sein Kind. Es ist ihm nicht gelungen.

Ein Bach taucht vor ihm auf, sumpfige Ufer begrenzen ihn. Ohne zu überlegen, springt er und landet in modriger Erde. Er fällt auf ein Knie, fasst mit einer Hand in den schwarzen feuchten Boden, fühlt die Kälte, er rutscht. Der nasse Boden unter ihm gibt nach, seine Füße finden keinen Halt mehr, das sumpfige Schwarz zieht ihn nach unten. In einer Hand hält er sein Telefon in die Luft, seinen Kontakt zur Welt darf er nicht verlieren. Mit der anderen Hand versucht er, einen festen Ast zu greifen, aber sie sind morsch und brechen ab. Erst als sein Körper bis zur Brust mit schwarzem modrigen Wasser bedeckt ist, fühlt er wieder Boden unter sich. Er watet durch die dunkle Brühe, bis er fester auftreten kann. Der kalte Grund saugt an seinen Beinen, versucht ihn festzuhalten. Als er sein rechtes Bein hebt, kommt ihm ein Männerschuh entgegen, der sich aus dem schwarzen Matsch löst. Der Schuh ist schmutzig, er ist wenig verrottet, er war vermutlich einmal weiß, ein Laufschuh. Er greift ihn sich, zieht sich aus dem Moor, steht wieder auf dem Waldboden, schaut an sich herunter. Er tropft, die Kälte beißt sich in ihn hinein. Seine Schuhe sind nass, glitschig, als er weitereilt, dem grauen Summen über den Blättern der Bäume hinterher. In der Hand hält er seinen Fund fest. Da vorne sieht er Prudence nackt an einem Baum lehnen, ihre vollen Brüste mit den großen dunklen Brustwarzen werden von einem Sonnenstrahl beleuchtet. Sie ist hochschwanger, ihr runder Bauch ist prall, sie winkelt ein Bein an, stellt die Fußsohle gegen den Baum. Er schaut auf die schwarzen Haare ihres Geschlechts, schaut auf, sieht die Kugel vor ihrem Körper, sucht ihr Gesicht und ihre Augen. Lächelt sie, grinst sie, wie er da verdreckt und nass durch den Wald rennt? Doch sie dreht sich weg und ist verschwunden. Ebuk bleibt stehen, atmet schwer, die Drohne bleibt ebenfalls stehen, wartet, bis er wieder zu Atem kommt. Ihm wird klar, dass der Polizist, der diesen elektronischen Vogel steuert, ihn sehen kann und ihn leitet. Vermutlich schaut auch Jana auf den Bildschirm, sie war dabei, als er ins Wasser gefallen ist. Ob sie die nackte Prudence gesehen haben? Vielleicht hat das Gerät am Himmel die Bilder aus seinem Gehirn gestohlen und vor ihn in den Wald projiziert? Die deutsche Polizei zeichnet mit der neuesten Technik seine Verwirrung auf, um sie ihm später vorzuführen, um zu beweisen, dass er kein guter Polizist ist, weil er nicht klar denken kann, weil in seinem Leben so vieles anders gekommen ist, als er es geplant hat. Er, ein Mann aus Uganda, rennt durch einen deutschen Wald, um seine Tochter zu finden. Seine geliebte, schöne, kluge Viktoria, die aus dem prächtigen Körper von Prudence herausgekommen ist und – anstatt zu weinen – als Erstes gelacht hat. So hat man es ihm erzählt, und auch wenn das nicht stimmte, war es eine schöne Vorstellung. Es soll solche Kinder geben, die mit offenen Augen auf die Welt kommen und lächeln, wenn sie die Mutter oder den Vater sehen. Bestimmt war seine Viktoria solch ein Kind. Es konnte nicht sein, dass böse Menschen ihm die Tochter rauben, um sie zu töten, um sie in Teile zu zerhacken oder sie zu vergewaltigen. Käme doch endlich eine Lösegeldforderung. Er würde das Geld besorgen, irgendwie würde er jede Summe beschaffen können. Er hört vor sich einen Hund bellen, vermutlich hat er ihn gerochen. Ebuk wird langsamer.

Der Hund bellt ihn an, der Polizist spricht mit seinem Tier, beruhigt ihn. Der Mann schaut Ebuk nur an, runzelt die Stirn, sein Zustand sagt alles.

»Wir brechen hier ab«, informiert er Ebuk. »Keine Spur mehr. Das bringt ja nichts hier. Reiner Aktionismus.« Die Drohne setzt ihre Suche weiter fort, surrt in die eine, dann in die andere Richtung, aber es ist eher ein Umherirren als eine gezielte Suche nach einem verschwundenen Mädchen. Die Polizistin kommt mit ihrem hechelnden Hund. Sie betrachtet den Schuh in Ebuks Hand, fummelt eine durchsichtige Plastiktüte aus einer ihrer vielen Taschen und bedeutet ihm, seinen Fund darin zu verstauen. Sie hält die Tüte hoch und betrachtet den schmutzigen Männerturnschuh. Sie zeigt den Fund, den Ebuk gemacht hat, ihrem Kollegen.

»Der ist nicht mehr ganz so frisch. Wo ist der her?«, fragt sie Ebuk.

»Da bei dem Bach«, erklärt er und zeigt, wo er aus dem Sumpf gekommen ist.

»Dann markieren wir das mal. Man weiß ja nie«, meint der Polizist.

Sie folgen dem verdreckten Mann und befestigen ein weiß-rotes Band an dem Baum, an dem Ebuk Prudence stehen sah.

Das Geräusch von Autos ist zu hören, Ebuk folgt ihnen nach. Er ist hier der Idiot, der wie ein kopfloser Irrer herumrennt und in den Sumpf fällt. Die Polizeiwagen halten, die Hunde erhalten den Befehl, in die Zwinger zu springen. Jana kommt auf Ebuk zu, in der Hand trägt sie eine Decke, auf der »Polizei« steht. Als sie an der Polizistin mit der Plastiktüte vorbeigeht und den Schuh sieht, bleibt sie stehen.

»Wo haben Sie das gefunden?«, fragt sie die Frau. Sie macht eine Bewegung mit dem Kopf zu Ebuk.

»Dort in dem Sumpf«, antwortet er.

»Habe ich mal mitgenommen«, brummelt die Polizistin.

»Das sieht aus … das könnte … ein Schuh von Paul sein«, stellt Jana fest. »Er hatte immer solche Dinger an, mit so grünen Streifen. Hier …« Sie zeigt auf die Reste des Schuhs in der durchsichtigen Plastiktüte.

»Na ja, sind nicht gerade selten, diese Schuhe. Hatte ich auch mal«, sagt die Polizistin.

Jana geht weiter und legt Ebuk die Decke um die Schulter.

»Dir muss kalt sein. Komm.«

Sie bringt ihn in seine Wohnung, wo er ins Bad geht, sich die schmutzigen, feuchten Kleider vom Körper schält, die Dusche anstellt und das warme Wasser genießt. Er liebt die Duschen und das fließende warme Wasser in diesem Land, in dem es lange Monate kalt ist. Als er wieder aus dem Badezimmer kommt, ist Jana verschwunden. Er schickt ihr eine Textnachricht und bedankt sich. Sie antwortet, will sich nachher noch einmal bei ihm melden. Ebuk schaut ins Zimmer seiner Tochter, aber es ist immer noch leer. Er muss Jonathan anrufen, er versucht es per WhatsApp, und erstaunlicherweise meldet Jonathan sich. Ebuk begrüßt ihn, und Jonathan lacht laut, als er seine Stimme hört. Ebuk stellt sich breitbeinig hin, streicht sich über den Bauch, gibt einen tiefen Laut von sich, er darf keine Angst zeigen, muss den mächtigen Mann spielen. Er stellt sich vor, wie Jonathan in einem riesigen schwarzen Schreibtischstuhl sitzt, vor sich dicke Akten, die er nur sehr selten anfasst, dafür lieber redet und Kommandos gibt. Sie sprechen in einer Mischung aus Englisch und Soga.

»Was für eine Überraschung! Peter! Wo bist du?«, erkundigt sich Jonathan.

»Es ist gut, dich zu hören, Mann! Immer noch in Deutschland«, antwortet Ebuk.

»Komm zurück, wir brauchen dich«, lacht Jonathan.

»Gib mir noch ein wenig Zeit. Meine Tochter will die Schule zu Ende bringen. Dann kommen wir zusammen«, lügt Ebuk.

»Kluges Mädchen. Hast du schon eine Deutsche geheiratet? Peter!« Jonathan donnert durch die schlechte Verbindung.

»Nein, Mann! Und du? Wie viele Freundinnen hast du am Laufen?«, fragt Ebuk, Jonathan lacht herzhaft, Ebuk hat den Ton getroffen.

»Jonathan, mein Freund«, schmeichelt Ebuk, »ihr habt neue Motorräder von der deutschen Botschaft bekommen?«

»Das ist schon ein wenig her, zuletzt gab es nur Fotoapparate für die Militärs«, mault Jonathan.

»Aber du hast das Motorrad noch!«

»Na, das ist nichts für mich …«

»Der deutsche Geheimdienst hat mich gefragt, wer der beste Polizist in Uganda ist. Sie suchen verlässliche Leute.«

Wieder lacht Jonathan, nicht mehr ganz so laut. Dann folgt ein Moment Stille, vermutlich weil er nachdenkt, wie er sich positionieren könnte.

»Well«, sagt er, »du arbeitest für die Deutschen?«, fragt Jonathan sachlich nach.

»Dazu darf ich dir nichts sagen. Aber ich habe ein gutes Leben hier, ein schönes Haus, ein großes Auto, meiner Tochter geht es gut … Ich vermisse meine Frau. Habt ihr die Schweine geschnappt, die sie umgebracht haben?« Ebuk krümmt sich, eigentlich möchte er Jonathan anschreien.

»Natürlich. Kenia hat sie ausgeliefert, sie verrotten in Kigo!«

Ebuk setzt sich, er hat Bauchschmerzen. Er weiß, dass das eine fette Lüge ist. »Du bist mein Mann«, sagt er schwach.

»Ja, Bruder, immer.« Sie hören noch einen Moment in das elektronische Rauschen der schlechten Verbindung, dann legen sie beide auf.

Die Stimme dieses Mannes hallt in seinem Kopf nach. Da ist er wieder, der Hass auf diese korrupten Polizisten in seinem Land. Wie eine schwarze Säule steht die Wut auf einmal in seiner kleinen Küche mit den vier Stühlen. Er stellt sich vor, wie er in das Büro von Jonathan tritt und ihn einfach erschießt. Kopfschuss. Sie haben die Mörder seiner Frau also nicht geschnappt, Jonathan hat ihn angelogen. So schnell wandert kein Mann in Uganda ins Gefängnis, nicht, wenn er für einflussreiche Männer gemordet hat. Auf einmal wird ihm klar, dass der schmierige, fette Jonathan vermutlich hinter dem Attentat auf ihn und seine Familie stehen könnte. Er wollte seinen Posten, er hat ihn gewarnt, hat sich als sein Freund ausgegeben, aber er war es, der die Killer schickte, nachdem sie die Grenze überquert hatten. Es durfte nicht in Uganda geschehen, es sollte wie ein Raubüberfall aussehen, die kenianische Polizei würde sie schnappen oder am besten gleich erschießen. So musste es gewesen sein: Jonathan steckt dahinter. Er wird ihn drankriegen, diese Ratte. Jonathan ist schlau, noch hat er sich auf nichts eingelassen, aber wenn ein Deutscher im Anzug ihn anspricht, wird er das Geld nehmen und seine kleinen Geheimnisse ausplaudern. Hat er auch die Entführung von Viktoria veranlasst? Nein, das traut er ihm nicht zu, dafür ist er zu selbstgefällig, zu faul und vermutlich auch zu dumm. Er hat, was er wollte. Aber mehr Geld für Nutten, für ein noch dickeres Auto, ein noch größeres Haus, das würde ihm schon gefallen, vor allem, wenn er sich nicht besonders anstrengen muss.

Jana hat sich gemeldet und gefragt, ob sie vorbeikommen kann. Sie möchte ihm etwas zeigen, sagte sie. Er hat sich wieder angezogen und zugestimmt.

Sie trägt eine helle weite Hose, ein enges dunkles Shirt mit leichtem Ausschnitt, flache Schuhe. Ebuk riecht ein frisches Parfüm und vergisst für einen Moment seine Wut auf Jonathan. In ihrem Korb liegen zwei Bücher, die alt aussehen, in denen kleine bunte Zettel stecken. Sie sitzen am Küchentisch, an dem schlichten Tisch mit den harten Stühlen. Er kann ihr nichts anbieten, kein Bier, nichts zu essen. In dieser kleinen Wohnung mit den zwei Zimmern, in die zum ersten Mal eine Frau wie Jana kommt, die ein kleines, aber schönes Haus bewohnt, fühlt er sich zum ersten Mal arm. Aber sie scheint ihn und sein Leben so zu nehmen, wie es ist, sie schaut sich nicht skeptisch um, kommentiert nicht seine Wohnverhältnisse. Sie streicht sich über ihre dünnen Haare, wie um ihre Gesichtszüge und ihre Gedanken zu ordnen, sie lächelt leicht, unter ihren Augen sieht er Schatten, die sie mit Make-up abgedeckt hat. Gerne würde er diese Haare berühren, er stellt sich vor, dass sie weich und leicht sind.

Jana spricht über die Bücher, die sie in einer der Kisten gefunden hat, die noch von ihrem Bruder übrig geblieben sind. Sie hat nicht viel von ihm aufgehoben, aber eben ein paar Bücher, Fotos, kleine Erinnerungsstücke von ihren Eltern, alles Dinge, die sie seit seinem Tod nicht mehr angefasst hat. Sie schlägt ein Buch auf, in dem ein Zettel steckt, blättert darin. Sie zeigt Ebuk eine Stelle, die Paul mit einem Bleistift markiert hat. Es gab eine Zeit, vor vielen Hundert Jahren, erzählt sie, da war diese Gegend von anderen Menschen bewohnt, von Slawen, die eine ganz andere Sprache gesprochen haben. Dann kamen aus dem Westen Eroberer, Christen, die Deutsch sprachen. Es gab viele Kämpfe und Kriege, über Jahrzehnte. Lange Zeit blieben die Völker, die hier lebten, die Stärkeren, aber die Leute aus dem Westen haben immer wieder versucht, sie zu vertreiben, vor allem wollten sie ihnen ihren Glauben aufzwingen, das Christentum.

»Dazu haben sie ihre alten Heiligtümer und ihre Tempel zerstört«, berichtet Jana, »einer dieser sagenumwobenen Tempel hieß Rethra. Doch die Redarier, also das Volk, das hier lebte, baute das Heiligtum wieder auf. Bis heute ist nicht ganz klar, wo sie das aufgebaut haben. Aber es gibt eine Vermutung: auf der Remusinsel. Man fand dort Reste einer sehr alten Burg.«

»Auf der Insel, die wir von dem Steg aus gesehen haben?«, fragt Ebuk nach. Er steht auf und geht die wenigen möglichen Schritte neben dem Tisch.

»Genau diese Insel. Der Name kommt von einer Sage, dass Remus, der Bruder von Romulus, der Rom gegründet hat, über die Alpen flüchtete und auf der Insel begraben wurde. Als die Schweden diese Gegend hier überfielen, haben sich die Bewohner von Rheinsberg dort versteckt. Prinz Heinrich, der im Schloss gelebt hat, ließ für seinen Geliebten ein chinesisches Haus errichten, und die Adligen ließen sich hinrudern und haben sich dort vergnügt.«

»Vergnügt? Das Wort kenne ich nicht.«

»Sie hatten dort Spaß miteinander. Keine Ahnung, was sie alles gemacht haben. Gegessen, getanzt, gefeiert und vermutlich noch mehr«, erzählt Jana und lächelt. »Aber heute kannst du davon nichts mehr sehen. Ist alles zerfallen und überwachsen.«

Ebuk schaut sie erstaunt an. Eine Insel in einem See, auf der ein heiliger Tempel steht.

»Damals, die Alten, die haben dort Opfer gebracht? Dieses alte Volk?«, fragt er Jana.

Ja, sagt sie, dort wurde sehr wahrscheinlich geopfert und es wurde die Zukunft befragt. Wenn die Götter zornig waren, dann wurden sie mit dem Blut von Tieren besänftigt.

Und mit Menschenopfern, mit Kindern, denkt Ebuk, aber er sagt es nicht. Er atmet tief ein. Es kann nicht sein, dass es diese Parallele gibt. Auch in seinem See liegt eine heilige Insel, auf der geopfert wird. Für Kiyira, den Gott des Flusses, werden Tiere geschlachtet, und in deren Eingeweiden können die Priesterinnen die Zukunft vorhersagen.

»Es ist seltsam, dass Paul nicht darüber gesprochen hat«, sagt Jana.

Doch Ebuk schüttelt den Kopf. Er versteht den toten Polizisten Paul. Wie sollte er in einer Polizeiakte über eine Insel schreiben, auf der möglicherweise vor Jahrhunderten Menschen geopfert wurden. Dafür gab es keine Beweise, und vor allem, was hatte es mit seinem Fall zu tun, dem verschwundenen Mädchen. Vermutlich war es eine spontane, intuitive Verbindung, die er eines Abends im Winter machte, als er in diesen Büchern las. Dann nahm er sich gleich am nächsten Tag ein Boot und paddelte los, weil der Gedanke so stark und so faszinierend war. So hätte er, Ebuk, es gemacht. Auch für Paul musste es schwer gewesen sein zu begreifen, wozu Menschen fähig sind, wenn sie nicht mehr wissen, wie sie sich in der Welt zurechtfinden sollen. Wie können Menschen ihre Kinder verkaufen? Wie können sie Kinder entführen, ihnen die Zungen herausschneiden, Hände, Füße, Geschlechtsteile abhacken, ihnen die Herzen herausschneiden? Haben die Urbewohner dieser Gegend das auch gemacht? Auch wenn er Jana besser kennen würde, sollte er nicht über diese grausamen Dinge sprechen, nicht mit einer Frau, deren Haare er gerne anfassen möchte. Ebuk hatte mit Prudence über seine Arbeit gesprochen, nicht über alle furchtbaren Details, aber manchmal schaute sie ihn an, als ob er derjenige sei, der Blut an den Händen hatte. Sie konnte ihn dann nicht anfassen, weil die schrecklichen Bilder zwischen ihnen standen.

»Wenn wir seinen Tod aufklären, finden wir Viktoria«, überlegt Ebuk.

»Wir?«, fragt Jana nach. »Du und ich? Die haben damals alles abgesucht und nichts gefunden.«

»Heute habe ich einen Schuh von ihm gefunden«, bemerkt Ebuk.

»Das wissen wir noch nicht«, entgegnet Jana.

Er stimmt ihr zu, das müsse erst die genaue Analyse der Polizei zeigen. Aber angenommen, es wäre so, dann bedeutet es, dass der Mann nicht im See ertrunken ist, sondern an Land kam und sich durch den Wald geschlagen hat. Oder er wurde gefangen genommen, als er aus seinem Boot stieg, man schlitzte das Boot auf und ließ es untergehen. Dann tötete man ihn im Wald und vergrub ihn dort. Doch der Wald gibt irgendwann seine Opfer wieder her, wenn er sie nicht mehr braucht.

»Es gab einen Grund, warum er genau dort ans Ufer ging. Wenn man eine Linie von der Insel zu diesem Campingplatz zieht, wo kommt man da hin?«, fragt er Jana.

»Da gibt es viele Möglichkeiten. Ein paar Dörfer in die eine Richtung, ein paar Dörfer in die andere Richtung. Vor allem gibt es da viel Wald und einige Seen.«

»Kanntest du deinen Bruder gut?«

Jana schaut Ebuk aufmerksam an. Sie kannte ihren Bruder gut und auch wieder nicht. In gewisser Weise waren sie sich ähnlich, weil sie beide sehr hartnäckig sein konnten. Wenn er sich etwas in den Kopf gesetzt hatte, dann musste er das durchziehen, genau wie sie auch. Aber sie war überlegter, sie wägte besser ab, dachte nach, bevor sie sich für einen Weg entschied. Paul war zweimal verheiratet, hat immer sehr auf seine Ehen geachtet. Sie mochte seine Frauen nicht. Gabi, die erste, war ihr zu verhuscht, Elke, die zweite, zu dominant. Sie hatte seit seinem Tod keinen Kontakt mehr zu den Frauen, obwohl beide noch in der Gegend leben, beide wieder verheiratet. Paul, der zehn Jahre älter als sie war, machte immer, was der Vater ihm sagte. Sie nicht, sie hielt zur Mutter und stellte ihren Vater infrage; seine Selbstgefälligkeit machte sie wütend. Paul hatte kein Problem mit der DDR, fand es toll, Polizist zu werden, eine Uniform anzuziehen und Befehlen zu gehorchen. Erst später, als es keine DDR mehr gab, nachdem die Ehe mit Gabi auseinanderging, wurde er zugänglicher, zumindest empfand sie das so. Als der Westen nach Rheinsberg kam und sie in München lebte, verstanden sie sich besser.

»In den letzten Jahren lief es gut mit uns. Nachdem die Eltern tot waren. Mein Vater und ich, das war nicht einfach. Ich fand es auf einmal wieder schön hier. Paul war zufrieden mit seinem Leben. Als Revierleiter hatte er keinen stressigen Job. Aber wenn ihm etwas wichtig war, dann blieb er dran. Da sind wir uns ähnlich, wenn du das meinst.«

Ebuk setzt sich wieder ihr gegenüber, legt die Hände auf den Tisch, nicht weit entfernt liegen ihre Hände. Sie schauen sich an, verbinden sich über den Blick, noch können sie das nicht lange aushalten, zu intim ist so ein Blick, zu sehr verrät er die Sehnsucht dahinter. Er schaut weg, und sie legt ihre Hand auf seine Hand.

»Du wirst sie bestimmt finden«, macht sie ihm Mut.

Er zieht seine Hand weg, das ist ihm viel zu nah, er muss klar denken, muss verstehen, was Paul auf der Insel wollte und warum er dann durch diesen Wald ging oder dort hingeschleift wurde.

»Ich muss morgen auf diese Insel. Wie komme ich dahin?«

»Du mietest dir ein Paddelboot in dem Gasthaus in Warenthin«, erklärt sie ihm.

Er nickt, ja, das wird er machen. »Gibt es dort auch einen Bus?«

»Nein«, sie lacht, »da gibt es keinen Bus. Willst du mein Auto nehmen?«

Er ist erstaunt. Einem fremden Menschen wie ihm sein Auto anzubieten, ist ungewöhnlich.

»Das ist sehr … Ich kann sehr gut Auto fahren, aber ich habe keinen deutschen Führerschein«, stottert er herum.

»Dich kennen ja jetzt die beiden Polizisten, die es hier gibt. Die haben genug zu tun. Die halten dich nicht an und fragen nach dem Führerschein. Sie wissen, dass das mein Auto ist. Alles gut. Ich muss morgen zur Arbeit. Du kannst es mir ins Labor bringen.«

»Danke, Jana. You're very kind, really«, sagt er und drückt nun ihre Hand. Nur kurz, aber entschieden. Sie lächelt.

Für Jana war es ein schöner Abend. Sie geht durch den kleinen Ort, noch ist es nicht ganz dunkel, die Abende werden länger, der Himmel hat dieses tiefe Blau, das sie liebt. Sie haben sich berührt, ihre Hände waren sich nah, eine Ahnung davon lebt noch auf ihrer Haut. Seit Langem hat sie mit keinem Menschen gesprochen, ohne zwanghaft darüber nachzudenken, was der andere ihr eigentlich sagen will, was er denkt, ob es lohnt weiterzusprechen oder sich erneut zu treffen. Sie war einfach mit diesem Mann in einem Raum, und sie haben geredet. Die orangenen Straßenlaternen sind an, es gibt nur sehr wenige davon, denn es muss dunkel bleiben, der See soll kein fremdes Licht abbekommen. Für ihre Forschungen über Lichtverschmutzung muss es so dunkel sein wie vor Hunderten von Jahren, als es in den Häusern nur kleine Feuer gab und die Nacht schwarz blieb. Sie hatte noch nie Angst vor der Dunkelheit. Fred fürchtete sich, wenn sie das Licht in seinem Zimmer ausmachte und ihm gute Nacht wünschte. Die Tür musste einen Spalt aufbleiben, Licht aus dem Flur sollte in sein Zimmer scheinen, und sie schlich sich auf Zehenspitzen von ihm weg. Irgendwann kaufte sie ihm eine Lampe, in der bunte Blasen auf- und abstiegen, dann konnte sie die Tür zu seinem Zimmer schließen. Eine sinnvolle Ausgabe, denn er sollte die nächtlichen Streits mit seinem Vater nicht hören. Zwei Jahre haben sie versucht, ihre Ehe aufrechtzuhalten, saßen auf ihrer Ikea-Couch, sie trank Weißwein, er Bier, schauten auf die großformatigen Schwarz-Weiß-Fotos von New York, die sie auch bei Ikea gekauft hatten. Sie hat nie begriffen, wie sie einverstanden sein konnte, solche idiotischen Fotos aufzuhängen. Vielleicht war es diese Sehnsucht nach einer ganz anderen Welt, wo es Straßenschluchten gab und schwarze Männer Trompete spielten. Ihr Alltag bestand aus Wasser, Seen, Fischen, kleinsten Lebewesen, er verbrachte seinen Tag vor leuchtenden Dioden, Bildschirmen, Mikrofonen und Studiokameras. Wenn ihnen in ihrem Streit kein neuer schmerzhafter Vorwurf mehr einfiel, ging er auf die Terrasse und rauchte eine Zigarette; sie ging in die Küche, räumte die Teller in die Spülmaschine und machte Fred ein Pausenbrot für den nächsten Tag. Es roch immer chemisch nach Zitrone und kaltem Rauch in dieser Wohnung am Münchner Stadtrand. Sie hatten sich für diese Wohnung entschieden, damit sie schneller an ihre Seen kam. Er hatte es in Kauf genommen, länger mit der S-Bahn nach Unterföhring fahren zu müssen. Jeden Tag, so lautete einer seiner Vorwürfe, verlor er fünfunddreißig Minuten hin und fünfunddreißig Minuten zurück, siebzig Minuten seines Lebens, täglich, wegen ihr, weil er sich auf sie eingelassen hatte. Sie war an allem schuld. Auch als er sich mit anderen Frauen traf, weil sie nicht mehr mit ihm schlafen wollte, als sie seine Haut nicht mehr riechen konnte, dieses Gemisch aus billigem Nivea-Deostick, S-Bahn-Sitzen und Wildlederschuhen. Es tat ihr leid um Fred, den sie so oft wegorganisieren musste wegen ihrer Doktorarbeit, weil das Stipendium auslief und alles viel länger dauerte als ursprünglich geplant. Das Kind klammerte sich an sie, hielt sie fest, nicht, weil sie so wenig für ihn da war, sondern weil es die Kälte spürte, die in ihrer kleinen Familie herrschte. Wie kann Fred bei diesem Vater leben und den beiden kleinen Kindern, die er mit seiner neuen Frau produziert hat? Ist das die Familie, die er sich wünscht und die sie nie hinbekommen hat? Letztlich ist es ihr egal, ob Fred hier oder dort lebt. Irgendwann geht er seinen eigenen Weg, vielleicht begreift er dann, was für ein Idiot sein Vater ist. Sie ärgert sich, dass dieser Teil ihres Lebens noch nicht abgeschlossen ist, dass sie sich immer noch damit herumquält.

Die Autowerkstatt, an der sie vorbeiläuft, liegt im Dunkeln, ein Hund kommt angelaufen, bellt einmal, um sie zu begrüßen, und schnüffelt, doch heute wird sie dem Hund nichts aus ihrem Leben erzählen und auch nicht seinen Kopf kraulen. Das Tier bewacht eine Sammlung zerlegter Trabis, einen riesigen Anhänger, vermutlich für Heutransporte, altertümliche Traktoren, Reifenberge und den Eingang zu dem Schuppen, in dem die Werkstatt von Reinhard Fabre untergebracht ist. Er muss ein Nachkomme von Hugenotten sein, die hier eingewandert sind, als nach dem Dreißigjährigen Krieg der Kurfürst von Brandenburg seinen Glaubensgenossen das verwüstete Land öffnete, um die Sümpfe trockenzulegen. Sie bringt zwei oder dreimal im Jahr ihren Golf zu ihm, um die Reifen und das Öl wechseln und kleine Reparaturen durchführen zu lassen. Der Mann ist immer sehr flink, rennt in seiner Werkstatt hin und her, lächelt sie über seine Brille hinweg an. Seine Hände sind schwarz und im Verhältnis zu seinem schmalen Körper viel zu breit und klobig. Wenn sie mit ihm spricht, mault er über die Benzinpreise, die teuren Elektroautos und die Flüchtlinge, denen man alles in den Arsch schieben würde. Dabei gibt es nur den einen Flüchtling und seine Tochter in ihrem Dorf. Ebuk, den Mann, den sie berührt hat. Doch gegen den hat Fabre nichts, denn der ist ja nicht so faul wie die anderen und arbeitet bei der Gemeinde.

Es ist spät geworden, als der Kuchen, den sie für den nächsten Tag noch backen muss, fertig ist. Eine gute Köchin ist sie noch nie gewesen, aber Backen fällt ihr leicht. Es tut gut, Mehl, Butter und Eier mit dem Mixer zu verrühren, die Äpfel zu schälen und zu teilen. Sie rollt den Teig aus, spreizt die Hände, klopft die Ränder flach und muss wieder an ihren Sohn denken, für den sie jedes Jahr zum Geburtstag einen Kuchen gebacken hat. In den ersten Jahren auch für den Mann, aber dann nicht mehr. Nicht aus Lieblosigkeit, sondern weil sie meist zu viel zu tun hatte. Sie entschuldigte sich dann bei ihm, und er winkte ab, ein Stück Fleisch sei ihm sowieso lieber, sagte er, und sie lud ihn dann zum Geburtstag in ein erschwingliches Restaurant ein, wenn sie eine Babysitterin gefunden hatte. War die Babysitterin bezahlt und aus der Wohnung, zogen sie sich für den Geburtstagsfick aus.

Sie schiebt das Backblech in den Ofen, nimmt eine Flasche Weißwein aus dem Kühlschrank, öffnet sie, schenkt sich ein, trinkt schnell ein Glas, schenkt sich ein weiteres ein. Auf dem Musikportal sucht sie etwas von Miriam Makeba und Fela Kuti, afrikanische Musiker, von denen sie schon einmal gehört hat. Sie setzt sich auf den Küchenstuhl und schaut auf das gelbe Fenster in der Backofenklappe, hinter dem der Kuchen ganz langsam Farbe annimmt. Als der Wecker des Ofens klingelt und anzeigt, dass der Kuchen fertig ist, liegt ihr Kopf auf dem Tisch voller Mehl, auf dem sie den Teig ausgerollt hat. Sie streicht sich die Teigkrumen aus dem Gesicht, nimmt den Topflappen, öffnet die Herdklappe und zieht das Blech heraus. Ein überwältigender feuchter, heißer Geruch von gebackenen Äpfeln und Teig durchströmt die Küche. Sie atmet ein und steht einfach nur so da und wartet, ob noch mehr passiert, vielleicht tritt Ebuk hinter sie und hält sie fest oder das Telefon klingelt und Fred ruft an. Aber es ist nur still, leise knackt das Backblech, und in ihren Ohren rauscht der Alkohol.

Am nächsten Morgen kommen nach und nach die Kolleginnen und Kollegen in ihren Raum und gratulieren ihr zum Geburtstag. Sie hat den Kuchen auf einer Arbeitsplatte angerichtet, Kaffee gekocht, Teller, Tassen und Löffel bereitgestellt. Auch Walter kommt, verzieht sein Gesicht zu einem breiten Grinsen, und obwohl er ihr schon gratuliert hat, nutzt er die Gelegenheit, sie erneut zu umarmen, etwas länger als angemessen, er flüstert ihr ins Ohr, wie toll sie aussieht. An ihm haftet der Geruch von Zahnpasta und Fisch, unter seinem Lächeln spürt sie seine Spannung, ein Vibrieren, das sie noch nicht deuten kann, sie aber abschreckt. Sie lächelt ihn weg, aber eine Kollegin, Olga aus Polen, mit der sie gerne arbeitet und manchmal auch über Privates redet, hat bemerkt, dass es zwischen ihr und diesem Mann etwas geben muss. Sie grinst und zwinkert ihr zu. Wie peinlich. Ihre Backkünste werden gelobt, wie wunderbar sie diesen Kuchen hinbekommen hat. Die meisten Forscher, die hier arbeiten, leben nicht ständig hier, sie haben Familien in Berlin oder auch weiter weg. Sie waren über Ostern unterwegs und erzählen, wie lustig das Eiersuchen mit ihren Kindern war. Klaus Braunschweig, ihr Chef, hat von dem Gerücht gehört, dass ein dunkelhäutiges Mädchen entführt worden sei. Walter bestätigt seine Vermutung und berichtet davon, wie Jana sich schon intensiv an der Suche beteiligt habe und wie sie mit dem Mann geredet hätten. Er kommt aus Uganda, erzählt Walter, dort war er Polizist. Es klingt, als ob er von einem großen Fisch erzählt, den er gefangen hat, und die Zuhörer zollen ihm dafür Beifall. Wirklich? Aus Uganda? Einige haben den Afrikaner schon mal im Ort.gesehen, wie er Laub von den Gehwegen geblasen hat. Seine Tochter sorgt für Erstaunen, weniger ihr Verschwinden als vielmehr die Information, dass er seine Tochter nach Deutschland gebracht hat und sie hier allein erzieht. Sie schauen Jana an, als ob sie gerade aus einem Krisengebiet kommt und dort Reis an hungernde Kinder verteilt hätte.

»Die Polizei in Rheinsberg und aus Neuruppin sucht nach dem Mädchen, bisher ohne Erfolg«, erklärt sie nüchtern. Sie will Ebuk nicht zu einem Small-Talk-Thema machen. In solchen Momenten mag sie ihre Kollegen nicht, findet sie snobistisch, abgehoben, fremd. Als sie die anderen betrachtet, merkt sie, sie ist nicht anders. Sie ist eine Akademikerin, die glaubt, bedeutende Erkenntnisse aus diesem See vor ihrem Fenster für die Menschheit zu gewinnen. Welch lächerliche Arroganz. Ist das der Ebuk-Effekt, der sich einzustellen beginnt? Fängt sie an, aus seinen Augen auf die Menschen um sie herum zu schauen? Nach einigen Minuten verabschieden sich die anderen, Walter besteht darauf, mit ihr das Geschirr abzuräumen, und sie lässt es zu. Auch das ist nicht wichtig. Sie treffen sich in der kleinen Teeküche am Ende des Flurs, er beginnt die Tassen zu spülen, und sie nimmt ein Geschirrtuch und trocknet ab. Er erkundigt sich, ob sie noch mal mit Ebuk gesprochen hat, was gestern passiert ist. Sie berichtet kurz und nüchtern, so wie sie von den Barschen in ihren Wasserzylindern spricht, über die Suche nach dem Kind in der Nähe von Warenthin. Wie die Suche abgebrochen wurde und sie dann Ebuk zurückbrachte.

»Du warst bei ihm?«, fragt er und dreht sich zu ihr. Sie wundert sich über sein hartes Gesicht und seine müden Augen.

»Ich habe ihn nach Hause gebracht, ja«, sagt sie. Sie erzählt ihm nicht, dass sie am Abend Ebuk besucht, mit ihm alte Bücher von Paul angeschaut und über die Remusinsel gesprochen hat. Walter dreht sich um und legt weitere Tassen in das Spülwasser, die er jetzt nur noch lustlos reinigt und ihr hinknallt.

»Wann kommt denn endlich die neue Spülmaschine! Das ist doch 'ne Zumutung, dass wir auch noch selbst spülen müssen. Nächstens werden sie verlangen, dass wir hier putzen«, schimpft er vor sich hin.

»Hast du schlecht geschlafen?«, fragt sie vorsichtig. »Du musst nicht spülen, ich mach das schon.«

Er stützt sich am Spülbecken ab, atmet tief ein, sammelt sich.

»Es ist nur … neulich Abend, Samstag … Ich kann das nicht einfach. Ich glaube, ich …«, stammelt er vor sich hin.

»Stopp! Ich war betrunken. Es war ein Fehler. Ich will nichts von dir. Vergiss es einfach!«, macht sie ihm klar.

»Aber mit dem Afrikaner, mit dem fährst du den ganzen Tag rum!«, hält er ihr vor.

»Spinnst du jetzt! Seine Tochter ist verschwunden!«

»Das ist Sache der Polizei.«

Sie ist wie vor den Kopf gestoßen, dass dieser Mann, den sie kaum kennt, sie mit seiner Eifersucht belästigt. »Musst du nicht arbeiten? Da draußen auf dem See? Proben reinholen?« Sie kann das auch, aggressiv sein, einen Mann zurechtweisen. Das hat sie gelernt, damals in den Jahren, die ihrer Scheidung vorangingen. Walter reagiert sofort, diese Kälte kennt er nicht von ihr. Wie ein Hund, den man getreten hat, knurrt er nur, trocknet sich die Hände an seiner Hose ab und trollt sich. Jana schaut ihm kurz nach, erschrocken darüber, dass es dieses Gespräch überhaupt gegeben hat. Schnell spült sie den Rest, trocknet alles ab und stellt das Geschirr zurück in die Schränke.

Als sie wieder über den Flur geht, vorbei am Arbeitszimmer vom Chef, Professor Klaus Braunschweig, schaut der von seinem Schreibtisch auf und ruft sie zu sich. Sie soll die Tür hinter sich schließen und sich setzen. Er gratuliert ihr zum Geburtstag, und sie wundert sich, dass er daran gedacht hat, doch er grinst, gibt zu, dass es ihm eine Geburtstagserinnungs-App geflüstert hat. Wie weit sie mit dem Bericht ist, will er wissen. Sie ist noch nicht so weit, berichtet sie, obwohl sie auch an Ostern daran gearbeitet hat. Er nickt, er hat mit Berlin gesprochen, sagt er ihr, sie halten große Stücke auf sie. Wenn er von Berlin spricht, meint er den Sitz der Leitung ihres Forschungsinstituts. Meistens geht es dann um Gelder und um die dafür notwendigen Berichte, die in »politische Handlungsoptionen« münden sollen. Sie kann ihm nicht sagen, wie sehr sie es hasst, diese idiotischen Berichte zu schreiben, da er sie doch als Forscherin eingestellt hat und nicht als Schreibkraft. Er lobt sie, fragt, ob sie es schafft, bis Ende der Woche zu liefern. Es hänge viel von ihrem Bericht ab, es gehe um die Zukunft des Labors, die Forschungen, um die Mitarbeiterinnen und Mitarbeiter. Und es würde auch um sie gehen. Er schaut sie aufmerksam an, Jana ist verwundert, verunsichert, warum geht es um sie? Ihre Frage klingt angespannt. Klaus Braunschweig lächelt, sagt, weil er sich an Ostern entschieden hat. Er hat ein Angebot aus Kopenhagen und er wird es annehmen, also braucht er einen Nachfolger, besser eine Nachfolgerin. Die Einzige, die dafür infrage käme, ist sie, Jana Kugelmann. Jana lehnt sich zurück, schaut hinter ihm durch das Fenster, auf den See, dessen Wasser heute gekräuselt ist. Wenn es in diesem See eine Leiche geben würde, könnte man sie relativ einfach finden, so klar ist das Wasser. Dann lächelt sie.

»Das ist natürlich schön«, sagt sie, »aber entschieden wird in Berlin.«

»Selbstverständlich«, gibt Klaus zu, »aber ich möchte dich vorschlagen, wenn du einverstanden bist.«

»Sehr überraschend«, findet Jana, »damit habe ich nicht gerechnet. Was machst du in Kopenhagen?«

»So was Ähnliches wie hier, nur auf nationaler Ebene. Meine Frau ist Schwedin, das passt dann ganz gut …«

»Bestimmt würden auch andere gerne diese Position übernehmen«, kommentiert sie.

»Ja«, gibt er zu, »Walter zum Beispiel, der hat auch an Ostern gearbeitet, er arbeitet ja immer. Hast du näheren Kontakt zu ihm?«

»Zu Walter?«, fragt sie dümmlich, »Nun ja, als Kollege … er wäre fachlich bestimmt auch geeignet.«

Der Chef nickt. »Sicher wäre er das, aber du bist eben jünger, eine Frau, kommst auch aus dem Osten, warst im Ausland, also … man will mehr Frauen in Führungspositionen.«

»Hier im Osten?«, fragt Jana nach.

»Na klar, gerade hier, seit Merkel nicht mehr regiert«, sagt er lächelnd. »Und das hängt jetzt von meinem Bericht ab? Wenn du meinst. Das mit der Lichtverschmutzung ist ja nichts Neues, aber seit der Corona- und der Energiekrise sind auf einmal alle so aufmerksam. Sogar Fische, die nicht mehr gut schlafen, und Frauen aus dem Osten sind wichtig.«

Sie steht auf. »Na gut, dann halt ich mich mal ran«, sagt sie. »Danke, Klaus«, fügt sie noch an. Denn das gehört sich so, wenn einem eine neue Stelle angeboten wird. Eigentlich interessiert sie ihre Karriere schon lange nicht mehr. Aber sie kann ihm ja nicht sagen, dass sie gerade einem Asyl suchenden Polizisten aus Uganda helfen muss, seine Tochter zu finden.

Ebuk stellt das grüne Auto auf dem Parkplatz ab, wo jetzt mehrere Polizeiautos stehen. Er geht um das Gebäude herum zur Eingangstür, über der groß »Seniorenresidenz Eberhardt« zu lesen ist. Als er mit Jana hier zum ersten Mal war, hatte er sich noch nicht gewundert, warum die Polizeistation in einem Altersheim untergebracht ist. Aber heute gefällt ihm der Gedanke; die alten Menschen fühlen sich bestimmt sicher hier. Die Revierleiterin begrüßt ihn freundlich, aber auch ein wenig erstaunt, weil er hier aufkreuzt. In dem zweiten Raum hört man die scharfe Stimme von Razorn. Sandra Mechtigkeit eilt zu ihm und berichtet, dass Ebuk da sei. »Ah!!«, hört Ebuk, und schon kommt der ältere Polizist auf ihn zugestapft.

»Sie haben ja mächtige Freunde, Ebuk!« Er winkt ihn zu sich, als er ihn sieht. Ebuk geht ihm entgegen, in das Zimmer, in dem neben Razorn drei weitere Polizisten dicht gedrängt vor Computern sitzen.

»Kinder, lasst uns mal zwei Minuten allein«, fordert er seine Mitarbeiter auf, die genervt aufstehen, aber machen, was der Chef ihnen befiehlt. Razorn schließt die Tür.

»Einer vom Geheimdienst hat mich angerufen und gefragt, was hier los ist. Arbeitest du für die?«, fragt Razorn ihn und blickt ihn streng an.

»Als wir im Flüchtlingsheim waren … Die haben da ein eigenes Büro, befragen Flüchtlinge, die ihnen interessant erscheinen. Weil ich Polizist bin, wollten sie viel wissen.«

»Und was interessiert sie an Uganda? Da sind doch keine deutschen Soldaten«, wundert sich Razorn.

»Ugandische Truppen sind in Somalia, sie bilden den stärksten Truppenanteil in AMISOM, einer Einheit der afrikanischen Union, die gegen Al-Shabaab kämpft. Die Amerikaner fliegen dort ebenfalls Angriffe, mit Drohnen.«

»Antiterrorkampf.«

»Al-Shabaab hat Bomben in Hotels in Kenia gezündet und sich zum Ziel gesetzt, alle Amerikaner anzugreifen, die sie treffen können«, erläutert Ebuk.

»Verstehe. Du willst in Deutschland zur Polizei?«

Ebuk nickt. Die Augen der beiden Männer sind aufeinander fixiert. Sie versuchen beide, keine Gefühlsregung preiszugeben. Razorn löst die Verbindung.

»Also, erst mal müssen wir deine Tochter finden. Wir haben alle Transporter aus dem Landkreis überprüft, die einigermaßen auf die Beschreibung von dem Jungen passen. Wir klappern heute ein paar davon ab. Wer weiß. Ich bin ja alte Schule. Polizeiarbeit ist Beinarbeit, meiner Meinung nach.

Man muss hin, sich umschauen, Witterung aufnehmen. Verstehst du?«

»Absolut. Ich hab meinen Männern immer gesagt … Danke. Wenn Sie, wenn du nichts dagegen hast, dann schaue ich mich noch mal dort um. Bei Warenthin.«

»Wo du in den Sumpf gefallen bist? Das war auch Beinarbeit, was?« Razorn lacht.

»Ich möchte auf die Insel.«

»Aha? Warum?«

»Paul, Janas Bruder. Er war dort, bevor er verschwand.«

Razorn dreht sich um, geht die wenigen Schritte, die ihm in diesem Zimmer möglich sind.

»Verstehe. Die Spur zu Paul, der das erste Mädchen suchte, führt uns zu deiner Tochter«, überlegt Razorn, »interessanter Gedanke. Aber reine Spekulation. Wir haben noch keine Analyse von dem Schuh.« Razorn fixiert Ebuk. »Eine Sache, bei der dein Freund vom Geheimdienst helfen könnte. Die Telefonkontakte der beiden Kids, Angelika und Benni und deren Familien. Wir dürfen da nicht ran. Es gibt noch keinen konkreten Tatverdacht, da dürfen wir nicht einfach deren Telefone und Internetverbindungen überprüfen. Aber wenn es der Geheimdienst macht …«, erläutert Razorn.

Ebuk nickt und verspricht, mit Erich zu sprechen.

»Er nennt sich Erich? Echt?« Razorn lacht auf, schüttelt den Kopf. Ebuk versteht seine Reaktion nicht, fragt aber nicht nach. Er bedankt sich bei Razorn, öffnet die Tür, wo ihn die anderen Polizisten neugierig anschauen, verwundert über die Sonderbehandlung, die Razorn ihm angedeihen lässt. Sandra nickt freundlich, die anderen drängen zurück zu ihren Bildschirmen.

5

Am See, vor dem Gast- und Logierhaus in Warenthin, liegen bunte Kajakboote aus Plastik, mit der Unterseite nach oben. Durch einen engen Flur, vorbei an alten Schwarz-Weiß-Fotografien, betritt Ebuk das Souterrain des Gasthauses. Hinter einem Tresen schaut eine kräftige junge Frau von einer Illustrierten auf und streicht sich ihr blondes Haar, das über der Stirn rosa gefärbt ist, aus dem Gesicht. Ebuk fragt, ob er eines der kleinen Boote da draußen ausleihen kann. »Ein Kajak?«, fragt die Frau nach, »Ruderboote haben wir nicht.« Sie bittet ihn einen Moment um Geduld, sie werde den Chef holen, geht durch den Gastraum, weit nach hinten. Sie kommt mit einem älteren Mann zurück, dessen Gesicht maskenhaft wirkt, so als würde er lächeln, dabei sind seine Augenwinkel krampfhaft zusammengezogen und fixieren Ebuk, der erneut nach dem Boot, dem Kajak, fragt. Der Mann, vermutlich der Wirt und Besitzer des Gasthauses, nickt. »Haben Sie einen Ausweis dabei?«, fragt er. Ebuk zeigt ihm seinen deutschen Passersatz, den der Mann zur Kenntnis nimmt. Er fordert zwanzig Euro Miete pro Tag und fünfzig Euro Kaution für das Boot. Ebuk schaut ihn an, will den Preis kommentieren, sieht das Misstrauen in dem Dauerlächeln des Mannes. Er will das Boot eigentlich nur für ein paar Stunden mieten, aber er beschließt, keine Diskussionen zu beginnen, er will nur auf diese Insel. »Wir brauchen auch Ihre Adresse«, fordert der Wirt und zieht ein Formular aus einer Schublade heraus. Neben ihm steht die junge Frau mit dem rosa Pony und beobachtet das seltene Schauspiel, wie ein Afrikaner ein Boot in einem entlegenen Brandenburger Dorf zu mieten versucht. Ebuk zählt das Geld auf dem Tresen ab und schreibt seine Adresse auf das Formular. Die Frau sieht den Namen des Dorfs, in dem Ebuk lebt, was ihr ein Nicken abnötigt. Sehr gerne würde sie wissen, was er dort macht und warum er ausgerechnet nach Warenthin kommt, um zu paddeln. Sie nimmt sich vor, ihn zu fragen, wenn er wieder zurück ist. Er brauche das Boot nur einen halben Tag, erklärt Ebuk, er will nur mal rüber zu der Insel. Der Wirt nickt, zieht die Augen etwas mehr zusammen, was jetzt tatsächlich ein Lächeln auf sein Gesicht zaubert, und versichert, er werde die Kaution und die halbe Miete wieder zurückerhalten, wenn er früher zurückkommt.

Die Frau geht voraus, einen Schlüsselbund in der Hand. In einem Schuppen kann sich Ebuk ein Paddel aussuchen. Ob er sonst noch etwas braucht, fragt sie Ebuk, was dieser verneint. Zum ersten Mal ist ihr anfängliches Staunen einer zugewandten Freundlichkeit gewichen. Sie geht zu den bunten Booten voraus, in der Hand einen Lappen. Mehrere der Kajaks werden von ihr umgedreht, bis sie eines identifiziert hat, das ihr gefällt. Mit dem Lappen wischt sie den Sitz sauber und geht auch über die grüne Außenhaut. Geübt zieht sie dann das Boot zum Wasser. Ebuk bedankt sich, und über den Steg, auf dem er gestern noch mit Jana stand, steigt er vorsichtig in das Plastikboot, setzt sich, nimmt das Paddel auf, stößt sich ab und beginnt seine kleine Fahrt über den See. Die Frau schaut ihm nach, ihr gefällt, dass er klar und kräftig paddeln kann, offenbar weiß der Mann, was er tut. Sie mag Männer, die wissen, was sie wollen.

Er sieht die weißen Wolken nicht, die wie große Tierherden über den Himmel ziehen, er sieht das graugrüne Wasser nicht, in das er rechts und links sein Paddel stößt, er sieht den Wald links nicht und er sieht den Wald rechts nicht, nicht das Segelboot, das auf ihn zufährt und mit dem er fast zusammenstößt. Er hört nicht die wütenden Beschimpfungen des Mannes, dem es gelingt, noch rechtzeitig sein Ruder herumzureißen, um die Kollision zu verhindern. Er sieht nur die kleine Insel vor sich, er muss dorthin und verstehen, was mit dem Polizisten passiert ist, der schon einmal auf der Suche nach einem Mädchen war, es aber nicht gefunden hat. Die Insel ist gekrümmt, wie eine Banane, in deren Mitte ein kleiner Hügel aufragt. Ebuk steuert auf das eine Ende der Banane zu, steigt aus, tritt in das Wasser, sein linker Fuß und Schuh sind erneut kalt und nass, mit dem rechten Bein gelingt es ihm, ins Trockene zu hüpfen und das Boot an Land zu ziehen. Gleich macht er sich auf, geht einen Pfad entlang, der auf die leichte Anhöhe führt. Die Insel ist bewachsen, Bäume mit grauer glatter Rinde, mit weißer Rinde und rauer brauner Rinde stehen durcheinander. Reste vergangener Siedlungen, Mauern, Pflastersteine, Stege oder Ziegelreste sind nicht zu sehen. Der Boden ist mit Erde und Pflanzen bedeckt. Er sieht die zusammengeknüllten Reste eines Papiertaschentuchs und die Scherben einer Bierflasche. Vögel landen, erzählen sich etwas und ziehen weiter. Es gibt keinen höher gelegenen Aussichtspunkt, von dem aus das Land zu sehen ist, nur eine Feuerstelle. Er läuft den Pfad weiter, den Hügel hinunter, zum anderen Ende der Banane, wo ein Motorboot geankert hat und im Wasser schaukelt. Kleine Pfade führen zu den Uferstellen, wo Menschen an Land gehen, um zu grillen, sich zu erleichtern oder die Insel zu erkunden. Ebuk eilt über die Wege, dann wird er langsamer, bleibt stehen und hört. Er wird seine Tochter nicht finden, wenn er rennt, wenn er nicht genau hinschaut, auch in sich hinein, denn alles hängt zusammen. Schritt für Schritt geht er auf die Anhöhe zurück zu der Feuerstelle, die etwa zwei Meter Durchmesser hat und mit runden schweren Steinen befestigt ist. Schwarze Reste von verkohltem Holz liegen in der Mitte. Er nimmt sich einen Stock und stochert in den verbrannten

Resten herum. Kreuz und quer scharrt er in den verbrannten Stücken, stößt auf Steine, auf geschmolzenes Plastik. Aber er kann keine Hinweise oder Spuren erkennen. Er setzt sich auf einen Holzklotz, auf dem schon andere saßen, um in die Flammen zu schauen. Von einem der Ufer hört er ein Mädchen kichern, dann die Stimme eines Jungen, dann wieder das Mädchen. Äste knacken. Plötzlich steht eine junge Frau im Badeanzug auf dem Weg, der zur Feuerstelle führt, und sieht ihn, wie er auf dem Holzblock sitzt. Sie erschrickt, dreht sich schnell um. »Da sitzt ein schwarzer Mann. Voll spooky«, ruft sie ihrem Freund zu.

»Du spinnst doch«, kommentiert er ihre Beobachtung, »mach endlich.«

»Nee, hier nicht. Da ist ein Schwarzer!«, sagt sie ihm, »du musst aufpassen. Dreh dich um, ich mach ins Wasser.« Er hört Schritte und Plätschern im Wasser, dann Flüstern.

So könnte es gewesen sein: Paul war nicht alleine auf der Insel. Er traf hier auf seinen Mörder. Es war November, und Paul sowie der andere Mann glaubten, allein zu sein. Vielleicht hat er ihn überrascht, wie er in der Asche herumstocherte, um verkohlte Reste zu finden. Als sich Paul als Polizist zu erkennen gab, hat der andere zugeschlagen, ihn in sein Paddelboot geschleift und ist mit ihm zu dem einsamen Ufer gegenüber gerudert. Vielleicht war es so. Oder auch nicht.

Ebuk steht auf, geht den Hügel hinunter, umrundet die Insel und kommt wieder zurück. Jetzt steht er wieder an der Feuerstelle, stellt sich mitten hinein, auf die schwarze Asche, schaut in den Himmel über den Baumwipfeln und schließt die Augen, hört, was der Ort ihm zu sagen hat. Als Erstes fällt ihm ein, wie er zum ersten Mal Prudence begegnete. Er stand in Kampala an einer Straße und wartete auf ein Boda-Boda, das ihn zurück zu der Polizeischule bringen könnte. Seine Aufmerksamkeit war abgelenkt von zwei großen Vögeln, die er mit zurückgebeugtem Kopf beobachtete. Sie flogen über ihm und stritten sich lautstark. Das Motorrad, das neben ihm hielt und von dem eine Frau abstieg, hörte er nicht. Dann vernahm er ein Lachen und eine weibliche Stimme: »Hi, Sir! Are you waiting for a Boda?« Verwundert schaute er in das lachende Gesicht einer jungen Frau, die sich darüber amüsierte, wie er in den Himmel glotzte. Von ihr angesteckt, musste auch er lachen. Er sah den wartenden Motorradfahrer, trat einen Schritt auf ihn zu, sagte ihm, wo er hinwollte. Doch dann überlegte er es sich und rief der Frau hinterher, die ein paar Schritte gegangen war. Er berichtete ihr, er sei so fasziniert von den Vögeln gewesen, die sich stritten wie ein Liebespaar. Sie fragte nach, ob er sich darin auskennen würde, im Streit von Liebespaaren. Er verneinte heftig, nein, überhaupt nicht, deswegen war er ja so überrascht von den Vögeln. Sie grinste ihn an, und er wusste, er würde sie wiedersehen. »So you like birds?«, fragte sie und er bejahte, obwohl er gar nicht wusste, ob er Vögel wirklich mochte. Kraniche, sagte er, was eine Anspielung auf den Namen der ugandischen Fußballnationalmannschaft war, die sie sofort verstand, und wieder lachte sie. Vielleicht könnten sie sich am Viktoriasee treffen und Vögel beobachten, vielleicht etwas trinken oder auf einem Boot fahren, schlug er vor. Zu seiner großen Freude nickte sie, dann tauschten sie ihre Telefonnummern aus. So begann es mit ihr. Damals wusste er, was er wollte: Mit dieser Frau zusammen sein, mit ihr eine Familie gründen und ein gutes Leben führen. Schlichte Wünsche eines jungen Mannes. Wann er sich selbst verloren hatte, weiß er nicht. Seine Karriere als Polizist verlief erfolgreich. Sie zogen zusammen nach Jinja, weil er dort, in dem Ort, wo er herkam, eine Stelle bekam. Prudence mochte die kleine Stadt am Wasser, für sie war der Ort nicht so wichtig, sie schickte ihre Texte an Zeitungen, sie schrieb Theaterstücke und Drehbücher. Er wechselte die Uniformen und wurde mit wirklichen Verbrechen konfrontiert, mit Morden. Irgendwann passierte etwas in ihm, er begann sich zu verändern. Vielleicht fing es damit an, dass er nicht mehr Fußball spielen wollte, sondern lieber Bier trank, in Kneipen hockte und mit Mädchen anfing. Prudence, er nannte sie irgendwann nur noch »Pro«, stritt sich mit ihm, warf ihm vor, dass er auf dem besten Weg sei, ein fetter Polizist zu werden, so wie alle anderen auch. Als er es mit den Kindesentführungen zu tun bekam, beschloss er, sich radikal zu ändern, er hörte auf zu trinken, schlief nur noch mit seiner Frau, kümmerte sich um Viktoria. Er glaubte wieder zu wissen, wer er war und was wichtig war. Aber seine Verlorenheit saß tiefer, sie hat sich wie ein Virus in ihn hineingefressen und ihn auf diese Insel in einem See in Deutschland gebracht, wo man vor Hunderten von Jahren den Göttern blutige Opfer brachte. Diese Leute, die Viktoria entführt haben, sollen ihn nehmen, sie können ihn hier verbrennen, es wäre ihm egal, sein Leben ist nicht wichtig, er ist schon lange verloren. Aber Viktoria ist wichtig, nur sie.

»*You've been in my life so long … It's easy … Just do what you do*«, hört er Ellen Ripley sagen. Sie ist müde, sie kann eigentlich nicht mehr, aber sie wird das Monster töten. Er öffnet die Augen, tritt aus der Feuerstelle heraus. Langsam bewegt er sich zu seinem kleinen grünen Paddelboot zurück, steht wieder am Wasser, schaut auf seinen schmutzigen linken Schuh, an dem Aschereste kleben. Die Insel hat mit ihm gesprochen.

Razorn ruft seine Leute zusammen, lehnt sich auf seinem Schreibtischstuhl zurück, wippt ein wenig. Gerne würde er jetzt die Schuhe auf den Tisch legen und so mit den fünf untergeordneten Polizisten sprechen, aber er nimmt sich zusammen, die Sache ist zu wichtig für Machtspielchen. »Wir haben neun graue Transporter der Marke Ford in OPR. Fünf davon sind Firmenwagen, beklebt mit Werbung, die kommen nicht infrage. Haben wir Fotos von den Autos bekommen? Hillmer?« Der angesprochene junge Polizist mit dem Kinnbart bestätigt. »Also«, fährt Razorn fort, »dann sind noch vier übrig, die wir überprüfen werden. Haben wir alle Adressen? Schmidti?«

»Ja, Chef. Ich hab die Meldedaten aus Flensburg«, verkündet Edgar Schmidt. Razorn bestimmt zwei Teams, die die Überprüfungen im Landkreis vornehmen und kurze Zeit später in den beiden Polizeiautos vom Hof fahren.

Anselm setzt sich auf die Decke neben Wala. Sie sitzen alle im Kreis, auf einer Wiese, auf dem sich die ersten Gräser zeigen. Er findet sie besonders schön heute. Sie trägt ihr Haar in blonden Zöpfen um den Kopf gelegt, wie eine kleine Krone. Die Männer und Frauen schauen sie lächelnd an, sie hebt die Arme und senkt sie wieder, fasst Anselm rechts und Erika links von sich an den Händen, und so setzt sich das Händehalten fort, bis alle in dem Kreis sich anfassen und die Augen schließen. Wala spricht mit geschlossenen Augen ein Gebet: »Das Licht der Götter steckt uns an, wir teilen die Flamme mit anderen, wir tragen das Feuer weiter. Das Licht der Götter ist in uns.« Sie wartet einige Augenblicke, schaut in den Himmel, sieht die Wolken, eine Gruppe Wildgänse fliegt kreischend über sie hinweg, Wala lächelt, winkt den Vögeln zu. Selbst die Vögel fliegen zur richtigen Zeit über sie hinweg und geben ihr recht, findet Anselm. Sie geht aufrecht ihren Weg und weiß, was notwendig ist. Es werden noch mehr werden, denen sie sagen, wie der richtige Weg aussieht. Sie ist Ostara, die Göttin des Frühlings.

»Wir sind ihnen entkommen. Das Virus, das sie in die Welt gesetzt haben, um uns zu kontrollieren, kann uns nicht zerstören, hier auf unserem eigenen Land. Unser arisches Blut hat uns immun gemacht. Die dunklen jüdischen Mächte können uns nichts tun. Wir leben die Wahrheit und die Liebe. Das Licht der Götter ist in uns, aber es darf nicht ausgehen, es muss genährt werden. Mit unserem Feuer. Die Götter verlangen Opfer. Wir haben dürre Jahre hinter uns, und es könnte ein weiteres hartes Jahr folgen, das uns auf die Probe stellt. Wir werden uns vor den Göttern in den Staub werfen, und sie werden uns segnen.«

Wala von Anschütz spricht pathetisch, blickt über die Köpfe ihrer Anhänger hinweg, auf ihren Gutshof und die kleinen Häuser, die hier errichtet wurden, dann senkt sie den Blick und schaut jeden in dem Kreis aufmerksam an. Anselm genießt die intensive Verbindung zu ihr. Sie steht auf, ihr blaues Kleid leuchtet, sie hebt ihre Brust, spürt, wie alle auf sie schauen, sie fühlt sich schön, sie glänzt, sie kniet sich hin, legt Kopf und Hände auf die Erde, verneigt sich vor allen und den Göttern. Dann setzt sie sich wieder auf die Decke und gibt sich bescheiden.

Edgar Schmidt fährt konzentriert, darauf bedacht, auch am Steuer ein Vorbild zu sein. Die erste Adresse, die sie sich vorgenommen haben, ist in einem Dorf weiter nördlich, in der Nähe der Marina Wolfsbruch. Schmidti kommentiert die Bootsverleihe, von denen einige pleitegegangen sind. Er findet es gut, wenn nicht mehr so viele Touristen, von denen sowieso keiner richtig ein Boot steuern kann, auf den Seen unterwegs sind. Sandra nimmt die Position der Bootsverleiher ein, die auch leben müssen und die bisher Steuern bezahlt haben, von denen sie, als Staatsangestellte, ihr Gehalt bekommen.

»Ich finde gut, wenn der ganze Wahnsinn wieder weniger wird«, bekräftigt Edgar.

»Willst du jetzt den Osten zurück oder was?«, grummelt Sandra.

»Nee, aber dass nicht immer aus allem gleich ein Geschäft werden muss, das finde ich schon«, bekräftigt er.

»Fahr hier mal rechts«, dirigiert sie ihn.

»Was sagen wir eigentlich, wenn die wissen wollen, warum wir deren Autos überprüfen?«, erkundigt er sich bei seiner Vorgesetzten.

»Na ja, es gab Autodiebstähle in der Gegend. So was halt, bisschen Phantasie«, schlägt Sandra vor.

»Echt jetzt? Phantasie? Ich bin Bulle«, meint Schmidti, und Sandra lacht über seinen kleinen Witz.

Sie kommen zu einem Hotel, das geschlossen aussieht. Sie fahren hinter das Gebäude, wo zwei Autos stehen, ein kleiner Opel und ein grauer Lieferwagen der Marke Ford. Schmidti klingelt, und Sandra schaut sich den Transporter an. Die Scheiben des Wagens sind schmutzig, hinter den Reifen liegen kleine Haufen Erde, Spinnen lauern auf Beute. Sie macht ein paar Fotos mit ihrem Mobiltelefon. Es ist klar, dieser Transporter wurde schon lange nicht mehr bewegt.

Ein unrasierter Mann Mitte fünfzig erscheint und fragt ziemlich unfreundlich, was los ist. Schmidti macht einen auf Razorn, stemmt die Hände in die Hüften.

»Haben Sie zugemacht?«, will er wissen.

»Kam ja keiner mehr. Was interessiert das die Polizei?«

»Der Polizei ist ihr Hotel egal, junger Mann. Ich hab hier nur eine ganz freundliche Frage gestellt. Die Polizei interessiert sich für Ihren Transporter da«, blafft ihn Schmidti an. »Wo war dieser Wagen an Ostern?«

»Was geht Sie das an?«, lässt der Mann seine schlechte Laune an Edgar Schmidt aus. Sandra ist dazugekommen und merkt, dass das Gespräch keine gute Richtung nimmt.

»Jetzt mal halblang«, macht sie klar. »Wir ermitteln in einem Verbrechen. Beantworten Sie die Frage meines Kollegen«, sagt sie mit der ganzen Autorität ihres Amtes.

»Hier, wo sonst! Springt nicht mehr an, das Scheißding. Die Karre steht seit drei Monaten rum. Irgendwas am Motor, kann mir die Reparatur grad nicht leisten.«

»Das war doch nicht so schwer«, meint die Polizistin. Sie nickt Schmidti zu.

»Melden Sie das Auto ab, wenn es nicht fährt. Spart Geld« schlägt Schmidt vor.

»Und wie soll ich dann auf den Markt?«, fragt der unrasierte Mann.

»Ihr Hotel hat doch zu!«, wundert sich der Polizist.

»Aber ich will doch wieder aufmachen.«

»Danke für die Auskunft«, sagt Sandra Mechtigkeit und winkt ihrem Kollegen. Sie gehen zu ihrem Polizeiwagen zurück und lassen den verdutzen Mann stehen. Als sie wieder auf der Straße sind, schauen sie sich an und schütteln den Kopf.

»Als die Dämonen uns ihre Fratzen gezeigt haben, als die Eliten versucht haben, unser Volk zu unterwerfen, haben sich viele bei uns gemeldet. Sie wissen, nur auf eigenem Land, wo ihre Kinder freie Schulen besuchen können, werden sie ihr entkommen: der Dämokratie. Fünf Familien haben wir neu aufgenommen, und seit einem Jahr bestellen sie das Land, das wir ihnen gegeben haben. Danke, dass ihr gekommen seid.« Sie macht eine bedeutungsvolle Pause. »Aber nicht alle können bleiben.« Das ist eine überraschende Ankündigung, es geht ein Raunen durch die Runde. Sie macht eine Geste, und die fünf Paare, zwischen dreißig und vierzig Jahre alt, erheben sich und stellen sich in den Kreis. Sie lächeln angestrengt, schauen sich an, überzeugt, bleiben zu dürfen. Neben Wala von Anschütz stehen Erika und Anselm auf. Erika und Anselm loben abwechselnd vier Paare, freuen sich über die Schwangerschaft einer Frau, sind beeindruckt von der harten Arbeit, die die Paare geleistet haben, wie sie morgens früh angetreten sind und nachts rechtzeitig das Licht ausgemacht haben, wie sie das alte Leben hinter sich gelassen haben. Zwei der Männer, die hierhergekommen sind, um in dieser Gemeinschaft zu leben, haben kurze Haare und bunte Tattoos auf ihren Körpern. Die Frauen neben ihnen tragen Zöpfe und enge Shirts. Ihre Röcke sind aus Camouflage-Stoffen genäht. Diese beiden Paare stehen stramm, wie bei einem Morgenappell. Die beiden anderen Paare, die auch aufgenommen werden, wirken weicher, die Männer tragen Bärte, die Frauen offene Haare, aber auch sie demonstrieren ihre soldatische Kraft. Schließlich steht auch Wala auf. Für Tamara und Fridolin sieht sie keine Zukunft auf einem ihrer Landsitze, sagt sie. Tamara sei zu oft krank gewesen, das Leben auf dem Land ist nichts für sie, harte Arbeit ist sie nicht gewohnt. Nur starke Menschen werden von den Göttern belohnt, belehrt sie die junge Frau. Sie hat keine Kraft, und auch nicht Fridolin, ein Kopfmensch, der zu viel infrage stelle. Sie sind verweichlichte Kinder, die glauben, sie könnten Orientierung für ihre Verwirrungen auf einem Ökohof finden. Aber hier leben keine Hippies, sie sind auch nicht irgendeine Wohngemeinschaft. Sie bilden eine Gemeinschaft von Kämpfern, sie sind Siedler, verbunden mit den germanischen Urvölkern dieses Bodens. Walas Ton ist jetzt scharf geworden, die Göttin gibt und nimmt, sie liebt und vernichtet. Fridolin schaut betroffen, streicht sich die langen Haare hinter die Ohren, flüstert, das sei echt schade, weil er sie alle hier wirklich toll findet. Tamara weint leise vor sich hin. Wala nickt zwei älteren Männern zu, die neben die beiden treten, sie am Ellbogen greifen und aus dem Kreis eskortieren.

Ihnen entgegen kommen die beiden Polizisten, Mechtigkeit und Schmidt, die erstaunt zur Kenntnis nehmen, wie das junge Paar weggeführt wird. Wala sieht die Polizisten kommen und flüstert Anselm etwas zu, der nickt. Er will sie in dieser Situation nicht allein lassen, aber er muss nach dem schwarzen Mädchen sehen und dafür sorgen, dass sie nicht schreit, solange Polizisten hier sind. Er sieht Wala an. Sie hat keine Angst, sie ist durchdrungen von Kraft. Wala setzt sich wieder auf ihre Decke zurück und bittet Erika, mit den beiden Polizisten zu sprechen. Als Sandra Mechtigkeit und Edgar Schmidt auf die Gruppe zukommen, tritt ihnen Erika entgegen und möchte wissen, was sie hier wollen. Sandra lächelt sie an, versucht es mit Freundlichkeit.

»Wir wollen nicht lange Ihre Versammlung stören. Es geht um ein Fahrzeug, das auf Wala von Anschütz zugelassen ist. Einen grauen Transporter.«

»Sie sehen ja, dass das jetzt nicht passt. Frau von Anschütz hat jetzt keine Zeit«, erklärt Erika bestimmt.

»Leider geht es um eine polizeiliche Ermittlung, die hohe Priorität hat«, versucht es Sandra weiter mit Verbindlichkeit.

»Wir müssten sonst Ihre Gebäude durchsuchen«, spielt Schmidti das Spiel vom freundlichen und bösen Polizisten weiter.

»Haben Sie einen Durchsuchungsbefehl?«, fragt Erika spitz.

»Gefahr in Verzug.« Sandra lächelt sie an.

Erika dreht sich zu Wala um, die ihr zunickt. Sie bleibt sitzen und erwartet die beiden Polizisten. Sandra und Schmidti schauen sich an und gehen durch den Kreis auf die Frau mit den blonden Zöpfen zu. Die Feindseligkeit, mit der die Menschen auf den Decken sie beobachten, ist greifbar.

»Hallo, Frau von Anschütz«, begrüßt sie Sandra. Wala verzieht keine Miene, ganz durchdrungen von ihrer Autorität, die nicht angekratzt werden kann.

»Es geht um einen grauen Transporter, der auf Sie zugelassen ist. Wir müssen wissen, wo sich dieses Fahrzeug am Samstag vor Ostern befand«, erklärt ihr Sandra.

»Da müssen Sie sich wirklich um wichtige Dinge kümmern«, ätzt Wala, »werden jetzt alle Autos im Land von der Polizei kontrolliert? Sind wir schon so weit gekommen?« Ihre Anhänger empören sich mit ihr, einige Männer stehen auf. Wenn sie mit den Fingern schnippte, würden sie sich auf die beiden stürzen und sie zerfleischen.

»Antworten Sie einfach auf meine Frage«, setzt Sandra nach.

»Sehen Sie all die Menschen, die hier arbeiten, ihre Felder bestellen, sich mit ihren Händen ihr Leben verdienen«, erklärt Wala.

»Im Moment sitzen sie alle nur rum«, merkt Schmidti an, der auf hohe Tonlagen allergisch reagiert. Wala von Anschütz kneift die Augen zusammen, würde ihn gerne ohrfeigen, diesen Wicht in Uniform. Sie erhebt sich und geht einen Schritt auf Schmidti zu, fixiert ihn. Schmidti nickt nur.

»Wirklich gut beobachtet, Herr Polizist. Erika, zeig doch den Herrschaften das Fahrtenbuch, wenn es dem deutschen Rechtsstaat hilft.«

»Ach, das Fahrtenbuch haben Sie hier? Das ist nicht im Auto?« Schmidti blickt in das maskenhafte Gesicht der Frau mit den blonden Haaren, die ihm nicht antwortet. Erika geht voraus, diesmal um den Kreis herum, und die beiden Polizisten folgen ihr. Wala kann die Gefahr greifen, die auf sie alle zurauscht, und sie weiß auch, wer dafür die Verantwortung übernehmen muss: Anselm. Sie wird ihm seine romantischen Gefühle austreiben.

Viktoria wird von Anselm im Kellerraum überrascht. Plötzlich dreht sich der Schlüssel, und da steht der Mann im Raum. Erstaunt schaut sie zu ihm hin, es ist noch nicht Zeit für das Essen. Sie setzt sich in ihrem Bett auf, legt ihr Notizbuch zur Seite, ihr Herz schlägt auf einmal schneller, in der Erwartung, dass etwas geschieht. Anselm sagt ihr, sie muss jetzt ganz ruhig sein, er wird ihr nichts tun, wenn sie sich ruhig verhält. Dann tritt er zu ihr, zieht sie zu sich, greift ihren dünnen Körper mit der einen Hand. Die andere Hand hält er vor ihren Mund und drückt ihren Kopf auf seine Schulter, nicht zu stark. Es schmerzt nicht. Sie versucht ihn anzusehen, aber es gelingt ihr nicht. Viktoria lässt mit sich machen, was der Mann von ihr fordert, sie wehrt sich nicht, zu sehr ist sie überrascht. Sie riecht ihn, seinen Schweiß und eine Mischung aus Heu und Öl, ein Zittern durchläuft sie. Sein Körper ist angespannt, voller Kraft. Bis auf den Moment, wo er sie überfallen und betäubt hat, ist sie noch nie einem Mann, den sie nicht kennt, so nah gekommen, mit Ausnahme von Benni. Zusammen mit ihm hört sie, was dort draußen vor sich geht. Ganz entfernt werden Worte vom Wind weggeweht. Sie lehnt an seiner Schulter, drückt den Kopf nach vorne, gegen seine Hand, um es sich bequemer zu machen. Er gibt ihrem Druck nach, aber hält sie weiter sehr fest. Viktoria sieht, dass er die Tür nicht abgeschlossen hat. Sie könnte ihm in die Hand beißen und wegrennen. Aber mehr als ein kleiner Aufstand wäre davon nicht gewonnen, er würde sie schnell wieder einfangen und zurückbringen. Sie hören Schritte im Hof, eine große Tür wird geöffnet, dann ist es still, bis die Schritte wiederkommen, zweimal werden Autotüren zugeschlagen. Ein Auto fährt weg. Das war es also, wird Viktoria klar. Das Auto. Der Mann nimmt seine Hand von ihrem Mund weg und lässt sie los. Zwischen ihren Körpern ist es warm geworden, schnell krabbelt Viktoria von ihm weg und duckt sich an die Wand.

»Ich tu dir ja nichts«, sagt der Mann.

»War das die Polizei?«, fragt sie nach.

Doch er antwortet nicht, geht durch die Tür, schließt sie und dreht den Schlüssel um. Noch liegt sein Geruch in ihrem Verlies, sie schnuppert ein wenig, aber dann ist sie wieder allein. Langsam stellt sich eine seltsame Aufregung bei ihr ein, sie steht auf, geht ein paar Schritte, springt aufs Bett und wieder hinunter. Nach ihr wird gesucht, macht sie sich klar. Sie sind ihr schon ganz nah gekommen. Auch wenn sie dieses Mal noch nicht befreit wurde, ihr Vater wird nicht aufgeben. Es hat begonnen, es geschieht etwas, um sie zu befreien.

»Das ist schon 'ne komische Truppe. Sitzt da wie eine Königin«, wundert sich Schmidti.

»Der Transit ist weg, aber sie haben das Fahrtenbuch in einer Schublade rumliegen. Da kann jeder reinschreiben, was er will«, sagt Mechtigkeit. Sie fährt, schaut geradeaus, in Gedanken ist sie bei den Leuten, die sie befragt haben.

»Die haben was zu verbergen, sag ich dir«, meint er.

»Aber haben die das Mädchen?«, fragt ihn Sandra.

»Ich trau dieser Frau alles zu. Kommt da mit einer Menge Geld aus dem Westen und reißt sich das ganze Land untern Nagel. Familienbesitz, dass ich nicht lache.«

»Das war schon ziemlich runtergewirtschaftet, vorher. Die im Dorf sind froh, dass die jungen Leute gekommen sind. Man hört nichts Schlechtes über sie.«

»Aber warum kommen die denn auf einmal hierher?«, fragt Schmidti nach. »Die laufen doch dieser Adligen nach, wie Hunde. Wenn die sagt, spring, dann springen die übers Stöckchen.«

Sandra hat keine Lust, seine Muffigkeit zu kommentieren, das hilft ihnen auch nicht weiter. »Wir müssen die Fahrten überprüfen. Ob das stimmt, was die da aufgeschrieben haben«, denkt sie laut.

»Und was haben sie aufgeschrieben?«

»Eine Fahrt an die Müritz. Am Samstag vor Ostern«, sagt sie ihm.

»Aber der Fahrer war nicht da.«

»Vielleicht ist das der, der an uns vorbeiging. Erinnerst du dich? Als wir kamen, ging einer los.«

»So ein langhaariger im karierten Hemd«, erinnert sich Schmidti.

»Hmmh«, nickt Sandra, »genau der.«

»Hast du den Namen aufgeschrieben?«

»Klar. Anselm Molder. Den sollten wir befragen, was er an der Müritz gemacht hat.«

»Das sollten wir«, bestätigt Schmidti.

»Es waren insgesamt vier graue Ford-Transporter auf unserer Liste, zwei haben wir überprüft. Kollege Hillmer sollte die anderen zwei übernehmen. Hat der schon eine Ansage gemacht? Bevor wir jetzt irgendwelche Langhaarigen verdächtigen?«

»Verdächtig finde ich die alle, wenn du mich fragst. Aber gut, fragen wir den Hillmer.«

Als Anselm die Treppe hochkommt, fängt Wala ihn ab. Er nickt ihr zu, das Mädchen hat sich ruhig verhalten.

»Die kommen wieder«, sagt sie scharf. Anselm schaut sie an, überlegt, was er tun kann.

»Es war idiotisch, mit dem Transporter nach Rheinsberg zu fahren. Klar hat euch jemand gesehen.« Ihr Ton ist tadelnd.

»Sie können uns nichts nachweisen. Da gibt es keine Kameras«, verteidigt er sich.

»Du stehst als Fahrer in dem Buch. Was erzählst du ihnen, wenn sie dich fragen?«

»Ich war an der Müritz. Holz laden«, verteidigt er sich.

»Gibt es da jemanden, der das bestätigen kann?«

»Ja, klar.«

»Hast du das schon gemacht?«

»Behandle mich nicht wie einen Trottel!«

»Hast du oder nicht?«

»Ich ruf ihn gleich an.«

»Mach es jetzt!« Sie lässt ihn ihre ganze Wut spüren. Er nickt und drängt an ihr vorbei, um ihren Befehl auszuführen.

»Warte«, hält sie ihn auf. »Das Mädchen muss hier weg. Sofort. Das ist zu gefährlich hier mit ihr.«

»Du meinst …«

»Nein, das meine ich nicht. Wenn es so weit ist, brauch ich sie lebend.«

Er nickt, atmet aus. Für einen Moment hatte ihn etwas Kaltes ergriffen.

Sie hören auf das Getriebe der Leute, die auf dem Hof stehen. Bald werden Erika und die anderen nach Wala suchen, weil sie auf Anweisungen warten.

»Ruf deinen Kumpel an der Müritz an. Beeil dich.« Er will ihr etwas sagen, so was wie: »Du kannst dich auf mich verlassen, wir schaffen das«, aber das wäre ziemlich banal. An ihrem kalten Blick prallt er ab, da sagt er lieber nichts. Schnell nimmt er die Treppen an ihr vorbei. Für einen Moment fühlt er sich wie ein Kind, das bestraft wird. Bei ihm war es die geliebte Gitarre, die sein Vater zertrümmert hatte.

Als er wieder auf den Hof kommt, stehen kleine Gruppen von Menschen herum und reden miteinander. Die Aufnahme von neuen Familien und der Ausschluss eines Paares sind schon interessant genug für Spekulationen, aber dann sind auch noch Polizisten aufgetaucht. Toll, wie Wala die abblitzen ließ. Als er und sie kurz darauf erscheinen, sind alle Augen auf sie beide gerichtet. Wala geht zu ihnen hin, fordert sie auf, wieder an die Arbeit zu gehen. Die Polizei ermittelt wegen eines Verkehrsunfalls mit Fahrerflucht, unter Beteiligung eines Transporters vom gleichen Modell, also kein Grund zur Beunruhigung, erklärt sie. Anselm sieht, wie sie den neu aufgenommenen Mathias zu sich ruft, mit ihm ein paar Schritte zur Seite geht. Er ist ein kantiger Typ mit kurz rasierten Haaren, der ein weiches Gesicht zeigt, wenn er lächelt. So wie jetzt, als er sich bedankt für die Aufnahme, er sei sehr stolz und wird gute Arbeit leisten, verspricht er ihr. Sie blickt ihm tief in die Augen, sieht ein schönes Blau, sie lächelt ihn ein wenig an. Anselm kennt diese Art von Nähe, die sie aufbaut. Mathias ist vermutlich ein wenig wie er, wie die anderen jungen Männer und Frauen, die vorher in den rechten Gruppen gedrillt wurden und in schwarzer

Kleidung Angst und Schrecken auf den Straßen verbreitet haben. Sie lassen sich leicht führen, hat sie ihm gesagt. Sie lieben es zu gehorchen, aber sie will keine Armee aufbauen, sie brauche Menschen, die aus Überzeugung und Glauben loyal sind, die ihr aus Liebe folgen. So wie Anselm. Er hört, wie sie Mathias fragt, ob Fridolin und Tamara ein Auto haben, und er bejaht, irgendeinen Opel hätten sie. Aber der ist für den Umzug bestimmt zu klein, fragt sie nach. Darüber hat er sich noch keine Gedanken gemacht, gibt er zu. Sie legt ihm ihre Hand leicht auf seinen tätowierten Arm, betrachtet seine dunkelblauen Verzierungen, und nimmt den Arm dann hoch und fragt nach einem Tattoo. »Das ist ein Gott der Maori«, erklärt er ihr stolz. »Hei Tiki, ein Gott, der für Fruchtbarkeit und Loyalität steht.« Sie lächelt, »Fruchtbarkeit und Loyalität«, wiederholt sie, »sehr schön«, was ein Strahlen um seine blauen Augen hervorzaubert. Sie bittet ihn, sich um den Umzug der beiden zu kümmern, er soll aber nett zu ihnen sein, sie sind schon enttäuscht. Er soll sich den Autoschlüssel und die Papiere von ihrem Opel geben lassen. Sie fragt, wo die beiden herkommen. Aus Osnabrück, soweit er weiß. Sie sollen sich zwei Tage Zeit nehmen, aber ihr Auto braucht sie schon heute. »Bekommst du das hin, ohne dass es Ärger gibt, ohne Geschrei, nur mit Freundlichkeit?«, fragt sie ihn. »Auf jeden Fall«, erklärt er unterwürfig, das schaffe er. Sie lächelt ihn an, schaut ihm tief in die Augen. Eine Röte huscht über sein Gesicht. Dann wendet sie sich zu Anselm. Sie weiß, dass er ihr Gespräch mitgehört hat, und nickt ihm zu.

Er folgt ihr in ihre Wohnung. Sie beginnt sich vor ihm umzuziehen. Sie legt das blaue Kleid über das Bett, hakt ihren BH auf, steht mit dem nackten Rücken zu ihm, nur im Slip, nimmt ein Unterhemd aus dem offenen Schrank, zieht es an, steigt in eine Jeans und zieht sich einen grünen Pulli über. Er wartet, schaut ihr zu, ohne eine Regung zu zeigen. Als sie fertig ist, tritt sie vor ihn hin und fragt nach, ob er den Kumpel an der Müritz erreicht hat. Er bestätigt, das gehe alles klar, sie muss sich keine Gedanken mehr dazu machen. Bevor er sie nach den weiteren Schritten fragen kann, legt sie ihm die Hand auf die Brust. »Dir ist schon klar, dass ich nie mehr heiraten werde. Auch dich nicht«, sagt sie ihm mit weicher Stimme. Anselm ist erstaunt, seine innere Anspannung ist hoch. Warum sagt sie ihm das jetzt? Vermutlich will sie ihn bestrafen, ihm die Schuld geben, weil die Polizei aufgetaucht ist; oder es ist einer ihrer Finten, um ihn zu verwirren. Also belässt er es bei seinem kalten Blick. Er forscht in ihrem Gesicht, ob sie wirklich meint, was sie sagt.

»Wir können ja weiter miteinander ins Bett gehen, wenn du willst«, sagt sie noch und wendet sich von ihm ab. »Du bringst die Kleine nach Berlin«, befiehlt sie ihm, »ich habe da noch eine Wohnung. Von damals.«

»Berlin? Ich geh nicht nach Berlin. Das ist Wahnsinn.«

»Das ist sicherer als bei uns im Keller auf dem Land. In der Stadt sind die Leute einander egal, hier sind alle ständig neugierig.«

»Wieso hast du eine Wohnung in Berlin?«, fragt Anselm scharf.

»Weil auch ich ein Leben vor dem Gutshof hatte. Wie du ja auch. Nur hast du Wohnungen ausgeraubt, und ich hab in solchen Wohnungen gelebt.«

Er versucht, sie weiter kalt anzuschauen, will sich nicht von ihr provozieren lassen.

»Das ist eine Dachgeschosswohnung in Schöneberg, ohne Einblicke aus anderen Häusern. Im Seitenflügel gibt es ein Gästezimmer mit Bad.«

»Ohne Fenster?«, fragt er nach.

»Dachgeschossfenster, gehen nur in den Himmel. Kein Problem.«

»Wie soll die Kleine dahin kommen?«

»Du bringst sie hin. Heute Nacht.«

Ihm passt es gar nicht, nach Berlin zu müssen, er hasst diese Stadt. Zu lange hat er dort gelebt, sich durchgeschlagen mit Jobs und später mit Einbrüchen. Zwei Jahre im Tegeler Knast waren die Folge. Sie erklärt ihm, was sie sich gedacht hat. Er würde das Kind früh morgens um vier in die Wohnung tragen, betäubt, in einem Seesack. Etwa eine Woche muss er dort mit dem Mädchen aushalten, dann schickt sie ihm neue Anweisungen. Lieferdienste werden ihm das Essen vor die Tür stellen, wie in der Coronakrise. Er spürt, wie eine große Wut in ihm hochkocht, die gegen sie gerichtet ist. Wie kann sie ihn einfach so wegschicken, ihn so behandeln? Sie schaut ihm zu, wie ihr Plan auf seinen Widerstand trifft, wie er tief einatmet. Doch er entscheidet, sich nicht von ihr provozieren zu lassen, sie ist seine Königin, also nickt er und sucht das Weite. Sie hat ihn weiter fest in ihrer Hand, lächelt hinter ihm her.

Als Ebuk das kleine grüne Boot zurückgibt, wird er von der Frau mit den rosa Haaren freundlich begrüßt. Sie fragt, wie es auf der Insel war, ob es Spaß gemacht hat. Er schaut sie an, versteht aber nicht genau, was sie meint. Er müsste ihr sagen, nein, das war kein Spaß, es war ziemlich anstrengend, die Insel hat viele Bilder von Gewalt und Blut in ihm heraufbeschworen; aber auch von seiner getöteten Frau, als er ihr zum ersten Mal begegnet ist, das war schön. So sagt er nur: »Danke.«

»Sie sprechen gut Deutsch«, meint die junge Frau.

»Danke«, kommt erneut von ihm, »ich bin ja schon seit drei Jahren hier. Meine Tochter hat es mir beigebracht.« Ebuk entscheidet sich, sie anzulächeln, sie möchte freundlich zu ihm sein, also ist er es auch.

»Kommen Sie, ich geb Ihnen Ihr Geld«.

Er geht ihr nach. So eine Figur könnte auch eine Frau in

seinem Land haben, komisch, dass kräftige Frauen hier als dick gelten. In Uganda gelten sie als schön. Dabei ist das alles gar nicht wichtig. Wenn dich eine Frau anlächelt, dann berührt sie dich, egal, wie sie aussieht oder wie du aussiehst. Sie zahlt ihm die Kaution aus und auch die zehn Euro, für den halben Tag, den er nicht genutzt hat. Er bedankt sich, sie schlägt ihm vor, doch mit seiner Tochter zusammen wiederzukommen. Er blickt sie verwirrt an, hält sich am Tresen fest, verspricht es und geht schnell weg.

Bevor er zurück in sein Dorf am See fährt, hält er beim Polizeirevier an. Die Polizisten blicken auf, als er ihre Räume betritt, grüßen ihn, nicken, wenden sich aber gleich wieder ihrer Arbeit an den Bildschirmen zu. Razorn schaut auf, winkt ihn zu sich.

»Und«, fragt der Polizist, »neue Erkenntnisse?«

»Ich glaube, es hat mit dieser Insel zu tun«, fasst Ebuk seine Vermutungen zusammen.

»Aber da sind doch nur Bäume. Schmidti! Was ist mit der Insel? Ist da was?«

Schmidti tritt zu den beiden. »Früher mal, sagt man, haben die Adligen da gefeiert. Es soll wohl auch mal 'ne Burg gegeben haben, vor so ungefähr siebenhundert Jahren oder so«, gibt Edgar Schmidt Auskunft, »aber seit wir in der DDR die Adligen abgeschafft haben …«

»Es sind 'ne Menge wieder zurückgekommen! Aber wohl nicht auf die Insel«, ergänzt Razorn.

Was das mit der DDR genau auf sich hat, ist Ebuk noch immer nicht ganz klar geworden. Immer wieder beziehen sich die älteren Menschen darauf, dass dieser Teil des Landes ein anderes Regime hatte als die westliche Seite. Er hat sich mit der Geschichte Deutschlands beschäftigt, hat gelernt, dass es ein Ost und ein West gab, aber das ist schon über dreißig Jahre her. Vermutlich ist es wie die Zeit Idi Amins in Uganda, an den sich die Menschen in seinem Land immer wieder erinnern. Sein Vater berichtete, welche Hoffnungen sie in diesen Mann gesetzt hatten, wie endlich ein besseres Leben beginnen sollte, doch wie schrecklich es dann wurde und wie der Terror ihr Leben bestimmte. Auch diese Geschichte hallt nach.

»Was soll da sein, Peter?«, fragt Razorn.

»Ich kann es nicht genau sagen. Es gibt da eine Feuerstelle«, antwortet ihm Ebuk. Razorn nickt, denkt nach, aber im Moment gibt es nichts, was er greifen könnte.

»Der Transporter«, fragt Ebuk, »habt ihr ihn gefunden?«

»Nein, noch nicht, aber wir sind dran. Sandra! Was ist eigentlich mit dem Hillmer los? Ruf den gleich mal an. Das kann doch nicht so lange dauern!«

Sandra Mechtigkeit nimmt das Telefon auf.

»Hör mal«, wendet sich Razorn wieder an Ebuk, »ich will die Suche nach deiner Tochter an die Presse geben. Bist du einverstanden, dass wir ihr Foto veröffentlichen?«

Ebuk ist überrascht von dieser Anfrage. Wenn sie damit in die Öffentlichkeit gehen, dann messen sie dem Fall eine große Bedeutung bei. Aber er begreift auch, dass sie nicht viele andere Optionen haben. Von seinen Recherchen zu den verschwundenen Kindern weiß er, wie schwer es ist, konkrete Spuren zu verfolgen, wie leicht man so einen jungen Menschen verschwinden lassen kann. Wenn man als Ermittler nicht innerhalb von achtundvierzig Stunden einen Treffer hat, wird es schwer. Ebuk nickt.

»Ja, ich bin einverstanden«, gibt er Razorn grünes Licht für diesen nächsten Schritt.

»Gut. Also, Sandra! Hau die Presserklärung raus und das Foto von dem Mädchen. Vielleicht kommen wir so schneller voran. Wir finden sie, Peter. Es ist hart für dich. Aber wir finden sie!« Razorns Worte klingen überzeugend und sollen ihn aufmuntern. Mit ähnlichen Sätzen hat auch er Eltern Mut gemacht, Versprechungen abgegeben, die er dann nicht halten konnte. Warum sollte es hier anders sein, nur weil sie in Deutschland sind? Die Polizei hier hat zwar eine bessere Ausstattung, aber was helfen Drohnen und Hubschrauber, wenn sein Kind in irgendeinem Loch gefangen gehalten wird?

Ebuk bedankt sich und verlässt zügig das Polizeirevier. Es ist gut, dass er hier nicht sitzen, nicht mit Kollegen polizeiliche Strategien diskutieren muss, sein Kopf arbeitet nicht mehr klar, immer größere Wellen von Hoffnungslosigkeit und der wenige Schlaf machen ihm ziemlich zu schaffen. Er setzt sich in das Auto von Jana und muss für einige tiefe Atemzüge die Augen schließen. Viktoria lebt, ist er sich sicher, er spürt es, sie werden wieder zusammen sein, er und seine Kleine. Er sieht sie vor sich, wie sie ihn auslacht, weil er ein deutsches Wort nicht richtig konjugiert hat. »Klingen«, sagt sie, »nicht klingeln, klingen, klang, geklungen.« Sein Kopf liegt schwer auf dem Lenkrad des Autos. Er muss sich orientieren, sieht die Polizeiautos neben sich stehen. Ebuk startet den Wagen und fährt aus der Stadt raus, die lange gerade Landstraße entlang, durch den Wald, bis er am Labor ankommt. Er schickt Jana eine Nachricht, dass er wieder da ist und ihr den Schlüssel für ihr Auto geben möchte.

Als er aussteigt, sieht ihn Walter, der mit einigen Behältern vom See kommt. Überrascht bleibt Walter stehen, geht dann auf ihn zu, baut sich vor Ebuk auf, die Wasserproben in seinen seltsamen Schüsseln schwappen hin und her.

»Bist du mit ihrem Auto unterwegs?«, fragt Walter. Ebuk bestätigt, dass er es gerade zurückbringt. »Gibt es etwas Neues?« Ebuk schüttelt den Kopf, schaut auf den Boden, was kann er Walter schon sagen.

»Kommst du vom See?«, erkundigt sich Ebuk etwas lahm. Und schaut den vom Wind zerzausten Mann vor sich an, der ihn weiter anstarrt.

Walter hält seine Behälter hoch, um sie Ebuk zu zeigen. »Proben«, sagt er, »magst du mal mit rauskommen?

Kannst du schwimmen?« Ebuk nickt, ja, er kann schwimmen, er kann auch Boote steuern, schließlich kommt er vom Viktoriasee. »Nicht alle, die vom Wasser kommen, können schwimmen«, kommentiert Walter. Jana tritt zu den beiden Männern, fragt Ebuk, ob alles gut gegangen ist, nimmt von Walter keine große Notiz.

»Jetzt leihst du ihm schon dein Auto«, wundert sich Walter.

»Er hat keins«, bescheidet ihm Jana knapp.

»Hat er denn einen deutschen Führerschein?«, fragt Walter nach.

Sie sprechen über Ebuk, als würde er nicht neben ihnen stehen. Er drückt Jana den Autoschlüssel in die Hand. »Danke«, sagt er ihr, »vielen Dank. Das war sehr freundlich.« Sie nimmt den Schlüssel entgegen. Ebuk nickt den beiden zu, dreht sich um und geht los. Es sieht aus, als ob er schwer trägt, seine Füße heben sich kaum vom Boden ab.

»Soll ich dich bringen?«, ruft ihm Jana nach. Walter lacht laut auf. Ebuk wendet sich kurz um und schüttelt den Kopf, hebt die Hand, grüßt und geht weiter.

»Bist du jetzt sein Kindermädchen?«, fragt Walter. Sein Blick zeigt Belustigung.

»Was soll das, Walter? Ich versuche dem Mann zu helfen.«

»Ja, klar. Hast ja auch sonst niemanden …« Auch er dreht sich von ihr weg und betritt das Gebäude. Sie schaut ihm nach, irritiert, dass dieser Mann tatsächlich beginnt, sich mit ihr anzulegen.

Ebuk ist eingeschlafen, einfach so, in seiner Kleidung, auf seinem Bett. Benommen rappelt er sich hoch, als er ein Klopfen an seiner Tür hört. Leise ruft er »Yes«, sieht aus dem Fenster, es ist noch immer relativ hell. »Moment«, ruft er, setzt sich auf, streicht sich über sein Gesicht, steht auf, schüttelt sich, geht kurz in die Küche und spritzt sich kaltes Wasser ins Gesicht, dann öffnet er die Tür. Überraschend steht

Jana da, mit einer Einkaufstüte in der Hand. Sie schaut ihn fragend an.

»Ich bring dir was zu essen und zu trinken«, sagt sie mit einem besorgten Lächeln. Er versteht nicht, warum sie hier ist, staunt, ist müde, aber lässt sie herein. Als er an sich herunterschaut, sieht er seine verknitterte Kleidung, seinen verrutschten Pullover, die verdrehte Hose. Er muss schrecklich aussehen, aber es ist egal, er spürt tatsächlich seinen Magen, auch muss er dringend pinkeln. Er bittet die Frau herein, entschuldigt sich kurz. Als er aus dem Bad kommt, hat sie schon eine Flasche Weißwein hingestellt und zwei Tiefkühlpizzas ausgepackt. Sie schaltet den Ofen ein, macht die Ofenklappe auf, schaut hinein, zieht das Blech heraus. Es ist nicht sauber, schwarze eingebrannte Spuren anderer Pizzen sind zu sehen. Sie nimmt es heraus, hält es unter die Spüle und beseitigt den gröbsten Schmutz. Ebuk hat sich auf einen Stuhl gesetzt und schaut ihr zu, kommt langsam zu sich. Tatsächlich ist erneut diese Frau bei ihm, schon den zweiten Abend, sie bewegt sich ganz selbstverständlich in seiner Küche und kümmert sich ums Essen.

»Wie war es auf der Insel?«, erkundigt sie sich, »tut mir leid, ich bin neugierig.« Sie schaut ihn aufmerksam an.

»Auf der Insel war vielleicht noch jemand. Nicht nur dein Bruder. Wahrscheinlich hat er dort jemanden überrascht«, berichtet er von seinen Überlegungen. Sie nimmt zwei Gläser aus dem Schrank, einfache Wassergläser, schraubt die Flasche auf und gießt ein.

»Ist nicht kalt«, sagt sie zu dem Wein, nimmt die Flasche und stellt sie in den ziemlich leeren Kühlschrank. Sie trinkt, kostet den Wein, schmeckt nach. Er leert das Glas in einem Zug, ohne nachzudenken.

»Es ist ein besonderer Ort. Die Insel ist wichtig, aber ich hab noch nicht verstanden, warum. Es gibt da eine Feuerstelle auf dem kleinen Hügel«, erklärt er.

»Aber was soll Paul dort gemacht haben?«

Ebuk hat keine Antwort auf ihre Frage.

»Warst du noch mal bei der Polizei?«

»Ja, sie haben den Transporter noch nicht gefunden. Morgen soll es in der Zeitung stehen. Dass Viktoria gesucht wird«, erzählt er.

»Wirklich? Sie nehmen die Sache also ernst.«

Ebuk blickt sie aufmerksam an. Ja, sie könnten auch einfach nur Aktivität heucheln, und wenn ihre Suche zu keinem Ergebnis führt, wieder einstellen. Ein schwarzes Mädchen ist verschwunden, leider haben wir sie nicht gefunden, könnten sie sagen.

»Weil schon einmal ein Mädchen verschwunden ist, meinst du?«, fragt er nach.

»Ja, und wegen Paul. Razorn war ziemlich frustriert damals. Vielleicht will er dir zeigen, was er draufhat.«

»Mir?«

»Du bist doch auch Polizist«, sagt sie ihm. Sie steht auf, legt die gefrorenen runden Teigscheiben auf das Blech und schiebt es in den heißen Ofen.

»Es ist seltsam. Nachdem ich endlich eure Sprache spreche, hier arbeite, meine Tochter hier zur Schule geht und Deutsche werden will«, Ebuk klopft auf seine Brust, »bin ich jetzt hier. In diesem Dorf, an diesem See. Jetzt wird mir das Liebste genommen. Es ist wie eine Strafe, weil ich in das Land der Weißen gekommen bin. Ein Vater und seine Tochter, die nicht hierhergehören. Ich wurde hier ausgesetzt, um ein neuer Mensch zu werden, aber das wird jetzt zerstört.«

Sie steht auf, geht zu ihm um den Tisch, legt ihm beide Hände auf die Schultern. »Das darfst du nicht sagen, Peter«, versucht sie ihn zu trösten.

»Warum hat man gerade sie entführt?«, dreht er sich zu ihr um. »Will ein weißes Schwein es mit einem schwarzen Mädchen treiben? Will er sie töten, weil er Flüchtlinge hasst?

Wer hat etwas davon, sie mir wegzunehmen? Ich habe kein Geld! Niemand hat eine Forderung gestellt. Ist es ein Serienmörder? Erst das eine Mädchen, dann dein Bruder, jetzt Viktoria? Oder haben diese Verbrechen nichts miteinander zu tun?« Ebuk ist aufgestanden, hält sich am Spülbecken fest und schaut in die blau werdende Nacht.

Sie hat keine Antworten auf seine Fragen.

Ebuk überlegt, wie weit er sie in seine Gedanken lassen darf, ohne sie zu verstören. Es hilft ihm zu denken, wenn er spricht.

»Als ich nach Deutschland kam, hatte ich das Gefühl, mein Land zu verraten. Ich fühlte mich schuldig, obwohl sie meine Frau getötet haben und auch mich und meine Tochter beseitigen wollten. Vor zwei Tagen habe ich gedacht, vielleicht sind sie hierhergekommen, um es zu Ende zu bringen … Ein Mann, der früher mal mein Freund war, ist jetzt auf meinem Posten in Jinja. Ich habe mit ihm telefoniert …«

Er stockt. Nein, er konnte ihr nicht erzählen, dass er Jonathan angerufen hat, weil ihn der deutsche Geheimdienst dazu aufgefordert hatte. Weil er versucht, seine Chancen auf Asyl zu verbessern und um Informationen aus Telefondaten von Vickis Freunden zu erlangen.

»Erst jetzt habe ich begriffen, dass er mich verraten hat.«

»Warum denkst du das?«

»Es kann nicht anders sein«, sagt er ihr, »ich dachte damals, ich muss mich für das Recht einsetzen. Wenn wir das Recht verraten, dann verraten wir unsere Zivilisation. Verstehst du, was ich meine?«

Sie nickt, schenkt ihm Wein nach, er trinkt, jetzt langsamer.

»In unserem Land gibt es viele mächtige Leute, die glauben, das Recht sei für sie da, um sie zu bereichern. Aber es ist für alle da. Egal ob reich oder arm, auch egal ob schwarz oder weiß. Das ist Zivilisation, das ist für mich Menschlichkeit, überall auf der Welt. Aber dieses Schwein … Sorry. Was rede ich denn da?«

»Vorsicht!« Sie tritt zum Herd, öffnet die Klappe, schaut auf die beiden runden Teigscheiben. »Noch ein wenig«, findet sie.

»Diese Leute, die die Kinder entführt haben. Die ich gejagt habe. Die berufen sich auf alte afrikanische Traditionen, auf notwendige Opfer für die Götter. Sie töten Tiere, sie töten Kinder, weil sie glauben, so den Gang der Welt aufhalten zu können. Aber sie sind einfach nur Verbrecher, die vernichten wollen. Es sind Monster. Sie schauen zurück und glauben, in der Vergangenheit liegt das Heil.«

»Die gibt es hier auch, wie du weißt«, bestätigt sie ihm.

»Ja, das stimmt. Es gibt sie überall. Und es gibt immer mehr von ihnen auf der Welt.«

Jana findet, dass die Pizza jetzt gut sein muss, tritt zum Herd, macht die Klappe auf, heiße Luft strömt aus dem Ofen. Sie dreht sich zu ihm, sie stehen sich direkt gegenüber, berühren sich fast, könnten sich anfassen. Aber sie tun es nicht, es ist noch nicht so weit.

»Du bist anders«, sagt er ihr.

»Meinst du anders als die Monster?« Sie lachen beide. »Ich beschäftige mich vor allem mit der Dunkelheit, mit dunklem Wasser und was dort drin geschieht, wenn es Nacht ist. Erst war mein Mann weg, dann mein Sohn. Vielleicht ist es das Dunkle, was mich anzieht«, sagt sie ihm, dreht sich weg und nimmt die Pizzen aus dem Ofen.

»Wo sind denn die Teller?«, fragt sie, erstaunt darüber, was sie Ebuk gerade bekannt hat. Er holt zwei Teller aus einem Schrank, legt Besteck dazu, dann setzen sie sich, schneiden, fangen an zu essen.

»Viktoria liebt Pizza«, meint Ebuk, »das tut gut. Danke, Jana.« Er spricht ihren Namen englisch aus.

»You're welcome«, antwortet sie ihm.

»Das klingt nach Amerika. Warst du mal da?«

Sie nickt, beginnt zu erzählen von ihrer Zeit in Amerika,

wie sie es genossen hat, dort zu studieren, aus Deutschland rauszukommen. Sie bekam ein Stipendium für die Stanford University in Kalifornien und konnte dort ihre Forschungen fortsetzen. Einmal unternahm sie mit einigen Kollegen einen Ausflug in die Berge, um zu Forschungszwecken einen sehr klaren See zu besuchen, den Convict Lake in den Nevada Mountains. Ebuk wundert sich über den Namen des Sees. Im neunzehnten Jahrhundert, erzählt Jana, entkam eine Gruppe von Sträflingen aus einem Gefängnis und versteckte sich in der Nähe des Sees. Unter ihnen waren Mörder, Pferdediebe, Räuber, die Züge überfallen hatten, also richtig schwere Jungs. Sie wurden von einem Sheriff und einem Trupp Helfer gesucht. Als sie sie aufgestöbert hatten, kam es zu einem blutigen Schusswechsel, bei dem der Sheriff getötet wurde. Ein naher Berg wurde nach ihm benannt, und der See nach den Häftlingen. Ende der neunziger Jahre sind ein paar Teenager in dem See ertrunken, weil das Eis zu dünn war. Als sie dort übernachteten, konnte Jana nicht schlafen, sie dachte an die Toten in dem See. Sie stand auf und verließ die Unterkunft, es war eine klare Nacht und sehr dunkel. Sie ging durch einen kleinen Wald voller Birken, die hellen Bäume schimmerten in der Nacht. Als sie zum See kam, sah sie einen Bären, der am Ufer soff. Der Bär war nicht sehr groß, vermutlich war er schwarz. Er schaute sie an und sie den Bären. Sie fürchtete sich nicht vor dem Tier, das sich kurz schüttelte und dann wegging, ohne zu rennen, ganz zufrieden mit sich. Für Jana war es, als ob der Bär ihr den Platz an dem See frei gemacht hätte, jetzt war sie an der Reihe zu trinken. Und das tat sie auch, sie trank aus dem See und schaute in das schwarze Wasser, fasziniert davon, wie das Schwarz sich am Tag zu Blau wandeln konnte; und wenn man durch es hindurchsah, hatte es keine Farbe mehr.

»Du magst die Veränderung«, kommentiert Ebuk.

So hat sich Jana bisher noch nicht gesehen, aber vielleicht hat er recht. Vermutlich war sie es, die die Brüche in ihrem Leben herbeiführte, es war nicht einfach Zufall, für den sie keine Verantwortung trug.

Ebuks Telefon klingelt, das Display zeigt *Unbekannt* an, und er nimmt ab, hört die Stimme des Geheimdienstmannes. Ebuk überlegt, ob er vors Haus gehen soll, damit Jana nicht hören kann, was er zu besprechen hat, aber er steht nur auf, tritt an die Spüle und schaut in die blaue Nacht.

»Mr. Ebuk. Guten Abend. Haben Sie nachgedacht?«

»Ich denke immer nach«, meint Ebuk. Das stille Lächeln von Herrn Erich ist zu hören.

»Das ist schön.«

»Haben Sie etwas herausgefunden?«, drängt Ebuk.

»Das ist unser Beruf«, kommt aus dem Hörer. Er schickt diese vage Andeutung zu Ebuk, der sich abstützt und krümmt.

»DCP Jonathan Price«, verrät er den Mann.

»Ah. Ist das nicht Ihr Nachfolger?«

»Ja.«

»Haben Sie mit ihm gesprochen?«, erkundigt sich Erich.

»Ja, hab ich.«

»Das ist doch schön. Hören Sie. Ihre Tochter schickt am Samstag vor Ostern um 14 Uhr 18 eine Nachricht an Benni, das ist wohl ihr Freund: *Ich geht jetzt los. Bis gleich*, dazu ein Küsschen-Emoji. Kurz danach schickt Ralf Kosinski, der Bruder von Benni, ebenfalls eine Nachricht, an einen gewissen Anselm Molder. *Sie geht jetzt los. Sie braucht vermutlich zehn, fünfzehn Minuten*, schreibt er. Kosinski versucht dann dreimal, diesen Molder telefonisch zu erreichen. Sie sprechen etwa eine Minute miteinander.«

Ebuk hat seinen Standort verlassen, geht in das eine Zimmer, dann in das Zimmer von Viktoria, er atmet schnell ein und aus.

»Wissen Sie, wer dieser Molder ist?«, fragt er nach.

»Das ist jetzt interessant. Ein kleiner Einbrecher, hat mit Drogen gehandelt, war im Gefängnis in Berlin. Aber dann hat man nichts mehr von ihm gehört. Der Bruder von Benni, der ist vermutlich so ein Dorfnazi, ist ein paarmal auf Demos von Rechten mitgelaufen. So genau kann ich das nicht sagen, das ist Sache vom Verfassungsschutz, des Inlandsgeheimdienstes. Wir kommen da nicht an alles ran, die haben auch ihren Stolz. Funknetz überprüfen und so weiter macht die Polizei. Kommen Sie gut zurecht mit Razorn?«

»Ich glaub, der will wirklich meine Tochter finden. Es gibt da noch zwei andere Fälle von Verschwundenen aus der Gegend«, erzählt Ebuk.

»Verstehe, das will er vor seiner Rente noch aufklären. Dann bist du ja in guten Händen. Ich melde mich wieder. Wir sollten unsere Zusammenarbeit fortsetzen. Viel Glück bei deiner Suche nach dem Mädel.« Erich legt auf.

Ebuk ist aufgefallen, dass der Mann zwischen »Sie« und »Du« hin- und hergewechselt hat. Dabei hatte ihm Viktoria doch beigebracht, die deutsche Höflichkeitsform bei Fremden immer zu benutzen, dann könne man nichts falsch machen. Aber vielleicht war Ebuk für Mr. Erich jetzt kein Fremder mehr. Er notiert sich den Namen Anselm Molder auf einem Zettel, auf dem Schreibtisch von Viktoria.

Etwas in ihm löst sich. Er kennt dieses Gefühl. Es stellte sich immer dann ein, wenn er so eine Ahnung hatte, der Lösung eines Falls näher zu kommen, einen Schritt in eine neue Richtung gehen zu können. Ein ermutigendes Gefühl.

Als er wieder zurück in die Küche kommt, schaut ihn Jana neugierig an. »War das die Polizei?«, fragt sie.

Ebuk bestätigt es. »Ja, es gibt eine erste Spur.«

»Gut, dass sie dich gleich anrufen. War es Razorn oder Sandra?«

»Nein, ein anderer«, weicht er aus.

Sie will ihn danach fragen, macht es aber doch nicht, er könnte auf die Idee kommen, sie spioniert ihm hinterher, dabei ist sie einfach neugierig. Sie haben beide eine eigene Geschichte und ihre Geheimnisse, die für den anderen, der aus einem ganz anderen Land kommt, exotisch sein müssen. Jana steht auf, Ebuk lehnt am Türrahmen. Sie macht einen Schritt auf ihn zu, wieder stehen sie sich gegenüber. Es ist viel zu eng in dem kleinen Raum für zwei Menschen, die sich eigentlich nicht kennen. Jana legt ihre Arme um Ebuk, drückt ihn, spürt die Spannung in seinem Körper, die etwas nachlässt, als sie ihn noch ein wenig fester drückt. Auch er legt die Hände um ihren Körper, beugt den Kopf zu ihrem Kopf, nimmt den Duft von ihr auf. Sie riecht ganz leicht nach Rosen, vielleicht ein Shampoo, das sie benutzt, oder ein Parfüm. So halten sie sich für drei lange Atemzüge aneinander fest. Als sie sich lösen, lächeln sie sich an, unsicher, was die Umarmung für den anderen bedeutet hat. Sie geht an ihm vorbei und auf die Wohnungstür zu.

»Brauchst du morgen wieder mein Auto?«, fragt sie.

»Danke. Nein. Das ist …« Er macht eine Geste, mit der er sich für ihr Kommen und den gemeinsamen Abend bedankt. »Morgen muss ich wieder zur Gemeinde. Ich hab nur heute freigehabt.« Sie nickt ihm zu, fast sachlich, sagt »Tschüss« und geht, ohne sich noch mal umzudrehen.

Ebuk schließt die Tür, setzt sich in die Küche, wo noch kalte Pizzareste auf den Tellern liegen und noch etwas Wein in der Flasche ist. Er isst alles auf und trinkt aus, ohne zu merken, wie es schmeckt. Es war gut, diese Frau zu umarmen, er konnte sie spüren, ihren Herzschlag hören und die Haut unter ihrer Bluse fühlen. Er hat an ihr gerochen. Noch immer kennt er sich nicht genau aus, was Umarmungen oder Händedrücken, die seit ein paar Monaten wieder üblich waren, in diesem Land bedeuten. Die Zeichen von Nähe und Abstand, von Höflichkeit und Freundschaft konnte er noch nicht unterscheiden. Wie sich Männer und Frauen hier annähern, wie sie sich zu verstehen geben, was sie füreinander empfinden, ist ihm völlig unbekannt. Er weiß nicht, ob diese Umarmung ein Versprechen war oder einfach eine Form von Freundlichkeit. Eigentlich dauerte die Nähe zwischen ihnen zwei Atemzüge zu lang, um nur Freundschaft zu signalisieren. Es war mehr als ein: »Ich helfe dir armem Mann, bis du deine Tochter wiedergefunden hast.«

Er sollte diese Gedanken nicht haben, nicht über die Gefühle dieser Frau nachdenken und auch selbst nicht zu viel für sie empfinden. Diesem Wahnsinn, in den er hier geraten ist, den er selbst zu verantworten hat, darf er nicht durch einen Flirt entfliehen. Er hat eine offene Wunde und ist voller Dankbarkeit, wenn es jemanden gibt, der sie sieht und den Schmerz mit ihm teilt. Es ist, als ob sein Inneres und sein ganzes Wesen durch eine Krankheit entzündet sind. Verdammt, er wird sentimental; bald wird ihn Ripley wieder zurechtweisen.

Heute Morgen hatte er sich nicht gewaschen, weil seine Gedanken bei Viktoria waren und dem Auto, das er sich ausleihen durfte. Er schnüffelt an seinen Achselhöhlen, hofft, dass sie nicht denkt, er wäre ungepflegt. Aber wenn sie so empfinden würde, hätte sie ihn ja schneller loslassen können und nicht noch mal fester nachfassen. Könnte es sein, dass sie ihn mag? Vielleicht weiß sie nicht, was sie für ihn empfindet, wollte ihm einfach Kraft geben. Sie gefällt ihm, es war schön, von ihr umarmt zu werden, es hätte gerne noch länger dauern können. Schnell verscheucht er diese Gedanken und steht auf.

Razorn meldet sich sofort und fragt, ob es etwas Neues gibt. Ebuk bestätigt, berichtet von seinem Telefonat mit Erich. Er geht in das Zimmer von Viktoria und gibt ihm den Namen Anselm Molder durch, der von Ralf Kosinski, Bennis Bruder, angerufen wurde.

»Dann werden wir uns die Herren mal zur Brust nehmen. Danke, Peter. Gute Arbeit!« Razorn legt auf. Zum ersten Mal, seit Ebuk hier ist, sagt ihm jemand, er habe gute Arbeit geleistet.

Sie schlief schon, als sie das Schloss hört und das Licht angeht. Anselm geht schnell zu ihr und packt sie mit ihrer Decke. Als Erstes klebt er ihr einen Streifen auf den Mund, dann wirft er die Decke zur Seite, dreht sie um, greift grob ihre Arme und fesselt sie, ebenfalls mit grauem Textilklebeband, schließlich werden ihr die Füße gebunden. Viktoria windet sich wie eine Schlange, doch nicht lange. Der Mann holt eine Spritze hervor und drückt sie ihr in den Arm. Kurze Zeit später versinkt sie in der Dunkelheit.

Anselm vergewissert sich, ob sie wirklich tief schläft, dann macht er die Tür auf. Wala von Anschütz kommt dazu, in der Hand einen leeren ungebrauchten Kartoffelsack. Sie betrachtet das schlafende Mädchen auf dem Bett. »Passt die da rein?«, fragt sie ihn. Er streift den Sack über ihre Beine, beugt ihre Knie, bis das Mädchen nur noch eine halbe Portion ist. Der Sack ist groß genug, auch ihr Kopf verschwindet darin. »Ich lass den noch offen während der Fahrt«, erklärt er. Er zieht Viktoria zu sich, greift um sie und wuchtet den Körper über seine rechte Schulter. So geht er los. Wala macht das Licht aus, zieht die Tür zu und schließt ab. Auf dem dunklen Hof steht das Auto mit Osnabrücker Kennzeichen. Wala kommt dazu, öffnet die hintere Wagenklappe, und Anselm legt seine Last ab. Sie polstern den Kopf des Mädchens auf eine Decke und legen eine weitere Decke über sie, dann wird der Kofferraum geschlossen.

Wala drückt ihm einen Schlüssel für Haus- und Wohnungstür in die Hand. »Du weißt Bescheid«, sagt sie ihm. Legt ihm wieder die Hand auf die Brust, ihre persönliche Geste der Nähe, blickt in seine kalten Augen.

Anselm atmet kräftig ein und aus, das Mädchen allein zu tragen, war nicht leicht. Er nickt ihr nur zu, weil er sie nicht anschreien will, steigt in das Auto und fährt los – nach Berlin.

6

In diesem Teil der Stadt kennt er sich nicht gut aus. Er hasst es, sich nicht orientieren zu können. Die Häuser haben fünf Geschosse, die Fassaden sind intakt, keine Vorhänge vor den Fenstern, und wo Licht brennt, kann man auf die mit Stuck verzierten Decken schauen. Es gibt Vorgärten, die mit Hecken oder schmiedeeisernen Zäunen eingehegt sind. Neben den Gehwegen parken glänzende breite Autos, die einen sind schwarz, die anderen glänzend weiß. Die rechteckigen Straßenlaternen an Peitschenmasten geben ein diffuses Licht. Es gibt nur drei Straßenlaternen in der ganzen Straße. Er hält in einer Einfahrt zu einem Hof, wo sonst kann er seine Fracht ausladen, freie Parkplätze gibt es hier nicht, nicht in der Nacht. Als er die Wagentür öffnet, schaut er sich um. Er hat hier einen Auftrag zu erfüllen, er ist auf feindlichem Gebiet unterwegs, es hilft ihm nicht, wenn er sich ärgert, dass es hier keine Parkplätze gibt. An der Straßenecke, wenige Meter entfernt, sieht er, wie zwei Gestalten auf den Gehweg einbiegen und auf ihn zukommen. Er kann nur ihre Silhouetten erkennen. Sie tragen Schildmützen auf dem Kopf, wie sie Polizisten tragen, die Schultern sind breit und kräftig, die Jacken und Hosen aus schwarzem Leder, ihre kräftigen Stiefel klacken laut, wenn sie auftreten. Sein erster Gedanke ist, es könnte sich um Kameraden handeln, die hier patrouillieren, vielleicht eine Bürgerwehr, doch dann erschrickt er, vielleicht sind es Polizisten, vielleicht haben sie in Berlin jetzt andere Uniformen. Die beiden Männer nehmen sich an der Hand und überqueren die Straße, weil sie sein Auto gesehen haben, dass den Bürgersteig blockiert. Er schaut ihnen nach, und als sie weitergehen, bemerkt er, dass die Hose des einen Mannes hinten offen ist. In einem kreisrunden Ausschnitt zeigt sich sein nackter Hintern. Anselm spukt aus, dann öffnet er die Kofferraumklappe, wo das Mädchen noch immer in einer Decke eingeschlagen schläft. Er schaut in das friedliche Gesicht des Mädchens, wickelt dann ihren Kopf ein und hebt mit beiden Armen den Körper aus dem Auto. Den Kofferraum muss er offen und das Auto stehen lassen, bis er sie in die Wohnung geschafft hat. Er schaut an dem Haus hoch, wuchtet das Mädchen dann auf seine rechte Schulter, umklammert es mit dem Arm, friemelt den Haustürschlüssel in die linke Hand. Als er an der Haustür den Schlüssel ins Türschloss stecken will, geht automatisch ein helfendes Licht an. Er erschrickt, beeilt sich, tritt ein, sieht den Aufzug, den er ebenfalls aufschließen muss. Schließlich ist er in der dunklen Dachgeschosswohnung, in der es muffig und staubig riecht. Er legt seine Beute auf einen Sessel. Sie wird noch ein paar Stunden schlafen. Zuerst muss er den Wagen wegbringen, irgendwo parken, was nicht einfach ist, aber nach dreißig Minuten Umherirren findet er einen Parkplatz. Weil er in die falsche Richtung läuft, muss er eine Straße noch einmal zurückgehen, vorbei an einer Frau, die raucht und ihren jungen Hund ausführt, sowie einem jungen Paar, das an einer Hauswand steht und knutscht. Doch dann ist er wieder in der Straße mit den drei Laternen und den teuren Autos. Er zwingt sich, kurz stehen zu bleiben und sich umzuschauen, die Häuser zu sehen, wo die meisten Menschen jetzt schlafen und am nächsten Tag ihren städtischen Geschäften nachgehen. Es ist ihm alles fremd hier, er wollte nicht mehr in die Stadt zurück, in der er geboren wurde, in der er sich durchgeschlagen hat, in der er im Gefängnis saß, in der er einmal zur Schule ging, wo er Eltern hatte, die sich hier trennten und weggingen, ohne ihn.

In der Wohnung macht er kein Licht, es soll niemand merken, dass hier jemand ist. Also wartet er, bis seine Augen sich an die Dunkelheit gewöhnt haben, und erkundet dann die großen Räume. Er zählt neben dem großen Eingangsbereich fünf Zimmer, die sich bis in den Seitenflügel erstrecken. Öffnet man hinten im Flur die letzte Tür, kommt man in eine separate kleine Wohnung, ein Zimmer, eine Küche und ein Bad. Gäste, die die Wohnung nutzen, haben Zugang durch eine eigene Eingangstür zum Treppenaufgang im Seitenflügel des Hauses. Er legt das Mädchen auf das Bett in dem Zimmer der Gästewohnung ab. Die Kippfenster im Dach, die mit abschließbaren Riegeln gegen Einbrecher gesichert sind, schaut er sich genauer an. Einmal hockte er auf einem solchen Dach und hat versucht, so ein Fenster zu knacken, aber es gelang ihm nicht. Es nieselte, die Ziegel waren glitschig, er setzte seinen Glasschneider an, aber die kräftigen, doppelten Scheiben ließen sich nicht schneiden, nur ritzen, er glitt ab, schnitt sich in den Handballen und blutete. Er war wütend und gab es schließlich auf. Jetzt steht er in so einer Wohnung, für die er einen Schlüssel hat.

Er verschließt die Tür zur Gästewohnung, schaut in die Zimmer, bis er Walas Schlafzimmer findet, das er an dem großen Bett und dem leichten Geruch ihres Parfüms erkennt. Es ist ihm, als ob er unbekannte Räume in ihrem Kopf betritt. Hier wohnen ihre Gedanken, die er nicht kennt und die ihn anschweigen, aber in denen er umhergehen, die er besichtigen kann. Er merkt, dass er noch immer seine Schuhe anhat, zieht sie aus, setzt seine Füße auf den dichten, weichen Teppichboden, legt sich auf das Bett, schaut durch die Fenster, wo dunkle Wolken langsam über den schmutzig-orangenen Himmel der Stadt ziehen. Er sieht sich in dem hölzernen Aufzug, mit dem er durch das Haus hochgefahren ist. Das Mädchen hält er fest an sich gedrückt, er hat eine Erektion. Der Aufzug fährt immer weiter, über das Haus hinaus, jetzt biegt er rumpelnd auf eine seitliche Bahn ein, fährt um das

Haus herum, unter ihm ist die Straße zu sehen und das Licht der Straßenlampen, es ist ihm unheimlich, er lässt das schlafende Mädchen los, es sinkt neben ihm auf den Boden, aber es schläft weiter, noch immer wandert der Aufzug durch die Nacht, bis durch die beiden Fenster Licht einfällt und er die beiden Türen aufmachen kann.

Er wacht auf, als er ein Klopfen und Laute hört. Es muss das Mädchen sein, das sich bemerkbar macht. Müde setzt er sich auf, streicht die langen Haare nach hinten. Auf einem Tischchen mit einem großen runden Schminkspiegel findet er ein Haargummi.

Bevor er die kleine Wohnung betritt, ruft er ihr durch die Tür zu, sie soll sich auf ihr Bett setzen. Als er eintritt, hat sie ihre Beine angezogen und eine Bettdecke um sich geschlungen.

»Wo sind wir hier?«, fragt sie leise. Ihr dunkles Gesicht sieht grau aus.

»Was willst du?« Seine Frage klingt aggressiv.

»Hab meine Tage bekommen. Ich brauch Tampons!«

Er glotzt sie an, nickt dann und dreht sich um.

»He!«, ruft sie hinter ihm her, als er die Tür wieder abschließt.

Jetzt liegt ein dämmriges Licht in der Wohnung. Durch den langen Flur betritt er den großen Raum zur Straße hin, der sich über die ganze Breite des Hauses erstreckt. Große Fenster mit Schiebetüren zu einer breiten Dachterrasse sind mit grauen Vorhängen bedeckt. Er späht durch einen der Stoffe und sieht nur die Dächer der Häuser auf der anderen Seite. Also sucht er nach dem Mechanismus, um die Vorhänge zu öffnen, und findet einen Schalter. Langsam und leise öffnen sich der hellgraue Himmel und die Dächer der Stadt vor ihm. Der Tag fällt in den großen Raum, auf die braunen Ledermöbel, die Vitrinen voller geschliffener Gläser und Flaschen, auf das lange Regal mit Büchern, auf den großen schweren Tisch weiter hinten, um den sechs Stühle stehen. Der Raum schließt ab mit Küchenschränken aus grauen Flächen, schwarzen Marmorplatten, auf denen Holzbretter liegen. Der Holzboden ist mit bunten türkischen Teppichen bedeckt. Er geht umher wie in einem Museum, betrachtet all die Schätze, die hier in dezenter Zurückhaltung und Leichtigkeit ausgestellt sind. An zwei tragenden Säulen hängen hölzerne Masken, Fratzen von Geistern aus fremden Ländern, die er nie besuchen wird. Ein Maul mit übergroßen Zähnen grinst ihn böse an und weckt ihn auf. Was ist das für eine Wohnung, fragt er sich, es muss eine andere Frau sein, die hier lebt, nicht seine Wala, die ihn vor Jahren zu sich gerufen hat, auf ihren Landsitz. Seine Königin, die ihm die vedische Sicht auf die Welt beigebracht hat, die von Urwurzeln der Ahnen erzählt, die ihn als Erben eines starken germanischen Geschlechts bezeichnet hat. Die seine Kraft als unbesiegbar gelobt hat. Hier, in dieser teuren Wohnung, in einem der schicken Viertel West-Berlins, ist nichts Deutsches zu spüren und zu sehen. Ist sie von diesem Leben geflüchtet, diesem Reichtum? Oder kann er hier ihr wahres Ich besichtigen? Er spürt den Impuls, die seltsamen, hässlichen Masken, die bestimmt aus Afrika stammen, von der Wand zu reißen und aus dem Fenster zu werfen. Nur dekadente Menschen, die keine eigene Kultur kennen, die nicht wissen, wer sie sind, die ihre Ahnen verraten, hängen sich Geister anderer, minderwertiger Völker in ihre Zimmer. Hier ist nur die Wohnung groß, nichts sonst. Der Reichtum, der in jedem Detail, in jedem Möbelstück, in jedem Geschirr, in allem steckt, er empört ihn. Sie arbeiten jeden Tag sehr hart, um aus dem Sandboden eigenes Gemüse zu ziehen, damit sie zu essen haben, so leben können wie ihre Ahnen, um der verkommenen Welt etwas Besseres entgegenzusetzen. Sie schaffen eine neue Welt, sie sind das Licht. Er und alle anderen, die sich dort auf dem Land eine eigene Existenz aufbauen, haben nur das, nichts sonst. Es treibt ihn aus dieser Wohnung hinaus, er springt die Treppen hinunter, außer Atem steht er auf dem Gehsteig, erinnert sich an die beiden Männer in Leder, die er in der letzten Nacht gesehen hat. Eine Frau mit mehreren weiß-braunen Hunden, an unterschiedlich langen Leinen, zieht an ihm vorbei und befehligt ihre Tiere mit lauter Stimme. Ein junger Mann mit schwarzem Bart schließt per Funk seinen großen weißen BMW auf, während er laut mit einem unsichtbaren Gesprächspartner lacht. In seinen Ohren stecken zwei weiße Kopfhörer. Sanft parkt er aus und fährt langsam die Straße entlang, Fahrradfahrer kommen seinem mächtigen Auto entgegen, weichen ihm links und rechts aus, wie Fische in einem See.

Er geht mehrere Straßen entlang, bis er endlich einen Lidl entdeckt. In seiner Hosentasche spürt er die zusammengefalteten Geldscheine, die sie ihm zugesteckt hat. Ihm fehlt eine Münze, um den Einkaufswagen von der Kette zu lassen, aber er entdeckt einen grauen Plastikkorb, mit dem er sich in den Laden begibt. Ältere Menschen, meist gut gekleidet, nehmen sich Packungen mit Kaffee, Nudeln und Müsli aus den Regalen. Lebensmittel, die auch er braucht, wenn er es hier eine Zeit lang mit dem Mädchen aushalten soll. Er packt tiefgefrorene Pizza ein, Nudeln, Kuchen und steht dann vor einem Regal mit Wein- und Bierflaschen. Seit Jahren hat er keinen Alkohol mehr getrunken, weil er ein reiner Mann werden wollte, weil er seine ganze Kraft der Siedlung und dem Aufbau der neuen deutschen Ordnung gewidmet hat. Wieder hier, in dieser schmutzigen Stadt zu sein, fühlt sich falsch an. Er packt sich ein paar Flaschen Bier ein, denkt an die einsamen Nächte, die vor ihm liegen, in denen er sich betäuben muss.

Noch nie hat er Tampons für eine Frau gekauft und ist zunächst verwirrt, dass es mehrere Größen und Sorten gibt. Es wird mit großer Saugkraft und Sicherheit geworben. Vermutlich braucht ein Mädchen eine kleine Größe, weil ihre Vagina noch eng ist. Soll er Mini nehmen oder Normal oder Super? Oder Normal und Mini? Er streckt die Hand nach Normal aus.

»Hat sie dir nicht gesagt, welche Größe sie braucht?«, fragt ihn eine Frau. Er glaubt, die spöttische Stimme zu kennen, und dreht sich nach ihr um.

»Hallo Anselm«, begrüßt sie ihn. Sie schaut ihn freundlich an, ihre Stimme ist warm und leise, ihre Augen strahlen. Als sie sich trennten, waren sie voller Tränen gewesen. Kerstin trägt ihre braunen Haare lang, bis über die Schultern. Ein dunkles Sakko über einem eng anliegenden gelben Pullover geben ihr etwas Frisches und zugleich Städtisches. Ihre Jeans sind weit und verwaschen, die schwarzen Schuhe haben dicke Sohlen, was sie größer macht, als er sie in Erinnerung hat.

»Für die Tochter einer Kameradin ...«, stottert er. »Was machst du hier?«

»Ich arbeite in einem Büro, hier in der Nähe. Und du?«

»Ich bin nur auf der Durchreise, nur kurz ...«, bringt er heraus.

»Mit den langen Haaren und dem Bart hätte ich dich fast nicht erkannt«, sagt sie, »geht es dir gut?«

Dass ihn hier seine Vergangenheit anspringt, damit hat er nicht gerechnet. Kerstin, die er geliebt hat, die zu ihm gehalten hat, als er im Knast war, und mit der er es sich versaut hat, als er rauskam und nur noch weg wollte. Er kann ihr nicht antworten, nicht hier, wo er Tampons für ein entführtes Mädchen besorgen soll. Sie sollte ihn gar nicht sehen, niemand sollte ihn hier sehen.

»Wie alt ist das Mädchen?«, fragt ihn Kerstin.

»Weiß nicht, dreizehn oder so.«

»Nimm Mini.« Sie greift eine Packung und legt sie ihm in seinen Korb, betrachtet die Lebensmittel.

»Na dann. Wenn du Lust und Zeit hast, melde dich doch

mal.« Sie nickt ihm zu, schaut in sein verwirrtes Gesicht, greift dann noch mal die Packung mit Tampons und schreibt ihm dort ihre Telefonnummer drauf, drückt sie ihm in die Hand, für einen kurzen Moment berühren ihre Finger seine Hand.

»Immer noch die alte Nummer, immer noch die gleiche Kerstin. Falls du nicht mehr auf der Durchreise bist …«

Sie zwingt sich zu einem einladenden Lächeln. Auch bei ihr kommen jetzt alte Gefühle hoch, sie will nicht weitersprechen, will die Fassade wahren vor diesem Mann, mit dem sie einmal ihr Leben verbringen wollte. Schnell wendet sie sich ab.

Als er an der Kasse ansteht, sieht er sie den Laden verlassen. Ihr Gang ist leicht, sogar elegant, obwohl sie die kräftigen Schuhe trägt, die braunen Haare glänzen und wippen leicht über ihren Schultern. Jetzt fühlt er sich wie ein Holzfäller, der ungewaschen aus dem Wald kommt, sieht an sich herab auf die abgeschabte Cordhose, die groben Schuhe, auf den blauen ausgewaschenen Hoodie. Er legt der Verkäuferin einen Geldschein hin, schämt sich für seine zu langen Fingernägel, streicht das Wechselgeld in seine Hosentasche, sammelt seine Einkäufe in eine große Papiertüte und flüchtet zurück auf die Straße. Der Lärm der vorbeifahrenden Autos springt ihn an, wie böse Tiere, derer er sich nicht erwehren kann. Gehetzt schaut er, wo er hinmuss, geht schnell weg, in der Hand die schwere Plastiktüte mit den Einkäufen. Erst als er in eine Seitenstraße einbiegt, wird es ruhiger, und er schaut zurück, ob ihm jemand folgt, ihn jemand ansieht.

Vor Razorn liegt ein Blatt Papier, das im Querformat vier Streifen mit grauen Rastern zeigt. Auf jedem der Streifen sind in Blau, Grün, Schwarz und Rot senkrechte Linien eingetragen. Links oben steht AB – Applied Biosystem. Das Blatt ist ein Ausdruck aus der DAD, der DNA-Analyse-Datei des Bundeskriminalamts, mit der DNA-Spuren und Proben von Tätern und Opfern gesammelt werden. Auch die von Paul Kugelmann, dem vor fünf Jahren verschwundenen Kollegen und Leiter des Rheinsberger Polizeiposten. Die Analyse der Spuren auf dem Schuh, den sie im Wald bei Warenthin fanden, hat einen Treffer ergeben: Die dort gefundene DNA stimmt mit der von Paul überein. Razorn steht auf, leise flüstert er »Verdammt!« vor sich hin, dann ruft er die kleine Truppe von Polizisten zusammen.

»Der Schuh ist tatsächlich von Paul«, erklärt er ihnen. »Es kann also sein, dass wir dort noch mehr finden.«

Sandra Mechtigkeit nimmt sich die Blätter, die vor Razorn auf dem Schreibtisch liegen, und schaut sie sich an, dann nickt sie. »Eindeutig«, stimmt sie Razorn zu.

»Wir müssen dort den Wald umgraben. Da brauchen wir mindestens zwanzig Leute. Ruf mal bei der Polizeischule in Potsdam an. Und fordert einen Leichensuchhund in Berlin an«, trägt Razorn den Polizisten auf.

»Die haben wir doch jetzt auch in Brandenburg«, meint Schmidti.

»Kadaverhunde für tote Wildschweine, die an der afrikanischen Schweinepest gestorben sind«, knurrt Razorn, »sind keine Leichenhunde.«

Schmidti will ihm widersprechen, aber vielleicht ist sein Brandenburger Regionalstolz jetzt nicht angebracht.

»Ein totes Wildschwein ist etwas anderes als ein menschlicher Körper, der seit ein paar Jahren im Wald verwest«, erklärt ihm Razorn.

»Nicht ganz. Ich ruf in Berlin an«, erklärt Schmidti.

»Gut. Wann können wir anfangen?«

»Nachmittag sollte klappen.«

»Die Akte von Paul ist in Neuruppin. Lass die kommen.«

Auf einer Geländekarte, auf der die Seen und Waldgebiete, die Remusinsel und die wenigen Gebäude zu sehen sind, stecken sie eine Nadel ein. Sie markiert die Stelle, an der sie auf den Schuh von Paul gestoßen sind. Weitere Nadeln werden angepinnt, wo das Boot, sein Polizeiausweis und Kreditkarten von Paul gefunden wurden.

»Dazwischen müssen wir suchen«, sagt Razorn nachdenklich.

»Aber das haben wir damals doch auch gemacht«, wendet Sandra ein.

»Ja, aber nicht richtig, wir haben geglaubt, er sei ertrunken. Könnte sein, die Leiche ist später dort hingetragen und verscharrt worden«, antwortet ihr Razorn.

»Wir waren zu blöd damals«, meint Sandra. Razorn schaut sie nachdenklich an, dann richtet er sich auf. Im Moment kommen sie mit den Überlegungen zur Vergangenheit nicht weiter.

»Was ist mit dem Bruder von Benni, dem Freund von Viktoria? Dieser Ralf Kosinski, können wir mit dem sprechen?«, fragt er sie.

»Er arbeitet bei der Reederei, unten am Hafen.«

Es regnet leicht, immer wieder streichen Windböen zwischen den Hausbooten entlang, die nebeneinander angetaut an den Molen liegen. Die Jachten sind für Familien ausgelegt, die für einige Tage die fast siebzig Seen und Kanäle bereisen wollen. Richtig kalt ist es nicht, aber auch noch nicht warm genug, um das Geschäft für Bootsvermietungen, das den Winter über stillstand, wieder richtig anlaufen zu lassen. Eines dieser Boote steht auf einer hölzernen Vorrichtung, der Schiffsbauch liegt im Freien. Zwei Männer, beide in einem blauen Overall, vor den Augen eine Schutzbrille, um den Mund eine Maske, auf dem Kopf eine Wollmütze, halten kleine Schleifmaschinen in den Händen, mit denen sie die Schiffshaut bearbeiten. Ihre Arbeit ist ziemlich laut, sie hören nicht, wie Razorn fragt, wer von den beiden Kosinski ist.

Weil sie ihn nicht beachten, zieht er kurzerhand den Stecker, die Schleifmaschinen werden ruhig und die Männer klappen die Schutzbrillen hoch, schauen sich verwirrt nach den beiden Polizisten um.

»Wer von euch ist Ralf Kosinski?«, fragt Razorn erneut.

»Der da«, zeigt Sandra auf einen der zwei.

»Geht gleich weiter. Wir haben nur ein paar Fragen«, winkt Razorn Kosinski zu. »Sie können gerne weiterarbeiten«, sagt er dem anderen Mann.

Die zwei Polizisten sind mit Ralf Kosinski ein paar Schritte zur Seite gegangen, im Hintergrund setzt das Schleifgeräusch wieder ein.

»Anselm Molder. Wie gut kennen Sie den Mann?«, beginnt Razorn die Befragung.

Ralf Kosinski zieht die Augen zusammen und murmelt unter seiner Gesichtsmaske: »Wer soll das sein?«

»Nehmen Sie mal die Maske ab, ich versteh Sie nicht«, fordert ihn Sandra auf. Missmutig kommt er ihrer Aufforderung nach.

»Vor drei Tagen haben Sie dreimal versucht, ihn zu erreichen, und dann mit ihm gesprochen. Das war kurz bevor Viktoria Ebuk verschwunden ist, die Freundin von Ihrem Bruder Benni«, hält ihm Razorn vor.

»Was soll das? Hören Sie mein Telefon ab?«, schnauzt ihn Ralf Kosinski an.

»Bis jetzt noch nicht, kann aber passieren«, meint Razorn, »also, wie gut kennen Sie Molder?«

»Ich weiß nicht, wer das sein soll«, sagt Kosinski kühl.

»Sie haben ihm mitgeteilt, dass das Mädchen gleich vorbeikommt«, hält ihm Sandra vor.

»Hab ich nicht.«

Razorn überlegt, ob er ihm die Textnachricht an Anselm Molder vorlesen soll, aber er entscheidet sich dagegen. Er kann die Geheimdienstinformation noch nicht verwenden.

Nicht bevor er eine Erlaubnis der Staatsanwaltschaft zum Abhören und Lesen des Telefons von Kosinski bekommen hat.

»Sie können mit uns zusammenarbeiten oder wegen Beihilfe zu einer Kindesentführung ziemlich lange in den Bau wandern«, schnauzt ihn Razorn an.

»Haben Sie eigentlich ein Problem mit der Freundin von Benni?«, will Sandra wissen.

»Pft, ist seine Sache.«

»Aber Viktoria kennen Sie schon«, setzt Sandra nach.

»Ich hab sie schon mal gesehen, mehr nicht«, nuschelt er. Razorn tritt nah an ihn heran. »Wir finden Anselm Molder und auch das Mädchen. Und sollte sich herausstellen, dass du und deine Nazifreunde irgendetwas mit der Sache zu tun haben, wirst du mich kennenlernen, Bursche«, zischt er ihn an.

»Ich lass mich von Ihnen nicht einschüchtern«, gibt Kosinski ihm trotzig zurück.

»Das solltest du aber«, sagt ihm Razorn, dann nickt er Sandra zu, und zusammen gehen sie zu ihrem Polizeiauto zurück. Sie setzen sich und schauen zu, wie Kosinski seine Maske wieder aufzieht und zu seiner Arbeit zurückkehrt. Sie sehen, wie sein Kollege ihn etwas fragt, aber er schaltet sein Schleifgerät an und macht weiter.

»Der steckt da mit drin«, meint Razorn, »das ist ziemlich klar.«

»Aber beweisen können wir es nicht«, sagt Sandra.

»Wir brauchen die Erlaubnis der Staatsanwaltschaft für sein Telefon«, denkt Razorn laut nach.

»Ich kümmere mich drum«, nickt ihm Sandra zu.

»Lass uns in den Wald fahren, gehen wir die Stellen mit Paul noch mal ab«, schlägt Razorn vor.

Wieder klopft er an die Tür zu der kleinen Wohnung, bevor er den Schlüssel dreht. Das Mädchen liegt auf dem Bett, schaut zu ihm hin, als er eintritt. Sie sieht krank aus, ganz ohne die Energie, die sie in den ersten Tagen hatte, als sie ihn kratzbürstig angeschrien hat.

»Hier«, sagt er und zeigt ihr die Packung mit den Tampons, auf der die Telefonnummer von Kerstin steht. Sie schaut ihn apathisch an, zeigt keine Regung, als er sich wegdreht und in die Küche geht. Das Stück Karton mit der Telefonnummer reißt er von der Packung ab.

»Ich stell dir was zu essen in die Küche.« Aus der Einkaufstüte nimmt er eine Packung Müsli, eine Tüte Milch und eine eiskalte Pizza. Er zieht die Schubladen auf, entdeckt das Besteck. Die zwei scharfen Messer nimmt er heraus und sieht sie sich an. Soll er die mitnehmen? Wird sie ihn damit angreifen? Und wenn schon, er wird mit der Kleinen fertig werden, noch bevor sie zustechen kann. Sie wird sich nicht selbst verletzen, sich nichts antun, dazu ist sie zu jung. Er legt die Messer wieder in die Schublade zurück. Noch einmal schaut er zu ihr, aber sie liegt nur da, hat die Augen geschlossen. Dann zieht er die Tür wieder zu und schließt ab.

Anselm rückt sich einen Sessel vor eins der großen Fenster und schaut in den Berliner Himmel. Langsam wandern Wolkenfetzen vorbei, manchmal ist etwas Blau zu sehen. Vögel fliegen keine vorbei, selten mal ein Flugzeug. Er greift zu der Bierflasche, die er neben sich gestellt hat, und öffnet sie. Es ist gegen alle Regeln, während eines Jobs zu trinken, es ist auch zum ersten Mal seit sehr langer Zeit, dass er Alkohol zu sich nimmt. Ein wenig ist es so wie früher, als er irgendwo eingebrochen ist und sich eine teure Flasche Wein oder Whiskey aufgemacht hat, als er sich in einem supermodernen Bad ausgiebig entleerte und dabei die seltsamen Comics der reichen Besitzer anschaute. Für eine kurze Zeit war ihm dann so, als ob er sich nicht nur den Schmuck, sondern auch das Leben dieser Leute aneignen könnte. Er war immer froh, wenn er ungesehen wieder entkommen war, zu fremd war ihm diese Welt. Jetzt hat ihn die Frau, die er glaubt zu lieben, hier eingesperrt. Er würde sich nie in so einer riesigen Wohnung heimisch fühlen können. Es gab auch reiche Kameraden, aber sie wohnten in Landhäusern, in alten deutschen Burgen oder in Einfamilienhäusern in Rudow, aber bestimmt nicht in solch einer dekadenten, viel zu großen Dachgeschosswohnung. Hier ist Platz für eine große Familie. Was sie dazu bewogen hat, von Berlin wegzugehen und auf dem Land ein neues Leben anzufangen, weiß er nicht. Es war wohl die Begegnung mit dem mythischen Sergej in Russland. Sie hat russische Ikonen in ihrem Gutshaus im Dorf aufgehängt, hier blieben die Masken aus Afrika. Er steht auf und geht zu den vielen großformatigen Büchern und Bildbänden. Aus einem Regal aus dunklem Holz zieht er ein dickes buntes Buch mit Fotografien afrikanischer Landschaften und Menschen und setzt sich zurück in den Sessel. Langsam blättert er durch die bunten Bilder, sieht sich die weiten Landschaften an, die seltsamen Bäume, die hohen Gräser, aus denen Tiere auftauchen, die sich verwundert zu dem Fotografen umdrehen. Über dieser Welt liegt ein warmes gelbes Licht. Groß gewachsene Krieger mit Speeren, eingehüllt in rote Umhänge, springen gemeinsam in die Luft. Sie sehen kräftig und mutig aus, in ihren Gesichtern haben sie weiße Streifen, ihre schwarzen Haare sind lang und geknüpft. Ob seine Gefangene aus solch einem Land kommt? Könnte sie ihm erzählen, wie es ist, dort zu leben? Vielleicht könnte er sie, wenn sie älter ist, einmal besuchen, in ihrem Dorf, wo die Männer Speere tragen. Aber vielleicht lebt sie gar nicht in so einer schönen Landschaft. Sie stammt aus einer verdammten Blechhütte und ist nun hierhergekommen, um ihr Blut mit einem Deutschen zu vermischen. Er trinkt von dem Bier, betrachtet die braune Flasche, die schon leer ist. In seinem Kopf breitet sich ein leichter Schwindel aus. Das dicke

Buch liegt auf seinem Schoß, und er schaut in den grauen Himmel. Nein, er wird sie niemals in Afrika besuchen, denn die Göttin hat für dieses Mädchen ein anderes Schicksal vorgesehen. Er hat sie entführt, um sie ihr zu opfern, damit die Fruchtbarkeit zu ihnen zurückkehrt. Anselm hat einen Auftrag zu erfüllen, er dient seinem Volk, er ist ein nordischer Krieger. Das Buch rutscht auf den Boden, als er aufsteht und ins Badezimmer geht. Er reibt sich über die Augen, um die irritierenden Schlieren loszuwerden.

Im Spiegel sieht er sein Gesicht, in das die strähnigen Haare hängen, sein Bart steht ab. Er bemüht sich um einen entschlossenen Blick, aber er ist sich selbst fremd. Anselm Molder ist kein verwilderter Waldschrat, sondern ein deutscher Mann, ein stolzes Vorbild für all die dekadenten, verwirrten jungen Männer seines Volkes, sagt er sich. Er zieht sich aus und stellt sich unter die schicke Dusche mit der gläsernen Kabine. Anschließend stutzt er sich den Bart, bringt ihn in Form, schneidet die Spitzen seiner Haare, reinigt das Waschbecken. Gerne hätte er frische Wäsche, eine neue Hose, ein frisches Hemd. Nackt durchsucht er die Schränke, und zu seiner Überraschung finden sich mehrere weiße und hellblaue Hemden, auch hängen da ein paar Anzüge, und zwei Jeans an Bügeln. Er schnuppert an der Kleidung des unbekannten Mannes, riecht aber kein Parfüm oder fremde Düfte. Er nimmt sich ein weißes Hemd und eine schwarze Hose, die etwas zu weit ist, aber mit einem Gürtel wird es gehen. Er betrachtet sich in dem großen Spiegel in ihrem Schlafzimmer und sieht sich verwandelt. Jetzt spürt er den Hunger, isst Brot und Käse, öffnet ein weiteres Bier. Bleierne Müdigkeit überkommt ihn, und er legt sich in das große Bett, schläft ein, um ihn liegt ihr Duft, in diesem Raum, in einer anderen Welt.

Razorn und Mechtigkeit fahren auf dem trockenen Waldweg bis zum Zeltplatz Steinablage. Mitten im Wald, auf einer sanft zum Ufer des Rheinsberger Sees abfallenden offenen Fläche, stehen Zelte. Einige Wohnwagen sehen aus wie kleine Häuser, sie gehören Dauergästen, die das ganze Jahr über hierherkommen. Die Plätze sind mit niedrigen Holzstangen abgegrenzt. Am Rand des Platzes findet sich ein festes Gebäude mit den sanitären Einrichtungen und zur Verpflegung der Besucher. Als der Platzwart das Polizeifahrzeug sieht, kommt er auf sie zu. Er trägt kurze Turnhosen sowie ein verwaschenes T-Shirt und wirkt wie ein entlassener Fußballtrainer, der darauf gewartet hat, endlich die neuesten Ergebnisse der Bundesliga mit kompetenten Menschen diskutieren zu können.

»Hallo, Sandra«, begrüßt der Mann die Polizistin, »wer hat was ausgefressen?«

»Mein Kollege Kommissar Razorn von der Polizeidirektion Nord aus Neuruppin. Es kommen gleich noch mehr von uns. Wir müssen da noch einmal in den Wald«, erklärt sie ihm.

»Razorn«, stellt der sich vor und gibt dem Platzwart die Hand.

»Kawes, Rolf Kawes. Ich hab schon gehört, vor ein paar Tagen, da soll ein Schwarzer hier durch den Wald sein. Da wart ihr schon mal da?«

»Der Mann, von dem Sie reden, hat unsere Arbeit unterstützt«, erklärt ihm Razorn, »wie lange sind Sie hier schon Platzwart?«

»Na, so acht Jahre werden es schon sein«, erklärt Kawes stolz.

»Sind Sie im Winter auch hier draußen?«

»Nein. Nur in der Saison von April bis Oktober.«

»Aber es gibt doch diese Dauercamper, die sind das ganze Jahr über hier«, fragt Sandra nach.

»Das sind Vereinsmitglieder. Die haben ihren Wohnwagen hier stehen. Manche schauen auch mal im Winter nach dem

Rechten. Aber hier darf man sich nur in der Saison aufhalten. Ab Oktober drehen wir Strom und Wasser ab.«

»Vielen Dank«, sagt Razorn, »wir müssen uns mal am See umschauen.«

»Kann ich Ihnen irgendwie behilflich sein?«, will Kawes wissen. Razorn schüttelt den Kopf und geht los zum Strand, wo auch einige Boote liegen.

»Im Moment nicht, Rolf. Danke«, sagt ihm Sandra Mechtigkeit, die dem Kommissar folgt.

»Kommst du zum Strandfest?«, ruft Kawes ihr nach.

»Mal schauen, ist ja noch eine Weile hin.«

»Ich würde mich freuen.«

»Hier ist halt nicht viel los«, nimmt Sandra den kontaktfreudigen Platzwart bei ihrem Kollegen in Schutz.

»Ich wette, der kennt die Lebensgeschichte von jedem Besucher. Ich hab noch nie verstanden, warum Leute campen«, brummelt Razorn.

»In 'nem Segelschiff lebt man auch ziemlich eng aufeinander«, bemerkt Sandra.

»Das ist ja was völlig anderes! Man ist zusammen unterwegs, auf dem Wasser, man hat ein Ziel, und es gibt immer etwas zu tun. Ich geh nur mit Leuten segeln, die ich sehr gut kenne, am liebsten allein«, erklärt Razorn. »Auf dem Wasser kommt man nur mit einem Boot voran. Aber warum schleppen Leute einen Anhänger durch die Welt, in dem sie schlafen? Warum fahren sie in so einem Monstrum von Camper herum? Es gibt doch überall Hotels«, fährt er fort.

»Nicht im Wald«, beharrt Sandra.

»Dann stehen die hier, schlimmer als in der Reihenhaussiedlung, dicht an dicht, und glauben, sie stehen im Wald?«, empört sich Razorn. Mechtigkeit zuckt mit den Schultern, will sich mit dem Kommissar nicht übers Campen streiten.

Sie schauen auf den See, nicht weit entfernt sehen sie die Remusinsel.

»Wir wissen nicht, wo Paul mit seinem Boot ins Wasser ging. Es war Winter, er wollte vermutlich nicht einfach zum Vergnügen herumpaddeln, so einer war Paul nicht. Er war auf der Spur von dem Mädchen, das hat ihn beschäftigt«, überlegt Razorn.

»Er könnte in Rheinsberg ins Wasser rein«, meint Sandra.

»Gab es dafür jemals einen Zeugen?«

»Nein«, gibt sie zu.

»Nehmen wir mal an, er ist hier irgendwo, wo im Winter kein Mensch ist, aufs Wasser, weil er einen neuen Verdacht hatte.«

»Aber sein Mörder hat ihn gesehen«, kommentiert Sandra Mechtigkeit.

»Wir wissen noch nicht, ob es Mord war, Frau Kollegin!«, korrigiert sie der Kommissar.

»Stimmt«, gibt sie zu, »noch haben wir seine Leiche nicht gefunden.«

»Aber mal angenommen, es ist so, wie du sagst. Dann könnte es sein, dass er etwas herausgefunden hatte, was seine Mörder veranlasste, ihn zu töten.«

»Einen Polizisten«, ergänzt sie.

»Er war ohne Uniform unterwegs.«

»Aber sie haben seinen Polizeiausweis gesehen, der lag am Ufer.«

»Das könnte der Grund sein, dass sie ihn tief in den Wald geschleppt haben.«

»Nachdem sie ihn getötet haben.«

»Könnte sein«, überlegt Razorn. »Wo wurden seine Sachen gefunden?«

Mechtigkeit zeigt nach links, das Ufer entlang. Razorn geht voraus, nah am See. Nach etwa zehn Minuten sind sie an der Stelle, die Sandra auf ihrem Smartphone markiert hat. Sie sehen auf die schmale Seite der Insel.

»Ja, hier waren wir schon einmal«, bestätigt Razorn, »und

haben uns gefragt, ob Paul irgendwo da draußen ertrunken ist. Wir haben den See abgesucht, weil hier das kaputte Boot lag.«

»Aber vielleicht ist er gar nicht ertrunken.«

»Genau. Vielleicht ist er gar nicht ertrunken. Es sollte nur so aussehen.« Razorn nickt, dreht sich um und blickt in den Wald. Mechtigkeit streckt den Finger aus.

»Und irgendwo da lag der Schuh«, zeigt sie und blickt auf ihr Smartphone. Sie gehen zusammen los, steigen durch Gebüsch, umrunden umgefallene Bäume, springen über Gräben, betrachten genau den Waldboden, auf der Suche nach einem Hinweis auf irgendetwas, was vielleicht vor fünf Jahren hier geschehen sein könnte. Sie kommen zu der Markierung, wo Ebuk den Schuh des verschwundenen Polizisten Paul Kugelmann gefunden hat. An einem Baum hängt ein weiß-rotes Flatterband, auf dem »Kriminaltechnik« steht. Razorn beugt sich runter und schaufelt mit der Hand etwas Laub beiseite, unter dem aufgewühlter, dunkler Waldboden zu sehen ist.

»Sieht aus wie Wildschweine«, bemerkt er. »Weißt du, ob ein Wolf einen alten Schuh herumträgt?«, fragt er seine Kollegin. Mechtigkeit schaut ihn ratlos an und verneint. Sie sehen, wie drei Mannschaftswagen ankommen und mehrere ihrer Kollegen aussteigen. Razorn geht auf sie zu, begrüßt sie, erläutert, was zu tun ist, und teilt sie ein.

»Wann kommt der Leichenspürhund aus Berlin?«, fragt er einen Kollegen aus der Polizeidirektion.

»Müsste bald da sein«, ist die Antwort.

»Jetzt haben wir in Potsdam einen Hund, der verbuddelte Computerchips von Kinderschändern in Brandenburg finden kann, wir haben Hunde, die tote Wildschweine finden, aber immer noch keinen Leichenspür- und Bluthund. Ich versteh das nicht«, murrt Razorn.

»Wir haben nicht so viele vergrabene Leichen wie die Berliner, dafür mehr Kinderschänder«, gibt sein Kollege zurück.

»Und die afrikanische Schweinepest«, meint Sandra.

»Legt los, Leute«, gibt der Kommissar den Befehl an die Suchtruppe. In einer langen Reihe durchkämmen die Polizisten den Waldboden, in den Händen lange dünne Metallstangen, mit denen sie auf dem Boden und im Laub stochern können.

Nur wenig später hören sie dunkle Technoklänge aus einem Polizeiauto mit Berliner Kennzeichen hämmern. Als die Musik erstirbt, entsteigen zwei junge Polizistinnen, um die dreißig, zusammen mit einem hechelnden Hund dem Fahrzeug. Sie tragen dunkelblaue, eng anliegende Kampfuniformen, ihre Pistolen stecken in einem Schulterhalfter, die Füße in bequemen Sportschuhen, ihre Haare haben sie streng nach hinten gebunden. Schwarze Lederhandschuhe halten die Leine des Bluthunds. Es ist, als ob sie gerade einen Ego-Shooter-Game gespielt, die letzten Pizzareste verdrückt und einen Energydrink geschluckt hätten – jetzt sind sie bereit für Liveaction. Razorn staunt die beiden Polizistinnen aus Berlin für einen kurzen Moment an, Mechtigkeit fühlt sich provinziell. Razorn bedankt sich für ihr Kommen, die Berliner Polizistinnen ziehen den rechten Handschuh aus und drücken den Brandenburger Kollegen knapp die Hand. Razorn erklärt, die Leiche, die sie suchen, könnte hier möglicherweise seit fünf Jahren vergraben liegen.

»Kein Problem«, erklärt die Hundeführerin.

»Susi kann Leichenteile bis zu zwei Meter unter der Erde riechen«, sagt die andere.

»Susi?«, fragt Razorn nach, die beiden Frauen nicken, schauen ihn herausfordernd an, ob ihm irgendein Kommentar zu ihrer Hündin einfällt, doch Razorn lächelt leicht. Die drei gefallen ihm.

Mechtigkeit übergibt eine durchsichtige Plastiktüte mit dem Schuh des toten Paul Kugelmann an die beiden Frauen.

»Den haben wir hier vor ein paar Tagen im Sumpf gefunden und dann mit der DNA des Toten abgeglichen«, berichtet sie.

»Cool«, meint die Frau mit dem Hund an der Leine, öffnet die Tüte, nimmt den verrotten Schuh heraus und lässt das Tier Witterung aufnehmen. Die Hündin gibt ein leises Bellen von sich, dann macht die Hundeführerin die Leine los. Zunächst läuft Susi zu der Markierung, wo der Schuh gefunden wurde. Die Berlinerinnen folgen, eine kniet sich zu ihrem Tier und flüstert ihm etwas ins Ohr, dann geht die Hündin langsam los, schnüffelt in verschiedene Richtungen.

»Könntet ihr den Suchtrupp zurückziehen? Viele Leute, viele Gerüche«, fragt die Polizistin, »lasst die Kleene erst mal loslegen. Die macht das schon.«

Razorn und Mechtigkeit schauen sich an, Razorn spricht mit dem Truppenführer über ein Funkgerät und beordert den Suchtrupp zurück. Schnell finden sich die Frauen und Männer wieder bei den Polizeitransportern ein, schauen interessiert zu den beiden Berliner Kolleginnen mit dem Hund, die sie nicht beachten. Der Leichenspürhund schnüffelt, gräbt immer wieder mit einer Pfote im Laub, irgendwann läuft er los, die beiden jungen Frauen folgen ihm. Der Wald ist jetzt eine stille Bühne, auf der ein Hund hechelt, gefolgt von zwei Frauen in Polizeimontur. Über den Bäumen steigen einige laute Vögel auf und kommentieren das Geschehen unter ihnen. Die Gruppe Brandenburger Polizisten, die menschlichen Zuschauer, betrachten still und gespannt die Ereignisse.

Razorn telefoniert mit den Dienststellen in Rheinsberg und Neuruppin, während Sandra Mechtigkeit mit einigen Kollegen aus dem Suchtrupp plaudert. Dann rauscht es im Funkgerät, sie hören ein entferntes Bellen. »Ich glaube, wir haben da was für euch«, sagt eine junge Stimme, »bringt einen Spaten mit.«

Die beiden Hundeführerinnen lehnen an einem Baumstamm, Susi sitzt vor einem Stück Waldboden, schabt mit einer Pfote und bellt immer mal wieder. Als Razorn und seine Leute ankommen, wird Susi wieder an die Leine genommen.

»Glück gehabt«, sagt eine der Berlinerinnen, »sie hält normalerweise nur zwanzig Minuten durch, dann braucht sie eine Pause. Ich schätze, der Tote liegt hier.«

Einer der Männer mit dem Spaten fängt vorsichtig an zu graben, der Hund und die Polizisten sehen ihm zu. Spatenstich um Spatenstich wird das Loch tiefer, ein kleiner Haufen Waldboden sammelt sich daneben an. Schließlich kommt ein vermoderter Rest Kleidung zum Vorschein, unter dem ein Stück Knochen zu sehen ist.

»Dann holt mal die Kriminaltechnik her«, befiehlt Razorn. Er geht zu den beiden Frauen mit dem Hund, kniet sich nieder und streicht Susi über den Kopf.

»Guter Hund«, meint er. Susi schaut ihn an, zufrieden, wie die beiden Frauen, die wissen, dass sie gute Arbeit geleistet haben. Zusammen machen sie sich auf, dann fällt ihnen noch etwas ein, sie drehen sich noch mal um.

»Gibt es gutes Eis in Rheinsberg?«, fragt eine der Frauen. Mechtigkeit geht ihnen entgegen, etwas irritiert über die Frage.

»Wenn wir 'ne Leiche finden, essen wir Eis«, sagt die eine, »zur Belohnung«, sagt die andere. Aufmerksam warten sie auf eine Antwort auf ihre Frage von der Dienststellenleiterin. Sandra Mechtigkeit empfiehlt ihnen die *Eiszauberei* in Rheinsberg.

»Danke. Cool, komm Susi.« Kurze Zeit später sind die beiden Hundeführerinnen aus Berlin verschwunden. Razorn gibt Anweisungen, wie die Leiche vorsichtig ausgegraben und wie nach weiteren Spuren im Umkreis gesucht werden soll.

Als Anselm wieder wach ist, denkt er an die Begegnung mit Kerstin. Sie sah gut aus und sie war freundlich zu ihm, obwohl er sich nie bei ihr gemeldet hat. Er betrachtet die Telefonnummer auf dem kleinen Stück Karton, das er von der Packung abgerissen hat. Aber er wird sie nicht anrufen, so wenig Spuren wie möglich. Er beschließt, sie einfach zu besuchen, sie zu überraschen, jetzt, nachdem er ausgeschlafen und frisch gewaschen ist. Er kann es nicht aushalten, einfach hier rumzusitzen, in dieser falschen Wohnung, und darauf zu warten, bis ihn Wala zurückruft. Er will weder ihre Bücher lesen noch will er sich vom Fernsehen berieseln lassen. Doch bevor er losgeht, schaut er nach dem Mädchen. Wieder klopft er, dann tritt er ein. Er findet sie in der kleinen Küche, sie hat sich die Pizza heiß gemacht und bereits die Hälfte davon aufgegessen. Das ist ein gutes Zeichen, sie hat sich nicht aufgegeben. Er fragt nicht, wie es ihr geht, ob er ihr das Richtige mitgebracht hat.

»Schmeckt es?«, fragt er.

Sie nickt. »Was soll das?«, will sie wissen, »warum hast du mich hierhergeschleppt?«

»Es ist nur für kurze Zeit«, antwortet er ihr.

»Und dann? Verkaufst du mich an einen Puff oder was?«, schnauzt sie ihn an.

Er will ihr antworten, aber er zögert. Nur leicht schüttelt er den Kopf, wendet sich zum Gehen. Sie springt auf, geht ihm nach, zieht an seinem Hemd. Schnell reißt er seinen Ärmel zurück, richtet sich bedrohlich vor ihr auf. In ihren Augen sind Tränen, die sie ihm nicht zeigen will. Sie geht zurück in die Küche.

»Bring mir wenigstens was zum Lesen«, sagt sie leise zur Pizza. Wieder schließt er die Tür hinter sich, überlegt, ob er Schwäche oder Größe zeigt, wenn er ihr ein Buch bringt. Als er vor der Wand aus Büchern steht, fällt sein Blick auf den Bildband, den er am Morgen in der Hand hatte. Er öffnet wieder die Tür und legt ihr das Buch auf den Boden, dann schließt er wieder ab. Soll sie sich das Land ihrer Mütter und Väter ansehen.

Jetzt steht es in der Zeitung. Viktoria wird vermisst und gesucht. Als Ebuk das Zimmer betritt, wo sie ihre Spinde haben, sitzt sein Kollege Norbert auf der schmalen Bank und zeigt auf das Foto von Viktoria.

»Das ist doch deine Tochter?« Norbert zeigt auf das Papier und gibt ihm die Zeitung.

Seit dem Samstag vor Ostern wird die 13-jährige Viktoria Nala Kadhumbula Ebuk vermisst. Sie verließ gegen elf Uhr die Wohnung, in der sie zusammen mit ihrem Vater wohnt, um ihre Freundin Angela K. in Rheinsberg zu besuchen. Auf dem Weg zu ihrem Schulkameraden Bernhard K. ist sie verschwunden. Die Polizei sucht nach Zeugen, die sachdienliche Hinweise zum Aufenthaltsort der Vermissten geben können.

Unter der Meldung ist das Bild von Viktoria zu sehen, das er der Polizei überlassen hat. Ebuk nickt nur, gibt Norbert die Zeitung zurück.

»Wie geht's deinem Fuß? Du bist von der Leiter gefallen?«, fragt Ebuk.

»Ach, geht schon. Idiotisch. Muss halt. Danke, dass du eingesprungen bist. Du sollst richtig gut sein. Aber das ist doch jetzt nicht wichtig. Was ist mit dem Kind?«, fragt er nach.

»Sie wissen noch nicht viel. Sie ist vermutlich entführt worden«, berichtet Ebuk. Er spricht leise, schaut zu dem kleinen Fenster, das ein wenig Tageslicht in ihren Aufenthaltsraum lässt.

»Wirklich? Gibt's doch nicht!«

Schnell kommen weitere Kollegen dazu und betrachten

Ebuk, mit dem sie noch vor drei Tagen Fußball gespielt haben. Sie stehen in einiger Entfernung von ihm, als ob sie sich von seinem Leid nicht anstecken lassen wollen. Er dreht sich zu ihnen, schaut sie an. Kevin Rettling, der dünne Mann, der ihn anrief, mit dem er schon öfters zusammengearbeitet hat. Alexander mit dem Schnauzbart, der die Kehrmaschine fährt und weiße, wellige Haare trägt. Jonny, dem aus dem offenen Hemd die Brusthaare quellen, zwischen denen eine dünne Goldkette glänzt. Von ihm wird erzählt, er hätte ein Auto gestohlen und im Gefängnis gesessen.

»Sie ist am Samstagmorgen losgegangen zu ihrer Freundin Angela, nach Rheinsberg«, beginnt Ebuk, »am Nachmittag wollte sie Benni besuchen. Der ist wohl ihr Freund.«

Jonny nimmt Norbert die Zeitung weg und schaut sich das Foto von Viktoria an.

»Ist sie das? Sie ist hübsch. Wow«, meint er.

»In dem Alter sind alle hübsch. Vielleicht warst sogar du mal hübsch«, pflaumt ihn Alexander an, »nimm doch frei, Ebuk.«

»Was macht die Polizei? Suchen sie mit Hunden und so?«, will Kevin wissen.

»Ja, Sonntag waren Hunde im Einsatz. Sie haben gesucht – in der Nähe von Warenthin«, sagt ihm Ebuk, »aber nichts gefunden.«

»Dort ist ja auch nur Wald und Sumpf. Ist da nicht ein Campingplatz?«, fragt Kevin nach.

»Steinablage«, weiß Jonny.

»Genau, Steinablage«, bestätigt Kevin, »dann könnte es einer von dort gewesen sein?«

»Eher nicht«, meint Ebuk, »dann gäbe es eine Spur. Sie glauben, die Täter hatten einen grauen Transporter. Nach so einem Auto sucht die Polizei.«

»Grauer Transporter«, wiederholt Jonny, »haben sie ein Kennzeichen?«

Ebuk nickt. »OPR, mehr nicht.«

»Aus der Ost-Prignitz?! Wirklich?«, staunt Alexander.

»Kann ja auch sein, dass das Auto gestohlen wurde, und dann haben sie die Kleine geschnappt«, sagt Kevin.

Ebuk schaut ihn aufmerksam an, er nickt. »Du hast recht«, sagt er, »das kann sein. Wir hoffen, dass sich durch die Vermisstenmeldung Zeugen melden. Wenn man zwei Tage nach einer Entführung keine konkrete Spur hat, wird es schwer«, erklärt Ebuk. Er spricht jetzt ganz sachlich, wie früher, als er den Eltern der vermissten Kinder die schwierige Lage erklärt hat.

»Du warst mal Polizist. Stimmt das?«, fragt Jonny.

»War ich. Polizeichef.«

»Echt, Mann?« Jonny schaut die Kollegen ungläubig an, als ob er einen Witz gemacht hätte. Aber sie ziehen nur die Augenbrauen hoch, weil Jonny mal wieder nichts mitbekommen hat.

»Ja, war er. Ebuk hat was drauf, und er spielt Fußball wie ein Profi. Hat er am Samstag gezeigt. Die Gelbe Karte war nicht in Ordnung«, regt sich Kevin auf.

Ebuk muss grinsen. »Danke, Mann. Ich hab mich sehr über deinen Anruf gefreut.«

»Kannst du dich bei Norbert bedanken. Weil der Trottel von der Leiter gefallen ist.« Sie lachen alle zusammen, auch Norbert.

»Gern geschehen«, sagt er.

Ebuk versichert den Männern, dass er arbeiten will, das sei besser für ihn, als zu Hause herumzusitzen und auf die Anrufe der Polizei zu warten. Das verstehen die Kollegen, also wird er mit Alexander in eine Schicht eingeteilt. Die beiden sollen sich um die Mülleimer an den Bushaltestellen kümmern. Es gab Beschwerden, dass die nicht oft genug geleert werden. Auch eine Wasserpumpe auf dem Kinderspielplatz an der Schule sollen sie sich ansehen. Die Pumpe funktioniert seit zwei Jahren nicht.

Ebuk sitzt neben Alexander in dem kleinen orangefarbenen Lastwagen des Stadthofs und schaut auf den wenigen Verkehr. Er fühlt sich wie gelähmt, fast taub. Als er am frühen Morgen aufwachte, stellte er erstaunt fest, dass er die ganze Nacht tief geschlafen hatte, weshalb er sich schuldig fühlte. Er machte sich Kaffee, fand ein paar Cornflakes und einen Rest Milch, die er aber wegschüttete, nachdem er daran gerochen hatte. Er würde einkaufen müssen. Die Besorgungen für die Feiertage zu übernehmen, war seine letzte Bitte an Viktoria. Wie armselig, wie banal kam ihm das vor, fast schämte er sich. Der Alltag ging weiter, er lebte und hätte für sie da sein müssen. Er überlegte, ob er direkt zur Polizei in Rheinsberg fahren sollte, um die Kollegen zu unterstützen, aber er ahnte, er würde nur im Weg herumstehen oder wieder irgendwo im Wald herumirren. Die Informationen, die er weitergegeben hatte, sollten für weitere Ermittlungen ausreichend sein, hoffte er. Razorn, den er gleich angerufen hatte, berichtete ihm, dass sie nach Anselm Molder suchen würden, und sie hätten auch Bennis Bruder Ralf durchleuchtet. Sie würden sich die Jungs heute vornehmen. Razorn sagte, er könne im Moment nichts tun, aber versprach, ihn auf dem Laufenden zu halten.

Als sein Kollege Alexander aussteigt und die Autotür zuschlägt, kommt Ebuk zu sich und springt ebenfalls aus dem Wagen. Er entschuldigt sich für seine geistige Abwesenheit bei Alexander, der begonnen hat, den Müll um die Haltestelle mit einer Zange an einem langen Stab aufzusammeln und in eine Plastiktüte zu befördern. Ebuk entriegelt den grünen Mülleimer und kippt ihn hinten in den Lastwagen, so wie er es gelernt hat. Alexander kommt zurück und wirft die graue Plastiktüte dazu, nickt Ebuk zu, und beide steigen wieder ein. An der nächsten Bushaltestelle wiederholen sie die Arbeitsschritte. Sie reden nicht viel miteinander, Ebuk starrt vor sich hin, versucht sich aber auf seine Tätigkeiten zu konzentrieren und nichts falsch zu machen. Was sollte er Alexander erzählen? Wie der heftige Regen, der in seinem Land fällt, den ganzen Müll, den die Leute liegen lassen, wegspült? Wie die zerfetzten Plastiktüten, zerdrückten Blechdosen und verwitterten Zeitungen in den Straßengräben landen und dort verrotten? Die Greifzangen, mit denen Müll aufgenommen werden kann, ohne dass sich ein Mensch bücken muss, hat er in Deutschland zum ersten Mal gesehen. Keine Stadtverwaltung in Uganda käme auf die Idee, solche Hilfsmittel für die Mitarbeiter anzuschaffen; es wäre der reine Luxus.

Dann halten sie an dem Spielplatz neben der Schule, wo die kaputte Wasserpumpe steht.

»Warum gibt es diese Pumpe hier überhaupt, Alex?«, fragt Ebuk seinen Kollegen, »die Leute haben doch alle Wasser in ihrer Wohnung.«

»Für die Kinder«, erklärt ihm Alexander, »zum Spielen. Musst du nicht mich fragen. Ich versteh es auch nicht. Mein Sohn war hier nicht. Meine Frau ging auch nie mit ihm zu einem Spielplatz. Die ging arbeiten, und das Kind war irgendwo draußen mit den anderen Kindern. Gibt's bei euch in Afrika Spielplätze?« Alexander schaut ihn fragend an.

»Bei uns in Uganda nicht. Die Kinder sind bei ihren Müttern, bei anderen Kindern oder in der Schule.«

Alexander nickt, fühlt sich bestätigt in seiner Ansicht, dass Spielplätze in ihrer kleinen Stadt eigentlich keinen Sinn machen und noch weniger eine Wasserpumpe. Aber so eine Pumpe zu reparieren, ist anspruchsvoller, als Müll einzusammeln. Er bewegt den Schwengel der roten Pumpe mehrmals auf und ab und hört sich das trockene Geräusch an, das der Wasserspeier von sich gibt. In der nebenan gelegenen Schule geht eine Pausenglocke los, und kurze Zeit später rennen Kinder auf den Schulhof. Ebuk schreckt beim schrillen Läuten zusammen, er dreht sich zum Schulhof hin, geht einige Schritte zu dem Zaun, der den Spielplatz begrenzt, und schaut den Kindern zu. Erst jetzt merkt er, dass es Viktorias Schule ist, vor der er steht. Er hat sie heute nicht abgemeldet, fällt ihm ein, hat es einfach vergessen. Er glaubt, alle in seinem Dorf und auch hier im Ort müssten wissen, dass seine Tochter entführt wurde. Ob Angela Köhler und Benni der Lehrerin berichten würden, was passiert ist? Ob sie den anderen Klassenkameradinnen von Viktorias Verschwinden erzählen? Immerhin kam die Polizei am Wochenende bei ihnen vorbei. Er sollte Razorn vorschlagen, alle Mitschüler und Mitschülerinnen in Viktorias Klasse zu befragen. Er hält sich am Zaun fest und atmet tief ein.

»I'm a stranger here myself«, sagt ihm die Stimme von Ellen Ripley. Sie klingt sanft, verständnisvoll, als ob sie ihm ihre Hand auf die Schulter legen und mit ihm über den Zaun schauen würde.

Er wendet sich zu ihr um, will ihr Verständnis nicht.

»Is that supposed to comfort me?«, raunzt er sie an. Er stößt die fremde Frau von sich weg, so wie er Prudence von sich weggestoßen hat, als sie ihn trösten wollte. Er wollte als Mann seine Schwierigkeiten allein bewältigen, und Prudence nannte ihn »Dummkopf«.

»Comfort you? Oh no, sorry, go ahead, empty the trash bin, feel guilty«, sagt die Stimme leise.

Er schlägt mit der Faust zweimal in die Luft, doch da ist nichts, was er treffen könnte. Ja, verdammt, er leert Mülleimer in Deutschland, aber es macht ihm nichts aus, er ist nicht besser als die anderen Männer, die das auch machen. Das ist keine Strafe, weil er seine Frau und seine Tochter nicht besser beschützen konnte. Fürs Mülleimerleeren fühlt er sich nicht schuldig. Aber er wird nicht weiterleben können, wenn die, die ihm seine Prudence und seine Viktoria weggenommen haben, nicht gefunden und bestraft werden. Monster müssen zur Strecke gebracht werden, sonst gehen alle anderen mit unter. Wenn Viktoria abends nicht einschlafen konnte, hatte Prudence ihr gesagt, es gibt keine Monster. Aber er widersprach, es gab sie wirklich, und jetzt lauerten sie irgendwo da draußen. Warum sagte man den Kindern nicht die Wahrheit?

Alexander hat mitangesehen, wie er in die Luft boxte.

Ebuk geht zu ihm hin und fragt ihn: »Hast du oder hat deine Frau eurem Sohn gesagt, es gibt keine Monster auf der Welt?«

»Was denn für Monster?«, fragt Alexander.

»Leute, die Kinder entführen, sie töten und aufessen, solche Monster«, blafft Ebuk.

»Nein. Darüber haben wir nicht mit ihm geredet. Das wissen Kinder von allein. Die sind schlau genug und sie bekommen den Mist, der in der Welt passiert, ganz genau mit.«

»Müssen sie nicht wissen, was auf sie zukommt?«, fragt Ebuk nach.

»Dein Mädchen weiß Bescheid. Da würde ich mir keinen Kopf machen. Sie ist mit dir nach Deutschland abgehauen. Oder?«

»Ja, du hast recht«, gibt Ebuk zu. »Sie hat die Monster, die ihre Mutter erschossen haben, kennengelernt.«

»Oh Mann«, Alexander schüttelt den Kopf und legt Ebuk eine Hand auf die Schulter, »das tut mir leid. Dann musst du ihr nichts mehr beibringen.«

»Danke, Alex. Also, was ist mit der Pumpe?«

»Die ist in Ordnung, glaube ich. Aber es kommt kein Wasser an. Irgendwo fließt es nicht.«

»Ja, irgendwo fließt es nicht«, stimmt ihm Ebuk zu. Auch Ripley nickt, als sie das hört.

7

Razorn und Mechtigkeit schauen finster und schweigend auf die enge Straße vor ihnen, die zum Gutshof von Wala von Anschütz führt.

Inzwischen hat auch der Kollege Hillmer seine Überprüfung der ihm übertragenen zwei Transporter abgeschlossen. Beide Halter sind auch die Fahrer und konnten eindeutig belegen, zu welchem Zweck die Fahrzeuge zum möglichen Tatzeitpunkt genutzt wurden. Es bleibt also noch der eine graue Ford übrig, der von Wala von Anschütz' Hof stammt. Dieser graue Transporter ist immer noch nicht aufgetaucht. Auch vom Fahrer bisher keine Spur.

Sie haben gesehen, wie der Kollege mit der Schaufel die vermoderte Leiche freilegte, während andere Polizisten mit rot-weißen Flatterbändern den Fundort absteckten, einige im Umkreis durch das Laub stocherten, bei dem Versuch, Spuren des Täters zu finden. Razorn hätte den Kollegen, der das Erdreich über den Knochen abhob, gerne angetrieben, aber er wusste, es war gut, behutsam vorzugehen.

Schließlich kam die Spurensicherung und übernahm das Grab im Wald. Sie fanden den zweiten Schuh, noch ein wenig besser erhalten als die restliche Kleidung, die die Knochen bedeckte. Der Tote lag auf der Seite, als ob er sich zum Schlaf gebettet hätte. Der Schädel zeigte eine Delle, die vermutlich von einem Schlag mit einem Stein herrührte, wie die Gerichtsmedizinerin feststellte, als sie die Reste von Pauls Kopf zwischen ihren weißen Plastikhandschuhen drehte. All die Konsequenzen, die sich aus dem Auffinden der Knochen ihres ehemaligen Kollegen Paul ergaben, mussten überlegt werden.

Mechtigkeit, die am Steuer sitzt, fährt schnell. »Ich muss es Jana sagen«, überlegt sie. Razorn nickt nur. Endlich würde die Frau Gewissheit bekommen und könnte ihren Bruder beerdigen. Allerdings würde noch einige Zeit vergehen, bis alle Spuren ausgewertet wären. Wie konnten sie damals nur so blind sein und sich in die Irre führen lassen? Warum hatten sie nicht konsequenter ermittelt? Weil Ausweise am Ufer lagen und ein Boot aufgeschlitzt war, gaben sie sich schließlich mit dem Gedanken zufrieden, Paul wäre ertrunken und würde tief im See liegen. Es war der afrikanische Polizist, der die Fälle zusammenbrachte. Seine Erfahrung mit verschwundenen Kindern sollten sie nutzen, jetzt, wo sie nach seiner Tochter suchten und einem weiteren Mädchen, das seit ein paar Jahren als verschollen gilt.

Das Polizeiauto mit Mechtigkeit und Razorn hält vor einem der Gesindehäuser, ganz in der Nähe des Gutshofs und der Scheunen. Die zwei Polizisten steigen aus, sie gehen auf die Eingangstür zu, doch gerade als sie anklopfen wollen, denn eine Klingel gibt es hier nicht, hören sie kräftige Hammerschläge. Sie nicken sich zu und gehen an dem Haus vorbei, hinter dem sich ein Garten wie ein breites Handtuch aufrollt. Am Ende des Gartens, zu einem weiten Feld hin, arbeiten ein Mann und eine Frau. Der Mann treibt mit einem Vorschlaghammer Holzpfeiler in ausgehobene Löcher im Boden. Er hat graue schüttere Haare, scharfe Falten im Gesicht, eine untersetzte, schlanke Figur. Er trägt Knickerbockerhosen, ein grobes Flanellhemd. Das Schlagen mit dem Hammer scheint ihm leicht zu fallen. Eine Rolle Wildzaun liegt bereit. Die Frau zupft von den Pflanzen im Garten Federn ab, die überall verstreut sind, als ob jemand ein Kopfkissen aufgeschlitzt und in den Wind gehalten hätte. Vor dem Hühnerstall scharren zwei einsame Hühner zwischen den Federn ihrer gemeuchelten ehemaligen Gefährten.

»Das sieht ja nicht gut aus«, kommentiert Mechtigkeit, »war das der Fuchs?«

Der Mann hält kurz inne, betrachtet missmutig die beiden Polizisten und nickt mit dem Kopf zu der Frau.

»Sind Sie Erika und Heinrich Röter?«, fragt Razorn. Die Frau nickt und kommt auf die Polizisten zu.

»Ja?«, fragt Erika, ebenso kurz angebunden wie der Mann.

»Was ist denn hier passiert?«, beginnt Razorn höflich.

»Vermutlich Wölfe. Kommen Sie deswegen?«, will sie wissen. Der Mann, Heinrich, unterbricht sein Hämmern, um die Antwort zu hören.

»Deswegen nicht, Frau Röter. Wir würden Sie gerne sprechen. Wegen Ihrer verschwundenen Tochter«, erklärt ihr Razorn. Für einen Augenblick erstarrt sie, dann schüttelt sie sich leicht, dreht sich von Razorn ab und wendet sich wieder ihrer Arbeit mit den Federn zu.

»Sie ist weg«, kommt von dem Mann.

»Das haben Sie vor sechs Jahren meinem Kollegen schon einmal erzählt. Ist sie inzwischen wieder aufgetaucht?«, will Mechtigkeit wissen.

Wütend schlägt der Mann erneut auf einen Holzpfeiler. »Damals haben Sie uns gesagt, sie sei bei Verwandten in Amerika.«

Mechtigkeit hat sich dicht neben den Pfosten gestellt, um den Mann zu zwingen, sie anzuschauen. Razorn ist Erika gefolgt.

»Sie sehen doch, was hier los ist«, sagt sie ihm. Ihre Stimme klingt schrill.

»Ja, der böse Wolf. Hat er auch Ihre Tochter geholt?«, fragt Razorn brutal.

»Was reden Sie denn. Sie haben doch gehört …«, sagt sie unsicher.

»Sie ist nicht in Amerika und sie war auch nie dort. Was ist mit ihr passiert?«, unterbricht sie Razorn. Erika schaut sich zu ihrem Mann um, ihr Gesicht und ihr Körper sind ein Manifest der Bitterkeit.

»Gehen Sie. Wir haben nichts zu sagen!«, schnauzt der Mann und holt erneut mit dem Hammer aus. Mechtigkeit muss zur Seite springen, um nicht von ihm getroffen zu werden.

»Was machen Sie hier?«, ruft laut Wala von Anschütz, die herbeigeeilt kommt. Ihre blonden Haare sind offen, strähnig; sie steckt in einem grauen Trainingsanzug, die Füße in schmutzigen rosa Plastikclogs. Sie schaut eindringlich zu Heinrich und Erika, um sich zu vergewissern, dass das Schweigegelübde gegenüber Vertretern des Staates eingehalten wird.

»Und wer sind Sie denn?«, bellt Razorn sie an.

»Das möchte ich von Ihnen auch gern wissen. Von Anschütz. Mir gehört all das hier!«, gibt Wala ihm mit einer großen Geste zurück.

»Razorn, Polizeidirektion Nord. Wir ermitteln in einer Mordsache«, stellt Razorn klar.

»Was denn für eine Mordsache?«, fragt Wala. Ihr Ton ist pampig, als fände sie es unverschämt, mit solchen Angelegenheiten behelligt zu werden. Razorn und Mechtigkeit schauen sich an und schweigen, lassen die Information wirken. Für einen Moment hört man nur die Vögel zwitschern.

»Kommt die Polizei jetzt bei Hühnermord? Haben Sie Angst, dass wir den Wölfen etwas antun? Wir mögen Wölfe!«, versucht es Wala mit einem dummen Spruch. Doch sie bekommt keine Reaktion. Irritiert schaut sie die beiden Siedler an.

»Sie haben nach Sabine gefragt«, gibt Erika von sich.

»Was hast du ihnen gesagt?«, will Wala wissen.

»Dass sie … dass sie in Amerika ist«, sagt Erika erneut ziemlich schrill.

»Unsinn! Wo ist Ihre Tochter?«, fragt Razorn scharf nach.

Eingeschüchtert geht Erika ein paar Schritte auf Wala zu, die beschwichtigend nickt.

»Sie haben gehört, was Frau Röter gesagt hat. Was geht Sie an, wo ihre Tochter ist? Sie ist vor ein paar Jahren nach Amerika ausgewandert«, versucht es Wala mit einer sachlichen Antwort.

»Dann haben Sie bestimmt eine Adresse«, fragt Mechtigkeit nach. Erika schaut ihren Mann an, sie atmet schnell, ihr linkes Auge beginnt nervös zu zittern.

»Haben wir nicht«, sagt der Mann, der seine Frau anblickt.

»Was wollen Sie denn von ihr? Um was geht es?«, fragt Wala genervt.

»Um einen Mord. Vor etwa fünf Jahren, hier in der Nähe«, antwortet Razorn, jetzt ganz ruhig. Sein Satz wirkt wie eine Ohrfeige auf Erika. Heinrich Röter legt seinen Vorschlaghammer zur Seite, greift die Hand seiner Frau und führt sie zum Haus. Sie folgt ihm mit staksigen Schritten.

»Was sind das für Verdächtigungen? Lassen Sie uns in Ruhe. Ich werde meinen Anwalt informieren«, versucht Wala ihre Fassung wiederzubekommen.

Razorn lächelt böse, er hat in seinem Leben als Polizist schon mit vielen Anwälten zu tun gehabt, aber sie haben ihn nie daran gehindert, die Wahrheit zu erfahren.

»Ist der Herr Anselm Molder inzwischen wieder zurück?«, fragt Mechtigkeit. »Wir haben immer noch Fragen zu dem Transporter. Wo ist das Fahrzeug?«

»Es ist unterwegs. Das ist bei Fahrzeugen so«, schnauzt Wala zurück.

»Wir wollen den Lieferwagen sehen! Sagen Sie Herrn Molder bitte, dass er sich bei uns melden soll, sobald er zurück ist.« Mechtigkeit spricht mit äußerster Freundlichkeit.

»Oder müssen wir ihn erst zur Fahndung ausschreiben?«, blafft Razorn. Wala dreht die Handflächen nach oben, lächelt. Razorn nickt ihr zu und wendet sich ohne zu grüßen ab.

»Auf Wiedersehen«, verabschiedet sich Sandra Mechtigkeit von Wala von Anschütz, »ich bin sicher, wir sehen uns bald wieder.«

»Wir hätten gleich mit einem Durchsuchungsbeschluss und einer Hundertschaft kommen sollen«, meint Razorn, als sie wieder im Auto sitzen, »und hier mal richtig lüften. Ruf die Staatsanwältin an!«

Anselm fährt mit der U-Bahn durch Neukölln bis nach Rudow, der letzten Station. Früher ist er oft mit der Linie 8 gefahren, er hatte stoisch die Menschen aus den unterschiedlichsten Ländern ertragen, meistens stand er an der Tür, um sich nicht neben Türken, Araber oder Schwarze setzen zu müssen. Manchmal schnauzte er junge Türken an, wenn sie ihm zu laut waren und sich nicht benehmen konnten. Einmal hat er so einem Typen eine reingehauen, weil er eine deutsche Frau bedrängt hat. Doch dann bekam er Ärger mit ihr, als sie ihm klar machte, dass sie sich selbst wehren kann und schon gar nicht Unterstützung von einer Glatze will.

Jetzt stört es ihn nicht mehr, neben einer Frau zu sitzen, die mit ihrer Freundin Türkisch redet. Er fühlt sich gereift, er ist sich bewusst, wie sehr er über all dem steht, und er will nicht auffallen, sich so angepasst wie möglich benehmen. Die zwei tragen keine Kopftücher, sehen aus wie Geschäftsfrauen, die sich über ihren Chef oder ihre Familien austauschen. Sie sind gut gekleidet, sorgfältig geschminkt und haben sich zurückhaltend parfümiert. Die eine hat eine kleine bunte Schachtel auf dem Schoß, mit einer Schleife drum. Sein Blick hat sich auf diesen Karton geheftet, und er überlegt, ob sich darin Kuchen oder ein Kleidungsstück befindet. Falls er Kerstin antreffen sollte, wäre es eigentlich passend, wenn er auch etwas mitbringen würde. Blumen oder Pralinen oder eine Flasche Wein? Früher hat er ihr nie etwas mitgebracht, weil er gar nicht wusste, wie das geht, einer Frau ein Geschenk mitzubringen. Sie hat ihm das vorgeworfen, als sie einmal stritten und sie ihn beschuldigte, sich nicht genügend um sie zu kümmern. Später, als er im Gefängnis war, hat er ihr einen Brief geschrieben und sich für seine Unaufmerksamkeit entschuldigt.

»Apfelkuchen«, sagt eine der Frauen zu ihm, »da ist Apfelkuchen drin.« Sie lächelt ihn an, charmant. »Meine Nichte hat Geburtstag. Sie liebt Apfelkuchen, aber ich habe ihn nicht selbst gebacken.«

»Sie ist ein verzogenes Gör«, meint ihre Freundin.

»Entschuldigung«, stammelt Anselm und schaut weg. Jetzt blicken beide Frauen zu ihm hin, ihm wird heiß, die zwei schönen Frauen lächeln, finden ihn, das Landei mit den langen Haaren im weißen Hemd, offenbar süß. Da fährt die U-Bahn in den Bahnhof Britz-Süd ein, die Frauen stehen auf, und er rückt etwas zur Seite. Er atmet den Duft der Frau mit dem Apfelkuchen ein, als sie an ihm vorbeigeht. Sie riecht wie das Schlafzimmer in der Dachgeschosswohnung, es ist das Versprechen einer Welt ohne Angst, ohne Einsamkeit, ein erotischer Duft. Die Bahn fährt wieder an, und er schaut zu den Frauen auf dem Bahnsteig, die sich nach ihm umdrehen, die eine nickt ihm leicht zu. Aber wahrscheinlich bildet er sich das nur ein. Warum sollte eine Türkin ihm zunicken? Sie sprachen fehlerfrei Deutsch, vermutlich sind sie hier aufgewachsen, dritte oder vierte Generation. Hauptsache, sie blieben unter sich. Die Reinheit des Blutes ist wichtig, so wie in seinem Dorf, wo das neue Deutschland entsteht.

Er nimmt den hinteren Treppenaufgang, kommt an der großen Straßenkreuzung raus und entscheidet sich, bei Edeka Alt-Rudow einen Blumenstrauß und eine Flasche Weißwein zu kaufen. Mit den Geschenken in der Hand wendet er sich um, bis er zur Waßmannsdorfer Chaussee kommt, in die er einbiegt und die er entlanggeht, vorbei an dem Haus, wo es früher einen Waffenladen gab, den seine Kameraden und er öfter besuchten. Aber obwohl der alte Otto Wössner sehr mit ihnen sympathisierte, wollte er nicht gegen das Gesetz verstoßen, bei ihm konnten sie keine Waffen kaufen. Er kommt sich ein wenig albern vor mit den Blumen in der einen und der Weinflasche in der anderen Hand. So hätte er sich früher nie hierher getraut, als er als harter Hund galt, mit dem man Aktionen gegen die linken Zecken planen und durchführen konnte. Im Vergleich zu den Taten, die er später verantwortete, für Wala, für ihre Sippe, war das damals Kinderkram. Ein paar Autos anzünden oder dem Buchladen die Fensterscheiben einwerfen, aber Spaß hat es schon gemacht. Nach jeder Aktion ließen sie sich volllaufen und sangen laut. Als er den Schädel des Polizisten mit einem Stein zertrümmerte und ihn dann verschwinden lassen musste, gab er keinen Ton von sich. Er ging mit Wala ins Bett und fickte sie wie wild. Heute ist er ein anderer Mensch. Seine jetzige Mission in Berlin setzt ihn zwar der Gefahr aus, entdeckt und verhaftet zu werden, aber er fühlt sich unverletzlich, was er macht und plant, ist größer als er selbst. Dass er Kerstin begegnet ist, ausgerechnet ihr, muss etwas bedeuten. Sie könnte inzwischen verheiratet sein und Kinder haben, vielleicht wohnt sie gar nicht mehr hier, aber sie hat ihm gesagt, sie sei noch die alte Kerstin. Hier stehen nur Einfamilien- und Reihenhäuser, auch mal eine kleine Villa; er sieht zwei Deutschlandfahnen. Immerhin gibt es sie hier noch, die aufrechten Patrioten. Er klingelt bei ihr, es ist wie früher, als er leicht gegen den Türknauf drückte, sein Gewicht verlagerte, weil gleich darauf der Summton einsetzte und sich die Tür öffnete. Doch heute kommt sie ihm durch das Treppenhaus entgegen, ist überrascht, als er vor der Haustür steht.

»Anselm?«

Er lächelt breit, unsicher, weil sie gerade weggehen will.

»Wolltest du mich abholen?«, fragt sie nach.

»Eigentlich will ich dich besuchen.« Etwas unbeholfen

zeigt er ihr den Blumenstrauß, der in einem grün-grauen Papier eingewickelt ist.

»Danke. Voll nett. Ich bin bei Hans eingeladen, Hans Bräutigam, wolltest du auch zu ihm?«

»Nein, ich wollte nur dich besuchen«, er versucht sich seine Enttäuschung nicht anmerken zu lassen.

»Komm doch einfach mit. Der freut sich bestimmt. Er feiert Geburtstag.«

»Ich weiß nicht.«

»Hans ist jetzt Abgeordneter. Ich fände das schön, wenn du mitkommst.« Sie lächelt ihn an, wickelt das Papier von den Blumen. »Die Blumen kriegt er nicht, die bring ich schnell hoch. Du kannst ihm ja den Wein schenken.« Sie schaut ihn an, sieht seine Zweifel. »Du kannst es dir inzwischen überlegen.«

Schnell eilt sie das Treppenhaus hoch, er schaut ihr hinterher, ihre Haare fliegen, er riecht das Shampoo, das sie immer noch nutzt. Wieder verwirrt ihn ihre Schönheit, er will ihr hinterhergehen. Es verstößt gegen alle Vorsichtsmaßnahmen, U-Bahn zu fahren, seine ehemalige Freundin zu treffen und mit ihr zu einem Geburtstagsfest alter Kameraden zu gehen.

Missmutig schleppt Viktoria den Bildband über Afrika auf ihr Bett und fängt an zu blättern. Die Seiten glänzen und sind schwer, das große Buch ist aufwändig gestaltet. Es gibt einen einleitenden Text, in zwei Spalten gedruckt, der von dem Zauber des Kontinents erzählt, dem der Fotograf erlegen ist. Wegen des Zaubers entschloss er sich, seinen Wohnsitz von Los Angeles nach Kapstadt zu verlegen, um dann die großen Nationalparks in Süd-Afrika, in Zimbabwe, in Namibia, Kenia und Tansania zu besuchen. Wie konnte man einfach so seinen Wohnsitz verlegen, von Amerika nach Afrika?, fragt sich Viktoria. Das kostete doch sehr viel Geld. Sie und ihr Papa haben auch ihren Wohnsitz verlegt, von

Uganda nach Deutschland. Aber nicht freiwillig und ganz ohne Zauber. Die Weißen sprechen von Afrika, als ob es ein großes Land wäre, dabei ist ihr Kontinent drei Mal größer als Europa oder so groß wie Europa und Amerika zusammen. Den Norden Afrikas durchzieht eine große Wüste, es gibt gewaltige Flüsse, so wie den Nil, von dessen Quelle sie kommt, und dann sind da die großen, undurchdringlichen Wälder. Fünfundfünfzig Länder mit Hunderten von Sprachen machen Afrika aus. »Da muss es bestimmt schön sein, in Afrika«, hört Viktoria, wenn sie erzählt, woher sie kommt. »Da bei euch ist es immer schön warm. Stimmt es, dass ihr jeden Abend am Lagerfeuer trommelt? Kannst du auch trommeln?« Oder: »Da gibt es viele arme Menschen und viele Kriege.« Sie antwortet nicht mehr, wenn sie diese dummen Aussagen hört, sie möchte perfekt deutsch sprechen und studieren, am besten Jura. Sie ist stolz darauf, aus Uganda zu kommen, und wer zu blöd ist, das zu erkennen, der soll es lassen. Wenn sie jemand fragt, wo kommst du ursprünglich her, antwortet sie: »Aus meiner Mutter, und du?«

In dem Bildband gibt es fast keine Menschen zu sehen, nur wilde Tiere. Ein Leopard hängt schlafend auf einem Ast, ein Elefant schüttelt mit seinem Rüssel einen Baum. Ein Elefantenbulle flattert mit den Ohren, weil er sich bedroht fühlt, Krokodile in einem schlammigen Fluss verspeisen ein Nashorn, Giraffen zupfen mit ihren langen Mündern Blätter von hohen Akazien. Dann wird das Innere einer Safari-Lodge gezeigt, wo Löwenköpfe und Elefantenzähne an den Wänden aufgehängt sind. Auf ausladenden Ledersesseln können sich die weißen Besucher ausruhen, über die Fotoausbeute berichten, ihren abendlichen Drink einnehmen, bevor ihnen von den schwarzen Bediensteten das Abendessen auf der Terrasse mit Blick auf die untergehende rote Sonne serviert wird.

Es ist eine schöne Welt, die Viktoria sich da erblättert, ein

Kontinent voller wilder Tiere, auf dem kaum Menschen leben. Doch, auf einem Bild hüpfen Massai-Männer in ihren roten Umhängen und mit Stöcken in den Händen auf und ab, um für ihre Bräute zu werben. Und eine Fotografie zeigt eine Frau, die auf ihrem Kopf Holz durch ein Dorf trägt, sie geht an einer Bambushütte vorbei, vor der ein kleiner Junge hockt.

Langsam reißt sie jede Seite, die sie betrachtet, aus dem Buch heraus. In dem Land, aus dem sie kommt, das bestimmt das schönste Land des Kontinents mit den besten Menschen der Welt ist, laufen nirgendwo einfach so wilde Tiere herum. Es gibt die berühmten Berggorillas in Uganda, das weiß Viktoria. Um diese Tiere zu fotografieren, bezahlen Touristen viel Geld; für Menschen wie sie oder ihren Vater gibt es keinen Zugang zu den Gorillas.

Ihr eindrücklichstes Erlebnis mit einem Tier war das mit der Ziege im Garten ihrer Tante, die um nichts in der Welt angebunden sein wollte. Entweder knabberte sie den Strick durch oder sie zog so heftig an ihm, dass sich der Pfosten, an dem sie angebunden war, lockerte und sie sich so, mit dem Holzpflock am Strick, zu den von ihr über alles geliebten Gemüsepflanzen der Tante bewegen konnte. Die Tante regte sich jedes Mal furchtbar über die Ziege auf, die ihr alles wegfraß, was sie anpflanzte. Es wurde immer wieder überlegt, die Ziege zu schlachten, aber eigentlich mochte die Tante das Tier zu sehr. Wenn Viktoria zu Besuch kam, freute sie sich jedes Mal, die verrückte Ziege zu sehen. Schließlich baute die Tante einen dichten Zaun um ihr Gemüsebeet. Doch auch das passte der Ziege nicht. Mit ihren kleinen Hörnern stach sie in den Zaun und zog so lange daran herum, bis sie wieder Zugang zum Gemüsebeet hatte. Viktoria lacht vor sich hin, als sie an die mutige und freiheitsliebende Ziege denkt. Irgendwann haben die Brüder der Tante, die nicht verheiratet war und auch keinen Mann wollte, die Ziege geschlachtet. Obwohl die Tante die Ziege zu hassen begonnen hatte, konnte sie das Fleisch des Tieres nicht essen. Es war zu einem Verwandten geworden, den man nicht einfach verspeisen konnte.

Viktoria spürt, dass sie den Tampon wechseln sollte, und geht zur Toilette. In dem spärlichen Badezimmer gibt es keinen Eimer für Abfälle. Wo soll sie mit dem Ding hin? Wenn sie es in die Toilette wirft, könnte sie verstopfen, das hat sie gelernt und sich bisher immer daran gehalten. Kein Tampon in die Toilette. Allerdings, überlegt sie, was wäre, wenn die Toilette verstopft, wenn Arbeiter kommen müssten, um sie wieder frei zu bekommen? War der Entführer neben ihr oder unter ihr? Seit er ihr etwas zum Essen gebracht hat und später dann das Buch, hat sie nichts von ihm gehört. Vielleicht kommt und geht er, so wie in dem Verlies auf dem Bauernhof oder wo auch immer sie sie da eingesperrt hatten. Wo war sie? Auf einem Dorf, in einer Stadt? War es ein einzelnes Haus oder eines mit mehreren Familien?

Viktoria beschließt herauszubekommen, wo sie ist. Sie wird ihre Entführer zwingen, sich zu zeigen. Die aus dem Afrikabuch herausgerissenen Seiten zerknüllt sie. Der Löwe mit dem großen Haarschopf, der friedlich in die Kamera schaut, wird zerknüllt, ebenso die Elefanten, die hüpfenden Massai und die Giraffen. Die Frau, die Holz auf dem Kopf trägt, zerknüllt sie nicht. Sie möchte das auch können, Sachen auf dem Kopf tragen. Ihre Mutter hat so etwas nie gemacht, aber ihre Tante schon. Sie stellte sogar manchmal ihre Handtasche auf ihren krausen Kopf, wenn sie mit der rechten und linken Hand Einkaufstüten schleppen musste. Nach dem gebrauchten Tampon stopft Viktoria die zerknüllten Blätter nach und nach in die Kloschüssel und spült. Schnell ist das Klobecken voll und läuft über. Immer wieder drückt sie die Spülung. Langsam ist der Badezimmerboden voller Wasser. Es gibt eine Abflussvorrichtung im Boden, dort verschwindet das Wasser aus der Toilette. Auch in diesen Abfluss stopft sie einige der glänzenden Fotografien aus Afrika. Viktoria überlegt, was es noch braucht, um eine richtige Überschwemmung zu verursachen. Unter dem Waschbecken befindet sich das gekrümmte Abflussrohr. Wenn sie das aufschraubt, läuft auch das Wasser aus dem Waschbecken ungehindert auf den Boden. Sie kniet sich hin und schafft es, mit den Händen einen der Schraubverschlüsse aus Plastik aufzudrehen. Dann öffnet sie den Wasserhahn, nicht besonders kräftig, damit das strömende Wasser kein Geräusch macht, doch jetzt läuft das Wasser durch das Waschbecken und plätschert ungehindert auf den Boden.

Viktoria holt sich aus der Küche die Packung Müsli, die Schale und die Milch und zieht sich zurück auf ihr Bett. Um sie herum die Bilder von wilden Tieren und der Frau, die Holz trägt. Sie sitzt auf einem Floß, ausgesetzt in einer deutschen Dachgeschosswohnung, und hört zu, wie sich das Wasser stetig über die Fußböden ausbreitet. Sie denkt an ihren Papa, der sie sucht, der ihre Entführer finden und bestrafen wird, so wie er es auch in ihrem Land geschafft hat. Sie macht die Augen zu, legt sich neben die Blätter um sich herum und denkt an ihre Mutter, an ihr Lachen, an ihre warmen Arme, an ihren weichen Körper, an den sie sich schmiegen konnte, wenn es ihr nicht gelang einzuschlafen.

Hans Bräutigam war schon damals ein Schwätzer, der immer radikale Sprüche draufhatte. Die Flüchtlinge könnte man nach dem Sieg vergasen oder erschießen, hatte er ihnen erklärt, jetzt müsste man ganz friedlich vorgehen und sich anpassen, dem Gegner Honig ums Maul schmieren, aber wenn sie dann so weit wären und gesiegt hätten, dann würden die alle an die Wand gestellt werden. Diese Kanaken und Juden. An einer Aktion beteiligte er sich nie. Das überließ er Leuten wie ihm, die schon damals bereit waren, alle Grenzen zu überschreiten, damit endlich mal etwas passierte.

Jetzt lebt Hans mit seiner Frau Michaela, mit der er schon seit der Schulzeit zusammen ist, in einem schmalen Reihenhaus mit Garten, in dem Tische und Bierbänke stehen und wo ein Grill aufgebaut ist. Hans sieht ihn staunend an, als er zusammen mit Kerstin vor ihm steht. Kerstin überreicht Hans ihr kleines Geburtstagsgeschenk, und Anselm drückt ihm die Flasche Wein, die er eigentlich mit Kerstin trinken wollte, in die Hand. Hans ringt sich ein Lächeln ab, aber seine Vorsicht ist spürbar. Als Erstes kommentiert er Anselms lange Haare und das weiße Hemd.

»Steht dir gut. Du bist aufs Land gezogen, habe ich gehört?«, fragt ihn Hans, »Siedler in dem Dorf von der von Anschütz.«

Anselm nickt. »Und du hast Karriere gemacht«, gibt er zurück.

»Jeder auf seinem Platz für die gemeinsame Sache!«, meint Hans und klopft Anselm auf die Schulter. Kerstin begrüßt Michaela, mit der sie befreundet ist. Sie tuscheln über Anselm, schauen, wie die beiden Männer miteinander umgehen. Hans stellt Anselm den anderen Gästen nicht vor, er überlässt es ihm, sich zurechtzufinden. Er kennt die Leute nicht, die sich hier treffen. Fast alle tragen Hemden, manche Krawatten, kurze Haare, einige mit Seitenscheitel, er kommt sich exotisch vor, aber er ist diesen rechten Spießern überlegen, die reden und reden, die sich wählen lassen, die sich vor allem im Internet radikal geben. Das ist nicht seine Welt, aber Kerstin scheint sich hier wohlzufühlen. Er tritt neben sie, er begrüßt Michaela, die ihn anlächelt und sagt, dass er gut aussieht. Auf dem Weg hierher hat er Kerstin ein wenig erzählt, was er macht, wie er Bauer geworden ist und wie er mit Freude etwas Neues aufgebaut hat, anstatt nur davon zu reden.

»Du bist jetzt Bauer?«, erkundigt sich Michaela.

»Kann man so sagen. Wir bestellen das Land«, bestätigt er. »Wir sind eine Gemeinschaft von Menschen, die von ihrer Hände Arbeit leben.«

»Das hört sich toll an«, meint Kerstin.

»Ist es auch«, bestätigt er ihr. Er stellt sich vor, wie er mit ihr leben, wie sie ein gemeinsames Kind haben würden, wie sie zusammen die Eheleite begehen würden, die Hochzeit nach germanischem Brauch. Aber er ist sich nicht sicher, ob sie ihr Leben in der Stadt, die Sicherheit ihres Angestellten-daseins aufgeben könnte.

»Was führt dich nach Berlin zurück?«, fragt Michaela.

»Ich muss ein paar Besorgungen machen«, antwortet er vorsichtig. Ob Kerstin so diskret war, ihrer Freundin nicht zu erzählen, bei welchen Besorgungen sie ihn getroffen hat?

»Bist du in festen Händen?«, will Michaela wissen.

Er schüttelt den Kopf, schaut auf den Boden, er will nicht über Wala reden. Als er aufschaut, blickt ihn Kerstin an, die lächelt. Ein Kind weint, und Michaela entschuldigt sich, sie muss nach ihrer kleinen Tochter schauen, sie zieht Kerstin mit sich.

Anselm hat einen jungen Mann mit Bauch entdeckt, Ge-reon, der sehr rustikal gekleidet ist, mit Kniebundhose und Leinenhemd, sein Haar steht in alle Richtungen vom Kopf ab. Er ist nicht glatt rasiert, wie fast alle anderen Männer hier. Sie kennen sich von einer Julmond-Feier, die im Dezember letzten Jahres auf einer Burg stattfand. Gereon erkennt ihn und geht auf ihn zu.

»Anselm! Was machst du denn in Berlin? Hat dich deine Sippe in einer fremden Stadt ausgesetzt?« Er lacht herzlich, und sie geben sich die Hand.

»Es ist eher Zufall, dass ich hier bin«, meint Anselm, »singst du hier?«

»Ja, Hans hat mich engagiert. Du kennst ihn also auch.«

»Von früher«, gibt Anselm zu.

»Wo ist deine blonde Frau?«

»Sie ist nicht meine Frau, sie ist unsere Führerin«, sagt ihm

Anselm. Hans ist auf sie zugekommen und hat die letzten Sätze mitgehört.

»Du spricht von Wala von Anschütz?«, fragt er.

»Eine tolle Frau«, meint Gereon, »sie hat Großes geleistet. Sie und Anselm und das ganze Dorf dort.«

»Ist das so«, Hans verzieht etwas das Gesicht. »Diese Frau, na ja, sie sieht gut aus, aber sonst … Ähm Gereon, was denkst du, wir werfen den Grill an, und dann legst du los? Oder?«

Hans hat Anselm den Rücken zugedreht, während er mit Gereon über den weiteren Abend spricht. In Anselm baut sich ein Ärger auf, der älter ist als die Feindseligkeiten von Hans. Dieses Gefühl, das er schon damals hatte, dass sich einige in ihrer Bewegung nicht die Hände schmutzig machen, große Reden schwingen und auf Leute wie ihn herabschauen. Die ihn als Ordner bei Nazi-Demonstrationen einteilen oder ihm das Autokennzeichen eines linken Politikers zustecken, damit er es anzünden kann, nur um sich dann später von der rechten Gewalt zu distanzieren. Anselm fasst ihn von hinten an der Schulter und dreht ihn zu sich, packt ihn mit beiden Händen, schaut ihn direkt an.

»Hast du ein Problem mit Wala?«

Hans reagiert souverän auf Anselms Aggression. »Wenn du mich loslässt, sag ich dir, was ich denke, Kamerad.«

Anselm schaut ihn an, sein Puls geht schnell, aber er zwingt sich, sich zu beherrschen, er ist hier Gast. Er nimmt die Hände von Hans' Schulter.

»Entschuldige. Sprich.« Tief atmet er durch, versucht so souverän wie Wala zu sein, wenn es Streit gibt.

»Nimm's mir nicht übel, Anselm, aber das ist mein Geburtstagsfest, und ich will hier nicht schlecht über andere Leute reden, lass uns als Volksgenossen einfach ein wenig Spaß miteinander haben«, gibt ihm Hans zurück, »hol dir ein Bier, wenn du noch trinkst, und wenn du weder trinkst noch Fleisch ist, dort ist Wasser und Salat. Aber ich will keinen Ärger. Okay?«

Anselm ballt die Faust seiner rechten Hand. Er möchte diesen arroganten Typen schlagen, der glaubt, über ihn urteilen zu können, der irgendwelche Meinungen zu Wala hat.

Kerstin kommt mit Michaela zurück und schaut sich nach ihm um. Sie sieht, wie er und Hans sich gegenüberstehen, und kommt zu ihnen.

»Was für ein süßes Mädchen, Hans«, sagt sie.

»Ich liebe sie über alles«, entgegnet er.

»Trinkst du auch was?«, wendet sie sich an Anselm.

»Gerne«, sagt er. Sie nimmt ihn an die Hand und zieht ihn von Hans weg. Als er ihre Wärme in seiner Hand spürt, fällt die Spannung von ihm ab. Sie gehen zu dem Tisch mit den Getränken und machen sich jeder eine Flasche Bier auf.

»Habt ihr euch gestritten?«, will Kerstin wissen.

»Du kamst rechtzeitig«, gesteht er ihr. »Er ist noch immer ein arrogantes Arschloch.«

»Ja, das finde ich auch«, sagt Kerstin überraschend, »aber ich mag halt die Michaela. Ich hab sonst kaum noch Kontakt zu den Leuten hier, es ist nicht mehr meine Welt.«

»Meine auch nicht«, gesteht er.

»Es ist gut, dass du hier weggekommen bist.«

»Bist du denn in … wie hat sie gesagt, ›in festen Händen‹?« Er muss das fragen. Offen schaut sie ihn an.

»Bin ich nicht.«

Er freut sich, es ist ihm warm, so plötzlich wird er mit Gefühlen überschwemmt, schnell trinkt er einen Schluck Bier. »Das ist gut«, bringt er heraus.

»Für wen hast du Tampons gekauft?«, will sie wissen.

»Ach das, da ist so eine Jugendliche, die Tochter von 'nem Kumpel, die hat mich gebeten, sie ihr mitzubringen, wenn ich einkaufen geh, weil, na ja, sie hatte vergessen, sie rechtzeitig zu besorgen«, versucht er zu erklären.

»Voll nett von dir. Das machen nicht viele Männer.«

Er zuckt mit der Schulter. »Willst du den ganzen Abend hierbleiben?«, traut er sich zu fragen.

»Muss nicht sein«, sagt sie und schaut ihn interessiert an.

»Es tut mir leid, dass ich mich so lange nicht gemeldet habe. Aber nach dem Knast musste ich erst mal weg, aus allem raus. Aber ich hab immer an dich gedacht, weißt du.«

»Du hättest dich schon mal melden können«, hält sie ihm vor.

»Ja. Jetzt hat uns eine größere Kraft wieder zusammenge-führt«, versucht er es etwas pathetisch.

»Bist du religiös geworden?«

»Nicht im christlichen Sinn, das lehne ich ab. Ich glaube an unsere germanischen Wurzeln. Die Götter unserer Ahnen sind sehr stark.«

Kerstin betrachtet ihn interessiert. »Es war also unser Schicksal, dass wir uns bei Lidl getroffen haben«, lacht sie.

»Könnte man so sagen«, sagt er voller Ernst und spürt jetzt die tiefere Bedeutung seiner Reise nach Berlin. Die Götter haben ihn hierhergeschickt, um seine Frau zu finden. So musste es sein. Wieder nimmt sie ihn bei der Hand, gemein-sam suchen sie Michaela, die neben Hans steht, der mit sei-nen Freunden laut lacht.

»Wir gehen, Micha«, sagt Kerstin zu ihrer Freundin.

»Schon?«

Kerstin lächelt sie an, Michaela lächelt zurück, versteht.

»Pass gut auf sie auf, Anselm, sie ist Gold«, sagt Michaela leise zu ihm.

Hans dreht sich zu ihnen. »Da scheinen sich zwei wieder-gefunden zu haben«, meint er lachend.

»Wir gehen, Hans, danke für die Einladung«, sagt Kerstin, Anselm nickt höflich.

»Komm mal.« Hans zieht Anselm zur Seite. »Ich find toll, was ihr Siedler da aufbaut. Ehrlich. Wir quatschen hier rum und so und machen Politik. Aber ihr bereitet den Boden für die Zukunft unseres deutschen Volkes. Das ist groß. Doch diese von Anschütz, die ist falsch. Weißt du, dass sie hier in Berlin eine riesige Dachgeschosswohnung hat, mit ihrem Mann, einem Banker?«

Anselm ist zu überrascht, um sofort antworten zu können.

»Sie leben getrennt. Er ist in der Schweiz Bankchef, lebt dort mit seiner Freundin. Ich hab gehört, dass die Frau von Anschütz, als sie das mit der Freundin rausgekriegt hat, abgehauen ist, nach Russland, glaub ich. Als sie zurückkam, hat sie ihr Gut zurückgekauft und ist aufs Land gezogen. Alles, was sie da macht, geschieht aus Rache an ihrem Mann, weil er sie verlassen hat. Nicht weil sie an unsere Sache glaubt.«

»Du lügst!«, zischt ihn Anselm an.

»Nein, ich lüge nicht. Ich wollte es gesagt haben, weil du einer von uns bist.«

Ruppig dreht sich Anselm um und stürmt los. Nach ein paar Schritten bleibt er stehen, wendet sich Kerstin zu, die ihn erstaunt anschaut. Sie folgt ihm, er macht große Schritte, muss verdauen, was Hans ihm gesagt hat.

»Hey«, ruft sie ihn.

Er bleibt stehen. »Tut mir leid«, sagt er.

»Was ist denn mit euch zweien?«

»Er verbreitet Lügen über … über die Gutsbesitzerin.«

»In deinem Dorf?«

»Unser Gut, also es gehört ihr, aber wir bewirtschaften es zusammen. Ich bin … ich leite es, mit ihr …«

»Aber das ist doch toll«, sagt sie und hakt sich bei ihm ein. Sie stehen wieder auf der Straße, in der Einfamilienhaussiedlung, es brennen ein paar Straßenlaternen, aber es ist dunkel um sie herum, entfernt ist das Gelächter aus dem Garten von Hans Bräutigam zu hören.

»Und was sagt Hans? Was gefällt ihm daran nicht?«, will sie wissen. Sie gehen zusammen los, in seinem Kopf wirbeln Gedanken umher, die er nicht haben möchte, er will für Kerstin da sein, sich nicht mit Gerüchten beschäftigen, die ein Idiot wie Hans in die Welt setzt.

»Lass mal, ich will nicht darüber reden, es sind dumme Gerüchte, weiter nichts«, sagt er und versucht es mit einem Lächeln.

»Na gut, wenn du meinst.«

»Erzähl mir von dir, was hast du gemacht? Wie geht es bei deiner Arbeit? Bist du noch bei der BVG?«

Gerne berichtet sie, aber es ist nicht sonderlich viel, was sie zu erzählen hat. Sie war in Griechenland und in Ägypten, am Roten Meer, einmal mit Michaela und einmal mit Doris, einer Kollegin. In Ägypten ist sie geschnorchelt und hat in einer Bar einen Mann kennengelernt. Sie haben was angefangen, bis sie herausfand, dass er verheiratet ist. Dann war es aus. Sie lacht auf, schüttelt den Kopf und macht eine Geste, die klarmacht, dass sie dem Kerl nicht nachtrauert.

Bei der BVG, erzählt sie übergangslos, leitet sie die Disposition für die Busfahrer, aber es gibt oft Streit mit den Kolleginnen, die sich immer wieder krankschreiben lassen oder ihre Arbeit nicht gut machen.

»Du bist aufgestiegen?«, fragt Anselm nach.

»Was heißt das schon. Wenn man morgens nicht gern zur Arbeit geht, ist es egal, ob man ein paar Euro mehr verdient.«

»Ich verdiene fast gar nichts, aber ich mach meine Arbeit gern und ich habe Essen, das ich selbst angebaut habe, ich atme gute Luft und habe tolle Menschen um mich herum«, hält Anselm ihr entgegen.

»Dann hast du es gut getroffen«, meint sie. Sie stehen dicht nebeneinander, die Dunkelheit umhüllt sie, und es ist ihnen, als ob sie sich auf eine Zeitreise begeben hätten und sich erneut treffen, sich noch einmal zum ersten Mal zu küssen.

Razorn geht das Gesicht von Erika nicht aus dem Sinn. Wie diese Frau versteinerte, als er sie nach ihrer Tochter fragte. Diese Kälte und Angst, die von ihr ausging, haben ihn verstört und wachsam gemacht. Warum wollte sie nicht über den Aufenthaltsort ihrer Tochter sprechen? Sie hätte doch sagen können: »Die will nichts mehr von mir wissen, die hat in Amerika ein neues Leben gefunden«, oder: »Wir haben uns verkracht, sie hat sich abgewandt« – irgendetwas, was plausibel klingt. Aber es war nichts von ihr gekommen, nur dieser eisige Nebel. Diese völkischen Siedler, oder wie auch immer sie sich nennen, müssten doch stolz darauf sein, Nachwuchs zu haben. War vielleicht in der Kindheit etwas vorgefallen, was zur Trennung führte? Vielleicht stimmte mit dem Kind etwas nicht, was nicht in ihr Weltbild passte, möglicherweise hatte das Mädchen eine Krankheit, über das sie nicht reden wollten. Oder vielleicht Missbrauch durch den Mann? Weder hat Paul damals eine Spur zu dem Kind gefunden, noch gibt es bis heute irgendeine vernünftige Erklärung für ihren Verbleib. Er weiß von Schulungen beim BKA, Menschen konnten spurlos verschwinden, weil sie auswandern, sich an einem entlegenen Ort verstecken oder verunglücken. Trotz der Zahlen über unaufgeklärte Verbrechen, irgendwann taucht jeder wieder auf, davon ist Razorn überzeugt. So wie sie jetzt Pauls Leiche gefunden haben. Auf einmal ist Paul wieder da und liefert ihnen Hinweise. Er ist kein Vermisster mehr, sondern ein Mordopfer. Sie haben ihn gefunden, weil sie nach einem Mädchen suchen, so wie er damals.

Obwohl es schon Abend ist und er eigentlich nach Hause fahren will, beschließt Razorn, noch bei Jana Kugelmann und bei Peter Ebuk vorbeizuschauen. Zwar hatte Sandra Mechtigkeit bereits bei Jana angerufen und ihr über das Auffinden der Überreste von Paul berichtet, aber es konnte nicht schaden, noch mal persönlich nach ihr zu sehen und mit ihr zu sprechen.

Er trifft sie im Seelabor an. Sie steht in weißem Kittel vor einem Mikroskop, macht eine Notiz, begrüßt ihn und bittet ihn, ganz kurz zu warten, bis sie die Probe weggeräumt hat. Sie hantiert an ihren Geräten, zieht ihren Arbeitsumhang aus, hängt ihn an einen Haken und nickt ihm zu. Den Tag hat sie mit Routinearbeiten verbracht. All die seltsamen Gefühle, die Suche nach Viktoria, die Nähe zu Peter und die verwirrende Aggressivität von Walter versucht sie mit intensiver Arbeit zu verdrängen. Was die Nachricht über das Auffinden der Leiche ihres Bruders für sie bedeutet, kann sie noch nicht einordnen. Es haftet eine gewisse Betäubung an ihr, als sie Razorn begegnet.

»Habt ihr ihn also gefunden«, meint sie knapp.

Razorn nickt. »Ja, haben wir.«

»Kann ich ihn sehen?«, fragt sie nach.

»Da gibt es nicht mehr viel zu sehen. Seine sterblichen Überreste sind im Labor. Das dauert noch ein wenig.«

»Verstehe. Dann werde ich seine Knochen beerdigen. Ich denke, ich werde ihn einäschern.« Razorn stimmt ihr zu, das wird das Beste sein. Sie sind durch die Labore und Flure des Gebäudes gegangen, da und dort brennt noch ein Licht in einem Büro oder einem Arbeitsraum, nur wenige Menschen haben noch zu tun.

Als sie zusammen auf dem dunklen Hof stehen, in der Nähe ihrer Autos, fragt Jana nach dem Mädchen, ob sie weitergekommen sind.

»Nein, noch nicht«, gesteht Razorn, »aber vielleicht bringt uns ja der Fund von Paul weiter. Es ist jetzt ziemlich klar, er wurde ermordet.«

»Die Fälle hängen zusammen, das vermutet Peter auch. Hast du mit ihm schon gesprochen?«

»Nein. Ich wollte erst dich sehen. Du hast dir ja auch so deine Gedanken gemacht, nachdem Paul verschwunden war. Gab es da vielleicht noch etwas, was dir aufgefallen ist?«

Sie überlegt, ob sie ihm von Pauls Aufzeichnungen zur Remusinsel erzählen sollte, die sie Peter gezeigt hatte.

»Da diese Dinge offenbar alle miteinander zu tun haben, wie wäre es, wenn wir zusammen zu Ebuk fahren und mit ihm reden?«

»Eine gute Idee«, findet Razorn.

Sie steigen in ihre Autos, fahren durch den Wald und über die wenigen Straßen im Dorf.

Auch Ebuk war von Sandra Mechtigkeit über den Fund im Wald informiert worden. Er hat den heutigen Arbeitstag einigermaßen hinter sich gebracht, aber seine große Unruhe blieb. Schon wieder ist ein Tag vergangen, und ohne neue Nachrichten von Viktoria.

Als Razorn und Jana vor seiner Tür stehen, ist er auf das Schlimmste gefasst. Jana sieht sein besorgtes Gesicht.

»Sie haben sie noch nicht gefunden«, sagt sie ihm, »wir wollten mit dir reden, wegen Paul.«

»Ja«, sagt er nur und bittet die beiden in seine kleine Küche. Razorn braucht ein paar Sekunden, bevor er sich auf einen der vier Stühle setzt. Es ist ihm, als ob er den Bauch einziehen müsste, um in die kleine Küche zu passen. Ebuk spült Gläser am Waschbecken aus, füllt sie mit Leitungswasser und stellt sie vor die Gäste. Jana nickt ihm zu und trinkt, in ihrem Blick ein vorsichtiges Suchen nach seiner Gefühlslage. Ebuk schaut gespannt auf den hohen Polizeibeamten, der sich in seine armselige Behausung begeben und dem er ein Glas Wasser hingestellt hat. Er wartet auf seinen Bericht, was sie heute alles unternommen haben, um Viktoria zu finden, ob sie den Transporter gefunden und die beiden Männer, deren Namen er ihnen geliefert hat, verhört haben.

Er setzte sich nur dann an den Tisch der Eltern entführter Kinder, wenn er nicht mehr weiterwusste und den Fall von einer anderen Perspektive betrachten wollte. Vielleicht gab es noch andere Verwandte, die er noch nicht befragt hatte, die in einem weiter entfernten Dorf lebten, zu dem sich das verschwundene Kind geflüchtet haben könnte. Oder das Kind war seinem Traum gefolgt, unbedingt Musiker zu werden, und hatte sich auf die Suche nach einem großen Star gemacht, den es bewunderte und von dem es sich Unterstützung erwartete. Doch meistens lag das Drama in der eigenen Familie, der Vater hatte sich an dem Mädchen vergriffen, die Mutter wusste davon und versteckte ihre Tochter bei weit entfernten Verwandten, um sie vor dem eigenen Mann zu schützen. Befragte man die älteren Brüder des verschwundenen Mädchens, kam die Wahrheit zutage und der Fall war gelöst.

»Das Seltsame ist, dass die Eltern dieses Mädchens, nach dem Paul gesucht hat, nie eine Vermisstenmeldung gemacht haben«, beginnt Razorn unvermittelt und schaut Jana an, dann Ebuk. Er hebt das Glas zum Mund und trinkt. Als weder Jana noch Ebuk antworten und ihn stumm anschauen, nickt Razorn.

»Wir haben heute diesen Bruder von Benni verhört, diesen Nazimitläufer, aber er blockt. Deine Information vom BND können wir nicht offiziell verwenden, ich brauch erst die Abhörgenehmigung von einem Richter. Ohne die kann ich die Informationen nicht verwenden … Dann haben wir Pauls Leiche ausgegraben. Sieht so aus, als ob er erschlagen wurde.«

Razorn fasst sich unwillkürlich an den Kopf und schaut Jana an, was die Nachricht bei ihr auslöst, doch sie nickt nur.

»Auf dem Hof … ich brauche erst einen Durchsuchungsbefehl, einen konkreten Tatverdacht … Jedenfalls lebt dort die Mutter von Sabine Röter, dem Mädchen, das Paul gesucht hat, und auch Anselm Molder, der mit dem grauen Transporter«, erläutert Razorn. »Diese Mutter ist total verbittert«, erinnert er sich an seine Begegnung mit Erika.

»Könnte Viktoria dort sein?«, fragt Ebuk, seine Stimme

klingt rau. Razorn steht von seinem Stuhl auf, tritt hinter das Möbelstück und stützt sich auf der Lehne auf.

»Die Frage ist doch: Warum entführen sie deine Tochter? Was haben sie davon?«, überlegt er.

»Deren Motive interessieren mich nicht«, sagt Ebuk scharf, »ich will sie nur finden.«

Razorn nickt, setzt sich wieder, atmet aus.

»Paul hat die Sache mit dem verschwundenen Mädchen offenbar ziemlich beschäftigt, sonst wäre er nicht im Winter auf den See raus und auf die Insel«, sagt Jana.

»Die Insel ist wichtig«, stimmt ihr Ebuk zu.

»Aber was gibt es denn da?«, will Razorn wissen.

»Alte Bäume, eine große Feuerstelle«, antwortet Ebuk.

»Und eine sehr lange Geschichte, alte Fundamente. Ein historischer Ort. Das hat Paul interessiert«, kommt von Jana.

»Ich versteh das nicht. Du?«, fragt Razorn und schaut Ebuk an.

»Im Viktoriasee gibt es eine Insel, dort ist so eine Art Tempel, das Heiligtum des Jaja Budhagali. Er ist der spirituelle Führer unseres Volkes, der Busoga. Auf der Insel werden Opfer gebracht, Tieropfer, wenn die Heuschrecken über das Land kommen oder ein Virus«, antwortet Ebuk und schaut Jana an.

»Wie auf der Remusinsel vor vielen Hundert Jahren. Vermutlich wurde dort auch geopfert«, ergänzt Jana.

»Ihr glaubt, die opfern da Mädchen? Das ist doch absurd!«, empört sich Razorn und steht wieder auf, geht aus der Küche, kommt wieder zurück.

»Es geht nicht darum, was wir glauben, sondern was Paul gedacht hat. Offenbar wurde er erschlagen, als er diesen Gedanken verfolgt hat. Warum wandern Aale aus der weit entfernten Sargassosee beim Bermudadreieck, wo sie laichen, hierher in unsere Flüsse?«, fragt Jana.

Die beiden Männer schauen sie an.

»Die Antwort auf die Frage, warum Paul im November auf der Insel war, sollte weniger schwierig zu finden sein als die, warum die Aale fünftausend Kilometer wandern, um sich fortzupflanzen. Zumindest jetzt, wo ihr seine Leiche gefunden habt«, stellt sie fest.

»Habt ihr die Verwandten der Mutter und des Vaters des verschwundenen Mädchens befragt? Ihre Tante? Ihren Onkel, Großmutter und so weiter? Oft liegt die Lösung in der Familie. Eigentlich immer«, meint Ebuk.

Jana und Razorn schauen Ebuk an, um von ihm die Konsequenz seiner Behauptung zu erfahren. Jana schüttelt den Kopf.

»Ich weiß nicht. Vielleicht trifft es bei dem Mädchen zu, das Paul gesucht hat. Aber aus der Familie von Viktoria bist du doch der Einzige hier«, sagt sie sanft.

»Ja genau, weil ich der Einzige bin, deswegen ist sie entführt worden. Weil wir hier sind. Weil ihre Mutter getötet wurde«, stimmt ihr Ebuk zu.

»Das mit den Verwandten ist gut«, grummelt Razorn. »Ich schau mir die alte Akte noch mal an. Keine Ahnung, ob Paul in der Richtung etwas unternommen hat. Aber bei dir, hm, ich glaube, es ist die Hautfarbe. Es gibt hier viele Leute, die glauben, unter weißen Köpfen würden sich besondere Hirne verbergen. Aber gerade diejenigen, die das glauben, haben besonderes wenig in ihrer Birne. Ich muss los.« Razorn steht von seinem Stuhl auf. »Wir suchen weiter nach diesem Molder und dem grauen Auto. Ich nehme mir die Mutter und ihre Familie vor. Vielleicht ergibt sich da ein Zusammenhang. Ich melde mich morgen wieder.«

Razorn drückt Jana und Ebuk die Hand und geht. Sein Schritt ist schwer und klingt nach, auch als er sein Auto anlässt.

»Wie war dein Tag?«, fragt Jana.

Wann hat ihm zuletzt jemand diese Frage gestellt, überlegt Ebuk. Hat ihn Viktoria jemals gefragt, wie sein Tag war? Vielleicht Prudence, als es noch Leichtigkeit zwischen ihnen gab. Es gibt keine einfache Antwort auf die Frage nach einem Tag, meistens hat er so viele Farben. Wäre es schön, wenn er einer Frau wie ihr erzählen könnte, dass sie eine defekte Wasserpumpe auf einem Spielplatz repariert haben? Oder würde er sagen »wie immer« und sich dann für die Mikroorganismen in ihrem See interessieren? Er kann ihr gar nicht antworten und macht es auch nicht. Für ihn sind diese Tage wie eine Nacht, die nicht vergehen mag.

»Dieser Gutshof«, beginnt er, aber er bricht ab. Wenn er sie fragt, wo er liegt und wie er dahin kommt, wird sie es ihm ausreden.

»Ziemlich abgelegen, in der Nähe ist ein Dorf«, erklärt sie. Sie macht ihr Mobiltelefon auf und zeigt ihm auf einer Karte, wo es liegt.

»Die Besitzerin war auch beim Osterfeuer, saß an einem Tisch, mit einer Gruppe eher junger Leute. Gut aussehend, blonde Haare unterm Kopftuch.«

Ebuk sucht in sich nach dem Bild der Frau, die Jana beschrieben hat, aber er hat die Leute, die sich da neben dem großen Feuer getroffen haben, nicht so genau angeschaut, er wollte nur Viktoria finden. Er sammelt die Gläser auf dem Tisch ein, stellt sie ins Spülbecken.

»Ich glaube, das ist keine gute Idee«, sagt Jana in seinen Rücken. Ebuk dreht sich zu ihr um.

»Da raus zu fahren. Es könnte gefährlich sein«, warnt sie ihn.

Ebuk nickt nur. Aber er muss dorthin, er muss dort nach Viktoria suchen.

»Danke, Jana«, sagt er nur, schaut auf den Tisch, stützt sich schwer ab.

»Es tut mir leid, dass ich nicht mehr tun kann, als dir gute

Ratschläge zu geben. Sehen wir uns morgen? Gehst du wieder arbeiten?«

»Ja, ich geh arbeiten.« Seine Stimme klingt tief, fast bedrohlich. Er schaut sie an, und sie versteht, welche Arbeit er meint. Er wird seine Arbeit als Polizist machen, so wie früher in seinem Land. Vielleicht hat ihn seine Frau auch davon abhalten wollen, nachts Verbrecher zu jagen. Doch damals ging es noch nicht um ihr eigenes Kind.

Die beiden Körper von Anselm und Kerstin harmonieren, sie haben nicht vergessen, wie der andere riecht, wie er sich bewegt, wie er sich anfühlt, welche Laute er von sich gibt, wenn er berührt wird. Die lange Zeit, in der sie voneinander getrennt waren, in der sie mit anderen Menschen zusammen waren, hat es nicht gegeben. Sie halten sich fest, ihre Haut verschmilzt mit der Haut des anderen, sie lachen sich an, glücklich, sich wiedergefunden zu haben. Sie wollen sich nicht mehr loslassen und sprechen es auch aus.

Kerstin sagt es als Erste. »Geh nicht wieder weg.«

»Nein«, antwortet er ihr. Er liegt auf dem Rücken, ihr Kopf ruht auf seiner Brust. Er sieht, wie das schwarze Mädchen in der Küche sitzt und ein Stück Pizza isst, nur ganz kurz von ihm Notiz nimmt. Bis morgen früh hat sie genug zu essen, sagt er sich. Dann wird er sich um sie kümmern müssen. Er streicht über die glatten dunklen Haare von Kerstin. Für Wala wird er sich die Hände nicht mehr schmutzig machen, das weiß er jetzt. Vielleicht dreht er einfach den Schlüssel um, schließt die Tür zu der kleinen Wohnung auf, wo die Kleine eingesperrt ist, und überlässt sie ihrem eigenen Schicksal. Sie ist ja nicht blöd, sie hat viel Kraft. Er hätte gerne eine Tochter, die so sprüht und so schön ist wie dieses Mädchen, aber mit der richtigen Hautfarbe. Mit Kerstin könnte er Kinder haben, sie könnten eine Familie sein, anders als mit Wala, die unfruchtbar ist. Wie konnte er sich auf eine Frau einlassen, die ihm keine Kinder schenken kann, ihm, einem deutschen Mann? Sie hat ihm gesagt, dass sie ihn nicht heiraten wird, sie will allein herrschen über den Hof, über das Dorf. All das, was er für ihre deutsche Siedlung gegeben hat, zählt nicht für sie. Es geht ihr nur um sich selbst, um ihre Macht. Ihre teure Wohnung in Berlin hat ihm ihr zweites Gesicht gezeigt. Sie ist selbst Teil dieses reichen Establishments, über das sie oft spricht und das sie offenbar gut kennt. Vielleicht stimmt es ja, was Hans Bräutigam über sie gesagt hat, vielleicht ist sie wirklich mit einem Banker verheiratet. Sie ist eine falsche Schlange, die sich ihn genommen hat, wie einen Lustknaben. Anselm atmet tief ein und aus, schiebt sanft den Kopf von Kerstin zur Seite, steht schnell auf. Hass kocht in ihm auf, er geht ins Bad, macht den Wasserhahn an, schüttet sich kaltes Wasser ins Gesicht, betrachtet sich im Spiegel, fasst sich ins Haar, sieht sein wütendes Gesicht, seinen nackten Körper, fasst seinen Schwanz an, der noch etwas feucht von Kerstin ist. Er stützt sich am Waschbecken auf, schüttelt sich, er möchte schreien, aber es kommt nur ein trockenes Gurgeln aus seinem Hals. Sanft klopft Kerstin an die Badezimmertür, fragt, ob alles okay mit ihm ist, und er sagt: »Ja, ist es, kleinen Moment noch.« Dann atmet er tief ein, legt sich ein Handtuch um die Hüfte und kommt aus dem Badezimmer. Sie schlüpft an ihm vorbei und setzt sich auf die Toilette, pinkelt, ohne sich zu schämen, lächelt ihm zu. Ja, das ist seine Frau. Mit ihr will er Kinder haben.

8

Ebuk steigt mit Viktorias Fahrrad unter dem Arm in den ersten frühen Bus nach Rheinsberg. Der Himmel ist noch grau, richtig hell wird es heute nicht werden. Im Radio haben sie Stürme und Unwetter angekündigt, die von Westen her auf Brandenburg treffen. Dem Busfahrer zeigt er seine Monatskarte vor und löst für das Fahrrad ein eigenes Ticket. Ein junger Mann, der den Kopf zurückgelehnt hat und schläft, und eine ältere Frau, die ihn misstrauisch beobachtet, sitzen im Bus. Er nickt der Frau zu, sagt leise »Guten Morgen« und setzt sich auf den leeren Sitz neben das Fahrrad, das er in den Mittelbereich gestellt hat. Die Frau grüßt nicht zurück, wendet sich ab, schaut aus dem Fenster.

Es gibt zwei Haltestellen in der Nähe von Pferdehöfen auf dem Weg nach Rheinsberg, der Busfahrer reduziert jeweils das Tempo, schaut, ob vielleicht ein Fahrgast auftaucht, doch niemand möchte zusteigen, also nimmt er wieder Fahrt auf. Bis Rheinsberg steigt keiner mehr ein. Ebuk hat sich schon oft gewundert, wie leer die Busse hier sind, die pünktlich ankommen und abfahren, auch wenn niemand mitfahren will. In dem Land, aus dem er kommt, wartet ein Busfahrer, bis genügend Menschen eingestiegen sind und jeder Sitzplatz belegt ist, erst dann fährt der Bus los. Auch Leute, die unterwegs zusteigen, finden immer noch einen Platz. Niemand beschwert sich, wenn es eng wird. Der Bus und der Fahrer leben von den Tickets der Fahrgäste, der Staat alimentiert keine leeren Fahrten. Wer einen Bus besitzt, ist ein gemachter Mann, wenn er die richtigen Strecken bedient und die anderen Busfahrer ihn nicht von dem Busbahnhof verdrängen.

In diesem Land sind die Busse alle neu, sauber, bequem, es gibt kleine hübsche Werbeaufkleber auf den Scheiben und elektronische Anzeigen, die die Zeit und die nächste Haltestelle bekannt gegeben. Die Motoren schnurren leise, es gibt keine dunklen Wolken aus den Auspuffrohren, keine lebensgefährlichen Überholmanöver. Aber auch keine Filme auf miesen Fernsehmonitoren über den Köpfen der Fahrgäste. In Bussen, die weite Strecken zurücklegen, laufen meistens nigerianische Serien oder schlechte Kopien von amerikanischen Actionfilmen. Die Menschen kommentieren gemeinsam, was auf den Bildschirmen geschieht, oder schlafen, egal wie laut es ist. Wenn ein Bus hält, strömen Scharen von Verkäufern herbei, meist junge Frauen, die auf ihren Köpfen Obst, Nüsse oder getrocknetes Fleisch tragen, an die Busscheiben klopfen, um die Fahrgäste zum Kauf zu animieren. Für Momente sehnt sich Ebuk nach der Wärme, nach den scharfen Gerüchen, die von den Menschen und ihren Speisen ausgehen, ihrem Lachen, ihren zahlreichen Kommentaren zu allem und jedem. Wenn er aus einem Bus in Deutschland wieder aussteigt, ist seine Kleidung nicht verknittert, er schwitzt nicht, er hat mit niemandem geredet. Er wird auf weichen Sitzen über glatte Straßen getragen, durch dunkle Wälder, in denen es meist still ist.

In Rheinsberg setzt er sich auf das für ihn zu kleine Fahrrad seiner Tochter, fährt in Richtung des großen Supermarktes und dann auf einer schmalen Straße hinaus aus der Stadt. Der geteerte Weg endet und geht über in eine traditionelle Pflasterung mit Kopfsteinen. Rechts und links davon sind Fahrspuren in den Sand gegraben, wohin die meisten Autofahrer ausweichen, um auf der alten Straße nicht zu sehr durchgeschüttelt zu werden. Auch ein Fahrrad kommt auf der Sandpiste einigermaßen gut voran. Es begegnet ihm kein Auto, und er wird auch nicht überholt, rechts und links sind die graden Baumstämme der rötlichen Fichten angepflanzt, um irgendwann einmal abgesägt und zu Bauholz oder Klopapier verarbeitet zu werden.

Er spürt seine Blase, steigt ab und schlägt sich in den Wald, um sich zu erleichtern.

»You are a fool«, sagt die Stimme. Er will ihr nicht zuhören, er will in Ruhe zu Ende pinkeln, aber sie hat ihn bereits mit Ängsten und Erinnerungen erwischt. Als er noch eine Uniform tragen durfte und ein Polizeiauto fuhr, ist er allein in Dörfer und in Stadtviertel gefahren, wo er noch nie zuvor gewesen war. Nie hat er darüber nachgedacht, dass es gefährlich sein würde, er angegriffen, beschossen oder geschlagen werden könnte. Angst kannte er nicht, er war immer der Stärkere, bis Kenia. Als er seine blutende, sterbende Frau im Arm hielt, begriff er, dass er verletzlich geworden war. Er ist ein Mann auf der Flucht, noch immer, auch hier, in diesem Wald. Sie können jederzeit auf ihn schießen.

Als er wieder zu seinem Mädchenfahrrad zurückkehrt, stellt er sich dem Gespräch mit der Frau, die sich in seinem Kopf eingenistet hat. Ja, es ist lächerlich, mit so einem Fahrrad unbewaffnet in ein brandenburgisches Dorf zu fahren, wo sie ihn anstarren werden oder sich einfach wegdrehen, wenn sie sehen, dass seine Hautfarbe schwarz ist. Es wird ihm niemand neugierig begegnen, ihn fragen, wo er hinwill, ob sie ihm behilflich sein können. Er ist offensichtlich kein Tourist auf einem Fahrrad, der die Ödnis der Plantagenwälder erkundet und nach einem klaren See Ausschau hält, in dem er sich abkühlen kann.

»What I'm supposed to do, hä?«, fragt er sie, »soll ich Mülleimer leeren und die Arbeit den deutschen Polizisten überlassen, die auf ihre Durchsuchungsbefehle warten?«

Er spürt, wie sie ihn anschaut, wie irgendjemand ihn anschaut, er dreht sich um, blickt in alle Richtungen, aber er weiß, dass da niemand ist. Was würde ihm Prudence raten? Was die deutsche Frau, Jana? Würden sie ihm sagen, das ist zu gefährlich, bleib zu Hause? Auch sie hätten Angst um ihr Kind, würden Dinge tun, die vielleicht nicht vernünftig sind. Hauptsache, man tut überhaupt etwas. Er muss das tun. Er muss durch diesen Wald, er muss Viktoria suchen. Eine Weile schiebt er das Fahrrad, dann sieht er einige Häuser in der Ferne. Er stellt das Rad an einen Baum ab und geht zu Fuß weiter. Er wird nicht wie ein Idiot auf einem zu kleinen Rad in ein unbekanntes Dorf fahren und alle Aufmerksamkeit auf sich ziehen. Es gibt nichts, das ihn schützt, außer seine Erfahrung und sein Blick. Die muss er nutzen, also wird er es klug angehen, verantwortlich und vorsichtig. Er ist eine Ein-Mann-Armee; zunächst wird er den Feind erkunden, sich dann in das fremde Gebiet einschleichen und zuschlagen. Die Frau in seinem Kopf lacht, aber er hat jetzt einen Plan, den zieht er durch. Yes, Sir!

Als Razorn in die Polizeistation in Rheinsberg kommt, ist Sandra Mechtigkeit schon da und strahlt ihn an, offenbar voller Tatendrang.

»Jetzt haben wir ihn«, verkündet sie, »den grauen Lieferwagen.«

Das faltige Gesicht von Razorn knittert noch etwas mehr, er mag es nicht, am frühen Morgen überrascht zu werden. Auch wenn es anscheinend gute Nachrichten sind.

»Oben an der Müritz, bei einem Schreiner soll er stehen«, erklärt Sandra.

»Sagt wer?«

»Polizeistation in Röbel.«

»Das ist Meck-Pomm. Ach herrje«, kommentiert Razorn.

»Sie haben den Wagen geblitzt und dann gesehen, dass wir so ein Modell suchen. Zugelassen auf Wala von Anschütz. Hier: überhöhte Geschwindigkeit auf überörtlicher Landstraße. Aber der Typ im Wagen hat keine langen Haare. Der sieht nicht aus wie der Molder.«

Razorn tritt hinter sie und betrachtet das unscharfe Foto des Blitzers auf dem Bildschirm.

»Und jetzt kommt's. Die Kollegin in Röbel fährt also ein paar Straßen ab, weil es ja nicht so viele Möglichkeiten gibt, einen Lieferwagen zu verstecken, und sieht den Wagen im Hof eines Schreiners.«

»Hast du die Adresse? Gibt es einen Namen?«

»Bin gerade dabei.«

Sandra tippt und schaut auf ihren Bildschirm, Razorn tritt hinter sie. Zusammen schauen sie auf das Gesicht eines Mannes, der sie gleichgültig anschaut.

»Marco Schlatterer, vorbestraft wegen Sexualdelikten, Fan von Hansa Rostock. Gewalttaten im rechten Milieu. Einbruch und Diebstahl in Berlin. Wow! Saß zwei Jahre in Berlin-Tegel«, liest Sandra vor, »wusstest du, dass sie in Röbel ein Kriminalkommissariat haben?«, fragt sie Razorn.

»Ja, klar. Kollegin Wenzel. Wir waren auf Schulungen zusammen.«

»Sollen Sie den Mann festsetzen? Gefahr in Verzug?« Sandra schaut Razorn gespannt an.

»Wir fahren hin. Du und ich. Sie sollen aufpassen, dass der Bursche nicht abhaut und der Wagen da stehen bleibt, bis wir da sind. Und wir brauchen Kriminaltechnik. Die können sie schon mal anfordern.«

Sandra nimmt den Telefonhörer in die Hand, spricht mit dem Polizeirevier in Röbel-Müritz und gibt die Wünsche von Razorn durch. In spätestens einer Stunde werden sie bei ihnen eintreffen.

»Wie viele Hinweise sind gestern auf das Foto des Mädchens in der Zeitung eingegangen?«, will Razorn wissen.

»Dreizehn, Schmidti ist dran, aber nichts Neues. Sie wurde gesehen, wie sie durch Rheinsberg ging. Heute werden es noch ein paar mehr Hinweise, bin ich ziemlich sicher.«

Razorn nickt. »Wo ist Schmidti?«

Die Tür geht auf und Kollege Schmidt kommt herein.

»Ruf den Staatsanwalt an. Ich will den Gutshof von der Anschütz durchsuchen. Wir haben den Transporter, und wenn es da nur die kleinste Spur von dem Mädchen gibt, können wir zuschlagen«, donnert Razorn dem verblüfften Kollegen entgegen.

»Der Transporter steht oben an der Müritz, die Kollegen in Röbel haben ihn gefunden«, erläutert Sandra ihrem Kollegen.

»Ist doch großartig! Übrigens, guten Morgen allerseits«, sagt Schmidt.

»Die Akte aus Neuruppin? Zu Paul? Ist die gekommen?«, will Razorn wissen.

»Auf deinem Schreibtisch«, informiert ihn Sandra.

»Gut. Mhm. Schmidti, schau da noch mal rein. Was mich interessiert, ob Verwandte von der Erika Röter befragt wurden. Ob Paul das gemacht hat«, will Razorn wissen.

»Verwandte von der Mutter?«, fragt Schmidti nach, »ich glaub da gab es 'ne Schwester, irgendwo im Westen.«

»Find das raus. Ich will sie sprechen, wenn es die gibt.«

»Mach ich«, sagt Schmidti, schaut erstaunt auf Sandra, die ihre Mütze aufgesetzt hat. »Und du?«

»Wir fahren an die Müritz«, erklärt sie ihm, »du hältst hier die Stellung.«

Ebuk geht an einem Waldrand entlang, der an Felder grenzt. Die frische schwarze Erde liegt matt unter einem grauen Himmel, am Horizont werden die rosa Streifen mühelos zur Seite geschoben. Nicht weit von ihm stehen einzelne Häuser, nur ein Stockwerk hoch, alle gleich und in regelmäßigem Abstand gebaut. In einem der Gärten, die hinter den Häusern liegen, sticht ein Mann mit einem Spaten in die Erde. Seine Bewegungen sind müde, fast lustlos, er arbeitet mit dem Rücken zu Ebuk. Der Waldrand ist mit einem grobmaschigen Zaun eingefasst, um das Wild davon abzuhalten, in die Siedlung einzudringen und die mühsam angelegten Beete wieder zu zerstören. Zügig schreitet er aus, bald ist er hinter den Häusern, sieht den Gutshof, der zum Teil mit einer Mauer eingefasst ist. Etwas abseits steht eine kleine Kapelle. Dorthin wendet er sich. In welchem der Gebäude könnte Viktoria versteckt sein? Oft werden die Opfer in Räumen untergebracht, die die Entführer gut überwachen können und zu denen ein Fremder keinen Zugang hat. Ebuk steht dicht an der kleinen Kapelle, mit dem engen Fenster, durch das man nicht ins Innere sehen kann. Es riecht dumpf nach Holzkohle und Moder. Einige Äste und Stöcke liegen wie Brennholz aufgehäuft hinter der kleinen Kirche. Die Tür ist stabil und verschlossen, das Schloss zeigt Abnutzungsspuren. Ebuks Herz schlägt schneller, er muss wissen, was es mit dieser kleinen Kirche auf sich hat. Er nimmt sich ein kräftiges Stück Holz und drückt die Scheibe des Fensters ein, die Glasscheiben fallen ins Innere. Er stellt sich auf einige Holzscheite, zieht sich hoch, schiebt den Kopf durch die Öffnung. Graues Licht fällt auf bemalte Wände, genau kann er es nicht sehen, aber es könnte ein Baum sein. Auf dem Boden steht eine dunkle große Schale, die fast über die ganze Breite der kleinen Kirche reicht. Ein rundes schwarzes stinkendes Loch starrt ihn von da unten an. Erschrocken zieht sich Ebuk von dem kaputten Fenster zurück. Das aufgehäufte Holz, die bemalten Wände, die Feuerstelle, er ahnt, was in dieser Kirche geschieht.

Er greift sich einen Ast, hält ihn mit beiden Händen und läuft mit schnellen Schritten auf das Gutshaus zu. »Hallo!?«, ruft ihm jemand laut zu. Man hat ihn entdeckt, doch Ebuk hört nicht hin, nach wenigen Schritten ist er an der Mauer des Gutshofs. Ein Hund schlägt an, der Mann, der ihm zugerufen hat, kommt näher.

»Hey, du da. Bleib stehen!«

Ebuk ist an einer schmalen Tür in der Umfassungsmauer

des Hofs angelangt. Er drückt die Klinke, die Tür ist unverschlossen, er betritt das Grundstück, orientiert sich. Der Hund bellt jetzt wütend, aber er kommt nicht angerannt, also muss er an einer Kette angebunden sein. Ebuk läuft zur Rückseite des Gutshofs, sein Atem geht schnell, seine Beine federn vom Boden, der Ast liegt hart in seinen Händen, gleich muss der Mann bei ihm sein. Ebuk stoppt plötzlich, wendet sich zu dem Mann um, macht einige große Schritte zu ihm hin, holt aus und schlägt auf seinen Verfolger ein. Doch der duckt sich weg und schreit: »Spinnst du!« Ebuk zielt erneut, tritt gegen die Beine des Mannes, trifft, der Mann stürzt. Er ist etwa vierzig Jahre alt, schmal, aber kräftig, sein Kopf ist voller kurzer Stoppeln, in einem grotesk vergrößerten Ohrläppchen steckt ein Metallring, auf den Armen sind Tattoos zu sehen. Ebuk springt zu ihm hin, zielt mit dem Prügel auf seinen Kopf.

»Wo ist sie?«, zischt er den Mann an.

»Was?«, bringt der nur hervor, versucht wegzukommen, doch Ebuk schlägt ihm auf einen Arm. Der am Boden Liegende schreit auf.

»Du bist ja irre!«

»Wo ist sie?!«, stößt Ebuk jetzt lauter hervor. Er hört, wie hinter ihm eine Tür geöffnet wird und jemand auf ihn zueilt.

»Schluss damit!«, befiehlt eine blonde Frau, die ein Gewehr in der Hand hält und auf Ebuk zielt.

Der Mann auf dem Boden robbt von Ebuk weg.

»Auf die Knie«, befiehlt Wala, »Hände hinter den Kopf.« Ebuk hält noch immer das Holz fest umklammert. Nicht weit von ihnen entfernt ist laut der Hund zu hören. Die drei stehen wie auf einem Foto festgehalten. Neben Ebuk der Mann, die Fäuste geballt, aber voller Respekt vor dem Menschen mit der schwarzen Hautfarbe, der ihn zu Boden geworfen hat. Vor Ebuk die Frau, die ihre blonden Haare in einen Zopf geflochten hat, die ein schlichtes Kleid trägt, darüber eine karierte Kochschürze, in der Hand das auf ihn gerichtete Jagdgewehr.

»I told you!«, hört Ebuk. Er senkt den Kopf, legt den Prügel neben sich ab, geht auf die Knie. Der Mann tritt ihm in die Seite, Ebuk stöhnt, knickt ein.

»Du hast dich von so einem besiegen lassen«, schnauzt Wala ihn an, »schau nach dem Hund. Der Köter soll ruhig sein.«

»Aber …«, kommt von dem Mann.

»Ich werde mit dem hier alleine fertig. Geh!«, befiehlt die Frau. Zögernd macht der Mann, was seine Anführerin ihm befiehlt. Er wendet sich um, macht ein paar Schritte, schaut zurück, verschwindet hinter einer Ecke, redet auf den Hund ein. Das Tier kläfft noch ein paarmal, winselt dann und ist still.

»Hände hinter den Kopf und aufstehen«, fordert Wala. Ebuk schaut sie an, sieht in ihren Augen einen kleinen Triumph. Sie hat keine Angst, sie stellt sich breitbeinig hin. Ihr Mund ist hart und schmal.

»Wo ist meine Tochter?«, fragt Ebuk.

»Aufstehen!«

»Ist sie hier?«

»Los, hoch!«

Langsam steht Ebuk auf, geht einen Schritt auf die Frau mit dem Gewehr zu.

»Was wollt ihr?«, fragt er sie.

Sie geht etwas zur Seite, dirigiert Ebuk zum Haus, zur Tür, die noch offen steht.

»Wir kommen aus Uganda, Viktoria und ich. Mein Name ist Peter Ebuk, ich war Polizeichef in Jinga. Das ist eine kleine Stadt in der Nähe der Nilquelle.« Es fällt ihm nicht leicht, seine Stimme zu kontrollieren und in einen ruhigen Atemrhythmus zu kommen. In bedrohlichen Situationen ist es gut zu reden, den Angreifer in ein Gespräch zu verwickeln, seine Aufmerksamkeit zu binden, das hat er einmal gelernt. Bisher war er immer derjenige, der auf der anderen Seite stand, der eine Pistole in der Hand hielt. Langsam geht er ein paar Schritte auf das Haus zu.

»Viktoria ist eine sehr gute Schülerin, wissen Sie. Ihr verdanke ich mein Deutsch. Ich kann es schon ganz gut. Was denken Sie?« Er dreht sich etwas zu ihr um, aber ihr Gesicht ist weiter verschlossen, das Gewehr ist auf ihn gerichtet.

»Weiter«, sagt sie. Die Stimme klingt tief, sicher, gefährlich. Warum will sie ihn im Haus haben? Vielleicht wird sie ihn zusammen mit Viktoria einsperren. Oder sie will ihn im Haus abknallen.

»Die Polizei in Rheinsberg weiß, dass ich hier bin«, versucht er es.

»Los!«

Der Mann, der den Hund beruhigt hat, kommt zusammen mit einer Frau angerannt. Sie trägt ihr Haar unter einem Kopftuch, ihr Rock ist lang, die Füße stecken in Gummistiefeln.

»Das ist ja ein Neger«, sagt sie.

Die blonde Frau nimmt die beiden aus den Augenwinkeln wahr. »Holt einen Strick und bindet ihm die Hände zusammen«, ruft sie ihnen zu.

Ebuk dreht sich zu ihr. »Ich suche nur nach meiner Tochter!«, ruft er.

»Auf die Knie«, befiehlt sie.

»Warum sagen Sie mir nicht, was mit Viktoria ist?«, presst Ebuk hervor, während er sich hinkniet.

»Halt endlich deine Klappe!«, schnauzt sie ihn an. Schnell sind die Frau und der Mann wieder zurück. Der Mann macht einen entschlossenen Eindruck, möchte sich für die Schmach, die ihm der schwarze Mann zugefügt hat, rächen. Er zieht grob den rechten Arm Ebuks zu sich, bindet ihn in eine Schlinge, greift sich dessen linkes Handgelenk und fesselt die Arme aneinander. Ebuk blickt zu ihm auf, versucht auch die Frau in den Gummistiefeln anzusehen. Er stöhnt auf.

»Nicht so fest, bitte«, sagt Ebuk dem Mann, doch der zieht noch fester.

»Wala, sein Handy«, sagt die Frau mit dem Kopftuch; die Blonde schaut sie an, nickt zur Bestätigung, es gefällt ihr, wenn jemand mitdenkt. Die Frau greift in die Hosentasche von Ebuk, zieht das Telefon heraus. Ebuk schaut ihr ins Gesicht. Ihre Augen staunen ihn an, als ob er ein wildes Tier ist, dem sie gerade die Krallen schneiden und das trotzdem überlebt hat.

»Rein mit dir«, kommt jetzt von Wala.

Ebuk wird hochgezogen und ins Haus geführt.

»Keller«, hört er. Es geht eine dunkle Treppe hinunter. Neonröhren gehen an, er wird durch einige Gänge dirigiert, bis sie vor einer Tür aus Metall stehen. Der Mann macht die Tür auf und stößt Ebuk in den Raum.

»Nimm ihm die Fessel ab« fordert die Frau.

»Aber …«, kommt erneut von ihm.

»Kein Aber, mach, was ich sage.«

Sie dreht einen Schalter, und die Glühbirne an der Decke des Verlieses geht an. Der Mann greift in seine Hosentasche und zieht ein Taschenmesser heraus, das er aufklappt. Grob zieht er an dem Strick, mit dem er Ebuk gefesselt hat, und säbelt daran herum. Die Klinge ist nah an Ebuks Haut, streift die Haut. Mit einem kräftigen Stoß sticht er ihm in den Arm, Ebuk schreit auf, zieht seinen Arm zurück, torkelt rückwärts. »Ups«, sagt der Mann hämisch, »abgerutscht.« Er packt Ebuk erneut und schneidet die Schnur durch. Ebuk drück auf die Wunde an seinem Arm, aus der Blut quillt.

»Idiot«, schnauzt Wala, »hol einen Verband.« Der Mann nickt, auf seinem Gesicht ein breites Grinsen geht er die Treppe hoch und kommt kurz danach mit einer weißen

Rolle Verbandszeug zurück. Wala drückt ihm das Gewehr in die Hand, das er auf den Kopf von Ebuk richtet. Sie tritt auf ihn zu, zieht den verletzten Arm zu sich, sieht sich die Wunde an. Der Schnitt ist nicht besonders tief, aber blutet stark. Wala wickelt schnell und gekonnt den weißen Streifen um den Arm und verknotet die Binde. Ebuk schaut ihr aufmerksam zu, aber weder er noch sie zeigen Gefühle oder kommentieren das Geschehen. Sie tritt einen Schritt zurück, dann fällt die Tür zu.

»Nein. Das Licht bleibt an«, hört Ebuk noch, dann entfernen sich die Schritte.

Es gibt ein Bett, auf dem eine zerknüllte Wolldecke liegt, ein kleiner Schreibtisch und ein Stuhl dazu. Wie ein Schlag trifft ihn der Gedanke, dass Viktoria hier gefangen gehalten wurde. Aber sie ist nicht mehr hier. Was haben sie mit ihr gemacht? Er greift sich die Decke, riecht daran, ja, da ist der Hauch eines Geruchs, der ihm vertraut vorkommt. Oder täuscht er sich? Er bückt sich, schaut unter das Bett, aber da ist nichts, nur Staub. Schräg nach oben verläuft ein Schacht zu einem angelehnten Fenster, was vermutlich zum Hof geht. Ebuk setzt sich auf den Stuhl, legt seine Handflächen auf den Tisch, als ob ihm das Holz erzählen könnte, was sich hier drin abgespielt hat. Langsam sickert das Blut durch die Binde und färbt sie rot. Sein Herz hämmert, er beginnt zu schwitzen, sein Atem geht schnell. Er geht zur Tür, drückt die Klinke runter, zieht an der Tür, aber er sieht keine Möglichkeit sie zu öffnen, zu entkommen.

Auch Ellen Ripley kann ihm keinen Vorschlag machen, wie er fliehen könnte. Sie verhält sich still, zu elend ist seine Situation, und sie hat ihn heute bereits gewarnt. Er hat nicht auf sie gehört, nun sitzt er hier, verletzt, in der Hand von Weißen, die nicht mit ihm reden wollen, die ihn einfach nur gefangen halten. Ripley überlegt, wie sie ihn hier wieder rausholen könnte, aber spontan fällt auch ihr nichts ein.

Draußen beginnt es zu regnen, Wind kommt auf, das angelehnte Fenster klappert leise. Er setzt sich auf das Bett und schlingt die Decke um sich. Im Moment kann er nichts anderes tun.

Je näher sie sich Röbel nähern, desto stiller wird Razorn. So sehr er die Müritz liebt, diesen riesigen See, auf dem er schon oft gesegelt ist, so schwer fällt es ihm, nach Röbel zu kommen. Dieser Ort und die Wälder ringsum sind für ihn mit Gefühlen schlimmsten Scheiterns verbunden.

Noch immer hat er das Bild des toten Matthias im Kopf, eines Zwanzigjährigen, dessen verwesende Leiche sie in einem Erdloch in einem Wald bei Röbel gefunden hatten. Der Sohn eines Gastwirts war Ende der neunziger Jahre von zwei Russen in der Nähe von Potsdam entführt worden. Sie hatten ihn in den Kofferraum eines gestohlenen Mercedes gesteckt, einen Unfall verursacht, aber entkamen mit ihrem Opfer. Wieso sie ausgerechnet hier in einem Wald ein Erdloch gruben, konnte nie geklärt werden. Vermutlich hatten sie das Erdloch schon einmal benutzt, es für einen anderen Entführten gegraben, einen Mann aus Berlin, dessen Verschwinden nie aufgeklärt wurde.

»Das Loch war vier Meter tief, einen Meter breit, zwei Meter lang, mit Holzplatten verschalt. Da lag er nun. Ich hab den Geruch noch immer in der Nase«, erinnert sich Razorn. »Er ist verhungert, verdurstet und erstickt da unten. Sie hatten eine Abdeckung gebaut, mit zwei Luftröhren, aber die passten nicht zusammen … Der Russe hat uns hierher geführt, sonst hätten wir ihn nie gefunden«, berichtet er leise, schaut aus dem Wagenfenster in den riesigen Wald. »Damals haben wir Unterstützung von Tornados bekommen, die im Tiefflug mit Wärmebildkameras gesucht haben. Nach dem zweiten Flug gab es allerdings Proteste, weil die Flugzeuge zu laut waren. Also wurden die Tornados wieder zurückbeordert. Wir waren über sechstausend Fahnder damals, die hinter den Russen her waren. Eintausendzweihundert Hinweise aus der Bevölkerung, Hunde, Infrarotkameras. Wir bekamen alles, was wir wollten. Aber wir haben sie nicht gefasst. Musste dir mal vorstellen.«

»Ihr habt sie nicht gekriegt?«, will Sandra wissen.

»Doch. Die Berliner Kollegen haben sie verhaftet. Reiner Zufall, nachts, an einer Telefonzelle. Sie hatten einen goldenen BMW mit russischem Kennzeichen. Es gab ein kleines Handgemenge, dann haben die Berliner herausgefunden, dass die beiden alte Bekannte sind. Sie saßen schon einmal in Berlin im Gefängnis, wegen Raub, wurden abgeschoben nach Russland, kamen wieder zurück. Wurden Autoschieber.«

»Also hat der ganze Aufwand nichts gebracht. Sie wurden verhaftet und haben euch dann zu dem Leichnam des Gefangenen geführt«, kommentiert Sandra Mechtigkeit. Razorn starrt geradeaus, die Scheibenwischer putzen die ersten Regentropfen weg. Sie wollen es beide nicht aussprechen, sie schauen sich nur kurz an, aber sie wissen, dass sie für ein verschwundenes schwarzes Mädchen keine Kampfflieger und keine Hundertschaften genehmigt bekommen werden.

Das Polizeirevier in Röbel ist in einem schmucken Backsteinhaus untergebracht, das früher einmal ein Amtsgericht war. Hauptkommissarin Wiebke Wenzel kommt ihnen entgegen, drückt ihnen die Hand. Vor zwei Jahren hat sie die Leitung des Kommissariats übernommen, eine kleine, drahtige Frau, Mitte dreißig, die Haare nach hinten gebunden, ihre Füße stecken in modischen Sneakers. Sie wirkt, als würde sie jeden Morgen zehn Kilometer durch den Wald joggen und nie ins Schwitzen kommen. Im Gegensatz zu Mechtigkeit trägt sie keine Uniform, sondern Jeans und einen lockeren Hoodie über einem engen hellblauen T-Shirt. Ihre Pistole sitzt knapp über ihrer schmalen Hüfte. Sie könnte in einem

Kriminalfilm mitwirken, in dem der Cast der älteren Kommissare gerade ausgewechselt und durch Schauspieler ersetzt wurde, die mehr jüngere Zuschauer erreichen.

»Wollten Sie nicht mal zum Segeln herkommen?«, fragt sie Razorn.

»Mal schauen«, antwortet er knapp. Die junge Kommissarin erfasst seine Spannung.

»Okay, dann legen wir los. Ich hab gleich das SEK angefordert. Die sind schon dort in der Nähe positioniert«, informiert sie ihre beiden Brandenburger Kollegen.

»Gleich so?«, fragt Mechtigkeit.

»Ich schlag mich hier nicht mit Nazis und Reichsbürgern rum, die irgendwelche Waffen gelagert haben. Gefahr im Verzug, ich hab Rückendeckung aus Neubrandenburg. Wir klingeln, umzingeln und gehen rein. Kein Vertun«, erklärt Wenzel.

»Wir brauchen den Transporter«, meint Mechtigkeit.

»Den fahren wir dann in die KTU nach Neubrandenburg«, erklärt ihr die Kollegin aus Mecklenburg-Vorpommern.

»Ich dachte, die kommen hierher. Wir brauchen schnellstens Spuren«, beschwert sich Razorn.

»Bekommst du, Razorn. Morgen. Also los, bevor der Bursche was wittert.«

Sie kommen durch eine kleine Siedlung mit gleichförmigen Einfamilienhäusern. Voraus fährt, in einem schwarzen Opel Corsa, die Kommissarin aus Röbel, zusammen mit einem örtlichen Kollegen, dahinter folgen Razorn und Mechtigkeit mit ihrem Streifenwagen aus Rheinsberg. Ihnen angeschlossen hat sich ein Polizeitransporter, in dem die SEK-Männer sitzen. Sie halten in der Nähe eines großen Grundstücks, auf dem ein einzelnes, flaches Haus steht, mit einem Anbau an der linken Seite, wo sich offenbar die Werkstatt befindet. Davor steht der graue Transporter, den sie suchen.

Das Wohnhaus ist von einem hohen blickdichten Holzzaun umgeben. In der Schreinerwerkstatt brennt Licht, das Kreischen einer Säge ist zu hören, als die Polizisten aus Röbel aussteigen. Wenzel spricht in ein Funkgerät. Die SEK soll sich um das Wohnhaus und die Werkstatt formieren. Razorn und Mechtigkeit bleiben noch einen Moment in ihrem Dienstfahrzeug sitzen, schauen zu, wie die in schwarzen Schutzanzügen gekleideten Männer ausschwärmen.

»Hoffentlich gehört keiner der SEK-Leute zu den Reichsbürgern, sonst ist unser Mann gewarnt«, kommentiert Razorn.

»Wie kommst du denn da drauf?«, empört sich Mechtigkeit.

»Hast du das nicht gelesen? Bei einer Razzia bei Schwerin haben sie doch bei einem SEK-Mann eine Uzi und dreißigtausend Schuss Munition sichergestellt. Er war ein Prepper für Nordkreuz, so eine Truppe Rechtsradikaler«, weiß Razorn.

»Du scheinst ein Problem mit diesem Bundesland zu haben, Kollege«, meint Sandra.

»Hab ich nicht, wenn das unser Mann ist und unser Transporter. Los, schauen wir mal, ob die das richtig machen.« Razorn steigt aus, Mechtigkeit folgt ihm, schüttelt den Kopf.

Sie stehen am Straßenrand, schauen in die Auffahrt zur Werkstatt, wo das Geräusch der Säge verstummt ist. Sie hören, wie sich jemand laut beschwert. Dann wird ein Mann, Mitte vierzig mit Glatze und kräftigem Bart, in einem blauen Arbeitsoverall voller Sägespäne aus der Werkstatt geschoben. Kollegin Wenzel hat ihm Handschellen angelegt.

Durch zwei Türen im Holzzaun verschaffen sich die SEK-Männer Zugang zum Wohnhaus und dringen dort ein.

Razorn geht auf den Mann mit Bart zu.

»Wir suchen ein dunkelhäutiges Mädchen, Viktoria Ebuk. Sie ist vermutlich in diesem Transporter hier entführt worden«, konfrontiert er den wütenden Schreiner.

»Spinnt ihr alle?!«, schnauzt Marco Schlatterer, »sofort losmachen. Aber dalli.«

»Der Wagen ist auf Wala von Anschütz zugelassen«, macht sich Mechtigkeit bemerkbar.

»Ja und? Ist das verboten? Ich hab dort Holz geholt.«

»Wir brauchen den Autoschlüssel«, informiert ihn Wenzel.

»Ihr kriegt gar nichts von mir«, sagt der Schreiner.

»Dann holen wir ihn uns.« Wenzel spricht in ihr Funkgerät: »Wir brauchen den Autoschlüssel für den Transporter hier draußen.«

»Verstanden. Melde Waffenfunde«, sagt die Stimme im Funkgerät.

»Bingo«, freut sich Wenzel, »dann nehmt mir doch mal Herrn Schlatterer ab. Gibt es eine Frau Schlatterer?« Sie wendet sich dem Mann in Handschellen zu.

»Fick dich!«

»Kollegin Mechtigkeit. Sie sind Zeugin. Das war schwere Beleidigung einer weiblichen Beamtin im Polizeidienst. Kommt noch mehr, Herr Schlatterer?«

»Blöde Fotze!«

»Ja, das wollte ich noch hören«, ätzt die Kriminalkommissarin aus Röbel, »berechenbar und schlicht, diese Nazis.«

Ein Mann in Kampfmontur kommt aus dem Wohnhaus, in der Hand hält er ein Maschinengewehr.

»Wir haben Stichwaffen sichergestellt. Und das hier.« Er zeigt der Kommissarin einen Pass in hellblauer Farbe, auf dem »Deutsches Reich« steht.

»Na denn. Marco Schlatterer, Sie werden verhaftet wegen Passfälschung und Verdacht auf Zugehörigkeit zu verbotenen, verfassungsfeindlichen Organisationen. Haben Sie einen Anwalt?«, will Wenzel wissen.

»Wo ist das Mädchen?«, fragt Razorn erneut. Er packt den Mann am Kragen und zieht ihn zu sich hin. Doch der grinst ihn nur an. Wenzel legt eine Hand auf Razorns Arm.

»Bitte abführen«, nickt Wenzel dem Mann mit dem Maschinengewehr zu.

»Ich will das Haus sehen«, verkündet Razorn und stürmt los. Mechtigkeit und Wenzel folgen ihm. Er betrachtet die schweren Sitzmöbel aus Leder, auf der zwei Spielkonsolen liegen. An einer Wand ist breit die Reichsflagge angebracht, daneben die Flagge der amerikanischen Südstaaten und ein gerahmtes Porträt des abgewählten Donald Trump. Der offene Kamin ist so groß und breit, dass darin ein ganzes Schwein gegrillt werden kann. In gleicher Größe wie der Schlund des Kamins steht ein Fernsehgerät auf der anderen Seite des Raums. Auf dem Boden haben die SEK-Männer mehrere lange Messer, Pfeile mit Metallspitzen und eine Armbrust ausgebreitet. Razorn orientiert sich und sucht die Tür zum Keller, findet sie neben der Küche und bittet zwei der Männer in Kampfmontur voranzugehen. Weil die Tür abgeschlossen ist, wird sie mit einer Ramme aufgebrochen. Helles Neonlicht beleuchtet die grau gestrichene Betontreppe nach unten. Die zwei SEK-Polizisten sichern sich gegenseitig, Razorn folgt ihnen. Unten gibt es drei Räume, zwei Türen sind nicht verschlossen. In einem stehen die Waschmaschine und ein Trockner, in dem anderen Regale mit Getränkekisten, Koffern, Dosen und Pappkartons mit Jahreszahlen. Der dritte Kellerraum ist abgeschlossen, aber auch hier hat die Ramme leichtes Spiel. Als das grelle Neonlicht anspringt, sehen sie zwei Metallschränke in grau-blauer glänzender Farbe und mit Zahlenschlössern gesichert. Daneben ein kräftiger Tisch, auf dem einige schmutzige Lappen liegen. Ein altes Sofa steht an einer Wand, darauf eine zusammengeknüllte Decke. Auf dem Boden daneben liegen eine Haarspange und eine schmale Armbanduhr mit digitaler Zeitanzeige. Mechtigkeit, die Razorn gefolgt ist, steckt die beiden Gegenstände in eine Plastiktüte. Sie rücken das Sofa von der Wand, aber außer Staub ist da nichts. Die Metallschränke werden mit Stemmeisen aufgebrochen. Sie enthalten zwei Maschinengewehre, eine Jagdflinte und fünf verschiedene Pistolen sowie ausreichend Munition. Razorn und Mechtigkeit schauen sich nur an, nicken den Kollegen vom SEK zu, die Befehle geben, die Waffen sicherzustellen.

Als sie wieder hochgehen, sehen sie, wie ein Computer, ein Drucker und eine Plastikwanne mit Akten weggetragen werden. Finster stapft Razorn ins obere Stockwerk, ein ausgebautes Dachgeschoss mit großen Dachfenstern. Hier steht das Bett des Bewohners, sehr breit, am Kopfende befinden sich mehrere Schalter. Die Schranktüren stehen offen, Kleidung ist zu sehen. Razorn schaut sich im Badezimmer um, betritt den Büroraum, wo ebenfalls Schranktüren offen sind. Missmutig geht er wieder nach unten. Er spürt den Protz, den der Bewohner ausstellt, als wäre er der Herrscher in einem Palast, aber nicht fähig, Palast richtig zu buchstabieren.

»Hier gibt es noch ein Mädchenzimmer, vermutlich für die Tochter. Sie lebt bei der Mutter in Schwerin«, informiert Wenzel. Razorn sieht sich auch das in Rosarot gehaltene Zimmer an.

»Wiebke«, ruft der Kollege der Kriminalkommissarin zu, »ich hab den Autoschlüssel von dem Lieferwagen.« Am ausgestreckten Arm zeigt er ihr seinen Fund.

»Danke, Ecki. Dann sei bitte so gut und fahr den Wagen zur KTU nach Neubrandenburg. Schön vorsichtig fahren, ist möglicherweise ein Tatfahrzeug, und zieh dir Handschuhe an, bevor du einsteigst.«

Sie stehen vor dem Haus und schauen dem grauen Transporter nach. »Hier stinkt es gewaltig«, kommentiert Razorn, »ich möchte bei der Vernehmung dabei sein.«

»Kein Problem, wir haben allerdings nur 'ne Arrestzelle hier, keine verspiegelte Scheibe und so«, antwortet sie ihm.

»Ist mir recht. So wie früher«, meint Razorn.

Viktoria zittert, sie schlägt ihre Augen auf. Zusammengekrümmt liegt sie unter der Decke, ihr Blick geht auf den nassen Fußboden. Sie setzt sich auf und versucht einen bösen
Traum abzuschütteln. Sie steht auf, geht auf Zehenspitzen
durch die Wohnung, dreht die Heizung auf, aber es kommt
nur ein Geräusch wie ein Ausatmen, keine Wärme. Seit der
Mann gestern weggegangen ist, hat sie nichts mehr von ihm
gehört. Auch ist er nicht, wie bisher, erschienen, um nach
ihr zu sehen und Essen zu bringen. Das überlaufende Wasser
konnte ihn nicht provozieren. In dem kleinen Badezimmer
stellt sie den Wasserhahn wieder ab. Sie sieht zu, wie das
Wasser, das den Fußboden etwa drei Zentimeter hoch bedeckt, langsam in die Überlaufeinrichtung im Boden gurgelt.
Sie beugt sich über das Toilettenbecken, in dem die aufge-
weichten Fetzen des Afrikabildbands herumschwimmen,
zieht die triefenden Seiten heraus und lässt sie auf den geka-
chelten Boden fallen. Dann setzt sie sich vorsichtig auf die
Schüssel, pinkelt, wechselt das Tampon aus und spült. Dann
nimmt sie Müsli und Milch, die der Typ ihr gestern hingestellt hat, rührt sich etwas zusammen und zieht sich wieder
auf ihr Bett zurück, streicht die Nässe von den Füßen, wickelt sich in die Decke und schaut in den grauen Himmel,
wo Vögel sich gegen starken Wind stemmen. Die Bilder des
Traums aus der letzten Nacht kommen zurück.

Sie rennt mit Angela durch ein grünliches Einkaufszen-
trum in Neuruppin, wo mehrere Läden günstige Kleidung,
billigen Schmuck und Fast Food anbieten. Wie im Rausch
ziehen sie sich T-Shirts an und aus, probieren neue Jeans an.
Groß taucht das lachende Gesicht von Angela vor ihr auf,
die ihr immer neue Klamotten zuwirft. Viktoria hat Mühe,
die neue Kleidung anzuziehen, so schnell, wie sie auf sie
einströmt, und sich im Spiegel zu betrachten. Doch endlich
findet sie etwas, das auch Angela gefällt, sie fühlt sich toll
und mächtig, wie eine der Influencerinnen auf Instagram.

Dann nimmt Angela sie an der Hand, und sie beide fliegen zusammen durch einen Spiegel nach Uganda. Sie blicken, wie von einem tief fliegenden Flugzeug aus, auf riesige Wälder, aus denen immer wieder bunte Vögel aufsteigen und sie neugierig betrachten. Plötzlich fliegt ihre Großmutter neben ihr her und redet auf sie ein, sie lächelt sie an, freut sich über ihre Rückkehr und bewundert die blonden Haare ihrer weißen Freundin. Angela und sie landen auf einer Waldlichtung, wo Elefanten herumstehen und sich gegenseitig mit Wasser bespritzen. Es ist heiß und sehr hell, Angela will sich in das Wasser des Flusses stürzen und ein wenig baden, Viktoria versucht sie zurückzuhalten. In diesen Fluss zu gehen, könnte sehr gefährlich sein. Aber Angela lacht nur und zieht sich bis auf die Unterwäsche aus. Viktoria sieht, wie im Fluss Krokodile schwimmen, ihre hochstehenden Augen schauen neugierig auf das Mädchen, das auf sie zukommt. Aber Angela fürchtet sich nicht, die Krokodile kommen zu ihr, und sie streichelt sie, wie Hauskatzen. Sie winkt Viktoria zu, die zu schreien versucht, aber es kommt kein Ton aus ihrem Hals. Angela legt sich auf eines der Krokodile, hält sich an dem glitschigen, schuppigen Körper des Tiers fest, und zusammen steigen sie auf, fliegen auf Viktoria zu. Das Krokodil reist sein riesiges Maul auf, stürzt sich auf Viktoria, doch Angela lacht nur.

Das ist der Moment, in dem sie zitternd aufwacht. Sie denkt an Angela, wie stolz sie war, mit dem blonden Mädchen shoppen zu gehen. Die ihr zeigte, welche Sneakers, welche Armbänder, welche T-Shirts man zu tragen hat und dass zerrissene Jeans cool sind. Endlich fühlte sie sich in Deutschland angekommen, sie war kein Flüchtling mehr in gespendeter Kleidung, sondern eine besondere junge Frau. Sie ist in ihrer Klasse die Beste in Englisch, kein Kunststück, denn sie ist damit aufgewachsen, aber sie ist auch gut in Mathe und Naturwissenschaften. Angela war irgendwie komisch an diesem Tag, Viktoria verstand nicht, was los war. Wusste ihre Freundin von dem Entführungsplan? Kannte sie den Typen? Sie schauten sich Modetipps auf Instagram an, aber ihre Freundin war lustlos, sie wollte sich auch nicht für das Osterfeuer mit ihr verabreden. Also hatte sie sich verabschiedet und war losgelaufen, zu Benni. War Benni auch eingeweiht?

Wieder kommt ein Zittern über sie, sie nimmt sich die Müslischüssel und isst ein paar Löffel, bis sich ihr Körper wieder beruhigt.

9

Kerstin hat ihre Dienststelle informiert, dass sie heute drei Stunden später kommt, weil sie einen Arzttermin wahrnehmen muss.

In einen dünnen Morgenmantel gehüllt, holt sie die Aufbackbrötchen aus dem Backofen und legt sie in ein Körbchen auf dem kleinen Küchentisch, an dem Anselm sitzt und ihr zulächelt. Sie schneiden sich ihre Brötchen auf, streichen Butter und Marmelade auf das warme Innere. Kerstin erkundigt sich, ob seine Leute ihn nicht erwarten, ob er bald wegmuss. Aber Anselm will nicht gehen. Er gesteht ihr, er habe schon länger vorgehabt, den Hof in Brandenburg zu verlassen. Nur hat sich für ihn bisher keine neue Perspektive ergeben. Sie wiederzutreffen, ist bestimmt kein Zufall gewesen, sagt er ihr, diese Begegnung würde etwas bedeuten, er möchte nicht mehr von ihr getrennt sein. Kerstin gefällt, was er ihr sagt, sie will aber ganz pragmatisch wissen, was er vorhat, von etwas muss er ja leben; hoffentlich knüpft er nicht wieder da an, wo er in Berlin aufgehört hat. Sie will ihn nicht noch einmal im Gefängnis besuchen. Das ist für immer vorbei, macht er klar, er hat zwar noch seine politischen Überzeugungen, doch er will ein normales Leben führen und arbeiten gehen. Bei uns suchen sie immer wieder Leute, sagt sie ihm und zeigt ihm auf ihrem Smartphone die offenen Stellen, die die BVG gerade anbietet. Er lacht, die Vorstellung, im gleichen Betrieb wie Kerstin zu arbeiten, findet er komisch.

»Aber dann muss ich was mit meinen Haaren machen«, findet er, »kannst du noch Haare schneiden?«

»Was, hier?«

»Ich geh doch jetzt nicht zum Friseur«, meint er und fasst sich in seine Mähne, »wenn schon, denn schon.«

Kerstin lehnt sich zurück, beißt in ihr Brötchen, betrachtet ihn. »Das geht mir fast ein bisschen schnell mit dir«, lacht sie.

»Ich will ein neuer Mensch werden. Das ist doch ein guter Zeitpunkt.« Auch Anselm lacht, aber er meint es ernst. Plötzlich hat sich die Möglichkeit aufgetan, seine Vergangenheit wie eine alte Haut abzustreifen. Er wird Wala und die Landwirtschaft, die Siedlung und auch all die dunklen Dinge, die er getan hat, hinter sich lassen. Ein neuer Haarschnitt und ein glatt rasiertes Kinn werden ihn äußerlich so verändern, dass er einfach verschwinden kann. Noch einmal wird er nach Schöneberg fahren, das Mädchen freilassen, und dann ist auch er ein freier Mann. Er steht auf, nimmt ihre Hand und geht mit ihr ins Badezimmer, räumt die Bademmatte zur Seite, setzt sich auf den kleinen Hocker.

»So halblang, keine Glatze mehr, eine normale, ordentliche Frisur«, bittet er sie. Sie hat einen Kamm und eine Schere bereitgelegt, stemmt die Hände in die Hüften.

»Aber beschwer dich nicht, wenn es scheiße aussieht«, mahnt sie. Dann beginnt sie nach und nach, seine Haare zu kürzen. Erst fallen fünf Zentimeter, dann immer mehr. Geschickt greift sie einzelne Strähnen und schneidet sie ab. Immer wieder stellt sie sich vor ihn hin und überprüft die Frisur. Er betrachtet sie, schaut sie aufmerksam an.

»Du siehst so toll aus«, sagt er ihr, »ich war dumm damals.« Von ihr kommt ein zustimmender Laut; sie konzentriert sich auf seine Haare.

»Wir hätten eine Familie gründen sollen. Wir könnten schon zwei Kinder haben«, überlegt er. Still klappert die Schere, Strähnen fallen. Er will sie zu sich ziehen, aber sie ermahnt ihn.

»Ich muss mich konzentrieren, Anselm. Sonst wird das nichts.«

»Es ist noch nicht zu spät. Wir können immer noch Kinder in die Welt setzen, wir sind beide jung«, fährt er fort. Ganz kurz hält sie inne, dann macht sie weiter, antwortet ihm nicht. Nach einigen weiteren Schnitten stellt sie sich erneut vor ihn und nickt, fordert ihn auf, sich im Spiegel zu betrachten. Er grinst, als er sein neues Aussehen anschaut.

»Toll. Gefällt mir. Jetzt noch das Gestrüpp im Gesicht. Gib mal die Schere, einen Rasierer hast du bestimmt auch.«

Auf ihrem Badewannenrand liegt ein hellblauer Rasierer, den sie ihm in die Hand drück, dann setzt sie sich hinter ihn auf den Rand der Badewanne. Auf dem Boden liegen die Haarbüschel verstreut, vor ihr steht Anselm, in seiner Unterhose, in der Hand die Schere, mit der er den Bart kürzt.

»Ich weiß nicht«, sagt sie nachdenklich, »mein Leben ist eigentlich ganz okay so.«

»Und jetzt haben wir uns auch noch wiedergefunden«, meint er, während er vorsichtig die Haare am Hals bearbeitet.

»Ja, das ist schön. Endlich bist du zurück«, stimmt sie ihm zu, »aber vielleicht bin ich nicht die Richtige für eine Familie mit Kindern.«

»Du bist die Beste«, sagt er, ohne groß nachzudenken, und als sie nichts sagt, dreht er sich zu ihr. Sein Bart sieht ausgefranst aus, mit großen und kleinen Kerben.

»Natürlich bist du die Richtige«, bestärkt er sie. Doch es sind keine Selbstzweifel, die sie bewegen. Sie steht auf und holt einen Besen und eine Kehrschaufel aus der Küche. Nachdenklich kehrt sie seine Haare zusammen und trägt sie aus dem Bad. Er hat seine verbliebenen Stoppeln mit Seife eingerieben und beginnt mit dem Damenrasierer sein Gesicht freizulegen. Kerstin hat sich hinter ihn gestellt und betrachtet ihn im Spiegel.

»Du siehst ganz anders aus«, kommentiert sie.

Vorsichtig schabt er weiter seine Haare von der Haut. »Die Dinger sind Mist«, beschwert er sich.

»Das ist für Frauenhaare. Die sind nicht so dick.«

»Wirklich?«

»Das Rasieren musst du noch lernen.«

»Vielleicht kauf ich mir einen elektrischen Rasierer, vom ersten Geld, das ich bei der BVG verdiene.«

Sie setzt sich auf die Toilette. »Ich bin froh, dass du wieder da bist, Anselm«, beginnt sie. Vorsichtig tastet sie nach den richtigen Worten, ihre Stimme klingt belegt. »Aber Kinder. Ich weiß nicht.«

»Du hast auf mich gewartet«, sagt er selbstbewusst. Mit den Händen räumt er die Barthaare aus dem Waschbecken, trägt sie in die Küche, wirft sie in den Mülleimer, kommt zurück. Er spült die Haarreste weg, putzt das Becken mit einem Lappen sauber, schüttet sich kaltes Wasser ins Gesicht, trocknet sich ab und präsentiert sich dann Kerstin. Sie nickt und lächelt ihm zu, aber um ihre Augen liegt ein trauriger Glanz.

»Ich hab nicht auf dich gewartet, ich wusste ja nicht, wo du bist und ob du jemals wieder auftauchst. Ich hab's mit anderen Männern versucht, aber Kinder wollte ich nicht. Das ist für mich durch. Ich will keine Kinder.«

Langsam begreift er, was sie sagt, sein Gesicht, in dem man jetzt jede Regung sehen kann, wird starr. Er streicht sich mit den Händen über die glatte Haut, schaut sich um, sieht ein Cremedöschen, öffnet es, schnuppert, nimmt eine Portion auf die Finger und cremt sich damit ein. Dann setzt er sich ihr gegenüber auf den Hocker.

»Vielleicht geht das alles zu schnell. Aber du weißt, wenn ich mir etwas vorgenommen habe, dann muss es sofort sein«, erklärt er, versucht weich und leicht zu klingen, aber ein drohender Ton schwingt mit.

»Deswegen sag ich dir das auch gleich. Ich sehe mir äußerlich immer noch ähnlich, aber ich hab mich schon verändert in den letzten Jahren. Ich weiß mehr, was ich will und was ich nicht will. Damals, als du bei den Jungs mitgemacht hast und so, da zählte es nicht so richtig, was eine Frau wollte. Ihr wart laut und krawallig, und ich hab mich gefügt. Und dann, als sie dich verhaftet haben, war alles anders. Du warst weg, im Gefängnis, und danach wusste ich nicht, wo du abgeblieben bist. Es war ziemlich scheiße, weißt du. Aber ich hab mir gesagt, gut, dann lebe ich eben mein eigenes Leben. Das hat mir gutgetan, diese Entscheidung.«

Anselm stiert auf das hellblaue Handtuch neben dem Waschbecken. Es ist dasselbe Hellblau wie das Handtuch im Badezimmer von Wala. Obwohl er ein Brötchen gegessen hat, fühlt es sich an, als ob sein Magen, sein Kopf, sein Inneres hohl sind. Eine Traurigkeit steigt in ihm auf, die er nicht kennt. Was Kerstin ihm gerade gesagt hat, ist einfach eine neue Herausforderung, die ihm von der Göttin gestellt wurde. Er ist ein deutscher Mann, der die Aufgabe hat, eine Familie zu begründen. Hat sie ihn einfach so zum Spaß mitgenommen, um sich an ihm zu rächen, weil er nach dem Gefängnis nicht zurückkam? Sie tritt vor ihn hin und fasst sein Gesicht ohne Bart mit ihren warmen, sanften Händen an. Er packt beide Armgelenke grob und zieht sie von sich weg, steht auf, dreht sich um, geht aus dem Bad und zieht sich an. Die Hose des fremden Mannes, das Hemd des fremden Mannes aus Walas teurem Dachgeschoss, die Kleidung des jüdischen Bankers. Sie geht ihm nach, Tränen in den Augen.

»Gehst du jetzt wieder weg?«, fragt sie vorsichtig.

»Ich muss mich …«, antwortet er, aber seine Stimme flattert, eilig knöpft er sich das Hemd zu. Als er fertig ist, stellt er fest, dass er es falsch geknöpft hat. »Scheiße!«, ruft er aus.

Sie geht zu ihm hin, öffnet die Knöpfe erneut und beginnt sie in die richtige Reihenfolge zu bringen.

»Ich will dich, Anselm. Ich wollte dich schon immer. Aber du kannst nicht einfach auftauchen und sagen, so jetzt bin ich wieder da und jetzt gründen wir eine Familie und zeugen Kinder.«

Sie sucht seinen Blick, seine Augen sind hart, er versteht nicht, was sie ihm sagt. Er setzt sich auf die Bettkante und steigt in die Schuhe. Er hat sich all die Jahre Wala untergeordnet, er macht das nicht noch mal, nicht bei Kerstin. Er hatte seine Gründe, nicht wieder zu Kerstin zurückzukehren, auch wenn ihm nicht einfällt, welche das genau waren. Es sollte etwas Neues beginnen, etwas radikal anderes. Die spießige Zweizimmerwohnung der BVG-Angestellten Kerstin hatten in seinen Träumen keinen Platz. Letzte Nacht war er glücklich. Aber er wird sie nicht zwingen, die Pille abzusetzen, er wird sie nicht zu Kindern und ihrem Glück zwingen. Wenn sie nicht sieht, was sie an ihm hat, dann soll sie eben weiter allein leben und sich Gelegenheitsficks mit Busfahrern hingeben.

»Ich muss dann mal los«, sagt er nur, »tschüss.« Er eilt aus der Wohnung, lässt die Frau, die er liebt und die ihn vermutlich auch liebt, einfach stehen.

Als er wieder draußen auf der Straße steht, in die er gestern mit einem Blumenstrauß und einer Flasche Wein eingebogen ist, schaut er in den grauen Himmel, aus dem dünne Regentropfen fallen. Er wendet sich nicht nach links, wo er zur U-Bahn kommen würde, sondern biegt nach rechts ab, auf die Straße, von der er weiß, dass sie ihn an den Stadtrand bringt. Einmal ist er mit Kerstin bis zum ehemaligen Mauerstreifen gelaufen, und dann sind sie auf dem Ödland entlangspaziert, Hand in Hand. Von Weitem sahen sie den Flughafen Schönefeld, startende und landende Maschinen. Sie stellten sich vor, sie könnten einfach dort hinlaufen, einen Flug buchen und abhauen, irgendwohin, wo es warm ist. Sie hat das gemacht, sie ist in andere Länder geflogen, ohne ihn, weil er weg war und Äcker in Brandenburg umgegraben hat. Und einen Polizisten erschlagen. Jetzt gibt es den alten DDR-Flughafen nicht mehr, er könnte zum neuen Flughafen gehen und ein Ticket kaufen. Er hat noch genug Geld von

Wala in der Tasche, ein paar Hundert Euro, das sollte reichen für einen Flug nach Mallorca. Es regnet etwas stärker, als er die Stadtgrenze erreicht, doch das macht ihm nichts aus. Er ist stark und nicht aus Zucker, er wird seine Pläne nicht einfach aufgeben. Es kommt ihm eine alte Frau mit Schirm entgegen, die ihren Hund neben sich führt. Sie schaut ihm nach, verwundert, wie er ins ehemalige Niemandsland geht, abwesend, wie auf Drogen.

Der Journalist Gerd Broderick betritt die Polizeiwache in Rheinsberg und wundert sich, nur auf einen einzigen Polizisten zu treffen, der ihm bedeutet, gleich für ihn da zu sein, aber erst noch sein Telefonat zu Ende führen zu müssen. Schmidti staunt, als Broderick sich als Journalist aus Hamburg vorstellt. Der Mann trägt seine kräftigen weißen Haare kurz geschnitten, vermutlich hat er die Mitte fünfzig überschritten, aber er hält sich mit Yoga und gutem Rotwein fit. Im Gesicht eine markante Brille mit schwarzen Rändern, die auf Ohren aufsitzt, die etwas zu klein für den großen Kopf sind. Unter dem blau-weiß karierten Hemd blitzt ein grellweißes T-Shirt hervor, die Ärmel sind zugeknöpft, und um seine Weltoffenheit zu betonen, hat der Mann um das rechte Handgelenk mehrere bunte Freundschaftsbänder gewunden, die quadratische Uhr links hängt an einem silberglänzenden Stahlarmband. In der Hand hält er seinen hellbraunen Lederblouson fest. Selten kommen Journalisten von so wichtigen Zeitungen nach Rheinsberg, es sei denn, sie wollen hier Urlaub machen, das Schloss und das Tucholsky-Museum besichtigen. Dieser Urahne des Journalistenvolks hat das kleine Städtchen bekannt gemacht, doch der Wochenendausflug mit seiner Berliner Geliebten ist inzwischen über hundert Jahre her. Der Polizist kann Gerd Broderick keine Auskünfte geben, dazu ist er nicht befugt, aber er kann sagen, dass das Mädchen, das in der Zeitung als gesucht gemeldet wurde, noch nicht gefunden ist. Broderick erzählt, dass er »Pieter« gut kennt, aus Uganda, aber seit er in Deutschland lebt, haben sie sich nicht gesehen, er hat zwar seine Mobilfunknummer, aber Peter geht nicht ran. Schmidti lässt sich erweichen und nennt ihm wenigstens den Ort an dem bekannten See, in dem Ebuk lebt.

Fontane, auch ein Journalist, hat den schönen See mit dem klaren Wasser sowie das Dorf, das an seinen Ufern liegt, bekannt gemacht. Broderick lässt sich mit dem Taxi hinbringen, plaudert mit dem Taxifahrer, der die Pandemie gut überstanden hat, weil er ständig Leute in die umliegenden Krankenhäuser und später dann zur Impfstation kutschieren musste, alles bezahlt von der Krankenkasse. Seine erste Station, um Ebuk zu finden und mehr über das Verschwinden seiner Tochter zu erfahren, ist das Seelabor mit den Wasserforschern, die es an einen der dunkelsten Orte Deutschlands verschlagen hat. Er weiß noch nicht genau, wen er fragen soll, er möchte Witterung aufnehmen, hören, was man über den Fall Ebuk weiß, vermutlich gibt es nicht viele Afrikaner hier.

Nachdem er durch den Wald gefahren wurde, er den Taxifahrer bezahlt und ihm ein gutes Trinkgeld gegeben hat und sich dafür eine Quittung für die Spesenabrechnung ausstellen ließ, geht er um das holzverkleidete Haus herum und betritt einen langen Steg, der weit in den See reicht. Dort macht ein Mann mit weißen Haaren gerade ein Boot fertig. Broderick begrüßt ihn, erwähnt leichthin, dass er von der schreibenden Zunft kommt, fragt ihn, ob er hier arbeitet. Walter Glasen nickt, er ist seit vielen Jahren Wissenschaftler im Seelabor, einer der Ersten, aber er muss raus auf den See und nach seinen Proben sehen, eine tägliche Aufgabe, die er erledigen muss, bevor das Unwetter kommt. Er zeigt nach Westen. Von da kommen die meisten bösen Wetter, kommentiert er heiter. Broderick lacht vorsichtig, fragt, ob er mitfahren kann, und Walter hat nichts dagegen, wenn er sich eine

Schwimmweste anzieht. Leise, angetrieben von einem Elektromotor, schnurrt das Forscherboot los, vorbei an den acht im See verankerten Forschungszylindern. Walter erzählt von den Sedimenten des Sees, die er seit Jahren erforscht, nur so können dessen Veränderungen sichtbar gemacht werden. Seit über fünfunddreißig Jahren beobachtet er den Boden unter dem Wasser, erklärt er stolz, er ist das Gedächtnis des Sees. Broderick gibt sich beeindruckt, fragt dann aber doch nach den jüngsten Ereignissen, nach Ebuk und dem verschwundenen Mädchen. Ob er den Mann aus Uganda kennt?

»Den Ebuk kennt hier jeder«, erklärt Walter, »ich auch, das mit seiner Tochter ist nicht schön.«

»Wo könnte sie denn sein?«, fragt Broderick.

»Da müssen Sie die Polizei fragen«, meint Walter knapp.

»Der Ebuk, wie sie ihn nennen, der war doch auch Polizist. Da wird er sich bestimmt an der Suche beteiligen.«

»Dann kennen Sie ihn auch?«, wundert sich Walter.

»Ja, wir haben uns in Uganda kennengelernt, am Viktoriasee. Ich habe vor Jahren einen alten Klassenkameraden besucht, der dort hängen geblieben ist und Vanille und Kakao anbaut.«

»Klingt gut. Den Viktoriasee zu sehen, würde mich auch reizen, vielleicht mache ich das, wenn ich pensioniert bin.«

»Dem geht es nicht gut, dem Viktoriasee, da sind Wasserforscher wie Sie gefragt.«

»Ich habe gelesen, dass man in den sechziger Jahren die Viktoriabarsche eingesetzt hat, die dann alle anderen Fische aufgefressen haben und groß wie Delfine wurden. Das war wohl eine ziemliche Katastrophe.«

»Sie kennen sich aus«, lobt Broderick, während sie über den See gleiten. Es hilft, das Vertrauen eines Gesprächspartners herzustellen, wenn man sich von dessen Kenntnissen beeindruckt zeigt.

»Haben Sie auch von der aktuellen Hyazinthenplage gelesen? Eine Wasserlilienart aus Südamerika verbreitet sich explosionsartig auf dem See. Riesige Pflanzenteppiche, so groß wie neun Fußballfelder, haben zwei Wasserkraftwerke zum Erliegen gebracht. Uganda hatte wochenlang keinen Strom«, berichtet der Journalist.

»Wahnsinn, wie das Fremde die eigene Heimat durcheinanderbringen kann«, meint Walter. Diese Aussage lässt Broderick auf sich wirken.

»Gilt das auch für Ebuk?«, fragt er seinen Bootsführer.

Walter lacht seine Aussage weg, aber eigentlich hat er es so gemeint. Das Fremde stört ihn. »Na ja, dem Ebuk fällt es nicht leicht, sich hier einzugewöhnen. Vielleicht so wie der Viktoriabarsch oder die Hyazinthe aus Südamerika im Viktoriasee. Er will hier Asyl bekommen, und jetzt verschwindet seine Tochter. Da fragt man sich schon, wie das zusammenhängt.«

»Was denken Sie denn, wie das zusammenhängen könnte?«, will Broderick wissen. Er beginnt Witterung aufzunehmen.

»Na ja, ich hab mich gefragt, was hat der Ebuk davon, wenn sein Mädchen verschwindet. Es erhöht seine Asylchancen natürlich beträchtlich. Vielleicht hat er das Mädchen versteckt oder was weiß ich, was er gemacht hat. Er kennt sich ja offenbar aus mit verschwundenen Kindern.«

»Das tut er allerdings.« Broderick erzählt nicht, dass er es war, der Ebuks Ermittlungen publik gemacht hat, der mehrere Artikel schrieb, nachdem er von ihm hörte, als er in Uganda war. Auch erzählt er nicht, wie er die Flucht von Peter Ebuk und Viktoria über Nairobi nach Deutschland organisiert hat.

»Das stumpft vermutlich ab, wenn man mit so schrecklichen Verbrechen zu tun hat. Ich glaub, der Ebuk ist ziemlich kaltblütig«, findet Walter.

Broderick schaut den Mann erstaunt an. »Kaltblütig, der Peter? Finden Sie? Ich habe ihn anders kennengelernt«, antwortet ihm Broderick.

»So, jetzt müssen Sie mal still sitzen.« Sie sind an einer Boje angekommen, neben der Walter Glasen ins Wasser greift und an einem langen Seil einen Behälter aus dem Wasser zieht. Den Inhalt – Wasser, Sand, kleine Steine und Muscheln – füllt er in einen anderen metallenen Behälter um. Dann schaut er in den Himmel, der bedrohlich dunkel wird.

»Eigentlich müsste ich noch ein paar Stationen abfahren, aber das kann ungemütlich werden. Besser wir fahren zurück«, entscheidet er. Broderick zieht sich den Blouson über seine Schwimmweste und schaut ebenfalls besorgt in den Himmel.

»Wie ein Mensch wirklich ist, zeigt sich erst, wenn man in eine schwierige Situation kommt, wenn man nicht mehr weiterweiß. So wie der Ebuk. Der ist hier gestrandet, kann nicht mehr zurück, weil er es sich in Afrika verscherzt hat. Also, was macht er? Er überlegt sich was. Dumm ist er ja nicht, der Mann. Sein einziger Trumpf ist seine Tochter, also lässt er sie verschwinden. Die Polizei hier, na ja, die haben ein schlechtes Gewissen, weil vor ein paar Jahren schon mal ein Mädchen verschwunden ist, das sie nicht finden konnten. Also gehen sie davon aus, das ist erneut eine Entführung.«

Der Wind wird stärker, und das kleine Boot mit dem Elektromotor muss kämpfen. Beide Männer blicken zu der Wand aus dunklen Wolken, die sich über den Wäldern aufbaut. Broderick muss über die giftigen Mutmaßungen von Walter Glasen, dem Seeforscher, nachdenken. Vielleicht hat die Einsamkeit des Ortes ihn zu seinen bitteren Überlegungen veranlasst, oder Ebuk ist schon viel mehr hier angekommen, als er es sich vorstellen kann. Gerd Broderick Jagdinstinkt ist geweckt, erneut hat Peter Ebuk offenbar große Gefühle in Gang gesetzt.

Jana macht Schluss für heute. Sie versucht, Ebuk zu erreichen, aber es geht nur die Mailbox an, also hinterlässt sie ihm eine Nachricht. Als sie durch den Wald fährt, erblickt sie einen Mann mit grauen Haaren, der in seinem teuren Lederblouson nicht gerade den Eindruck eines üblichen Spaziergängers macht. Vorsichtig versucht der Herr, den ersten Matschpfützen auszuweichen, die sich auf dem unbefestigten Waldweg bilden. Sie hält neben ihm an, lässt die Scheibe runter und fragt, ob sie ihn ein Stück mitnehmen kann.

»Das wäre sehr nett«, freut sich Gerd Broderick und steigt ein.

Jana wirft ihm einen Blick zu. Für sie sieht er aus wie ein Opernliebhaber, den man im Wald ausgesetzt hat, weil er in der letzten *Traviata*-Aufführung mitgesungen hat, aber die Töne nicht traf. »Kommen Sie vom Seelabor?«, erkundigt sie sich.

»Ja, ich wurde zu einer Bootspartie eingeladen.«

Jana schaut misstrauisch zu dem Mann neben ihr. Er könnte ihr gefallen, wenn er nicht so eine Brille tragen würde, die ihr zuruft, ich bin ein bedeutender Zeitgenosse. Heute war vermutlich nur Walter auf dem See, und er ist nicht bekannt dafür, irgendjemanden mitzunehmen.

»Dr. Glasen war so freundlich«, berichtet Broderick.

»Ach! Kennen Sie ihn?«

»Eine zufällige Begegnung am Steg.«

»Ein Kollege von mir.«

»Dann arbeiten Sie auch im Seelabor?«

Jana nickt nur, schaltet die Scheibenwischer an. »Wo wollen Sie denn hin?«

»Ich wollte einen alten Bekannten besuchen, Peter Ebuk. Wir kennen uns aus Uganda.«

Jana tritt auf die Bremse. »Was soll das? Wer sind Sie?«, fragt sie schroff.

»Bitte? Gerd Broderick, ich bin Journalist. Gestern habe ich gelesen, dass Viktoria gesucht wird. Da bin ich gleich losgefahren.«

»Und warum interessiert Sie das?«, fragt sie ihn scharf.

Broderick könnte nun sagen, ›das ist eine lange Geschichte‹, aber er hält sich zurück. Es gibt hier offenbar emotionale Minenfelder, die er besser gar nicht oder nur sehr vorsichtig betreten sollte.

»Ich wollte Peter besuchen und mich nach dem Verschwinden von Viktoria erkundigen«, kommt es lasch von ihm.

Jana merkt, dass sie zu heftig reagiert hat und legt wieder einen Gang ein, fährt weiter, bis vor den Betonklotz, wo Peter wohnt. Zusammen mit Broderick steigt sie aus und klopft an der Tür. Die Vögel freuen sich über den Regen und zwitschern sich zu, wo die besten Jagdreviere für Regenwürmer zu finden sind. Jana übernimmt für Broderick, nach Ebuk zu rufen, aber die Fenster bleiben dunkel, er meldet sich nicht, ist vermutlich nicht da. Sie setzen sich wieder zurück ins Auto.

»Er scheint hier eine bekannte Figur zu sein«, meint Broderick, »kennen Sie sich schon lange?«

»Seit letztem Samstag, als seine Tochter verschwunden ist«, antwortet Jana nachdenklich. Wo ist Ebuk, warum geht er nicht ans Telefon? Wollte er heute nicht arbeiten? Ist er mit Razorn unterwegs? Sie muss wissen, was los ist. Sie entscheidet sich, nach Rheinsberg zu fahren.

»Wo wohnen Sie?«, fragt sie den Journalisten.

»In Rheinsberg, im Seehotel.«

»Wo sonst. Gut, ich bringe Sie hin.«

»Das ist wirklich … Vielen Dank.«

Jana interessiert sich eigentlich nur dafür, was Walter dem Journalisten erzählt hat, aber da sie ein höflicher und gebildeter Mensch ist, fragt sie, was er in Uganda gemacht hat, während sie über die Wellen der geraden Straße gleiten.

»Es begann als eine private Reise und führte dann zu einigen Artikeln. Ein alter Freund lebt in Kampala, er war Entwicklungshelfer, aber jetzt betreibt er ein eigenes Landwirtschaftsunternehmen, mit seiner Frau, Solaire. Sie ist aus

Uganda, sie haben zwei Kinder zusammen, zwei Mädchen. Damals gab es eine ziemliche Aufregung, weil ein führender Polizist, der Polizeichef in Jinja, verhaftet wurde. Er hatte eine Serie von Kindesentführungen aufgedeckt und einige Hintermänner gefasst. Mein Freund Bernd und Solaire regten sich auf, weil sie auch um ihre Mädchen Angst hatten, und nun war es gelungen, endlich die Verbrecher dranzukriegen. Aber der Polizist wurde verhaftet und nicht die Entführer. Mein berufliches Interesse war erwacht, und meine Redaktion gab mir grünes Licht. Also fuhr ich nach Jinja und lernte Peter Ebuk kennen, wie auch seine Frau Prudence und Viktoria.«

»Was wurde ihm vorgeworfen?«

»Bei der Suche nach den Entführern ist ein Mann erschossen worden. Peter soll ihn vorsätzlich getötet haben. Es sah aus wie das typische ›auf der Flucht erschossen‹. Aber so war es wohl. Der Mann war eine wichtige Figur in dem Fall, eine Art Zauberer, der den Kindern schlimme Dinge angetan hatte, Gliedmaßen abgeschnitten, Gehirne und Herzen entnommen. Unvorstellbar grausam. Peter berichtete mir, er wollte den Typen verhaften, aber der wollte abhauen, also hat er geschossen und ihn erwischt. Einige Politiker regten sich auf, weil sie viel Geld mit den Verbrechen verdienten.«

»Hat er ihn wirklich absichtlich erschossen?«

»Kann schon sein …«

»Und mit Walter haben Sie über Sedimente geredet?«

»Wollen Sie das wirklich wissen?«

»Nein, eigentlich will ich wissen, ob er etwas über Peter gesagt hat.«

Sie schaut zu ihm rüber, und er begegnet ihrem Blick, sieht die Spannung in ihr.

»Ihr Kollege denkt, Peter sei ein kaltblütiger Mensch, der seine Tochter verschwinden ließ, um seine Asylchancen zu erhöhen.«

»Was? Das hat er gesagt?«

»Ja, eine ziemlich wilde These, die ich absolut nicht teile«, besänftigt Broderick Jana.

»Unfassbar«, macht sie sich weiter Luft. Sie weiß inzwischen um die Eifersucht von Walter auf Peter Ebuk, aber dass er sich gegenüber einem Journalisten zu solch einer Aussage hinreißen lässt, empört sie zutiefst.

»Haben Sie auch Kinder?«, versucht Gerd Broderick das Thema zu wechseln. Aber Jana hört ihm nicht zu, sie konzentriert sich auf die Fahrt, überlegt, was sie Walter sagen wird. Vielleicht sollte sie die Institutsleitung annehmen, nur um ihn rauszuekeln, diesen Widerling. Sie fahren einige Minuten schweigend, bis sie nach Rheinsberg kommen, dann besinnt sich Jana wieder.

»Entschuldigung, was haben Sie gesagt?«

»Nicht so wichtig.«

»Ich fahre kurz bei der Polizei vorbei, ich muss wissen, was los ist. Dann bringe ich Sie ins Hotel.«

Broderick ist mit der Reihenfolge der weiteren Ereignisse sehr einverstanden.

Schmidti begrüßt Jana freundlich und ist erstaunt, den Journalisten erneut zu sehen. Da sind sich also die richtigen Leute begegnet. Er kann Jana nicht viel Neues mitteilen. Razorn sei mit Sandra in Röbel an der Müritz, sagt er ihr. Er und seine Kollegen würden in verschiedene Richtungen ermitteln, bemerkt er vorsichtig, um seine Kompetenzen nicht zu überschreiten und nichts an den Journalisten zu verraten. Wo Ebuk steckt, kann auch Schmidti nicht sagen. Jana fragt nach, warum die beiden Polizisten in Röbel sind, ob es mit dem Transporter zu tun hat. Aber Schmidti kneift den Mund zusammen, als ob er an einer Kröte geleckt hätte. Gerne würde er Jana berichten, was er über Erika Röter herausgefunden hat, aber ihr Begleiter verhindert das.

Er hätte gerne erzählt, wie er heute an die Telefonnummer der Schwester dieser Frau herangekommen ist, die im fernen Nordrhein-Westfalen lebt und dort einen Strickwarenversandhandel betreibt. Er hatte mit verschiedenen Meldeämtern telefoniert, bis er den richtigen Anschluss hatte, weil die Frau den Namen ihres Mannes angenommen hat. Er merkte gleich, dass die beiden Schwestern zerstritten sind. Nach dem Verschwinden von Sabine Röter hatte sich die Schwester immer wieder nach dem Mädchen erkundigt. Aber Erika sprach nur abfällig über die eigene Tochter, dabei sei ihre Erkrankung gar nicht so schlimm gewesen. Schmidti hörte mitfühlend zu und fragte vorsichtig nach, was denn mit dem Mädchen nicht in Ordnung war. Schließlich erzählte die Frau von Leukämie und einer leichten geistigen Behinderung. Deswegen kam sie in der Schule nicht gut mit und war auch einmal sitzen geblieben. Dass mit dem Mädchen etwas nicht stimmte, hatten sie bei ihrer Suche vor Jahren nicht berücksichtigt.

Als völlig abwegig fand seine Gesprächspartnerin die Behauptung, Sabine wäre zu Verwandten nach Amerika ausgewandert. Sie hätten keinerlei Verwandte in Amerika, die Familie stamme aus der Nähe von Eisenhüttenstadt. Sie konnte sich nicht vorstellen, wie Erika jemanden aus Amerika hätte kennenlernen können. Höchstens einen ihrer Nazifreunde. Dieses Wort hatte sie tatsächlich benutzt. Aber eigentlich glaubt die Schwester, Erika und ihr Mann Heinrich seien für das Verschwinden von Sabine verantwortlich. »Vielleicht ist die Kleine abgehauen, weil sie ihre Mutter nicht mehr ertragen konnte«, sagte sie Schmidt am Telefon, »hat sich im Wald verirrt und ist verhungert.« Es würden ja heutzutage schlimme Sachen passieren, ergänzte die Frau. Ihr jedenfalls würde es gut gehen, vor allem seit Corona, das wäre ein Glücksfall für sie gewesen. Seither wären die Bestellungen für Wolle geradezu explodiert, sie hätte sogar zwei Frauen einstellen müssen, die sich um Strickfehler der Kunden kümmern. Als sie dann begann, von den »seltsamsten Verstrickungen« zu erzählen, die sie wieder geradestricken müssten, hat Schmidt das Gespräch abgebrochen und sich bedankt. Obwohl es ihn drängt, kann er Jana nicht gestehen, wie gut er es findet, den alten Fall noch mal aufzurollen. Er hat sehr unter dem Tod seines alten Chefs Paul gelitten, den er sehr geschätzt und von dem er viel gelernt hat. Die Bevorzugung von Sandra bei der Neubesetzung der Leitung des Polizeireviers hat seiner Ansicht nach viel damit zu tun, dass er zu wenig zur Aufklärung des Falls beitragen konnte. Dafür macht er sich noch immer Vorwürfe, aber vielleicht kommt ja jetzt Licht ins Dunkel.

»Wir finden die, die Paul getötet haben«, sagt er, um die Entschlossenheit der Polizei zu signalisieren.

Jana bedankt sich, Broderick lächelt einfach nur unbeteiligt, hat jetzt aber noch mehr Fragen.

Es ist nur ein kurzer Weg zu seinem Hotel, und noch bevor Broderick aussteigt, fragt er Jana, ob sie Lust hätte, mit ihm zu Abend zu essen, und wo es ein gutes Lokal gebe. Jana ist noch immer aufgewühlt, die Enttäuschung über Walter Glasen macht ihr zu schaffen. Auch Ebuk ist nicht zu erreichen, mit ihm hätte sie am liebsten gesprochen, obwohl das egoistisch ist, weil er ganz andere Sorgen hat. Also sagt sie zu, er soll einchecken, sie wartet auf ihn, dann werden sie runter an den See gehen, ins Restaurant Fischer.

Broderick erledigt die Formalitäten an der Hotelrezeption, lässt seine Tasche aufs Zimmer bringen und ist dann schnell wieder draußen bei Jana. Neugierig schaut sich Broderick um, hinter sich die hellblaue Fassade des Hotels, ein zweigeschossiges Haus, das sich mit seinen Nebengebäuden tief in den Innenhof hineinzieht. Der Gehsteig ist leicht abschüssig, nach ein paar Schritten sind sie am See. Zwei Passagierdampfer liegen träge im Wasser, die Tagesarbeit ist verrichtet, für heute müssen keine Touristen mehr über die Seen und Kanäle geschippert werden. Ein lokaler Holzkünstler hat aus bemalten Ästen ein Bestiarium aus Schlangen, barbusigen Mädchen und Grimassen angelegt. Eine heitere, eigenwillige Interpretation der Reisen des Odysseus und dessen glücklicher Heimkehr an die Ufer von Rheinsberg. Die Brüste der hölzernen Mädchen, die den einsamen Reisenden hergeführt haben, sind besonders blank poliert. Die älteren Besucher finden es lustig, die Holzbrüste der singenden Nixen zu begrapschen und sich in der Pose fotografieren zu lassen.

Die kleine Gaststätte wird vom Inhaber eines Fischereibetriebs geführt. Es riecht nach Bier und gebratenem Fisch, die Tischdecken sind frisch gewaschen, die Blumen auf dem Tisch echt.

»Wer war Paul?«, fragt Broderick unverblümt.

Jana, die durch die Fenster auf die über dem See hängenden Regenwolken blickt, dreht sich zu Broderick, der seine mächtige Brille abgesetzt und die Speisekarte zu sich herangezogen hat. Seine Frage klingt wie die Bitte um Auskunft, ob der Fisch wirklich frisch ist.

»Ich kann den Zander empfehlen, mit Bratkartoffeln«, antwortet ihm Jana.

Brodericks Augen sind ohne die Brillengläser hellgraue Pfützen, etwas trüb, aber wach. Er schlägt die Speisekarte auf. »Kann man den Wein trinken?«

»Wenn Sie eine Flasche bestellen.«

Broderick nickt anerkennend, offene Weine trinkt er sowieso nicht.

»Paul war mein Bruder, er war hier mal Leiter der Polizeiwache. Vor fünf Jahren ist er verschwunden, auf der Suche nach einem Mädchen.«

»Verschwundene Kinder beziehungsweise Mädchen scheinen mein journalistisches Schicksal zu sein.«

»Sie haben vor zwei Tagen seinen eingeschlagenen Schädel im Wald gefunden«, sagt Jana scharf, als die junge Kellnerin zum Tisch kommt. Sie hat den Satz gehört und bleibt irritiert stehen. Soll sie lautlos rückwärts gehen oder sich räuspern oder sich die Ohren zuhalten?

»Eine Flasche von diesem Französischen, bitte. Ist er auch wirklich kalt?«, fragt jetzt Broderick.

»Zweimal den Zander mit Bratkartoffeln«, bestellt Jana. Die junge Frau mit dem kleinen Notizblock in der Hand nickt nur. Sie hat vermutlich nicht richtig hingehört, vermutlich redet Frau Kugelmann mit einem Wissenschaftler über tote Tiere.

»Weil Paul plötzlich wie vom Erdboden verschwunden war, bin ich zurückgekommen«, berichtet sie.

»Ach, dann sind Sie von hier?«

»Und Sie?«, fragt sie, ohne auf seine Frage zu einzugehen. Sie hat keine Lust, als »Frau aus dem Osten« betrachtet zu werden.

»Ursprünglich komme ich aus Freiburg. Aber jetzt Hamburg. Schnelsen. Alles Einfamilienhäuser mit Gärten hinten dran. Viel Platz für Hunde und Pferde.«

»Sie reiten?«

»Nein, wir haben einen Hund.«

»Sie und Ihre Frau.«

»Mhm. Wer könnte Ihren Bruder erschlagen haben?«

»Mich haben immer nur Gewässer interessiert.«

»Gibt es hier ja auch reichlich.«

Die Kellnerin bringt die Flasche und zwei Weingläser auf einem runden Tablett. Sie zeigt den beiden Gästen das Etikett, Broderick nickt, und die junge Frau entkorkt die Flasche. Sie gießt Jana einen kleinen Schluck ein, die probiert und nickt.

»Danke, Frau Doktor Kugelmann«, sagt die Kellnerin und füllt die Gläser auf.

Brodericks Mundwinkel bewegen sich weniger als einen halben Millimeter nach oben. Nur in sehr angesagten Lokalen in Hamburg oder Berlin wird nicht er als Erstes gefragt, wie der Wein schmeckt. Jana nimmt einen großen Schluck, atmet durch und schließt für einen kurzen Moment die Augen, ohne auf den Mann am Tisch zu achten.

»Erst seit gestern steht fest, dass er erschlagen wurde. Jetzt kann ich seine Überreste beerdigen.«

»Es tut mir leid.«

Sie hat keine Lust auf gepflegte Konversation mit einem Mann, der eine Frau und einen Hund in Hamburg-Schnelsen hat. »Mein Ex lebt in der Nähe von Freiburg«, sagt sie, »mit meinem Sohn.«

Broderick denkt über die geheimnisvollen Fäden nach, die das Leben um ihn gewoben hat. Eine Windböe klatscht an die Fensterscheibe und lädt Regen ab. Das zwischen Schilf angebundene Aluminiumboot schwankt wie betrunken zur Seite.

»Wollten Sie schon immer Journalist werden?«

Broderick ist erstaunt, denn das ist so eine Art von Frage, die eigentlich er stellt, wenn er in die Lebensgeschichten von Menschen eindringt.

»Ähm, nein. Ich hab mal mit Medizin begonnen«, antwortet er vorsichtig.

»Aber dann ist Ihnen beim Sezieren der Leichen schlecht geworden«, lächelt Jana ihn an, trinkt und schenkt sich nach.

»Ganz und gar nicht. Die Toten waren mit lieber als die Lebenden. Es waren die Drogen. Wir haben zu viel gekifft damals. Ich hatte keine Lust auf die vielen Prüfungen, ich wollte auch nicht ständig in einem weißen Kittel herumlaufen. Die Mädchen im Medizinstudium waren hübsch, aber aseptisch, immer frisch gewaschen. Das fand ich alles furchtbar langweilig«, gesteht er ihr.

»Sie wollten es schmutzig und gefährlich?«

»Nein, eigentlich wollte ich nur etwas erleben.«

Sie hat das schon oft gehört, wie die Sprösslinge aus den

wohlhabenden Familien meinten, rebellieren zu müssen, ihr Studium abbrachen, Häuser besetzten, zur Revolution aufriefen oder mit dem Geld der Eltern Weltreisen machten. Sie wollte nur aus dem Osten weg und forschen. Jetzt ist ihr nur das Forschen geblieben.

»Dann sind Sie manchmal in Freiburg?«, versucht Broderick die Gesprächsinitiative zurückzubekommen.

Sie schüttelt den Kopf. »Mein Sohn will nichts von mir wissen.«

»Erstaunlich.«

»Finden Sie? Ich glaube, das gibt es ziemlich oft. Haben Sie Kinder?«

»Ich selbst habe keine. Meine Frau hat einen Sohn. Er studiert in Berlin Medienwissenschaft.«

Sie wartet, ob er noch mehr preisgibt, ihr erzählt, warum er keine Kinder hat, ob er unfruchtbar ist oder ihm die Karriere wichtiger war als die Gründung einer Familie.

»Er hat mir vorgehalten, ich hätte mich nicht genug um ihn gekümmert, sei gefühlskalt und karrieregeil. Dabei wollte ich einfach nur meine Doktorarbeit abschließen und endlich Geld verdienen.«

Jana ist selbst überrascht, was sie da gerade gestanden hat, doch Broderick nickt nur.

»So etwas Ähnliches habe ich meinem Vater vorgeworfen. Er ist an Krebs gestorben. Darf ich über Sie schreiben?«

Es ist ein spontaner Einfall, aber aus der Sicht dieser Frau auf den Polizisten aus Uganda zu blicken, dessen Tochter gesucht wird, könnte spannend sein. Sie antwortet ihm nicht. Draußen auf dem Gehweg, zwischen See und Lokal, schiebt eine Frau im Regenmantel einen Mann im Rollstuhl vorbei, der mit ausgestreckten Armen einen aufgespannten Regenschirm vor sich hält.

Die Kellnerin bringt das Essen, stellt die Teller vor den beiden Gästen ab, schenkt Broderick und Frau Dr. Kugelmann nach. Sie schneiden den weichen Fisch, probieren, Broderick nickt anerkennend.

»Sehr gut«, sagt er. Jana kaut, zieht eine kleine Gräte aus dem Mund und legt sie behutsam auf dem Tellerrand ab.

»Über mich und die Dunkelheit«, antwortet sie.

Die Bettstatt in der Zelle, auf der der Schreiner aus Röbel sich ausgestreckt hat, besteht aus einem festen Zementblock, auf dem eine dünne abwaschbare Matratze liegt. Daneben wurde ebenerdig ein Abort aus Chrom eingelassen. Das Waschbecken ist ebenfalls aus Stahl, der Wasserhahn kann mit einem Druckknopf angestellt werden. Die hohen Wände sind weiß gekachelt, weiter oben gibt es ein festes rechteckiges Kippfenster, das trübes Licht in die Zelle lässt. Eine Zeitschaltuhr bestimmt, wann das Deckenlicht ein- und ausgeschaltet wird. Die ganze Einrichtung kann mit einem Schlauch einfach gereinigt werden, falls ein Betrunkener sich übergibt oder seine Gedärme nachgeben. Die metallenen Gitter der Zelle sind weiß gestrichen, davor stehen zwei einfache Klappstühle aus Holz. Zwei weitere Zellen gibt es hier unten, aber im Moment ist Marco Schlatterer der Einzige, der hier festgehalten wird. Nur die Enge und die Höhe der Räume erzählen davon, dass in diesem Kellergeschoss seit über hundertfünfzig Jahren Gefangene eingesperrt werden. Wenn Regen kommt und das Wetter umschlägt, wird es hier unten feucht, dann dünsten die alten Ziegelsteine hinter den modernen Kacheln den Schlamm der Jahrhunderte aus.

Als die Eingangstür zum Keller, in dem die drei Arrestzellen und das Archiv untergebracht sind, aufgeschlossen wird, hallt das metallische Klacken des Schlosses in jeden Winkel. Das Licht im Flur flackert. Razorn, Wenzel und Mechtigkeit bauen sich vor den weißen Gittern auf. Wenzel dreht den alten Schlüssel, betritt die Zelle und fordert von Marco Schlatterer, die Hände auszustrecken, damit sie ihm

Handschellen anlegen kann. Sie informiert ihn, dass er in die JVA Bützow verlegt wird. Der Gefangene macht, was sie von ihm fordert, doch er will einen Anwalt sprechen. Sie hätten nichts gegen ihn in der Hand, beschwert er sich, denn er habe einen Waffenschein. Aber sein Protest klingt schwach, er weiß, dass er durch verbale Attacken nichts ausrichten kann. Angst hat sich in ihn eingeschlichen, er fröstelt leicht. Wenzel schüttelt den Kopf. Er hat nur einen kleinen Waffenschein, für seine Armbrust, erklärt sie ihm, aber keinen großen Waffenschein für die großkalibrigen Waffen in seinem Keller. Den Anwalt kann er dann in Bützow sprechen, aber auch der wird ihn nicht vor voraussichtlich zehntausend Euro Geldstrafe und ein paar Jahren Haft bewahren. Sie sagt das leicht spöttisch, als ob sie zu einem dummen Kind spricht. Schlatterer schluckt, es wird kälter um ihn. Die beiden Polizistinnen, Wenzel und Mechtigkeit, nicken sich zu, sie würden schon mal schauen, ob der Gefangenentransporter angekommen ist, sagen sie. Ihre Schritte entfernen sich, sie gehen die Treppe hoch, weiter oben fällt wieder die Tür mit ihrem hallenden Klang zu.

Razorn und Schlatterer sind jetzt allein. Razorn schaut den Mann in Handschellen aufmerksam an, wartet auf eine Reaktion.

»Was soll das?«, fragt Schlatterer. Hier wird ein Spiel gespielt, in dem seine Rolle offenbar schon feststeht.

»Wollen Sie schon mal vorangehen«, fordert ihn Razorn leise auf. Unsicher tritt Schlatterer aus der Zelle, Razorn mustert ihn kalt, nickt ihm zu, Schlatterer macht ein paar Schritte den Flur entlang. Mit zwei dynamischen Schritten ist der Polizist hinter ihm und tritt ihm kräftig in die Kniekehle. Schlatterer stürzt, kann sich mit den gebundenen Händen nicht festhalten, landet auf dem Boden. Razorn tritt ihn erneut und beugt sich über ihn. Schlatterer schreit auf, Razorn tritt nach, kräftiger, in seine Nieren.

»Wo ist das Mädchen?«, zischt Razorn.

»Scheiße. Was denn für ein Mädchen!«, wimmert Schlatterer. Erneut schlägt Razorn zu, Schlatterer robbt auf dem Boden vorwärts, zur Treppe hin, kann sich wieder aufrichten. Razorn holt ihn ein, packt ihn am Hals, stößt ihn hart auf die Treppenstufen. Sie sind grau gestrichen, auch sie wurden erneuert, zusammen mit dem Einbau der modernen Zellen. Die Treppenkanten sind hart, nicht mehr rund und abgetreten wie früher.

»Wo ist das Mädchen? In welchem Loch habt ihr sie versteckt!«

»Ich weiß nichts von einem Mädchen, verdammt!«

»Was ist mit dem Transporter?«

»Den sollte ich nur abholen.«

»Wo?«

»Na, auf dem Gutshof.«

»Weiter! Von wem?«

»Von Anselm.«

»Anselm Molder. Weiter!«

»Was denn weiter? Er hat mich angerufen, weil ich Holz abholen sollte.«

»Hast du keinen eigenen Transporter?«

»Kaputt. Er ist kaputt. Scheiße, Mann, was soll das? Das ist Folter, das dürfen Sie nicht!«

»Du bist doch gar kein Bürger dieses Landes, also beruf dich nicht auf unsere Rechte!«

Für einen Moment verliert Razorn seinen Stolz, ein Polizist der Bundesrepublik Deutschland zu sein, die Erbärmlichkeit eines Folterknechts frisst sich wie Säure durch seinen Körper.

»Wo ist das Mädchen?« Razorn schreit ihn an, er ist jetzt ganz dicht vor Schlatterer, der auf den Treppenstufen liegt und aus dessen Arm Blut sickert und das helle Grau des Betons einfärbt.

Schlatterer fängt an zu wimmern. »Ich weiß von keinem Mädchen. Ich habe selbst eine Tochter.«

»Genau. Hast du ihr deine Waffen vorgeführt?«

»Ja, nur gezeigt!«

»Was hast du noch mit deiner Tochter gemacht?!«

»Nichts, Mann. Nichts. Ich bin nicht pervers.«

Razorn glaubt ihm nicht, schlägt ihn. »Was hat Molder dir gesagt?«, setzt er nach.

»Nur, dass ich die Karre holen soll.«

»Du weißt, wo das Mädchen ist. Sag's mir! Jetzt!«

»Ich weiß es nicht! Wirklich nicht!«

Razorn geht einen Schritt zurück, er ringt mit sich. Auch wenn er sich vor sich selbst ekelt, er wird es sich nie verzeihen, wenn er es nicht noch mal versucht. Er springt auf den Mann auf der Treppe zu, reißt ihn zur Seite, dreht ihn auf den Bauch. Schlatterer versucht sich mit den Händen abzustützen, aber Razorn drückt ihm ein Knie in den Rücken und zieht seinen Kopf an den Haaren zurück. Schlatterers jäher Schrei hallt durch das Treppenhaus.

»Wo ist sie, du Ratte! Sag mir, wo sie ist!«, brüllt Razorn. Der Mann unter ihm schreit noch lauter.

Da geht die Tür zur Treppe auf, Wiebke Wenzel erscheint im Türrahmen.

»Genug«, sagt sie.

Razorn lässt den Kopf des Mannes los. »Der ist auf der Treppe gestolpert, ich wollte ihm gerade aufhelfen«, kommt böse von Razorn. Er keucht, tritt einen Schritt zurück, Wenzel kümmert sich um Schlatterer, nimmt ihn mit. Mechtigkeit taucht auf, geht die Stufen hinab, sieht das Blut auf der Treppe. Razorn hat sich auf einen der Stühle vor die Arrestzelle gesetzt. Mechtigkeit setzt sich ihm gegenüber.

»Musste das sein?«, fragt sie ihn voller Abscheu. Obwohl sie schon geahnt hat, dass der geachtete Kollege nicht zimperlich mit dem Mann umgehen wird, wenn sie ihn mit ihm allein lassen würden. Aber seine Schreie haben sie verstört. Razorn sitzt in sich zusammengesunken, alle Kraft ist aus ihm gewichen, seine Haare sind nass, seine Hände zittern.

»Was ist, wenn sie auch in einem Erdloch steckt? Irgendwo da draußen im Wald?«, fragt er sie. Doch Mechtigkeit kann ihn nur verwirrt anschauen. Schwerfällig steht er auf.

»Wir schreiben Anselm Molder zur Fahndung aus.«

Ebuk hat sich hingelegt, sich zusammengekrümmt und ist kurz eingeschlafen. Als er aufwacht, hört er, wie der Regen stärker geworden ist. Es ist dunkel, starke Windböen biegen die Bäume, manchmal kracht es irgendwo, wenn etwas umstürzt und herumgewirbelt wird. Auf der Matratze entdeckte er ein paar schwarze krause Haare, und auch in der Decke hängt noch ganz entfernt der Geruch seiner Tochter. Die Sehnsucht nach ihr zieht ihn in seine Dunkelheit.

Als die Tür aufgeht, setzt er sich auf, und Wala von Anschütz erscheint. In der rechten Hand hält sie das Gewehr auf ihn gerichtet. Mit der linken Hand stellt sie eine Plastikschüssel auf den kleinen Tisch. Sie setzt sich auf den Stuhl. Aus einer Tasche in ihrem Kleid nimmt sie eine weiße Rolle Verbandsmull.

»Ich habe dir was zu essen mitgebracht und das hier«, sagt sie Ebuk, der sie aufmerksam betrachtet. Er spürt sofort, wie sie eine klare sprachliche Hierarchie herstellt.

»Vielen Dank«, antwortet er ihr höflich. Bewaffneten Angreifern sollte man nicht wütend begegnen. Er streckt ihr seinen verletzten Arm entgegen, der Verband ist dunkelrot eingefärbt. Sie zieht sich ein Stück zurück. »Mach!«, sagt sie nur, hält ihn mit ihrem Gewehr weiter in Schach. Mühsam wickelt Ebuk den blutigen Verband ab. Die Blutung hat aufgehört, aber die Haut über dem Schnitt klafft auseinander.

»Das müsste man nähen«, sagt Ebuk. Wala zeigt sich ungerührt, schaut nur zu, wie Ebuk den frischen Verband über die Wunde legt, den Arm in den Schoss, und nach und nach, Lage für Lage, über die Wunde wickelt. Das lose Ende des Verbands stopft er zwischen die anderen weißen Lagen.

»Was hast du dir eigentlich dabei gedacht, einfach in unser Land zu kommen?«, fragt Wala ihn.

Antworte ihr nicht, sagt die Stimme in ihm, sie will dich provozieren, hör dir einfach an, was sie zu sagen hat.

»Du und deine Tochter. Warum seid ihr gekommen? Ihr und all die anderen, die hierhergekommen seid. Was wollt ihr von uns? Ihr stört. Ihr seid gekommen, um uns zu stören. Aber wir wollen nicht von euch gestört werden.«

Walas Ton ist zunächst scharf, doch dann spricht sie klar und überlegt. Sie ist nicht wütend, und was sie sagt, ist keine Anklage, eher eine Analyse. Das Gewehr hält sie fest auf den Mann vor sich gerichtet.

»Die kleine Kirche da draußen. Da opfert ihr?«, fragt Ebuk. Sie schaut ihn an, sie verzieht keine Miene, bewegt sich nicht.

»Wie heißen eure Götter?«, setzt er nach. Sie hören eine wütende Antwort des Sturms, der über den Hof fegt.

»Ihr habt sie dort verbrannt. Das Mädchen, das der Polizist suchte. Erst dachte ich, es ist die Insel, weil *er* dort getötet wurde«, spricht er seine Gedanken aus. Er kann die Frage nicht aussprechen, ob sie auch Viktoria verbrannt und geopfert haben.

»Du bist klug.«

Sie hört ihrem kurzen Satz nach, wartet, ob Ebuk reagiert. Aber er bleibt ruhig, zu sehr ängstigen ihn seine eigenen Gedanken.

»Du hast Regen mitgebracht, das ist großartig. In den letzten Jahren hatten wir hier viel zu wenig Regen. Hier gab es keine Fluten, aber die verdammte Pandemie. Wir haben nicht viel davon gespürt, weil wir niemandem erlaubt haben hierherzukommen und auch nur einige wenige von uns nach draußen gingen. Aber was wir hier anbauen, müssen wir verkaufen, unsere Kartoffeln, unser Gemüse, unser Getreide, unser Obst. Wir können nicht ganz autark leben, wir benötigen Strom, frisches Wasser, auch Steuern bezahlen wir. Wir brauchen den Regen, und es wird von Jahr zu Jahr heißer. Unsere Göttin ist eine mächtige Frau. Sie will sehen, dass wir ihr dankbar sind. Sie fordert ein Opfer. Dich. Du weißt zu viel.«

Ebuks Atem geht schneller.

»Sie meint, was sie sagt«, hört er die Stimme, »sie provoziert dich nicht einfach so, um dich hier erschießen zu können. Sie ist es gewohnt, ihre Vorhaben durchzusetzen. Ich habe viele solche Typen kennengelernt, meistens waren es überhebliche Männer, die glaubten, sie hätten das Recht, über Leben und Tod zu entscheiden. Sie sind alle untergegangen.«

Ebuk betrachtet ihre Gesichtszüge, rechts und links von ihrem schönen Mund beginnen sich Linien einzugraben. Ihre Nasenflügel weiten sich leicht, sie presst die Zähne aufeinander.

»Viktoria lebt noch«, presst er heraus, »wenn ihr mich opfert, dann lebt sie noch.« Es ist ein Flehen, er kann nicht anders, er kann seine Gefühle nicht verbergen.

»Dass es jetzt regnet, ist ein Wunder«, fährt sie fort, »nun ja, eigentlich nicht, denn in dieser Jahreszeit regnet es gelegentlich. Aber ich bezeichne es als ein Wunder, denn wir brauchen Wunder. Wir brauchen das Geheimnis, das Göttliche oder besser das Geheimnis im Göttlichen. Die Durchdringung jedes Einzelnen durch die digitale Welt hat furchtbare Folgen. Geheimnisse und Wunder haben da keinen Platz mehr. Wir lassen das nicht zu. Die Menschen brauchen das Geheimnis, es ist wie Regen, wie Blut. Die Natur lässt sich mit der digitalen Welt nicht erfassen und nicht verstehen, sie lässt sich nur fühlen. Wir, die wir diesem Gefühl wieder

Raum geben, zeigen damit unsere Autorität, unsere Macht. Wir setzen dem kalten Gefängnis der digitalen Welt das Feuer entgegen, in dcm ein Mensch verbrennt. Ja, wir opfern Menschen. Macht ihr das nicht auch? Tier- und Menschenopfer sind so alt wie die Menschheit. In den katholischen Kirchen trinken sie jeden Sonntag das Blut und essen von dem Leib des Gefolterten, den sie anbeten. Das alles dient der Katharsis und der Herrschaft.«

Aufmerksam betrachtet sie Ebuk und die Wirkung ihrer Rede auf ihn. Sie sieht, wie er mit sich kämpft, sie spürt ihre Macht.

»Was ich sage, ist nicht so neu, ein russischer Schriftsteller hat es so ähnlich schon einmal geschrieben. Aber vermutlich lest ihr in Afrika keine russischen Schriftsteller. Oder vielleicht ja doch? Verzeihung, ich will nicht überheblich klingen. Du und die anderen schwarzen Menschen sind nicht dümmer als wir Weißen. Es gibt keine überlegene menschliche Rasse, ich weiß das. Unser Erbgut ist nicht besser als euer Erbgut, unsere Hirne funktionieren nicht anders. Wir denken, essen, scheißen und lieben uns alle gleich. Wir wissen das, du und ich. Aber trotzdem gefällt mir diese ungeheure Lüge, die die Faschisten und Hitler so machtvoll behauptet haben. Die Weißen sind klüger und allen anderen Menschen überlegen! Sie bilden eine eigene Rasse. Allein die Idee, Menschen in Rassen aufzuteilen, war genial, auch wenn sie nicht von den Nazis stammt! Faszinierend bleibt aber, wie sie ihre Herrschaft auf dieser gigantischen Lüge aufbauen konnten. Die Überlegenheit der weißen Rasse ...«

Sie stellt das fest, fast sachlich, noch für einen Moment hängt sie diesem Gedanken nach, dann steht sie auf, nimmt das Gewehr von der rechten in die linke Hand, dann wieder in die rechte. Jetzt wäre eine gute Gelegenheit, sie anzugreifen, spürt er, doch er ist gelähmt von ihrem Zynismus. Als hätte sie ihn vereist. Nervös verfolgt Ebuk Walas kleine Bewegungen. Sie schaut auf ihn herab, dann setzt sie sich wieder hin.

»Die Weißen, die nach Afrika gekommen sind, müssen sich sehr klein und minderwertig vorgekommen sein. Sie haben geschwitzt, sie wurden krank und sie waren viel schwächer als ihr Schwarzen, sie waren hässlicher als ihr. Also haben sie diese Lüge von der Überlegenheit der weißen Rasse erfunden, um sich gegen euch zu behaupten, um nicht ausgelacht zu werden. Damals, als die Kolonialisten nach Afrika gekommen sind, die Engländer, die Franzosen und die Deutschen, als sie eure Länder überfallen haben, euch versklavt haben, brauchten sie irgendeinen guten Grund dafür, eine Ideologie, um zu herrschen. Sie wollten nicht einfach brutal und kapitalistisch sagen, wir beuten eure Rohstoffe aus und versklaven euch. Wir bestehlen euch und werden reich. Nein, sie behaupteten, die Weißen wären die überlegenen Menschen, deswegen stünde ihnen das alles zu. Obwohl sie ganz genau wussten, wie absurd diese Behauptung ist. Die Menschen hier, die ja auch ausgebeutet wurden, stimmten ihnen zu, die fühlten sich auf einmal wirklich besser, nur wegen der weißen Farbe ihrer Haut. Es ist ein schöner Gedanke, mit unserer Hautfarbe die Helligkeit zu verbinden, das Licht – und mit eurer schwarzen Haut die Dunkelheit, die Nacht und das Animalische. Der Gedanke einer weißen Elite ist sehr wichtig für uns. Wir halten diese Lüge aufrecht, weil es um unsere Herrschaft geht, die Herrschaft der Eliten hier, im sogenannten Westen. Das ist unwissenschaftlich und lächerlich, aber es bleibt uns nichts anderes übrig. Wir haben nichts mehr sonst. Selbst unser unermesslicher Reichtum wird uns nicht vor all den Katastrophen schützen, schon gar nicht vor der Klimakatastrophe. Vor ein paar Jahrzehnten gab es noch die christliche Religion, an die die Menschen hier glaubten. Wir herrschten mit dem Glauben an Himmel und Hölle.« Sie macht eine kurze Pause. »Bleibt einfach weg, stört uns nicht, bleibt in euren Ländern, bleibt in Afrika und Asien, ihr seid alle so viel stärker und klüger als wir hier. Wir aber müssen hier herrschen, um unsere Welt zu behaupten, uns vor dem Untergang zu retten, vor den Katastrophen. Das musst du doch verstehen!«

Sie schaut ihn aufmerksam an, will wissen, ob das, was sie sagt, wirklich bei ihm ankommt.

»Die Pandemie hat gezeigt, dass es um Herrschaft geht«, redet Wala weiter, »um Regeln, um Ordnung. Dieses Virus ist ein großartiger Lehrmeister. Wir brauchen keine Freiheit, keine Demokratie, keine Menschlichkeit. Durch die Freiheit geht den Menschen die Orientierung verloren, sie sind verwirrt, sie richten Schaden an, sie wissen nicht mehr, wer sie sind. Die Freiheit ist so schlimm wie dieses Virus. Es hat die Freiheit gekapert, und erst als wir die Freiheit aufgegeben haben, konnten wir das Virus töten. Du hast dir die Freiheit genommen hierherzukommen, du und deine Leute seid wie das Virus, das über uns gekommen ist. Deswegen werden wir dich töten, weil wir deine Freiheit nicht brauchen. Weil wir herrschen müssen, weil wir die Autorität brauchen. Ihr mit eurer schwarzen Hautfarbe, mit euren Geheimnissen aus einer anderen Welt, ihr verwirrt uns, ihr verhindert die Ordnung, unsere weiße Ordnung. Die Menschen brauchen die Freiheit nicht, sie müssen essen und sie wollen sich fortpflanzen. Das geben wir ihnen. Brot und ein Haus mit einem Bett, in dem sie sich vermehren können.«

Sieh genau hin, sie überlegt, ob es Sinn macht, weiter auf dich einzureden. Sie ärgert sich langsam, dass du ihr nicht antwortest, hört er die Stimme in seinem Kopf.

»Du und deine Tochter. Ihr seid allein nach Deutschland gekommen?«, fragt Wala. »Hast du deine Frau verlassen? Ist sie noch in deinem Land? In Uganda? Oder ist sie tot? Dir ist die Frau vermutlich nicht so wichtig, dem Mädchen vielleicht schon. Meiner Meinung nach sind all diese Gefühle zwischen Mann und Frau, Kind und Eltern völlig überbewertet. Es geht besser ohne die Liebe. Glaub mir. Auch mein Mann ist weg. Und weißt du was? Es ist gut so. Er hat sich eine andere Frau genommen und nicht nur eine. Ich habe mir andere Männer genommen, nicht nur einen. Starke junge Männer, mit kräftigen Lenden, die dankbar sind, wenn sie mit mir ins Bett gehen dürfen.«

»Du hast also keine Kinder«, stellt Ebuk fest, leise und sachlich.

»Sehr gut«, sagt sie, »du bist wirklich nicht dumm.«

Sie lächelt leicht, um ihre weiße Überlegenheit auszudrücken, von der sie fabuliert hat. Wala schaut für einen Augenblick auf den Luftschacht, vor dem das Unwetter kräftiger wird. Einzelne Regenschwaden werden gegen das schräg gestellte Fenster gedrückt, das Wasser läuft in kleinen Rinnsalen die Wand herunter. Ebuk sieht ihre Ablenkung, diese Sekunde von Nachdenken, die Berührung, die ihm gelungen ist. Er springt auf und greift nach ihrem Gewehr. Er kann es mit beiden Händen fassen, aber nicht schnell genug von sich wegdrücken. In dem verletzten Arm hat er nicht genügend Kraft. Für einen Moment stehen sie sich so gegenüber. Er umfasst den Gewehrlauf, der auf seinen Bauch zielt, und sie hält den Gewehrschaft, den Finger am Abzug. Das Gewehr zwischen ihnen zittert leicht, sie blicken sich an. Sie braucht nur abzudrücken. Es ist nicht Kälte in ihren Augen, eher spöttische Ironie, sie wartet einfach, bis er wieder loslässt.

»Viktoria lebt«, sagt er schnell, »sie war hier, aber ihr habt sie nicht getötet.« Dann nimmt er die Hände vom Gewehrlauf und hält sie hoch.

Immer kräftiger und lauter wird der Wind, irgendwo splittert ein Fenster.

»Hier ist etwas zu essen. Dein letztes Mahl«, sagt sie. Es klingt genervt. Sie zeigt auf die Plastikschüssel. Dann packt sie das Gewehr kräftiger, macht zwei Schritte rückwärts zur Tür, öffnet, geht und schließt wieder ab.

»Warum hast du ihr nicht gleich die Waffe abgenommen und sie niedergeschlagen?«, fragt ihn die Stimme.

»Ich möchte niemanden mehr töten. Ich kann nicht noch mehr Schuld auf mich laden«, erklärt er.

»Ziemlich selbstmitleidig. Ich dachte, du bist Polizist.«

»Du könntest auch mal etwas für mich tun, anstatt mir immer nur Vorwürfe zu machen.«

»Ich bin eine Stimme und keine Göttin. Was soll ich denn deiner Meinung nach machen?«

»Werden sie mich wirklich töten?«, fragt Ebuk leise.

»Ja, du weißt zu viel. Wenn du nicht fliehst, werden sie das tun.«

Er schaut dem Wasser zu, wie es immer stärker durch den Luftschacht läuft und auf den Boden rinnt. Große Pfützen entstehen. Er rüttelt an der Türklinke, trommelt gegen die Tür. Er hört das wütende Weinen des Windes, dann kracht es, als ob ein Auto gegen ein Haus geworfen wird und auf den Boden fällt. Ein tiefes animalische Röhren setzt ein, wie die wütende Warnung eines Tieres, das zum Sprung ansetzt.

»Hörst du das? Was war das?«, fragt er.

»Ihre sogenannte Göttin schlägt zu. Man nennt es einen Sturm.«

»Sie zertrümmert das Haus. Sie wird sie alle vernichten.«

»Dich auch, wenn du dir nicht was überlegst.«

Das Fenster oben am Luftschacht wird jetzt durch eine kräftige Wasser- und Dreckwelle weggerissen. Große Schübe von dunklem Schlamm fließen in seinen Kerker. Ebuk steht auf dem Bett, um das sich langsam das schmutzige Wasser sammelt. Mit einem leisen Klicken geht die Glühbirne aus. Ebuk ist umhüllt von matschiger Finsternis, er hört, wie der monströse Sturm schreit und aus tiefster Kehle dunkle Verwünschungen ausstößt.

Endlich kann er in das Flugzeug einsteigen. Anselm schaut sich genau an, wie die anderen Reisenden es machen, wie sie ihre Bordkarte auf ein grün leuchtendes Rechteck legen, vor dem anschließend die gläsernen Schranken nach rechts und links zur Seite rücken. Eine gepflegte Frau in Uniform und ein freundlicher Mann heißen ihn an Bord willkommen. Anselm fliegt zum ersten Mal, und er ist aufgeregt, will alles richtig machen, nicht auffallen. Er geht an den Sitzreihen entlang, an den meistens älteren Leuten, an den drei Familien mit kleinen Kindern, bis er weiter hinten ankommt und sich auf einen freien Platz setzt. Ein Mann mit dunkler Hautfarbe spricht ihn an und erklärt ihm, er wäre auf dem falschen Platz. Sein erster Impuls ist Verärgerung, er lässt sich doch nicht einfach vertreiben, aber der Mann nimmt seine Bordkarte und zeigt ihm seinen richtigen Sitz, einige Reihen vor ihm. Wie konnte er ihm ansehen, dass er nicht weiß, wie das System in einem Flugzeug funktioniert? Er steht unsicher auf und nimmt seinen Platz neben einem Jungen ein, der Kopfhörer trägt und auf seinem Smartphone spielt. Es folgt eine Durchsage des Kapitäns, der die einsteigenden Passagiere bittet, sich schnell zu setzen, damit sie vor dem herannahenden Sturm starten können. Ein Gemurmel und Unruhe setzen ein, die Stewardessen in ihren Uniformen scheuchen die Menschen zu ihren Plätzen und fordern sie auf, ihre Gurte anzulegen. Anselm schaut sich bei den anderen ab, wie man die Gurtschnalle schließt. Dann werden die Türen geschlossen, das Flugzeug rollt zur Startbahn und hebt kurz danach ab. Er wird in seinen Sitz gedrückt. Ein Gefühl der Befreiung macht sich in ihm breit. Er entkommt in dieser riesigen fliegenden Maschine; er ist Wala, Kerstin und dem Mädchen im Dachgeschoss entkommen und seinem Land, das er so sehr liebt, für das er bereit war, alles zu geben. Aber seine Liebe wurde nicht erwidert. Jetzt beginnt eine neue Zeit, er wird ein neuer Mensch werden.

Als er heute Vormittag durch die Felder lief, die im ehemaligen Mauerstreifen angelegt wurden, bemerkte er einen großen Traktor, der Düngemittel verteilte. Er sah eine Zeit lang zu, wie die großen Räder und das tiefe Brummen der großen Maschine gleichmäßige Bahnen zogen. Eine Frau saß im Cockpit, über den Ohren trug sie Kopfhörer, offenbar sang sie laut, ihr Mund ging auf und zu. Sie wirkte ausgelassen und froh. Auf ihrem Gut bearbeiteten sie den Acker mit den Pferden, es war harte Arbeit, den Pflug in die Erde zu drücken und die Tiere in der Spur zu halten. Es war verpönt, den alten Traktor, den sie hatten, für die Feldarbeit zu verwenden, sie versuchten immer, den arischen Weg zu gehen, die Erde und die Ursprünge zu spüren.

Die Straße, auf der er sich befand, in Berlin noch als »Chaussee« bezeichnet, wurde in Brandenburg eine schmale Landstraße. Bald kreuzte ein breiter Radweg die Straße. Auf dem ehemaligen Patrouillenweg waren jetzt Radfahrer und Spaziergänger unterwegs. Anselm ging noch ein Stück weiter und schaute zwei orangenen Lastwagen nach, die in ein Industriegelände einbogen, auf dem große Haufen mit Geäst und Holz gelagert wurden. Erdhügel begrenzten das Gelände. Hier wurden altes Holz, Äste und Gartenabfälle kompostiert. Ein Schaufellader schüttete alte Zweige in eine riesige grüne Maschine, die klein gehäckselte Holzstückchen ausspuckte. Er war ganz fasziniert von all den großen Lastwagen und Maschinen, die hier eingesetzt wurden. Gerne wäre er zwischen ihnen umhergegangen, hätte sie berührt, ihre Motoren gespürt. Es kam ihm vor, als ob er aus einem anderen Land ohne Industrie kommen und auf einmal staunend ein fremdes Land betreten würde, was es hier alles gab. Auf dem Gelände dirigierte ein älterer Mann in einem grünen Arbeitsanzug, mit einer Wollmütze auf dem runden Kopf die Lkws und die Arbeiter. Seine Stimme versetzte Anselm einen empfindlichen Stich. Der Mann klang wie sein Vater, der seine Befehle abfeuerte. »Komm her!«, »Finger weg, du Idiot!«, »Was soll das denn?!«, »Bist du blöd?«, »Stell dich mal nicht so an!«, »Gleich setzt's was!«, »Bringt mir mal die Flasche da«, »Jetzt, nicht erst morgen«, »Kann man denn hier nie seine Ruhe haben?!« Das war die Erinnerung an seinen Vater. Die Schläge fand er nicht so schlimm, er weinte nie, aber wenn die Befehle dröhnten, fürchtete er sich. Die Mutter war Teil des Regiments, meist sagte sie nichts, wurde immer dicker, ihre dünnen Haare färbte sie irgendwann violett, ihre Haut war käsig weiß, und sie roch immer leicht nach Schweiß und Urin. Er wollte nicht von ihr angefasst werden. Die Mutter fragte ihn oft nach den Hausaufgaben, sie wollte, dass er etwas lernte. Sie wusste, nur durch Schule entkam man dem Leben, das sie und ihr Mann führten. Aber Schule interessierte ihn nicht, er achtete vor allem auf seinen Körper, spielte Eishockey, nachdem seine Gitarre zu Bruch gegangen war. Das Krachen der Körper, das schnelle Hin und Her, die knallenden Schläge auf den Puck, die Kälte der Halle gefielen ihm auf einmal besser als die Musik, die er eigentlich hatte machen wollen.

Nein, das war nicht sein Vater auf dem Entsorgungsgelände, wie er feststellte, nur die Befehle klangen gleich. Am Horizont stiegen Flugzeuge auf. Für ihn waren es wunderschöne Vögel, die von Menschen gesteuert wurden, fliegende Maschinen mit gewaltiger Kraft.

Er kam durch das Dorf Schönefeld, blieb einige Minuten vor der alten Kirche stehen, dann lief er neben stark befahrenen Straßen her, bis er vor dem neu erbauten Flughafen Willy Brandt stand. Er hatte den Weg hierher nicht bewusst gewählt. Der Schmerz und die Enttäuschung über Kerstin, die keine Familie mit ihm gründen wollte, wühlten in ihm. Die Erinnerungen an seinen Vater, der ihn mit seinen Befehlen verfolgt hatte, ließen ihn immer weiter gehen, bis er in der Halle stand, in der Menschen sich trafen, die ankamen und wegwollten. Er wollte weg. Das klare gediegene Design, das viele Holz an den Wänden, auch der seltsame rote Teppich aus weitgespannten Fäden, der an der Decke schwebte, gefielen ihm. Ein breites Grinsen legte sich über sein Gesicht, denn er fühlte, dass er angekommen war. An diesem Ort, von dem man abreisen konnte, war er willkommen. Langsam ging er umher, strich mit den Fingerspitzen über das Kirschholz an den Wänden, ging auf die sauberen Toiletten, wusch sich Gesicht und Hände, betrachtete sein neues Gesicht in den großen Spiegeln. Ein junger schwarzer Mann in einem hellgrünen Arbeitsoverall grüßte ihn freundlich und leerte die Mülleimer in der Toilette. Auch das fand er großartig. Man musste diese Bimbos nicht opfern, wie Wala das wollte, man konnte sie einfach für sich arbeiten lassen. Er war weg von seinen Eltern, er war weg von den Nazis um Hans Bräutigam, auch von Wala und Kerstin hatte er sich getrennt. Jetzt fühlte er sich frei und konnte selbst entscheiden, was er mit seinem Leben anfangen sollte. Er würde sich in eine dieser großen Maschinen setzen und in den Himmel fliegen, irgendwo auf der Welt wieder aussteigen, sich eine Frau suchen, mit ihr Kinder zeugen und ein gutes Leben führen.

In einem der Reisebüros mit bunten Prospekten ließ er sich von einer gut aussehenden jungen Frau beraten. Sie hatte braune Haare mit einem Pony über der Stirn, was irgendwie frech aussah. Sie trug eine weiße Bluse über einem schwarzen BH, der durchschimmerte, ihr Rock saß sehr eng und endete knapp über ihren kleinen Knien, an den Füßen trug sie, im großen Kontrast zu ihrer seriösen Kleidung, schwere schwarze Stiefel mit dicken Sohlen. Sie lächelte ihn freundlich an, und er fragte sie, in welches Land er mit dreihundert Euro kommen könnte. Vermutlich erkannte sie gleich, dass es ihm egal war, wohin die Reise gehen sollte, weil er keinen Koffer bei sich hatte und irgendwie unpassend gekleidet war, in einem zu weiten Hemd und in einer Hose, die nicht

über seine Fußknöchel reichte. Als sie von ihrem Schreibtischstuhl aufstand, betrachtete er an ihrem rechten Bein den
Ausschnitt eines Tattoos. Eine Schlange wand sich das Bein
hoch. Gerne hätte er das gesamte Gemälde gesehen. Sie nahm
zwei Prospekte aus dem Regal und legte sie vor ihn.

»Ibiza«, sagte sie, »eine Woche Halbpension für zweihun-
dertdreiundachtzig. Oder hier, auch ganz cool, Antalya, für
dreihundertfünfzehn im Fünfsternehotel. Geil, oder?«

Anselm war eingeschüchtert von ihrem Äußeren, von ihrer
direkten Art und der punkigen Schönheit, die sich unter ihrer Verkleidung zeigte.

»Ibiza ist Spanien und das andere in der Türkei«, antwortete er vorsichtig.

»Geografie eins, würde ich sagen. Ich find ja Ibiza geil,
muss man auch nicht so lange fliegen und nicht in Istanbul
umsteigen. Der neue Flughafen dort ist echt *huge*«, erläu-
terte sie ihm ihre Vorschläge. »In Ibiza geht es ab. Und mehr
als Halbpension brauchst du eh nicht, weil du abends was
Besseres zu tun hast, als im Hotel abzuhängen, vermute ich
mal.«

»Okay, ja, dann Ibiza. Wann hebt das Flugzeug ab?«,
fragte er.

»Du hast es aber eilig«, nickte sie und tippte ein paar Informationen in ihren Computer ein. Offenbar war es nicht
ungewöhnlich für sie, Tickets an Reisende zu verkaufen, die
noch am selben Tag wegwollten. Ihre Zunge säuberte links
und rechts die Mundwinkel, dann rollte sie die Lippen vor
und zurück, als ob sie gerade ein Stück Schokolade gegessen
hätte.

»Fünf nach sieben geht es los. Musst du noch ein wenig
hier irgendwo rumhängen. Drin ist es ganz okay eigentlich.«
Sie schaute ihn aufmerksam an, ob er das Geschäft mit ihr
abschließen wollte. Anselm griff in seine Hosentasche und
beförderte drei zerknüllte Hunderteuroscheine hervor.

»Deal?«, erkundigte sie sich, und Anselm nickte. »Cool«, kommentierte sie. »Find ich super, einfach Tschüss sagen. Die meisten überlegen sich tagelang, ob sie nun nach Malle oder Ibiza oder in die Türkei fliegen sollen. Das ist doch eh nicht wichtig, wichtig ist weg und ans Meer. Hab ich recht?« Jetzt lächelte sie ihn breit an, und auch er verzog sein Gesicht zu einem Lächeln.

»Deinen Ausweis brauch ich noch«, sagte sie wieder ganz sachlich. Auch den reichte er ihr, sie las seinen Namen und seine Daten ab und tippte sie in ein Formular, dann spuckte der Drucker sein Ticket aus. Sie zählte das Wechselgeld aus der Kasse und überreichte es ihm, zusammen mit dem Papier, das ihm erlaubte, ein Flugzeug zu besteigen. »Gute Reise, Anselm Molder«, verabschiedete sie sich von ihm, als ob sie Vertraute wären.

Er stellte sich in eine Warteschlange, kam an ein Förderband, verneinte die Frage nach Handgepäck, musste seine Münzen in eine Plastikschale legen, betrat einen Plastikkäfig, in dem er die Hände hochhalten musste, es summte leicht, dann konnte er weitergehen und sein Geld wieder einstecken. Niemand interessierte sich für ihn, kein Polizist hielt ihn an, wollte wissen, was er hier suchte, wo er hinfliegen will. Der Weg führte an vollen Regalen mit bunten Flaschen, Schokoladen, Schmuck und Parfüm vorbei. Früher hatte er dieses teure Zeug abgelehnt, als Teufelszeug jüdischer Geschäftsleute angesehen, das die ehrlichen Deutschen verführen sollte. Jetzt kam es ihm erstrebenswert vor, hier einkaufen zu können, genug Geld zu haben, um sich eine teure Flasche Whiskey für die Reise mitzunehmen oder ein besonderes Parfüm für die Frau, die auf ihn wartete, und Schokolade für die drei Kinder. Eines Tages, das wusste er, würde er auch eine Kreditkarte haben, die man nur auf einen kleinen schwarzen Kasten legen musste, und schon gehörten einem die wunderbarsten Dinge. Er kam in einen

Bereich mit Restaurants und Bars und Sitzreihen, auf denen die Reisenden auf den Abflug warteten. Anselm schaute sich alles genau an, immer wieder patrouillierten zwei oder drei Polizisten in Kampfmontur mit Maschinengewehren an ihm vorbei. Jedes Mal hielt er kurz den Atem an, ob sie ihn vielleicht kontrollieren würden, hatte er doch ein Mädchen entführt und einen von ihnen erschlagen. Warum wussten sie das nicht? Warum ergriffen sie ihn nicht? Die deutsche Polizei war schwach und dumm, das hatten sie schon damals vermutet. Er begann die Polizisten richtig zu hassen, als sie ihn ins Gefängnis sperrten.

Irgendwann bekam er Durst, er ging in eine der Toiletten und trank Wasser aus dem Hahn, und Hunger hatte er auch, also kaufte er sich ein teures Baguette, das ihm nicht schmeckte und zu Bauchschmerzen und Durchfall führte. Seine Wartezeit bis zum Abend, als sein Flug aufgerufen wurde, verbrachte er zu großen Teilen in einer Toilettenkabine. Er zitterte, er schwitzte, kauerte auf einem der schwarzen Sitze und schaute durch eine der Panoramascheiben auf den weiten Flugplatz und die ankommenden und startenden Maschinen. Langsam wurde es trüber, Regen klatschte gegen die großen Fenster, und die Dämmerung setzte ein.

Der Flugkapitän bittet die Passagiere, auf ihren Sitzen angeschnallt zu bleiben. Er sagt Turbulenzen voraus, aber das ginge bald vorbei und dann würde es wieder ruhiger werden. Als das Flugzeug ein paarmal absackt, als ob sie durch ein Schlagloch fahren würden, erbrechen sich einige der Mitreisenden und ein übler Geruch verbreitet sich. Der Junge neben ihm schaut nur einmal kurz von seinem Smartphone auf, betrachtet ihn mit einem skeptischen Seitenblick, vermutlich in der Angst, er könnte sich auf sein Gerät erbrechen. Aber Anselms Magen ist leer, er lehnt sich zurück und macht die Augen zu. Seine Gesichtszüge sind entspannt, bald ist er frei.

Razorn und Mechtigkeit sitzen in ihrem Polizeiauto und fahren langsam durch die Nacht, auf schmalen Straßen, nur selten kommt ihnen ein anderer Wagen entgegen. Wenn sie aus Waldgebieten über freies Land fahren, ergreift der Wind den Wagen. Sandra Mechtigkeit muss gegen den Druck lenken, es erfordert ihre ganze Aufmerksamkeit, das Auto auf Kurs zu halten.

Seit der Schreiner in den Gefangenentransporter gesetzt wurde, haben sie nicht viel miteinander gesprochen. Mechtigkeit ist noch immer verstört von der Brutalität ihres Kollegen. Razorn spricht nicht mit ihr, erklärt sich nicht. Die Bilder des Erdlochs, wo sie vor ein paar Jahren die Leiche des entführten Mannes aus Potsdam gefunden haben, wird er nicht einfach los. Vielleicht weiß der Mann, den er hart rangenommen hat, wirklich nicht, wo das Mädchen steckt. Er hat seine Grenzen als Polizist der Bundesrepublik Deutschland überschritten, das ist ihm bewusst. Aber er musste es versuchen. Es grämt ihn nicht, Schlatterer geschlagen zu haben, aber er hätte nicht die Kontrolle verlieren dürfen.

Wieder taucht die Straße in einen Wald ein, der sich wie ein Schlund öffnet und zu einem Tunnel wird. Der Sturm greift jetzt nicht mehr von der Seite an, für einen Moment fährt es sich ruhiger, aber die Äste der Bäume beugen sich in das kräftige weiße Licht der Scheinwerfer. Die Baumstämme werden tief nach unten gedrückt, sie reiben sich aneinander, abwechselnd sind schrille und dunkle Töne zu hören. Mechtigkeit schaltet einen Gang runter, eine Kurve taucht vor ihnen auf, sie fährt vorsichtig, die Begrenzung der Straße zum Wald ist nicht immer gut sichtbar. Kaum sind sie aus der Kurve heraus, bremst sie hart, Razorn streckt die Arme vor, wird in den Gurt gedrückt und fällt zurück auf den Sitz. Vor ihnen liegt ein kräftiger Stamm quer über der Fahrbahn. Seine Äste winken verächtlich zu ihnen herüber, werfen wilde Schatten im Licht.

»Scheiße!«, kommt von Razorn. Mechtigkeit atmet tief ein und aus, ihre Hände am Lenkrad zittern leicht.

»Ich fahr zurück. Wir müssen aus dem Wald raus«, entscheidet sie. Vorsichtig wendet sie den Wagen und fährt aus dem schwarzen Tunnel, bis sie wieder auf dem offenen Land sind, rechts und links Äcker, in die der Wind greift, Erde abträgt und durch die Luft tanzen lässt. Sie stoppt, schaut in die grauen Luftbewegungen vor sich. Razorn greift sich die Sprechmuschel des Funkgeräts und drückt zwei Tasten.

»Da seid ihr ja endlich«, ertönt die Stimme von Schmidti.

»Bist du noch auf der Wache?«, fragt Razorn.

»Ich wollt gerade gehen.«

»Wir sind hier zwischen … Wo sind wir?«

»Auf einer Landstraße, irgendwo bei Melz, noch in Meck-Pomm«, informiert Mechtigkeit.

»Jedenfalls ist ein Baum vor uns runter. Kannst du mal rauskriegen, ob die Bundesstraße frei ist?«, bittet Razorn den Kollegen.

»Seid ihr verletzt?«

»Nein. Wir mussten umkehren.«

»Verstehe. Bis da einer kommt und den Baum wegräumt, dauert es vermutlich Tage. Okay, ich rufe die Verkehrswacht an. Das ist die B 198 vermute ich mal, wo ihr hinmüsst.«

»Ja, genau.«

»Gut, ich melde mich. Ich wollt dir ja noch von der Schwester berichten.«

»Welche Schwester?«

»Die von der Mutter des verschwundenen Mädchens, nach der Paul gesucht hat.«

»Ja. Wir fahren wieder los. Klär erst mal, ob die Straße frei ist oder ob wir irgendwo übernachten müssen.«

»Mach ich, Chef«, antwortet Schmidti.

»Übernachten? Das ist nicht dein Ernst!«, beschwert sich Mechtigkeit.

»Ich hoffe es auch nicht«, grummelt Razorn, »diesmal ist es ziemlich heftig da draußen. Soll ich mal fahren?«

»Ich schaff das schon.« Mechtigkeit fährt wieder an. Rechts von ihnen hat sich eine mächtige Windhose aufgebaut, die über die Felder zieht. Sie sehen nur die Unterseite des Wirbels aus sich drehenden Ästen, Erde und Wasser. Mechtigkeit schaut einen Moment noch fasziniert auf die dunkle Naturgewalt, die sich jetzt schnell von ihnen wegbewegt, und fährt weiter.

Nach ein paar Kilometern, beide warten gespannt auf den nächsten wilden Schlag des Sturms, meldet sich Schmidt wieder. Er berichtet, sie könnten ohne Probleme die Bundesstraße benutzen, das Unwetter würde aber nicht einfach weiterziehen, sondern kreisen. Der Sturm verlagert sich etwas südlicher nach Rheinsberg, zieht dann wieder nach Westen und Norden. Ganz genau konnte der Wetterdienst es ihm nicht sagen, aber es bleibe gefährlich. Razorn und Mechtigkeit schauen sich kurz an und nicken sich zu. Das ist das gegenseitige Eingeständnis, die Rückfahrt anzutreten.

»Danke«, sagt Razorn, »dann ruf noch mal an und erzähl, was du zu der Schwester rausgefunden hast. Nicht über Funk.« Schmidti beendet das Rauschen und ruft über Mechtigkeits Mobilfunknummer an, seine Stimme erklingt aus den Lautsprechern des Autos. Die beiden spüren auch bei ihm eine gewisse Anspannung, er möchte vermutlich schnell weg, um nicht durch den drohenden Sturm fahren zu müssen. Er lässt die Erzählung aus, wie er an die Nummer der Frau in Nordrhein-Westfalen gekommen ist, die nicht an ein Verschwinden ihrer Nichte Sabine Röter glaubt, sagt er. Auch gebe es keinerlei Verwandte in den USA, auch nicht bei Heinrich, dem Vater. Das sei eine große Erfindung ihrer Schwester Erika. Die Schwester vermutet, dass das Mädchen von zu Hause abgehauen und dann vielleicht irgendwo im Wald umgekommen ist.

»Von wilden Tieren gefressen«, sagt der Polizist Schmidt.

»Das hat sie so gesagt?«, fragt Mechtigkeit.

»So ähnlich. Wahrscheinlich meinte sie Wölfe. Von denen gibt es noch nicht so viel dort am Rhein.«

»Unsinn. Wölfe greifen Menschen nicht an«, erklärt Razorn bestimmt.

Schmidt ergänzt, das Mädchen hatte Leukämie, war nicht ganz helle, in der Schule kam sie nicht gut mit. Für die Eltern war sie wohl eine große Last, immer wieder gab es Spannungen mit der Mutter und dem Vater.

»Sie hat sich auch ziemlich abfällig über die Nazifreunde der beiden Eltern geäußert«, berichtet er.

»Danke, Kollege«, will Razorn das Gespräch beenden, aber Schmidti fragt nach, wie es in Röbel war, ob sie den Transporter gefunden haben. Einige Sekunden ist es still, dann fasst Mechtigkeit zusammen, was sie erlebt haben.

»Das Fahrzeug wurde sichergestellt und zur Kriminaltechnik nach Neubrandenburg überführt. Der Fahrer ist verhaftet und befragt und anschließend in Gewahrsam genommen worden. In seinem Haus wurden großkalibrige Waffen gefunden. Maschinengewehre und so …«

»Was ist denn los? Diktierst du gerade deinen Bericht?«, fragt Schmidti verwundert nach.

»Ich versuche, objektiv zu sein«, erklärt Mechtigkeit trocken.

»Objektiv. Aha. Du wirst schon deine Gründe haben. Dann noch gute Fahrt. Ich mach zu hier und stell auf mein Handy um.«

»Mach das. Danke.« Mechtigkeit tippt auf den roten Knopf ihres Geräts. Razorn schaut sie von der Seite an.

»Ich bin ausgerastet. Das war nicht gut, das weiß ich selbst. Ich habe die Kontrolle verloren«, sagt er, es klingt zerknirscht, fast schon wie eine Entschuldigung.

»Ich glaube nicht, dass er etwas mit der Entführung von

dem Mädchen zu tun hat. Die haben ihn angerufen, und dann hat er den Transporter weggefahren. Vermutlich nachdem wir bei denen auf dem Hof aufgetaucht sind«, überlegt Mechtigkeit.

»Ich hoffe, du hast recht und die Kleine steckt nicht in irgendeinem Loch da draußen«, meint Razorn.

»Das können wir nicht wissen. Ich glaube nur nicht, dass dieser Schreiner der Mann ist, den wir suchen.«

»Oder die Frau.«

»Oder die Frau«, stimmt Mechtigkeit zu.

»Ist die Fahndung nach dem Molder eigentlich raus?«

»Hab ich noch in Röbel veranlasst. Wiebke meldet sich bei uns, wenn sie Neuigkeiten hat.«

»Gut. Dann noch mal von vorn.« Er schweigt einige Kilometer, sie fahren erneut durch einen Wald, durch ein kleines Dorf, an Häusern vorbei, in denen nur wenige Lichter brennen. Es kommt ihnen kein Auto mehr entgegen, bis sie wieder zur Bundesstraße kommen, wo es belebter ist.

»Wir wissen noch nicht den Grund, warum die Mädchen entführt wurden. Oder verschwunden sind. Aber alles hat mit dem Gutshof zu tun und diesen Ökonazis. Diese Adlige mit den blonden Haaren …«, überlegt Razorn.

»Die könntest du auch mal so befragen«, kommt von Mechtigkeit.

»Bitte?«

»Die hätte bestimmt Antworten.«

»Aber die sagt nichts. Die kommt sofort mit zwei Anwälten aus Berlin und verklagt uns, wenn wir sie schräg anschauen«, meint Razorn.

Mechtigkeit macht einen abfälligen Laut mit den Lippen, es hört sich an wie ein Spuken. »Wenn es stimmt, was der Geheimdienstfreund von Ebuk erzählt hat, dann haben die beiden Jugendlichen, diese Freunde von Viktoria, Informationen über sie ausgetauscht. Der Bruder von Benni, Ralf

293

Kosinski, dieser Bootsbauer, hat dem Molder gesteckt, wann das Mädchen vorbeikommt. Und der hat sie geschnappt.«

»Auch das wissen wir nicht mit Sicherheit. Wir müssen die Ergebnisse der KTU abwarten. Aber wenn es so wäre. Was wollen sie von dem Mädchen? Und wo ist sie?«

»Ich sag Gutshof.«

»Ich bin mir da nicht sicher. Du warst mit Schmidti dort, dann wir beide zusammen. Das ist viel Polizeibesuch.«

»Ja, vielleicht haben sie sie weggeschafft. Aber warum?«, fragt sich Mechtigkeit.

»Hast du früher Indianerfilme gesehen?«

»Du meinst mit Gojko Mitić?«

»Ja, er war großartig, viel besser als der Winnetou, den sie im Westen hatten.«

»Mein Vater hat sich das angeschaut.« Mechtigkeit sagt das mit einer gewissen Herablassung.

»*Die Söhne der großen Bärin* oder *Chingachook, die große Schlange*«, schwärmt Razorn.

»Wie kommst du darauf?«

»Die auf dem Gutshof glauben, sie wären die Indianer und werden angegriffen von den Weißen.«

»Aber sie sind doch selbst die Weißen.«

»Genau. Es ist die reine Erfindung, sie glauben, sie müssten sich gegen einen Ansturm verteidigen.«

»Aber es greift sie gar niemand an.«

»Das ist der Punkt. Es ist wie in den Winnetou-Filmen, die im Westen gedreht wurden. Da werden die weißen Siedler von den Indianern angegriffen. Sie verschanzen sich in einer Wagenburg und wehren sich gegen den Ansturm.«

»Du meinst, die haben die falschen Filme gesehen?«, erkundigt sich Mechtigkeit.

»So ähnlich. Sie entführen das einzige schwarze Mädchen weit und breit, um ihren Wahn aufrechtzuerhalten«, überlegt Razorn.

»Und warum das Mädchen und nicht Ebuk?«

»Der würde sich stärker wehren.«

»Und was hat das mit dem ersten verschwundenen Mädchen zu tun, mit Sabine?«, fragt sich Mechtigkeit.

»Das kann ich dir noch nicht sagen, aber es hängt bestimmt zusammen. Vielleicht passte sie nicht in ihre Vorstellung vom Arier.«

»Alle, die nicht so sind wie sie, müssen ausgerottet werden. Meinst du das?«, überlegt sie.

»Könnte sein.«

»Dann sollte man sie als Terrororganisation verbieten.« Mechtigkeit schaut kurz zu Razorn.

»Unbedingt.«

Inzwischen ist der Sturm weitergezogen. Über den halben Mond huschen in schneller Abfolge Wolkenfetzen, als ob sie einen Stroboskopeffekt am freien Himmel einüben würden. Mehrere große Lastwagen mit polnischen Kennzeichen kommen ihnen entgegen, sie sind beladen mit riesigen Baumstämmen für die Holzsägefabriken dieser Gegend. Razorn schaut in den Wald und fragt sich, wo sich nachts die Wölfe und die Rehe vor den umfallenden Bäumen verstecken. Mechtigkeit überlegt, was sie anstellen muss, um so zu werden wie Hauptkommissarin Wiebke Wenzel. Die Rätsel der verschwundenen Mädchen aufzuklären, würde ihr sicher dabei helfen.

Ebuk muss an den jungen Mann denken, den neuen Budhagali, der elf Tage lang auf einem Felsen im Nil ausharren musste, bevor er von den Ältesten der Basoga, seines Volkes, als spiritueller Führer anerkannt wurde. Seine Mutter hatte ihm von den Feierlichkeiten erzählt, an denen er nicht mehr teilnehmen konnte, weil er in Deutschland lebt. Bestimmt hatten sie ein großes Fest veranstaltet, zu dem alle eingeladen waren, die Rang und Namen haben. Als er noch in Jinja lebte, musste er auch an solchen Feierlichkeiten teilnehmen, wie sein Vater und Großvater. Er mochte sie nie, diese Zusammenkünfte, bei denen alte Traditionen beschworen wurden, an die längst keiner mehr glaubte. So ein Budhagali musste sich verpflichten, keinen Sex zu haben und nicht zu heiraten. Wie konnte sich ein junger Mann Anfang dreißig darauf einlassen? Vermutlich bekam er eine Menge Geld von den Menschen, die ihn besuchten und denen er Ratschläge gab, die er direkt von den Flussgöttern erhielt.

Er wird es nicht schaffen, hier elf Tage auf einem Bett zu kauern, während der Keller voll Wasser läuft, aber bis zum nächsten Tag wird er es aushalten. Inzwischen ist es ruhiger und das Sprudeln weniger geworden. Wenn das Wasser abfließt und die Elektrizität zurückkommt, werden sie vielleicht kommen und nach ihm sehen. »Hallo!«, ruft er, »hallo!« Doch er hört nur seine eigene Stimme. Die Bewegungen des Windes draußen klingen wie ein Atmen, ein Luftholen nach einem Dauerlauf. Man wischt sich den Schweiß von der Stirn und spürt die zuckenden Muskeln. Die Plastikschüssel, die sie ihm hingestellt hat, in der Essen sein soll, hat er bisher nicht angefasst, das Wasser kam, und es wurde Dunkel. Er beugt sich vorsichtig über den Rand des Betts, tastet sich in die Richtung des Tischs, findet ihn, versucht die Schüssel zu fassen, streicht mit den Fingern über die Tischplatte. Dann stößt er an einen glatten Gegenstand, tastet danach, es gibt einen Laut, als die Schüssel ins Wasser fällt. Ebuk zieht sich auf sein Lager zurück, das noch nicht ganz durchnässt ist, er kauert sich hin, prüft vorsichtig mit einer Hand, wie nah das Wasser dem Bett gekommen ist. Noch etwa fünf Zentimeter, dann wird sich die Matratze vollsaugen.

Er hört Schritte, ein dumpfes Waten durch Wasser, eine Männerstimme gibt einen entfernten Befehl. Dann ist jemand an der Tür, öffnet sie, der Lichtstrahl einer starken Taschenlampe trifft ihn.

»Mitkommen!«, fordert ein Mann. Er leuchtet auf das Wasser. Ebuk zögert. »Los jetzt, mach schon!« Vorsichtig setzt Ebuk einen Fuß nach dem anderen in die dunkle Brühe, die ihm fast bis zu den Waden reicht.

In seinen nassen Schuhen schiebt er sich in Richtung des Mannes, der sich etwas zurückzieht. Am Rand seines Lichtstrahls ist ein dicker Knüppel zu sehen, den er in der anderen Hand hält. Seine Beine stecken in hohen Gummistiefeln.

»Hier lang«, befiehlt er und leuchtet Ebuk den Weg zur Treppe. Mit patschenden Schritten geht er die Treppe hoch. Es sind üble Gerüche, die um ihn aufsteigen. Als ob jemand Wasser aus einer Vase mit verrotteten Schnittblumen ausgeschüttet hätte. »Er kommt hoch«, informiert der Mann mit dem Knüppel einen anderen. Ein weiterer Lichtkegel erwartet ihn. Ebuk versucht, Konturen zu erkennen, Bewegungen oder Lichter auszumachen, aber neben den Lichtkegeln der beiden Lampen ist nur tiefstes Schwarz. Alles in ihm ist angespannt, die kalten Füße in den durchnässten Schuhen machen seine Schritte schwerfällig. Schließlich ist er oben angekommen, der Mann hinter ihm hat aufgeschlossen, drückt ihm das Holz in den Rücken, schiebt ihn weiter. Die Person mit der anderen Lampe sagt nichts, leuchtet nur. Es muss eine Frau sein, Ebuk erkennt einen langen Rock über den Gummistiefeln. Der Raum um ihn, der Flur, die Wände sind nicht zu erkennen, es ist ein böses Schwarz. Wie viele Schattierungen die Dunkelheit haben kann, wie freundlich ein Grau einen in den Schlaf mitnehmen, wie warm und glücklich einen eine Nacht machen kann. Es gibt das heitere Schwarz und das bedrohliche Schwarz einer Nacht. Es muss mit den Geistern zu tun haben, die die Nacht bewohnen. Erneut erinnert er sich an den Großvater, der ihm geraten hat, mit den Geistern Kontakt aufzunehmen. Auf die hölzerne Eingangstür drückt der Wind, sie klappert in ihrer Rahmung.

»Stopp!«, kommt jetzt der Befehl einer weiblichen Stimme.

»Hände zurück!« Eine starke Hand greift seinen rechten Arm und zieht ihn zurück, dann wird sein anderer Arm nach hinten gezogen. Er könnte nach hinten treten, die Tür aufreißen und wegrennen. Aber die Stimme in ihm flüstert: »Warte noch, gib ihnen den Glauben, sie hätten dich in der Hand. Sie haben Angst, die Kontrolle zu verlieren.«

Er spannt seine Arme gegen den Druck der beiden Schnüre, die sich um seine Handgelenke winden. Es sind kalte Hände, die Hände einer Frau, die ihn binden. Plötzlich wird ihm auch eine Schlinge um den Hals gelegt. Damit hat er nicht gerechnet, er zuckt zusammen, da wird die Schnur um den Hals nach hinten gezogen.

»Schön ruhig bleiben!«, sagt die Frau. Dann ist es also sie, die ihn führt. Jetzt tritt der Mann vor ihn und öffnet die Tür, er wird nach draußen geschoben und sofort von heftigem Wind erfasst. Er muss nach unten schauen, gegen den Strick den Kopf neigen, um die Treppenstufen zu sehen. Sie sind glitschig. Im Himmel zeichnen sich Konturen ab, sehr dunkle Wolken türmen sich auf, kreisen umeinander. Die Äste der Bäume biegen sich und peitschen im Wind. Die Kontur des Mannes mit der Taschenlampe und dem Knüppel kann er für einen Moment erkennen. Er trägt eine glänzende Regenjacke, der Kopf ist kahl, seine Ohren stehen merkwürdig ab, er ist nicht besonders groß.

»Da lang«, sagt er und stupst ihn mit dem Knüppel. Ebuk hört die Schritte der Frau hinter sich, das Flattern ihres Rocks. Sie gehen über einen Hof, dann durch den schmalen Einlass in einer Mauer. Es muss die Tür sein, durch die er gekommen ist. Jetzt sind sie außerhalb des Gutshofs, für einen Moment reißt ein Stück Himmel auf und schließt sich schnell wieder, die Winde schieben mit großer Kraft die Wolken vor sich her. Plötzlich prasselt Regen auf sie ein, wie eine kräftige kalte Dusche klatscht das Wasser herunter. Die Frau hinter ihm flucht, zieht an der Schnur an seinem Hals.

Ob sie ihn aufhängen wollen? An einem Baum? Wie früher die Sklaven? Er will nicht sterben, er muss Viktoria finden. Ihm schießen Tränen in die Augen, er spürt warme Rinnsale auf der kalten Haut in seinem Gesicht. Er muss hier weg, er ist völlig durchnässt, seine Hände sind gefesselt, um seinem Hals liegt eine Schlinge. Ebuk atmet tief ein und aus, er wird ihnen keine Macht über ihn geben. Diese idiotische Lage, in die er sich gebracht hat, dieser viel zu dramatische Sturm. Er muss seinen Verstand wieder in Gang bekommen, darf sich nicht seinen Gefühlen hingeben, aber die Angst ergreift ihn trotzdem. Bilder seiner toten Tochter quälen ihn, wie sie irgendwo an einem Baum hängt, wie sie in einem Feuer verbrennt, wie ihre Leiche in einem Waldsee schwimmt. »Nimm dich zusammen, Ebuk!« Das ist die Stimme von Prudence, die ihm diesen Befehl gibt, nicht Ripley. Er sieht ihr Gesicht, wie sie sich zu ihm dreht, es ist Nacht, sie liegen zusammen in ihrem Bett, er zittert, er kann nicht schlafen, er atmet unkontrolliert, gibt seltsame Töne von sich, da mahnt sie ihn, sich nicht so gehen zu lassen. Das tut gut, Prudence ist da, sie hilft ihm, er kann es schaffen.

Hinter einigen Fenstern sieht er schwaches Licht, vermutlich Kerzen. Unter einem Vordach stehen zwei Gestalten, die brennende Fackeln in der Hand halten. Der Wind gibt sich große Mühe, sie auszublasen. Er wird weitergeschoben und gezogen, einmal stolpert er, fällt hin, die Schlinge zieht sich um den Hals, der Atem wird ihm abgeschnürt, er röchelt, wird wieder hochgerissen. Die Frau lockert die Schlinge. Er kann ihr Gesicht sehen, ein junges Gesicht, glatte Haut, dunkle Haare unter einem Kopftuch zusammengehalten. Der Mund ist hart, die Augen aufgerissen, an einer Nasenwand glänzt ein silberner Ring. Vor ihm, etwa hundert Meter entfernt, sieht er Licht durch das eine Fenster der kleinen Kapelle scheinen. Er wird in diese Richtung gedrängt. Sie kommen in offenes Gelände, Felder rechts und links, vor ihnen die kleine Kirche, dahinter der Wald. Die Tür der Kapelle geht kurz auf, warmes Licht dringt nach draußen, eine Gestalt erscheint, es könnte die blonde Frau sein, die ihm Vorträge gehalten hat. Der Sturm nimmt wieder an Fahrt auf. Er schickt Regenböen und verwirbelte Äste über die Felder. Ebuk fühlt, wie er Teil dieser großen Bewegung des Himmels wird, sein Atem verbindet sich mit den Winden. Vor ihm stapft der Mann, gebeugt, er wendet den Kopf ab, wenn ihn eine seitliche Böe trifft. Die Frau, die ihn an der Leine führt, bleibt für einen kurzen Moment stehen, um nicht umgeweht zu werden. Auch er stellt sich breit auf, wartet auf die Gelegenheit, sich mit dem Wind wegtragen zu lassen, wegzufliegen und in einer Waldlichtung zu landen. Die starken Böen sind begleitet von Geräuschen, als würde Stoff reißen oder Holz brechen. Das Intermezzo von schabendem und wirbelndem Krach nähert sich, die Körper der drei Menschen beugen sich. Jetzt ist das Mahlen über und neben ihnen. Der Strick um Ebuks Hals lockert sich, er kann den Hals bewegen, ohne dass die Frau mit dem Nasenring weiter daran zieht. Als er sich umdreht, sieht er, wie sie von einem Baum mit geradem Stamm und eng stehendem Geäst getroffen und zu Boden gedrückt wird. Der starke Wind verweht ihre Schreie, aber der Mann vor Ebuk hat sie gehört, eilt zu ihr hin. Der Baum wälzt sich hin und her, drückt die Frau in den Boden und hält den Mann auf Abstand. Ebuk stapft los, eine Windböe im Rücken treibt ihn über den Acker. Der Mann schreit nach ihm, versucht ihn noch zu erreichen, aber die Frau unter dem Baum ist ihm wichtiger. Ebuk stolpert immer wieder über die Ackerkrumen, richtet sich auf, drückt seine Handgelenke gegen die Fessel. Es gelingt ihm, die Hände freizubekommen, die Schlinge zu lösen und über den Kopf zu ziehen. Hinter sich hört er die Stimmen der beiden, die Schmerzensschreie der Frau und die Befehle des Mannes. Bald ist Ebuk am Waldrand, wo er eintaucht in einen Schutzraum aus Baumstämmen, in dem es immer noch eine wilde Mischung von brechenden und heulenden Geräuschen gibt, aber er fühlt sich willkommen. »Danke«, flüstert er und sieht das ernste Gesicht seiner Frau vor sich, wie es sich wegdreht und verschwindet. Sie ist wieder eins geworden mit der Nacht, die ihn jetzt umhüllt und beschützt. Er bewegt sich vorsichtig, meist gebückt, von Baum zu Baum, als die Dunkelheit aufbricht und er sehen kann, was auf dem Waldboden liegt.

Über dem Dachfenster, weit oben, jagen sich dunkle Fetzen. Immer wieder prasselt Regen auf das Glas. Viktoria hört dem Auf- und Abschwellen des Sturms zu, liegt im Dunkeln, eingehüllt in ihre Decke. Der Entführer mit den Tattoos auf den Armen hat sich nicht gemeldet. Sie hat mehrmals an die Tür getrommelt, aber es kam keine Antwort. Vielleicht ist er verschwunden und lässt sie jetzt hier verhungern. Sie fällt immer wieder in einen Dämmerschlaf, wacht auf und schaut in den Himmel. Es klappert auf dem Dach, wie Steine, die auf ein Blech rieseln. Der Wind versucht sich an den Dachziegeln, spielt damit, komponiert seine eigene Sinfonie. Irgendwo hört sie eine dumpfe Stimme, die sich beschwert. Aufmerksam lauscht sie. Sie steht auf, setzt ihre nackten Füße auf den noch immer nassen Boden, geht auf Zehenspitzen zur Tür, durch die der Mann kam, lauscht daran, trommelt. »He!«, schreit sie, »hallo!« Doch es kommt keine Antwort von der anderen Seite. Dann ist wieder das dumpfe Poltern der Stimme zu hören. Viktoria geht ins Badezimmer, vorsichtig, um nicht auszurutschen, tappt auf die durchweichten Seiten des Afrikabuchs. »Das kommt von oben«, hört sie entfernt einen Mann sagen. Sie hält ein Ohr an die Wand. Jetzt antwortet eine Frauenstimme, sie klingt empört. Viktoria klopft an die Wand, stampft mit den Füßen, trampelt einen Rhythmus, sie rutscht aus, fällt auf ein Knie. Sie jammert, steht wieder. Der Schmerz, der vom Knie ausgeht, löst sich in ihr in einen langen lauten Schrei. Seit Tagen ist sie in den Händen eines Entführers, erst in einem Keller irgendwo auf dem Land, jetzt in einer Stadt, in einer Dachgeschosswohnung. Sie weiß nicht, warum sie festgehalten wird, sie hat ihre schlechten Träume ertragen, hielt die Sehnsucht nach ihrem Vater zurück, der bestimmt krank vor Sorgen um sie ist. Die Wut auf Angelika und Benni, die sie offenbar an diesen Typen verraten haben, der ihr einen Pass besorgen sollte, lässt ebenfalls etwas in ihr explodieren. Die Trauer um ihre Mutter, deren Grab sie besuchen muss, entlädt sich.

»AAAAHHHH!« Viktoria schreit, trampelt, klopft gegen die Wände. Sie rennt in die Küche, nimmt sich den Stuhl und donnert ihn immer wieder auf den Fußboden. Sie kommt außer Atem, stützt sich auf den Tisch, lauscht, ob ihr wildes Konzert irgendwo gehört wird. Die Stimmen, die vermutlich aus der Wohnung darunter kommen, sind jetzt aufgeregter. »Das gibt's doch nicht!«, hört sie und ebenfalls ein »Hallo!« Dann fällt auch das Wort »Polizei«. Erneut hämmert Viktoria den Stuhl auf den Boden, hebt eine Seite des Tischs an, lässt sie herunterkrachen. Immer wieder. Bang! Bang! Bang! Jetzt ist eine Türklingel zu hören und ein Hämmern, ein dumpfes Rufen. Viktoria geht zur abgeschlossenen Tür, die in die andere Wohnung führt, dann zu der Eingangstür, von der wahrscheinlich das Treppenhaus abgeht. Sie klopft gegen beide Türen, wartet. Das Klingeln hat aufgehört. Angespannt lauscht sie auf die Geräusche. Der Sturm drückt mit großer Kraft auf das Dach, das Brausen klingt wie eine Drohung, wie eine machtvolle Vervielfältigung der Wut und der Angst der eingeschlossenen Dreizehnjährigen. Sie schreit wieder, »HILFE!« diesmal. Doch es bleibt still. Sie macht Licht, geht zurück in ihr kleines Zimmer mit dem Bett. Sie öffnet zum zehnten Mal den leeren Schrank, reißt an der metallenen Garderobenstange, auf der fünf leere Kleiderbügel hängen.

Die Stange löst sich leicht, sie nimmt sie in die Hand und klopft damit auf die Heizkörper, immer wieder, im Zimmer, in der Küche und im Bad. Sie rennt hin und her, klopft, trampelt, hämmert einen metallischen Rhythmus in das dumpfe Grollen des Sturms. Da klingelt es erneut, diesmal anhaltend. Es ist laut. Viktoria erschrickt, erstarrt. Wie ein wildes Tier, das mitten in der Nacht von einem Scheinwerfer erfasst wird, hört sie auf das schrille Klingeln, die Augen weit aufgerissen. Es ist ein neues Geräusch, es kommt von der Wohnungstür. Sie stürzt hin, klopft dagegen. »Hier!«, ruft sie. »Hilfe!« Von draußen hört sie einen Mann reden.

»Wer sind Sie?«

»Hilfe!«, schreit Viktoria. »Ich bin hier eingesperrt!«

»Hören Sie auf mit dem Krach«, befiehlt eine Frau, »das ist ja unerträglich.«

»Holen Sie mich hier raus«, schreit Viktoria gegen die Tür an.

Wieder die Stimmen der Frau und des Mannes.

»Was ist denn da los?!«, fragt der Mann.

»Haben Sie sich eingesperrt?«, die Frau.

»Man hat mich entführt«, antwortet Viktoria.

»Wenn Sie nicht aufhören, so einen Radau zu machen, holen wir die Polizei«, droht die Frau. Der Mann murmelt etwas.

»Wir haben einen Wasserschaden im Bad. Waren Sie das?«, fragt laut der Mann.

»Hilfe!«, ruft Viktoria zurück. »Sie müssen die Tür aufbrechen!«

Wieder besprechen sich die beiden.

»Wir rufen die Polizei!«

»Ja, Polizei, Polizei!«, antwortet Viktoria. Die Schritte der beiden entfernen sich. Viktoria rennt in das Zimmer, zieht die Decke über sich, sie zittert am ganzen Körper, sie rollt sich zusammen, schaukelt vor und zurück. Dann streckt sie sich aus, spannt alle Muskeln an, verzieht das Gesicht zu einer Fratze. Sie ist Nambaga, der mächtige Wassergeist von der Quelle des Nils, der nach Deutschland gekommen ist, um das Land unter Wasser zu setzen. Sie wird alle bestrafen, die sie gefangen genommen haben, die ihre Mutter getötet haben. Sie reißt den Mund auf und gibt einen kehligen Laut von sich, der tief aus ihrem Innern kommt. Dann krümmt sie sich wieder. Soll sie noch mal Krach schlagen und dem Mann und der Frau unter ihr weiter zusetzen? Sie spürt ihren trockenen Hals, ihren Hunger, tappt in die Küche, dreht den Wasserhahn auf, hält ihren Mund darunter und trinkt. Es gibt nichts mehr zu essen, der Kühlschrank ist leer. Sie füllt sich Wasser in ein Glas, geht zurück zu ihrem Bett, zieht die Decke über sich.

Sie wird geweckt von schrillem Klingeln, springt auf, eilt zur Wohnungstür. Wieder die Stimmen, diesmal sind es mehr Leute, die sich offenbar beraten. Viktoria klopft.

»Holen Sie mich hier raus!«, schreit sie, »ich bin eingesperrt!«

»Hier ist die Polizei«, sagt eine kräftige Frauenstimme.

»Holen Sie mich hier raus!«, ruft Viktoria erneut.

Wieder beraten sich die Menschen vor der Tür.

»Wer sind Sie?«, fragt die Polizistin.

»Ich bin Viktoria Ebuk. Bitte!« Sie klopft erneut. »Brechen Sie die Tür auf«, ruft sie den Polizisten entgegen.

Viktoria hört ein Bohrgeräusch, das aus dem Türschloss kommt. Dann ein Feilen und ein Klopfen. Jemand drückt gegen die Tür, die sich aber nicht öffnet, denn ein schwerer Metallriegel ist quer über die Tür geschoben.

»Gibt es da noch einen Riegel?«, fragt ein Mann.

»Ja, sehr dick, so quer«, antwortet Viktoria.

»Scheiße«, sagt die Stimme. Wieder murmeln die Leute und besprechen sich.

»Wo ist die Besitzerin?«, fragt die Polizistin.

»Weiß ich doch nicht! Holt mich endlich hier raus«, schreit Vitoria noch mal. Sie eilt zurück ins Zimmer, nimmt die Garderobenstange zur Hand und klopft erneut auf den Heizkörpern herum.

»He! Hören Sie auf damit!«, kommt als Antwort. »Wir brechen jetzt auf!« Die Stimmen besprechen sich wieder. Dann wird an der Tür laut gehämmert. Ein Knirschen ist zu hören. Viktoria tritt ein paar Schritte zurück, sie ballt die Fäuste, starrt auf die Tür. Die Spitze eines Eisens zeigt sich neben dem Türblatt. Mehrmals wird das Eisen zwischen die Tür und den Türrahmen gehämmert und gedrückt. Laute Schläge auf Metall folgen. Ein Mann ruft: »Achtung. Weg von der Tür!« Viktoria geht noch ein paar Schritte zurück. Käme jetzt ihr Entführer zurück, er könnte ihre Befreiung nicht mehr aufhalten. Mit einem wütenden Ächzen springt der Metallriegel aus seiner Befestigung, und die Tür kracht auf.

Vor Viktoria steht ein dicklicher Mann, der eine große Schutzbrille über sein Gesicht gezogen hat. Das Gummiband teilt seine langen schwarz-weißen Locken, die in allen Richtungen von seinem Kopf abstehen. Er steckt in einer knallroten Latzhose, an den Füßen weiße Sneakers. Langsam schiebt er sich die Schutzbrille hoch und glotzt Viktoria an. Hinter ihm steht eine Polizistin in Uniform, eine kleine, dünne Frau mit Kurzhaarschnitt und einer Polizistenmütze auf dem Kopf. Sie stemmt die Hände in die Hüften. Neben ihr ein weiterer Polizist, etwa einen Kopf größer als sie, sehr athletisch gebaut, scharf gescheitelte schwarze Haare, um den schmalen Mund ein sauber gestutzter Bart. Als ob sie hinter einem Zaun stehen würden, versuchen eine Frau und ein Mann, beide mit grauen Haaren, einen Blick auf Viktoria zu erhaschen. Ihre braun gebrannten Gesichter sind erstaunt. Der Mann trägt kurze Hosen und ein buntes Hemd, die Frau grelle Leggings und ein enges Top, um den Hals eine Kette mit Muscheln. Viktoria laufen Tränen übers Gesicht, sie lacht, drängt zu den Menschen vor der aufgebrochenen Tür. Der Mann in der roten Latzhose, der die Tür aufgebrochen hat, lacht auch und schüttelt den Kopf.

»Wen haben wir denn da?!«, sagt er. Die Polizistin tritt vor, sie macht ein ernstes Gesicht, schaut Viktoria aufmerksam an.

»Das wird teuer«, meint die Polizistin.

Viktoria schlüpft an ihr vorbei in den Hausflur. »Endlich!«

»Was war denn los?«, fragt die Polizistin.

»Er hat mich hier eingesperrt«, antwortet sie.

Skeptisch nickt die Polizistin und betritt die kleine Wohnung. Der Polizist bleibt bei Viktoria stehen.

»Du hast ja einen Radau veranstaltet«, meint die Frau in den Leggings.

»Tut mir leid«, sagt Viktoria und umarmt die fremde Frau spontan. »Danke, dass Sie mich befreit haben.«

Die Frau erstarrt. »Na, na, na«, sagt sie und windet sich von Viktoria los. Ihr Mann findet die Szene komisch, er weiß, seine Frau mag Berührungen von unbekannten Menschen nicht.

»Kann ich bei Ihnen was essen und meinen Papa anrufen?«, erkundigt sich Viktoria. Die Frau und der Mann schauen den Polizisten an, der nur »Ähm« macht.

»Wir nehmen sie mit nach unten«, sagt jetzt der Mann mit den grauen Haaren.

»In Ordnung«, findet der Polizist.

»Na, dann komm mal«, ist jetzt auch die Frau einverstanden. Sie ringt sich zu einem kleinen Lächeln durch.

Sie gehen eine Treppe tiefer, betreten durch eine Wohnungstür eine Küche.

»Wir kommen gerade aus dem Urlaub«, berichtet der Mann.

»Ibiza«, ergänzt die Frau »wir haben nicht viel da. Das Flugzeug hatte ziemliche Verspätung.«

Sie öffnet einen Schrank und holt ein Paket mit Keksen heraus, das sie vor Viktoria auf den Tisch stellt. »Ich mach mal einen Tee.«

Der Mann zeigt zur Decke, wo sich braune Flecken abzeichnen, Spuren der Überschwemmung, die Viktoria verursacht hat.

»Warst du das?«

Viktoria schaut unsicher auf die Flecken. Sie setzt sich auf einen der Küchenstühle. »Kann ich einen Keks haben?« Die Frau nickt. Viktoria macht die Packung auf, steckt sich zwei Kekse in den Mund, während die Frau Wasser in einen Kocher füllt, eine Kanne bereitstellt und zwei Teebeutel hineinhängt.

»Wo sind wir hier?«, erkundigt sich Viktoria.

»Wie? Was meinst du, wo wir sind?«, wundert sich der Mann.

»In welcher Stadt?«

»Du weißt nicht, dass wir in Berlin sind?«

»In Berlin? Wirklich?«

»Wo denn sonst?«, wundert sich die Frau. »Wo kommst du denn her?«

Viktoria schaut sie an, will ihr keine freche Antwort geben, dazu ist sie zu erschöpft und dankbar, bei diesem Ehepaar sein zu dürfen. »Aus der Nähe von Rheinsberg.«

»Aha. Du sprichst aber gut Deutsch«, betont die Frau, »und deine Eltern?«

»Uganda. Würden Sie mich bitte mit meinem Vater sprechen lassen? Er macht sich bestimmt große Sorgen.«

Der Mann entriegelt sein Mobiltelefon und reicht es ihr. Sie tippt die Nummer ein und wartet. Die Mailbox springt an. Leise sagt sie: »Papa. Ich bin ... ich bin in Berlin. Bei einem Ehepaar, die Polizei ist gekommen. Bitte ruf an, wenn du das hörst. Bei der Familie ...« Sie schaut die beiden an, die sie aufmerksam beobachten.

»Lechtenbrink«, sagt der Mann.

»Familie Lechtenbrink. Die Nummer siehst du ja.« Dann legt sie auf. Schnell stopft sie sich noch einen Keks in den Mund. Die Frau schaut sie aufmerksam an, schüttelt leicht den Kopf. Der Mann nimmt das Telefon wieder an sich.

»Wie spät ist es eigentlich?«, erkundigt sich Viktoria.

»Kurz vor zwölf«, informiert sie die Frau.

»Draußen ist Sturm«, flüstert Viktoria. Der Wasserkocher piepst und die Frau stellt ihr eine Tasse mit heißem Tee hin.

»Ich bin übrigens Annegret«, sagt sie, »und das ist der Kurt.«

Sie setzt sich ebenfalls auf einen Stuhl und schaut Viktoria wie ein seltenes Insekt an.

»Viktoria Nala Kadhumbula Ebuk, Mensch mit Zufluchtsgeschichte und Migrationshintergrund. Ich komme aus Jinja. Das ist eine Stadt an der Nilquelle. Mein Vater ist Peter Ebuk und meine Mutter …«, sagt sie leise auf und starrt vor sich hin. Sie legt die Hände um die heiße Teetasse.

»Vielleicht kommt der Mann zurück«, überlegt Viktoria.

»Wer? Wen meinst du?«, fragt der Mann. Die Frau schaut sie an und schüttelt leicht den Kopf.

»Hier bist du sicher«, besänftigt sie die Frau.

»Nein«, antwortet ihr Viktoria, »wir sind nirgends sicher.«

10

In der wöchentlich erscheinenden, überregionalen Zeitung, für die Gerd Broderick schreibt, erschien tags darauf nach dem großen Sturm, vorab ein Onlineartikel.

Verlust der Nacht
Warum die Seeforscherin Jana Kugelmann nach zwei ver-
schwundenen Mädchen sucht.

Rheinsberg ist ein beschaulicher Ort in der Ost-Prignitz, einem Landkreis in Brandenburg. Bekannt ist das Städtchen für sein hübsches Schloss, in das Friedrich der Große einst seinen schwulen Bruder Heinrich verbannte. Kurt Tucholski widmete Rheinsberg eine Novelle, als er dort ein Wochenende mit einer Geliebten verbrachte. Das kleine Büchlein brachte dem großen Dichter und feinsinnigen Journalisten 1991 ein Museum im Schloss ein. Viele Seen und einsame Wälder sind hier zu erkunden. Ganz in der Nähe von Rheinsberg liegt auch einer der klarsten Seen des Landes. Noch immer steht die Ruine des einzigen Atomkraftwerks der DDR nicht weit von seinem Ufer entfernt, und es wird noch Jahre dauern, bis das verstrahlte Gebäude abgebaut ist. Der klare See wird von Wissenschaftlern aus der ganzen Welt untersucht, man hat dort ein Seelabor errichtet. 24 runde Zylinder, jeder mit neun Metern Durchmesser, wurden zusammengebunden. Sie sind im Seegrund verankert, zwanzig Meter tief, und dienen den Forschern als riesige, durchlässige Reagenzgläser, die sie beliebig mit Fischen oder Plankton befüllen können, um die Vorgänge

im Wasser zu beobachten und zu messen. Eine der Forsche-
rinnen, die hier leben, ist Dr. Jana Kugelmann, die künftige
Leiterin des Seelabors.

Doch sie treibt neben den vielen aktuellen Fragen des
Gewässerschutzes etwas anderes um. Sie sucht nach zwei
verschwundenen Mädchen. Ob die beiden noch leben,
weiß niemand genau. Seit fünf Jahren gilt die elfjährige
Sabine als vermisst. Nicht die Eltern, sondern ihre Lehrerin
ging zur Polizei, weil sie nicht mehr zur Schule kam. Die
Polizei aus Rheinsberg und Neuruppin suchte nach dem
Kind, konnte es aber nicht finden. Der Leiter der Polizei-
wache Rheinsberg gab nicht auf, er wollte wissen, wo das
Mädchen abgeblieben ist. Doch auch er verschwand spurlos.
Nur ein zerfetztes Paddelboot und seine Kreditkarten wur-
den am Ufer des Rheinsberger Sees gefunden.

Kurz vor Ostern in diesem Jahr verschwand ein weiteres
Mädchen, die Tochter eines Polizisten aus Uganda, der hier
Asyl beantragt hat.

Wir treffen uns an einem stürmischen Abend im »Fi-
scherhof«, einem Lokal in Rheinsberg mit Blick auf den
See, auf dem sich immer mehr dunkle Wolken auftürmen.
Jana Kugelmann ist hier aufgewachsen, hat einige Jahre
in München gelebt und ist wieder zurückgekommen. Der
verschwundene Polizist aus Rheinsberg war ihr Bruder,
Paul Kugelmann. Die Eltern wollten keine Unterschiede
zwischen ihnen machen, sie nicht typisch als Mädchen und
Jungen erziehen. Doch er war immer derjenige, der machte,
was man von ihm verlangte, und sie hinterfragte alles,
wollte es genau wissen. So war es nur normal, dass er Poli-
zist wurde und sie Forscherin. Doch was hat ihn getrieben,
auf einmal die Suche nach dem verschwundenen Mädchen
auf eigene Faust fortzusetzen? Warum wollte er es auf ein-
mal so genau wissen? Hartnäckig zu sein, war doch eigent-
lich ihre Aufgabe.

Jana Kugelmann ist warmherzig, aber keine impulsive Frau, im Gegenteil, sie ist eine Wissenschaftlerin, die sich an die Fakten hält. Ihre Daten haben gezeigt, dass zu große Helligkeit, sie nennt es den »Verlust der Nacht«, das ökologische Gleichgewicht in einem See durcheinanderbringt. Sie kann von Zooplankton so anschaulich sprechen wie Tierliebhaber von ihrer Katze. Diese winzigen Lebewesen riechen die Fische, sie steigen nachts von der Tiefe des Sees auf, wo sie sich tagsüber vor ihren Fressfeinden verstecken. Doch die Fische sind auch nicht dumm, sie legen sich in der Nacht auf die Lauer und fressen sich satt. Aber wenn es zu hell ist, wie in einer Großstadt, dann trauen sich die Winzlinge nicht aus ihren Verstecken und die Fische gehen leer aus. Solche Zusammenhänge versucht Jana Kugelmann mit ihren Messgeräten herauszubekommen, nimmt Proben, erhellt einen Zylinder im Wasser, belässt den anderen in der Dunkelheit, setzt Barsche ein, nimmt sie wieder heraus, misst ihr Gewicht, schaut ihnen zu, Nacht für Nacht.

Es ist besonders dunkel rund um den See, den sie erforscht. In einer dieser Nächte läuft ihr ein Afrikaner über den Weg, der seine Tochter Viktoria sucht. Wie vor fünf Jahren ist wieder ein Mädchen verschwunden, wieder sucht ein Polizist nach ihr. Denn der Mann war Polizeichef in Uganda, hat dort Verbrechen aufgeklärt und mächtige Männer vor Gericht gebracht. Vor einigen Jahren habe ich ihn kennengelernt und über diese Fälle geschrieben. Er ist nach Deutschland geflüchtet, wo er zusammen mit seiner Tochter Asyl beantragt hat.

Jana Kugelmann geht mit dem afrikanischen Polizisten, Peter Ebuk, durch den Wald, schaut den Drohnen nach, die die Polizisten losschicken, beobachtet die Suchhunde, die durch das Unterholz stöbern. Doch die dreizehnjährige Viktoria finden sie nicht.

Der Fisch, der in dem Lokal am See serviert wird, ist

frisch und schmackhaft, auch der Wein ist gut. Die Menschen, die vor dem Restaurant nach Hause eilen, gehen gebückt, gebeutelt von einem starken Wind. Jana Kugelmann erzählt ohne Schnörkel, wie alle Menschen hier. Der Tod ihres Bruders hat ihr zugesetzt, sagt sie. Sie waren selten einer Meinung, aber als er auf einmal weg war, wollte sie ihn unbedingt sehen und mit ihm sprechen. Es war ein kalter Novembertag, als sein aufgeschlitztes Paddelboot gefunden wurde. Die Polizei vermutete, er sei ertrunken und tauchte nach ihm, aber er blieb verschwunden. Bis sie vor ein paar Tagen in einem Wald einen Schuh und seine Überreste entdeckten. Bald kann sie ihn beerdigen. Sie nimmt die hiesige Polizei in Schutz, ihr Bruder war ein sehr gewissenhafter Mann und ein guter Polizist. Auch die Polizisten, die jetzt nach der verschwundenen Afrikanerin suchen, sind erfahrene Leute. An ihnen kann es nicht liegen, dass die Verbrechen bisher nicht aufgeklärt werden konnten. Jana Kugelmann möchte, wie ihr Bruder, genau wissen, was damals und jetzt geschehen ist.

Diese Rätsel um die verschwundenen Menschen haben sie einsam gemacht, sagt sie. Selbst ihr Sohn blieb weg, zog zu seinem Vater. »Vermutlich hat ihn die Dunkelheit, die ich erforsche, vertrieben«, sagt Jana Kugelmann. Sie hofft auf seine Rückkehr, wenn auch die Mädchen wieder da sein werden. Es ist, als ob hier, in dieser Gegend, Menschen verloren gehen können, sie irgendwo in den Seen oder in den Wäldern einfach aus der Welt fallen. Sie selbst zählt sich ebenfalls zu diesen Verlorenen, obwohl sie noch nicht verschwunden ist.

Inzwischen ist es auf dem See schwarz geworden, der Wind heult, es klatschen heftige Schauer gegen die Fenster des Lokals. Wir sind die letzten Gäste, die Teller sind abgeräumt, die Gläser leer. Die Kellnerin und der Koch schauen, wie wir, mit großen Augen auf die Gewalt des Wetters. Wir *haben Schirme dabei, wir wollen noch ein wenig ausharren. Wir bestellen uns Kaffee und ein Dessert, das wir dann nicht anrühren. Jana Kugelmann beschreibt, wie aufgewühlt der Mann aus Uganda war. Sie stellt Vermutungen an, wer hinter dem Verschwinden der Mädchen stecken könnte. Die Menschen hier, sagt sie, sind eigentlich offen für die Fremden, das waren sie schon, als die Hugenotten vor über dreihundert Jahren hierherkamen und Prinz Heinrich sich Philosophen aus Frankreich einlud. Für das ökologische Gleichgewicht der Welt und das eigene Seelenleben sollte es weder zu hell noch zu dunkel sein. Doch wo es Licht gibt, muss es auch Schatten geben, meint sie. Für sie ist das keine Entschuldigung für das Verbrechen, sondern eher die Hoffnung auf die baldige Rückkehr der Mädchen, auf das Wiederauffinden der Verlorenen.*

Der Artikel ist mit Fotografien von Paul Kugelmann, von Sabine Röter und Viktoria Ebuk illustriert. In einem erläuternden Kästchen heißt es:

Der Journalist Gerd Broderick hat mehrere Artikel über verschwundene Kinder in Uganda geschrieben.

In dieser Nacht, als der Sturm wütete, als sie befreit wurde, nachdem die Tür zu der Dachgeschosswohnung aufgebrochen worden war, sie Kekse bei den freundlichen Lechtenbrinks gegessen und ihrem Vater eine Nachricht hinterlassen hatte, entschied sich Viktoria wegzulaufen. Sie stand im Badezimmer, das sich im Stockwerk unter dem befand, das sie unter Wasser gesetzt hatte. Sie hatte noch immer ihre Tage, entdeckte ein paar Tampons im Badezimmerkästchen der Frau, wusch sich die Hände, schaute zur Decke, wo sich braune Wasserflecken abzeichneten. Sie hörte die kräftigen Schritte der Polizisten, die die Wohnung oben nach Spuren absuchten. Ob man bereits herausgefunden hatte, dass man in Brandenburg nach ihr suchte? Bald würden sie kommen und sie in eine Polizeiwache bringen oder in ein Gefängnis stecken. Sie hat keinen deutschen Pass, sie ist ein Flüchtling aus Uganda. Würden sie ihr glauben, dass sie entführt worden war? Sie hatte versucht, einen deutschen Pass zu bekommen, einen gefälschten Pass. Das war bestimmt ein Verbrechen, für das man bestraft werden würde. Ihr Entführer mit den Tattoos hatte sich nicht mehr blicken lassen. Was war mit ihm geschehen? Warum hatte er all die Mühe auf sich genommen und sie von Brandenburg nach Berlin gebracht, hier eingesperrt, um dann einfach wegzubleiben? Bestimmt hatte man ihn bereits verhaftet, oder er arbeitete mit der Polizei zusammen? So wie in Uganda, wo die Polizei auch die Entführer von Kindern gedeckt hatte. Sie konnte nicht einfach bleiben und warten, bis die Polizei sie mitnahm und in ein Gefängnis steckte. Als sie aus dem Badezimmer trat, drehte sie sich zur Garderobe, wo die Jacken des Ehepaars hingen. Sie entnahm der dunkelgrünen Jacke ein Portemonnaie, zupfte einige blaue und einen braunen Geldschein heraus, steckte den Geldbeutel wieder zurück, machte die Haustür auf, zog sie hinter sich zu und eilte das Treppenhaus nach unten. Als sie in den Hof trat, gingen Lichter an, sie eilte in die Tordurchfahrt, die durch das Vorderhaus führte, sah zwei Polizeiautos auf der Straße stehen, auf denen es blau blinkte. Sie zog die schwere Hauseingangstür auf. Nur in einem der Fahrzeuge saß ein Mann, sein Gesicht hell angeleuchtet von seinem Mobiltelefon, auf dem er tippte. Viktoria trat aus dem Haus, wandte sich nach links und huschte geduckt einige Meter an einer Hecke entlang, bis sie zu einer Straßenkreuzung kam. Jetzt spürte sie den kräftigen Wind, Pappbecher flogen an ihr vorbei, Schmutz wirbelte auf. Seit der Mann sie in Rheinsberg in den grauen Transporter gezogen hatte, trug sie die gleiche Kleidung, ihren dünnen Pulli und ihre Jeans mit den modischen Löchern. Zum Glück hatte sie ihre Schuhe angezogen, als von der Polizei die Wohnungstür aufgebrochen wurde. Viktoria krümmte sich gegen die Kälte und den Wind, die sie plötzlich überfielen. Sie entschied sich, mit dem Wind im Rücken loszulaufen. Die Straßenlaternen wogten hin und her, die Bäume bogen sich, zweimal fuhren Autos vorbei, einmal begegnete ihr eine Katze, aber sonst war niemand unterwegs. Sie erreichte einen kleinen Platz, wo sie das blaue Schild eines U-Bahnhofs sah, dort führte eine Treppe in die Tiefe, in ein neongrünes Leuchten. Ein gelber Zug kam, sie stieg ein, der Waggon war leer, sie kauerte sich auf einen Sitz, schaute durch die Scheiben, die von weiß eingeritzten Symbolen des Brandenburger Tors überzogen waren, auf die schwarzen Wände des U-Bahn-Tunnels. Immer wieder stieg jemand ein und wieder aus, aber keiner der anderen Fahrgäste beachtete sie. Sie zogen ihre Mobiltelefone aus ihren Taschen, tippten etwas ein oder lasen eine Mitteilung. Viktoria, der ihr Telefon von ihrem Entführer abgenommen worden war, hatte nicht so ein Spielzeug. Ein dunkelhäutiger Mann im hellblauen Trainingsanzug hörte laut, vornübergebeugt, ohne Kopfhörer, arabischen Rap, war ganz in seiner Welt versunken. Es roch nach Kohle und Eisen in dem Zug. In einer Station mit hohen Wänden stieg sie aus, ihr war nicht mehr ganz so kalt, aber ihr Bauch tat weh, sie spürte, sie sollte etwas essen, sonst käme sie nicht weit. Die Bauchschmerzen erinnerten sie an ihren Vater. Wenn er ihren Anruf bekam, würde er bestimmt etwas unternehmen, um sie zu finden. Sie musste erst mit ihm sprechen, erfahren, ob sie unbehelligt zurückkommen konnte, solange würde sie sich verstecken, durfte nicht von der Polizei aufgegriffen werden. In dieser U-Bahn-Station waren etwas mehr Menschen unterwegs, einige Frauen trugen enge schwarze Kopftücher. Langsam begriff sie, dass sie ja in Berlin war, der Großstadt, von der sie mit Benni geträumt hatte, wo sie einmal hinfahren würden, um in einem Club zu tanzen. Als sie wieder nach oben kam, empfing sie erneut starker Wind. In diesem Teil der Stadt war es lebendiger, Autos fuhren umher, Menschen eilten an beleuchteten Restaurants vorbei, hielten ihre Jacken zusammen, gingen an den Hauswänden entlang, um nicht von Windböen erfasst zu werden. Viktoria schlang die Arme um sich, folgte zwei jungen Frauen in engen schwarzen Leggings, schweren Stiefeln und Lederjacken, die ihre Haare festhielten. Die Frauen fanden es lustig, wenn sie von einer Windböe erfasst wurden, sprangen hoch in die Luft, als würden sie wegfliegen wollen, und riefen »Geil!« Sie kam an vielen bunten Restaurants vorbei, einige mit arabischen Schriftzeichen. Der Geruch von Gebratenem und Holzkohle erinnerte sie an ihre Heimat, wo Händler nachts gebratene Spieße anboten. Sie hörte die wiegenden Klänge arabischer Musik, dann wieder dumpfe rhythmische Bässe. In einen schmalen Laden, auf dem an der Schaufensterscheibe für »Falafel«, »Hamburger«, »Döner« und »Haloumi« in braunen Buchstaben geworben wurde, traute sie sich einzutreten. Zwei junge Männer mit brauner Haut und kunstvoll gestutzten Haaren, die große Windjacken trugen, kamen ihr entgegen. In den Händen hielten sie dicke Teigtaschen, gefüllt mit buntem Gemüse. Es roch köstlich. Hinter der Glastheke räumte ein junger Typ mit tiefschwarzen Haaren, die er mit Pomade eng an seinen Kopf geschmiert hatte, langsam die großen rechteckigen Schalen weg, auf denen sich die Speisen befanden. Viktoria erkundigte sich zaghaft, ob sie noch etwas zu essen bekommen könnte, zog einen der Scheine aus ihrer Hosentasche, wie um zu beweisen, dass sie auch zahlen könnte. Der junge Mann verzog das Gesicht, Falafel sei nicht mehr da, auch habe er das Öl schon abgestellt, er könnte ihr noch eine Teigtasche mit Halloumi und Malaki machen. Viktoria wollte nicht nachfragen, was das ist, aber sie nickte und bedankte sich. Könnte sie bitte noch einen Tee bekommen, fragte sie, ihr sei kalt. Der Mann goss einen dunklen Sud in ein kleines Tässchen und schüttete heißes Wasser darauf. Sie nahm sich drei Würfel Zucker, rührte um und trank dankbar die heiße, süße und bittere Flüssigkeit. Während er das Fladenbrot mit Gemüsestücken und Käse befüllte, schaute er sie kritisch an, fragte, ob sie vom Sturm überrascht worden sei. Es wäre besser, nicht rauszugehen, und wenn, dann nur mit Jacke. Sie erkannte in seinen Sätzen den arabischen Sprachklang, stimmte ihm zu, bemühte sich um ein klares Deutsch, um sich von ihm zu unterscheiden. Als sie losgegangen war, hätte sie die Jacke zu Hause vergessen und sei dann vom Wind überrascht worden, erklärte sie. Der Mann grinste. »Du bist also einen weiten Weg gekommen.« Es klang wie aus einem schlechten Film. Er reichte ihr das Brot mit den Köstlichkeiten, das er straff in eine Papierserviette eingewickelt hatte. Gierig schlang sie Bissen für Bissen das Essen in sich hinein, ohne weiter aufzusehen, dann trank sie von dem Tee und legte den Geldschein auf den Tisch.

»Ich kenne das«, sagte er, während er ihr das Wechselgeld hinzählte, »wer so isst wie du, ist abgehauen.«

Viktoria fühlte sich ertappt, wollte nicht antworten, nahm ihr Teeglas, setzte sich auf einen der Barhocker an der Fensterscheibe und blickte auf die Straße hinaus. Noch immer stemmten sich eine Menge Leute gegen den starken Wind, mehrere schicke Autos fuhren vorbei. Aus deren Radkappen zuckten blaue Lichter, die Scheiben waren dunkel getönt. Hinter ihr räumte der Mann die Theke ab, spülte das Besteck und Geschirr. Die tiefe Stimme einer älteren Frau, in einer Sprache, die Viktoria nicht kannte, gab dem jungen Mann kurze scharfe Befehle. Viktoria drehte sich um und sah, wie aus dem hinteren Raum, der Küche, eine kräftige Frau kam, die einen Kopf kleiner als der Mann war. Über ihre Haare hatte sie ein Tuch gewickelt, die Ärmel ihres

Kleides waren hochgekrempelt, das breite, teigige Gesicht glänzte. Die Augen sahen müde aus, eingerahmt von tiefen Augenringen, die Mundwinkel hatten sich tief neben ihren schmalen Lippen eingeschnitten. Sie nahm Viktoria ins Visier. Sie gab dem Mann einen Befehl, er erwiderte etwas, aber sie machte klar, dass sie das Sagen hatte und der Laden jetzt bald geschlossen werden müsse. Die Frau sprach in dunklen Sätzen, die tief aus dem Inneren ihres großen Körpers kamen und keinen Widerspruch duldeten. »Wir schließen gleich«, informierte der Mann sie. Viktoria trank aus, und als sie ihm das leere Glas auf die Theke zurückstelle, begriff sie, wie verloren sie war. Wo sollte sie hin in so einer Nacht? Sie fragte, ob er ihr sein Handy mal ausleihen könnte, sie sollte ihren Vater anrufen, damit der komme, um sie abzuholen. Der Mann mit den schwarzen glänzenden Haaren blickte sie erstaunt an.

»Hast du dein Handy auch vergessen?« Viktoria nagte an ihrer Unterlippe. Er schüttelte den Kopf, zog dann sein Telefon aus der Tasche, entsperrte es und reichte es ihr rüber. Sie tippte schnell die Nummer ein, hörte das Klingelzeichen, doch wieder ging nur die Mailbox an.

»Papa! Warum gehst du denn nicht ran?«, zischte sie, »I am … I'm in Berlin. This is urgent. Please switch your phone on! Please! Shit, man. I try again later.« Frustriert gab sie ihm das Telefon zurück, drehte sich zur Tür.

»Wo willst du denn jetzt hin?«, fragte der Mann und kam hinter der Theke hervor. Er stemmte die Hände in die Hüften. Seine Schürze war übersät mit braunen Flecken, er roch nach altem Öl. Viktoria zuckte mit den Schultern, blickte auf den Boden.

Jetzt flüsterte er ihr zu: »Sie geht immer vor mir weg. Ich muss abschließen. Wenn du draußen wartest, kann ich dich hinten reinlassen.« Viktoria schaute ihn an, Panik stieg in ihr auf, sie wollte nicht erneut eingesperrt werden.

»Ich tue dir nichts. Ich wohne mit meinen Brüdern und meinem Vater in einem Zimmer, da ist kein Platz für Mädchen«, sagte er, »hinten ist ein alter Sessel, da macht meine Tante immer ein Nickerchen. Für eine Nacht wird es gehen.«

Also nickte sie, trat aus dem Laden und ging einige Schritte weiter neben die Schaufensterscheibe, hinter der bald das Licht ausging. Dann kam die kleine, runde Frau aus der Tür und wiegte die Straße entlang. Sie hielt mit einer Hand ihr Kopftuch fest, mit der anderen eine große Tasche. Der Mann kam jetzt ebenfalls heraus und zog den Rollladen vor dem Schaufenster und der Tür nach unten. Er trat zu Viktoria und nickte ihr zu.

»Ich bin übrigens Samir, aus Syrien.« Viktoria zögerte, doch dann antwortete sie ihm.

»Viktoria, aus Uganda.«

»Sag ich ja, ein weiter Weg bis hierher.« Er grinste und ging voraus in eine Durchfahrt, die in mehrere Hinterhöfe führte. Im ersten Hof schloss er eine Tür auf und betrat die dunkle Küche des Ladens. Viktoria folgte ihm. Samir machte Licht an und zeigte ihr den Sessel, in dem sie die Nacht verbringen könnte. Es gab auch eine Toilette. Er wies sie an, auf jeden Fall das Licht hinter ihm wieder auszumachen. Sie könnte durch diese Hintertür jederzeit wieder abhauen, aber auf jeden Fall sollte sie morgen um sieben Uhr weg sein. Manchmal kam die Tante früh, um Gemüse zu schneiden und den Teig für die Falafel vorzubereiten. Die Tante kannte keine Gnade, wenn sie sie hier drin erwischen würde, warnte er. Viktoria versprach, rechtzeitig wieder weg zu sein, allerdings habe sie keine Uhr, die habe man ihr auch abgenommen, so wie das Telefon. Samir zeigte ihr eine rote Digitaluhr, die auf dem Display des Herds leuchtete, daran könnte sie sich orientieren. Viktoria bedankte sich, senkte den Kopf, es war ihr unangenehm, aber auch auf seltsame Weise schön, in der Küche eines Falafel-Ladens zu übernachten.

»Wir müssen zusammenhalten in diesem Land«, meinte Samir und streckte ihr eine Faust entgegen. Sie erwiderte den Gruß. Er drehte sich um, zog die Tür hinter sich zu und verschwand. Viktoria machte das Licht aus. Die Fenster zum Hof waren vergittert, es fiel orangefarbenes Licht in die Küche, das matt auf die silbernen Arbeitsflächen reflektiert wurde. Sie zog sich eilig auf den breiten Sessel zurück, krümmte sich zusammen. Zum Glück lag eine alte Decke über der Lehne, die roch muffig, nach Mundgeruch und Tante, aber es war egal, sie wickelte sie um sich. Man hatte sie in einen feuchten Keller gesperrt, dann in ein Dachgeschoss, und jetzt hockte sie freiwillig auf einem alten Sessel in einer arabischen Küche, irgendwo in Berlin. Sie fragte sich, wie lange ihre einsame Odyssee noch dauern würde, bis sie ihren Vater wiedersehen konnte, den sie eigentlich verlassen wollte. Jetzt, wo sie wusste, dass sie nicht mehr eingesperrt war, sie weder die Polizei noch der Mann mit den Tattoos finden würde, fürchtete sie sich nicht in dieser fremden Nacht. Der Schlaf überfiel sie plötzlich und traumlos.

Langsam verabschiedete sich diese Nacht, es war noch nicht ganz hell, als Peter Ebuk in einem fremden Bett aufwachte. Vorsichtig drehte er den Kopf, schaute sich in dem Raum um, in dem noch andere Betten standen, in denen andere Männer lagen, weiße Männer. Undeutlich, im schwachen Licht der grünlichen Nachtbeleuchtung, sah er dunkle Haare, weiße Haare und einen Glatzkopf aus den weißen Bettdecken herausschauen. In seinem Arm steckte eine Kanüle, ein dünner Schlauch führte zu einer durchsichtigen Flasche, aus der Flüssigkeit in seine Vene tropfte. Die Wunde, die ihm der Mann mit seinem Taschenmesser zugefügt hatte, war mit einem weißen Verband eingewickelt. Jemand hatte ihm ein weißes Nachthemd angezogen, wie er es aus den deutschen Arztserien kannte. In Uganda lagen die Menschen in ihren

eigenen Kleidern in den Betten, daneben hockten die Angehörigen und warteten, bis der Kranke wieder bei Bewusstsein war und wieder nach Hause konnte. Hier wartete niemand auf ihn. Das leichte Schnarchen der anderen Männer
durchdrang die Nacht, schnitt durch den sauberen Dunst
von Tee und Waschmittel, der über dem Krankenzimmer lag.
Ebuk fielen die Augen wieder zu, vielleicht war er gar nicht
wirklich hier, sondern träumte nur.

Ein schläfriger Dämmer zog ihn in ein geheimnisvolles
Zwischenreich. Sein Bett auf Rollen wurde durch die breite
helle Tür geschoben. Es fuhr in den dunklen Wald, der Sturm
trieb es vor sich her, immer tiefer ging es hinein in diese kalte
Welt, wo sich die Bäume aneinanderrieben, sich hin und her
bewegten und tiefe reibende Laute von sich gaben, als ob sie
Schmerzen hätten.

Er sah die beiden Bäume wieder, die sich vor ihm neigten
und umfielen, begleitet von einem scharfen Reißen und Ächzen. Sie krachten dumpf auf den Waldboden, der leicht nach-
federte. Die großen Wurzelscheiben, die sich aus der Erde
schoben, ragten wie riesige schwarze Räder hinter den Stäm-
men auf, wie viel zu große Schuhe. Er sah, wie er sich zwischen den Bäumen tiefer in den Wald drängte, immer wieder blickte er sich um, ob ihn der Strahl einer Taschenlampe
oder ein Hund verfolgte. Das Tosen des Windes, das heftige
Rauschen der Baumwipfel waren laut. Sein Gehör konnte
die Vorgänge im Wald nicht unterscheiden. Sein Körper fing
an zu schlottern und zu zittern, die Kleidung war nass, die
Schuhe vollgesogen mit Erde und Wasser, er hatte den ganzen
Tag und die Nacht nichts gegessen. Sein Magen schickte ihm
Säure in die Kehle, der Bauch schmerzte, auch half es nichts,
die kalte Hand dagegenzupressen. Ebuk wusste, diese Wälder waren unergründlich und tief. Er brauchte das Wohlwol-
len der Geister, sonst würde er hier niemals herauskommen.
Je weiter er sich an den schwarzen Bäumen vorbeikämpfte,

desto weniger sprachen seine Stimmen mit ihm, die Frau aus dem Weltall hatte sich verabschiedet, nur Prudence blieb noch bei ihm, ohne ihm Vorwürfe zu machen, ohne ihn anzutreiben, aber er spürte, sie war da. Auch Viktoria tauchte immer wieder in ihm auf, er sah in ihre klaren Augen, zornige Augen, lachende Augen. Er fragte sich, ob er auf das Rotwild, die Füchse oder auf die Wildschweine treffen würde. Wie schützten sich die Vögel bei diesem Sturm? Hielten sie sich fest in den Wipfeln oder hockten sie auf dem Waldboden? Er sollte sich auch irgendwo in eine Erdhöhle legen, dachte er, und warten, bis es wieder Tag war, bis der Wind sich gelegt hatte und er sich orientieren könnte. Es gab kleine Unebenheiten auf dem Boden, aber keine Höhen und Tiefen, unter denen sich eine Höhle hätte auftun können. Er entdeckte einen Baum mit einem schwarzen mächtigen Stamm, neben dem er sich fallen ließ. Er zitterte stark, rollte sich zusammen, hielt seine Knie fest, der Atem ging kurz und flach. Sein Körper bildete ein dunkles Knäuel, wie eine Wulst, die der Baum über der Erde ausgebildet hatte. So würde er einschlafen, verrotten und sich mit der Erde verbinden, Humus für neues Leben werden. Ebuk hörte ein Weinen, es erklang ein Flehen, dem er nachging. Es öffnete sich ein Zimmer in einer Hütte aus gestampftem grauen Ton, in dem eine Petroleumlampe stand und gelbes Licht verbreitete. Auf der Strohmatte auf der kühlen Erde lag ein Körper. Doch als er näherkam und sich bückte, sah er, es war ein Kind, ein totes Kind, bei dem die Verwesung schon eingesetzt hatte. Er wollte das Kind trösten und in den Arm nehmen, aber als er es anfasste, zerfiel es vor ihm. Der Körper des Kindes löste sich in erdige, feuchte Klumpen auf und zerbröselte. Jemand stupste ihn mehrmals an der Schulter an, er drehte sich um und schreckte auf. Vor ihm stand ein struppiges Tier, das einige grunzende Laute von sich gab. Es hatte eine lange Schnauze, sein Fell schien aus kräftigen Borsten zu bestehen. Es schien auf eine

Reaktion von ihm zu warten, scharrte mit einem kurzen Bein, schnupperte, aber weil er sich nicht bewegte und nur glotzte, drehte es sich um und lief weg. Ebuk sah auf seine Hände, die sich in die weiche schwarze Erde geschoben hatten. Vorsichtig schob er sich an dem Baum entlang hoch, kam zum Stehen. Er schaute nach oben, sah im Schwarz des Himmels ein paar Sterne, der Wind hatte sich gelegt, die Baumkronen bewegten sich nur noch leicht. Ein Gefühl der Dankbarkeit überkam ihn, eine warme Bewegung, laut sagte er »Webale«, Danke in der Sprache seiner Mutter. Vorsichtig ging er weiter, die Beine fühlten sich schwer und geschwollen an, die Zehen waren kaum noch zu spüren, die Haut kalt, wie Eis. Prudence begleitete ihn und er unterhielt sich mit ihr, sprach leise, vorsichtig, um sie nicht zu vertreiben, blieb immer mal stehen, um ihre Stimme zu hören, denn auch sie sprach nicht besonders laut.

»Ich hätte das nicht machen sollen«, sagte er.

»Deine Ermittlungen waren mutig«, antwortete sie ihm.

»Na ja, ich weiß nicht.«

»Du hast dich mit ihnen angelegt«, meinte sie.

»Schon, aber es war alles so offensichtlich. Es war nicht einmal besonders schwer, diese Leute zu finden«, erklärte er.

»Aber vor dir hatte es keiner gewagt.«

»Das stimmt, weil sie alle daran verdienten. Du hast mich aufgefordert, die Mörder dieser Kinder zu verhaften. Weißt du noch? Als ich den Jungen gefunden hatte und ihn ins Krankenhaus brachte?«

»Du bist völlig fertig nach Hause gekommen und hast es mir erzählt. Ich habe dich zum ersten Mal weinen sehen.«

»Ich habe geweint? Wirklich?«, fragte er nach, weil er es tatsächlich nicht mehr wusste.

»Das hat mir gefallen, mir gezeigt, dass du doch noch ein Herz hast. Obwohl du dich zu einem richtigen Polizisten-Arschloch entwickelt hattest.«

»Ja, ich weiß.« Er ging einige Schritte, dachte an seine Trinkerei, an die Mädchen, die er bezahlt hatte, aber er musste das nicht kommentieren, denn sie wusste und sah alles.

»Aber dann hast du dich entschieden und etwas unternommen. Alle waren erstaunt. Ich auch«, sagte sie.

»Aber es wäre besser gewesen, ich hätte nicht so viel unternommen, so verbissen, dann würdest du noch leben. Ich wollte es wiedergutmachen.«

»Du warst ziemlich besessen, das stimmt. Ich hatte immer gehofft, dass es vorbeigeht und du diese Schweine verhaftest.«

»Irgendwann ging es nur noch darum, der Stärkere zu sein.«

»So eine Art Eitelkeit, meinst du?«

Jetzt blieb er stehen und hörte der Frage nach. Er nickte. »Ja. Es war meine Eitelkeit, die dich dein Leben kostete.«

»Jetzt ist es so. Jetzt musst du dich um unsere Tochter kümmern. Hast du sie schon gefunden?«

»Nein.«

»Du musst sie finden und ihr ein gutes Leben ermöglichen, egal ob aus Eitelkeit oder warum auch immer.«

»Ich habe dich wirklich sehr geliebt, Prudence.«

Sie drehte sich zu ihm um, er sah kurz ihr Gesicht und sah es doch nicht, wollte sie küssen, aber ihre dunkle Gestalt verschmolz mit den Schatten des Waldes. Er fühlte eine neue Leichtigkeit, streckte die Finger, ballte sie zu Fäusten, immer wieder, trat fest auf, als ob er Schlangen vertreiben müsste. Langsam begann das Blut wieder in ihm zu zirkulieren. Als er auf einen Waldweg kam, lag ein Tunnel vor ihm, wenn er den entlangginge, dann würde er aus dieser Dunkelheit herausfinden. Irgendwann kam er auf eine Straße, es kamen die Lichter eines Autos auf ihn zu, er winkte, strauchelte. Der Wagen bremste scharf, aber er kam nicht rechtzeig zum Stehen, Ebuk krachte mit einer Schulter auf die Motorhaube, er blickte für eine Sekunde in das erschreckte Gesicht der Fahrerin, dann rutschte er auf den Asphalt, wo er mit dem Kopf aufschlug und das Bewusstsein verlor.

Am Vormittag nach der Sturmnacht kam der Anruf von der Spurensicherung aus Neubrandenburg. Schmidti war am Telefon und hörte zu, machte nur ein paar erstaunte Laute, dann kam die E-Mail mit den bunten Grafiken. Schmale bunte Kästchen auf geraden Linien zogen sich über das eine Datenblatt, auf dem anderen waren farbige Strichcodes zu sehen. Einige der bunten Linien schlugen nach oben aus, wie eine Reihe von Bergen aus Nadeln. Unter den Farben standen Zahlen mit Kommastellen. Auf jedem Blatt stand ein Name: Viktoria Ebuk, Anselm Molder und Marco Schlatterer. Sie hatten die DNA-Spuren aus dem grauen Transporter ausgewertet und verglichen. Es war eindeutig, Viktoria war in dem grauen Transporter entführt worden, sehr wahrscheinlich von Anselm Molder. Seine DNA, die schon bei seiner ersten Inhaftierung genommen worden war, fand sich in der Datenbank des BKA.

Razorn kümmerte sich sofort um einen Durchsuchungsbefehl für das Gutshaus und die anderen Gebäude, die Wala von Anschütz gehörten. Es war ihnen klar, dass der Gesuchte längst weg sein oder sich irgendwo anders versteckt halten konnte. Aber Razorn wollte das »Rattennest«, wie er sich ausdrückte, ausräuchern. Es brauchte noch ein paar weitere Stunden, bis ein ausreichend großes Aufgebot an Polizeikräften aus Neuruppin und aus Potsdam zusammengezogen war. Auch Kollegen der Kriminaltechnik aus Potsdam hatten sie angefordert. Dann standen die drei Ermittler auf dem Parkplatz, ein kleines Empfangskomitee, als die drei Transporter mit den Kollegen ankamen. Sie konnten die kleine Armee, die sie angefordert hatten, nicht hereinbitten, ihre Wache war viel zu klein, um dort die Lage und den Einsatz zu besprechen. Es waren fast nur Männer gekommen, die alle schwarze Kampfmonturen trugen und sich jetzt etwas die Füße vertraten. Neugierig schauten die durchtrainierten jungen Beamten auf die drei Polizisten aus Rheinsberg. Ein etwas älterer Mann, der Gruppenführer, trat auf sie zu und gab ihnen die Hand. Razorn erklärte ihm kurz, um was es ging, dann drehte er sich zu Sandra, nickte ihr zu und sagte:

»Die Kollegin Mechtigkeit leitet den Einsatz.«

»Verstanden«, sagte der Gruppenleiter nur.

Sie war ziemlich überrascht, schluckte ein paarmal trocken und meinte nur: »Ja gut, dann fahren wir mal los.« Der Kollege malte mit einem Zeigefinder einen Kreis in die Luft, so als ob sie im Hubschrauber abheben würden, und alle stiegen ein und knallten die Türen zu.

In ihrem Streifenwagen – es war wieder sie, die am Steuer saß – pflaumte sie Razorn an, was das denn sollte. Aber er antwortete ihr nicht, brütete vor sich hin.

»Wegen Röbel?«, fragte sie. Er schaute zu ihr rüber, und sie sah in seinem Gesicht, wie er sich noch immer damit quälte, weil er den Gefangenen so behandelt hatte. Sie ärgerte sich, dass er nicht mit ihr redete, drückte auf der langen, geraden Straße aufs Gaspedal, bis eine Kurve kam, mit Schlaglöchern, die ihren Reifen ziemlich zusetzten. Also schaltete sie wieder einen Gang runter. So einen großen Einsatz musste sie noch nie leiten. Zwar hatten sie in ihrer Ausbildung gelernt, in größeren Gruppen zu agieren, aber es gab immer andere, die die Chefs waren, Männer wie Razorn. Sie merkte, wie sie immer nervöser wurde, entschied sich aber, die Sache gut zu machen. Vielleicht hatte es Wiebke Wenzel deswegen so weit gebracht, weil sie gerne die Führung übernahm. Sandra wusste von sich noch nicht, ob sie so eine Anführerin sein könnte, bisher leitete sie ja nur die Polizeiwache von Rheinsberg. Weil ihr erster Chef Paul nicht mehr aufgetaucht war, hatte sie seine Position eingenommen. Erst kommissarisch und dann regulär. Sie war in ihrem Gehalt hochgestuft worden, an Schmidt vorbeigezogen, weil der den schlechteren Schulabschluss hatte. Völlig ungerecht, wie sie beide fanden, aber so war das eben. »Im Westen«, wie Schmidti nicht müde wurde zu betonen. Paul hatte sie immer allein losgeschickt, »du machst das schon«, hatte er ihr gesagt, wenn sie einen Einbruch aufnehmen musste oder einen besoffenen Randalierer aus der Kneipe holte.

Wieder kamen sie durch ein Waldstück, wo rechts und links zersägte Bäume lagen, die der Sturm umgeworfen hatte. Ein paar zersplitterte Stümpfe, aus denen spitze Reste ragten, hatte man stehen lassen. Die schwarz-weißen Pfosten, die nachts den Autofahrern halfen, die Straßenbegrenzung zu erkennen, waren fast alle umgelegt. Wie schlafende Spielfiguren, die darauf warteten, bis es wieder Nacht wurde, um erneut zum Leben zu erwachen. Die Kollegen in den orangenen Arbeitsanzügen mit den Motorsägen machten gute Arbeit. Sie waren die Ersten, die nach solchen Unwettern loszogen und die Straßen wieder frei machten. Männer, die sich vor körperlicher Arbeit nicht scheuten, wie ihr Vater, ein Maurer, mit großen schwieligen Händen und lustigen Augen. Sie liebte ihren Vater, aber zuletzt hatten sie einen ziemlichen Streit, weil er nicht verstehen wollte, warum sie sich mit einem bolivianischen Gitarristen eingelassen hatte. Sanchez und sein Orchester waren während der Pandemie in Rheinsberg gestrandet. Sie waren nach Deutschland zu einer Tournee eingeladen worden, hatten mit einem Orchester aus Berlin in der Musikakademie neben dem Schloss geprobt, wollten noch weitere Konzerte geben, doch dann kam der Lockdown. Sie durften nicht mehr aus Rheinsberg weg, die Konzerte wurden abgesagt, auch die Rückreise nach Bolivien durften sie nicht antreten, weil ihr Heimatland nur noch leere Flugzeuge landen ließ. Der bolivianische Botschafter aus Berlin kündigte sich an, wollte anreisen, um seinen Landsleuten Schokolade und Shampoo vorbeizubringen. Der Bürgermeister rief bei ihr an und bat sie, mit dem Orchester Verbindung aufzunehmen und für die Sicherheit des Botschafters zu sorgen. So lernte sie Sanchez kennen. Er lachte sie gleich an, mit seinem offenen Gesicht, aus dem große braune, melancholische Augen schauten. Ein kleiner, attraktiver Mann, dem sie half, Geschenke für seine Töchter und seine Frau zu besorgen. Zweimal besuchten sie ein älteres Ehepaar aus Hamburg in ihrem Trödlerladen. Sie hatte das blaue Kleid mit den gelben Punkten an. Sanchez kaufte zwei Porzellantassen, ein rosafarbenes Sparschwein und eine Puppe in einem langen Kleid mit einem Keramik-kopf. Sie half ihm, alles gut zu verpacken und nach La Paz zu schicken. Als sie in ihrem Bett nebeneinanderlagen, erzählte er ihr von seinem Erstaunen, wie viel Weiß es in Deutschland gibt. Hier hatte er zum ersten Mal Schnee kennengelernt und die großen Vögel, die Schwäne, deren Federn er sehr weiß fand. So weiß wie ihre Haut. Er hatte sich Deutschland dunkler vorgestellt. Sie wussten beide, es würde nur eine kurze Zeit sein, eine kleine Liebe im Früh-ling, in der sie seine Musik hörte, die Musik der Indigenen, der Aymara.

Nach zweieinhalb Monaten durften sie wieder reisen. Als sie an Pfingsten in den Bus stiegen, um nach Frankfurt zum Flughafen zu fahren, hatte sie Tränen in den Augen. Das ganze Orchester umarmte sie, alle mit Masken.

Am Abend des Pfingstsonntags, als sie bei ihren Eltern zum Essen war, wie jedes Jahr, quoll ihr Herz über und sie schwärmte von den tollen Menschen aus Bolivien. Doch ihr Vater machte nur blöde Sprüche, fragte sie, ob sie mit einem von »denen« was gehabt hatte, so sehr, wie sie schwärmte. Und dann nickte sie und lachte, ja, gab sie zu, mit Sanchez, einem Gitarristen. So begann der Streit mit dem Vater. Ihre

Mutter staunte nur, räumte den Tisch ab, schüttelte den Kopf. Inzwischen redeten sie wieder miteinander.

Die Straße wurde schmaler, Asphalt und Kopfstein wechselten sich ab. Razorn hatte noch immer nichts gesagt. Er saß wie ein Tourist neben ihr und schaute aus dem Fenster, betrachtete die Bäume und Felder, auf denen noch nichts wuchs, während sie an den fast haarlosen Körper ihres Geliebten aus Bolivien dachte, dem sie manchmal eine E-Mail schrieb. Schließlich bog sie in die Straße mit den Pflastersteinen vor dem Gutshaus ein, hielt vor dem Tor, Razorn und sie stiegen gleichzeitig aus. Hinter ihr hielten die blauweißen Transporter, die mächtig wirkten, eine Besatzungsmacht, die auf Befehle wartete, um die Herrschaft über das Landgut zu übernehmen. Sandra zog sich ihre Polizistenmütze auf, zupfte sich ihre Hose zurecht, dann schritt sie zur Haustür des Gutshofs und klopfte. Wieder erschien Wala von Anschütz, der sie den Durchsuchungsbeschluss vor die Nase hielt und erklärte, es gäbe den Verdacht, dass hier ein Mädchen, Viktoria Ebuk, gefangen gehalten würde. Der hier ansässige Anselm Molder sei zur Fahndung ausgeschrieben, wer ihn versteckt halte, mache sich strafbar. Die Frau, die hier über ein ganzes Dorf herrschte, schaute sie nur eisig an, drehte um und beeilte sich, ihren Anwalt anzurufen. Sandras Nervosität verflog, es fühlte sich gut an, die Kollegen anzuweisen, die Gesindehäuser auf der anderen Straßenseite zu durchsuchen. Razorn stürmte mit ein paar Polizisten in das Gutshaus, Wala von Anschütz hinterher. Nach und nach kamen die empörten Bewohner zusammen, bauten sich vor den bewaffneten Kollegen auf, um sie am Betreten ihrer Häuser zu hindern und sich zu beschweren.

Sie erkannte ihn nicht gleich. Mark Schulzvogel trug jetzt einen dichten Bart und lange Haare, die mit einem Band zusammengehalten wurden. Er war ihr erster fester Freund nach der Schule gewesen, fünf Jahre waren sie zusammen. Als sie in Oranienburg die Polizeiakademie besucht hatte, sahen sie sich nur noch am Wochenende. Er hatte eine Lehre als Automechaniker begonnen. Abends motzte er mit seinen Freunden kleine Autos auf, freute sich an dem tiefen Brummen der Motoren und schaute sonntags Formel-1-Rennen. Dann ließ er sich immer fürchterlichere Tattoos stechen und kniff ihr in den Bauch, nannte sie eine fette Bullenkuh. Sie heulte tagelang, ließ sich von ihm erniedrigen, machte Hungerkuren, bis sie ihn eines Tages vor der *Eiszauberei* mit einer Russin traf, die lange rote Fingernägel hatte. Die Wut gegen diesen Mann trug sie noch immer in sich, als sie ihn jetzt vor einem dieser Häuser erkannte. Hinter ihm stand eine Frau mit Kopftuch, die ein Kleinkind auf dem Arm hielt. Sandra legte ihre rechte Hand auf die Dienstwaffe, die sie auf ihrer Hüfte trug, und ging auf ihn zu. Er verschränkte die Arme vor der Brust, die Hemdsärmel hochgekrempelt, sie erkannte die schwarzen und grünen Motive wieder, die er sich damals auf die Haut hatte stechen lassen.

»Hier kommt ihr nicht rein«, bellte er sie an. Sie ging langsam auf ihn zu, lächelte zu der Frau und dem Kind.

»Hallo, Mark«, sagte sie leise, »du hast also jetzt Familie.«

»Das geht dich einen Dreck an. Haut ab, das ist unser Land«, rief er ihr entgegen.

»Genau genommen ist das hier das Grundstück von Frau von Anschütz und das Land heißt Deutschland, Bundesland Brandenburg. Ein Richter dieses Landes hat einen Durchsuchungsbeschluss ausgestellt, den wir, die Polizei dieses Landes, durchsetzen werden.« Sie spürte, wie viel Abscheu in ihrer Stimme lag. In ihrem Rücken standen drei Polizisten in Kampfmontur, bewaffnet mit Maschinenpistolen, über den Köpfen schwarze Hauben, aus denen nur Ausschnitte der Gesichter herausschauten.

»Mark Schulzvogel, wenn du uns den Zutritt zu diesem

Gebäude verweigerst, müssen wir dich leider verhaften«, sagte sie ihm scharf.

»Du blöde Schlampe!«

Es ging sehr schnell. Sie zog ihre Waffe aus dem Halfter und hielt sie Mark an den Kopf, sie konnte seinen Körper riechen, eine fettige Mischung aus Kartoffeln und Schweiß. Die Kollegen traten neben sie, zogen ihm die Hände hinter den Rücken und legten ihm Handschellen an. Sie wollten ihn abführen, aber sie übernahm das selbst, sie war die Einsatzleiterin. Sie griff in die metallenen Bügel und zog ihm die Arme hoch. Das Kind auf dem Arm der Mutter fing an zu heulen.

»Los«, befahl sie ihm, als sich sein Oberkörper nach vorn beugte und er zu straucheln begann. Er fiel nicht, er ging los, versuchte seine Arme nach unten zu ziehen, aber sie stemmte sich dagegen. Er musste Schmerzen haben, gab jedoch keinen Laut von sich, atmete nur schneller. Kurz vor einem der Polizeitransporter sprang er zur Seite, rannte los, aber sie holte ihn ein und trat ihm in die Kniekehlen, sodass er zu Boden stürzte. »Steh auf, du!«, sagte sie laut. Unbeherrschbar schüttete ihr Körper große Mengen Adrenalin in ihr aus, Wut auf diesen Mann und auf ihren Vater, auf all die Kerle, die glaubten, ihr sagen zu können, wer sie ist und wie sie leben soll. In diesem Augenblick erschien Razorn in der Tür des Gutshauses und schaute sich nach ihr um. Er hatte sie gehört, sah in ihr verzerrtes Gesicht und winkte sie zu sich.

Ein Polizist eilte herbei, und sie befahl ihm, Mark festzusetzen und die Personalien aufzunehmen. Falls er nicht kooperierte, müsse er in eine Arrestzelle überführt werden. Es war eine fremde Stimme, die diese Anweisungen gab. Razorn schaute sie mit zusammengekniffenen Augen an, doch er kommentierte die Situation nicht.

»Der Keller steht zum Teil noch immer unter Wasser. Es gibt einen Raum, den solltest du dir mal anschauen. Da könnten sie das Mädchen festgehalten haben. Die Kollegen nehmen Spuren auf. Molder scheint nicht da zu sein«, informierte er sie.

»Und sie?«

»Telefoniert herum.«

»Hat der Molder hier ein Zimmer?«

»Ja«, meinte Razorn.

»Gut. Dann zeig mir mal den Keller.« Sie ging an ihm vorbei, und er folgte ihr und der finsteren Wolke aus Anspannung und Entschlossenheit, die sie um sich gehüllt hatte.

Der Fußboden im Keller war nass und glitschig, an den Wänden klebte brauner Schlamm, vorsichtig setzten sie die Füße auf, starke Taschenlampen wiesen den Weg. Sie hatten den Strom hier unten abgestellt, weil es noch zu feucht war. Sandra sah sich genau in dem Raum um, den Razorn ihr zeigte, auch hier alles überzogen von einer braunen Schmiere, sie besah sich den kleinen Tisch, den Stuhl und das schmale Bett. Die Wände strahlten eine hässliche, schmutzige Boshaftigkeit aus, als würden sie ihr bestätigen wollen, dass sie vor Kurzem hier Menschen eingesperrt hatten. Sie zeigte auf den Schacht, der zu dem kleinen Fenster führte.

»Zu was hat das einmal gedient? Kartoffeln? Kohlen? Lüftung?«

Sie drehte sich zu Razorn um, zu seiner Silhouette, denn sein Gesicht konnte sie nicht sehen. »Keine Ahnung. Ist das ermittlungsrelevant?«

Sie antwortete ihm nicht, dieser Raum verursachte ihr Übelkeit, ihre Nackenhaare stellten sich auf, und in ihrem Bauch rumorte es. Sie drehte sich um, ging los, Razorn und der Polizist, der die andere Taschenlampe hielt, folgten ihr.

»Lag irgendetwas auf dem Tisch, als ihr reingekommen seid?«, fragte sie, als sie vorsichtig die Treppe hochstieg.

»Nein«, sagte Razorn.

»Seltsam. Warum stellt man einen Tisch und Stuhl in so eine Zelle? Wir machen das nur bei Langzeitgefangenen.«

»Damit sie schreiben können«, antwortete ihr Razorn, »wenn Menschen schreiben und lesen können, drehen sie nicht so schnell durch.«

Als sie wieder im Erdgeschoß ankamen, traf sie auf Kollegen, die helle Kisten mit Material aus Anselm Molders Zimmer wegtrugen.

Sandra betrat den großen zentralen Raum des Gutshofs, wo ein großer Tisch, Stühle, ein schweres Sofa sowie eine massive Holzvitrine standen. Mehrere Geweihe schmückten die bräunlichen Wände. Nur die Deckenlampe, die ein blaues Licht warf, war aus diesem Jahrhundert. Wala von Anschütz hielt ein Mobiltelefon in der Hand, schaute zu ihr hin, stand aber nicht auf. Sandra stützte die Hände in die Hüften, nickte leicht.

»Was haben Sie mit dem Mädchen gemacht?«

»Welches Mädchen denn? Das ist alles eine große Scharade. Damit kommen Sie nicht durch. Das hat Folgen«, sagte Wala von Anschütz. Wenn sie sprach, breitete sich die gleiche Kälte aus, die Sandra im Keller gespürt hatte.

»Wo ist Molder?«, kam von Razorn.

»Das weiß ich nicht. Sie halten uns von der Arbeit ab.«

»Da unten im Keller war Viktoria Ebuk eingesperrt. Wo ist sie?«, fragte Sandra erneut.

»Wir sperren niemanden ein. Ich werde nicht weiter mit Ihnen sprechen. Mein Anwalt wird sich bei Ihnen melden.«

Sandra machte zwei Schritte auf sie zu, ihre Hände verkrallten sich in einer Stuhllehne, wieder spürte sie ihre Eingeweide. Sie hasste diese Frau. Razorn legte ihr eine Hand auf die Schulter, machte eine kleine Bewegung mit dem Kopf, mit der er sie aufforderte, mitzukommen und das Duell mit der anderen Frau zu beenden. Sandra richtete sich auf, schaute die Gutsbesitzerin mit kalten Augen an, verließ schnell den dunklen Raum, ging nach draußen und atmete tief ein. Sie hatte ihre Gefühle nicht im Griff, sie wurde von

Wellen von Wut überschwemmt, das war nicht professionell, aber es war ihr egal. Der Truppenführer kam auf sie zu und schüttelte den Kopf. In keinem der Häuser hatte sich Molder versteckt, sein Zimmer war durchsucht worden, mögliche Beweise sichergestellt. Einige Männer trugen auch aus den anderen Häusern helle Kisten heraus und verfrachteten sie in die Polizeitransporter. Es fanden sich ein Paar Nazidevotionalien, aber keine Waffen, nichts, was für eine Anklage ausreichte. Zu den harten Schritten der Polizistenstiefel auf dem Kopfsteinpflaster war ein leises Rascheln der Blätter in den Bäumen zu hören. Sie waren noch zart, das Grün schob sich aus den Ästen, aber erst im Mai würden sie sich ganz entfalten. Nach den schweren Stürmen schien eine Leichtigkeit in der Luft zu liegen, die Sandras Brust nicht erreichen konnte. Sie ging mit Razorn bis zum Ende der gepflasterten Straße, dahin, wo sie schon einmal waren, wo das Haus von den Röters stand. Beide spürten ein Zögern, denn jeder Schritt, den sie hier machten, schien ins Leere zu führen. Sie entschieden sich, das Haus der Röters nicht gleich zu durchsuchen. Sie würden doch nur traurige, dunkle Zimmer mit bösen Menschen finden, Sandra wollte mal kurz durchatmen.

Sie standen wieder am Rand der Felder, sahen auf den Wald und auf die kleine Kapelle. Die kleine Kirche machte den Anschein, als würde sie schon lange da stehen und zu dem Land und den Äckern gehören. Unschuldig, wie ein kleines spielendes Kind. Sie blickten sich an und gingen dann zu dem kleinen Gotteshaus. Die Felder rechts und links waren gepflügt, in den Furchen der dunklen Erde trieben die Kartoffeln ihre Sprossen aus und suchten nach Nahrung. Schon als sie näher kamen, rochen sie verbranntes Holz. Es war irritierend, denn die in Brandenburg seltenen frei stehenden Kapellen umwehten eher Moder und Vergessen oder, wenn sie noch genutzt wurden, eine Ahnung von Weihrauch. Sie versuchten durch das einzige kleine Fenster zu sehen, das eingeschlagen war, konnten aber nichts im Innern erkennen. Das Schloss der festen Holztür sah benutzt aus, Razorn beugte sich und betrachtete es genauer. Er klopfte gegen die Tür, legte sein Ohr an, aber es war kein Laut zu vernehmen. Sandra sprach in ihr Sprechfunkgerät und bat einen Kollegen, nach dem Schlüssel der Kapelle zu fragen, auch sollten Kriminaltechniker zu der Kapelle kommen. Sie warteten nur wenige Minuten, dann knisterte das Funkgerät und ein Polizist gab die Nachricht durch, dass der Schlüssel für die Kapelle nicht auffindbar sei.

»Dann schick jemanden her. Mit einem Brecheisen«, befahl sie scharf. Durch Razorns Gesicht ging eine Regung.

»Dieser Einsatz hier«, sagte er vorsichtig, »der lässt dich nicht kalt, was?«

Sandra kickte einen Stein weg, wollte ihm nicht antworten. Lieber schaute sie in den Wald hinter der Kapelle.

»Kanntest du den Burschen, den du da festgenommen hast?«, fragte Razorn nach.

»Ja«, antwortete sie unfreundlich, »er ist ein Arsch.«

Razorn gab ein Brummen von sich.

»Wir sind quitt. Okay? Mir brennen bei diesen Leuten auch die Sicherungen durch. Wolltest du mir das sagen?«

»Ich will dir nichts sagen«, gab er zurück.

»Du hast mir die Einsatzleitung gegeben, um mich zu testen. Ob ich cool bleibe.«

»Nein. Du machst das gut. Es geht nicht ohne … Engagement.«

Sie drehte sich zu ihm um und wollte ihm antworten, aber da hörten sie eine Frauenstimme, die »Halt. Das dürfen Sie nicht!« schrie. Hinter einem Kollegen, der eine Brechstange in der Hand trug, rannte Erika Röter her und versuchte, ihn festzuhalten. »Nein!«, schrie sie flehentlich und hoch. Der Mann mit dem Eisen ging etwas schneller und erreichte als Erster Razorn und Mechtigkeit. Er gab Sandra die Brechstange und drehte sich zu der Frau um, breitete die Arme aus, um sie aufzuhalten.

»Sie dürfen da nicht rein!«, schrie Erika Röter.

»Das dürfen wir sehr wohl. Beruhigen Sie sich«, sagte Razorn. Die aufgebrachte Frau versuchte, an den Männern vorbeizukommen, aber sie hielten sie fest. Sandra setzte das schwere Brecheisen an, es knirschte, das Holz war fest, aber nach drei Versuchen brach das Schloss und die Tür sprang auf.

Der starke Geruch nach Holzkohle traf sie als Erstes, dann schaltete sie ihre Taschenlampe an und blickte in einen seltsam gestalteten sakralen Raum. Es war, als ob sich eine Wunde öffnet und sich das rohe Fleisch des Körpers zeigt. Die Schreie und Flüche der Frau klangen wie die Schmerzenslaute, die den schmerzhaften Blick ins Innere des Körpers begleiteten. Bis auf eine große, runde, metallene Schale im Zentrum war die Kapelle leer geräumt. Es gab keine christlichen Zeichen. In der schwarzen Schale lagen graue Reste von Asche und Holz. Auf dem Boden neben der Schale stapelten sich Holzscheite. Die Wände rechts und links strahlten in einem kräftigen, glänzenden Gelb, überzogen von schwarzen Schlieren. Auf der rechten Wand war ein Baum gemalt, in grünen und braunen Tönen. Die Baumkrone breitete sich über die Decke aus, als ob sie das Dach der Kirche durchbrechen wollte.

»Das dürft ihr nicht«, schluchzte Erika Röter. Sie warf sich auf die Knie und legte sich auf den Bauch, ihre Hände krampften sich in die Erde.

Razorn kniete sich zu ihr nieder und bat sie aufzustehen. »Was ist das hier?«, fragte er sie. Aber sie bewegte sich nicht, atmete in die Erde. Razorn nickte dem anderen Polizisten zu und bat ihn, die Frau im Auge zu behalten.

Er trat zu Sandra Mechtigkeit in das seltsame Heiligtum hinein.

»So eine Art Opferstelle«, meinte sie.

Vor der Kapelle kam Erikas Mann, Heinrich Röter, angerannt, beugte sich zu ihr hin, redete ihr zu und half ihr auf. Zwei Kriminaltechniker, die glänzende Koffer in der Hand trugen, kamen jetzt ebenfalls an.

Sandra und Razorn baten die Spezialisten, sich gut umzusehen und Proben zu nehmen, vor allem die Schale sollte gründlich untersucht werden.

»Am besten, wir nehmen sie mit, so wie sie ist«, schlug einer der Männer vor.

»Macht das«, stimmte Sandra zu, »wer weiß, was die da drin alles verbrannt haben.«

»Vielleicht sollten wir uns das Haus der Röters doch mal genauer anschauen«, schlug Razorn vor.

Heinrich Röter führte seine Frau von der Kapelle weg, redete weiter auf sie ein. Ihnen kam ein Polizeitransporter entgegen, der auf die Kapelle zuhielt. Röter musste die Frau zur Seite ziehen, die jetzt wieder schrie: »Das dürft ihr nicht!« Razorn und Mechtigkeit folgten den beiden.

Sie betraten die Küche durch den kleinen Garten an der Rückseite des Hauses, wo sie die beiden schon einmal angetroffen hatten. Die Einrichtung war karg und zweckmäßig. Der Küchenschrank sah aus wie aus den fünfziger Jahren, weiß-beige, mit runden Ecken. Die Tischplatte war grau und glatt, unzählige Male abgewischt, die Stühle sahen unbequem aus, wie das Gesellenstück eines Schreinerlehrlings. Es roch nach Erde, Kohl und Kartoffeln, im Flur standen Gummistiefel und Plastikschuhe für den Garten. Sie schauten in das Wohnzimmer, wo die beiden Röters steif auf einem braunen Sofa saßen und durch eine Gardine nach draußen schauten. Sie bewegten sich nicht, wie Wachsfiguren, grau und müde, ohne Seelen. Sandra und Razorn gingen die schmale Treppe ins Obergeschoss, wo sich das Schlafzimmer des Ehepaars befand. Die beiden schweren Daunendecken waren zurück geschlagen, die Bettbezüge zierten kleine rote Rosen, es gab eine helle Schrankwand, die noch nicht so alt war wie die anderen Möbel im Haus. Neben dem Schlafzimmer befand sich ein kleines Zimmer mit einem schmalen Bett, einem kleinen Schreibtisch und einem Stuhl sowie einem Schrank. Auch hier alles schmucklos, eher wie eine Mönchskammer, aber es war wohl das ehemalige Mädchenzimmer. Warum gab es das Zimmer noch? Als Erinnerung oder als Einladung an das verschwundene Mädchen, wieder zurückzukehren? An den Zimmerwänden, die mit alter Raufasertapete beklebt waren, hingen zwei vergilbte Landschaftsbilder, in Wasserfarben auf DIN-A4-Blätter gemalt. Auf einem war die kleine Kapelle zu sehen, auf dem zweiten eine grüne Insel in einem See. Wer hatte diese Bilder gemalt? Das Mädchen? Die Frau oder der Mann? In jeder Ecke der Gemälde steckten rostige Reißnägel. Razorn machte Fotos mit seinem Smartphone.

Sandra öffnete den Schrank, in dem mehrere Mädchenkleider auf Bügeln hingen. In den Fächern lagen ordentlich gefaltet Hemdchen und Unterwäsche. Razorn schlug vor, Wäsche des Mädchens mitzunehmen, falls sie irgendwann DNA-Spuren brauchen würden. Die Stoffe der Kleidungsstücke, die Sandra Mechtigkeit mit ihren weißen Gummihandschuhen anfasste, hatten zum Teil Schimmel angesetzt, wirkten verfallen, seit Jahren vergessen. Sie nahm sich eine Unterhose und ein Hemdchen und steckte es in eine Spurentüte. Drei weitere Polizisten hatten sich in dem Haus verteilt und durchsuchten jede Schublade, jeden Schrank, jede Ecke.

Als Sandra und Razorn die Wohnstube betraten, drehte Erika Röter ihnen das Gesicht zu und blickte sie voller Hass an, der Mann sah eher müde und unglücklich aus.

»Die beiden Bildchen da oben, in dem Kinderzimmer. Wer hat die denn gemalt?«, fragte Sandra vorsichtig.

Jetzt erhob sich der Mann und baute sich vor der Polizistin auf. Sie betrachtete die vielen Falten in seinem Gesicht, die sich tief eingegraben hatten. Die Bartstoppeln waren fast alle weiß, wie die kurzen Haare. Sie hätte ihn gerne nach seinem Alter gefragt, weil sie ihn für sehr viel älter hielt, als er vermutlich wirklich war. Er roch säuerlich, und sie dachte, so musste Unglück riechen, doch vielleicht roch das Unglück der Frau, die angespannt auf dem Sofa saß, noch intensiver.

Bevor Heinrich Röter den Mund aufmachte, nickte sie ihm zu und drehte sich um, ging an Razorn vorbei, durch die Küche und hinaus in den Garten. Sie holte tief Luft, füllte ihre Lungen mit frischem Sauerstoff, aber die Enge der beiden Menschen, die hinter der Gardine saßen, lag noch auf ihr, wie ein zu schwerer Wintermantel. Neben Razorn, den die Düsternis des Hauses ebenfalls angefallen hatte, ging Sandra den Weg zurück, bis zum Rand der Felder.

Von der Kapelle kam ihnen der Polizeitransporter entgegen. Dort zogen sich die Spurensammler mit ihren weißen Handschuhen die blauen Schutzüberzüge von den Schuhen und klappten ihre Metallkoffer zu. Das, was diese Kollegen zusammengetragen hatten, diese kleinsten Teilchen, die man nicht sehen und anfassen konnte, sollte ihnen helfen, die Verbrechen aufzuklären, die hier vor Jahren und vermutlich vor kurzer Zeit begangen worden waren.

Sandra reichte Razorn den Autoschlüssel. Sie war auf einmal müde und erschöpft von all den Schatten, die in dem Gutshof und den Häusern nach ihr gegriffen hatten.

»Bitte, fahr du«, sagte sie zu Razorn leise.

Auch auf der Rückfahrt sprachen sie wenig miteinander, sie brauchten Abstand zu der Kälte, zu dem Hass, der in den Menschen und Häusern steckte.

Als sie dann endlich wieder in die Räume der Polizeiwache zurückkamen, brachte ihnen Schmidti eine gute Nachricht: Viktoria Ebuk war in Berlin aufgetaucht, die Berliner Kollegen hatten sie aus einer Dachgeschosswohnung befreit. Aber sie war wieder abgehauen, noch wusste niemand, wo sie sich aufhielt.

Die Krankenschwester schob einen kleinen Wagen mit Schubfächern vor sich her, »guten Abend«, sagte sie leicht-hin. Sie schaltete das Deckenlicht des Krankenzimmers ein. Erstaunt öffnete Ebuk die Augen. Es roch nach Essen und Tee. Er war während des Tages immer mal wieder kurz wach, aber schlief wieder ein, versank in eine dunkle Traumwelt von Wäldern und riesigen Seen. Jetzt sah er die Frau in der weißen Kleidung, die Tabletts mit Speisen aus ihrem Wagen entnahm und den anderen Männern im Raum neben die Betten stellte. Während er ihre Tätigkeit beobachtete, kam lang-sam die Erinnerung zurück.

Sie kam an Ebuks Bett vorbei, und er blickte sie an. Sie hatte ein rundes freundliches Gesicht, dunkle Augen, blaue Lidschatten, die Augenbrauen bestanden aus scharfen Stri-chen, die Lippen waren rot, aber ungeschminkt, ihre schwar-zen Haare hielt sie hinter dem Kopf mit einer kräftigen Spange zusammen. Ihr Gesicht erschien ihm wie ein Bild, das vor ihm auftauchte.

»Ach! Das ist ja schön«, sagte sie. »Da sind Sie ja wieder. Guten Abend.« Ihr Kopf bewegte sich leicht von rechts nach links, wie bei einer indischen Tänzerin. Ebuk nickte ganz leicht, er räusperte sich.

»Yes, please …«, krächzte er, »wo bin ich denn hier?«

»Ah, er spricht Deutsch«, antwortete sie.

Ebuk drehte den Kopf zu den anderen Betten. Die drei Männer hatten sich ihm zugewandt, neugierig darauf zu er-fahren, wer der Schwarze war, der in der vergangenen Nacht eingeliefert wurde und bis jetzt geschlafen hatte.

»Na, im Krankenhaus«, kam von einem Mann mit Glatz-kopf, der im Bett neben Ebuk lag.

»Wir machen gleich mal die Aufnahme, wir wissen ja noch

gar nicht, wie Sie heißen«, erklärte die Krankenschwester freundlich.

Ebuk blickte sie eindringlich an, begann zu verstehen, dass er lange geschlafen hatte.

»Peter Ebuk«, sagte er, »mein Name ist Peter Ebuk. Entschuldigung, aber ...«

»Sie sind seit gestern Nacht hier«, informierte ihn die Krankenschwester.

»Ich kam aus dem Wald ...«, fällt Ebuk ein.

»Mit Polizei?«, erkundigte sich der Glatzkopf bei der Krankenschwester.

»Ich war nicht dabei. Aber das vermute ich mal. War ja ein Unfall.«

»Wirst du gesucht?«, fragte der Glatzkopf. Die Krankenschwester machte einen Schnalzlaut zu dem Mann hin, der sich daraufhin in seine Kissen zurückzog. Ebuk schaute den neugierigen Bettnachbarn an, dachte über seine Frage nach. Vermutlich hielt ihn der Mann für einen flüchtigen Verbrecher.

Die Krankenschwester ging wieder, versprach, gleich noch einmal zu kommen und nach ihm zu sehen.

Ein junger Mann, der im Bett am Fenster lag, beugte sich etwas hoch. In seinem Gesicht waren Blessuren zu sehen, der Kopf mit Verbänden umwickelt. Sein rechter Arm steckte in einem blauen Gipsverband.

»Das ist der Schwarze, der bei der Stadt arbeitet«, stellte er fest.

»Der bin ich, der Mann, der die Mülltonnen leert und die Straßen kehrt«, antwortete ihm Ebuk leise.

»Echt jetzt?«, fragte der Glatzkopf.

Ebuk nickte schwach und drehte sich in die andere Richtung. Er hatte noch nicht verstanden, wann und wie er in dieses Krankenhaus gekommen war. Vor sich sah er eine breite graue Tür, die vermutlich zur Toilette des Krankenzimmers führte. Gerne würde er aufstehen und dort hingehen, aber die Kanüle in der Vene seiner Hand hielt ihn davon ab. Wie ordentlich hier alles war, wie freundlich die Krankenschwester mit ihm gesprochen hatte.

Seinen Vater, den Arzt, durfte er im Krankenhaus nicht besuchen und nicht stören, denn er war ein wichtiger Mann, der immer sehr viel zu tun hatte. Als Ebuk noch ein Junge war, stürzte er einmal vom Fahrrad und war mit dem Knie auf scharfkantige Metallstangen geknallt, die ein Mann am Straßenrand mit einer Trennscheibe zuschnitt. Es tat höllisch weh und blutete heftig. Ebuk schrie sofort laut los. Der Mann stellte seine elektrische Trennscheibe aus, sah den blutenden Jungen vor sich und schrie nur: »Jesses!« Er kam zu Ebuk und hob den schreienden Jungen auf, gleich kamen Leute angerannt und kommentierten das Unglück: Es müsse genäht werden, er solle den Jungen ins Krankenhaus bringen. Eine Nachbarin, die den kleinen Peter Ebuk kannte, rief dem Mann zu, der Vater des Jungen sei ein Arzt im Krankenhaus. »Ask for Ebuk, ask for Ebuk, he is the doctor«, rief sie immer wieder. So begegnete er zum ersten Mal seinem Vater im Krankenhaus. Aber es war kein schönes Aufeinandertreffen, denn sein Vater schien sich von seinem gestürzten Sohn gestört zu fühlen. Er ordnete an, ihn auf eine grüne Liege zu legen, besah sich kurz das Knie, rief eine Schwester zu sich und sagte ihr, was zu tun sei. Er fragte ihn nicht, was passiert war, auch tröstete er ihn nicht. Es war nur einfach ein blutendes Knie von irgendeinem schreienden Kind von der Straße. Bei dem Mann, der ihn gebracht hatte, bedankte der Vater sich kurz, dann eilte er wieder davon, sein weißer Arztkittel umwehte ihn. Die Schwester machte einige schmerzhafte Verrichtungen an seinem Knie und legte anschließend einen Verband an. Sie machte kleine Scherze, wusch ihm das Gesicht mit einem feuchten Lappen ab, säuberte auch seine Hände und bat ihn, wieder aufzustehen. Er hüpfte auf einem

Bein, fragte nach seinem Vater, aber die Schwester bedauerte, der Doktor sei sehr beschäftigt, bestimmt würde er sich am Abend, wenn er wieder nach Hause komme, seine Wunde noch mal ansehen. Er könne froh sein, so einen tollen Vater zu haben, einen eigenen Doktor zu Hause, das hätten nicht viele Kinder. Aber auch am Abend hatte der Vater nicht viel Zeit für ihn. Er wickelte den Verband ab, besah sich die Wunde, nickte ihm zu, das wird schon, sagte er ihm, er soll beim Fahrradfahren besser aufpassen, sich mehr auf das konzentrieren, was er macht, und nicht an anderes denken. »Focus!«, ermahnte er ihn.

Noch ein weiteres Mal erlebte er seinen Vater im Krankenhaus, diesen wichtigen Mann, als er zum Direktor ernannt wurde. Es gab einen Empfang, der Bürgermeister und ein Minister kamen, die Reden auf den Vater hielten. Peter war etwa so alt wie Viktoria heute, eigentlich hatte er ein Fußballspiel, aber er musste sich schick machen und mit seiner Mutter, die sehr schön aussah, zu der Feier seines Vaters. Seine Mutter und er saßen in der ersten Reihe, hörten zu und klatschten. Alle, die eine Lobrede auf seinen Vater gehalten hatten, kamen irgendwann bei ihm und der Mutter vorbei und gratulierten ihnen. Es war seltsam, irgendwie schien es auch ihrer beider Verdienst zu sein, dass der Vater und Mann nun so einen verantwortungsvollen Posten bekommen hatte.

Ebuk stellte sich vor, wie sein Vater zu ihm, hier in Deutschland, in das Krankenzimmer käme, kurz seine Verletzungen anschaute, auf die Notizen der Krankenschwester blickte, ihr ein paar Anweisungen gäbe und ihm dann zunickte: »It's gona be fine.«

Aber sein Vater war schon ein paar Jahre tot, gestorben in seinem Krankenhaus, an Bauchspeicheldrüsenkrebs.

11

Es wurden Ladentüren aufgeschlossen, Gestelle für Obst und Gemüse aufgebaut, es roch nach Backwaren und Kaffee. Die Menschen, denen Viktoria an diesem Morgen begegnete, hatten wichtige Dinge zu erledigen. Sie waren nicht, so wie sie, morgens aufgewacht, ohne zu wissen wohin. Der Himmel gab sich ganz unscheinbar hellgrau, die Wut, mit der er sich in der letzten Nacht über der Stadt entladen hatte, schien verraucht. Sie hatte den Falafel-Laden rechtzeitig verlassen, die mürrische Besitzerin war noch nicht aufgetaucht, auch der nette Samir nicht. Sie fröstelte leicht, ließ sich treiben, hielt das Geld, das sie dem Ehepaar aus dem Geldbeutel geklaut hatte, mit einer Hand in der Hosentasche fest, wie um sich zu vergewissern, dass sie nicht ganz verloren war. Sie würde sich einen Kaffee und etwas zu essen kaufen können, oder auch einen Pulli, falls es kälter wurde. Mit lauter Sirene fuhr ein Polizeiauto an ihr vorbei. Sie trat ganz eng an eine Hauswand zurück, während sich ein paar junge Männer auf die Straße stellten und dem Streifenwagen hinterhersahen. Einer der Männer zückte sein Telefon und gab ein paar kurze Anweisungen, in einer Sprache, die Viktoria nicht verstand. Ein gelber Bus, der in eine Haltestelle einbog, drängte die Männer wieder zurück auf den Gehsteig. Viktoria sah den Menschen zu, die aus dem Bus ausstiegen. Sie folgte vier Mädchen in ihrem Alter, zwei von ihnen trugen eng anliegende Kopftücher. Sie hatten große Handtaschen oder Rucksäcke umgehängt, in denen sie vermutlich ihre Schulsachen mit sich trugen. Die beiden muslimischen Mädchen hatten enge Leggings an, weite Jacken und kräftige

Schnürstiefel. Ihre Wimpern standen wie Stacheln von ihren Augen ab. Auch die anderen Mädchen trugen Doc Martens, die eine ein Kleid mit großen schwarzen Punkten, die andere enge schwarze Jeans und einen schwarzen Pulli. Ihre Haare waren schwarz, gekräuselt und lang. Sie bauten hinter sich einen Sog von Energie, Bedeutung und schwerem Parfüm auf, dem sich Viktoria kaum entziehen konnte. Sie hörte Satzfetzen, in denen süße Jungs, Bitches und Hausaufgaben vorkamen. Immer mal wieder hielt eine von ihnen ihr Smartphone hoch, las eine Nachricht oder tippte einfach nur, um ihren Kontakt zu ihrer großen Community zu demonstrieren. Dann klingelte das Telefon eines der Mädchen, sie ging ein paar Schritte und hielt sich das Gerät horizontal abstehend an ihr Ohr. Viktoria hörte zuerst die Stimme eines Jungen, der sehr schnell sprach, dann ertönte der Rhythmus eines Rap-Songs. Das Mädchen blieb stehen, hielt das Telefon so, dass auch ihre Freundinnen mithören konnten, was der Junge vorspielte. Sie bewegte ihren Kopf und hob die Beine im Rhythmus des Songs leicht an. »Geil, Alter«, sagte sie, drehte sich von den anderen Mädchen weg, schaute zurück und Viktoria ins Gesicht. Sie schoss noch ein paar schnelle Sätze in Arabisch in ihr Smartphone, dann klickte sie den jungen Rapper wieder weg. Die beiden Mädchen standen sich gegenüber, Viktoria zitterte leicht, versuchte es mit einem Lächeln, das aber ihre Anspannung nicht verbergen konnte.

»Was geht, Bitch?«, sagte das Mädchen mit den langen Wimpern und dem beeindruckenden schwarzen Hijab. Jetzt drehten sich auch die drei anderen Mädchen zu Viktoria um und betrachten sie.

»Wer ist die denn?«, fragte eines der Mädchen.

»Die friert«, sagte die mit dem schwarzen Kopftuch. Sie musterte Viktoria, die die Arme um sich schlang. »Haste deine Jacke vergessen? Bist du krank?«

Viktoria konnte nicht antworten, schaute nur in die neugierigen Gesichter der Mädchen.

»Die spricht kein Deutsch.«

»Eritrea?«

»Nein, ich komme aus Rheinsberg«, brachte Viktoria raus.

»Was soll 'n das für 'n Land sein?«

»Brandenburg«, ergänzte Viktoria. Die Mädchen lachten schrill.

»Echt jetzt? Da gibt es Schwarze?«

»Ich bin die Einzige da«, ergänzte Viktoria. Es klang traurig.

»Da würde ich auch abhauen«, sagte das Mädchen, das schwarz angezogen war.

»Ey, wir müssen«, sagte die Anführerin. Sie wendeten sich um, gingen weiter, überlegten, wer von ihnen schon mal in Brandenburg war. Viktoria blieb zurück. Das Mädchen in der schwarzen Kleidung drehte den Kopf, kam noch mal auf Viktoria zu.

»WhatsApp?«, fragte sie. Viktoria nickte.

»Ich bin Rania«, sagte das Mädchen.

»Viktoria. Mein Handy wurde geklaut …«

»Echt, ey? Krass!« Sie zog einen Stift aus ihrer Jacke, nahm Viktorias Arm und kritzelte ihre Telefonnummer auf die Haut. Dann rannte sie los und holte ihre Freundinnen wieder ein. Sie drehten sich alle noch einmal zu Viktoria um, als sie die schreckliche Nachricht erfuhren, dass deren Handy gestohlen worden war. Viktoria wünschte sich, sich ihnen anschließen zu können, mit ihnen über Jungs und Musik zu reden. Was hatte sie in diesem Kaff in Brandenburg zu suchen? Sie würde hierher kommen, nach Berlin, und so sein wie diese Mädchen. Aber zuerst musste sie zurück. Sie würde Angelika zur Rede stellen und Benni und seinem verlogenen Nazi-Bruder die Meinung sagen. Wofür hatte sie einen Vater, der Polizist war? Sie würden diesen Typen, der sie entführt hatte, finden, verhaften und ins Gefängnis bringen. Dann bekamen sie Asyl und deutsche Pässe. Ihr Vater würde in Deutschland Polizist, und sie konnte nach Uganda zu ihrer Großmutter reisen. Zusammen kümmerten sie sich um das Grab ihrer Mutter, und zusammen konnten sie weinen. Wenn sie wieder in Deutschland wäre, könnte sie mit ihrem Vater nach Berlin ziehen …

»Hey, Hey, Mädchen!«, rief ihr ein Mann zu, mit dem sie fast zusammengestoßen wäre. Er hielt eine sehr große zylindrische Kanne an einem waagerecht abstehenden Holzstil fest. Als sie stehen blieb, ging er an ihr vorbei, zu zwei Männern mit schwarzen Bärten, die auf Stühlen vor einem Geschäft saßen, auf dessen Schaufenster »Barber« stand, und goss ihnen aus der großen Kanne Tee in kleine Gläser. Weil sie nur dastand und glotzte, fragte der Mann mit der großen Kanne, ob sie auch einen Tee möchte. Viktoria nickte, und so bekam sie ebenfalls ein Gläschen, das sie endlich wärmte. Berlin war eine freundliche Stadt, stellte Viktoria fest.

Statt seines Vaters kam die Krankenschwester zurück. Sie hatte ein Tablet in der Hand, stellte sich neben sein Bett und tippte auf dem Bildschirm herum, wobei sie ihre Nägel – sie waren rot lackiert, aber rund geschnitten – etwas behinderten. Ebuk sah zu ihr hoch und konnte das Namensschildchen auf ihrem weißen Kittel lesen. »Schwester Golbahar« stand da.

»Okay«, sagte sie. Sie fragte ihn nach Namen, Geburtsdatum, Wohnort, Versicherung, Arbeitgeber. Die Antworten, die Ebuk ihr gab, tippte sie mit einem Finger ein. Klack, klack, klack. Als Ebuk ihr sagte, er arbeite für die Stadt, lachte sie.

»Ah, ein Kollege.«

Dann zog sie ihm die Kanüle, klebte ein Pflaster auf die Stelle, erklärte ihm, sie hätten ihm Nährlösung gegeben, denn er war ohne Bewusstsein, völlig entkräftet und unterkühlt letzte Nacht eingeliefert worden. Er sei lange bewusstlos gewesen, vermutlich wegen einer Gehirnerschütterung. Die Schulter habe er sich bei einem Sturz geprellt, und am Oberarm habe er eine Schnittverletzung. Ebuk fragte erschrocken, ob er wirklich den ganzen Tag weggetreten war? Die Frau leuchtete ihm in die Augen, fragte, ob ihm der Kopf noch wehtue. Ebuk verneinte, er würde gerne aufstehen, sagte er, er habe eine Tochter, um die er sich kümmern müsse. Doch die Frau machte wieder den Schnalzlaut, wackelte mit dem Kopf von rechts nach links, ihre Bewegung hatte etwas Tänzerisches. Sie sagte: »You know, my dear …« Der Arzt käme erst morgen früh wieder, solange müsse er noch hierbleiben, er könnte ja die Tochter anrufen.

»Bestimmt können Sie das Telefon eines dieser Gentlemen nutzen.« Sie zog die Augenbrauen hoch und schaute prüfend in die Gesichter der drei anderen Männer, die aufmerksam das Gespräch verfolgt hatten. Der Mann am Fenster mit dem verbeulten Gesicht sagte: »Kann er.« Schwester Golbahar lächelte, wünschte den Männern noch einen schönen Abend und entfernte sich. Der Glatzkopf nebenan murmelte etwas von der strengen Inderin, vor der man sich in Acht nehmen müsse.

Mühsam setzte sich Ebuk im Bett auf, spürte in seinen Körper hinein, bewegte den Kopf ganz leicht von rechts nach links. Dann stellte er die Füße auf den sauberen, kühlen Boden und richtete sich auf. Mühsam pumpte sein Herz das Blut durch den Körper. Es fühlte sich noch etwas wackelig an, aber es würde gehen. Er hielt sich an den Betten fest, als er langsam zu dem Mann am Fenster tappte. Unter seinem nach hinten offenen Krankenhaushemd war er nackt. Er merkte es erst nicht, denn seine ganze Aufmerksamkeit wurde von seinen Gehversuchen beansprucht. Dann hatte er das Bett am Fenster erreicht.

»Du warst neulich aufm Platz. Vier Tore. Stimmt's?«, stellte der Mann fest.

Ebuk bejahte. »Ich muss einen Kollegen anrufen«, erklärte sich Ebuk, »damit er mich hier abholt. Ich muss zu meiner Tochter.«

Der Mann nickte zu seinem Nachttischchen, Ebuk zog eine Schublade auf und reichte das Gerät dem Mann.

»Keine PIN«, sagte er, »wähl einfach.«

Ebuk nahm das Telefon in seine Hand, suchte nach dem Internetbutton, gab den Namen ›Kevin Rettling‹ ein. Dann wählte er die Nummer des Kollegen, der sich tatsächlich meldete. Ebuk erklärte ihm seine Situation, bat ihn, ins Krankenhaus zu kommen, sich nicht abwimmeln zu lassen und ihm Klamotten und Schuhe mitzubringen.

»Die glotzen hier auf meinen nackten schwarzen Arsch«, sagte Ebuk, und das Lachen von Kevin ertönte im Telefon.

Als sie im letzten Zug saß, der von Berlin nach Rheinsberg fuhr, begann Viktoria sich Sorgen um ihren Vater zu machen. Sie war zweimal in einen der Lycamobil-Läden gegangen, um ihren Vater zu erreichen, um zu hören, ob sie nach Hause kommen könnte. Aber er ging nicht ans Telefon, und sie hatte sich über ihn geärgert. Es war ihm offensichtlich egal, wo sie abgeblieben war, sonst hätte er sein Smartphone eingeschaltet. Er konnte doch nicht so blöd sein und vergessen haben, den Akku aufzuladen oder das Ding zu verlieren! Nicht ihr Vater. Trotzig fuhr sie mit der U-Bahn zu einigen Haltestellen, deren Name sie schon einmal gehört hatte: Kottbusser Tor, Alexanderplatz, Kurfürstendamm, Nollendorfplatz. Jedes Mal stieg sie aus, aber sie betrat eine Welt, die sie nur anschauen konnte, wie eine Kulisse, in der Menschen umhergingen, sich unterhielten, mit denen sie aber nichts zu tun hatte. Sie merkte, wie sie Zeit verplemperte, wie sie ihrem Umherirren einen Sinn geben wollte, sich vorstellte, sie wäre eine Touristin, die in Berlin zu Besuch ist, doch die Gedanken an ihren Vater, an ihre Mutter, an den Entführer holten sie ein, als ob ihr Kopf ein Loch hätte, aus dem bei jedem U-Bahnhof eine neue Frage oder ein Kommentar zu ihrem Leben herausströmte. In einem Secondhandladen erstand sie eine weiße Adidas-Kapuzenjacke. Die Armbündchen waren schon ein wenig ausgefranst, so wie es sein musste. Jetzt fühlte sie sich der Stadt angemessen angezogen. Sie wollte unbedingt auch so kräftige schwarze Doc Martens wie die Mädchen, die sie heute Morgen getroffen hatte, aber die gab es nicht in ihrer Größe, sie waren zu gefragt.

Im Zug stülpte sie sich die Kapuze über den Kopf. Sie war hundemüde. Der staubige Geruch des Klamottenladens legte sich um sie, sie roch an sich und stellte fest, dass sie dringend duschen und etwas Frisches anziehen müsste. Eigentlich hasste sie es, so ungewaschen zu sein. Sie kannte die Vorurteile der Weißen, schwarze Menschen würden anders riechen. Sie war von einem Weißen entführt und eingesperrt worden, seit gestern Nacht war sie unterwegs, hatte nicht duschen und ihre Kleidung nicht waschen können. Jetzt wollte sie nur noch nach Hause, in ihr kleines Zimmer, in diesen hässlichen Klotz, in dem sie lebten. Aber es waren ihr Zimmer und ihr Bett, ihre Schulsachen, ihre Kleidung und ihr Foto von ihrer Mutter. Als der Zug anfuhr, machte sie die Augen zu und schlief schnell ein. Eine Kontrolleurin weckte sie und wollte ihr Ticket sehen, sie zeigte es ihr und machte die Augen wieder zu, konnte aber nicht mehr einschlafen. Was war mit ihrem Vater geschehen? Bestimmt hatte er alles versucht, um sie zu finden. Konnte ihm etwas zugestoßen sein? Hatte er einen Unfall? War er verhaftet worden? Auf einmal schämte sie sich für den Ärger, den sie heute für ihn empfunden hatte. Er war doch der Einzige, den sie noch hatte, sie brauchte ihn, um hier überleben zu können. Ihr Vater war ihre Lebensversicherung. Was, wenn er nicht mehr da war? Wenn er getötet worden war? Vielleicht hatten es die Entführer auch auf ihn abgesehen, hatten auch ihn gekidnappt? Oder ihn ermordet, weil sie die Schwarzen hassten? Wenn sie allein auf sich gestellt wäre, würden die Deutschen sie bestimmt nach Uganda abschieben. Dann würde sie in die Hände der dortigen Polizei fallen, ohne einen schützenden deutschen Pass. In Uganda würde man sie in ein stinkendes Gefängnis stecken, und ihre Großmutter könnte nichts dagegen tun.

Viktoria zitterte, trotz der neuen Jacke war ihr kalt, sie hatte nur wenig gegessen. Weil man das in Berlin so machte, hatte sie sich an einer Bude eine Cola und eine Currywurst gekauft, aber jetzt zog sich ihr Magen zusammen. Sie krümmte sich in ihrem Sitz, schaute in den grauen Abend, der nur noch wenige Blautöne zeigte. Die Wiesen und die dunklen Wälder zogen vorbei, hoffentlich war sie bald da. Doch wie kam sie von Rheinsberg in ihr Dorf? Fuhr noch ein Bus? Sie konnte nicht zu Angela und dort übernachten, wie sonst, wenn es spät wurde. Zu Fuß konnte sie die lange Strecke in ihr Dorf, in der Nacht, durch den Wald nicht gehen. Vielleicht konnte sie irgendwo in eine leere Ferienwohnung einsteigen, bis zum nächsten Morgen dort schlafen und dann weitersehen.

Der Zug erreichte Rheinsberg, sie war eine der Letzten, die ausstieg.

Vor ihr ging eine etwas ältere Frau, die sich zweimal nach ihr umgedreht hatte. Sie wurde von einem großen grauhaarigen Mann abgeholt. Die Frau begrüßte den Mann und deutete mit dem Kinn zu dem Mädchen mit der weißen Kapuze. Viktoria versuchte, schnell an den beiden vorbeizukommen. Doch mit wenigen Schritten holte der Mann sie ein und hielt ihren Arm fest.

»Viktoria? Viktoria Ebuk?«, fragte Razorn sie. Nachdem er fast eine Woche nicht nach Hause gekommen war und sich in einem Hotel in Rheinsberg einquartiert hatte, hatte seine Frau Julia frische Wäsche für ihn eingepackt und sich in den Zug gesetzt.

»Keine Angst. Ich bin von der Polizei. Wir suchen dich schon überall!« Razorn versuchte das Mädchen, das sich heftig wehrte, zu beruhigen. Er hatte ihre beiden Arme gegriffen, aber sie trat um sich und wand sich.

»Ich will dir doch nichts tun. Ich bring dich zu deinem Vater, zu Peter! Bitte hör zu.«

»Lassen Sie mich los! Hilfe!«, schrie Viktoria.

Andere Zugreisende, die schon weitergegangen waren, drehten sich um, kamen zurück und wollten sehen, was da für ein Tumult entstanden war. Julia Razorn kam ihrem Mann zu Hilfe, beugte sich zu dem Mädchen, versuchte in ihr Gesicht zu sehen.

»Er lässt dich los, aber lauf nicht weg. Er will dir helfen. Er versucht, die Leute zu finden, die dir das angetan haben.«

Mit weit aufgerissenen Augen blickte Viktoria in das Gesicht der Frau, die sie anlächelte. Sie schaute den Mann an und die anderen Weißen, die um sie herumstanden. Sie nickte leicht und Razorn löste den Griff von ihrem Arm, Viktoria blieb stehen, angespannt, wie ein Tier, das in die Falle gegangen war, aber trotzdem auf eine Möglichkeit lauerte, sich zu befreien.

»Wo ist mein Vater?«, fragte sie.

»Er sucht dich. Seit Tagen.«

»Ich will mit ihm sprechen. Jetzt!«

Razorn nickte, zog sein Telefon aus der Tasche und wählte Ebuks Nummer, aber bekam keine Antwort. Er hielt ihr sein Telefon hin und sie hörte die Ansage und die Bitte, eine Nachricht zu hinterlassen.

»Peter Ebuk! Wo sind Sie, Mann. Wir haben Ihre Tochter gefunden. Sie steht vor mir. Viktoria, hier …« Razorn hielt dem Mädchen sein Telefon hin.

»Ich bin in Rheinsberg, dieser Mann hat mich festgehalten. Wo bist du denn?!«, fragte sie ihren Vater. Jetzt kamen ihr die Tränen, weil alles so unverständlich war.

»Lass uns zu ihm hinfahren und schauen, was los ist«, schlug Razorn vor. »Das ist Julia, meine Frau.«

»Hallo, Viktoria, wir sind so froh, dass du wieder da bist«, sagte Julia Razorn. Ihr Mann trat zu den noch immer neugierigen Menschen, die auf dem Bahnhofsplatz in Rheinsberg herumstanden, und bat sie, nach Hause zu gehen. Er rief seine Kollegin Sandra Mechtigkeit an und erzählte ihr knapp, was geschehen war, dass Viktoria wiederaufgetaucht sei, einfach aus dem Zug von Berlin gestiegen. Mechtigkeit sagte, sie komme sofort.

Wie ein gestrandeter Alien saß Viktoria in einem Polizeiauto, mit Razorn und seiner Frau Julia, die dem Ermittler das Mädchen gezeigt hatte, und mit der Rheinsberger Polizistin, die Uniform trug. Die beiden Frauen saßen vorne, hinten im Fond neben Viktoria war Razorn. Er musste sich sehr zurückhalten, das verschlossene Mädchen nicht mit all den Fragen zu bombardieren, die er hatte.

»Ich muss dich das einfach jetzt fragen, Viktoria. Hast du den Mann gesehen, der dich entführt hat? Ich vermute mal, es war ein Mann.«

Viktoria blickte aus dem Autofenster in den dunklen Wald und nickte.

Julia Razorn drehte sich zu ihrem Mann um und schüttelte leicht den Kopf. Viktoria sah, wie diese Frau sie beschützen wollte.

»Er hat so Tattoos auf den Armen, lange Haare und einen Bart. Erst haben sie mich in einen Keller eingesperrt, dann in eine Dachgeschosswohnung in Berlin«, sagte sie zu der Autoscheibe.

Razorn zog sein Mobiltelefon heraus, scrollte und hielt ihr ein altes Polizeifoto von Molder hin, das ihn ohne Bart und mit kurzen Haaren zeigte. Viktoria drehte sich um und schaute genau hin.

»Hm«, sagte sie, »ja, das ist er. Hab ihr ihn schon?«

»Nein, noch nicht«, kam von Mechtigkeit.

Die Kleidung, die ihm sein Kollege Kevin gebracht hatte, war ein wenig zu eng, die Hose zu kurz, aber die Schuhe passten. Als sie auf den nächtlichen Krankenhausflur traten, wo das Licht gedimmt war und es nach Putzmittel und Tee roch, fühlte sich Ebuk leicht, wie befreit. Jetzt kam er wieder zurück in die aufgeräumte, saubere Welt dieses Landes, in das er geflüchtet war. Es gab noch eine kleine Auseinandersetzung mit der Nachtschwester Golbahar, die nicht wollte, dass Ebuk das Krankenhaus verließ. Er musste eine Erklärung unterschreiben, dass er gegen den ärztlichen Rat und auf eigenes Risiko gehen würde. Kevin versprach, auf Ebuk aufzupassen.

»Der Mann hat gerade einiges durchgemacht. Seien Sie mal nicht so streng«, sagte er zu der Krankenschwester. Sie zog ihre Augenbrauen hoch, die beiden schwarzen Balken über ihren Augen wanderten etwa zwei Zentimeter parallel nach oben. Sie machte ihren Schnalzlaut, was ihre äußerste Missbilligung ausdrückte.

Kevin und Ebuk zogen langsam von dannen, wie zwei große Jungs, die Taschengeld geklaut hatten. Die Aufzugtüren schlossen sich sanft und entzogen sie dem scharfen Blick der Krankenschwester.

»Hoffentlich wirst du bald wieder fit. Wir brauchen dich auf dem Platz, Mann. Es kommt ein wichtiges Spiel.« Kevins Stimme war voller Wärme und Sorge, als sie vom Krankenhaus wegfuhren.

»Ja. Danke«, antwortete Ebuk. In seinem Kopf drehte es sich, sein Magen zog sich zusammen, er war alles andere als fit. Er musste dringend in die kleine Wohnung, um nachzusehen, ob es ein Zeichen von Viktoria gab. Er wollte mit den Polizisten in Rheinsberg sprechen und mit der Frau, mit Jana, vielleicht hatte jemand Neuigkeiten. Er merkte auch, er brauchte etwas zu essen, um zu Kräften zu kommen, um die Suche nach seiner Tochter wiederaufnehmen zu können.

»Was ist denn überhaupt passiert?«, wollte Kevin wissen. Ebuk brauchte einen Moment, bis die Frage bei ihm ankam.

»Ich bin vor ein Auto gelaufen«, antwortete Ebuk.

»Aha.«

»Im Wald, ich war im Wald und hab nach meiner Tochter gesucht.«

»In der Sturmnacht?!«

»Ich bin ihnen entkommen.«

»Wem? Wem bist entkommen?«

Ebuk schaute durch die Windschutzscheibe, auf die Landstraße, die durch das helle Licht der Autoscheinwerfer weit ausgeleuchtet wurde.

»LED. Lauter einzeln ansteuerbare kleine Lampen. Wie Tageslicht, ohne dass es blendet. Krass, oder? Hat mich ein Vermögen gekostet. Nachts ist es geil!«, kommentierte Kevin.

»Sag mal, kann ich mal dein Handy haben?«, fragte Ebuk, »ich würde gerne die Polizei in Rheinsberg anrufen. Ich war ja den ganzen Tag weggetreten.«

Kevin entsperrte sein Telefon mit einem Daumenabdruck und reichte es Ebuk. Er wählte die 110, und nachdem er mehrmals weiterverbunden wurde, war Schmidti am anderen Ende der Leitung.

»Endlich! Ebuk! Ihre Kleene! Sie haben sie gefunden!«

Ebuk presste sich das Telefon ans Ohr, hörte, was Schmidti sagte, aber konnte ihm nicht antworten oder nachfragen. Er reichte das Smartphone an Kevin weiter, der sich dem Polizisten als Kollegen von Ebuk vorstellte, zuhörte, berichtete, wie er Ebuk aus dem Krankenhaus abgeholt habe, und erklärte, ihn gleich bei sich zu Hause abzuliefern.

»Das ist ja großartig! Sie haben sie gefunden. Wahnsinn! Oder?«, freute sich Kevin.

Ebuk konnte nicht sprechen, still starrte er auf die helle Straße, ihm liefen die Tränen, mehrmals atmete er heftig ein und aus.

Die beiden Fenster zur Straße waren erleuchtet, als Ebuk und Kevin ankamen. Vor dem großen grauen Gebäude stand ein Streifenwagen. Das Parklicht war eingeschaltet.

Viktoria sprang ihm entgegen, als er die Wohnung betrat. Er sah nur sie, sein Mädchen, mit grauem Gesicht, dunkle Ränder unter ihren sonst so strahlenden Augen, die Haare standen struppig ab, sie trug eine komische weiße Jacke.

»Wo warst du denn?«, fragte sie ganz sanft, umklammerte ihn, hielt sich fest. Vorsichtig legte er die Hände auf ihren Rücken und drückte sie an sich. Sie war es wirklich, er hatte sie wieder. Die beiden Polizisten und Julia Razorn strahlten, Sandra trocknete sich ein paar Tränen ab. Für einige Sekunden atmeten alle in einem gleichen glücklichen Rhythmus.

»Ich möchte, dass heute Nacht einer von euch hier Wache hält«, raunte Razorn Sandra zu. Sie nickte und rief Schmidti an, den sie bat, Razorn und Julia abzuholen; sie würde die erste Schicht vor Ebuks Haus übernehmen, er müsste sie dann um drei Uhr ablösen. Ebuk blickte auf, es war seltsam und unwirklich, auf einmal all diese Menschen in seiner kleinen Wohnung stehen zu sehen. Sie lächelten ihn an, ihm war schwindelig, er hielt sich an Viktoria fest, die seine Hand nahm und ihn zu dem kleinen Schlafsofa zog, wo sie sich beide hinsetzten.

»Was hast du denn da Komisches an?«, fragte sie.

»Von Kevin, er hat mich aus dem Krankenhaus abgeholt.« Viktoria schaute zu Kevin, den sie nicht kannte. Kevin nickte ihr zu. Sie verstand nicht, wie das alles zusammenhing. Aber das war nicht wichtig. Hauptsache, sie und ihr Vater lebten. Sie legte den Kopf an seine Schulter und machte die Augen zu.

»Also, alle raus hier, lassen wir die beiden mal zu sich kommen«, befahl Razorn. Julia Razorn nickte, flüsterte ihrem Mann etwas zu.

»Ja, stimmt. Schmidti soll was zu essen mitbringen.«

Sandra wählte erneut die Nummer des Kollegen. Dann gingen sie und Julia zur Tür, auch Kevin verließ die Wohnung. Nur Razorn blieb noch einen Moment stehen.

»Mensch, Peter! Wir müssen uns morgen ausführlich unterhalten. Vor allem mit Viktoria. Jetzt schlaft ihr erst mal aus. Bis wir die geschnappt haben, passen wir auf euch auf. Geht nicht alleine irgendwohin. Okay?«

Ebuk nickt ihm zu.

»Was hast du in dem Wald gemacht, bevor du auf die Straße und vor das Auto gelaufen bist?«, wollte Razorn noch wissen.

Ebuk schaute zu seiner Tochter, die den Kopf hob und ihn ebenfalls aufmerksam ansah. »Na, ich hab sie gesucht. Im Gutshof. Bei der blonden Frau. Sie haben mich in einen Keller gesperrt. Dann kam der Sturm und dann … Ich konnte abhauen.«

»Verstanden. Ihr wurdet beide gegen euren Willen festgehalten. Das ist eine eindeutige Aussage und sollte für die Verhaftung reichen. Gute Nacht. Wir sehen uns morgen.«

Auch Razorn verließ die Wohnung, zog die Tür hinter sich zu. Vater und Tochter hockten auf dem kleinen Sofa, wie auf einem Treibholz auf hoher See, und konnten lange nichts sagen. Irgendwann kam Mechtigkeit, klopfte sacht an die Tür und stellte zwei Plastiktüten mit Essen ins Zimmer, dann ging sie wieder und setzte sich in den Streifenwagen vor dem Haus, schaltete das Radio ein. Sie fand einen Sender, der lateinamerikanische Musik spielte, und sie empfand ihre Tätigkeit als Polizistin als wirklich sinnvoll.

Am nächsten Vormittag steht Brodericks Artikel in der Printausgabe der überregionalen Zeitung. Das Blatt klatscht wie ein Vorwurf auf den Schreibtisch von Professor Braunschweig. Das Papier der Zeitung ist schon etwas abgegriffen, es muss schon durch mehrere Hände gegangen sein. Walters Haare stehen vom Kopf ab, so wie immer, wenn er vom See kommt. Das Wasser und die Landzunge, die durch die Fenster hinter dem Schreibtischstuhl des Professors zu sehen sind, machen einen ruhigen, friedlichen Eindruck. Nach den Stürmen der vergangenen Tage scheint die Natur ein Schläfchen zu machen. Braunschweig schaut erstaunt von seinen Papieren auf und den empörten Kollegen Walter an, der vor seinem Schreibtisch erschienen ist und noch nichts gesagt hat. Der Professor nimmt seine Lesebrille ab, setzt sich die Fernbrille auf und betrachtet Walter. Er ist ein gepflegter Mann, der auf sein Äußeres achtet. Selbst während des Lockdowns hatte er ordentlich geschnittene Haare.

»Walter«, sagt er nur, als ob er jetzt erst den Besucher erkennt.

»Das ist eine Frechheit!«, kommt von Walter, der zu der Zeitung nickt.

Braunschweig runzelt leicht die Stirn. »Bitte?«, fragt er.

»Warum sie und nicht ich?«, empört sich Walter. Noch begreift Braunschweig nicht, um was es Walter geht, aber er hat so eine Ahnung.

»Seite 24«, erklärt Walter, der inzwischen versteht, dass der Mann vor ihm den Artikel noch nicht kennt. Doch Braunschweig wäre nicht so weit gekommen in seinem Leben, wenn er sich von anderen vorschreiben lassen würde, was er lesen soll.

»Ich lese erst abends Zeitungen«, sagt er leichthin und klingt dabei etwas blasiert.

»Sie wird also die neue Chefin!«, poltert Walter.

»Du meinst Dr. Kugelmann? Ja, es gibt diese Überlegung

in Berlin. Ich werde diesen zauberhaften Ort verlassen und mit meiner Frau nach Stockholm gehen. Die Nachfolgeregelung wird bestimmt in den nächsten Tagen offiziell verkündigt«, erklärt Braunschweig möglichst sachlich.

»Aber es steht schon in der Zeitung.«

»Tatsächlich? Darauf habe ich keinen Einfluss. Ich habe keine Interviews gegeben.«

»Aber sie offenbar. Sie hat sich mit dem Journalisten getroffen!«

»Nun, das ist nicht strafbar. Ich vermute mal nicht, dass Dr. Kugelmann vor ihrer offiziellen Berufung eine Pressemitteilung abgegeben hat. Das kann ich mir nicht vorstellen.«

»Und woher weiß er das dann?«

»Nun ja, das ist die Aufgabe von Journalisten, Dinge herauszubekommen.«

Walter möchte dem Professor nicht seinen ganzen Ärger zeigen. Er dreht sich um. »Ihr steckt doch alle unter einer Decke«, schnauzt er vernehmbar vor sich hin, verlässt das Büro und biegt in den Flur ab. Braunschweig steht auf, seufzt, geht zur Bürotür, schaut den Gang entlang, Walter hinterher, der schon nicht mehr zu sehen ist. Er wendet sich zur anderen Seite, klopft an die Tür des Sekretariats, tritt ein und nickt Frau Wendrich zu, die vor ihrem Computer sitzt.

»Walter ist sauer«, sagt sie zu ihrem Chef, »da müssen Sie sich nichts draus machen. Auch wenn es nicht in der Zeitung gestanden hätte, wäre er sauer.«

»Das ist trotzdem nicht gut gelaufen.«

Frau Wendrich reagierte achselzuckend, blickt über ihre Schulter zum See. Braunschweig folgt ihrem Blick. Der Steg ist leer. Es geht kaum Wind, ein Boot schaukelt nur leicht, eine Formation Gänse fliegt darüber hinweg. Wie immer schnattern sie laut miteinander, während sie fliegen. Braunschweig tritt an das Fenster, neben den Schreibtisch von Frau Wendrich, und schaut den Vögeln nach. Er mochte die Verantwortung für das Personal, das mit einer Institutsleitung verbunden ist, noch nie. Dazu hat er nicht promoviert, sich nicht habilitiert, Bücher geschrieben und in zahlreichen Gewässern in den unterschiedlichsten Ländern geforscht. Um sich von einem frustrierten Kollegen eine Zeitung auf den Tisch klatschen zu lassen. Diese Leute hier haben kein Benehmen, kommentiert seine Frau immer wieder. Er macht sich zu solchen Zusammenhängen keine Gedanken, das ist nicht sein Fachgebiet.

»Er ist ein Stinkstiefel«, meint Frau Wendrich, »war er schon immer. Gut, dass er es nicht wird.« Sie tippt etwas in ihren Computer, dann dreht sie sich zu Braunschweig. »Der ist doch selber mit dem Journalisten aufn See raus. Der ärgert sich, weil nicht er in der Zeitung steht, sondern Jana.«

»Ach, der Journalist war hier?«, fragt Braunschweig.

»Er wollte auch mit Ihnen sprechen, aber Sie waren nicht da. Da ist er auf den Steg und hat Walter getroffen.«

»Aha. Haben Sie den Artikel auch gelesen?«

»Nö. Ich les die Märkische.«

»Nun denn. Steht der Termin an der TU Berlin eigentlich jetzt fest?«

»Nein, dauert noch. Da gibt es im Fachbereich eine neue Kollegin. Die fängt erst nächste Woche an. Vorher passiert da nichts.«

»Seltsam, wie lange die für eine Terminabsprache brauchen. Sie sagen mir bitte gleich, Frau Wendrich, wenn Sie mehr wissen.«

Sie hören laute Stimmen aus dem unteren Stockwerk. Braunschweig und Frau Wendrich schauen sich an, dann geht er los.

Jana lässt ihr Auto stehen, so aufgewühlt, wie sie ist, will sie nicht fahren. Sie geht auf dem Waldweg entlang, in ihren Ohren ist ein Sausen, die Gedanken sind noch nicht wieder klar. In ihrer Handfläche spürt sie noch den Schlag, die Haut auf den Fingern erinnert sich an das Ereignis.

Sie hat sich mit Walter gestritten. Lautstark. Neugierig und alarmiert kamen zwei Kolleginnen aus anderen Laboren hinzu, Rachel und Lara, Forscherinnen, die hier zu Gast sind, die eine aus Israel, die andere aus den USA. Erstaunt sahen sie Walter, der herumfuchtelte und sie beschimpfte, als Karrieristin, als Betrügerin. Jana versuchte, ruhig zu bleiben, wartete, bis er alles gesagt hatte, sein Gift verspritzt hatte. Man machte das so, hatte sie in einem Artikel über Konfliktbewältigung gelesen. Sie fragte ihn, ob jetzt alles raus sei. Er schaute sie wütend an, schlug auf den Tisch, riss die Tastatur vor ihrem Bildschirm weg und schleuderte sie auf den Boden. Rachel, eine große Frau, die mit Walter schon zweimal Tauchgänge unternommen hatte, trat zu ihm hin und sagte: »Stop it, Wolter.« Aber das beruhigte ihn nicht, er schrie weiter herum, ob sie ihn alle verarschen wollten, er arbeite hier schon viel länger, ohne ihn würde es das alles nicht geben, und jetzt setze man ihm so eine Schlampe vor die Nase. Das war der Moment, in dem Jana die Hand ausrutschte. Sie ohrfeigte Walter, und dann stand er da, hielt sich die Wange und glotzte sie an. Auf einmal hatte er Tränen in seinen Augen, sein Gemütszustand änderte sich von Wut zu Weinerlichkeit, wie ein Kind, das sich nicht mehr zu helfen weiß und umschaltet. Rachel und Lara froren für ein paar Sekunden ein, dann rannte Lara raus, um Hilfe zu holen, vermutlich fürchtete sie eine handgreifliche Eskalation. Aber Walter fiel in sich zusammen, er setzte sich auf einen der runden Hocker, die man hoch- und runterschrauben kann, bückte sich, hob die zerbrochene Tastatur auf und legte sie ganz sanft zurück auf den Tisch. Jana entschuldigte sich, aber er könne hier nicht so herumschreien und sie bedrohen. Was denn auf einmal mit ihm los sei, sie könnten doch über alles reden. Er lachte nur auf, sagte, das wäre eine

Lüge, sie würde lieber mit einem »hergelaufenen Journalisten-pinkel und dem Schwarzen« sprechen als mit ihm, sie sei falsch, »durch und durch falsch«. Dann kam Lara mit Braunschweig zurück. Er trat ein, wie in eine Kältekammer, bat den »Herrn Dr. Glasen«, das Gebäude zu verlassen, er beurlaube ihn, der Vorfall müsse untersucht werden, auch der »Frau Dr. Kugelmann« schlug er vor zu pausieren, er würde dann mit ihr sprechen. Die beiden Kolleginnen aus Israel und den USA bat er um ihre Aussagen. Walter stand auf, gefasst, wieder aufrecht.

»Alle unter einer Decke«, sagte er noch einmal kalt und leise. Sie sahen durch die breiten Fenster, wie er auf den Steg lief, erneut in sein Boot stieg. Diesmal legte er ab und fuhr auf seinen geliebten See hinaus.

Jana nimmt den kleinen Waldweg, der zu dem ehemaligen Urlauberwohnheim führt, in dem so viele Geflüchtete ein-mal untergekommen waren und jetzt nur noch Ebuk wohnt. Vor dem Haus steht ein Streifenwagen, sie kommt näher und entdeckt den schlafenden Edgar Schmidt darin. Vorsichtig klopft sie ans Fenster, er dreht sich erschreckt zu ihr um, schüttelt leicht den Kopf und lässt die Scheibe runter.

»Du bist es. Hallo, Jana«, meint er.

»Warum steht ihr denn hier? Gibt es etwas Neues?«

»Aber ja, das Mädchen ist wieder zurück!«

Jana fühlt sich von dieser Nachricht überrumpelt. Sie freut sich für Peter, aber warum muss sie das so erfahren? Schmidti erzählt ihr, auch Ebuk sei wieder zurück. Als er aus dem Wald gekommen ist, hätte ihn ein Auto angefahren und er hat ins Krankenhaus gemusst.

»Was? Und wo war Viktoria?«, fragt sie irritiert.

»Sie saß im Zug aus Berlin. Ich kann dir das nicht alles sa-gen, die Ermittlungen laufen noch.«

Sie nickt und hat den Impuls, gleich in die Wohnung zu Ebuk zu gehen, um mehr zu erfahren.

»Lass die mal ausschlafen«, sagt Schmidti, »die müssen sich erst mal sortieren.«

Jana nickt, sie ist verwirrt, weil so viele Dinge auf einmal geschehen. Wäre sie nicht Wissenschaftlerin, sie würde vermutlich eine wirre Konstellation von Sternen für diese Dichte von Ereignissen verantwortlich machen. Statt Freude fühlt sie eine merkwürdige Unruhe in sich aufsteigen, sie fürchtet sich vor dem, was noch kommen wird. Mit Viktorias Auftauchen ist diese Geschichte noch nicht zu Ende. Sie bittet, Ebuk einen Gruß von ihr auszurichten, und biegt eilig auf die kleine Straße ein, die zu ihrem gelben Häuschen weiter unten führt.

Noch bevor sie es erreicht, sieht sie einen jungen Mann, dessen Silhouette und dessen Bewegungen sie kennt. Noch kann sie sein Gesicht nicht sehen, er ist zunächst nur eine Erscheinung, die sie tief berührt. Als dieser Mensch auf sie zukommt, schmilzt etwas in ihr, ihr Herz schlägt schneller, ihr Gesicht wird heiß, sie geht weiter, wie gezogen, bis sie vor ihm steht.

»Hallo, Mama«, sagt Fred, »das trifft sich ja gut.« Er lächelt, irgendwie unsicher.

Sie kann es gar nicht fassen. Ihr Sohn steht auf einmal vor ihr und spricht mit ihr. »Fred«, stammelt sie, »was machst du denn hier?«

»Ich wollte dich besuchen«, antwortet er heiter, so als ob es ganz normal wäre, einfach mal nach ein paar Jahren wieder bei ihr aufzutauchen.

»Das ist …«, fängt sie einen Satz an.

»Komm. Ich wollte gerade nach Hause«, nimmt sie sich zusammen. Er soll nicht sehen, wie aufgewühlt und verwirrt sie ist. Immer wieder schaut sie zu ihm hin, wie er aussieht, erst verstohlen, als ob sie etwas falsch machen könnte, wenn sie ihren Sohn, den sie seit mehr als zwei Jahren nicht gesehen hat, genauer betrachtet. Er hat schulterlange Haare, was ihn weich aussehen lässt, im Gesicht sprießt ein Bart, seine Augen sind aufmerksam, freundlich, ein dunkles Braun, er lächelt sie an. Er trägt eine halblange braune Lederjacke, die ihm etwas Burschikoses verleiht, vermutlich um seine Verletzlichkeit zu verbergen. Die Füße stecken in hellen Sneakers, sein Gang hat etwas Federndes, als ob das Leben für ihn leicht sei. Sie kann an ihm nicht ablesen, wie es ihm geht, warum er gekommen ist, warum gerade jetzt. Am liebsten würde sie ihm ganz viele Fragen stellen und einen genauen Bericht hören, seit der Zeit, als er den Kontakt abgebrochen hat. Aber das darf sie nicht, es ist eine ganz zarte Pflanze, neben der sie hergeht, die darf sie nicht berühren, nicht bestürmen, sonst fällt sie in sich zusammen. Sie fragt, wie er hergekommen sei, ob er bei ihr wohnen möchte.

»Mit dem Bus. Ja, wenn du Platz hast.«

Sie möchte sagen: »Das ist großartig, ich freue mich ja so«, aber sie traut sich nicht, es auszusprechen. Dann erzählt er von dem Artikel, den er gestern online gelesen hat. Sie ist erstaunt, dass er diese Zeitung liest, und er gibt zu, dass ihn seine Freundin darauf aufmerksam gemacht hat. Als sie nachfragt, antwortet er: »Oleana. Sie will Journalistin werden.« Er ist oft in Freiburg, bei diesem Mädchen. Bald hat er das Abitur, nur noch mündliche Prüfungen.

Er wird die Schule abschließen, ohne dass sie ihn begleiten konnte, ohne ihm zu helfen in Fächern wie Biologie oder anderen Naturwissenschaften.

Als ob er ihre Gedanken lesen könnte, sagt er: »Ich habe Bio abgewählt, dafür Deutsch und Französisch als Hauptfach genommen.« Sie will wissen, wie es läuft mit den Prüfungen, wann er das Abitur haben wird. Nicht mehr lang, informiert er sie, er wird vermutlich mit einer Note zwischen eins und zwei abschließen. Sie staunt und schaut ihn offen an, zeigt ihre Freude und ihren Stolz. »Das ist wunderbar«, sagt sie und umarmt ihn spontan. Sein Körper versteift sich, körperliche Nähe gehört noch nicht zu seinem Programm; einfach umarmt zu werden von der Frau, die er so lange nicht sehen wollte, fühlt sich unpassend an. Schnell lässt sie ihn wieder los, unsicher. Er sagt freundliche Worte zu ihrem kleinen Häuschen, findet es nett und hübsch. Als sie eintreten, zieht er die Schuhe aus, legt seine Lederjacke ab, zieht sich den dünnen Schal vom Hals und schaut sich um.

»Schön hast du es hier«, meint er und lächelt.

Ob er etwas trinken möchte, ob er hungrig sei, fragt sie ihn.

Er würde sich über einen Tee freuen.

Sie behelfen sich mit einem freundlichen Geplänkel zur Begrüßung, vermeiden die schmerzhaften Themen. Während sie in die Küche geht und Wasser aufsetzt, geht er mit den großen Schritten eines jungen Mannes umher, der sich in einer fremden Welt umschaut, um sie in sich aufzunehmen und zu erspüren, ob sie zu ihm passt oder ob er sie ablehnen muss. Er bleibt vor einem Foto stehen, das ihn und Jana zeigt, eine Schwarz-Weiß-Aufnahme, beide sind nass, sind gerade aus einem Badesee gekommen und prusten in die Kamera. Jana stellt sich neben ihn, schaut mit ihm zusammen auf die Erinnerung.

»Wer hat das Bild gemacht?«, fragt Fred.

»Dein Onkel Paul«, sagt sie ihm.

»Dann war das hier irgendwo?«

»Ja, in Rheinsberg, am Grienericksee. Du warst zehn oder so.«

»Wir waren mit Papa hier.«

»Ein seltener Besuch«, kommentiert sie. In ihrer Stimme schwingt Melancholie. Sie dreht sich um und geht in die Küche, hantiert mit Tassen, Teebeutel und heißem Wasser, stellt alles auf ein glänzendes Tablett und kommt zu ihm zurück. Er sitzt auf dem Sofa, bequem, schaut auf sein Smartphone, steckt es aber wieder in seine Hosentasche, als sie mit den dampfenden Tassen den Raum betritt. Ein wohlerzogener, guter Junge, denkt sie. Aber wie viel Anteil hat sie an diesem Kind, das sie nicht mehr sehen wollte? Ist er noch ihr Sohn? Soll sie sich nach dieser langen Zeit, in der sie alles versucht hat, um ihn zu sehen, ihn angerufen hat, ihm Briefe geschrieben hat, einfach hinsetzen und mit ihm Tee trinken? Vorsichtig stellt sie das Tablett ab, setzt sich und schaut ihn an. Sie könnte ihn auch anschreien und zur Rede stellen. Was erlaubt sich dieses Bürschchen eigentlich? So mit ihr umzuspringen, mit seiner Mutter, die ihn zur Welt gebracht, die ihn lange Jahre ernährt und erzogen hat.

»Sind die Mädchen denn schon gefunden?«, fragt er sie, »in dem Artikel stand, du suchst zusammen mit einem Afrikaner nach den Mädchen«, fährt er fort.

»Bist du deswegen gekommen?«, fragt sie zurück, »wolltest du bei der Suche helfen?«

Ihre Schärfe bringt ihn aus dem Konzept, seine Freundlichkeit bröckelt. Wie sie lehnt auch er sich in die Polster zurück und fixiert sie. Beide sind sie unsicher, wie sie die lange Zeit, in der sie sich Schmerzen zugefügt haben, überbrücken können. Es ist mutig von Fred, einfach so bei ihr aufzutauchen, ohne Anmeldung und Vorwarnung. Warum hat er ihr keine E-Mail geschickt, nicht vorher angerufen?

»Bist du einfach spontan losgefahren?«, fragt sie.

Er nickt. »Ja. Ich dachte ich versuch's einfach.«

»Ich hätte auch weg sein können. Im Urlaub oder so.«

»Stimmt, aber ich hatte das Gefühl, dass ich dich antreffe.«

»Ah ja? Weiß dein Vater, dass du hier bist?«

»Nö, nur, dass ich weg bin. Ich habe ihm gesagt, ich fahr zu Oleana.«

»Und die, weiß sie, wo du bist?«

»Ja, wir sagen uns alles.«

»Wie schön!«

Das klingt vielleicht wieder etwas spitz, aber vielleicht ist seine Aussage, er und seine Freundin würden sich alles sagen, auch als Kritik an ihr gemeint. Die ihm nicht immer alles gesagt hat.

»Warum bist du gekommen? Ich freue mich wahnsinnig, dass du da bist. Aber warum jetzt?«, entschließt sie sich, direkt zu fragen.

Er beugt sich wieder vor, nimmt die Teetasse in die Hand, stellt sie wieder ab. »Nach der Schule … ich will Schauspieler werden, weißt du.«

Sie schaut ihn erstaunt an.

»In dem Artikel über dich stand ja auch was über uns. Deine Beschäftigung mit der Dunkelheit hätte mich vertrieben. Oder so ähnlich. Das mit dem Dunkeln, da muss ich ran …«

»Sagt wer? Bist du in einer Therapie?«, fragt sie nach.

Er schüttelt den Kopf. »Nein, aber der Typ, bei dem ich Schauspielunterricht nehme, meint, ich sei manchmal etwas oberflächlich. Da dachte ich, vielleicht sollte ich dich mal treffen.«

»Wow. Aber du weißt schon, ich bin Biologin, keine Psychologin. Eine Lektion in Abgründen kann ich dir nicht geben. Da musst du dich selbst reinstürzen.«

»Mach ich ja gerade.«

»Stimmt, ziemlich mutig von dir.«

Und so beginnen sie miteinander zu sprechen. Jana gelingt es, ihre Gefühle unter Kontrolle zu bekommen. Sie wird nicht noch einmal so emotional reagieren wie heute Morgen, als sie Walter geschlagen hat. Sie betrachtet ihren Sohn, staunt, weil es ihn überhaupt gibt, sie Anteil an diesem Körper hat. Er ist noch immer ein Kind, auch wenn er bald erwachsen ist, er sucht seinen Platz in dieser Welt, er weiß noch nicht, wer er ist. Deswegen ist er gekommen, er braucht die Mutter, die ihm das sichere Gefühl gibt, nicht abzustürzen, wenn er neue Wege geht. Sein Vater versteht nicht, was er vorhat, und seine Freundin ist vermutlich genauso unsicher wie er selbst.

All das begreift sie, als er seine Teetasse in die Hand nimmt und vorsichtige Schlucke nimmt. Vorgebeugt streicht er sich eine Haarsträhne hinter ein Ohr. Sie erzählt ihm, wie einsam sie sich gefühlt habe, als sie wusste, sie würde Gewässer untersuchen wollen und Naturwissenschaften studieren. Der einzige Mensch, mit dem sie hätte sprechen können, war ihr Bruder, aber der war ständig weg, auf der Polizeischule, kam sich mächtig und wichtig vor, weil er jetzt dem Land diente, das sich gerade neu erfand. Mit ihrem Vater hatte sie nie über ihre Ausbildungswünsche geredet, vermutlich, weil er nicht verstand, wer sie war, eine junge Frau, die alles hinterfragte, die wissen wollte, wie die Stoffe, die das Leben ausmachen, beschaffen sind, was sich unter den Oberflächen tummelt. Der Vater hielt immer zu Paul, der sich um die öffentliche Ordnung und um die Einhaltung der Gesetze kümmerte, der die Dinge nahm, wie sie waren, und sie nicht hinterfragte. So wie sie. Ihre Mutter begriff auch nicht genau, warum sie weggehen und studieren wollte, aber sie stellte keine Fragen; es war gut, wenn sie etwas aus sich machte. Sie werde ihn auch unterstützen, sagt sie Fred, egal, was er vorhat, sie wird immer für ihn da sein. Sein Gesicht ist konzentriert, die Stirn legt sich in kleine Falten, als er betont, wie ernst es ihm ist. Er möchte Schauspieler werden.

»Wenn ich es nicht versuche, habe ich schon jetzt verloren«, betont er.

Jana wartet, was noch kommt, will seine Aussage nicht kommentieren, obwohl sie so einen Spruch banal findet. Vermutlich schickten sich die jungen Leute solche Ermutigungssätze auf irgendwelchen Social-Media-Plattformen zu und fühlten sich weise dabei. In ihrem Leben hatte sie so einiges versucht und schon oft vor dem ersten Ansatz verloren, zum Beispiel bei ihren Bemühungen, die Ehe mit dem Vater von Fred wieder in Ordnung zu bekommen. Ihr fällt »verlorene Liebesmüh« ein, sagt es aber nicht. Sie fragt nach, wie er seinen Berufswunsch angehen will, und er erzählt ihr von Vorsprechterminen an Schauspielschulen und von Agenturen, bei denen er sich beworben hat. Jana gefällt seine Ernsthaftigkeit und auch die Leidenschaft, die sie bei ihm spürt. In diesem unbedingten Willen, es wirklich wissen zu wollen, erkennt sie sich selbst wieder. Ja, das ist ihr Sohn. Und in diesem Augenblick beschließt sie, ihn nicht zu fragen, warum er den Kontakt zu ihr abgebrochen hat. Er wird es ihr erzählen, wenn er dazu bereit ist. Sie bringt das Gespräch auf die Schule, auf seine Lieblingsfächer, fragt beiläufig auch nach seinem Vater, dessen Frau und den Geschwistern. Seine Antworten sind eher nichtssagend, er will aus der Provinz weg, die Kleinen nerven und der Papa arbeitet viel, aber Cornelia, die Stiefmutter, kocht ganz gut, er ist aber Veganer. Das hat zu einigen Streitereien geführt, doch er sei toleranter geworden, habe sich ein eigenes Kochbuch gekauft und koche jetzt auch manchmal für alle. So landen sie beim Essen, und Jana überlegt, was sie zubereiten könnte, sie habe nur, wie immer, mit Gemüse belegte Tiefkühlpizza. Die sei aber nicht vegan, entschuldigt sie sich. Sie zeigt ihm die bunte Schachtel, die er sich genau anschaut. Er will eine Ausnahme machen, schließlich sei er kein Dogmatiker und stimmt der Pizza zu. Sie hat auch noch ein paar Flaschen Bier, sagt sie vorsichtig. Aber auch da wisse sie nicht genau, ob er das trinken mag. Fred hält ihr einen kleinen Vortrag über das deutsche Reinheitsgebot, das er ganz klasse findet, er spricht über Kieselgur, ein Klärmittel, das ohne tierische Stoffe auskomme. Auch Hefe ist vegan, erklärt er ihr, denn dies sei ein einzelliger Mikroorganismus ohne eigenes Gehirn. Hefe kann keinen Schmerz empfinden und ist also kein Tier, sagt er. Jana lacht, weil er offenbar doch einiges in Biologie verstanden hat. Und auch Fred muss lachen. Wie nah sein Wissen über Lebensmittel an das Fachgebiet seiner Mutter grenzt, hat er sich bisher nicht klargemacht.

Als sie die Pizza gegessen haben und die zweite Flasche Bier aufgemacht ist, erinnern sie sich an die gemeinsamen Scrabble-Abende und beschließen, eine Runde zu spielen. Sie einigen sich darauf, den Duden als Regelwerk zu akzeptieren. Jana hat noch ein Exemplar von ihren Eltern, ein gelbliches Buch, das 1971 erschienen ist und das sie in ihrer Schule manchmal noch benutzt hat. Fred findet den DDR-Duden aufregend und ist sofort einverstanden, ihn als Richtlinie für erlaubte Wörter zu verwenden. Jana weist allerdings darauf hin, bestimmte Begriffe werden sie in dem Buch nicht finden, wie zum Beispiel »Weltreise«, weil es das in der DDR nicht gab. Fred blättert in dem Buch, und tatsächlich fehlt das Wort. Schnell bauen sie ihre kleinen und großen Wortreihen vor sich auf, notieren ihre Punkte, Jana ist unkonzentriert, ihr fallen keine guten Kombinationen ein, und bald hat Fred mehr und originellere Buchstabenfolgen auf das grüne Spielbrett gelegt als sie. Sie schauen kein einziges Mal in den Duden, es gibt keine Nachfragen zu einzelnen Worten, sie sind sich immer sofort einig. Er gewinnt haushoch, freut sich und sie sich auch, vor allem darüber, ihren Sohn so leuchten zu sehen. Das hat sie vermisst, sein Strahlen, seine Naivität, sein weiches Gesicht.

Sie schlägt ihm vor, noch einen kleinen Spaziergang runter zum See zu machen, und er stimmt begeistert zu. Ihr Mobiltelefon lässt sie im Haus, sie hat gehört, wie es ein paarmal brummte, aber sie zügelt ihre Neugier, jetzt, wo ihr Sohn sie besucht. Es wird ab jetzt ein Vorher und Nachher geben, bevor er ging und nachdem er wiedergekommen ist. Die Zeit dazwischen gehört nur ihr und ihm. Sie gehen durch das dunkle Waldstück, mit den hohen Bäumen, über den breiten Waldweg, und stehen dann am See, der in dieser Nacht heller ist als sonst, keine dunkle Scheibe, eher ein milchiges Kräuseln. Im Himmel liegt eine gelangweilte feste Schicht grauer Wolken. Sie schlendern zu den wenigen Spielgeräten, die an der Badestelle herumstehen, Fred setzt sich auf eine Schaukel, sie steht ruhig daneben, hört den wenigen Geräuschen zu, dem regelmäßigen Quietschen der Schaukelscharniere, dem Rascheln der ersten Blätter, die der leichte Wind bewegt. Sie hört in sich hinein. Zusammen stehen sie am Wasserrand, ohne Worte auszutauschen. Gerne würde sie jetzt seine Hand nehmen, aber sie traut sich nicht, wie nah darf sie ihm sein, wie lange muss sie sich noch zurückhalten.

»Es ist sehr schön hier«, beginnt er.

»Ja, mit diesem See verbringe ich meine Jahre.«

»Wie blöd von mir. Ich hätte früher kommen sollen«, setzt er hinzu.

Sie schaut zu ihm hin, sieht, wie er die Haare, die um sein Gesicht tanzen, hinter die Ohren streicht.

»Stimmt es, dass du eine Affäre hattest, aber Papa nichts davon erzählt hast?«, fragt er. Es liegt Trotz in seiner Stimme.

»Ich hatte keine Affäre, er hatte eine«, sagt sie ruhig. Sie merkt, wie ein leichtes Zittern in ihr beginnt, sie atmet tief ein.

»Echt? Er hat mir gesagt, du hättest ihn angelogen, er hat irgendwas rausgekriegt. Dann habt ihr euch gestritten.«

»Ich hab ihn nicht angelogen. Mein Fehler war, ihm alles ganz offen zu erzählen«, sagt sie, ohne die Vibration, die sich auf ihre Stimme gelegt hat, verbergen zu können. »Es gab einen Mann, der mich sehr interessierte, einen Kollegen, verheiratet wie ich, einige Jahre älter. In den hatte ich mich verliebt. Und er sich in mich. Er sah nicht besonders toll aus, aber er war klug, charmant, sehr ungewöhnlich. Wir haben über unsere Gefühle geredet, uns auch einmal geküsst, aber mehr ist nicht passiert.« Fred schaut gebannt zu ihr hin, Jana atmet ein paarmal tief ein und aus, um ruhiger zu werden, was ihr nicht gelingt, dann spricht sie weiter. »Er und ich hatten vereinbart, keine heimliche Affäre zu beginnen, sondern unseren Partnern zu erzählen, was uns zugestoßen ist, dass wir uns verliebt hätten, wir das Gefühl leben wollten. Wir wollten herausfinden, ob eine Art Auszeit möglich wäre. Völlig idiotisch, oder? Zwei typische Wissenschaftler, die erst einmal Erkundigungen anstellen, ob das, was sie vorhaben, auch erlaubt und möglich ist.«

»Aber das ist doch gut, ehrlich miteinander zu sein«, wirft Fred spontan ein.

»Grundsätzlich schon. Aber dein Vater nannte mich eine Lügnerin, weil er nicht glauben konnte, dass ich nichts mit dem Mann angefangen hatte. Und weil ich so ehrlich und naiv war, erzählte er mir dann auch – ganz ehrlich – von seiner Affäre mit Cornelia. Die schon ein Jahr andauerte.«

»Warum hast du mir das damals nicht gesagt? Das wusste ich nicht!«

»Ich wollte den Streit, den ich mit deinem Vater hatte, nicht auch noch mit dir austragen, mit einem Jungen mitten in der Pubertät, der gerade mit sich selbst und seinem Körper zu tun hat. Wer hat wen und wann angelogen? Was ist überhaupt Lüge? Wann beginnt sie? Was ist Ehrlichkeit? Wer hat wen betrogen? Vielleicht war es ja meine Schuld, mein Betrug, weil ich mich verliebt hatte und das offen zugab. Das war vermutlich verletzender als seine Affäre mit einer anderen Frau.«

»Ich hab geglaubt, du hättest einen anderen Mann und Papa angelogen.«

»Schade, dass du ihm geglaubt hast, nicht mir. Ich wollte es dir erklären, aber dann …« Wie soll sie diesem jungen Mann neben sich die widersprüchlichen Gefühle, ihr Scheitern verständlich machen?

»Ist es dann mit diesem Mann, in den du dich verliebt hast, weitergegangen?«

»Du meinst, ob wir zusammenkamen? Nein. Nach dem Streit und der ›Ehrlichkeit‹ deines Vaters wollte ich nur noch weg. Du hast dich auf seine Seite geschlagen, ich kam nicht mehr an dich ran. Dann verschwand Paul, dein Onkel. Ich bekam die Stelle hier. Vielleicht habe ich mich nicht genug angestrengt, um wieder den Kontakt zu dir herzustellen.«

»Ich weiß nicht, ich wollte dich wirklich nicht mehr sehen. Du warst schuld, dass Papa so traurig war. So hab ich das gesehen. Ich war komplett durch den Wind«, sagt er ihr. Sie hört ein tiefes Seufzen, und als sie zu ihm blickt, sein Gesicht umweht von den langen Haaren, sieht sie die Tränen. Jana fasst ihren Sohn an den Schultern, dreht ihn zu sich und umarmt ihn, hält ihn fest, beide weinen still in den Körper des anderen hinein.

Als sie zurückgehen, halten sie sich eine Weile an ihren heißen Händen. Bevor Jana die Haustür aufschließt, schaut sie hoch zu dem Betonklotz, wo sie Licht in den Fenstern von Ebuks Wohnung sieht. Ob er auch so froh ist wie sie? Es ist nur so ein flüchtiger, ein naiver Gedanke, ihn bald wiederzusehen, er mit seiner Tochter und sie mit ihrem Sohn. Es ist ein warmes Gefühl, und als sie mit Fred wieder in dem Zimmer ist, wo die leeren Bierflaschen stehen und das Spielbrett liegt, lachen sie beide auf.

12

In der Nacht, als sie wieder zurück waren in ihrer kleinen Wohnung, entschlossen sie sich, erst einmal zu schlafen. Ebuk faltete die Kleider zusammen, die ihm Kevin geliehen hatte, wusch sich und besah sich seine Wunden in dem kleinen Spiegel im Bad. Der Kopf tat noch etwas weh, er nahm zwei Schmerztabletten, zog sich frische Unterwäsche an. Durch das dunkle Fenster sah er auf die Straße hinaus, wo das Polizeiauto mit der jungen Polizistin aus Rheinsberg stand. Sie waren ihnen entkommen, ihren Entführern, die sie hassten, sie töten wollten, weil sie schwarz waren. Jetzt mussten deutsche Polizisten nachts Wache halten, damit sie ruhig schlafen konnten. Er legte sich auf seine Schlafcouch und dachte an die Begegnung mit Prudence in der Nacht im Wald, der er versprochen hatte, ihre Tochter zu finden und auf sie aufzupassen. Sie waren wieder zusammen, nun begann etwas Neues.

Er musste ein paar Stunden geschlafen haben, als es plötzlich neben ihm raschelte. Viktoria stand im Dunkeln, um sich ihre Decke geschlungen. Leise fragte sie, ob sie neben ihm weiterschlafen dürfe. Er rückte zur Seite, und sie legte sich hin, erst mit dem Rücken zu ihm, dann drehte sie sich zu ihm um. Sie sahen sich an, zwei dunkle Gesichter, nah beieinander, nur das Weiß in ihren Augen setzte kleine Glanzpunkte.

»Warum haben die das gemacht, Papa?«

Ebuk konnte nicht gleich antworten, es war, als ob auf ihm schwere Bretter liegen würden, und doch fühlte er sich darunter geborgen und seltsam leicht. »Haben sie dir etwas getan?«, fragte er leise. Das war seine drängendste Frage.

»Nur eingesperrt, erst in diesen Keller, dann in Berlin in eine Dachwohnung.« Auch Viktoria flüsterte.

»Sie haben dich nicht verletzt?«

»Nein, nicht mit einem Messer oder so. Auch nichts Sexuelles. Nur betäubt.«

»I'm so happy you are back in one piece.«

Sie streichelte vorsichtig seinen Kopf. »Aber du hast etwas abbekommen.«

»It's nothing.«

»Ich hab doch nur dich.«

»My dear, I'm so sorry.«

»Nein, es ist alles meine Schuld. Ich wollte Mama besuchen.«

Ebuk verstand noch nicht, was sie da sagte, er machte einen beschwichtigenden Laut, berührte sie und legte seine Hand auf ihre Schulter. Sie zitterte leicht.

»Diese Schweine«, flüsterte Viktoria, »vielleicht sollten wir uns bewaffnen.«

»Was? Nein. Die Polizei passt auf uns auf. Sie kriegen sie und sperren sie ein. Du wirst sehen.«

»Meinst du? Auch den Typen, der mich geschnappt hat? Sie können ja nicht jeden Tag einen Polizisten hinter uns herschicken, Papa. Wie soll ich denn jetzt wieder in die Schule gehen? Und du zur Arbeit?«

»We'll find a solution.«

Sie drehte sich auf den Rücken.

»Es sind gute Leute, gute Polizisten. Wir haben zusammengearbeitet, als du weg warst.«

»Aber was wollen die?«

»Wir haben eine andere Hautfarbe.«

»Deswegen?«

»Sie haben Angst vor uns.«

»Aber wir tun ihnen doch nichts. Wir sind doch nur zwei. The one and only black people in town.«

»Aber sie haben uns viele Jahrzehnte, Jahrhunderte etwas angetan. Sie haben uns zu Sklaven gemacht.«

»Really? Because they enslaved us and stuff, they are afraid, we come back and kill them?«

»Perhaps.«

»Der Typ hatte lange Haare und Tattoos, er sieht nicht aus wie Bennis Bruder. Der ist richtig Nazi.«

»Man sieht den Menschen nicht immer gleich an, was sie denken.«

»Wir müssen hier weg«, zischte Viktoria.

»Ich dachte, du willst Deutsche werden.«

»Ja, schon, aber doch nicht hier. Berlin is cool, Daddy.«

»Es ist noch nicht zu Ende. Ich werde nicht wieder weglaufen.«

Viktoria war aufgestanden. Sie stand breitbeinig auf dem Sofa neben ihm. Das Mädchen im Nachthemd reckte die Fäuste in die Luft. »Ich bin Nambaga! Die Frau von Kiyira, dem Geist der Quelle. Ich komme aus dem großen See, der nach mir benannt wurde! Wir kriegen diese Bastarde! Sie sollen vor uns zittern. Vor Nambaga und dem großen Polizisten Peter Nala Kadhumbula Ebuk«, rief sie laut in die Dunkelheit.

»Du kannst wirklich stolz auf dich sein Nambaga, du hast dich selbst befreit.«

Ebuk lachte, es war ein Lachen, das tief aus seinem Inneren kam. Er stand auf, umarmte seine Tochter, sie hüpften zusammen auf dem Sofa und riefen laut »Nambaga, Nambaga, Nambaga!«

Sie hatte recht, er musste die Dinge anders anpacken, er konnte sich nicht weiter verkriechen und warten, bis die Deutschen ihm und seiner Tochter einen Pass überreichten. Sie setzten sich nebeneinander auf das Sofa, hielten sich an der Hand, schauten aus dem Fenster, sahen den alten Baum, über das kleine Dorf und den Wald zu dem klaren See, wo sich das erste Blau des neuen Tages zeigte.

Razorn hat wenig geschlafen. Er bedankt sich bei seiner Frau Julia, weil sie Viktoria entdeckt hat und die Polizei so einen ersten Erfolg verbuchen konnte. Sein Dank beim kurzen gemeinsamen Frühstück kommt unbeholfen daher, und weil Julia ihn schon so lange kennt, weiß sie, es fällt ihm schwer. Nicht er hat diesen Fall gelöst. Eigentlich war es Viktoria selbst, die entkommen ist, genau wie Ebuk; zwei mutige Menschen, vor denen er großen Respekt hat.

Seine Frau nimmt einen frühen Zug und wünscht ihm noch viel Glück. Bestimmt kehrt er bald zurück, denn langsam klären sich die Dinge. Er brummt, denn es gibt noch sehr viel zu tun. Die Täter müssen verhaftet und vor Gericht gebracht werden. Sie brauchen eindeutige Beweise, Spuren, nicht nur Aussagen.

In der kleinen Rheinsberger Wache ist er der Erste. Nach ihrer langen Nachtschicht schläft Mechtigkeit noch. Er ruft Schmidti an, um zu hören, ob es irgendwelche Vorkommnisse gab. Razorn bittet ihn, Peter und Viktoria Ebuk bald nach Rheinsberg zu bringen, er wird dann eine ordentliche Befragung durchführen. Noch in der Nacht hat er bei der Staatsanwaltschaft in Neuruppin einen Haftbefehl für Wala von Anschütz beantragt. Sobald er ihn bekommt, würden sie erneut auf den Gutshof fahren, die Frau verhaften und in Neuruppin in Untersuchungshaft nehmen. Noch hatten sie nicht wirklich viel gegen sie in der Hand, er muss noch auf die Auswertung der Durchsuchung von vor zwei Tagen warten. Entscheidend wäre die Verhaftung von diesem Anselm Molder. Vielleicht bringt sie die Aussage von Viktoria weiter.

Die Motive für die Entführung sind ihm immer noch nicht klar. Was wollten sie von dem Mädchen? Warum haben sie sie nach Berlin verschleppt und dort dann allein gelassen? Vor allem, wie hängt dieser Fall mit der verschwundenen Sabine Röter und dem Mord an Paul Kugelmann zusammen? Obwohl er froh ist, dass sie keine Leiche haben und das

Mädchen lebt, fühlt er sich erschöpft. Er wünscht sich auf ein Segelboot, den frischen Wind im Gesicht, eine Hand am Ruder und vor sich nur den weiten Horizont.

Das Telefon klingelt, es meldet sich die Staatsanwältin aus Neuruppin. Sie ist noch neu auf dem Posten, sie hatten noch nicht so viel miteinander zu tun. Man erzählt sich, sie komme aus Thüringen und habe mit ihren Eltern viele Sommer in einer Bungalowsiedlung hier in der Nähe verbracht. Sie fragt, was er an Fakten hat, die den Haftbefehl für Frau von Anschütz rechtfertigen würden. Diese Frau zu verhaften, wird einiges an Staub aufwirbeln, das sollte ihm klar sein, mahnt die Staatsanwältin. Razorn zählt auf, Viktoria Ebuk ist nach Informationen der Berliner Polizei in einer Dachgeschosswohnung, die Wala von Anschütz gehört, festgehalten worden. Dort wurde sie von den Berliner Kollegen befreit, nachdem das Mädchen durch einen Wasserschaden auf sich aufmerksam gemacht hat. Es gibt DNA-Spuren von Viktoria, die in einem Transporter des Gutshofs gefunden wurden. Das Fahrzeug ist von einem Mitarbeiter des Gutshofs, dem vorbestraften Anselm Molder, gefahren worden. Nach dem mutmaßlichen Entführer wird gefahndet. Auf diesem Gutshof ist Peter Ebuk, der Vater des Mädchens, durch Wala von Anschütz gewaltsam festgehalten und in einen Keller eingesperrt worden.

»Aber dieser Ebuk und seine Tochter, die hier Asyl beantragt haben, sind freigekommen?«

»Ja, sind sie«, knurrt Razorn.

»Können Sie mir die Aussagen der beiden zukommen lassen?«

»Sobald ich sie habe.«

»Sie haben die beiden noch nicht vernommen?«, fragt die Staatsanwältin. Sie klingt verwundert.

»Sie sind erst seit gestern Nacht wieder zurück.«

»Verstehe. Aber Sie vernehmen Sie? Wann? Heute?«

»Ja, gleich nachher.«

»Wunderbar, dann stellen Sie mir bitte die Protokolle so-fort zu, Herr Razorn. Aber etwas mehr als die Aussagen von zwei Asylsuchenden hätte ich schon gerne. Der Richter ist ziemlich eigenwillig.«

Er atmet tief ein und verspricht es.

»Dieser Molder, den Sie suchen«, setzt die Staatsanwältin nach.

»Ja?«

»Er ist auf Ibiza. Zumindest war er da.«

»Was?«

»Habe ich heute Morgen gesehen. Kam aus Berlin. Er ist nach Spanien geflogen. In der Nacht, in der es so stark ge-windet hat. Ich schicke ihnen die Passagierliste.«

»Es war ein Sturm! Windstärke 10, vielleicht sogar 11.«

»Von mir aus. Sie sind der Segler. Stimmt doch?«

»Dann brauchen wir einen internationalen Haftbefehl.«

»Red Notice. Habe ich schon rausgeschickt.«

»Hm. Danke.«

»Dachte ich mir, dass Sie das freut. Herr Razorn, wir arbei-ten zusammen.«

»Okay. Können wir die Kamerabilder vom Berliner Flug-hafen bekommen? Wir brauchen aktuelle Bilder von Mol-der.«

»Ich bin sicher, die Berliner Kolleg*innen sind da behilf-lich«, meint sie knapp.

Razorn hört heraus, wie sie ›Kolleginnen‹ ausgesprochen hat. Mit einer kleinen Pause im Wort, für das Genderstern-chen. So eine ist sie also, eine Superkorrekte, aber vielleicht ist das gut. Dann hat sie hoffentlich keine ideologischen Scheuklappen, diese Adlige hinter Gitter zu bringen.

Er ruft in Berlin an, lässt sich mit dem Flughafen verbin-den, um Bilder der Überwachungskameras von Anselm Molder zu bekommen. Razorn steht auf, geht auf und ab, die

Nachricht, dass ihnen dieser Molder entkommen ist, ärgert ihn. Aber warum ist er nach Ibiza geflogen? Was will er da? In Ibiza gab es Partys, Drogenhändler und braune österreichische Politiker. Das passt alles nicht zusammen. Als Mechtigkeit zur Tür hereinkommt, schaut er sie durchdringend an. Razorn nickt ihr zu, gut, dass sie da ist. Doch er sollte mit jemandem sprechen, der Erfahrung in Entführungsfällen hat. Er muss sich dringend mit Ebuk austauschen, vielleicht hat er ein paar Ideen, die ihn weiterbringen.

So hatte sich Anselm das nicht vorgestellt, den ersten Morgen auf der spanischen Insel. Er stand auf, weil er hungrig war, aber er hätte auch liegen bleiben können. In dem Hotelkasten, in den ihn die Frau vom Flughafen eingebucht hatte, bekam Anselm Molder in einer riesigen Halle Frühstück, doch dann wusste er nicht, was er machen sollte. Es gab einen kleinen Swimmingpool hinter dem Hotel, wo zwei ältere Frauen ihre Runden drehten. Er hatte keine Badehose, keine kurze Hose, keine Sonnenbrille, kein T-Shirt. Er wusste überhaupt nicht, wohin er gehen sollte. Er verließ das Hotel und folgte drei Typen in seinem Alter, die ziemlich bleich waren, Tattoos hatten und sehr kurze Haare trugen. Sie sprachen Englisch und lachten viel. Die Engländer gingen zur Strandpromenade, wo sie sich bis auf ihre Badehosen auszogen und auf Liegestühlen fläzten. Ihre rosa Haut und hellen Körper glänzten in der Sonne. Aus einer ihrer Taschen holten sie Bierflaschen heraus, öffneten sie und prosteten sich zu. Langsam wurden auch die anderen Liegestühle belegt. Ein paar braun gebrannte Mädchen in knappen Bikinis tauchten auf, cremten sich ein und legten sich ebenfalls hin. Die Engländer kommentierten ausführlich jede Frau, die ankam. Jetzt betraten auch einige schwarze Händler den Strand. Sie trugen mehrere bunte Hüte übereinander, in den Händen hielten sie große flache Aufsteller, an denen Sonnenbrillen oder Handtaschen hingen. Sie schwärmten aus und sprachen die Leute auf den Liegestühlen an. Auch auf der Promenade, wo Anselm stand und dem Treiben zuschaute, tauchten schwarze junge Männer auf. Zwei von ihnen stellten sich neben ihn und fragten ihn etwas. Einer machte eine Hand auf und zeigte ihm ein paar bunte Pillen. Anselm schaute sie böse an, beschimpfte sie und scheuchte sie weg. Es war zum Kotzen, die Nigger waren schon überall. Was sollte er hier? Er könnte vermutlich Drogenhändler werden und so ein paar von denen für sich arbeiten lassen. Wenn Kerstin jetzt mit ihm hier wäre, würde sie ihm beibringen, wie Urlaub in Spanien geht. Sie könnten zusammen zum Strand gehen und ins Meer springen. Die leichten Wellen sahen schön und einladend aus. Er hatte sich ihr gegenüber idiotisch verhalten, seinem Ärger über ihre Zurückweisung war einer großen Leere gewichen. Wie konnte er erwarten, dass sie mit ihm Kinder haben wollte und ihn heiratete, nachdem er jahrelang verschwunden war? Er hatte in einer anderen Welt, auf einem Bauernhof gelebt und geglaubt, er würde dort eine neue Gesellschaft aufbauen. Sollte er sich bei Kerstin entschuldigen? Nein, er hatte sich noch nie bei einer Frau entschuldigt. Die Sonne brannte ihm auf den Kopf, vielleicht trübte die Hitze sein Denkvermögen. Ob das Mädchen noch immer in der Wohnung eingesperrt war oder sie sich selbst befreit hatte? Sein Smartphone brummte. Dort stand: *Die Polizei hat nach dir gefragt.* Eine Nachricht von Wala. Nicht zum ersten Mal suchte die Polizei nach ihm. Doch diesmal konnten sie ihm nichts. Er war weit weg. Die Entführung des Mädchens ging ganz klar auf das Konto von Wala, schließlich hatte er sie in ihrer Wohnung eingesperrt. Wenn sie ihn jemals finden würden, könnte er sagen, er habe auf ihren Befehl gehandelt. Sie war ihre Anführerin, ohne ihr Geheiß geschah nichts. Zwar würden dann Wala und alle anderen auf dem Hof in ihm einen Verräter sehen, alle Schuld auf ihn schieben. Doch wenn er wirklich auspackte, würde es sehr ungemütlich werden.

Er hatte sie einmal geliebt, zumindest hatte er es so empfunden. Bevor er Kerstin wiedergetroffen hatte, wollte er Wala heiraten, doch die Göttin ließ ihn abblitzen. Er durfte sie einmal in der Woche vögeln, aber mehr wollte sie nicht von ihm. Sie hatte ihm nichts von ihrem anderen Leben in der teuren Dachgeschosswohnung erzählt, nichts von ihrem reichen Mann in der Schweiz. Bisher hatte er noch nie darüber nachgedacht, sich nicht klargemacht, was für eine reiche Frau Wala von Anschütz eigentlich war. Sie hatte eine teure Wohnung in Berlin, einen Gutshof in Brandenburg und eine ganze Menge Leute, die fast ohne Lohn für sie schufteten. Für die Reinheit des deutschen Volkes, für die arische Rasse. Sie spielte mit ihnen, vielleicht rächte sie sich tatsächlich nur an ihrem Ex-Mann oder Noch-immer-Mann, einem reichen Banker. Bestimmt war es ein Jude. Sie war die Verräterin, sie nutzte alle nur aus.

Er drehte ab, ging durch die Gassen der Altstadt, wo zahlreiche kleine Geschäfte bunten Nippes anboten. Es gab Sonnenbrillen, Badekleidung, Handtücher, Hüte, Taucherbrillen, Mützen, Kleider, Taschen und Koffer in allen Größen. Er bemühte sich, Distanz zu den charmanten Verkäuferinnen zu halten, die ihn immer wieder ansprachen. Schließlich entschied er sich, wenigstens eine Sonnenbrille zu kaufen, und blieb vor einem Drehgestell stehen. Aus dem Dunkel des Geschäfts kam ein älterer Mann mit kurzen weißen Haaren. Seine Haut war braun, gegerbt, er hielt Abstand zu Anselm, schaute ihm einfach nur zu. Als der Mann merkte, dass dieser sich nicht entscheiden konnte, trat er näher, nahm eine Brille in die Hand und setzte sie ihm einfach auf die Nase. Er berührte ihn leicht an der Schulter, damit er sich zu ihm drehte, dann sagte er etwas auf Spanisch, was Anselm nicht verstand, und hielt einen Daumen hoch. Die rollenden Laute des Mannes gefielen ihm. Er kramte in seiner Hosentasche nach dem Geld, und der Mann ging voraus in den Verkaufsraum. Drinnen roch es nach Leder, überall hingen Taschen in allen Größen, es lief eine Klimaanlage. Sofort atmete Anselm auf, nahm die neue Brille ab. Er zählte dem Alten den Betrag hin und merkte, dass in seiner Hosentasche kaum noch Geld war. Der Mann stellte eine Frage, in der ›Hotel‹ vorkam, und er nickte nur. Dann schob er ihm ein Kärtchen zu, auf dem eine Flamenco-Tänzerin abgebildet war. Der Mann deutete mit einem Finger auf das Kärtchen und sagte: »Esta noche.« Es klang wie ein Befehl. Mit den Füßen klapperte er einen schnellen, rhythmischen Takt auf den Steinfußboden seines Ladens. In seinem Gesicht bewegte sich nichts, er schaute Anselm nur an, als trüge er eine Maske. Anselm steckte das Kärtchen ein, bedankte sich und verließ schnell das Dunkel. Draußen überprüfte er in dem kleinen Spiegel bei den Sonnenbrillen sein Aussehen. Die Gläser spiegelten sich leicht, man konnte seine Augen nicht sehen. Er war nicht mehr der Anselm mit den langen Haaren und dem Bart, es würde ihn niemand erkennen. Es war lange her, seit er eine Sonnenbrille getragen hatte. Er fühlte sich verborgen und geschützt, er war jetzt ein anderer. Durch die neue Brille sah Ibiza-Stadt weniger grell aus, antiker und fremder. Er ging eine Gasse hoch, kam an einer großen Kathedrale vorbei und begann den Aufstieg auf die mittelalterliche Festungsanlage. Von oben hatte er einen schönen Ausblick auf die alte Stadt und den Hafen. Mit beiden Händen stützte er sich auf die alten Mauern und fühlte sich erhaben. Aber was sollte er hier ohne Geld machen? Er konnte kein Spanisch, und es war zu heiß für einen Deutschen. Das Gefühl, entwischt zu sein, belebte ihn. Aber sonst? Anstatt zu dealen oder ein paar Brüche zu machen, sollte er besser sein Wissen über Wala von Anschütz zu Geld machen. Sie musste bezahlen, sonst würde er auspacken. Er könnte sich als rechter Aussteiger ausgeben, als naives Opfer ihres rassistischen Wahns. Dann würde er Gitarrenunterricht nehmen und Lieder singen, über seine Einsamkeit und die Suche nach Liebe. Er könnte es dann noch mal bei Kerstin versuchen.

Eine große Jacht fuhr in den Hafen ein, ein langes glänzendes Schiff. Majestätisch ankerte es vor den kleineren Booten. Nein, das mit dem Aussteigen und Lieder singen war Unsinn, er wollte einfach Geld, viel Geld, um aus der ganzen Scheiße aussteigen zu können. Doch dafür musste er wieder von hier weg, zurück nach Deutschland und ein paar Dinge regeln. Er würde sich auch um das schwarze Mädchen kümmern müssen, damit sie nichts Falsches über ihn aussagte. Vielleicht würde er sie auch ganz ausschalten und ihre Leiche Wala vor die Tür legen. Als Erstes musste er Wala anrufen, er brauchte Geld für seinen Rückflug.

Fred schläft noch. Sie hat ihm das Schlafsofa in ihrem Arbeitszimmer frei geräumt. Meistens liegen auf dem Polster Zeitschriften und Bücher, selten legt sie sich selbst darauf, meist nur, wenn sie schläfrig ist und noch über etwas nachdenken muss oder keine Lust hat, ins Bett zu gehen. Ab jetzt wird es immer das Sofa sein, auf dem Fred geschlafen hat. Jana geht leise in die Küche und brüht sich einen ersten Kaffee auf. Die Anwesenheit ihres Sohnes im Haus verändert den gewohnten Griff zur Tasse, zur Kaffeedose, zum Wasserhahn. In jeder Bewegung schwingt eine Frage mit, ob sie für ihn auch schon eine Tasse bereitstellen soll, ob sie auch für ihn Kaffee aufsetzen soll, wie stark er den Kaffee haben möchte oder ob er möglicherweise lieber Tee trinkt. Bevor er aufsteht, meldet sie sich bei Braunschweig, um zu hören, wie es jetzt nach der Auseinandersetzung mit Walter weitergeht. Er ist zurückhaltend, will keine große Sache daraus machen. Ihr sei eben die Hand ausgerutscht. Nun ja, das ist für eine Wissenschaftlerin etwas ungewöhnlich, findet er, vor allem wenn es um eine Leitungsposition geht; doch schlimmer würden vermutlich die Ausfälligkeiten des Dr. Glasen gegen sie als Frau wiegen. Es müsse eben alles protokolliert werden, und er wolle mit der Personalstelle in Berlin sprechen, wie man weiter verfahren solle. Ob sie einverstanden sei, heute nicht zur Arbeit zu kommen. Jana erklärt sich als sehr einverstanden, denn gestern ist überraschenderweise ihr Sohn zu Besuch gekommen, so hat sie Gelegenheit, mehr Zeit mit ihm zu verbringen.

Sie entscheidet sich frische Brötchen zu besorgen. Fred hinterlässt sie einen Zettel. Als sie vor die Haustür tritt, sieht sie hoch zu dem alten Betonklotz und beschließt, noch kurz bei Peter Ebuk vorbeizuschauen. Vor dem alten Urlauberheim steht noch immer der Streifenwagen, in dem Schmidti schläft. Sie geht daran vorbei, betritt das Haus und klopft an Ebuks Tür. Es dauert etwas, bis er erscheint. Als sie eine Bewegung hinter der Tür hört, macht sie einen kleinen Schritt zurück. Dann öffnet er und steht vor ihr, überrascht, doch dann lächelt er sie breit an.

»Hallo«, sagt sie. Er sieht anders aus, er kommt ihr schmaler vor, sein Gesicht ist kantiger geworden. Kann es sein, dass er sich in den wenigen Tagen, in denen sie sich nicht gesehen haben, so verändert hat? Er trägt ein enges schwarzes T-Shirt und eine graue Trainingshose, die Füße sind nackt. Sie ahnt seine kräftige Brustmuskulatur, würde ihn gerne zur Begrüßung umarmen und riechen, wie es ihm geht.

»Sie ist zurück!«, sagt er ihr leise, sein Gesicht strahlt.

»Ach, wie schön. Das freut mich aber!«

»Seit gestern Nacht. Sie schläft noch.« Mit der einen Hand hält er das Türblatt, als ob er die Tür gleich wieder schließen müsste. Sie tauschen Heimlichkeiten aus, zwischen Tür und Angel, in dem grauen Licht eines hässlichen Betonflurs, eine kleine private Welt, nur ein paar Schritte breit. Janas Hand berührt seine Brust, ganz leicht, eine

Vertraulichkeit, die passiert. Zwei Menschen, denen das Leben zurückgegeben wurde, weil ihre Kinder wieder aufgetaucht sind. Sie stehen voreinander und sind erfüllt, ein sich Vergewissern, nicht mehr allein zu sein. Vielleicht nie mehr allein zu sein.

»Ich habe dich versucht zu erreichen«, sagt sie nur.

»Ah, ja, mein Telefon. Ich habe es nicht mehr. Und dann hatte ich einen Unfall.«

Erst jetzt sieht sie die Prellung an seiner Schläfe und den Verband an seinem Arm. Gerne hätte sie sofort mehr erfahren. Sie lächelt ihn einfach an, froh darüber, diesen Mann wiederzusehen. Sie wird später wieder kommen. Hinter Ebuk taucht seine Tochter im Nachthemd auf und schaut sie verschlafen an.

»Guten Morgen«, sagt Jana, »ich bin so froh, dass du wieder da bist.« Viktoria schaut ihren lächelnden Vater skeptisch an, sagt nichts, dreht nur ab ins Bad.

»Stell dir vor, gestern ist mein Sohn Fred gekommen. Vielleicht können wir zusammen zu Abend essen?«

Ebuk staunt Jana an, er kann ihr gar nicht antworten. »Ja«, sagt er nur.

Sie dreht sich um, sie weiß, es ist jetzt nicht die Zeit und nicht der richtige Ort für mehr Worte und Verabredungen. Hinter ihr schließt Ebuk leise die Tür. Als sie wieder vor das Haus tritt, schält sich Schmidt aus seinem Streifenwagen, gähnt und streckt sich. Dann sieht er sie und ruft ihr ein »Guten Morgen« zu. Sie tritt zu ihm.

»Wir wissen noch nicht sehr viel mehr. Sie ist gestern mit dem Zug gekommen, aus Berlin. Und er aus dem Krankenhaus. Ist auf der Landstraße im Wald vor ein Auto gelaufen.«

»Gut, dass ihr jetzt auf die beiden aufpasst.«

»Ja, ja, das werden wir.«

»Die haben sich bestimmt viel zu erzählen«, meint Jana, »sag mal, wie ist das mit Paul. Wann kann ich ihn beerdigen?«

»Ja, das wollte ich dir schon sagen. Seine Überreste, die sind freigegeben worden. Du kannst ihn beisetzen.«

»Danke. Ich habe das Grab schon bestellt. Das sollte jetzt schnell gehen. Ich sage euch Bescheid wegen der Beerdigung.«

In dem Baum vor dem Haus hört sie einen Specht und sieht dann den roten Kopf, der auf die Rinde einhackt. Sie ist immer wieder erstaunt über diese seltsamen Wege der Evolution. Welcher Zufall mag einen Vogel dazu gebracht haben, für sein Futter auf einen Baum einzuschlagen und ohne Gehirnerschütterung davonzukommen?

Jana findet Zufälle großartig. Als Wissenschaftlerin ist es ihr Beruf, Gesetzmäßigkeiten zu erforschen, um Ursachen und Zusammenhänge zu verstehen. Aus Wahrscheinlichkeiten werden Gewissheiten, und daraus können dann Projektionen abgeleitet werden. Doch Zufälle sind nicht erklärbar und nicht vorhersehbar. Sie treten einfach auf. Plötzlich ist da eine Mutation oder eine Laune der Natur und versetzt die ganze Welt in Panik, verursacht Tausende Tote. Oder ein Vogel entdeckt leckere Larven in einem alten Baum und bringt eine neue Gattung hervor, mit besonders langen Schnäbeln, die die Erschütterungen dämpfen. Das Gehirn des Spechts sitzt starr am Schädel, es ist in sehr wenig Gehirnflüssigkeit gelagert. Durch das Klopfen wird es nicht gegen die Schädelwand geschleudert, erleidet kein Trauma. Anders als beim Menschen.

Sie liebt es, wenn sie bei ihren Forschungen auf Zufälle stößt und sie nur beschreiben und nicht erklären kann. So wie ihr zufälliges Treffen mit Ebuk und die gleichzeitige Rückkehr ihres Sohns und seiner Tochter. Sie glaubt nicht an Botschaften des Universums, nicht an Sternenkonstellationen, sie interpretiert Zufälle nicht, sie findet sie nur erstaunlich und ganz wunderbar. So wie Peter Ebuk, den Mann aus Uganda, der in ihr kleines Dorf gekommen ist.

Ebuk und Viktoria müssen nach hinten. Der Polizist erklärt, es ist Zivilpersonen nicht erlaubt, in einem Dienstwagen vorne neben dem Fahrer zu sitzen, weil es dessen Sicherheit beeinträchtigen könnte. Er denke nicht, sie täten ihm etwas an, nein, aber so sind die Vorschriften, und er muss diese einhalten. So redet Schmidti auf die beiden stillen Menschen ein, die er auf der langen, geraden Straße befördert, bis nach Rheinsberg, zur Befragung, nicht zum Verhör, weil sie ja keine Tatverdächtigen sind, sondern Geschädigte. Viktoria dreht sich zu ihrem Vater. Er sieht ihr Gesicht, das auch heute noch grau ist; bestimmt hätte sie sich gerne wieder in ihr Bett verkrochen. In seinen Augen ist noch immer ein Lächeln, ein Glanz, den Viktoria nicht genau zuordnen kann.

»Wer ist diese Frau?«, fragt sie. Es klingt barsch.

»Jana.« Seine Antwort ist warm, ein Name, den er mag, keine sachliche Information. Sie runzelt die Stirn, Ebuk kann ihre Frage sehen, die sie aber nicht ausspricht. Warum freut sich diese fremde Frau, dass sie wieder zurück ist?

»Jana Kugelmann, vom Seelabor«, plappert Schmidti, »ihr Bruder war einmal mein Chef, in Rheinsberg. Er ist verschwunden, vor Jahren. Und dein Vater hat entdeckt, wo er ... wo er verblieben ist.«

»Wieso hast du nach einem verschwundenen Polizisten gesucht?«, fragt Viktoria ruppig.

»Ich habe nach dir gesucht, aber bin zufällig auf seine Schuhe gestoßen.« Es sollte eigentlich keine Entschuldigung sein.

»Er kann jetzt beerdigt werden«, erklärt Schmidti.

»Wann kriege ich denn wieder ein Handy?«, fragt Viktoria die beiden Männer.

»Wir brauchen beide wieder ein Telefon«, antwortet Ebuk mit der Stimme eines Vaters, der Sachlichkeit einfordert.

»Ich kann zwei Handys bringen lassen. Sie müssen ja beide erreichbar sein. Bis der Fall abgeschlossen ist jedenfalls.«

»Das wäre großartig«, befindet Ebuk und schaut zu Viktoria, die immer mehr in sich zu versinken scheint, je näher sie Rheinsberg kommen. Vermutlich ist sie noch nicht bereit, sich dem zu stellen, was ihr zugestoßen ist. Er weiß, wie traumatisch es ist, wenn Kinder die Gewissheit verlieren, beschützt und unverletzlich zu sein, weil sie Eltern haben, die immer für sie da sind. Den Tod ihrer Mutter konnte Ebuk nicht verhindern und auch ihre Entführung nicht. Sie musste sich selbst aus ihrem Versteck befreien. Das war mutig von ihr, aber Ebuk weiß, wie lange es dauern kann, bis sie ihr altes Selbstvertrauen wiedergefunden hat.

In dem kleinen Raum in der Rheinsberger Polizeiwache sitzt Viktoria Razorn gegenüber. Er hat seinen Stuhl vor den Schreibtisch gestellt, dahinter sitzt Mechtigkeit. Es gefällt Viktoria nicht, von ihrem Vater getrennt zu werden, sie will nicht allein mit den deutschen Polizisten sein. Ebuk redet geduldig mit ihr, erklärt, es handele sich um ganz normale Vorgänge. Wenn er mit ihr im Raum säße, wäre ihre Aussage bei Gericht nicht mehr verwertbar, weil seine Anwesenheit sie beeinflussen würde. Es ginge doch darum, die Täter zu fassen. Das wolle sie doch auch, dass ihre Entführer verhaftet und bestraft werden? Es sollen nicht noch mehr Mädchen von diesen Leuten entführt werden.

»Ich bin das einzige schwarze Mädchen weit und breit«, sagt sie, »er hat mich geschnappt, weil ich schwarz bin. You know that!«

Mechtigkeit gibt ihr recht, und deswegen müssten sie diese Leute kriegen, sie bittet Viktoria, ihnen zu helfen. Ebuk drückt mit einer Hand die Schulter seiner Tochter und zieht die Tür hinter sich zu.

Im Eingangsbereich, hinter dem Tresen, hält der müde Edgar Schmidt Wache und kümmert sich um die eingehenden alltäglichen polizeilichen Angelegenheiten wie Anzeigen wegen Ruhestörung, Streitigkeiten um Zaunverläufe oder Meldungen der Wasserschutzpolizei. Bis er dran ist, seine Aussage zu machen, kann Ebuk hinter dem Tresen warten, was ihm Gelegenheit gibt, ganz aus der Nähe die tägliche Polizeiarbeit in einer deutschen Kleinstadt zu beobachten.

Viktoria lauert auf die Fragen von Razorn, schaut ihn kaum an und erzählt dann leise, was ihr zugestoßen ist, wie der Typ mit den langen Haaren und dem Bart auf ihrem Weg von Angela zu Benni auf sie gewartet hat, sie ansprach und sie dann in einen grauen Transporter zerrte. Er betäubte sie mit einer stinkenden Flüssigkeit. Erst in einem Keller kam sie wieder zu sich. Dort versorgte sie der Mann, der sie entführt hatte, mit Essen, sprach aber nicht mit ihr. Sie beschreibt den Kellerraum, die grauen Wände, das kleine Fenster, unerreichbar weit oben, den kleinen Tisch und das ihr zu Verfügung gestellte Notizbüchlein. Sie hätte es gerne mitgenommen, doch sie wurde erneut betäubt und fand sich dann in einer kleinen Wohnung in einem Dachgeschoss in Berlin wieder. Erneut brachte ihr der Typ Essen, sie konnte nicht mehr machen, als durch das Dachfenster in den Himmel zu schauen. Sie beschwerte sich bei ihm, und dann gab er ihr einen Bildband über Afrika, den sie sich anschaute, aber zerrissen hat, um mit den Seiten das Klo zu verstopfen, damit es überläuft, sodass sich durch die so verursachten Scherereien »dieser Typ« genötigt sehen würde, sich um einen Installateur zu kümmern. Aber er tauchte nicht mehr auf, er blieb einfach weg. Sie ließ das Wasser im Bad laufen, verursachte eine richtige Überschwemmung und hörte dann Stimmen von der Wohnung unter ihr. Sie machte Krach, die Polizei erschien und befreite sie. Viktoria redet leise, sachlich, liefert, was sie zu sagen hat. Sie wirft einen kurzen Blick zu der runden Frau und zu dem alten Mann, ob sie alles mitbekommen haben. Beide schauen sie weiter gebannt an, warten, ob sie noch mehr zu berichten hat. Als sie nicht weiterspricht, stoppt Razorn die Aufnahme, steht auf, geht nach vorne zu Schmidti und fragt ihn, ob die Berliner Polizei schon Bilder der Überwachungskameras geschickt hat. Doch Schmidti verneint, es gibt keine aktuellen Fotos des Verdächtigen. Razorn geht zurück, schließt die Tür und setzt sich Viktoria wieder gegenüber. Er bedankt sich für ihre Aussage, aber bevor sie geht, hat er noch ein paar Fragen. Viktoria bewegt sich unruhig auf ihrem Stuhl hin und her.

»Was ich noch nicht verstehe, Viktoria«, beginnt Razorn, »woher wusste dieser Mann, dass du vorbeikommen wirst?«

Viktoria zuckt mit der Schulter.

»Könnte Angela Köhler deinem Freund Benni eine Nachricht geschickt haben?«, fragt Sandra Mechtigkeit.

»Benni würde mich nicht verraten«, sagt Viktoria.

»Oder hat sie Bennis Bruder Ralf informiert? Könnte das sein?«, fragt Mechtigkeit nach.

»Den Nazi«, kommt von Razorn. Es klingt abfällig.

Viktoria schaut den Mann vor sich zum ersten Mal bewusst an. Die Polizisten wissen, dass Ralf ein Nazi ist? »Kann sein.«

»Das wäre ja nicht gerade das, was eine Freundin macht. Oder?«, fragt Mechtigkeit.

»Vielleicht ist sie ja nicht mehr ihre Freundin«, ergänzt Razorn.

Viktoria ruckelt wieder auf dem Stuhl. Es stimmt, Angela ist nicht mehr ihre Freundin. Diese Schlange.

»Wenn wir sie vorladen würden und sie befragen wie dich jetzt. Was glaubst du, sagt sie uns dann?«, möchte Razorn wissen.

»Lügen«, kommt von Viktoria. Sie spukt das Wort aus.

»Glaubst du denn, Angela hat sich mit Ralf abgesprochen, damit ›dieser Typ‹, wie du ihn nennst, dich entführen kann?«, will Razorn wissen, »könnten die das zusammen geplant haben?«

»Für so schlau halte ich Angela Köhler eigentlich nicht«, meint Mechtigkeit. Razorn blickt sie streng an, aber nickt dann. Es muss um etwas anderes gegangen sein.

»Dieser Ralf und die Angela. Meinst du, die haben was miteinander?«, setzt Mechtigkeit nach.

Viktoria ist starr geworden, denkt angestrengt nach, wie sie antworten soll, wie sie die Wahrheit verbergen kann. Sie hat ihrem Vater Geld gestohlen, um einen gefälschten Pass zu kaufen. Sobald er auf sein Konto schaut, muss sie es ihm sagen.

Schmidti klopft an die Tür, öffnet sie und zeigt auf den Bildschirm auf dem Schreibtisch.

»Schaut mal, die Bilder sind gekommen.«

Mechtigkeit klickt, Razorn tritt neben sie, um das Foto der Überwachungskamera von Anselm Molder anzusehen. Hinter Schmidti schaut Ebuk in den kleinen Raum, zu seiner Viktoria, die dort zusammengesunken sitzt. Als sie ihn sieht und er ihr zulächelt, steht sie auf, eilt zu ihm und umarmt ihn. Die Tränen kommen, als Vater und Tochter sich aneinander festhalten.

»Ich wollte einen deutschen Pass kaufen«, schluchzt sie in die Brust von Ebuk, »ich habe von deinem Konto dreitausend Euro überwiesen. An Ralf, Bennis Bruder. Das Geld von Großmutter. Er hat versprochen, mir einen Pass zu besorgen.«

Ebuks Körper spannt sich an. Vorsichtig löst er das Mädchen von sich, schiebt sie mit beiden Händen vor sich hin und schaut ihr ins Gesicht.

»Ich wollte zu Mamas Grab«, flüstert Viktoria. Ihr Gesicht ist nass, ein Zittern durchläuft sie, das sie nicht mehr kontrollieren kann. Die drei deutschen Polizisten schauen verwundert zu den beiden hin. Viktorias Körper wird erschüttert, Wellen von Tränen strömen durch sie hindurch, brechen sich in ihr, überschwemmen ihre Angst, ihre Wut. Ihr Vater hält sie fest, zieht sie zu sich hin, streicht ihr über den Kopf, über den Rücken. Auch er beginnt zu weinen, leise. Sie haben sich die letzten Jahre mutig und entschlossen in das neue Leben gekämpft, sie haben beide daran geglaubt, es würde gut werden. Sie haben sich ihre Verzweiflung nicht gezeigt, sie haben ihre Schmerzen versteckt, um dem anderen Stärke zu demonstrieren.

Mechtigkeit steht auf, geht aus dem kleinen Raum und winkt ihre beiden Kollegen zu sich. »Wir sollten die beiden allein lassen.«

Viktoria setzt sich wieder, Ebuk ihr gegenüber, da wo Razorn saß. Mechtigkeit schließt von außen die Tür.

Ebuk nimmt die Hände von Viktoria, streichelt sie.

»You will get your passport«, flüstert er, »I promise.«

Viktoria schnieft, schaut auf, sieht die Tränen im Gesicht ihres Vaters. »Es tut mir leid.«

»Es ist alles meine Schuld«, antwortet er.

Viktoria schüttelt den Kopf, steht auf, nimmt sich ein Papiertaschentuch von dem Schreibtisch, schnäuzt sich. Sie blickt auf den Bildschirm. Dort ist Anselm Molder mit kurzen Haaren und ohne Bart zu sehen, wie er sein Ticket auf einen Check-in-Automaten legt.

»That's him«, zeigt sie auf ihren Entführer.

Ebuk tritt neben sie, schaut sich den Mann genau an, sieht die Tattoos auf seinen Armen, deren Muster deutlich zu erkennen sind.

»Ich bin dir nicht böse«, sagt Ebuk, »aber bitte sag den Polizisten alles, was du weißt. Ich will ihn kriegen.«

Das verhüllte Mädchen nickt nur, auch Ebuk nimmt sich ein Papiertaschentuch und wischt sich über das Gesicht. Er öffnet die Tür und winkt Razorn zu sich. Mechtigkeit führt Viktoria aus dem Raum.

Razorn sieht, wie Ebuk seine Kraft zusammennimmt, wie er versucht, einen klaren Gedanken zu fassen. Er zeigt auf den Mann auf dem Bildschirm und bestätigt, Viktoria hat ihn identifiziert. Das ist ihr Entführer, der sich die Haare geschnitten und den Bart abrasiert hat.

»Wo ist er hin?«, erkundigt sich Ebuk, »das ist an einem Flughafen.«

»Ibiza. Eine Insel in Spanien.«

»Seltsam.«

»Finde ich auch. Was will er da?«

»Hat er dort Familie?«

»Wissen wir noch nicht. Glaube nicht. Er ist vorbestraft. Diebstahl, Drogen, er war im Gefängnis in Berlin«, informiert Razorn Ebuk. Beide Männer stehen abwechselnd auf und setzen sich dann wieder. Der Raum ist zu klein, um sich mehr zu bewegen, sie müssen mit der Nähe zurechtkommen.

»Viktoria wollte sich einen deutschen Pass besorgen. Sie hat dreitausend Euro von unserem Konto an Ralf Kosinski überwiesen. Der hat diesen Molder angerufen und ihn gefragt, ob er einen Pass beschaffen kann.«

»Was!?«, fragt Razorn erstaunt, er braucht einen Augenblick, denkt über Ebuks Schlussfolgerungen nach. »Aber Molder hat keinen Pass besorgt«, ergänzt er, »er hat sich für das Mädchen selbst interessiert. Für Viktoria.«

»Aber warum entführt er sie und sperrt sie in einen Keller in dem Gutshof? Dort haben sie übrigens auch mich eingesperrt.«

»Und bringt sie dann nach Berlin in eine Dachgeschosswohnung, überlässt sie dort sich selbst und fliegt nach Ibiza ... Du musst mir noch genau erzählen, was in dem Gutshof geschehen ist.«

»Irgendetwas hat ihn abgelenkt. Was ist das für eine Wohnung in Berlin?«

»Groß, sehr teuer. Gehört Wala von Anschütz, wie auch der Gutshof«, berichtet Razorn.

»Eine blonde Frau, very strict?«, fragt Ebuk nach.

»Genau die. Sie scheint sehr vermögend zu sein. Neben der großen Wohnung im Dachgeschoss gibt es eine kleinere Gästewohnung. Dort hat der Entführer Viktoria eingesperrt.«

»Er hat in der Wohnung etwas entdeckt. Deswegen ist er weg.«

»Könnte sein. Etwas über seine Anführerin, die blonde Frau«, stimmt Razorn zu.

»Ein Entführer lässt seine Beute nicht einfach so zurück. Warum nimmt er all die Gefahr auf sich? Er hat etwas mit dem Opfer vor. Er will es töten oder verkaufen, vergewaltigen. Aber er geht nicht einfach weg«, denkt Ebuk laut nach.

»Ja. Warum hat er sie entführt?«

»Die blonde Frau. Sie hat mich besucht, im Keller. Sie wollte wissen, warum wir schwarzen Menschen hierherkommen und sie, die Deutschen, stören. Sie hat angekündigt, mich zu töten. Ich glaube, sie wollten mich verbrennen. Ihrer Göttin opfern. Es gibt da so eine kleine Kapelle. Sie hatten das Feuer schon aufgeschichtet und angezündet, aber der Sturm kam mir zu Hilfe.«

Razorn schaut Ebuk entsetzt an.

»Eigentlich wollten sie Viktoria opfern. Aber dann kam ihnen etwas dazwischen, und sie haben meine Tochter nach Berlin gebracht«, ergänzt Ebuk. »Er wird zurückkommen, dieser Entführer, der Mann mit den Tattoos, der ist bald wieder da. Irgendetwas ist mit ihm passiert, als er in Berlin war. Er kommt zurück, weil er in der Wohnung etwas herausgefunden hat. Überwacht die Grenze. Geht das?« Ebuk spricht mit großer Klarheit, als hätte er die Leitung der Ermittlung übernommen.

»Du hast recht. Sehr gut!«, lobt Razorn. »Wenn sie deine Tochter verbrennen wollten und auch dich … Verdammte Scheiße, wie krank ist das denn. Könnte es sein«, fragt sich Razorn, »könnte es sein, dass sie auch das erste Mädchen verbrannt haben?«

»Gut möglich«, meint Ebuk.

»Aber sie war nicht dunkelhäutig. Sie ist das Kind von zwei weißen Deutschen, die auf dem Gutshof leben.«

Die beiden Männer stehen wieder voreinander und schauen sich an. In ihren Köpfen kombinieren sie, denken über Zusammenhänge, Konsequenzen und die nächsten Schritte nach.

»Diese Insel im See. Paul Kugelmann war dort. Er hatte einen Verdacht. Wir sollten da noch mal hin. Erst dachte ich, dort ist die Opferstelle, aber das ist die Kirche. Dann ist die Insel vermutlich ihr Friedhof«, erklärt Ebuk.

Razorn schaut ihn erstaunt an und stimmt ihm erneut zu. Er hat in seiner Karriere als leitender Polizist noch nie mit einem Kollegen gearbeitet, mit dem er so klug und klar einen Fall besprechen konnte wie jetzt mit Ebuk.

13

Es war nicht ganz einfach für Razorn und die beiden Rheinsberger Revierpolizisten, die Arbeit zu organisieren, die sich nach den Befragungen von Viktoria und Ebuk ergaben.

Es mussten Protokolle angefertigt und an die Staatsanwältin in Neuruppin geschickt werden. Einen Tag später wurde der Haftbefehl ausgestellt. Mechtigkeit und Razorn empfanden es als Genugtuung, Wala von Anschütz in einen eigens angeforderten Gefangenentransporter zu verladen und ihre Überführung in die Justizvollzugsanstalt Neuruppin-Wulkow anzuordnen. Dort verbrachte sie nur eine Nacht, denn schon am nächsten Tag, während des Haftprüfungstermins, erkannte der Richter keinen ausreichenden Haftgrund. Bei Wala von Anschütz würde keine Fluchtgefahr bestehen, da sie einen Landwirtschaftsbetrieb leite, verfügte er. Auch für den Verdacht, sie hätte den Beschuldigten Anselm Molder zur Entführung der Asylsuchenden Viktoria Ebuk angestiftet, konnten die ermittelnden Polizisten, nach Ansicht des Richters, keine stichhaltigen Beweise vorlegen. Die Kriminaltechniker hatten in dem Kellerverlies, nach der Überschwemmung in der Sturmnacht, keinerlei Spuren von Viktoria oder von Ebuk finden können. Auch in der großen Schale aus Metall, die sie in der Kirche sichergestellt hatten, konnten sie bisher keine DNA-Spuren finden, die ihnen weiterhelfen würden.

Wala trug ein schlichtes rosafarbenes Kleid, keinerlei Schminke, die blonden Haare waren streng zusammengebunden. Sie bestritt mit Empörung in der Stimme, Viktoria

Ebuk jemals gesehen oder von ihrer Entführung irgendetwas gewusst zu haben. Wala von Anschütz beteuerte, nur einen bäuerlichen Betrieb auf ihrem Gutshof zu unterhalten, alles andere würde man ihr andichten. Die Aussage von Peter Ebuk, er wäre von Wala von Anschütz und anderen Personen auf dem Gutshof festgehalten worden, bestritt sie ebenfalls entschieden. Sie habe keine Ahnung, wer dieser Peter Ebuk sei. Dass dieses Mädchen in ihrer Wohnung in Berlin festgehalten wurde, habe sie erst durch die Polizei erfahren. Niemals habe sie Anselm Molder beauftragt, das ihr gänzlich unbekannte Mädchen festzuhalten. Sie zeigte sich entsetzt über das, was »Herr Molder« verbrochen hat. Razorn, der neben der Staatsanwältin an dem Gerichtstermin teilnahm, lachte laut, als von Anschütz diese Aussage machte. Der Richter wies ihn zurecht, Razorn aber schüttelte still den Kopf. Für die Staatsanwältin war das Verhalten des Kriminalkommissars peinlich. Sie fragte Wala von Anschütz, ob sie sagen könne, wo sich der Beschuldigte aufhalte. Nein, versicherte sie, aber sie werde selbstverständlich sofort die Polizei verständigen, falls er jemals wieder auf ihrem Bauernhof auftauchen würde. Dabei blickte sie Razorn an. In ihrem Blick war Spott, einen gewissen Triumph konnte sie nicht verbergen. Wala spielte die zu Unrecht Beschuldigte mit großer Überzeugungskraft. Sie und die anderen Siedler auf ihrem Gut, erklärte sie noch, würden mit ihren Händen, durch harte Arbeit und nach den strengen Vorgaben des Biolandbaus dem sandigen Boden Kartoffeln, Gemüse und Früchte abringen. Sie und ihre Gemeinschaft hätten ganz allein das Ziel, zum Gedeihen der Region und des Dorfes beizutragen, so wie bereits ihr Großvater, der nach dem Krieg von den Kommunisten enteignet wurde. Der Richter bat sie, sich für weitere Befragungen der Polizei zur Verfügung zu halten. Ihr Anwalt, ein schneidiger junger Mann, polterte, er hoffe, dass seine Mandantin nicht weiter verdächtigt oder von den Nachstellungen des Polizisten Razorn behelligt werde. Er werde sich über eine Dienstaufsichtsbeschwerde Gedanken machen, rief er Razorn nach, der angewidert den Gerichtssaal verließ.

Angela Köhler gab zu, Ralf Kosinski eine WhatsApp-Nachricht geschickt zu haben, als sich Viktoria an jenem Samstag vor Ostern von ihr verabschiedete. Sie wusste von der Sache mit dem Pass. Sie und Viktoria hätten sich ausgemalt, wie es wäre, zusammen nach Uganda zu reisen, um das Grab von Viktorias Mutter zu besuchen. War einfach so eine Idee, meinte sie. Weil Viktoria nicht reisen konnte, »wegen dem Asyl und so«, waren sie auf die Idee gekommen, einen gefälschten Pass zu besorgen.

Mechtigkeit fragte nach, ob das mit dem Pass ihre Idee war oder die von Viktoria. Angela zuckte mit der Schulter, das habe sie vergessen, sie hätten immer mal wieder darüber gesprochen. Angela hatte vorgeschlagen, Ralf zu fragen, und weil Viktoria mit seinem jüngeren Bruder Benni etwas am Laufen hatte, dachte sie, es würde klargehen. Ralf war bekannt als jemand, der die richtigen Leute kennt. Ein Checker halt. Das Mädchen saß, Kaugummi kauend, in dem kleinen Raum der Polizeiwache und antwortete auf Mechtigkeits Fragen, ohne dabei größere Gefühlsregungen zu zeigen. Sie machte sich keinerlei Vorwürfe, irgendetwas falsch gemacht oder zur Entführung von Viktoria beigetragen zu haben. Auf die Frage, ob Viktoria ihre Freundin sei, zuckte sie nur mit der Schulter und sagte: »Weiß nicht.« Ob es zwischen ihr und Ralf Kosinski eine emotionale Nähe geben würde, fragt Mechtigkeit umständlich. Angela machte eine Art Zischlaut. »Sheesh«, ließ sie von sich hören, »LOL, der ist Assi.« »Also nein«, übersetzte die Polizistin.

Viktoria hatte noch nicht wieder Kontakt zu Angela aufgenommen, auch nicht, als sie wieder ein Smartphone hatte. Sie wusste nicht, ob sie sie schlagen würde oder sie einfach nicht mehr beachten sollte. Auch mit Benni war sie sich unsicher. Ob er wusste, dass sein Bruder sie an Anselm verraten hatte? Von der Sache mit dem Pass hatte sie ihm nichts erzählt, aber vielleicht sein Bruder.

Ebuk berichtete ihr von der Verhaftung Ralf Kosinskis. Das Geld, das er von Viktoria bekommen hatte, musste er zu Viktorias großer Erleichterung zurücküberweisen. Sie versprach, so wie vorgesehen, es nur für ihre Ausbildung zu verwenden. Ob Ralf tatsächlich an der Entführung beteiligt war, konnte ihr Ebuk nicht sagen. Das würde die Gerichtsverhandlung zeigen, sobald Viktorias Entführer Anselm Molder gefasst ist, sagte er ihr.

Sie quälte etwas, das sah er ihr an, er fragte, ob sie schon »this boy« angerufen habe. Sie verneinte, und er erzählte, er habe Benni kennengelernt, als er nach ihr suchte. »A nice guy«, nannte er ihn. Er bot ihr an, sie zu begleiten, wenn sie ihn besuchen wollte. Sie könnten noch mal zusammen die Strecke gehen, nach Riedluch. Vielleicht würde ihr das helfen? Er hatte die Erfahrung gemacht, entführte Kinder kamen schneller wieder in ihr altes Leben zurück, wenn sie den Ort, an dem sie entführt worden waren, nochmals in Augenschein nahmen.

Das sagte er ihr nicht, aber er nahm sie fest an die Hand, als sie ihm die Stelle zeigte, wo der graue Transporter gestanden hatte. Durch die Hand seiner Tochter übertrug sich die Erinnerung an den Schrecken, als ihr der Mann plötzlich ein Tuch vors Gesicht presste und sie betäubte. Doch das Erschrecken wurde jetzt übermalt von Zorn. Viktoria presste Ebuks Hand, weil sie wütend war, über sich, ihre Dummheit und über den Mann, der sie so freundlich angesprochen, sie in sein Auto gebeten und dem sie einfach vertraut hatte.

Sie sagte nichts, erklärte sich nicht, und er fragte nicht nach. Er sah die Veränderungen, die in ihr vorgingen, wie sie in den vergangenen Tagen durch das, was sie erleben musste, älter geworden war. Andere Eltern hatten immer wieder von den Entwicklungssprüngen ihrer Kinder erzählt, und er hatte gedacht, es würde sich um äußere Wachstumsschübe handeln. Aber jetzt verstand er, was diese Sprünge bedeuteten, er war Zeuge, wie die Seele seiner Tochter sich weitete, so wie Luft in die Lungen strömt und die Brust breiter werden lässt. Ebuk nahm sich vor, sich ein Beispiel an seiner Tochter zu nehmen, auch er musste wachsen. Er wollte wieder den Menschen in sich finden, der er einmal war. Ein Mann, der selbst über sich und sein Leben entscheiden konnte, der lieben konnte, der nachdachte, sich Zeit ließ für seine Gedanken und der einen Körper hatte, dem er vertraute. Nach dem Mord an seiner Frau, der Flucht mit Viktoria, ihrem Leben in Deutschland, dem Warten auf Asyl, auf einen Pass, der ihnen bestätigte, dass sie Menschen waren, die irgendwo dazugehörten, war auch seine Seele dünner geworden. Die kräftigen afrikanische Farben seines Lebens waren verblasst. Gerne würde er eines Tages wieder nach Uganda reisen, den Geruch dieses Landes in sich aufnehmen, die Sprache und den Gesang der Menschen hören. Aber vielleicht sollte Viktoria schon vor ihm das Land besuchen, in dem sie geboren wurde und wo ihre Mutter in der Erde ruhte. Ihr dummer Impuls, sich einen gefälschten Pass zu besorgen, um das Land ihrer Kindheit zu sehen, war richtig. Sie war seine Botschafterin, sie musste auch für ihn noch einmal dorthin.

Ebuk brachte sie zu dem Haus, wo Benni wohnte. Wieder war der Junge allein, gerne hätte Ebuk auch seinen Vater kennengelernt. Doch offenbar war der Vater der beiden Söhne, von dem einer, Ralf, jetzt im Gefängnis saß, selten anwesend. Eine Mutter gab es nicht, die hatte den Vater der beiden Kinder schon lange mit einem anderen Mann verlassen. Gelegentlich rief sie bei Benni an und fragte, wie es ihm ging, aber es war klar, sie würde nicht mehr zurückkommen.

Benni und Viktoria begrüßten sich verhalten, Ebuk sah ihr an, wie sie sich überwinden musste, auf Benni zuzugehen. Sie drehte sich zu Ebuk um und suchte seine Zustimmung mit einem Blick.

So kam Ebuk einfach mit in das Haus, in dem Benni lebte. Es roch nach Müll, der nicht entsorgt wurde, es standen schmutzige Schuhe im Hausflur, die Wände waren in einem grauen Gelb gehalten, angegriffen von Feuchtigkeit, die auch im Sommer nicht verschwand. Ebuk ging hinter Viktoria und Benni die schmale Treppe hoch in das Zimmer von Benni, in dem es ordentlicher aussah.

»Hast du aufgeräumt?«, fragte sie, als sie zu dritt sein Zimmer betraten. Ebuk schaute sich nur kurz um, sah das schmale Bett mit der bunten Bettwäsche, den schwarzen Bildschirm und den alten Sessel davor. Er ermahnte Viktoria, ihr Mobiltelefon anzulassen, er fragte die beiden, ob eine Stunde reichen würde, und als sie nickten, nahm er Viktoria und Benni das Versprechen ab, nicht aus dem Haus zu gehen, bis er wiederkommen würde, um sie abzuholen. Am liebsten hätte er diese Stunde vor dem Haus Wache gestanden, aber das kam ihm lächerlich vor, also ging er wieder den Waldweg entlang, zurück nach Rheinsberg.

»Ah, Mr. Ebuk«, vernahm er die verbindliche Stimme von Herrn Erich, »ich habe schon gehört: Ihre Tochter ist zurück.«

»Ja, ich bin sehr froh. Ihre Informationen haben uns geholfen. Noch einmal vielen Dank dafür«, begann Ebuk das Gespräch mit dem Geheimdienstmann.

Beide Männer warteten ab, hörten auf Schwingungen, die ihnen etwas über Gedanken erzählten, die nicht ausgesprochen werden. Aber beide gaben sich undurchdringlich für den anderen. Sie lauerten.

»Ihr alter Freund in Uganda«, plauderte Herr Erich, »war ein guter Tipp. Er wird befördert, haben wir erfahren.«

»Hatten Sie schon Kontakt zu ihm?«

Der Geheimdienstmann lachte. »Das kann ich Ihnen nicht sagen, das bringt mein Beruf so mit sich.«

Ebuk wartete, ob noch ein Nachsatz kommen würde.

»Wir sind zufrieden, Peter. Wir sollten in Verbindung bleiben.«

»Wir suchen nach Anselm Molder, dem Entführer meiner Tochter. Er scheint in noch mehr verwickelt zu sein«, drängte Ebuk.

Wieder lachte der Mann am anderen Telefon. »Du klingst schon so, als wärst du ein Teil der Truppe.«

Auch Ebuk versuchte es mit einem kollegialen Lachen. »Das wäre ich gerne. Aber dazu bräuchten ich und meine Tochter deutsche Pässe«, sagte Ebuk.

»Ach ja, stimmt. Bekommt ihr. Ich kümmere mich darum«, kam von Herrn Erich, »die Staatsbürgerschaft in Uganda kriegt ihr nicht zurück. Das weißt du?«

»Ja, wir wollen in Deutschland eingebürgert werden.«

»Schön. Dann brauche ich noch den Einbürgerungstest und einen Sprachkurs, ich glaube B1-Niveau. Aber das ist ja alles kein Thema bei dir und deiner Tochter.«

»Großartig. Vielen Dank. Und wie lange dauert das?« Ebuk war aufgeregt. Wieder hörte er das joviale Lachen des anderen.

»Jetzt geht ja alles wieder etwas schneller, seit die Leute wieder in den Büros zurück sind. Ich schicke das ins Rathaus Rheinsberg, frag dort in zwei Wochen nach.«

»Danke, vielen Dank.« Ebuk atmete hörbar aus.

»Dieser Molder, ich habe die Red Notice gesehen. Die Spanier haben gemeldet, er sei bereits wieder ausgereist. Er ist im Land. Das ist jetzt Sache der Polizei. Die kriegen den schon.«

Ebuk bedankte sich auch für diese Information und verabschiedete sich. Es war so gekommen, wie er vorausgesagt hatte. Der Mann war zurück, bald würde er irgendwo in ihrer Umgebung auftauchen. Doch noch hatte er sich nicht gezeigt. Viktoria und er vereinbarten mit der Polizei, dass sie ihre Mobiltelefone überwachen durften.

Viktoria entschied sich, zurück zur Schule zu gehen, um nicht noch mehr Stoff zu verpassen. Ebuk war noch einmal ins Krankenhaus gegangen, um sich untersuchen zu lassen. Der behandelnde Arzt nahm sich nicht viel Zeit, schaute kritisch auf den Bericht seiner eigenmächtigen Entlassung, stellte ein paar Fragen, leuchtete Ebuk in die Augen und die Ohren, schaute sich die Wunde am Arm an und fragte, ob er wieder arbeiten wolle oder ob er ihn weiter krankschreiben soll. Ebuk verstand erst gar nicht, diese Wahl zu haben, stotterte etwas hilflos herum und erklärte dann, wieder arbeiten zu wollen. Daraufhin gab ihm der Arzt die Hand und wünschte einen schönen Tag.

Als er wieder auf seine Kollegen traf, versuchte er nicht viel Aufhebens von den Geschehnissen der letzten Tage zu machen. Ebuk erzählte das Nötigste, er sei vor allem froh, seine Tochter wiederzuhaben, sagte er. Die Polizei leiste gute Arbeit, doch die Ermittlungen dauerten an, er könne noch nichts berichten. Ebuk nahm es nicht gleich wahr, aber er stieg in der Achtung seiner Kollegen, weil er Erlebnisse zu verarbeiten hatte, deren Dimension ihre Erfahrungen überstiegen. Offenbar hatte der Kollege Ebuk mit einem richtigen Verbrechen zu tun, so wie in den Kriminalfilmen, die sie abends mit ihren Frauen anschauten. Sie klopften ihm aufmunternd auf die Schulter, um ihm ihre Solidarität zu zeigen. Fußball war ein einfaches Thema, über das sie alle zusammen reden konnten, und Ebuk versprach zum Training zu kommen, sobald »die Sache« abgeschlossen sei.

Die Abende werden jetzt wieder länger, sie färben sich in ein leuchtendes Orange, die Sonne steht lange über dem flachen

Horizont. Ebuk hat von Razorn eine Nachricht bekommen, er will ihn nach Feierabend abholen lassen, um zusammen die Remusinsel zu besuchen. Als Schmidti mit dem Streifenwagen vorfährt, verspricht Ebuk seiner Tochter, bald zurück zu sein.

Wenn er allein mit Schmidti fährt, muss Ebuk nicht mehr hinten sitzen.

»Wollt ihr nicht mal aus dieser Wohnung raus?«, fragt Schmidti ziemlich unverblümt, als sie losfahren.

»Auf jeden Fall. Aber wir waren froh, überhaupt eine Wohnung zu bekommen und nicht weiter im Heim leben zu müssen«, antwortet ihm Ebuk.

»Mit einem Mädchen in diesem Alter kannst du nicht im Heim leben.«

Erstaunt schaut er Schmidti an. »Hast du Kinder?«

»Ja, zwei Mädchen, fünfzehn und achtzehn. Ich hab mit dir gelitten, als deine Tochter verschwunden war«.

»Danke.«

»Jetzt müssen wir das Schwein noch kriegen.«

»Ja.«

»Früher hätten wir den schneller geschnappt. Das Land war kleiner, und du konntest nicht einfach ausreisen.«

»Das alte Deutschland«, fragt Ebuk nach.

»DDR.«

Ebuk nickt nur. Er hat gelernt, Menschen in diesem Teil des Landes blicken auf eine eigene Art und Weise auf die Vergangenheit. Es gibt auch in Uganda Menschen, die sich noch immer gerne an die angeblichen Wohltaten und die sogenannte Ordnung während der Diktatur von Idi Amin erinnern.

»Du willst hier zur Polizei. Stimmt's?«, fragt Schmidti.

»Ja, das würde ich gerne.«

»Da musst du aber Deutscher werden.«

»Selbstverständlich. Ich bleibe hier.«

»Das ist gut. Und du musst auf die Polizeischule. Vielleicht wird dir was anerkannt, von früher. Du warst ja mal so was wie ein hohes Tier in Uganda.«

»Ich möchte noch mal neu anfangen, alles genau lernen, wie ihr hier arbeitet«, erklärt Ebuk seine Motive.

»Polizei ist Polizei. Oder?«, glaubt Schmidti.

»Nein. Das ist nicht so. Ihr seid fest angestellt, werdet gut bezahlt, habt tolle Autos. Euch kann man nicht kaufen. Das ist bei uns anders«, sagt Ebuk voller Engagement.

»Das mit der Bezahlung ist nicht so toll. Korrupt ist eigentlich keiner, das stimmt. Doch wo Licht ist, ist auch Schatten, sag ich immer, es gibt auch in der deutschen Polizei einige schwarze Schafe. Das gab es früher hier nicht.«

Die Bedeutung von Schwarz, Rot und Grün, von Links und Rechts in diesem Land muss Ebuk noch immer für sich übersetzen. In Uganda sind diejenigen, die früher einmal für die Freiheit und Unabhängigkeit gekämpft haben, inzwischen die Unterdrücker, und diejenigen, die heute ins Gefängnis gesteckt und erschossen werden, tragen rote Mützen.

Sie kommen am Hafen von Rheinsberg an, wo Razorn ihn vor einem Boot der Wasserschutzpolizei erwartet. Sie begrüßen sich mit einem Handschlag, und Ebuk versucht, den kräftigen Händedruck des Polizeimannes zu erwidern, um ihm seine Ernsthaftigkeit und auch Dankbarkeit zu zeigen. Voller Interesse und Neugier besteigt Ebuk den Ruderstand, begrüßt den Kapitän und den Steuermann, die nur nicken und das Zeichen zum Aufbruch geben.

Das blaue Blinklicht wird eingeschaltet, um anderen Booten zu signalisieren, dass hier gerade ein Einsatz gefahren wird. Ebuk schaut sich die Ausstattung des Bootes genau an, wünscht sich für einen Moment nach Jinja, stellt sich vor, mit so einem toll ausgestatteten Boot auf dem Viktoriasee Patrouille fahren zu können.

Schnell geht es über den Grienericksee durch einen Kanal auf den Rheinsberger See zur Remusinsel. Der Wind und der einsetzende milde Regen, der ihnen ins Gesicht weht, schenkt ihnen eine Geruchsmischung aus feuchtem Holz, ersten Blüten und frischem Wasser.

Als sie die Insel betreten, wissen Razorn, Ebuk und Schmidti noch nicht genau, wie sie es angehen sollen. Sie haben vereinbart, die kleine Insel abzugehen, um einen Hinweis darauf zu finden, was Paul Kugelmann vor einigen Jahren hierhergeführt haben könnte. Razorn hat den beiden Männern auf seinem Smartphone die Fotos der Aquarelle gezeigt, die er im Kinderzimmer der verschwundenen Sabine Röter gesehen hat. Eines davon stellt vermutlich diese Insel dar, ein unbestimmter grüner Hügel, umgeben von hellblauen Streifen Wassers. Ein einzelner Baum ragt an einer Stelle empor, wie ein Akzent am Horizont. Ebuk möchte auch die anderen Aquarelle sehen, aber es gibt nur noch das Bild der kleinen Kapelle. Das Kirchlein ist ein heller Fleck in flachem braunen Ackerland. Das einzige Fenster, ein tiefschwarzes Rechteck, glotzt ihn an wie ein finsteres Auge.

Ebuk fühlt sich von der Insel, die er in nur wenigen Tagen zum zweiten Mal betritt, eingeladen, wie ein Freund. Es war Jana, die ihn in Warenthin auf den Steg geführt und ihm die Insel gezeigt hat. Das erste Mal kam er allein hierher. Er stellt sich vor, zusammen mit Jana auf diesem Weg zu gehen, von dem feuchte Wärme aufsteigt, vereinzelt bilden Sonnenstrahlen kleine Gassen aus Licht. Sie haben sich in den vergangenen Tagen ein paarmal ganz kurz gesehen. Er hat ihren Sohn Fred kennengelernt und Jana seine Viktoria. Es waren freundliche Begegnungen, bei denen Viktoria verschlossen blieb. Zu dem gemeinsamen Abendessen ist es nicht gekommen, sie spüren beide, es wäre falsch, so zu tun, als sei wieder alles gut in ihrem Leben. Er hat diese Frau kennengelernt, als sich plötzlich neben ihm ein dunkles Loch auftat und sie ihm bei seiner Suche nach Viktoria Zuversicht gab.

Der Waldboden unter seinen Schuhen ist glitschig. Trotz des Regens begleitet ihn eine heitere Leichtigkeit auf dieser kleinen Insel, wo vor Hunderten von Jahren frivole Feste gefeiert wurden, wo sich Menschen vor anstürmenden Feinden verschanzten und ihre Toten beerdigten. Ebuk geht an der Feuerstelle vorbei, wo er schon einmal war. Die schwarzen Holzreste sehen wie Schlamm aus. Ein alter Joghurtbecher liegt als weißer Akzent am Rand des schwarzen Runds. Regentropfen erzeugen auf dem Plastik einen leichten Rhythmus. Ebuk geht weiter Richtung Osten, wo die abendlichen Schatten länger werden, wo das Ufer kein Licht mehr hat. Nach kurzer Zeit finden sich auch Razorn und Schmidti bei ihm ein und schauen ihn fragend an. Sie haben nichts gefunden. Alle drei Männer sind nass geregnet, Razorn und Schmidti haben Kapuzen über ihre Köpfe gezogen.

»Hier soll es einmal eine Brücke gegeben haben, rüber ans Land«, weiß Schmidti, »in den fünfziger Jahren wurde mal eine Tauchexpedition durchgeführt, rund um die Insel. Um die Brückenreste zu finden.«

»Es waren Stümper am Werk. Die haben nichts gefunden«, meint Razorn.

Während die beiden deutschen Polizisten durch den Regen auf das nahe Ufer der anderen Seite blicken, umrundet Ebuk einen Baum, der etwas kräftiger aussieht als die anderen. Es könnte der Baum sein, der auf dem Aquarell die anderen Bäume überragt. Der Sturm und der Regen haben Furchen in die Erde gezogen, Äste und Blätter kleben im Unterholz. Ein Rinnsal hat begonnen, einen grauen Stein freizulegen, der tiefer im Boden verborgen ist. Ebuk tritt näher und scharrt mit einem Stock in der feuchten Erde. Die beiden Männer treten zu ihm, bücken sich und legen mit ihren Händen eine kleine quadratische Steinplatte frei. Seltsame Zeichen, die sie nicht kennen, sind in den Stein eingraviert worden. Sie spreizen ihre mit Erde verschmierten Hände von sich ab und blicken auf den seltsamen Fund.

»Das sind Runen«, erklärt Schmidti. Er zieht ein Tuch aus seiner Jacke, wischt sich die Hände trocken, zückt sein Smartphone und macht Bilder.

»Es ist vermutlich ein Grab«, meint Ebuk, »die kleine Kirche und die Insel. In der Kirche werden die Körper verbrannt, und hier beerdigt man die Aschereste.«

Razorn und Schmidti schauen den ehemaligen Polizisten aus Uganda, Peter Ebuk, irritiert und geschockt an.

»Also ich weiß ja nicht. Könnte auch was altes Germanisches sein«, wehrt Schmidti die dunkle Vorstellung ab, die Ebuks Vermutung bei ihm auslöst.

Razorn schnaubt nur, nimmt Ebuk den Stock aus der Hand, schaut ihn dunkel an und stochert damit weiter im Boden um den Baum herum. Zusammen entdecken sie drei weitere Steine mit Runenzeichen. Anschließend wischen sie sich die Hände ab, reiben sich den Schmutz weg, machen Fotos. Razorn telefoniert mit Sandra Mechtigkeit, die eigentlich heute Abend dienstfrei hat. Sie soll jemanden auftreiben, der germanische Schriftzeichen entziffern kann. Er muss wissen, was die Zeichen bedeuten. Während Razorn und Schmidti telefonieren, der Wasserschutzpolizei Bescheid geben, Kriminaltechniker in Bereitschaft versetzen, geht Ebuk ein paar Schritte am Ufer entlang.

Der Regen lässt nach, ein leichter Wind grüßt ihn, als er über den See schaut, auf das Gasthaus, wo er das Paddelboot ausgeliehen hat. Der Wind legt sich um ihn, wie eine kühle Liebkosung, mit der dieser Ort ihn einhüllt.

Vielleicht gibt es sie, die kleinen Veränderungen in der Dichte der Atmosphäre, die er spüren kann. Er ist hier, weil er etwas Böses in dieser Erde entdecken sollte, etwas, das dieser Boden wieder loswerden will, das Zeugnis eines Verbrechens.

Ebuk hat den kleinen Tempel des Jaja Budhagali auf der Insel im Viktoriasee besucht, er hat heilige Bäume in Wäldern berührt, die die dort lebenden Menschen verehren und die sie beschützen, ihnen Kraft geben. Es war ein Gefühl von Gewissheit und Nähe, von Kälte und Wärme, genau wie hier auch.

Aber gibt es diese Verbindung zwischen seiner Heimat und dem Land, in dem er jetzt lebt, überhaupt? Sind das nicht Ergebnisse und Folgen seiner Polizeiarbeit, die Spur der Verbrechen, denen er folgt? Oder hängt wirklich alles mit allem zusammen? Kann ein Polizist aus Uganda das Verschwinden eines deutschen Mädchens und eines deutschen Polizisten aufklären? Was unterscheidet ihn von den Männern und Frauen hier, die für das Recht und das Gesetz eintreten? Nur die Hautfarbe. Also eigentlich nichts und doch so viel. Ebuk beugt sich vor, wäscht sich die Hände und das Gesicht in dem Wasser des Sees. Er fühlt sich willkommen und fremd zugleich.

Als Ebuk wieder zu Razorn tritt, zeigt er auf die Steine.

»Auf den Steinen stehen Namen, in Runen der völkischen Bewegung. Schriftzeichen von Leuten, die glauben, es würde eine reine Rasse von weißen, blonden Menschen schon seit Urzeiten geben«, erklärt Razorn.

»Steht auch der Name des verschwundenen Mädchens auf einem der Steine?«, fragt Ebuk.

»Ja«, antwortet ihm Razorn und zeigt auf die Zeichen, die vertikal in eine der Grabplatten geritzt wurden. »Weil Paul das hier entdeckt hat, wurde er getötet«, ergänzt der Polizist.

»Jetzt kennen wir das Motiv, aber wir haben noch keinen Mörder«, stimmt ihm Ebuk zu.

»Aber wir kriegen das Schwein«, sagt Razorn finster. Er drückt Ebuk mit einer Hand die Schulter, wie es ein Vater tut, der stolz auf seinen Sohn ist, aber nicht gewohnt, einen Mann herzlich zu umarmen.

Auf seiner Reise aus dem Süden, zurück in den Norden, erkältete sich Anselm. Seine Nase und sein Gehirn fühlten sich angeschwollen an, wie Karton, der im Wasser seine Form verliert. Ständig musste er husten, seine Stirn fing an zu glühen, sein Körper kämpfte mit einer Krankheit. Wala hatte ihm über Western Union etwas Geld geschickt und ihn gewarnt, ein Flugzeug zu nehmen. Aber ihre Warnung war Unsinn. Um das Ticket für eine Fähre zum spanischen Festland zu bekommen, musste er auch hier seinen Reisepass vorzeigen. Seine Daten wurden gespeichert; das gleiche geschah bei den Flixbussen, die er später bestieg.

Die Luft über dem Meer war heiß. Die Passagiere, die wie er in der Kabine der Fähre saßen, mussten eisige Luft ertragen. Den anderen Reisenden schien die Kälte nichts auszumachen, vermutlich waren ihre Körper so von der ständigen Hitze aufgetankt, dass sie die gekühlte Luft als Luxus empfanden. Die Weiterreise in Bussen war nicht weniger strapaziös. Immer wieder musste er umsteigen, und es war nicht einfach, die Busbahnhöfe in den fremden Städten zu finden. Als er endlich wieder in Deutschland war, bestieg er in Freiburg einen ICE, der ihn nach Berlin brachte. Auch im Zug war es viel zu kalt, er schlief auf dem bequemen Sitz ein, wachte aber immer wieder auf, um sich die Nase zu schnäuzen und zu husten. Die anderen Reisenden blickten ihn entsetzt an. Durch die vielen Corona-Wellen wussten die Menschen offenbar nicht mehr, was eine normale Erkältung oder Grippe war. Er und die anderen arischen Siedler hatten sich selbstverständlich nicht impfen lassen. Als er abends endlich im Berliner Hauptbahnhof ankam, zitterte er am ganzen Körper. Es roch nach Eisen und der kalten, feuchten Betonluft, die dieser Bahnhof ausdünstete. Er schleppte sich in eine Apotheke und kaufte sich eine Packung Aspirin, bat um Wasser und nahm gleich zwei Tabletten ein. Er hatte unterwegs ein paarmal seinen Ausweis vorzeigen müssen, einmal, als er das Schiffsticket kaufte, und auch in den Überlandbussen. Aber er wurde nie von einem Polizisten angesprochen oder in irgendeiner Weise kontrolliert. Anselm glaubte, unentdeckt wieder nach Deutschland gekommen zu sein. Aber so krank wie er war, konnte er nicht in sein Dorf und Wala herausfordern. Er wünschte sich nichts dringender als ein Bett, in dem er sich ausschlafen konnte. Ihm fiel nur Kerstin ein. Eigentlich hatte er sich vorgenommen, sie nie wieder anzurufen, aber er fühlte sich so schwach, nur ihr konnte er so begegnen.

Sie holte ihn mit ihrem Auto ab, und als er einstieg, sagte sie streng: »Nur eine Nacht! Auf dem Sofa!« Aber als er sich auf den Sitz plumpsen ließ, befühlte sie seine Stirn und schaute ihn besorgt an.

Am anderen Tag ging es ihm noch immer nicht besser, er hatte in der Nacht seine Wäsche und auch die Laken, mit der sie ihre Couch bezogen hatte, durchgeschwitzt. Sie schaute ihn finster an, fiebrig bedankte er sich bei ihr und nuschelte eine Entschuldigung für sein Verhalten. Sie nahm die Entschuldigung nicht an, das muss das Fieber sein, meinte sie und ging zur Arbeit. Als sie abends zurückkam, lag er noch immer schlafend in ihrem Wohnzimmer. Sie ließ ihn noch eine weitere Nacht dort liegen, am Morgen schickte sie ihn unter die Dusche, dann forderte sie ihn auf, wieder zu gehen.

Anselm hatte sich während seiner Reise nach Berlin einen Plan zurechtgelegt, wie er Wala herausfordern wollte. Er konnte nicht einfach wieder bei ihr auftauchen und einen Preis für sein Schweigen verlangen. Sie würde ihn vermutlich in den Keller sperren oder, schlimmer noch, gleich in der kleinen Kirche verbrennen. Ihm war klar, sie würde alle Schuld für die Entführung des schwarzen Mädchens von sich weisen und auf ihn schieben. Aber er hatte noch mehr gegen Wala in der Hand, da war noch die tote Sabine und der Polizist, der in einem Brandenburger Wald verrottete. Sie hatte ihm das Geld für die Rückfahrt geschickt, weil sie ihn in die Finger bekommen wollte, damit er nicht redete. Als die üppigen, bunten Landschaften Spaniens und Frankreichs an ihm vorbeizogen, zwischen Husten- und Fieberschüben, nahm er sich vor, zu Ende zu bringen, was er angefangen hatte. Bestimmt war die Kleine entkommen oder gefunden worden. Er würde sie sich schnappen und Wala vor die Tür legen. Tot oder lebendig. Dann konnte sie sich nicht mehr herausreden. Das Opfer für die Göttin könnte gebracht werden und er seinen Lohn bekommen.

Kerstin hatte ihn verwirrt, als er sie zufällig im Supermarkt traf. Sie war ihm dazwischengekommen, hatte ihm aber auch die Richtung gezeigt. Jetzt empfand er wieder große Zuneigung für sie, obwohl sie kalt zu ihm war und ihn wegschickte. Wenn er mit Geld zurückkam, sagte er sich, konnte er ein wirklich neues Leben beginnen und es noch mal bei ihr versuchen.

Wieder saß er in einem Bus, diesmal fuhr er durch das Ruppiner Land. Zaghaft zeigte sich erstes Grün, in den Wäldern lagen viele umgestürzte Bäume. Er sah die Schäden, die der große Sturm angerichtet hatte. Sein Körper war noch immer schwach, und seine Gedanken folgten ihm wie müde Hunde. In einem Café machte er Rast, blätterte aus Neugier durch die *Märkische Allgemeine Zeitung*. Und entdeckte eine Traueranzeige, die die Beerdigung des verstorbenen Paul Kugelmann auf dem städtischen Friedhof in Rheinsberg ankündigte. Dann hatten sie also seine Knochen gefunden. Anselm Molder quartierte sich in einem billigen Gasthof ein. Er wird sich anschauen, wer alles an der Beerdigung teilnimmt, und seine nächsten Schritte planen.

Zwischen dem kirchlichen Friedhof und dem städtischen Friedhof von Rheinsberg verläuft eine Straße, dort liegt ein großer Parkplatz und ein Edeka, dessen silbern glänzendes Dach und Gebäuderückwand jene Menschen ohne Konfession sehen, wenn sie ihre Angehörigen zur letzten Ruhe begleiten.

Auf dem Grabstein ihrer Eltern steht nur »Unvergessen« und »Eheleute Kugelmann«. Das war die Inschrift, auf die Jana sich damals mit ihrem Bruder Paul einigen konnte. Sie entspricht vielen anderen Grabsteinen hier. Die Kinder sollten keine Scherereien mit ihrem Grab haben, so hatten sie es ausgedrückt. Ein Leben nach dem Tod konnten sich die Eltern nicht vorstellen, sie hielten es für eine seltsame Idee, das irdische Dasein in ein nicht nachprüfbares Jenseits zu verlängern. Der Vater erkrankte an Diabetes. Vor der Wende hätte man ihm vermutlich einen Klinikplatz im Rheinsberger Schloss zugewiesen. In der DDR wurde in den historischen Gemäuern eine Diabetikerklinik betrieben. Er bezeichnete es als absurd, ein so großes Gebäude leer stehen zu lassen, zugänglich nur für ein paar Touristen, anstatt so ein Schloss, mit so viel Platz, sinnvoll zu nutzen. Die Mutter hatte Darmkrebs, beide hofften, dass es schnell, ohne Schmerzen vorbei sein würde und sie sich verabschieden konnten. Sie starben tatsächlich kurz hintereinander. Sie glaubten, ein gutes Leben gelebt zu haben, aus ihren Kindern war etwas geworden. Die meisten Veränderungen nach dem Fall der Mauer lehnten sie allerdings ab. Am meisten ärgerten sie sich über die Umbenennung der Straßen und Plätze in Rheinsberg. Die Karl-Marx-Straße, in der sie ein Leben lang gelebt hatten, wurde in Königstraße umbenannt, der August-Bebel-Platz hieß auf einmal Kirchplatz, und die Straße der Jugend wurde zur Schlossstraße. Für sie drückte sich darin die Machtübernahme durch die alten Herren, den Adel und die Kapitalisten am augenscheinlichsten aus. Den Pragmatismus ihrer Eltern hatte Jana übernommen, sie schaute auf Fakten, auch wenn die Gesetze der Natur nicht immer gleich durchschaubar waren. Aber die Unberechenbarkeit, die sie durch ihre Forschungen in den Gewässern kennengelernt hatte, machten für sie den Reiz ihrer Arbeit aus. Gestorben wurde überall, aber warum nur der Geist des Menschen in einer anderen Welt weiterleben sollte und nicht auch der von Fischen und Tieren, hatte ihr noch niemand beantworten können. Das sah Jana genauso wie ihre Eltern.

Sie hat sich für einen schwarzen Marmorstein entschieden, auf den sie in Weiß »Paul Kugelmann«, sein Geburtsdatum und seinen Todestag vor fünf Jahren eingravieren ließ. Aus den Knochen und dem eingeschlagenen Schädel, die im Wald gefunden worden waren, konnten die Gerichtsmedizin Pauls Todeszeitpunkt nicht mehr genau feststellen. In der Sterbeurkunde und auf dem Grabstein ist nun der Tag, an dem sie sein Faltboot am Ufer in der Nähe der Insel fanden, als Todestag angegeben. Der schwarze Stein mit der weißen Schrift steht etwas versetzt rechts neben dem Grabstein der Eltern. Ihr eigener Grabstein könnte dann links vom Elterngrab stehen. Dann wären sie eine Familie von Grabsteinen, die Fred manchmal besuchen könnte.

Die kleine Gruppe von Trauernden steht im Nieselregen vor dem kleinen Erdloch mit der Urne, in der die wenige Asche, die Pauls Überreste ausmachten, gefüllt wurde. In einem kleinen Eimer liegen Sand und eine Schaufel bereit, in einer Schale Rosenblätter. Jana und Fred stehen Hand in Hand, sie haben die Aufgabe, als Erste den Toten zu verabschieden. Jana tritt vor und schaut auf die Urne in der dunklen Erde. Mechanisch nimmt sie ein paar der Rosenblätter, streut sie in das Grab, Fred kommt neben sie und gibt Sand dazu. Er legt einen Arm um sie, so bleiben sie noch einen Moment stehen. Es tut gut, Fred bei sich zu haben. Was für ein Glück, dass er gerade jetzt wiederaufgetaucht ist. Jana schaut auf den Grabstein ihres Bruders, auf die Bäume, Regen weht ihr ins Gesicht.

Sie waren Jugendliche, als sie und ihr Bruder mit einem Paddelboot über die Seen und Kanäle fuhren, bis zum Dorf Kagar. Auf dem Rückweg fing es an zu regnen, sie lachte und Paul ärgerte sich, forderte sie auf, stärker zu paddeln. Sie liebte es, durch die schmalen Kanäle zu fahren, es war ihr, als würden sie durch einen fremden Dschungel gleiten. Über ihnen hing üppig wucherndes Blattwerk, von dem schwere Tropfen auf sie klatschten, am Ufer standen Vögel mit langen Schnäbeln, die auf Futter lauerten. Es roch modrig und feucht. Sie empfand eine Art Taumel, als ihnen ein anderes Paddelboot entgegenkam, in dem ein junger Mann und eine junge Frau saßen, im gleichen Alter wie sie. Jana erinnert sich, wie verblüfft sie war, weil die beiden genauso aussahen wie sie und ihr Bruder. Es schienen ihre Zwillinge zu sein, die ihnen da begegneten. Als sie ihren Bruder darauf ansprach, erklärte er sie für verrückt, niemand wäre ihnen entgegengekommen. So bescheuert, im Regen unterwegs zu sein, wäre sonst niemand, nur sie. Später dachte sie, dass die beiden wie eine Kopie aus einem parallelen Universum waren, das nach ihren wissenschaftlichen Maßstäben gar nicht existierte. Aber wenn es diese andere Welt doch gab, dann paddelte sie dort weiter mit ihrem Bruder auf den engen grünen Kanälen.

Pauls Kolleginnen und Kollegen der Polizei sind auch gekommen, ein paar alte Freunde von ihm, Pauls zweite Frau Elke, ein paar Kollegen vom Seelabor, auch Walter steht herum. As er ihr sein Beileid ausdrückt und sie sich bei ihm bedankt, bleibt sein Gesicht starr. Inzwischen ist sie zur Leiterin des Seelabors berufen worden, der kleine Vorfall hatte keine Konsequenzen. Doch sie müssen sich dringend aussprechen, so feindselig kann es nicht weitergehen. Ebuk und seine Tochter Viktoria sind auch gekommen, Jana hat die beiden eingeladen.

Viktoria wird plötzlich unruhig. Sie presst sich nah an ihren Vater, nimmt seine Hand, starrt auf den Boden vor sich.

»He is here«, flüstert sie Ebuk zu. Sofort begreift er, was sie meint, sein Atem geht schneller. Schritt für Schritt schiebt er sich zusammen mit Viktoria an die Gruppe der Trauernden ran. Sie stehen jetzt nah hinter Razorn und seiner Frau Julia, die sich lächelnd zu Viktoria umdreht. Ebuk schaut vorsichtig umher und bleibt mit dem Blick an dem grünen Drahtzaun hängen, den der Friedhof umgibt. Dort, verborgen durch die Blätter eines jungen Baums, steht ein Mann und schaut zu ihnen rüber. Es sieht aus, als ob er im Zaun selbst steht. Ebuk tippt Razorn an und raunt ihm zu, vorsichtig den Kopf zu drehen. Der Schatten bewegt sich und verschwindet. Später finden sie eine Öffnung im Zaun, gebildet durch zwei stabile aufrechte Stangen, wie eine schmale Gasse, durch die ein Mensch auf den Friedhof gelangen kann, ohne das Eingangsportal zu benutzen.

Dicht an ihren Vater gedrängt, betritt Viktoria den Ratskeller, wo sich die Trauergesellschaft zusammensetzt. Seit sie zurück ist, sieht sie den Vater anders. Er ist nicht mehr der Mann, der ihr die Mutter genommen hat, sondern der Vater, der sie schützt, der sein Leben für sie geben würde. Skeptisch schaut sie sich in der holzgetäfelten Gaststätte um. Der Raum versucht, deutsche Tradition auszuatmen und trotzdem modern zu sein. Hier soll bereits Fontane gefrühstückt haben. Viktoria schiebt sich neben Ebuk auf eine der braunen Sitzbänke an der Wand. Das Zittern in ihr hat sich noch nicht gelegt. Zu ihr setzt sich Fred. Seit sie erfahren hat, dass er Schauspieler werden will, findet sie ihn eigentlich ganz cool. Ihr gefallen seine braunen langen Haare, sie sind dicht und kräftig. Heute hat er sie zu einem kleinen Dutt auf den Kopf gebunden.

Die eine Stunde, die ihr Vater ihr für den Besuch bei Benni

eingeräumt hatte, war völlig ausreichend. Sie wusste gar nicht genau, was sie mit ihm reden sollte. Als man sie in diesem Keller eingesperrt hielt, sehnte sie sich nach ihm, schrieb Briefe an Benni in das Notizbuch, das dort auf dem Tisch lag. Was wohl daraus geworden ist?

Als Benni sie ungeschickt umarmte und von ihm ein Geruch in ihre Nase stieg, den sie nicht mochte, wusste sie, dass es vorbei war. Mit ihm und seinem Bruder würde für immer die Erinnerung an die Entführung verbunden bleiben. Sein Zimmer, seine Playstation, der große Monitor und der schmuddelige Sessel davor, auch der Weg zu dem Haus, in dem er mit seinem Bruder lebte, legten sich Schicht für Schicht über diesen Jungen, den sie geküsst hatte, in den sie einmal verliebt zu sein glaubte. Er druckste herum, wollte erfahren, was sie erlebt hatte. Vor allem versuchte er herauszufinden, wie es jetzt zwischen ihnen stand. Ob sie an ihn dachte. Sie berichtete so distanziert wie möglich, vermied es, ihre Gefühle zu zeigen, eigentlich wollte sie nicht darüber sprechen, wie es ihr ergangen war. Benni legte ihr seine Hand auf ein Bein. Durch den Stoff der Hose fühlte sie seine Unsicherheit, seine vielen Fragen, die sie aber nicht beantworten wollte. Sie rückte von ihm ab und sagte ihm, sie glaube, das würde nichts mit ihnen werden. Verwirrt schaute Benni sie an, es täte ihm so sehr leid, stammelte er. Viktoria betrachtete ihn und sah nur einen kleinen Jungen, der sich entschuldigte, weil er eine Tasse mit Milch fallen gelassen hatte. Sie fragte ihn, ob er von dem Plan seines Bruders, an dem vermutlich auch Angela ihren Anteil hatte, wusste. Empört wies Benni die Frage zurück, wie konnte sie nur so von ihm denken. Er habe sich große Sorgen gemacht, als ihr Vater und die Polizei auftauchten und nach ihr fragten. Er nannte seinen Bruder einen Idioten, dem es recht geschehe, im Gefängnis zu sein. Benni tat sich selbst am meisten leid, er begann zu weinen. Als Viktoria ihn so sah, tröstete sie ihn nicht, sie stand einfach auf, sagte: »Man sieht sich«, rief ihren Vater an und ging.

Sie müht sich, den Fragen von Fred zuzuhören. Er fragt Viktoria nach der Schule, vermutet, es müsse schwer für sie sein, mit den Leuten in ihrer Klasse, die bestimmt sehr neugierig sind. Ob sie sich überlegt hat, die Schule zu wechseln. Viktoria bejaht, das hat sie, aber es ist eben nicht so leicht, weil sie noch den Asylstatus hätten. Sie fände es gut, von hier wegzugehen, am besten nach Berlin. Kurz schaut sie zu ihrem Vater, wie um sich zu versichern, ob er mit ihr mitkommt, aber er ist mit Sandra Mechtigkeit ins Gespräch vertieft. Fred sagt, er verstehe Viktoria, alle wollten nach Berlin, da lebten mehr Menschen aus anderen Ländern, er benutzt die Begriffe ›divers‹ und ›people of color‹. Er meint es zugewandt, möchte seine Verbundenheit ausdrücken, doch Viktoria ist noch immer etwas irritiert von diesen Wörtern. Eigentlich will sie nicht anders sein als alle anderen. Sie hat einmal mit ihrer Großmutter am Telefon über ›black life matters‹ gesprochen und ihr erzählt, sie würde in Deutschland zu ›people of color‹ gehören. Leider seien sie und ihr Vater die Einzigen mit schwarzer Haut in ihrem Dorf. Die Großmutter hat nur gelacht, die Menschen hätten eben verschiedene Hautfarben, überall auf der Welt, es sei wichtig, das Herz auf dem rechten Fleck zu haben. Die ungleiche Verteilung von Reichtum und Armut sei das eigentliche Problem, gerade in einem Land wie Uganda, wo sich nur die Leute mit Geld eine Corona-Impfung leisten konnten, die Armen sind einfach elendiglich gestorben.

Fred erzählt von Freiburg, der Stadt im Süden Deutschlands, wo seine Freundin studiert. Berlin fände er auch ganz toll, aber letztlich ist es ihm egal, wo er landet. Er hofft auf die Chance, das machen zu können, wofür er brennt. Fred legt sich selbst eine Hand auf die Brust und lächelt Viktoria breit an. Sein Charme schmeichelt ihr, wie eine schnurrende Katze, die um die Beine streicht. Sie vergisst für einige Momente den Schatten des Mannes, den sie auf dem Friedhof gespürt hat. Ebuk fragt sie, was sie trinken möchte. Sie schaut auf die Getränkekarte und fragt Fred, was Almdudler ist. »Gute Idee, nicht so süß, eine Art Limonade.« Es scheint ihm wichtig zu sein, auf ihrer Seite zu stehen und von ihr gemocht zu werden, vielleicht weil sie entführt wurde, vielleicht, weil er sie als ein Opfer sieht. Viktoria tut die Zuwendung von Fred gut, auch wenn er sich ein wenig zu sehr bemüht. Sie erzählen sich die Serien, die sie während der Pandemie geschaut haben. Wie sie *Bridgerton* gefunden habe? Viktoria zuckt die Schulter, na ja, nur weil die Königin schwarz ist, macht das keine gute Serie aus, findet sie. Fred gibt ihr sofort recht, ihm habe aber Regé-Jean Page gefallen, der Hauptdarsteller. Er möchte wissen, ob ich auf schwarze Männer stehe, überlegt Viktoria. Sie sagt, er habe einen süßen Hintern und kichert. Fred versucht es mit einem Lachen, er will eigentlich über Schauspielleistungen referieren.

Viktoria fordert ihn heraus, will seine Nettigkeit auf die Probe stellen.

»Was hältst du von dem Film *Alien*?«, fragt sie ihn.

Er tut so, als ob er überlegt. Er muss zugeben, er kennt den Film nicht. Viktoria belehrt ihn, dass es mehrere Alien-Filme gibt. Ihre Mutter hat sie geschaut, früher in Uganda. Als er den Filmtitel hört, dreht sich Ebuk spontan zu ihr um. »Stimmt doch«, fragt Viktoria ihn, »das hat Mama immer geschaut. Wie heißt die Raumfahrerin?«

»Ellen Ripley«, kommt es von Ebuk.

»Cool, aber kenn ich nicht. Sorry«, sagt Fred.

Ebuk und seine Tochter schauen Fred erstaunt an.

Später fährt Jana sie zurück in ihr Dorf am klaren See. Sie ist froh, dass alles gut gegangen ist, alle friedlich miteinander geredet haben. Wenn jemand fünf Jahre nach seinem Tod beerdigt wird, sind die Wunden verheilt und es gibt nichts mehr auszuteilen. Die Gründe, sich zu streiten oder zu betrinken, hat die Zeit weggewischt. Sie erzählt Ebuk, wie die Menschen voller Hochachtung von ihm und seiner Tochter gesprochen hätten. Sie bedankt sich für die Begleitung. Ebuk fragt nach Walter, den offenbar etwas bedrücken würde und der früher gegangen ist. Jana will Ebuk nicht erklären, was in diesem Mann vorgeht, obwohl sie es weiß: Er ist auf Ebuk und auf ihre neue Stelle eifersüchtig. Sie haben vereinbart, dass Viktoria diese Nacht bei Jana im Haus schlafen wird. Aus Sicherheitsgründen, denn der Mann, der sie entführt hat, ist noch nicht gefasst. Fred und Viktoria wollen zusammen den ersten der vielen Alien-Filme anschauen, was Ebuk keine gute Idee findet, aber er hat keine Argumente, es ihnen auszureden. Soll er ihnen etwa erzählen, Prudence spuke ihm gelegentlich als Ellen Ripley durch den Kopf? Jana freut sich darauf, Viktoria als Gast zu haben, ihr Haus stehe ihr immer offen, sagt sie. Auch dann, wenn Fred wieder abgereist ist. Ebuk bedankt sich bei Jana, er ist sehr froh für dieses Übernachtungsangebot. Er sagte es nicht, aber das macht es ihm einfacher, die Nacht über auf Anselm Molder zu lauern, der bestimmt auftauchen wird.

14

Ebuk löscht das Licht, verlässt die Wohnung und verschließt die Tür von außen. Er geht durch den langen
dunklen Flur, bis zur Stirnseite des Wohnblocks, dort öffnet
er das Flurfenster und klettert leise hinaus.

Um den alten Betonklotz am Hang stehen Bäume, ein
kleines Wäldchen, durch das schmale Wege aus dem Ort zu
den Straßen führen. Ebuk geht oft hier entlang, weil es kür-
zer zur Bushaltestelle ist; Viktoria mag den Wald nicht, sie
nimmt lieber die Straße. Nach der Sturmnacht sind auch hier
junge Bäume umgefallen, die noch nicht Zeit genug hatten,
ihre Wurzeln ausreichend tief auszutreiben. Etwas Müll liegt
manchmal in dem kleinen Wald, Ebuk hat schon ein altes
Plastikfenster gefunden, ein Schutzblech für ein Fahrrad und
Plastikbecher für asiatische Nudeln. Den Müll hat er an den
Waldrand abgelegt, irgendwann wird er mit einem Kollegen
hier vorbeifahren und ihn mitnehmen.

Ebuk kauert neben einem Baumstumpf. Von hier kann er
sowohl die Rückseite des Blocks einsehen als auch die Straße
davor. Der Himmel ist bewölkt, es ist ziemlich dunkel. Mit
seiner schwarzen Kleidung verschmilzt er mit dem Wald. Er
hört auf die wenigen Geräusche, manchmal raschelt ein Tier
durch das Laub, einmal sieht er zwei Rehe, so schwarz wie
er. Als sie ihn wittern, rennen sie weg.

In einem Wald in Uganda könnte er nicht so ruhig und
bewegungslos warten. Große und vor allem kleine Tiere
würden sich für ihn interessieren, sein Schweiß sie anlocken
und sie in Versuchung führen, sich zwischen die Kleidung
und die Haut zu schieben. Für Observationen, bei denen

man lange ruhig sitzen und aufmerksam bleiben muss, ist er nicht geeignet. Er überließ diese Polizeiarbeit gerne jüngeren Männern, damit sie ihre Aufmerksamkeit trainieren konnten. Erfahrung mit der Jagd auf Tiere im Wald hatte eigentlich keiner mehr. Nur grüne Heuschrecken einzusammeln, lernten noch viele, wenn sie nachts zu Tausenden, angelockt von großen Lichtern, gegen Bleche knatterten. Auch Bobi Wine, der Popstar, der gegen den Präsidenten angetreten war, hatte einmal als Sammler von Grashüpfern angefangen. In Öl gebraten, mit Chili und Zwiebeln schmeckten sie ganz gut, aber Ebuk mochte die sperrigen Insekten trotzdem nicht in den Mund nehmen.

Mit Razorn hat Ebuk sich besprochen, aber weil es keinen konkreten Verdacht gegen Molder gibt, konnte er ihm keine Verstärkung zusagen. Das Bundeskriminalamt sei eingeschaltet, der Mann stehe auf der Fahndungsliste. Die Fahnder hatten die Passagierlisten der von Ibiza abgehenden Flugzeuge und Fähren durchgesehen, konnten nachvollziehen, wie er gereist war. Aber wo sich Molder in Deutschland gerade aufhält, weiß man nicht. Ob der Mann am Friedhofszaun wirklich der Gesuchte ist, dafür gebe es keinen Beweis. Auf Ebuk wirkte Razorn müde, die Beerdigung seines alten Kollegen Paul Kugelmann hat ihm zu schaffen gemacht. Auch Sandra, die ihm viel über die Polizeilaufbahn in diesem Land erklärte, konnte ihm keine Hilfe anbieten. Personenschutz müsse beantragt werden, das wäre bei ihm und Viktoria schwierig, weil sie keine Prominenten sind. Sandra bat ihn, vorsichtig zu sein, die Haus- und Wohnungstür gut abzuschließen und nicht wieder auf eigene Faust zu ermitteln. Ebuk versprach, sie sofort zu verständigen, sobald sich etwas Verdächtiges ereignen sollte. Sie gab ihm ihre private Mobilfunknummer.

Wie bei früheren *sleepovers* hat Viktoria auch heute ihren Schlafanzug mitgenommen, die Zahnbürste, etwas Wäsche und das Bild ihrer Mutter. Kräftig hat sie ihren Vater umarmt, sagte ihm, es wäre ihr unwohl wegzugehen, doch Ebuk beruhigte sie, er sei nicht weit und freue sich, wenn sie mal wieder was anderes unternehme, als immer nur bei ihm rumzuhängen. Er versuchte, Späße zu machen, aber Viktoria und er kannten sich inzwischen so gut, sie hat seine Anspannung gespürt. Seltsam zu wissen, wie sie sich jetzt mit Janas Sohn diesen Film ansieht. Ob Jana auch mitschaute? Sie würde Ellen Ripley mögen, die Frau, die ihn in den vergangenen Nächten, in seinen Selbstzweifeln, seinen Selbstanklagen, immer wieder aufgescheucht hatte.

Es knallt, Glas splittert. Er war eigenickt, verwundert öffnet er die Augen und sieht einen orangenen Lichtschein, der die Straße vor ihrer Wohnung erleuchtet. Dort steht ein Mann; er hält sich einen Arm vors Gesicht, er bewegt sich nicht, er wartet, was passiert. Ebuk springt auf, macht einen großen Satz und rennt los, auf den Mann zu. Der wendet den Kopf zu ihm und läuft ebenfalls sofort los, die Straße entlang, gleich ist er aus dem Lichtschein verschwunden und von der Dunkelheit verschluckt. Ebuk setzt ihm nach, so schnell er kann, doch als er ihn nicht mehr sieht, bleibt er stehen, spürt die Hitze im Rücken. Hinter ihm greift das Feuer aus der Wohnung nach dem alten Baum davor, wo die Spechte ihre Nahrung suchen.

Aus dem Wald hört er ein Niesen und unterdrücktes Husten, dann Äste knacken. Er nimmt die Verfolgung auf, der Mann, den er jagt, tut sich schwer, stolpert, fällt über einen der umgefallenen Bäume, knallt hin. Gleich ist Ebuk in seiner Nähe, sein Atem geht schnell, er bleibt stehen. Er wird ihn nicht einfach anspringen, der andere könnte eine Waffe haben, er wird ihn hetzen, wie ein Tier. Er legt die Hand auf einen Baumstamm, um sich zu versichern. Der Wald soll auch in dieser Nacht auf seiner Seite sein. Ebuk sieht, wie der Mann sich wieder aufrappelt, er atmet schwer, schnäuzt sich, versucht sich zu orientieren. Als er keine Schritte vernimmt, richtet er sich auf. Ebuk greift einen Stock und wirft ihn in Richtung des Mannes. Es raschelt und knackt, der andere beginnt wieder zu laufen, schlägt einen Haken. Vom Dorf her ist Geschrei zu hören, das Feuer wurde entdeckt. Ebuk nimmt weitere Äste vom Boden auf und wirft sie dem Flüchtenden nach. Der Angreifer versucht, ihm auszuweichen, sieht in der Dunkelheit eine Mulde nicht und stürzt hinein. Ebuk hat ihn eingeholt, in der Hand einen kräftigen Knüppel. Vor ihm liegt eine dunkle Silhouette, die von ihm weg zu einem Baumstamm kriecht. Die Gestalt krümmt sich, wendet sich Ebuk zu. Mit schnellen Stößen, in der Hand ein Messer, versucht er Ebuk von sich wegzuhalten. Er flucht, niest, dreht sich um, flüchtet weiter. Ebuk läuft an ihm vorbei und steht nun vor ihm. Der Mann keucht, kämpft mit seinem Atem, ändert erneut die Richtung. Durch die schwarzen Baumstämme flackert das Licht der brennenden Wohnung. Anselm Molder versucht den Waldrand zu erreichen, doch Ebuk erwischt ihn und schlägt ihn nieder. Molder fällt, liegt auf dem Rücken, in der Hand das Messer, mit dem er Ebuk auf Distanz halten will. Ebuk blickt auf den keuchenden, verschwitzten weißen Mann vor sich. Mit einem kräftigen Schlag trifft er die Hand, die das Messer hält, das in hohem Bogen wegfliegt. Molder schreit auf, blickt dem wütenden Mann über ihm ins Gesicht und streckt die Hände zur Seite. Ebuk kickt ihm mit dem Fuß kräftig in die Rippen, Molder krümmt sich, Ebuk greift mit einer Hand in seine Haare und mit der anderen zieht er ihn an seiner Jacke hoch. Wuchtig schlägt er Molders Kopf gegen den nächsten Baum, es gibt einen dumpfen Ton, dem Ebuk kurz nachhört. Das bekannte Geräusch eines Schädels auf Holz erklingt. Der Mann vor ihm winselt. Ebuk greift sich erneut seinen Kopf und knallt ihn noch einmal gegen den Baumstamm. Blut läuft über Molders Gesicht, seine Augen sind geschlossen. Als er ihn ein drittes Mal gegen den Baum schlagen will, hört Ebuk ein markerschütterndes »DAD!« hinter sich. Viktoria muss vor der brennenden Wohnung stehen und denken, er wäre dort drin.

»I'm here. *Here!*«, schreit er laut.

Er packt Molder am Kragen und schleift ihn über den Waldboden ins Freie. Seine Tochter kommt in ihre Richtung gerannt.

»Here!«, ruft er erneut. Seine Stimme kommt tief aus seinem Bauch. Mit einer Hand hält er Molder fest, dessen Körper zuckende Bewegungen macht. So sieht Viktoria ihren Vater, der aus dem Wald kommt und ein wildes Tier erlegt hat. Sie bleibt zunächst auf Abstand.

»Dad!«, fragt sie, »are you ok?«

Viktoria nähert sich langsam ihrem Vater und seiner Beute. Sie schaut ins Gesicht des Mannes am Boden.

»That's him«, sagt sie vorsichtig.

»Yep. Please take my phone, make a picture of the bastard and send it to the police.«

Kurz erhellt das Blitzlicht die Szenerie. Ebuk dreht den Mann vor sich auf den Bauch, biegt ihm einen Arm hinter den Rücken und zieht ihn hoch. So schleift er ihn zur Straße. Jana, Fred und ein paar Anwohner kommen ihm entgegen. In ihren Gesichtern steht das Entsetzen über das Feuer und den Brandstifter, den Ebuk zur Strecke gebracht hat.

Die Sirenen der Freiwilligen Feuerwehr sind zu hören, schnell nähern sich die blinkenden blauen Lichter. Das Feuer scheint den größten Teil der Einrichtung zerstört zu haben, es sucht sich neue Nahrung in den anderen Wohnungen. Dort ist allerdings nicht mehr viel, außer ein paar alten Plastikstühlen, leeren Ikea-Regalen, verschimmelten Matratzen. Die Männer von der Feuerwehr legen ihre Schläuche aus und setzen die Wohnungen unter Wasser. Wie hässliche Schminke ziehen sich schwarze Schwaden an der Fassade des Hauses hoch.

Ebuk hat sich einen Strick von den Feuerwehrleuten erbeten. Gefesselt liegt Anselm Molder vor ihm auf dem Bauch. Jana hat einen Arm um die zitternde Viktoria gelegt, Fred steht neben den beiden, das Gesicht fahl, die Augen aufgerissen.

Sandra Mechtigkeit und ihr Kollege Schmidt kommen in einem Streifenwagen angefahren, ungläubig betrachten sie das Geschehen. Schmidti klopft Ebuk auf die Schulter und nimmt Anselm Molder in seine Obhut. Er legt ihm Handschellen an und gibt den Strick an die Feuerwehrleute zurück.

»Gratulation«, murmelt Sandra zu Ebuk.

»Sorry«, sagt er, »aber er hat gerade meine Wohnung angezündet.«

»Gut, dass ihr nicht drin wart«, antwortet sie.

»Ich habe ihn erwartet.«

»Du bist ein guter Polizist, Peter Ebuk«, sagt sie ihm.

»Ja. Danke.«

Sandra und Schmidti fahren los, bringen Anselm Molder nach Neuruppin in eine Gefängniszelle.

Viktoria schmiegt sich an ihren Vater. »Du hast das Monster erlegt.«

»Es lebt noch und hat viele Köpfe«, antwortet er ihr.

»I say we take off and nuke the entire site from orbit«, sagt Viktoria mit einer Stimme, die versucht, so zu klingen wie Ellen Ripley.

Razorn ist müde. Nach der Beerdigung hat er Julia versprochen, es ruhiger anzugehen. Das Mädchen war gefunden, Paul bestattet. Sein Mörder musste noch ermittelt werden, das hatte er sich für die Zeit bis zu seiner Pensionierung vorgenommen. Er versprach Julia, auch mal wieder mit ihr wegzufahren, in irgendeine interessante Stadt, die sie vorschlagen kann.

Aber als sie schon im Bett lagen und das Telefon klingelte,

musste er sofort den Mann sehen, der Viktoria entführt hatte. Razorn fuhr noch in der Nacht zum Gefängnis und schaute zu, als Molder erkennungsdienstlich behandelt wurde. Er mochte diese Situationen, in denen die Verdächtigen und Täter ihr Gesicht in die Kamera halten mussten. Er fand es aufschlussreich, wie nackt oder wie verstellt sie sich zeigten. Er entschied, mit dem Verhör von Molder noch zu warten und nicht gleich in der Nacht zu beginnen. Der Mann schien ihm hochmütig und erschöpft, außerdem sollten die beiden Rheinsberger Polizisten erst einmal schlafen; auch für sie war es eine lange Nacht.

Razorn fand nicht wieder zur Ruhe, er kochte sich einen Kaffee, ging noch mal alle Aufzeichnungen durch. Ebuk hatte das richtige Gefühl gehabt, sich auf die Lauer gelegt und dann zugeschlagen. Razorn wirft sich vor, den Mann nicht besser unterstützt zu haben. Früher hätte er selbst im Wald gesessen; jetzt blieb er nachts nur noch wach, wenn er segelte und der Wind zu stark blies. Wenn Ebuk wirklich in Deutschland bleiben und hier Polizist werden will, wird er ihm helfen. Der Mann hatte mit vollem persönlichen Einsatz die entscheidenden Hinweise zusammengetragen und für die Verhaftung des Täters gesorgt. Er wird ihm eine Empfehlung schreiben, und vielleicht gibt es auch eine Auszeichnung oder so etwas Ähnliches.

Jetzt liegt es an Razorn, Molder vor Gericht zu bringen und diese Öko-Nazibande einzusperren.

Trotz der Tabletten halten die Kopfschmerzen an. Die Schrammen am Kopf haben sie mit ein paar Pflastern verklebt. Die Wut, von so einem dreckigen schwarzen Hund niedergeschlagen worden zu sein, lässt Anselm Molder nicht schlafen. Die grau-grünen Zellenwände, das fahle Licht, das durch das schmale Fenster scheint, die Kälte, es ist, als ob er in einer Regenpfütze liegen muss. Die Papiertaschentücher reichen nicht, die Nase läuft. Er schaut sich seine Tattoos auf den Unterarmen an, die wilden Linien und arischen Zeichen, die die Kraft seiner Götter beschwören, Götter, die ihn beschützen sollten. Sie sind von der Sonne bei der Feldarbeit ausgebleicht. Er findet nicht heraus aus seinem Labyrinth von Vorwürfen und Wut. Dank dieser beschissenen Klimaanlage auf der spanischen Fähre hat er sich die Erkältung eingefangen. Das schwächte ihn entscheidend, sonst hätte er den Typen im Wald niedergemacht. Warum war er nicht in der Wohnung? Das Schwein hat auf ihn gewartet. Vielleicht war der Plan beschissen, die beiden auszuräuchern und sich das Mädchen zu schnappen, wenn sie in Panik aus dem Haus rennen. Er hat es nicht durchdacht, auch das eine Folge des Fiebers. Wäre er noch zwei Tage bei Kerstin geblieben, hätte er klar gesehen und alles richtig gemacht.

Wala wird ihre Anwälte schicken, die ihn rausboxen. Oder er sagt alles aus, er macht sie und das verlogene Siedlerdorf fertig; es gibt keine arische Gemeinschaft, es gehört alles ihr, ihr und ihrem reichen jüdischen Banker in der Schweiz. Wenn er reinen Tisch macht, wenn Anselm alles sagt, nimmt ihn Kerstin vielleicht wieder zurück. Sie war für ihn da, als es ihm schlecht ging. Das wird er ihr nie vergessen. Doch wie denkt sie über ihn, wenn er zugibt, eine Schwarze entführt zu haben? Nachdem er ihr zufällig begegnet war, im Supermarkt, hatte er die Entführung ja eigentlich beendet. Er kaufte Tampons für das Mädchen, das macht doch kein böser Mensch, er ist fürsorglich, er würde auch Tampons für die gemeinsame Tochter kaufen. Dann ist da noch der erschlagene Polizist. Sie werden keine Beweise dafür finden, dass er es war. Die einzigen Zeugen sind Erika und Heinrich, die ihre eigene Tochter sterben ließen, weil sie ihre Leukämie nicht behandeln lassen wollten. Sie vertrauten auf alte germanische Heilkräuter und Walas Beschwörungen. Arische Kinder überstehen solche

Krankheiten, sie werden stärker und siegen, versprach sie ihnen. Oder sie sterben und werden in der Kirche geopfert und verbrannt, so wie die drei Alten aus dem Dorf. So ein Scheiterhaufen hält die Leute zusammen, das hat Wala bei diesem Russen gelernt, mit dem sie gefickt hat, der sie wegschickte, weil sie unfruchtbar ist. Deswegen verließ sie auch ihr reicher Mann. Die Kopfschmerzen sind fürchterlich, bestimmt hat er eine Gehirnerschütterung. Wenn er, Anselm Molder, rauskommt, übernimmt er das Gut. Wala wird vor ein Volksgericht gestellt, angeklagt, getötet und verbrannt. Er erbricht sich in dem Klo aus Stahl, wischt sich das Gesicht sauber, legt sich wieder hin. Nein, er geht nicht wieder in den Knast. Diese Schlampe muss ihn hier rausholen. Dann geht das Licht an, die Tür wird entriegelt.

Er sitzt zwei Polizisten gegenüber, die Frau, Mechtigkeit, hat er schon einmal gesehen, sie war auf dem Gut, als sie den Transporter gesucht haben. Den alten Polizisten, Razorn, kennt er noch nicht.

Die Polizisten halten ihm die Entführung von Viktoria Ebuk vor, sie hat ihn eindeutig identifiziert. Außerdem gibt es seine DNA-Spuren in dem grauen Transporter, den sein Kumpel Schlatterer übernommen hat, und auch in der Wohnung in Berlin gibt es genügend Beweise für seine Anwesenheit. Er wird für einige Jahre ins Gefängnis gehen, sagt ihm Mechtigkeit voraus. Nein, wird er nicht. Er hat alle Trümpfe in der Hand. Wenn seine Kopfschmerzen vorbei sind, spielt er sie aus.

Sie haben das Grab von Sabine Röter auf einer Insel im Rheinsberger See gefunden. Razorn möchte wissen, was dort vor fünf Jahren geschehen ist. Warum er den Polizisten Paul Kugelmann erschlagen hat, fragt ihn der Polizist. Wieder bewegt er den Kopf leicht, mehr geht nicht, er verzieht das Gesicht wegen der Schmerzen, putzt sich die Nase. Sie brechen ab, schicken ihm einen Arzt, der ihm stärkere Tabletten gibt. Dann muss er wieder in die Zelle.

Sie haben Erika und Heinrich Röter vorgeladen, und vor allem Mechtigkeit empfindet großen Widerwillen gegen die Mutter. Die Haare auf ihren Unterarmen richten sich auf, als die Frau den Raum betritt.

Sie werfen dem Ehepaar zunächst einen Verstoß gegen das Gesetz über das Bestattungswesen vor. Sie haben keine Leichenschau für ihre Tochter veranlasst und sie nicht auf einem Friedhof beigesetzt. Sie könnten mit einer Geldbuße bis zu zehntausend Euro belangt werden, macht Razorn ihnen klar. Das Ehepaar sitzt da in ärmlicher Kleidung, beide Gesichter scharf geschnittene Masken, von ihnen geht ein starker Geruch nach Deodorant aus, der die Ausdünstungen ihrer ungepflegten Körper und der Angst überdecken soll. Mechtigkeit blättert in ihren Unterlagen. Sabine Röter ist damals an Leukämie erkrankt, trägt sie vor. Es gab eine Auseinandersetzung mit einem Rheinsberger Arzt, dessen Behandlung die Eltern abgelehnt haben. Keine Regung der beiden. Möglicherweise könnten wir sie wegen unterlassener Hilfeleistung mit Todesfolge anklagen oder wegen Mord, meint Mechtigkeit zu Razorn. Wieder keine Reaktion des Ehepaars. Razorn macht weiter. Er hat die beiden Aquarelle, die er in dem Mädchenzimmer fotografierte, ausdrucken lassen und schiebt sie über den Tisch. Er deutet auf das Kirchlein und dann auf die Insel.

»Hier habt ihr sie verbrannt und hier vergraben«, sagt er. Razorn und Mechtigkeit blicken weiter in versteinerte Gesichter.

»War es ein besonderer Feiertag, als Sie auf die Insel fuhren, auf die an diesem Tag zufällig auch mein Kollege Paul Kugelmann kam? Haben Sie ihn zusammen erschlagen? Oder war es nur Molder? Waren Sie zu dritt? Sie haben den toten Mann an Land geschafft und irgendwo im Wald verscharrt.«

Razorns Stimme klingt rau, als er leise und klar ausspricht, wie es zum Mord an Paul gekommen sein könnte.

»Wir haben gestern Nacht Molder verhaftet, wegen Entführung von Viktoria Ebuk und wegen schwerer Brandstiftung«, informiert Mechtigkeit.

»Er möchte nicht auch noch wegen Mordes angeklagt werden«, schiebt Razorn nach. Heinrich Röter beginnt sich zu bewegen, er rutscht unruhig auf seinem Sitz hin und her, seine Frau wirft ihm einen strengen Blick zu.

»Wir verlangen einen Anwalt«, kommt von Erika Röter.

»Frau von Anschütz ist bestimmt schon aktiv geworden«, zischt Razorn.

Doch Razorn stellt fest, dass Wala von Anschütz die drei Verdächtigen, die bei ihm in Haft sitzen, nicht unterstützen will. Offenbar hat sie beschlossen, nichts zu unternehmen und den Schmutz, der um sie herum aufwirbelt, einfach an sich abprallen zu lassen. Die eine Nacht in der Untersuchungshaft war eine Lehre für sie.

Weder Erika und Heinrich Röter noch Anselm Molder bekommen von ihr einen Anwalt gestellt. Razorn besucht die drei Inhaftierten in ihren Zellen, um die Nachricht zu überbringen. Ihnen wird ein Pflichtverteidiger zugeordnet werden. Bei Anselm Molder kann Razorn zusehen, wie er in sich zusammenfällt, als er begreift, er ist allein, auf Wala kann er nicht hoffen. Heinrich Röter reagiert verunsichert, er möchte etwas fragen, aber beginnt zu stottern, er kann sich weder mit seiner Frau noch mit Wala absprechen, was als Nächstes zu tun ist. Erika bleibt kalt, sie hat keine Einwände gegen einen Pflichtverteidiger. Heinrich Röter quält sich eine Nacht, dann fragt er nach Razorn. Er erklärt ihm, er hätte sich entschieden, Schluss zu machen. Heinrich Röter will aussteigen und alles sagen, was er weiß.

Für Razorn und Mechtigkeit bringt das die Wende.

Heinrich Röter beschuldigt seine Frau, für den Tod der Tochter verantwortlich zu sein. Sie hat auf Wala gehört, sagt er aus, sie vertraute den Kräutern, die sie kommen ließ. Doch die halfen nicht, das Kind starb in seinen Armen. Heinrich weint ohne Tränen, es klingt, als ob er Sand spuckt. Sie verbrannten den Körper in der alten Kapelle in einem großen Zeremoniell, das Wala anleitete. Dann beerdigten sie eines Nachts ihre Asche auf der heiligen Insel. Der Grabstein war erst später fertig, erst im November. Anselm, Erika und er brachten den Stein gemeinsam auf die Insel. Plötzlich tauchte dieser Mann dort auf. Anselm bat ihn wegzugehen, sie hätten eine private Feier, aber er sagte, er sei Polizist und wollte wissen, was vorgehe. Es kam zum Streit, Anselm griff sich einen Stein, der im Wasser lag, und schlug ihn damit nieder. Er wollte ihn nicht töten, er sollte sie nur nicht stören, sagt Heinrich Röter aus. Aber der Mann wachte nicht mehr auf. Heinrichs Blick ist starr auf den Metalltisch vor ihm gerichtet.

Sie schafften den Mann, der im Wasser lag, dann in seinem eigenen Boot an Land, zerstörten es, verstreuten seine Ausweise und Kreditkarten. Als sie sich die Ausweise ansahen, merkten sie, dass er tatsächlich ein Polizist war. Es sollte so aussehen, als ob er im Eis untergegangen sei. Den Leichnam trugen Anselm und er in den Wald, wo sie ihn irgendwo vergruben, sie hatten ja Schaufeln dabei. Heinrich blickt auf, schaut die beiden Polizisten vor sich an, nickt kurz, um zu bestätigen, er ist mit seiner Geschichte zu Ende gekommen. Er trinkt das Glas Wasser aus, das neben ihm steht.

Razorn lässt den Mann wieder zurück in seine Zelle bringen. Mechtigkeit und er bleiben noch eine Weile sitzen, ohne etwas zu sagen.

Viktoria und Ebuk bekommen schon am Tag nach dem Brand eine neue, möblierte Wohnung zugewiesen, diesmal in Rheinsberg. Eine schicke Ferienwohnung, für die die Stadt einige Wochen die Kosten übernimmt. Ebuk folgt Viktoria durch die drei Räume, die die schweren Möbel und das Ledersofa berührt. Viktoria staunt über den großen Fernsehmonitor, über die vielen Kochutensilien und Geräte in der Küche. Es glänzt alles und riecht sauber, vor den Fenstern hängen weiße Gardinen. Ebuk geht wie betäubt durch die neue Wohnung, er spürt um sich eine Wolke aus Nebel, der schwer zu durchdringen ist. Die letzten Tage und Nächte hängen an ihm wie dunkle Ketten. Jana hatte sich rührend gekümmert und für die beiden Schlafmöglichkeiten in ihrem Haus eingerichtet. Aber Ebuk hat nur wenig Schlaf gefunden. Immer wenn er die Augen geschlossen hat, sah er die brennende Wohnung vor sich und die Silhouette des Mannes, wie er durch den Wald rannte. Der dumpfe Klang des Kopfes, den er gegen den Baum schlug, hallt in ihm nach. Nur weil Viktoria ihn gerufen hat, ließ er von ihm ab, sonst hätte er ihn getötet.

»Nicht schlecht«, sagt Viktoria und grinst, »der Brandanschlag eines Rassisten hat uns von Flüchtlingen zu Gästen gemacht.«

Schmidti und eine Mitarbeiterin der Volkssolidarität, wie der hiesige Wohlfahrtsverband noch aus DDR-Zeiten heißt, helfen ihnen, Kleidung einzukaufen und alle weiteren Dinge zu besorgen, die sie fürs Erste benötigen. Ebuk und Viktoria bedanken sich für die Hilfe.

Seit sie aus Berlin zurück ist, war Viktoria immer wieder in Kontakt mit Rania, einem der drei Mädchen, die sie in Berlin kennengelernt hatte. Sie schickt Rania Fotos von der ausgebrannten und der neuen Wohnung, kommentiert den Umzug bissig. Rania schreibt ihr zurück und fordert sie auf, sie in Berlin zu besuchen. Viktoria bedrängt ihren Vater, ihr den Besuch in Berlin zu erlauben, jetzt, da das Schwein im Gefängnis sitzt, könne sie doch fahren. Ebuk fühlt sich überfordert, er bittet sie noch um etwas Geduld, sie müssen doch erst umziehen.

»We already moved in, Dad«, sagt Viktoria, »this is what we have. Only us.«

Ebuk ist irritiert, schaut sie an und umarmt sie. »Tomorrow«, antwortet er nur, setzt sich auf das große Ledersofa und macht die Augen zu. Viktoria lässt sich neben ihm nieder, beginnt auf ihrem Smartphone zu tippen.

Am nächsten Tag bringt Ebuk Viktoria zum Bahnhof. Sie gehen zu Fuß durch die Stadt, an den beiden großen Einkaufsmärkten und ihren Parkplätzen vorbei. Das alte Bahnhofsgebäude beherbergt eine Gastwirtschaft, die wie immer geschlossen ist. Es gibt für den einsamen Bahnhofschef noch einen kleinen Raum am Gleis, um die Signale für die wenigen Ab- und Anfahrten der Züge zu kontrollieren. Rheinsberg ist ein Kopfbahnhof, von hier geht es nicht weiter, nur wieder zurück. Früher wurden von diesem Bahnhof Arbeiterinnen und Arbeiter, Brennstäbe und die Castorbehälter zum Atomkraftwerk gebracht. Heute steht zur Erinnerung an dieses Bauwerk im Wald noch ein letzter Atomtransportwaggon auf einem Gleis, den man als wartender Reisender betrachten kann.

Auf dem einzigen Bahnsteig treffen sie auf Jana und Fred, der sich wieder nach Freiburg aufmacht.

Ebuk telefonierte mit Rania, die Viktoria in Berlin am Bahnhof abholen wird, und mit Ranias Mutter, die verspricht, sich um die Mädchen zu kümmern. Es beruhigt ihn, dass Fred Viktoria nach Berlin begleitet. Sie wird ihr Smartphone nicht ausschalten und ihren Vater morgens und abends anrufen. Es ist eine kleine Reise, sie wird nur einen Tag und eine Nacht dauern, aber Ebuk empfindet es als großen Schritt, sie nach Berlin fahren zu lassen. Er umarmt seine Tochter; auf einmal ist sie erwachsen, stellt Ebuk fest.

Fred und Jana versprechen sich, regelmäßig in Kontakt zu bleiben, sich zu schreiben und zu besuchen. Ihre Umarmung ist herzlich, Jana fällt es schwer, ihren Sohn loszulassen. Fred gibt ihr einen Abschiedskuss auf die Wange. Der Zug fährt ein, die beiden jungen Menschen steigen ein, dann setzt er sich wieder in umgekehrter Richtung in Bewegung. Jana und Ebuk schauen ihm für einen Moment nach.

Dann stehen sie neben Janas Auto vor dem Bahnhof. Es fühlt sich seltsam gewöhnlich an, wie bei zwei Eltern, die ihre Kinder in die Ferien geschickt und keine Pläne gemacht haben, was sie mit der freien Zeit anfangen sollen. Jana erkundigt sich nach der neuen Wohnung.

»Es ist wie in einem Hotelzimmer. Hübsch.«

»Die Reise ist noch nicht zu Ende«, meint Jana.

Ebuk nickt. »Meine Kollegen haben mich zum Fußballtraining heute eingeladen.«

»Das freut mich. Ich werde mich in die Arbeit stürzen. Es gibt ein paar dringende Dinge zu erledigen.«

Sie schauen sich an, sind sich nah, stehen unsicher auf den runden Pflastersteinen vor dem kleinen Bahnhof. Die wütenden Winde, die sie zusammengebracht haben, scheinen müde zu sein.

»Wenn du willst …«, beginnt Jana, »ich würde mich freuen, wenn du heute Abend auf ein Glas Wein vorbeikommst.«

Ebuk ist von ihrer Einladung nicht überrascht, er dachte immer wieder an diese Frau, wünschte sich, ihr nah zu sein, doch jetzt zögert er einen Moment.

»Ja, sehr gerne«, antwortet er.

Jana spürt seine Vorsicht. »Wenn du mehr Zeit brauchst …«

»Nein, ich freue mich. Es dreht sich so viel. Ich habe das Gefühl, ich bewege mich ständig im Kreis. Es fängt immer wieder von vorne an. Aber als Erstes muss ich neue Schuhe und ein Hemd kaufen. In den schmutzigen Klamotten kann ich nicht bei dir auftauchen.«

Ebuk lacht die Unsicherheit weg. Jana legt ihm ihre Hand auf die Brust, wie sie es schon ein paarmal gemacht hat. Sie blicken sich mit einem weichen Lächeln in den Augen an und verabschieden sich.

Als Jana die Büroetage betritt, kommt ihr Frau Wendrich entgegen, die sie sofort in Beschlag nimmt und auf eine dicke Unterschriftenmappe zeigt. Das Büro von Professor Braunschweig, das sie übernehmen wird, ist noch nicht umgeräumt, aber sie soll sich schon mal an den Schreibtisch setzen, die Papiere durcharbeiten und unterschreiben, fordert Frau Wendrich sie auf. Jana verspricht es, steht am Fenster, durch das man den See, die vierundzwanzig Forschungszylinder und den Steg sehen kann. Wieder steht dort Walter, hantiert mit Taucherausrüstung und Gerätschaften herum, die wie Schrubber aussehen.

»Was hat Dr. Glasen denn da vor?«, ruft Jana Frau Wendrich zu.

»Er will überprüfen, ob die Membrane der Zylinder dicht sind, und sie reinigen«, kommt von ihr zurück. Es klingt genervt. »Ich glaube ja, der ist selbst nicht mehr ganz dicht.«

»Bitte, Frau Wendrich«, ermahnt sie Jana, »ich komme gleich wieder.«

Jana eilt auf den Steg zu Walter. Als er sie kommen sieht, richtet er sich auf, sein Gesicht ist mürrisch, seine Haare stehen aufrecht im leichten Wind. In der Hand hält er die schwere Druckluftflasche mit dem Atemregler.

»Hallo, Walter«, beginnt Jana.

»Was willst du?«

»Danke, dass du bei der Beerdigung warst.«

»Er war ein anständiger Mann, dein Bruder.«

»Ja, das war er.«

»Ich muss arbeiten. Hast du nicht wichtige Dinge im Chefbüro zu erledigen?«

»Das kann warten. Nimmst du mich mit rüber?«

»Ich geh in den See«, antwortet Walter.

Jana steht abwartend, doch dann macht er eine Geste zum Boot hin. Jana steigt ein, setzt sich nach hinten, Walter reicht ihr die Metallflasche mit der Atemluft ins Boot, springt rein und startet. Als sie losfahren, stürzt eine seltsame Ahnung auf Jana ein. Sie hört ein Flattern hinter sich, als ob eine Fahne im Wind weht, sie dreht sich um, aber da ist nichts. Langsam und leise bewegen sie sich von Steg und Ufer weg, auf den See hinaus. Der riesige, klare Organismus des Wassers und seiner Bewohner liegt ruhig da und begrüßt sie. Durch ihre vielen Begegnungen kommt ihr dieser See wie ein großes eigenes Wesen vor, ein Körper, der aus vielfältigen Gliedern und Organen zusammengesetzt ist. Es gibt kein einzelnes Herz, wie bei einem Säugetier, dafür unterschiedliche Kraftquellen, die ineinanderfließen, sich überlagern und gegenseitig nähren.

Als sie bei der Versuchsanlage ankommen, betreten sie die schwankende Konstruktion. Walter vertäut das Boot, und Jana hilft ihm, seine Gerätschaften und die Taucherausrüstung auszuladen. So oft war sie hier draußen, hat Messinstrumente überprüft, Fische eingesetzt, Fische mit dem Kescher rausgeholt, in dünnen Schläuchen kaltes Wasser und warmes Wasser in die Zylinder gedrückt, um veränderte klimatische Bedingungen herzustellen, deren Auswirkungen sie dann untersucht haben.

»Du glaubst, eine der Membranen ist schadhaft?«, fragt sie. Als Chefin hätte sie ihn auch schärfer angehen können, was das hier soll, ob er nichts Besseres zu tun hat, als hier den Hausmeister zu spielen. Aber sie ist noch nicht in ihrer neuen Rolle angekommen. Sie will versuchen, die Spannungen zwischen ihr und Walter durch Reden zu beseitigen. Walter antwortet nicht, er zieht sich die schwarze Taucherjacke an.

»Warst du mit ihm im Bett?«, fragt er scharf.

»Bitte?«

»Er hat bei dir übernachtet.«

»Seine Wohnung wurde angezündet«, empört sich Jana. Sie ist von Walters Angriff völlig aus dem Konzept gebracht. »Was erlaubst du dir!«

»Ah, entschuldigen Sie, Frau Dr. Kugelmann. Sie sind ja jetzt meine Chefin«, ätzt Walter. Er nimmt die Druckluftflasche hoch, stellt sie heftig auf dem Steg ab, hebt sie wieder an, geht einen Schritt auf Jana zu und donnert die Metallflasche erneut auf die schwankenden Bretter. »Meine Chefin fickt einen Flüchtling aus Afrika! Es lebe die Völkerverständigung!«, höhnt er und geht weiter auf sie zu. Jana weicht vor ihm zurück, aber es gibt nur die schmalen Stege zwischen den Zylindern. Sie streckt beide Arme zu ihm hin, die Finger gespreizt, er soll stehen bleiben. Es ist ganz still, kein Wind regt sich, nur ganz leise flüstern sich kleine Wellen das Ereignis über ihnen zu. Der See wartet gebannt.

»Walter, hör auf damit! Hast du getrunken? Was ist los mit dir?«

Jana steht dicht an der Aluminiumeinfassung, an der die Unterwassermembranen festgemacht sind.

»Was los ist, willst du wissen?« Walter tritt dicht zu Jana. Seine Gesichtszüge verkrampfen sich, als er spricht. »Was los ist! Ich hab mich in eine Frau verliebt, die mir an die Eier gefasst hat! Diese Schlampe hat meine Stelle geklaut und fickt einen dahergelaufenen Afrikaner! Das ist los!« Walter schreit. Er hebt die schwere Flasche und rammt sie Jana in den Bauch. Sie krümmt sich, kann sich nicht halten, stürzt rückwärts in den Zylinder hinter ihr. Mit dem Hinterkopf schlägt sie auf dem Gestänge auf, ihr Körper dreht sich auf den Bauch ins Wasser. Ausgebreitet, die Arme und Beine von sich gestreckt, schwimmt sie da. Unter ihren Haaren sickert Blut in das klare Wasser. Rote Schlieren wabern langsam an die Aluminiumgestänge. Jana blickt durch die rötlichen Streifen in die Augen der Fische, die von tief unten zu ihr hochschauen. Sie öffnet den Mund im Wasser und ruft den Tieren etwas zu, doch es ist eher ein Stöhnen. Ihr Körper zieht sich zusammen und streckt sich wieder. Mehrmals. Dann liegt sie ruhig. Sie spürt ein letztes Mal das schlagende Herz von Ebuk auf ihrer Hand, fühlt die Haare ihres Sohnes und sieht in seine Augen.

Eine braune Trübung schaukelt um sie herum. Auch die Fische unter ihr stehen ganz still, warten ab, was mit dem großen Körper geschieht, der über ihnen schwebt.

Walter steht nur da und sieht ihren Zuckungen zu, dann kniet er sich hin und fasst einen Fuß von ihr an. Er zieht sie zu sich, wie eine Boje, lässt dann aber wieder von dem leblosen Körper ab.

Der See würde Jana gerne noch ein wenig mitnehmen, weiter hinaus, und sie in die Tiefe ziehen, um für ihren Körper einen schönen Platz auf dem Grund zu finden, wo er sich auflösen und mit dem großen Organismus verschmelzen kann. Aber die Begrenzung durch die Zylinder verhindern das. Jana gefällt der Ort ihres Todes, hier kann sie bleiben. Sie wird Teil dieses Körpers, sie verschmilzt mit dem See, wie ein neues, spontanes Experiment. Gleich wird sie auch Walter, der sie gestoßen hat, dazu einladen, es ihr gleichzutun.

Walter atmet schwer, als er den Fuß der Toten loslässt, richtet sich auf, nimmt die Sauerstoffflasche, mit der er Jana getötet hat, wirft sie in das Boot und fährt los. Jana begleitet ihn, stellt sich neben ihn. Beide hören sie jetzt das Flattern einer Fahne im Wind, doch nur Walter dreht sich zu dem Geräusch um. Er lässt das große Rund mit den Versuchszylindern weit hinter sich und steuert seine Bojen an. Dort wirft er den Anker aus und macht sich bereit. Jana schaut ihm vom Wasser aus zu, wie er die schwere Sauerstoffflasche als Gewicht an seine Füße bindet. Es bilden sich kleine Wellen, als er sie ins Wasser wirft und hinterherstürzt. Walter wird in die Tiefe gezogen, hinab zu seinen Sedimenten, die er ein Leben lang erforscht hat. Jana schwebt mit ihm in die Tiefe. Gemeinsam mit einigen Fischen sieht sie ihm zu, wie letzte Luftblasen aus seinen Lungen kommen und er sich in seinen Schmerzen windet. Seine Augen bleiben geöffnet, als er zum letzten Mal durch das helle Wasser blickt.

15

Über dem Mittelmeer war es unruhig, mehrmals sackte das Flugzeug ab, die Passagiere seufzten laut auf, jemand erbrach sich. Die Frau mit den weißen Haaren, die neben Viktoria sitzt, bekreuzigte sich.

Viktoria schaut weiter gebannt auf den kleinen Bildschirm im Sitz vor ihr und lässt sich nicht ablenken. Als sich unter ihnen die große Wüste ausbreitet, wird der Himmel klar, sanft schiebt sich das Flugzeug durch den Himmel. Sie nimmt die Kopfhörer ab und schaut hinaus. Ein Summen liegt in der Kabine, die Stille nach einer Erschöpfung. Die ältere Frau versucht, ein Gespräch mit Viktoria zu beginnen, erst auf Englisch, und als sie ihr auf Deutsch antwortet, fragt sie nach, wo sie in Deutschland lebt. Berlin, antwortet ihr Viktoria, und ja, sie besuche ihre Familie in Uganda, ihre Großmutter. Ob sie ganz allein unterwegs sei, will die Frau wissen, es sei nicht immer sicher für Mädchen, abends solle sie nicht allein weggehen. Das sei anders als in Berlin, obwohl es da auch Stadtteile geben würde, wo man aufpassen müsse, als Mädchen. Viktoria rutscht auf ihrem Sitz hin und her, weil die Frau einen Nerv trifft. Seit der Entführung sitzt ihr diese verdammte Angst im Nacken, wenn sie irgendwo allein unterwegs ist. Allerdings fühlt sie sich in Berlin sicher, wo sie seit einem Jahr mit ihrem Vater lebt. Sie will der Frau nicht erzählen, dass für sie der gefährlichste Ort ein kleines Kaff in Brandenburg ist und nicht die große Stadt. Die Frau spricht einfach weiter, erzählt von ihrer Arbeit mit Flüchtlingen aus dem Süd-Sudan, die sie bei der Caritas im Norden Ugandas leistet. Mehrmals dreht sich Viktoria zu ihr um, nickt ihr zu

und schaut wieder hinaus in den blauen Himmel. Die Mehr-
zahl sei unter achtzehn Jahren, viele davon Waisenkinder,
sagt die Frau, die Mädchen hätten es besonders schwer, es
komme zu vielen Schwangerschaften von Teenagern. Immer
wieder warnten sie die jungen Dinger, aber vergeblich, es sei
eben ein langer Kampf gegen Krieg und Armut. Viktoria will
sich die Ohren zuhalten. Sie kann das Gerede der Frau nicht
abstellen. Gerne hätte sie sie angeschrien, sie will das Mitleid
von weißen Wohltätern nicht hören. Entweder kommen sie,
um Fotos oder Tiere in der sogenannten Wildnis zu schießen,
oder sie glaubten, den Armen in Afrika helfen zu müssen.
Aber sie zwingt sich, nicht unhöflich zu der kräftigen, blassen Frau mit den kurzen weißen Haaren zu sein.

Als sich ein großes schwarzes Band in dem gelben Land
unter ihr zeigt, sagt sie nur: »Der Nil.« Vereinzelt sind kleine
Ansiedlungen zu sehen. Langsam, fast vorsichtig, bewegt
sich das Flugzeug vorwärts, das Brummen in der Kabine
legt sich um sie. Sanft überfliegen sie den Fluss, zu dessen
Quelle sie reist. Zum Glück hört die Frau auf zu sprechen,
nimmt sich wieder ihre Kreuzworträtsel vor. Es dauert nur
noch zwei Stunden, dann landen sie auf dem Flughafen in
Entebbe, wo die Großmutter auf sie wartet. Ob sie sie gleich
erkennen wird? Sie haben oft miteinander telefoniert, fast
jeder Tag ihres Aufenthalts ist durchgeplant. Wie lange sie
in Kampala bleiben würden, wann sie nach Jinja fahren, in
welchem Bus, wo sie dort übernachten werden, wie sie ins
Dorf der Großeltern kommen. Es konnte nichts schiefge-
hen, jetzt, wo sie einen deutschen Pass hatte. Einen echten
Pass. Ihr Vater hatte keine Argumente mehr gefunden, ihr
die Reise auszureden.

Ohne große Freude hatten sie im Rathaus von Rheinsberg die letzten Formulare ausgefüllt. Die Passfotos hatten
sie schon vor Monaten abgegeben und die Unterschrift auf
einem elektronischen Pad geleistet. Als sie den rechteckigen

Pass endlich in den Händen hielt, strich sie mit den Fingern über die dunkelrote Textur und die goldene Schrift. »Europäische Union« stand da, und »Bundesrepublik Deutschland«. Ein goldener Adler, der den Kopf nach links dreht und die Zunge herausstreckt. Sie wurde zu einer Bürgerin des Landes, in das sie geflüchtet waren. Es knisterte geheimnisvoll, als sie die grünlichen Seiten öffnete. Unter einer plastifizierten glatten Seite glänzte ihr Passfoto, sie drehte sich zu ihrem Vater, der sie anschaute und lächelte. Jetzt war es so weit. Sie waren angekommen, aber noch immer saß ihr, wie eine Krähe, diese Traurigkeit auf der Schulter, die nicht weggehen wollte.

Der junge Bürgermeister war gekommen und gab ihnen die Hand, es sollte eine Willkommensgeste sein, aber für ihren Vater und für sie war es ein Abschied.

Der Grabstein für Jana war noch nicht fertig gewesen, ein Holzkreuz steckte in der Erde, links vom Grab ihrer Eltern. Der Grabstein des Bruders, den Jana noch selbst ausgesucht hatte, grüßte. Die Sonne schien, es war ein heißer Tag, die Trauergäste trugen Sonnenbrillen. Auch Fred kam, er hatte jetzt kurze Haare, seine Augen schienen größer geworden zu sein und verschlossener. Sie redeten nur wenig miteinander, sie erfuhr nicht, ob er an einer Schauspielschule angenommen worden war, noch welche Serien er jetzt gut fand. Unter seiner Lederjacke musste es heiß sein, aber vielleicht brauchte er sie, um sich zu schützen oder weil er gerade nur Kälte fühlte. Ihr Vater bewegte sich mechanisch, grüßte die Leute, die er kannte. Manche kondolierten ihm, obwohl er mit Jana nur wenige Tage und Wochen befreundet war. Aber bestimmt sahen sie ihm die Schuldgefühle an, die von ihm abstrahlten, wie Blinklichter von einem Leuchtturm. Seit ihrem Tod hat er nicht mehr viel gesprochen, er stierte Löcher in die Luft, saß abends wie eine Statue im Dunkeln auf dem Ledersofa. Sie setzte sich zu ihm, hielt ihm die Hand. Mehrmals entschuldigte sie sich bei ihm, weil sie diese idiotische Idee hatte, mit einem gefälschten Pass nach Uganda zu reisen, und so das ganze Unglück auslöste. Aber er umarmte sie immer wieder und versicherte ihr, es wäre nicht ihre Schuld, sondern ganz allein seine. Sich um den Pass zu kümmern, der tägliche Rhythmus von Aufstehen und zur Arbeit gehen, hielten ihn lebendig. Zum Fußballspielen hatte er keine Lust, obwohl sie ihm immer wieder sagte, es würde ihm guttun. Einmal kamen Razorn und Sandra Mechtigkeit vorbei und redeten lange mit ihm. Sie ließen ihm Papiere da, Informationen zu einer Ausbildung bei der Polizei. Einige Tage lagen die Broschüren herum, ohne von ihm angefasst zu werden. Schließlich platzte ihr der Kragen. Sie fing an zu schimpfen, richtig wütend wurde sie, sie hatte keine Lust mehr, so einen Trauerkloß bei sich zu Hause herumsitzen zu sehen. Er war ihr Vater, der einzige Mensch, der ihr wirklich etwas bedeutete. Sie sagte ihm, wie es sie ankotzte, ihn so zu sehen. Irgendwann müssten sie wieder nach vorn schauen. Er solle sich bei der *fucking police* bewerben und endlich mit ihr nach Berlin ziehen. Da staunte er sie an, stand schwer von seinem Stuhl auf, baute sich vor ihr auf, schüttelte sich wie ein nasser Hund, nickte und fing an zu lachen.

Als er sie umarmte, bekam sie keine Luft mehr. Dann organisierten sie ihre Reise nach Uganda. Doch immer wieder kamen ihm Bedenken. Was, wenn sie erkannt würde, von den alten Polizeikollegen, wenn sie befragt und verhaftet würde. Seine Angst um sie machten es ihr schwer, sich auf die Reise zu freuen. Ihr Umzug nach Berlin war keine große Sache. Sie packten ihre beiden Reisetaschen und stiegen in den Zug. Jetzt wohnen sie in einer einfachen Dreizimmerwohnung in einem Plattenbau in Berlin-Spandau.

In dem Stadtteil hat ihr Vater seine Ausbildung an der Polizeiakademie begonnen, und Viktoria besucht dort ein Gymnasium. Es ist nicht Neukölln, wo Rania zur Schule geht, aber das ist egal. Hauptsache, sie sind endlich aus dem Dorf raus und können diese vielen Wälder hinter sich lassen. Sie findet die Stadt, die sie beschützt, großartig. Es fühlt sich wunderbar an, eine von diesen vielen unterschiedlichen Menschen zu sein, ein Teil der Häuser, der Straßen, der U-Bahn, der Busse, Teil des Lärms, der vielen Gerüche.

Wenn sie aus Uganda zurückkommt, müssen sie noch einmal nach Neuruppin, wenn das Verfahren gegen Anselm Molder beginnt. Sie ist als Zeugin geladen, sie wird gegen ihren Entführer aussagen. Ihre Wut gegen diesen Typen glimmt noch immer in ihr, doch auch ihre Angst ist nicht verschwunden. Vielleicht fühlt sie sich besser, wenn er einige Jahre ins Gefängnis muss. Wala von Anschütz konnte man offenbar nicht nachweisen, für Viktorias Entführung oder für die Gefangennahme von Peter Ebuk verantwortlich zu sein. Sie muss allerdings befürchten, in einem weiteren Prozess gegen Erika und Heinrich Röter für den Tod von Sabine Röter zur Rechenschaft gezogen zu werden. Immer mal wieder erzählt ihr Vater von dem Nachspiel, das ihre Entführung ausgelöst hat. Offenbar steht jetzt der Hof, auf dem sie und ihr Vater eingesperrt wurden, zum Verkauf. Die arischen Siedler haben sich nach und nach verabschiedet. Recht so, wenigstens etwas Gutes.

Der Flugkapitän verkündet die baldige Landung in Entebbe, man soll sich wieder anschnallen und die Tische hochklappen. Die Frau neben ihr stöhnt, denn sie will unbedingt noch die richtigen Buchstaben für ein Wort finden.

»Neubeginn, acht Buchstaben, beginnt mit C«, murmelt sie. Viktoria schaut in den dunklen Himmel und auf die Lichter unter ihr. Des Rätsels Lösung fällt ihr sofort ein, aber die Aufregung vor der Landung, das Aufsetzen des Flugzeugs auf der Rollbahn, das Drängeln der Menschen in den Gängen lassen sie vergessen, es auszusprechen. Sie entsteigen der Maschine über die Treppe, und sofort atmet sie diese wunderbare warme feuchte Luft ein, die nach Holzkohle, Kerosin und Tee riecht. Ihr Herz schlägt schneller.

Als sie mit ihrem Koffer vom Gate kommt, hält sie in der großen Menge anderer schwarzer Menschen nach ihrer Großmutter Ausschau. Sie erkennen sich und winken sich zu, als ihre Sitznachbarin mit den grauen Haaren an ihr vorbeigeht.

»Comeback«, ruft Viktoria der Frau zu.

Danke

Herzlichsten Dank an meine Familie, vor allem an *Corinna Kaiser* und *Samuel Benke*, die immer an dieses Buch geglaubt und mir Mut gemacht haben.

Herzlichen Dank an den engagierten Verleger *Daniel Kampa*. Danke auch an *Meike Stegkemper* und das gesamte Team vom Kampa Verlag für die großartige Unterstützung.

Herzlichen Dank an den inspirierenden Lektor *René Stein*.

Vielen herzlichen Dank auch an die beiden ugandischen Autoren *Joel Tugaineyo* und *Lloyd Lutara*, die mir bei der Recherche geholfen haben.

Vielen herzlichen Dank an *Dr. Martina Bauchrowitz* vom Seelabor in Neuglobsow für die wertvollen Einsichten in die Forschungen am Stechlinsee.